KB250311

길 찾기, 길 만들기

길 찾기, 길 만들기

황광수 평론집

작가

비평정신의 부활을 꿈꾸며

　곧은 길을 조금씩 벗어나는 동안, 물질적 근원에 닻을 내리고 싶은 새로운 욕구가 움트기 시작했다. 아마도 '자유시장'의 토양에서 팡이실처럼 퍼져가는 욕망 또는 가상체계들의 시발점을 되짚어 기억하고 그 변이의 결절점들을 확인해야 한다는 강박 탓이었을 것이다. 그런데 근원 같은 게 존재하기는 하는 것일까. 설사 존재한다 하더라도 다채로운 문화현상을 거기에서 유추해내는 일은 불가능한 게 아닐까? 이렇게 자문하면서도, 나는 이념에 기초한 세계의 격렬한 붕괴 이후에 빚어진 다채로운 파열과 분산을 '혼돈'이라 부르지는 않았다. 마녀의 가마솥에도 그 나름의 질서가 깃들여 있으리라는 믿음 때문이었다.

　그러나 이 평론집에 실린 글들을 쓰면서 나는 이렇다 할 주장을 제시해보지 못했다. 나의 비평들은 '그러나'와 '또는'을 통해 가까스로 문맥을 이루어갈 수밖에 없었던 것 같다. 겸손해서가 아니라 새로운 문화현상들이 언제나 나의 해석을 저만큼 앞질러가고 있는 듯했기 때문이다. 세계자본주의체제가 새로운 문명적 동력과 결합하면서 거침없이 진군하는 동안, 인간의 욕망은 '문화'라는 이름으로 현란하게 폭발하고 있었다. 문화의 진열장에는 "이성의 억압으로부터 욕망을 해방해야 한다"는 주장들이 넘쳐났다. 그 틈바구니에서 나는 복잡다기해진 변화의 양상과 맥락들을 짚어보고 그 의미도 따져보아야 한다는 강박에서 벗어나지 못했다. 그러는 동안 나 자신이 멀리해온 개념들—환상, 우연, 불확실성 등—을 타자의 자리에 묶어두는 한 새로운 문학작품들에 효과적으로 접근하기 어려울 것이라는 생각이 점차 뚜렷해졌다. 나는 하루가 다르게 영토를 넓혀가는 가상세계와 팬터지, 그리고 심층적 심리현상들을 구체적인 현실이나 어떤 물질적 근원과 연관지어보려 했고, 때로는 '형이상학적 표면'과 같은 생소한 개념에 기대어 작품의 주제들에 어떤 층위나 위상을 부여해보려 했다.

이성적 기획을 벗어난 욕망들은 다채로운 포장들에 은폐된 자본의 촉수에 걸려들기 쉽다. 그런데, 결과적으로 보면, 상당수의 이론가들이 개인의 욕망을 선점해가는 자본의 조력자 역할에 충실했다. 물론, 새로운 이론적 도전이 폄하될 이유는 없다. 달라진 세계를 호흡하는 문학작품들은 기존의 이론으로는 접근할 수 없는 요소를 지니게 마련이기 때문이다. 그러나 우리 비평은 '단자화'로 표상되는 개인의 고립현상을 지나치게 과장하거나 당연한 것으로 그려낸 작품들에 대해 새로운 비판적 근거를 제시하지 못했다. 이러한 사실은 '단자'라는 말이 생겨난 역사적 배경을 조금만 살펴보아도 쉽게 확인된다. 라이프니츠는 "단자에는 창이 없다"는 유명한 명제를 남겼다. 단자에 창이 없다면 그들 사이의 교감과 영향관계는 존재할 수 없고, 따라서 세계의 운동성은 부정될 수밖에 없다. 이러한 이론적 취약성을 보완하기 위해 그는 '예정조화설'을 끌어들였지만, 이러한 단자론에도 당시의 정치사회적 조건에 대한 상당히 심오한 전략이 깃들어 있었다. 단자 곧 개인에게 소통의 창이 없다면 국가의 권력이나 교회의 권위가 침투할 수 없고, 따라서 개인은 신의 이외의 어떠한 존재에 의해서도 손상될 수 없는 권리, 즉 자율성을 지닐 수 있게 된다. 말하자면, 단자론에는 개인의 자유와 학문·예술의 자율성을 확보하려는 그 나름의 전략이 깃들여 있었던 것이다.

그러나 사이버 스페이스까지 확보하게 된 오늘의 개인들은 오히려 너무 많은 창들 앞에서 갈피를 못 잡고 있다. 그들에게 필요한 것은 그런 세계를 만들어내고 있는 힘의 실체를 파악하고 자기 몫의 삶을 살아내기 위한 대응력을 지니는 것이다. 그러기 위해서는 소통과 연대가 필수적이다. 그런데 우리의 많은 작가들은 개인의 고독을 신비화하고, 비현실적 공간으로의 탈출을 꿈꾸거나 '존재의 근원'을 찾아나서는 인물들의 창조에 너무도 많은 힘을 탕진했다. 작가들이 시원始原의 신화에 빠져들거나 환상의 공간으로 일탈하는 동안, 많은 비평가들은 시뮬라크르에 많은 의미를 부여하면서 다양한 문화에 편재해 있는 권력에 저항할 근거와 방법을 찾아내는 데에는 무관심했다. 미시권력의 추적에 관심을 기울이는 사람들은 거대권력의 폭력성에 대해서는 함구했고, 권력구조의 근원적 개편에만 관심을 기울이는 사람들은 미시권력의 작동방식에 둔감했다.

따지고 보면, 미시권력과 거시권력은 둘로 나뉠 수 있는 것이 아니다. 미시권력으로 불리는 현상들은 그 자체가 거시권력의 촉수들로 쉽게 전화되거나 그것들이 뻗어가는 모세혈관으로 작용할 때가 많다. 그렇다면, 우리 비평은 미시권력과 거시권력 또는 타자와 자기 자신까지 비쳐볼 수 있는 더 큰 거울을 지니거나 좀더 폭넓은 시야를 확보해야 하지 않을까?

이 평론집의 밑바탕에는 이러한 생각들이 깔려 있다. 90년대 후반기부터 쓴 비평들을 모아놓고 보니, 첫 평론집에 비해 주제와 형식이 다양해졌다. 그 동안 다채롭게 분화된 창작 경향들에 내 나름으로 대응해온 결과이다. 그렇지만, 한 권의 평론집으로서 최소한의 내적 통일성을 갖추기 위해 사회비평적 글들과 일정한 시기의 작품들을 다룬 짧은 비평들은 제외했다. 그리고 분류상의 오류를 최소화하기 위해 다소 많은 갈래로 나눌 수밖에 없었다. 제1부에는 주제가 뚜렷한 소설비평들을 모았고, 제2부에는 문학과 비평에 관한 일반론적인 글들을 담았다. 제3부에는 작가론에 속하는 네 편의 글들을, 제4부에는 네 편의 장편소설론과 한 편의 중편소설론을 실었다. 제5부는 시 또는 시인에 관한 다섯 편의 글들로, 그리고 제6부는 소설집과 장편소설에 대한 해설로 채워졌다.

끝으로, 분량이 만만치 않은 평론집의 출간을 흔쾌히 수락해주신 손정순 사장과 편집부 여러분들께 깊이 감사드린다.

2003년 10월
황 광 수

제3부 작가와 역사적 현실

제4부 중·장편 소설론

제5부 시대와 시인

제6부 소설집 · 장편소설 해설

제1부 소설의 모험과 시대정신

1990년대 소설의 모험과 반성

1

우리는 새로운 시대의 문턱을 넘어섰는가? 그리하여, 달라진 세계와 다른 내용의 삶을 눈앞에 두고 있는가? 천년 단위의 시간대가 역사 저편으로 훌쩍 넘어가버린 것을 생각하면, 하나의 문턱을 넘어선 게 분명하지만 시대의 징후나 삶의 내용에서 '달라진 것'은 눈에 잘 들어오지 않는다. 그러나 이것은 이상한 일이 아니다. 물리적 시간단위의 바뀜이 자기 점검의 계기는 될지언정 세계 자체의 변화를 가져오는 원인은 될수 없기 때문이다. 게다가 시대적 변전의 징후들은 늘 한눈에 들어올 수 있을 만큼 단순하거나 명징한 것이 아니다. 한스 블루멘베르크(Hans Blumenberg)의 말은 이러한 현상을 잘 요약하고 있다. "시대의 변전을 목격한 사람은 없다. 시대전환은 눈에 띄지 않는 극한치이지 명확한 날짜나 사건에 결부되어 누구나 알 수 있는 그런 것이 아니다."[1]

---

1) 한스 로베르트 야우스 지음, 김경식 옮김, 『미학적 현대와 그 이후』, 문학동네, 1999, 93면에서 재인용.

그럼에도 불구하고 우리는 물리적 시간이 10년 단위로 바뀔 때마다 새로운 현상을 억지로라도 찾아내어 새출발을 위한 지표로 삼으려는 강박에서 헤어나지 못했다. '시작(始作)의 신화'들은 늘 이렇게 잉태되어 그 나름의 흔적들을 남겼다. 그런데 거기에는, 우리가 만들어낸 세계를 우리들 자신의 책임 아래 두기보다는 '낡은 것'이라는 낙인을 찍어 과거화함으로써 '미래'라는 무구(無垢)의 땅으로 홀가분하게 탈주하려는 욕망이 숨겨져 있었던 게 아닐까? 아니면, 미지의 세계에 대한 기대에 들뜬 나머지 더 이상 존재해서는 안 될 것과 지속적으로 발전시켜가야 할 것 사이의 차이를 간과해버린 것은 아닐까? 혹시, 이미 있는 것들의 존재이유가 흔들리는 틈을 타서 새로운 상표 하나를 들고 나와 자신의 영토를 개척해보려는 욕망이 분출한 경우는 없었을까? 그러나 문제가 그렇게 단순한 것은 아니다. 새로운 시작에 대한 욕망은 최악의 경우 '시원의 신화'로 퇴행하기도 하지만, 창작의 동력으로 활용될 가능성도 크다는 것을 그 동안의 역사는 뚜렷이 보여주었으니 말이다.

미학의 역사는 시대적 전환들이 자연스럽게 형성된 것이 아니라 일종의 투쟁의 결과로서 이루어졌음을 증언한다. 먼저, 17세기에서 18세기로 건너뛰며 프랑스와 독일에서 치열하게 전개된 신구논쟁(新舊論爭)을 통해 고대예술이 역사의 과거로 자리매김되고 '아름다움'의 원형적 전범이 사라진다. 이로써 과거의 예술에 대한 수용이 자유로워지고 예술작품의 생산 역시 자율성을 구가하게 된다. 그러나 근대예술의 변화과정은 양식이나 유파들의 유효기간이 점점 짧아지는 가속화와 단축의 현상을 드러내며, 그 간격은 한 세대에서 10년으로, 10년에서 다시 수년으로 단축되다가 나중에는 여러 유파들이 동시에 나타난다. 말하자면, 하나의 예술적 경향이 지배적인 권위를 누릴 수 있는 시대적 통일성이 사라져버린 것이다. 이런 까닭에, 헤르만 뤼베(Hermann Lübbe)는 전위주의적 생산은 예술의 박물관화를 촉진하고 새로운 것의 책임성을 포기하는 것이라고 비판하면서, 시대개념의 간격들이 단축되는 현상을 예시하기도 했다. "1855년에서부터 1900년까지 반 세기가 채 안 되는 기간에 인상주의에서부터 청년양식파에 이르기까지 예술사적으로 친숙한 일곱 개의 시대 명칭이 기록되어 있는 반면, 20세기의 60년대에는 단지 10년 동안에 마술적 리얼리즘에서부터 환경예술에 이르기까지 그 두 배에 달하는, 다시 말해 열네 개의 시대 명칭이 기록되어 있다."[2]

그렇다고 해서 변화를 거부하거나 과거에서 해답을 찾아낼 수는 없다. 우리의 인식지평에 뚜렷한 모습으로 떠오르지 않았음에도 불구하고 미지의 불투명성 속에서 꿈틀거리는 것을 포착해내는 일은 예술의 존재이유로 내세울 수 있는 중요한 척도의 하나이기 때문이다. 우리 문학이 90년대에 당면했던 현실은 전에 없이 이질적인 요소와 모순들이 잡다하게 엉켜들고 있었기에, 새로운 현상들에 대한 세밀한 탐색과 함께 다양한 요소들을 포괄하고 통합할 수 있는 새로운 방법에 대한 성찰이 요구되었었다. 그러나 우리의 관심은 이러한 양방향의 요구들 가운데 미세하거나 심층적인 쪽으로 쏠리는 경향을 드러냈고, 문학적 성취도 그쪽 방면에서 이루어진 것이 많았다. 이러한 경향은 물론 그 나름의 필연성을 띠는 것이지만, 다른 방향의 탐구에 대한 필요성을 은폐하는 부작용을 낳기도 했다. 그러므로, 이 글은 90년대에 씌어진 우리 소설들의 새로운 양상들을 살펴본 후, 우리가 잃어버린 반쪽의 잠상(潛

---

2) 같은 책, 10면.

像)을 떠올려보는 것으로 마무리될 것이다.

2

지난 10년간의 문학을 돌이켜보면, 빅뱅을 연상케 할 만큼 격렬한 파열과 눈부신 확산이 먼저 떠오른다. 80년대의 곧은 길을 걷다가 그 경계를 넘어서는 시점에서 많은 지식인들이 길을 잃어버린 듯한 불안감에 휩싸여 허둥대는 모습들을 보였다. 그러나 그 시대를 이미 지나온 지금의 시점에서 보면, 여러 가지 이름들로 불릴 수 있는 작은 길들이 어렴풋이 눈에 들어온다. 그중에는 '단절'이라는 심연을 건너 우리의 발앞에까지 이르고 있는 지난 시대의 흔적들도 흐릿하게 보인다. 새로운 세기를 눈앞에 둔 지난 해에만 해도, 신경숙은 『기차는 7시에 떠나네』에서 깊고 어두운 망각의 심연을 힘겹게 건너, 앞선 시대의 기억을 재생함으로써 무의미와 정체에 빠진 지금의 삶에 피를 돌게 하려는 노력을 보여주었다. 10년 단위의 시작들은 이처럼 특별한 서사구도를 마련하지 않고는 메우거나 넘어서기 어려운 심연과 산맥들을 만들어냈고, 지난 10년 동안에 이루어진 새로운 성과들 가운데 상당수는 또다시 역사의 무대 저편으로 밀려날 운명에 놓여 있을지 모른다.

90년대가 시작되면서 계급투쟁을 문학의 최종심급으로 여겼던 작가와 평론가들은 어디론지 자취를 감추어버렸고, 이들보다 다소 유연한 태도를 지닌 작가들은 이념보다는 삶의 구체성이나 심리적 배경을 중시하면서 지난 시대에 대한 대리반성—이들 작품의 주인공들은 대체로 운동의 주변부로 밀려난 사람들이거나 운동에서 탈락한 사람들이므로 이들의 반성은 지난날의 주류에 대한 비판 또는 대리반성이 될 수밖에 없었다 — 을 감행함으로써 80년대의 민중문학과 자신들 사이에 분명한 선을 그으면서도 달라진 세계의 심장부로 파고들 수 있는 창작원리를 확립하는 데에는 한계를 보였다(이와는 달리 송기원의 『인도로 간 예수』는 치열한 자기반성과 함께 리얼리즘의 새로운 경지를 열어 보이는 듯했지만, 이후에 나온 작품들은 우리의 기대에서 점점 멀어져가는 궤적을 그려냈을 뿐이다). 그러나 1995년에 나온 방현석의 장편소설 『십년간』은 민중문학의 맥이 아직 소멸하지 않았으며 어쩌면 이러한 작업들의 연장선에서 새로운 발전이 이루어질 수 있으리라는 느낌을 갖게 했다. 그런가 하면, 이대환은 이념은 몰락하였으나 분단이나 노동현실은 달라지지 않았음을 증언하면서도 갈등의 당사자들 사이에 넘을 수 없는 선을 긋기보다는 상호이해를 통한 점진적인 개선의 가능성을 탐색하였으며, 이러한 관심의 연장선에서 이루어진 중편소설 「슬로우 불릿」은 고엽제 피해자 가족들의 삶을 통해 현재뿐만 아니라 미래에까지 관통할 수밖에 없는 과거의 상처를 그 심리적 차원까지 중층적으로 그려내는 데 성공했다.

방현석은 70년대의 노동현실을 노동자들의 삶을 통해 재구성함으로써 역사에 단절은 없다는 사실을 증거하는 한편 자신이 노동현장에서 활동했던 80년대의 진실 또는 진정성을 범접하기 어려운 '순정'의 아우라 속에 봉인해두었다.[3] 지난 시대에 대한 순정을 탓할 일은 아니지만, 이 소설이 인물의 전형성과 사건의 우연성 사이의 부조화로 인해

---

3) 이 소설의 후기에서 방현석은 이렇게 고백한다. "나는 앞으로 얼마간 내 청춘의 이십대를 묻고온 80년대를 말하지 못할 것이다. 그 시절 내가 품었던 순정보다 더 큰 순정에 넘쳐서 노래할 수 있다고 확신할 수 있을 때까지."

일정한 한계를 드러낸 것을 보면, 작가에게는 순정 못지않게 냉철한 객관적 성찰이 더 중요하다는 생각이 새삼 고개를 든다. 이후, 민중문학의 문제의식은 최인석에게서 실험적 모색들을 통해 때로는 정언적으로 때로는 반어적으로 작품에 내재되거나, 공지영·김인숙·이남희·신경숙·김소진·공선옥·윤영수·한창훈·전성태 등을 통해 일상 또는 생활현실 속의 다양한 전선들로 분화되면서 눈여겨볼 만한 성과들을 이루어내기도 했다. 그러나 이러한 성과들은 단속적이었고, 작가들의 폭넓어진 문제의식 속에서 계급적 경향은 부분적으로만 추구되었으며, 따라서 작품의 주제나 형식에서 개인적인 편차가 크게 벌어져 하나의 유파로 불릴 수는 없게 되었다.

이러한 경향은 물론 혁명적 열정이 퇴조한 자리에서 싹튼 퇴행적 현상으로 치부될 수는 없는 것이다. 일상이 순환적 지속성을 지니는 생활현실이라면, 거기에 근거를 두지 않은 어떠한 정치사회적 변화도 실질적인 내용을 담보할 수 없기 때문이다. 그러나 일상은 이념적 지양(止揚) 없이 재생산되는 삶의 연속성이기에 그 안에 스며들어 있는 이데올로기, 즉 내면화되어 있는 권력과 복종의 메커니즘을 간과할 때 그것은 이성을 질식시키는 늪이 될 수도 있다. 이러한 위험성 때문에 '일상'은 90년대 문학의 가장 일반적인 관심사로 떠올랐음에도 불구하고 성공보다는 실패의 사례를 더 많이 남겨놓았다. 거의 모든 비평가들의 호평을 받은 신경숙의 『외딴방』만 하더라도 노동현장과 그 주변에서 이루어진 경험에 대한 치열한 자기성찰을 통해 삶의 개인적 차원과 사회적 조건이 맞닿아 있는 지점을 풍요롭게 그려내면서도 그의 장기라고 할 수 있는 내적 독백의 형식은 그 내밀한 정서적 흡인력에도 불구하고 역사와 사회의 객관적 조건을 주관적으로 왜곡할 위험성을 내재하고 있다. 이러한 형식은 생활의 절실함을 일깨워주는 데에는 그 나름의 호소력을 지니지만, 사회에 구조화되어 있는 억압의 틀을 드러내는 데에는 한계에 부딪칠 수밖에 없다.

그러기에 80년대의 현장체험이 부족한 대다수의 여성작가들은 일상에 내재해 있는 허위의식이나 가부장적 권위의 잔재를 떨쳐버리지 못한 남성들에 대한 비판의식을 드러내는 쪽으로 나아가는 경향을 보일 수밖에 없었다. 그리고 이러한 주제들은 일상을 새롭거나 낯설게 드러내는 특별한 시선을 찾아내기도 했다. 은희경이 『새의 선물』에서 보여준 여자아이의 시선도 일상에 덧씌워진 상투성과 허위의식의 껍질을 벗겨내기 위한 방법적 시선이었다. 자신을 '보여지는 나'와 '바라보는 나'로 분리시킴으로써 자신의 '삶과의 거리를 유지하는' 삼십대 후반의 여성이 그러한 의도적인 분리를 삶의 전략으로 삼을 수밖에 없게 된 것은 20여 년 전이었다. 그러니까 열두 살에 성장을 멈춘 것으로 제시되고 있는 소녀의 시선은, 사실은 그러한 선택을 할 수 있을 만큼 너무 일찍 성숙해버린 아이의 시선이다. 이러한 시선은, 어른들이 별다른 경계 없이 자신들을 드러내도록 하는 것이기에 일상의 허울을 벗기는 데 효과적일 수 있었다.

3

그러나 90년대의 문학은 계급전선에서 미분화된 일상 속의 전선들로 점진적인 발전의 길을 열어가기만 한 것은 아니었다. 달라진 생활환경 자체가 때로는 세상을 보는 눈에까지 변화를 가져왔기 때문이다. 전자

매체의 발달로 대중문화가 범람하는 소비사회의 문제가 작가들의 의식을 사로잡기 시작한 것이다. 그들에게는 물질적 토대에 못지않게 그것을 매개하는 기호들의 체계가 중요한 관심사로 떠올랐다. 소비의 패턴이 바뀌고 사물들의 기호가치가 증대되면서 그 의미작용에도 변화가 생겨났기 때문이다. 이러한 현상과 맞물려 탈근대적 문화현상을 지배적인 것으로 받아들이는 사람들이 늘어가면서 90년대의 문학판도에도 새로운 물결이 일기 시작했고, 그런 가운데 '혼성모방'을 빙자한 표절이 문제되기도 했다. 여기에서 비롯된 논쟁은 그 소모성에도 불구하고 '근원' 또는 '원본'의 상실을 기정사실화함으로써 순수(고급)예술과 대중(저급)예술의 경계를 무너뜨리는 방향으로 나아가기도 했다.

이러한 경향은 근대화 과정에서 '후광'(後光, Halo)을 상실한 인간의 정신활동에 대한 일종의 보상욕구에서 생겨난 예술의 자율성 또는 사회적 폐쇄성에 대한 비판의식을 내재하기도 했지만, 예술에 '고급'이라는 관을 덧씌움으로써 '엘리트주의'라는 전도된 표적을 만들어내거나 예술을 대중문화의 수준으로 끌어내려 '미적 승화' 대신 소비의 대상으로만 삼으려는 의도를 드러내기도 했다. 예술의 대중에 대한 존중은 즉자적인 대중에 대한 것이라기보다는 가능한 대중(즉 바람직한 대중 또는 민중)에 대한 것일 때 의미를 띠는 것임에도 불구하고 고급예술과 대중예술이라는 왜곡된 대립쌍을 만들어내는 이상한 일이 발생한 것이다. 이처럼 예술이 우스갯거리가 되는 동안, 다른 한편에서 문학과 예술에 대한 '위기의 신화'가 싹튼 것은 지극히 당연한 일이었다.

한편에서 전통적 리얼리즘이 모더니즘과의 습합(褶合) 현상을 보이는 동안, 다른 한편에서는 현실의 물질적 근원을 부정하면서 이미지나 기호가 더 큰 현실성을 갖는다는 인식이 새롭게 자리잡아갔고, 근래에는 '현실'이라는 개념을 '시뮬라크르'(simulacre)로 대체하려는 경향이 나타나고 있다. 이처럼 사물의 실체성이 부정되거나 형상적 사유의 틀이 무너지면서 우리의 비평문들에는 보드리야르의 소비사회 이론이 폭넓게 수용되기 시작했다. 그는, 소비를 기호를 흡수하는 과정인 동시에 기호에 의해 흡수되는 과정이라고 말함으로써 사용가치는 물론 기호 이전의 세계를 허구화하는 경향을 보인다. 그러나 이러한 언급은 실상을 너무 과장한 것이므로, 부분적으로만 타당하다. 윤영수의 「해묵은 포도주」는 이런 사실을 명징하게 보여준다. 백화점에서 만난 두 친구 사이에 일어난 실랑이는 사물의 이미지와 사용가치 사이에 가로놓인 메울 수 없는 간극—이것은 신분 또는 계급적 편차로 불러도 좋을 만한 것이다—을 극적으로 드러낸다. 이 작품은, 우리가 이미지에 이끌려 선택한 상품 역시 최종단계에서는 물질적으로 사용된다는 사실을 무시하거나 간과하는 한 자본주의의 부정적 측면을 비판할 수 있는 마지막 근거까지 놓쳐버릴 수밖에 없음을 일깨워준다.

소비사회의 상품생산과 관련되어 있는 이미지들을 통한 유혹의 체계는 인간의 감각적 욕구들을 끊임없이 재생산하도록 짜여 있다. 그런 까닭에, 물질적인 것과 비물질적인 현상 사이의 접점과 그 이행의 과정을 간과하고 대중문화를 짜깁기하는 식으로 감행하는 모방이나 전통문화에 대한 전복(顚覆)은 이미지 소비를 거부할 수 있는 전략까지 내포하지 않는 한 기호들의 무한질주 속에 새로운 변종 하나를 덧보태는 것으로 귀착되기 쉽다. 그리하여 그들이 전복하게 되는 것은 결국 우리 자신의 현실감각이 될 수밖에 없다.

그런데 90년대 초에 몇몇 소설에서 전면적 또는 부분적으로 실험된 혼성모방은 엄청난 양의 문화적 소비를 과시하면서 자본주의에 대한 저항의 포즈를 취하는 모순적 태도를 드러내기도 했다. 장정일은 『아담이 눈뜰 때』 『너에게 나를 보낸다』 『너희가 재즈를 믿느냐』 등의 소설들을 통해 수많은 팝음악·책·그림·영화 등을 인용하거나 거론하면서 우리 시대 젊은이들의 의식을 지배하고 있는 새로운 문화환경을 보여주려 했다. 그는 이러한 방법으로 90년대의 한국 사회를 가로지르면서 끊임없이 화제를 뿌렸고, 이후 문단에 나온 젊은 작가들에게 많은 영향을 끼쳤다. 그러나 리얼리즘이나 자본주의 현실에 대한 비판을 시도할 때 그는 어설픈 단순화에 빠져드는 경향을 드러낸다. 대학에 등록하기 위해 서울에 올라온 젊은이가 고층빌딩을 보며 자본주의에 환멸을 느껴 진학을 포기한다든가, 개를 볼 때마다 햄버거를 던져주는 식으로 미국 문화에 대한 혐오감을 드러내는 방식은 리얼리즘이나 민중문학을 두고 그가 줄기차게 비판하는 근거로 삼았던 평면성과 단순성을 그대로 반복하고 있을 뿐이다. 계몽에 대한 그의 비판도 작가 자신의 계몽적 개입을 통해서만 이루어지고 있다. 그는 작중인물들의 수많은 변신을 보여주고 있지만, 그 계기는 영화 속의 인물에 대한 모방과 같이 대중문화의 맥락에서만 주어지고 있기 때문에, 『너에게 나를 보낸다』에서 거짓낙원으로 제시된 '수정궁'에서 빠져나올 수 있는 방법을 제시할 만한 시각이 있을 수 없으며, 설사 무작정 거기에서 빠져나온다 할지라도 그 어디에도 발붙일 자리가 없다. 작가의 관심 자체가 문화에 대한 패러디의 무한질주에 빠져 있기 때문이다.

　장정일에 의해 촉발된 듯이 보이는 모방적 글쓰기는, 성장과정에서 이미 존재하는 문화적 환경이나 언어체계가 스며들어 이루어지는 근원적 모방이 아니라 다른 사람들의 글이나 대중문화의 부분들을 인용하거나 패러디하면서 그것들을 자기 작품의 맥락 속에 하나의 의미단위로 삽입함으로써 인용되는 작품들의 텍스트성 또는 다양한 해석 가능성을 하나의 의미로 고착시키는 잘못을 범하기도 한다. 그러나 '작가의 죽음'과 함께 거론되는 모방현상은 '작품' 개념을 '텍스트' 개념으로 대체할 수밖에 없도록 하는 상호텍스트성(intertextuality), 즉 모든 텍스트들이 다른 텍스트들과의 관계망에서 빠져나갈 수 없다는 원천적인 영향관계의 한 가지 방식일 뿐이다. 주로 심리적인 차원에서 일어나는 이러한 영향관계를 제대로 파악하고 깊이 있게 천착한 것은 『이상(異常), 이상(李箱), 이상(理想)』을 포함한 박성원의 일련의 작품들이다.

그런가 하면, 모방과는 다른 맥락에서 일종의 고급문화에 대한 경험과 적극적 해석을 작품의 의미 또는 분위기에 활용하는 경향도 눈에 띤다. 이러한 시도들 가운데 하나가 김영하의 『나는 나를 파괴할 권리가 있다』이다. 작가는, 「유디트」(클림트) 「마라의 죽음」(다비드) 등의 그림들에서 '죽음'의 모티프를 빌려오고 자살안내업을 하면서 얻은 소재들을 신(神)적인 작업으로서의 소설 쓰기에 이용하는 인물을 통해 욕망과 죽음의 문제를 파고들었다. 이 소설은 '자살'을 다루고 있지만, 그것은 권태와 허무로 가득 찬 세상에 대한 강한 부정성을 드러내는 기호로 쓰이고 있을 뿐이다. 그림들에 대한 '나'의 해석에서, 살해당한 마라의 평화스러운 모습이나 죽음을 눈앞에 둔 사르다나팔의 초연한 표정이 유난히 강조되는 까닭은 주관적 감정에 휩쓸리지 않는 예술가의 창작태도를 드러내기 위한 것으로 이해되지만, 자살하는 사람들의 심리나 행위는 그들 자신의 초연함과 '나'의 냉정한 시선에 매개됨으로써 부조리극의 모호함에 감싸여 있다. 그래서, 자신을 신적인 위치에 놓고 즐기는 '나'의 나르시시즘과 냉정한 허무주의자의 모습만 돋을새김되고 있다. 고급문화에 대한 현학적 취미와 댄디적 인물들은 이제 참신한 느낌보다는 매너리즘의 피곤을 안겨줄 뿐이다. 내적 필연성을 담보하지 못한 새로움은 유행의 바람을 탈 때부터 곰팡내를 풍기기 시작한다.

'죽음'의 문제를 단순한 미학적 장치나 포즈로서가 아니라 인간관계의 불합리한 구조에서 필연적으로 잉태되는 것임을 보여준 작가는 백민석이다. 그의 소설들에서 대체로 살인의 결과로 주어지는 죽음은 일체의 형이상학적인 해석이 배제된 채 즉물적으로 제시되기에, 나르시시즘과 같은 응석에 가까운 포즈는 찾아볼 수 없다. 소제목마다 충격적인 살인 장면이 제시되는 『헤이, 우리 소풍간다』나 권태만 가득한 부조리한 세계에 총잡이 소설로 맞서려 하는 젊은이를 보여주는 『내가 사랑한 캔디』, 그리고 점잖은 겉모습 뒤에 살인과 폭력을 감추고 있는 자들을 그린 『목화밭』연작들은 우리 사회의 인간성 상실을 폭로하는 데 그치지 않고 휴머니즘의 싹조차 잘라버리는 냉혹한 분노를 내장한 채 이세계와 맞서고 있다. 이런 점에서 '살인'이나 '총잡이'는 억압적인 체계나 균질적인 시간에 지배되는 권태로운 일상에 대한 저항의 기호가 된다. 어린아이 시절 산동네에서 만화를 보며 성장한 젊은이들의 정신과 관련이 있어 보이는 이러한 허구적 과격성 또는 폭력적 허구는 현실세계와 허구의 세계를 자연스럽게 넘나드는 상상력의 모태가 되기도 한다. 『캘리포니아 나무개』는, 식물원처럼 꾸며진 이상스러운 공간에 들어서면 '미확인 물체'와도 같은 '캘리포니아 나무개'의 오줌 세례를 받게 되는 상황 설정을 통해 인간과 자연의 관계를 역전시켜놓고 있다. 연작소설집 『16믿거나말거나박물지』는 신세대 문화와 기발한 상상력이 빚어낸 허구들의 박물지이다. 요즈음의 백민석은 '피의 미학'이나 과격한 상상 대신 선입관이나 위선이 일상화된 현실 속의 허구나 허위의식, 또는 자아나 자기정체성과 같은 심리적 허구들에 덧씌워진 허울을 벗겨내는 데 매달리고 있다.

시뮬라크르나 사이버 공간은 상상력의 무한한 비상(飛翔)을 보장하는 자유로운 공간이 아니다. 그것은 자유롭고 현란한 겉모습과는 달리 눈에 보이지 않는 의도들이 관철되는 공간, 현실에 뿌리내리지 못하는 떠도는 영혼을 가두는 폐쇄적 공간이기 쉬우며, 그것은 또한 생산적인 상상력보다는 소비욕구가 재생산되는 공간이기도 하다. 사이버 공간은, 그것을 통해 눈부신 속도로 유통되는 문화의 단명성 자체가 전략적으로 기획되거나 값싼 유희와 무책임한 환상들이 난무하는 공간으로 변질될 가능성을 늘 안고 있다. 김경욱의 「베티를 만나러 가다」는 사이버 공간에 갇힌 단자화된 개인을 빼어나게 그려내고 있지만, 탈출에 대한 고민이나 전략은 보이지 않는다. 이러한 폐쇄적 공간을 확대하면, 엔트로피만을 증대시키는 끝없는 소비와 그것을 뒷받침하는 맹목적인 과학주의의 늪, 즉 현대의 문명적 상황 그 자체가 된다. 불모의 공간에 대한 위기감이나 멈출 수 없는 물질문명의 질주에 대한 공포는 그들의 정신을 묵시록적 종말의식으로 채색한다 근래에 발표된 「런어웨이 프로세스」(박성원)는 이러한 경향의 작품들 가운데 가장 빼어난 성취를 보여준다. 보이지 않는 손으로 치밀하게 기획되어 있는 세계에서 한 사나이가 조금씩 미라로 굳어가는 순간순간을 극사실적으로 묘사함으로써 인류가 처해 있는 비극적 상황에 몸의 실감을 부여하고 있는 이 소설은, 악몽과도 같은 세계에서 보이지 않는 손에 시달리던 사내가 정신착란에 빠져 자신의 손을 잘라내고 마는 「손」(최시한)만큼이나 절망적인 분위기에 감싸여 있다. 이처럼 자본주의 물질문명을 벗어날 수 있는 방법이 부재하기에 그들 소설의 색조는 어둡다. 그러나 묵시록적 세계에 대한 의도적인 추구는 문명사적 절망을 추인하는 것으로 낙착될 가능성이 크다.

자본주의를 혁명으로 극복한다는 것은 이제는 망상처럼 보인다. 이미지나 교환가치 대신 사용가치만을 고수하겠다는 유나 버머(테드 카진스키)의 선언도 메아리도 없이 허공으로 사라져버렸다. 그러나 소비를 매개로 해서 그것과 마주치게 되는 작은 국면들에서 우리는 얼마간의 자율적인 틈새를 발견할 수는 있을 것이다. 문학의 사회성을 부정하지 않는 한, 이러한 영역은 소설이 개입할 수 있는 영역으로서 소중한 가치를 지닌다. 이남희는 「수퍼마켓에서 길을 잃다」에서 상품과 사람의 관계가 사용가치로만 매개되는 것이 아니라 이미지와 그것을 통해 끊임없이 재생산되는 소비욕구 사이의 관계이기도 하다는 사실을 사회심리적 차원에서 재미있게 그려냈다. 이 작품은, 이미지들의 진열장이라고 할 수 있는 수퍼마켓이나 백화점에서 우리가 길을 잃을 수밖에 없는 것은 그 이미지들의 불연속적 배열—그것은 배열 주체의 상업적 의도 속에서만 체계를 지닐 것이다—때문임을 암시한다. 이런 점에서 이 소설은 우리가 피할 수 없는 물질적 현실의 핵심에 성공적으로 육박해들어간 사례로 자리매김될 수 있을 것이다.

물질적 근원을 부정하는 90년대의 일반적 경향 속에서 '시원(始原)의 신화'를 가장 강력하게 유통시킨 것은 윤대녕이었다. 비슷한 유형을 발견할 수 없을 만큼 그 자신만의 독특한 문체와 문제의식으로 90년대의 한복판에 돌올한 성채를 구축한 그의 소설들은 일인칭 화자인 '나'가 존재의 시원을 찾아가고 있기에 흔히 '존재에 대한 탐구'로 여겨졌다. 표면적으로 보면 그의 소설세계는 이원론적으로 분열되어 있기에, 타락한 현실계에 속해 있는 '나'에게는 탈출의 욕망이 부풀어오를 수밖에 없다. 그런데 그의 세계는 형식상 존재론적으로 양분되어 있으므로

'나'가 시원을 찾아가기 위해서는 제삼의 매개자가 요구된다. 이때 매개의 역할을 떠맡는 것은 주로 여성들이며, 이들은 '나'에게 시원에 대한 갈망을 부추기는 촉매적 역할과 함께 안내적 역할을 동시에 감당한다. 그러나 소설공간에서 객관화되어 나타나고 있는 시원은 현실계를 전면적으로 부정하는 '나'가 꿈꾸는 유토피아일 수밖에 없으므로, 그것은 결국 '나'라는 주체의 정서에 동화되어 물질성을 상실한다. 그러므로 '시원'은 현실계의 근원이 아니라 탈출의 욕망을 지닌 주체의 환상, 즉 시뮬라크르일 뿐이다. 이런 점에서, 윤대녕의 소설들은 존재의 탐구라기보다는 탈주를 꿈꾸는 자의 욕망을 아름답게 미화하는 작업이다. 그래서 이 욕망은 다분히 도착적이다.

그렇다면, 윤대녕의 환상여행을 가능케 하는 영겁회귀적 시간 또는 신화적 무시간성이 현실의 절망적 상황과 공존할 수는 없는 것일까? 최인석의 소설집 『아름다운 나의 鬼神』에는 이에 대한 해결책이 담겨 있다. 신화적 무시간성은 무엇보다 먼저 '현재' 시간을 소멸시킨다. 그리고 신화적 무한동일성의 세계는 또한 물질적 공간의 형상, 즉 현실적 공간을 무화시킨다. 그러나 최인석은 현실 공간을 소거하지 않고 두 세계를 공존시키는 방법을 고안해냈다. 두 세계 사이에 중개자와 중개탑을 마련한 것이다. 정신적으로 특별한 능력을 지녔거나 육체적으로 기형인 인물, 그리고 사회적으로 소외되어 있으면서도 천성이 착한 사람들을 통해 신화적 세계는 고통과 악으로 가득 찬 이 세상의 축도와 같은 '달동네'에 현현(顯現)한다. 이런 인물들이 아이들인 경우에는 송전탑이나 교회의 첨탑 또는 느티나무가 신화적 세계와 교신하며 지옥과도 같은 자기들의 동네를 내려다보는 중개탑이 된다. 이들은 고통이 극에 달할 때마다 주술을 읊듯이 유도(幽都)를 갈망한다. "양 같은 범이 살고 범 같은 양이 사는 곳, 금 같은 돌이 나고 돌 같은 금이 나는 곳, 꽃 같은 비가 내리고 비 같은 꽃이 피어나는 곳……." 이것은 신화적 세계에 투사된 현실을 역설적으로 재현한 공간이다. 이처럼 최인석은 현실의 고통이 크면 클수록 환상이 전면화(前面化)되는 심리적 현상을 통해 자기만의 특이한 소설공간을 창조함으로써 지옥의 축도처럼 보이는 '달동네'에 너무도 강렬해서 오히려 비극적으로 느껴지는 신화적 이미지를 부여하고 있다.

이인성의 「순수한 불륜의 실험」은 형식의 새로움에서, 최윤의 「파편자전」은 주제의 새로움에서 가장 두드러진 성취를 보여준 작품들로 보인다. 이 작품들은 또한 좋은 작품일수록 주제와 형식의 분리가 겉으로 드러나지 않는다는 평범한 진리를 스스로 증거하고 있다.

이인성이 찾아낸 형식은 '불륜'이라는 주제를 다각적으로 해부하기 위해 고안해낸 복잡한 구조를 보여준다. '불륜'은 당사자들 자신보다는 그들을 둘러싸고 있는 다른 시선들에 의해 규정되므로, 그의 소설세계는 그 시선들이 적절히 놓일 수 있도록 공간적으로 배분된다. 먼저, 소설의 공간은 대화자가 있는 장소와 그들이 바라보는 영화의 스크린으로 분할된다. 그런데, 스크린은 주체의 시선과 대상이 발하는 빛이 매개되는 공간이므로, 우리의 의식 속에서 카메라의 시선과 그 대상으로 세분될 수 있으며, 또 카메라의 대상이 미메시스적으로 지시하는 현실 속의 불륜 또는 그 당사자들로 다시 분할될 수도 있다. 두 화자 중 한 사람은 불륜의 당사자(1)이고, 다른 사람은 그와 논쟁을 벌이는 제도적 억압의 대리자(2)이다. 스크린에는 1이 행한 불륜을 내용으로 하는 영화가 비치고 있다. 화면에는 불륜 행위를 바라보는 제삼의 인물(3), 즉 1을 연기하는 배우, 1의 상대역인 '그녀'(4), 그리고 '그녀'의 남편(5)

이 등장한다. 이처럼 다채롭게 교차되는 시선들 가운데 3은 1의 자의식을 의인화한 것이므로 1이 행위에 몰입할 때에는 화면에서 사라져버린다. 이러한 구도에서 벌어지는 1과 2의 논쟁적 대화는 2의 1에 대한 공감으로 마무리된다는 점에서 대단히 변증법적이다. 이 소설은 영화적 기법을 도입한 다양한 시선들을 통해 우리 시대의 풍속도가 되어버린 불륜의 문제를 다각적으로 심도 있게 해부하고 있다.

　최윤의「파편자전」은 주제면에서 매우 인상적이다. 그리고 이 새로운 주제는 그에 걸맞은 새로운 형식을 끌어오고 있다. 제목부터가 매우 낯선 이 소설은 작가 자신의 삶에서 마주친 사물들에 대한 깊이 있는 사색을 통해 그 자신의 인격형성의 미로를 열어 보인다. 작가는 엄청난 공을 들여 수많은 사물들—10년 내지 20년이 지나도 결코 사지 않을 물건들까지—을 비좁은 소설공간에 불러들이고 있다. 첫 장면에서 C로 표기되는 유아시절의 작가는 유성기 바늘을 '삼킨다'. 아이와 유성기바늘이 '삼키다'라는 동사로 매개되는 것은 물질과 인간의 가장 원초적인 관계방식을 함축하면서 읽는 이에게 충격을 안겨준다. 그리고, 마지막 장면에서 N으로 표기되는 작가는 마침내 버린 물건들, 아직 사지 못한 물건들, 그리고 결코 사지 않을 물건들의 목록을 제시하며 자신의 사물창고를 텅 비게 하여 사물과의 관계가 느슨하고 자유스러워진 장년의 심리상태를 암시한다. C와 N 사이에 H,O,E,Y,U가 놓여 '최윤'의 영문표기가 완성됨으로써 이 소설은 하나의 자전(自傳)의 꼴을 갖춘다. 이 소설은 인격적 주체가 언어나 이미지 이전의 물질적 근원성에 맞닿아 있는 접촉면을 통해 인간과 사물 사이의 관계에서 형성되는 심리적 성향들을 빼어나게 그려냄으로써 우리 시대의 리얼리즘을 한층 심화시켰다.

4

글쓰기의 새로운 양상에 초점을 맞추고 90년대의 소설을 살펴보았으나 나 자신의 주관적 성향 때문에 한정된 주제에서조차 균형 있는 성찰을 보여주지 못한 것 같다. 그렇지만, 이러한 한계를 무릅쓰고 90년대 소설에 대한 인상을 한마디로 요약한다면, 소설에 대한 위기의식이 팽배한 데 비해 주제나 형식 면에서 새로운 모색이 매우 활발하게 시도되었다는 것이다. 이러한 현상은 물론 80년대 문학에 대한 반성과 문학의 존재이유가 흔들리는 상황적 변화를 헤쳐가기 위한 노력에서 비롯되었을 터이다. 이 글의 주제상 언급하지 못한, 전통적인 기법으로 씌어진 좋은 작품들까지 포함한다면 90년대의 문학은 양적으로도 풍요로운 생산성을 구가했다.

그러나 회복이 불가능할 정도로 훼손된 문명적 상황을 벗어나기 위해 '고향'이나 '시원'에 집착하거나 중세적 상황이나 고전의 세계로 탈주하는 경향은 더 이상 정당성을 확보하기 어려워 보인다. 이 세계는 우리들 자신이 만들어온 것이므로 고통이 잉태되는 그 자리에서 세계와 맞서며 인간과 세계가 함께 변화되어가기를 꿈꿀 수밖에 없기 때문이다. 이런 점에서 보면, 우리의 정체성을 확인하기 위해 몸담아보려 하는 민족적 생활양식이나 미의식조차도 때로는 현실에서 유리된 자기만족으로 떨어질 가능성은 상존한다. 지금의 시점에서 새로운 글쓰기는, 과거의 예술적 관행에 잠재해 있는 부정적인 힘이 오늘의 창작행위에 무반성적으로 전수되는 현상에 대한 끊임없는 반성과 때로는 치열한 저항에서 비롯될 수밖에 없다. 이와 함께 우리가 경계해야 할 것은, 서구에서는 전혀 새로운 것이 아닌 것을 '실험'의 이름으로 모방하는 현상이다. 이러한 새로움에는 진정한 모험에 따르는 위험이 존재하지 않는다. 뒤집어 말하면, 아도르노가 "새로운 예술이 안고 있는 위험 중 가장 심한 것은 아무런 위험도 없게 될 위험"[4]이라고 말한 그런 상태로 떨어질 수밖에 없는 것이다.

그러니, 새로움을 찾아 헤맨 90년대를 우리는 모험의 시대로 기억해도 좋을 것이다. 그러나 우리는 그동안에 망각해서는 안 될 중요한 가치를 잃어버리기도 했다. 우리는 생활현실과 결부된 삶의 미세한 결들 속에서 일상성과 여성성, 그리고 새로운 문명과 결합한 신세대적 감성 등을 일구어내면서 역사 이전의 인간에 대한 다양하고 풍부한 해석을 얻어냈으나, 역사와 사회적 현실에 대한 미메시스를 진부함으로 여기는 착오에 빠지기도 했다. 전근대·근대·탈근대는 시간적으로 서열화되어 있는 게 아니고 우리의 삶의 현실에서 구분이 어려울 만큼 뒤섞여 있어 하나의 세계관을 통해 한 시대의 현실을 총체적으로 조감하는 것을 어렵게 한다. 이런 점에서 볼 때, 근대적 글쓰기와 탈근대적 글쓰기가 혼효되어 있는 우리의 문학적 현실은 당연한 것인지도 모른다. 그러나 일상의 사소함이나 대중문화의 다채로운 확산 속에서 길을 잃거나 심리적 미궁에 빠져 삶의 현실로 되돌아올 수 있는 끈마저 놓아버린 것을 체계화의 '폭력'에 대한 저항으로 호도해서는 안 된다.

다양하고 잡다한 사건들을 전체적인 구도 속에 용해시킬 수 있는 서사(narrative)는 오히려 제도화된 폭력을 해체하고 삶에 순환적 생명력을 부여하는 힘을 이끌어내는 가장 기본적인 방법이다. 평면적인 서사는 물론 미시적 차원에서 발견된 새로움을 삶의 전체적 구도 속에 되비

---

4) 아도르노 지음, 홍승용 옮김, 『미학이론』, 문학과지성사, 1984, 57면.

쳐보게 함으로써 새로운 느낌을 묽어지게 할 수도 있다. 그리고 작가의 시선이 발견한 새로움들 가운데에는 현실에서 구체화되기 어려운 요소들이 있다. 그러나 미학적 서사는 이러한 요소들을 전체 속에 새롭게 위치시킴으로써 작품의 예술적 완성도를 높여준다. 그러므로, 탈근대적 글쓰기를 내세우면서 우리의 역사적 현실에 엄존하는 전근대성과 근대적 과제를 철저하게 외면하는 구실로 삼으려는 경향은 마땅히 지양되어야 할 것이다. 새로움이 지닐 수 있는 권리는 역사적으로 불가피한 것이 지니는 존재 그 자체의 엄숙성에서 비롯될 수밖에 없다. 그리고 이러한 권리만이 '새로움의 책임성'에 대한 비판에서 자유로울 수 있을 것이다.

우리의 역사적 현실에 대해서는 '거리두기'를 철저하게 견지하면서 우리를 둘러싸고 있는 문화적 환경에 대해서는 비판적 거리를 전혀 두지 않는 것은 전지구적 자본의 전략에 곧바로 휩쓸려들어가는 결과를 초래할 가능성이 크다. 그리고 키치나 쇄말주의에 대한 긴장된 비판의식을 견지하지 않는 한 문학의 위기는 말만으로 그치지 않을 것이다. 지금 우리는 가벼운 것과 환상에 대한 취향이 리얼리즘과 진부함을 동일시하는 세상에 살고 있지만, 리얼리즘 정신의 본질은 그것이 잉태된 사실적 세계를 돌파하는 것이라는 점에서 철저하게 새로운 세계를 지향하는 것이다. 이러한 새로움 속에서만 생활현실에 존재하는 이질적 요소들과 모순은 퇴행 없이 결합될 수 있다.

이런 점에서 보더라도, 90년대에 구석자리로 내몰린 서사는 그 평면성을 극복하려는 노력 속에서 제자리를 찾아가야 한다. 학문적 서술이나 역사기술에 적용되는 체계화와 구별되는 소설적 서사는 다양성을 허구적으로 통합함으로써 도구적 이성 또는 근대적 합리성으로 인해 평면화된 의미론적 폐허 속에서 삶의 역동성과 미적 감동을 일구어내는 것이기 때문이다. 현대소설에서 폭넓게 구사되고 있는 아나크로니(anacronie)만 하더라도 독자의 의식 속에서 시간적으로 재배열됨으로써 새로운 의미작용을 낳는다. 그러나 과격한 형식실험을 앞세워 의미작용을 배제하는 것은 앞선 세대의 '점잖은 문학'에 대한 공격에 그치지 않고 그 자체의 존속에도 치명적인 상처를 안겨줄 수 있다. 그러므로, 부분과 전체를 포괄할 수 있는 방법의 모색을 통해서만 현실의 중층성과 삶의 다양성에 대응하는 소설의 길이 폭넓게 열릴 수 있을 것이다.

《내일을 여는 작가》 2000년 봄호에 「새로운 글쓰기를 위한 반성」으로 발표)

破鏡, 또는 근원으로부터의 출발
— 이인성, 최인석, 하성란의 소설집

1

삶은 모순을 내포한 생명운동이다. 이렇게 생각하면, 삶의 난제들에 대한 궁금증이 얼마간 해소될 수 있을까? 우선 제논(Zenon)의 아이러니에 대한 의문은 좀 풀릴 수 있을 듯하다. 움직이는 행위는 '운동'과 '정지'라는 모순의 일회적 통일성이기에, 정지해 있다고 주장되는 화살은 여전히 날아가고 거북이를 앞지를 수 없다고 주장되는 토끼는 거북이를 앞지르는 일을 가능케 한다. 그럼에도 불구하고 우리는 분명한 관찰과 인식의 욕망에 사로잡힌 나머지 생명체의 운동이나 물질의 변화와 생성을 미분하여 정지와 고정의 순간과 상태를 이끌어내려 한다. 삶의 본질이 운동성이라면, 그것을 어떤 시공간적 틀로 포획하려는 것은 무모한 집착일 수도 있다. 그런데도 우리는 형상적 사유와 그에 바탕을 둔 행위를 통해 사물을 경계짓고 서열화하는 일을 끊임없이 되풀이해왔다. 이렇게 하여 굳어진 삶의 각질을 깨고 근원에서부터 다시 출발하려는 욕망이 분출하며, 예술과 문학은 그러한 욕망을 지혜롭게 실현하는 한 가지 방법이 되고 있다.

그런데 근원은 도대체 어디에 있는가? 들뢰즈(G. Deleuze)의 말처럼 사건이 발생하는 지점이 (형이상학적) 표면이라면, 근원은 그러한 표면 자체일 수밖에 없다. 이 지점에서 '근원의 신화'는 죽음의 문턱에서 다시 부활한다. 그러나 이것은 표면의 안과 밖은 서로를 부정하지 않고 맞닿은 채 공존한다는 점에서 우리들이 생각해온 '근원'과는 다르다. 그렇지만, 우리의 관심이 어느 쪽으로 향하든 '표면'은 우리의 삶의 공간에서 '의미'가 싹트는 최초의 지점이 된다.

계급의 전선은 사라졌지만, 그것은 역사와 우리의 의식에 뚜렷한 흔적을 남겼다. 그것이 실재했다면, 그 지시대상이 달라졌거나 사라져버린 것이다. 그것은 이제 껍데기만 남은 텅 빈 개념처럼 보인다. 세상이 달라졌고, 우리의 관심이 그보다 더 미세하거나 보편적인 어떤 것—예컨대 '권력'이나 '욕망' 같은 것—으로 이동함으로써 개념적 효용이 상실되었기 때문이다. 달라진 내용은 문화산업과 미디어의 발달로 인한 대중문화의 폭발적 증식으로 특징지어지는 '소비사회'의 출현과 무관하지 않으며, 사용가치 못지않게 이미지를 소비하는 현상을 증대시켰다. 그런데 시뮬라크룸(simulacrum)—플라톤의 철학에서 본질이나 이데아와 대조를 이루는 가짜 복사물에 붙여진 명칭—이 현대 이론가들의 적극적인 의미부여를 통해 화려하게 부활한 이후, 그것이 현실의 물질적 근원을 송두리째 부정하는 것인 양 오해하는 경향마저 나타나게 되었다. 이와 더불어 우리는 현실이 기호들의 체계로 이해되고 원본이 전면적으로 부정되는 상황에서 혼성모방(pastiche)을 실행한 작품의 이름이 우리 문학사에 버젓이 등재되는 현상도 경험하였다. 대중문화가 별다른 미학적 배려 없이 무절제하게 수용되는 경우가 늘어가면서 키치와 구별되기 어려운 '가벼움' 또는 '경박함' 이 90년대의 문학판도를 휩쓰는 듯이 보이기도 했다.

그러나 지난 연대에 가벼움만 범람한 것은 아니었고, 문학사에 길이 남을 만한 작품들도 많이 생산되었다. 90년대는 가벼움에 못지않게 왕성했던 실험정신으로도 기억될 만한 연대였다. 이 글에서 부분적으로 언급되거나 인용되는 세 권의 소설집(이인성의 『강 어귀에 섬 하나』, 최인석의 『아름다운 나의 鬼神』, 하성란의 『옆집 여자』)에는 삶의 근원성에 대한 진지한 탐색과 새로운 의미의 형성으로 나아가는 빼어난 작품들이 실려 있다. 우리는 이러한 작업에서 작가의 의식이 최초로 가닿는 지점에서 발생하는 문제의식과 그것들의 전개·발전 속에서 어떠한 문학적 의미와 리얼리티가 싹트고 있는지 살펴볼 수 있을 것이다.

2

이인성의 『강 어귀에 섬 하나』의 첫머리에 실려 있는 「유리창을 떠도는 벌 한 마리」는 '고요함' 과 '어둠' 이라는, 성글고 모호한 감각적 소여(所與)에 대한 묘사에서 시작된다. 먼저 그 '고요함' 은 아무런 소리도 들려오지 않는 적요의 상태가 아니라 오히려 다른 소리에 둘러싸임으로써 이루어진 것, 그래서 공간적 실체성을 부여받고 있는 것으로 그려진다. "골목 어귀에서 들려오는, 카세트 테이프를 파는 리어카 행상이 늘상 틀어놓는 싸구려 노랫소리가, 꺼지지도 않았는데 귀 밖으로 멀리 밀려나 이 고요함에 단단한 껍질을 둘러친다. 고요함의 껍질은 소리가 딱딱하게 굳어 이루어낸 어떤 것인 모양이다."(9면) 늘 들려오는 소리는 서술자의 의식에서 이미 고정된 자리를 차지하고 있기에, 그것은 '단단한 껍질'과 같은 고체성으로 묘사되고 있다. 그런데 "오늘, 또, 그 껍질은 쉽게 벗겨질 것 같지 않은 조짐이다. 흡사 거기 있기조차 않은 듯이 뿌옇게 앉아, 한없이 맥을 잃은 그녀의 모습이 그런 예감을 준다. (…) 저것은 그녀가 끌고 다니는 거의 병적인 고요함이다"(같은 곳)라는 대목에 이르면 그 '고요함'은 공간적 성격마저 잃고 작중인물의 성격 또는 심리적 상태에 대한 은유로서 다가온다. 작가는 아직 자신의 존재를 드러내지 않은 서술자의 시선과 의식을 통해 추상적인 개념에 물질적인 질감을 부여하면서 동시에 한 인간의 실존적 정서를 풀어놓는다. 언어보다 근원적인 물질적 요소와 의식의 접촉면에서 발생하는 이러한 효과는 우리를 이 소설의 공간 속으로 강하게 유혹한다.

'어둠'의 묘사에서는 물질적 요소와 정서의 융합이 더 전면적이고 활성적이다. 빛을 빨아먹는 거머리! 끈적거리거나 축축한 물질적 성격과 함께 어둡고 텅 빈 결핍을 느끼게 하는 집 안과 거기에서 일하는 '그녀'의 심리상태를 거머리의 흡착성과 결합하는 놀라운 상상력은 우리의 몸속에 어떤 생리적 반응을 일으킬 만큼 강한 느낌을 동반한다. "그 칼빛을 빼면, 그녀가 홀로 앉아 있는 저 대여섯 평의 넓이 속에서, 모든 것이 빛을 빨아먹는 거머리들이다(이상스럽게도, 그 거머리들이 그녀의 칼빛만은 어쩌지 못한다). 볕이 전혀 들지 않아, 퀴퀴칙칙한 냄새가 살내음처럼 깊숙이 배어 있는 이 집 안에는 항상 축축한 어둠의 거머리들이 스멀거린다. 전등을 켜도 마찬가지다. 천장에 늘어붙어 있던 거머리들은 불그스레한 허공을 가로질러 식탁이며 시멘트 바닥 위로 뚝 뚝 떨어져내려, 탐욕스레 전등빛을 빨아먹는다. 오래 전에 제 빛을 다 빨린 천장과 벽의 피마른 살껍질은 거머리들의 습기에 젖어 온통 쭈글누

글거린다. 때로는, 이 집 전체가 마른 목숨을 지탱하기 위해 한 마리의 거대한 거머리가 되어버린 것같이 여겨지기도 한다. 그녀에게서조차 징그러운 흡인력을 느끼게 되는 것처럼."(10면) 서술자의 심리적 반응에 초점을 맞추고 있는 이러한 묘사는 직관적 느낌, 즉 정서의 환기력이 클수록 대상의 물질성이 오히려 강화되는 변증법적인 관계를 명징하게 보여준다. 이 지점에서 물질적 차원은 심리적 반응 또는 개입이 배제됨으로써 존재(성)가 강화되는 것이 아님이 명백해진다.

『강 어귀에 섬 하나』에 실린 작품들의 서술주체는 소설의 앞부분에서 한동안 인칭을 부여받지 못한다. 이런 현상은 세상과 서술자 사이의 관계의 모호성 또는 확실성의 지연을 드러낸다. 그래서 충분한 시간 동안의 집요한 응시와 사유가 이루어진다. 이러한 더딘 진행은 억압된 욕망과 세계 사이의 갈등과 충돌이 예비되는 시간에 대한 미분 또는 확장의 결과이다. 서술자의 시선은 먼저 언어적 층위보다 더 밑바닥에 존재하는 물질적 차원과 맞닿은 지점에 가닿는다. 이러한 응시는 물론 객관적 관찰자의 평면적 시선과는 다르다. 그것은, 사물의 표면이 각질성을 잃고 스스로 부피와 질감을 갖게 되면서 어떤 정서 또는 심리상태와 융합되게 한다. 살아숨쉬는 존재의 분위기는 점차 삶의 차원에서 일어나게 될 사건에 대한 예감을 서서히 불러들인다. 그리하여 마침내 융합 속에 내재된 모순이 폭발할 때 응시주체의 인칭이 드러난다. 여기까지 응시자는 삼인칭적 세계를 바라보는 '사인칭 현재'의 시점에 숨어 있었다. 그런데 앞의 소설에서, '그녀'가 주인집 여자에게 "이년 서방질하구 나면 간덩이가 부어터지나베!"(24면)라는 언어폭력에 맞닥뜨리는 순간 응시자는 그녀에게서 '어머니'를 느끼는 '나'로서 드러나는 것이다. '나'의 모습이 드러나는 순간, 그는 시야가 흐려지고 '어질머리'를 앓게 된다. 이와 함께 물질성과 실존적 정서를 하나의 분위기 속에 통합하던 밀도 높은 문장들은 해체되어 구문론적 질서를 잃고, '나'는 이제 욕망의 분출을 억제할 수 있는 힘을 상실한다. "아… 향긋한 개천 냄새… 어… 눈이 내리네… 뽀얗고… 암갈색 문 위에서… 컴컴하다… 환해… 잉잉잉잉…"(27면) 이처럼 감각적 편린들이 그의 머릿속에 파노라마처럼 펼쳐진다.

이러한 심리적 혼돈은 한 사건의 효과이고, 그것은 성장기에 있는 소년이 낯선 욕망과 맞닥뜨리는 모습을 통해 소설적 의미를 형성한다. 오이디푸스 콤플렉스로 드러나는 그 욕망은 소년으로 하여금 어둠에 묻혀 자신의 몸까지도 지워버리고 싶게 할 만큼 지독한 혼란을 몰고 온다. 이 소설의 속편인 「무덤가 열일곱 살」에서도 "그의 어머니가, 뱀과 마주치는 날이면 '그년'이 되"고, 그는 자기만의 비밀스러운 장소를 찾아가 개옻나무 잎새로 온몸을 문질러대며 용두질을 하고, 다시 허물어진 언어질서 속에서 '나'가 죽어야 '그'를 회복할 수 있는 '나'의 몸부림은 자신의 욕망을 자연스럽게 처리할 줄 모르는 소년의 미성숙성을 그대로 드러낸다.

그러나 욕망이라는, 포획되기 어려운 대상에 대한 작가의 탐험은 여기서 끝나지 않는다. 작품들의 서술주체가 동일한 인물이라고 단정하기는 어렵지만, 이 소설집은 한 사람의 일생을 통해 욕망의 인류학적 근원으로부터 현대사회의 억압들에 이르기까지 다채로운 요소와 성질들을 다양한 방법들로 그려낸다. 낯선 욕망의 분출에서 비롯된 깊이에의 모험은, 자신만의 '갇힌 시간'을 벗어나 한 여자와 정면으로 마주쳐보려는 유혹에서 출발하여, 수많은 탈들로써 우리의 심층에 도사리고 있는 다양한 욕망을 끌어내는 환상적 실험을 통해 편견 없는 인간으로 새롭게 조탁될 수 있는 가능성을 탐색하고, 자신의 '불륜' 행위와 그것을 바라보며 다른 사람과 대화하고 있는 서술자 사이의 스크린을 설치해두고 '순수한 불륜'을 다양한 층위에서 살핀 후, 마침내 폭력과 공포로 지배되는 공간에서 순수한 사랑의 가능성 또는 불가능성을 상상해보는 것으로 마무리된다. 그리고, 죽음을 통해서만 경계가 지워지는 욕망의 상(像)이 드러난다. 이런 점에서 이인성이 창안해낸 '탈'은 융이 창안해낸 '페르소나'(가면)와 대척점에 있다. 융은 '페르소나'를 통해 한 인간이 사회화되는 과정에서 뒤집어쓰게 되는 '인격'이라는 가면의 실체를 폭로했다면, 이인성은 '탈'을 통해 '페르소나' 속에 온전히 갈무리될 수 없는, 아니 오히려 페르소나 때문에 부재의 어둠 속으로 밀려났던 욕망의 얼굴들을 드러내고 있기 때문이다.

이 소설집의 마지막 두 작품은 '강 어귀 바다 물결'이라는 큰 제목에 묶여 있지만, 작가는 아직 타인의 난바다에까지는 나아가지 않고 있다. 그래서 이 소설집에서 타인은 미래의 가능태로만 잠복해 있다. 이인성은 사르트르(J-P Sartre)처럼 '타인의 시선'을 지옥으로 생각하지는 않는 듯하지만, 그렇다고 해서 현실을 전체적으로 구성하는 선험적 구조로 여기지도 않는 듯하다. 타인들이 빚어낸 사건에 어쩔 수 없이 연루되어 '나'라는 인칭이 불가항력적인 주체로 떠오르는 순간에 겪었던 심리적 혼돈을 상기하면, 타인은 가까스로 이루어낸 내적 통일성을 다시 흐트려놓을지도 모른다. 그러나 언젠가는 그러한 '나'도 "그것이 무엇인지는 가봐야만 알 어떤 다른 삶"(82면)을 향해 돛을 올리는 자기결단이 필요할 것이다.

3

이인성이 분할되거나 포획되기 어려운 '욕망'과 씨름하는 동안, 최인석은 구체적인 현실에 신화적 보편성을 결합하는 매우 독특한 실험에 몰두했던 것으로 보인다. 네 편의 중편소설로 이루어진 『아름다운 나의 鬼神』의 무대는 '달동네'이지만, 그것은 무속·민담·신화와 결합되면서 매우 신비스러운 분위기에 감싸이게 된다. 철거당할 운명에 놓여 있는 달동네의 현실공간은, 작가 자신 또는 작가의 분신인 주인공의 시선을 통해 빠르고 정확하게 그려지거나, 그곳에 최초로 터를 잡은 '염소 할매'의 이야기를 통해 그 역사가 오롯이 드러난다. 그러나 이러한 객관세계는 신화적 요소와 결합되면서 원초적 감성이 지배하는 이차적 상징세계로 옮겨지게 된다. 신화적 세계는 순진성을 잃지 않은 어린아이들이나 본성을 잃지 않은 할머니 같은 인물들을 통해 현실세계로 침투해들어온다. 「염소 할매」를 제외한 세 편의 이야기들에는 세 아이들이 서술주체로 등장한다. 이들은 무속·민담·신화를 매개하는 중개자들이며, 그들 자신만의 영토인 망루에서 그들이 속해서는 안 될 달동네를 내려다본다. 「내 사랑 나의 鬼神」에서는 송전 철탑이, 「직녀 내 사랑」에서는 거대한 느티나무가, 「내 사랑 나의 암놈」에서는 교회의 첨탑이 각기 무속과 민담과 신화를 매개하는 중개탑이면서 동시에 세상을 내려다보는 망루가 되고 있다. 이 망루에 오르면, 그들은 다른 세계에 속하게 된다. 다른 세계에 속한 아이들의 눈으로 보면, 이 세상이 '다른 세상'으로 전도된다. 게다가 「직녀 내 사랑」의 한정수는 괴물이 되고 싶어하고, 「내 사랑 나의 암놈」의 '솔개'는 실제로 날짐승과 비슷한 괴물의 형상으로 변신해간다.

그렇다면 『아름다운 나의 鬼神』의 세계는 이원론적으로 분할되어 있는 소설공간인가? 꼼꼼히 읽어보면, 이 소설은 이원론적인 세계라기보다는 두 방향으로 뻗어가는 이질적인 욕망들을 하나의 구도 속에 통일시키고 있는 은유적 공간이다. 이 아이들의 도피적 일탈의 근원은 그들이 몸담고 살아가는 세계의 고통이기에, 그들이 빚어내는 환상의 크기와 강도는 달동네가 그들에게 강요하는 고통의 크기와 강도에 비례한다. 이런 점에서 보면, 이 소설에 흘러들어 삶의 공간에 슬프도록 아름다운 광경을 풀어놓는 신화적 세계는 비극적 정조에 의해 확장된 심리적 공간이기도 하다. 자신만의 도시이며 영토인 한정수의 느티나무가 무려 여섯 면에 걸쳐 눈부시게 아름다운 형상을 얻고 있는 것도, 허구한 날 싸움질을 하며 급기야 가스통을 터뜨려 서로를 죽이고야 마는 아비·어미가 만들어내는 지옥 같은 집안 분위기 때문이다. 고통이 극에 달할 때마다 반복되는 넋두리들도 마찬가지이다. "양 같은 범이 살고 범 같은 양이 사는 곳, 금 같은 돌이 나고 돌 같은 금이 나는 곳, 꽃 같은 비가 내리고 비 같은 꽃이 피어나는 곳"은 신화적 세계에 투사된 현실이 빚어내는 역설적 공간이다. 이들이 자신들의 망루에서 내려다보는 세계는 자신들이 몸담기에는 너무 고통스러운 공간이거나 악귀 '상류(相柳)'가 지배하는 세상이다. 그래서 자신이 신화적 세계에서 땅에 떨어졌다고 생각하는 '솔개'는 "까마득한 날로부터의 오랜 적을 다시 한번 쓰러뜨리기 위해서"(193면) 이 땅에 왔다고 스스로 다짐하는 것이다.

신화적 세계는 선과 악이 끝없이 갈마드는 동일성의 공간이다. 그러므로 소설의 말미에 놓인 구원에 대한 신화적 암시는, 신화의 순환적 구조로 인해 그대로 악무한(惡無限)에 대한 암시로 환치될 수도 있다.

최인석이 이러한 세계를 자신의 소설 속에 끌어들인 것은 어쩌면 '계급전선'의 문제를 현실 내부에서 해결하기 어렵다는 90년대적 분위기를 반영하는 것인지도 모른다. 그러나 이러한 선택은, 현실의 문제를 해결될 수 없는 모순으로서의 선과 악의 문제로 환원하는 부작용을 낳을 수도 있다. 이러한 구도 속에서는 결국 "상류란 놈이 교활하여 어디에나 존재하면서도 어디에서도 결코 모습을 드러내지 않"(193면)듯이 악은 신화 속으로 숨어버리고 사람들은 죽어서야 '유도(幽都)'나 '플래닛 X'로 날아갈 수밖에 없는 것이다. 그래서 "나는 마침내 솔개처럼 자유롭다"(250면)로 끝나는 이 소설은 해방감에 못지않게 어딘지 공허한 느낌을 자아낸다.

이 소설은 우리가 몸담고 살아가는 세계에 대한 강렬한 비판과 항의를 내포하고 있다. 그러나 일탈의 공간은 구조적으로 타인이 부정되는 세계이므로, 죽음에 임박한 솔개의 입에서 흘러나오는, "나는 무한히 내가 아닌 것들 속으로, 타인들 속으로, 이 세계로 흩어져버릴 수도 있"(193면)다는 말은 헌신을 예찬하는 설교처럼 들린다. 80년대식 리얼리즘을 넘어서고자 하는 이 환상적 리얼리즘은 과거의 소설들에 식상한 독자들을 끌어들이기 위한 전략이면서 현실을 중층적으로 재구성하기 위한 치열한 실험정신에서 잉태되었을 것이다. 그러나 패러디의 남용은 어딘지 모르게 교양과 지식을 동원하여 너무나 많은 의미를 함축하려는 의도 때문에 현실의 모서리들이 모지라져 중성화되는 경향을 보인다.

4

하성란의 『옆집 여자』는 정교하고 치밀하다. 우선 동일한 분량으로 씌어진 열 편의 단편소설들로 구성되어 외형적으로 정갈한 느낌을 준다. 그리고 각 편의 첫 문장부터 군더더기 없는 깔끔한 단문들이다. "507호에 새 이웃이 이사를 왔어요"(12면), "정전사고는 어젯밤 열두시 십분경에 일어났다"(38면), "자명종이 울리지 않는 아침이었다"(64면), "너의 시계는 세시 십사분에 멈췄다"(116면) 등등. 이 짧은 문장들은, 다 읽고 나서 다시 보면, 그 자체가 사건의 핵심이거나 사건에 내포된 의미에 대한 강한 암시성을 띠고 있다.

먼저, 작가의 시선은 사건들이 일어났거나 일어나고 있는 지점들을 집요하게 추적한다. 그리고 그의 문장들은 일상의 잡다한 일과 사물, 그리고 인물들의 행위를 정확하고 세밀하게 그려가면서도 무비카메라가 만들어낸 영상처럼 선명한 시각적 이미지들을 빠른 속도로 빚어낸다. 작가의 정서적 개입은 철저하게 차단된다. 일상의 한 국면에 물질성을 부여하는 이러한 방법은 오히려 강렬한 정서적 반응과 반성적 사유를 이끌어내기 위한 장치로서 치밀하게 계산된 결과이다. 인물, 사물, 언어 들은 각기 부풀림이 없이 그 자체로서 빈틈 없는 관계망을 이룬다. 그러나 기하학적 균형과 정확성을 느끼게 하는 이러한 구성과 서술은 한 번의 파열 또는 균열을 위해 예비된 것이기도 하다.

이렇게 하성란이 세밀하게 관찰하고 있는 일상은 먼저 무의미할 만큼 지루하게 반복되는 평면적 껍질을 부여받는다. 이러한 일상을 살아가는 평범한 인물들은 대개 그들 자신의 자각 여부와 관계없이 삶의 특수한 국면에서 소외되어 있는 사람들이다. 이들은 쳇바퀴를 돌리는 듯한 일상 속에서 근거리에 있는 사람들에게 동병상련의 연민을 느끼게 되어 한동안 그들 나름의 우호적인 관계를 이루어간다. 그러나 믿음이라는 허울을 쓴 심리적 의존성은 의도적인 배신이나 사고에 의해 산산이 부서질 수밖에 없는 속성을 내재하고 있다. 그러고 보면, 일상의 굳은 껍질들 아래에는 사회 내부에 잠복해 있는 구조적 모순과 각 개인들 자신의 실존적 위기가 도사리고 있었음이 뒤늦게 눈에 들어온다. 우리가 '사건'이라고 부르는 사태의 반전 또는 전복은 물리적인 원인과 사회적 관계망이라는 상황적 원인의 결합으로 생겨난다. 하성란은 이러한 두 조건을 하나의 세계 속에 자연스럽게 결합시킨다.

교통사고의 현장을 보여주는 「양파」의 첫 장면에서 경찰은 뒤집힌 승용차의 내부에서 분홍색 욕실화와 회칼을 발견하고 이 사고의 원인을 차에 탔던 남녀의 동반자살로 추정한다. 이러한 자의적 판단조차도 우리 사회의 풍속도에 대한 암시성을 띠는 것이지만, 소설의 내용은 물론 이러한 추정과는 무관하다. 일상적 안정감을 상징하는 듯한 욕실화와 위기의 서슬처럼 보이는 날카로운 회칼은 그 자체로서도 아슬아슬하고 불안한 배치를 보여주지만, 이 사물들은 횟집에서 일하는 남자의 필수품일 뿐만 아니라 여자와의 우연한 관계를 만들어내는 매개로서도 활용되며, 둘 사이의 관계에 짙은 불안감을 안겨주는 암시적 효과를 빚어내는 것이다.

짝사랑하는 여자에게 접근할 수 있는 꼬투리를 만들어내기 위해 아파트 단지의 쓰레기봉투들을 가져와 꼼꼼히 점검하고 그 목록들을 만들어가는 기이한 사내의 이야기를 담고 있는 「곰팡이꽃」은 그 줄거리와는 무관하게 일종의 사회학적 방법으로 우리 시대 소비생활의 내면을 세밀하게 들여다보는 효과를 낳는다. 작가의 이러한 사회적 관심은 다른 소설들을 통해 다양하게 변주된다. 정전사고의 원인을 조사하다가, 전신주의 디딤쇠에 옷가지들을 하나씩 걸쳐둔 후 맨 꼭대기에 팬티를 걸어두고 "태초의 인간 아담의 모습"으로 사라져버린 사내의 삶을 추적하게 되는 「깃발」, 물질적 이해관계 때문에 마음속에 살의를 품은 사람들이 웃는 얼굴로 함께 찍는 「즐거운 소풍」, 사회에 나와 처음 만났던 사람들이 타락한 모습으로 재회하게 되는 「치약」 등은 전문가들이 보아도 손색이 없을 만한 특수영역의 언어와 지식을 적절히 구사하면서 자본주의 사회의 비인간적인 삶의 양상과 구조화된 배신의 모습을 다양하게 보여준다. 이러한 소설들에서 일상의 표층에 균열을 가져오는 파탄들은 「올콩」에서처럼 깨어진 거울에 비치는 자신의 모습을 통해 자신에 대한 환멸과 함께 그들의 일상이 얼마나 허술한 토대 위에 놓여 있는지를 반추하게 한다. 그러기에, 하늘을 날기를 꿈꾸던 여자아이가 한쪽 다리를 잃은 후에야 몸의 반쪽만이라도 "영원히 허공에 떠 있을 수 있"(140면)게 되는 아이러니를 통해 사회화 과정이 영원히 지체되는 경우를 보여주는 「촛농 날개」나, 성인이 되어가는 문턱에서 생긴 사고(강간)로 인해 기억을 상실하고 꿈속에서 나오기를 거부하게 되는 처녀를 그리고 있는 「악몽」은 앞의 소설들과 대비되는 의미론적 구도에 놓임으로써 이 소설집에 균형감을 조성하고 있다.

평범해 보이면서도 서로 다른 개성을 지닌 채 우리 시대의 권태로운 짐을 하나씩 나누어 짊어지고 있는 인물들의 연장선에서 발자크의 '인간극'이 자연스레 떠오르기에, 하성란의 인간탐구는 더 지속되어도 좋을 듯한 느낌을 준다. 이처럼 다양한 인물과 사건을 통해 그는 일상의 껍질들을 하나하나 벗겨간다. 그리고 성실한 조사와 관찰을 통해 현실 구성의 요소들 하나하나에 물질적 근거를 확보해가며 단단해 보이는 현실의 표층을 선명하게 그려냄으로써 균열의 효과를 극대화한다. 균열에 의해서만, 그리고 그것이 만들어낸 틈 사이로만 우리의 사유는 펼쳐지고 내일에 대한 우리의 희망이 드나들 수 있기 때문이다.

5

앞에서 살펴본 세 작가들은 개성적 편차가 매우 큰 만큼, 세계를 바라보는 이들의 시각과 관심에서 공통점을 찾아내기는 쉽지 않다. 그러나 이들의 소설집들은 주제·시각의 면에서 '표면'을 중심축으로 하는 하나의 중층적 구도 속에 놓일 수는 있다. 사건들이 발생하는 표면을 일상이라 한다면, 이인성은 그 아래쪽의 심층을 파헤치고 있고, 최인석은 그 위쪽으로 상상의 날개를 펼쳐가고 있으며, 하성란은 일상이라는 표면 자체의 각질에 균열을 내고 있는 것이다. 그래서 이 글은 바로 이러한 세계구성을 염두에 두고 씌어진 것이다.

끝으로, 이러한 관점의 연장선상에서 '환상'과 '타인'이라는 두 주제를 놓고 세 작가의 성향을 간단히 대비해보기로 한다.

이 세 권의 소설집들은 부분적으로든 전면적으로든 우리 시대의 중요한 문학적 주제가 되어 있는 '환상'을 문제삼고 있다. 이인성은 성장기의 소년이 자신의 낯선 욕망과 마주칠 때 환각에 빠져 '하수구'와 같은 어두운 공간에서 자신의 몸을 지워버리려 하거나 환상적인 탈놀이를 통해 잠재된 욕망들의 난장을 펼쳐 보인다. 그러나 이러한 환각 또는 환상들은 일탈적인 것이 아니라 삶의 주체가 성장해가면서 마주치거나 확인해야 하는 심리적 근원에 대한 천착의 결과이다. 이와 달리,

최인석은 신화적 환상을 통해 우리 현실에 내재해 있는 절망적인 악의 존재를 고발한다. 그래서 그가 보여주는 환상의 크기는 그가 지속적으로 관심을 기울여온 사회적 고통의 크기를 가늠케 한다. 그러나 현실계로 환원될 수 없는 인물들로 인해 소설의 결말이 신화적 구원에 대한 암시로 흐르는 것은 현실의 문제를 신화적 공간으로 끌고 나가는 방법상의 부작용을 낳는다. 하성란은 「악몽」에서 유일하게 현실과 환상을 뒤섞는 방법을 활용하고 있는데, 주인공의 살인은 그녀가 당한 강간과는 달리 실제로 일어난 사건이라기보다는 충격과 분노가 빚어낸 환상처럼 보인다. 그렇다면 그것은, 평범한 인물들의 내면에 도사린 치사량의 독성이, 충격적인 사건이 만들어낸 틈새로 틈입해들어오는 심리적 리얼리티로 보아도 좋을 듯하다.

끝으로, 우리의 삶을 선험적으로 규정할 수밖에 없는 '타인'의 존재를 이 작가들은 어떻게 이해하고 있는가? 욕망이라는 하나의 자장에 들어 있어 타자화되기 어려운 성적인 상대역들을 제외하면, 『강 어귀에 섬 하나』에 나오는 타인들은 「유리창을 떠도는 벌 한 마리」에서 어머니에게 폭언을 퍼붓는 '주인년'과 「마지막 연애의 상상」에서 조직을 대신하는 익명의 사람들뿐이다. 이 작가의 관심이 행위의 원동력이 되는 욕망의 탐구에서 아직 벗어나지 않았기 때문이다. 그래서, 이 작가가 타인의 난바다로 나설 때 그의 문학에서 가장 두드러져 보이는 밀도있는 문체에 어떠한 변화가 생길지 관심이 쏠린다. 최인석의 소설에서는 주인공을 제외한 수많은 인물들이 타인이지만, 신화적 공간으로 상정된 망루에서 내려다보이는 사람들은 대부분이 타락한 인간이거나 악의 화신들이다. 그래서 현실의 문제들은 신화적 세계로 이월될 수밖에 없다. 하성란의 수많은 타인들은 배신성과 악의를 품고 있거나 타락한 경우가 많음에도 불구하고, 주인공들과 동일한 차원에서 삶의 현실을 촘촘히 구성하고 있어 세계 자체와 등가적인 존재들로 보인다. 그러기에 균열을 예비하고 있는 그의 소설세계에는 작으면서도 확실한 희망의 싹이 담보된다.

(《창작과비평》 2000년 봄호)

일극(一極)의 장막 아래
— 한국소설, 1999년 여름 풍경

한뉘 나그넷길 반 고비에/올바른 길 잃고 헤매던 나/컴컴한 숲속
에 서 있었노라//아으 호젓이 덧거칠고 억센 이 수풀/그 생각조차
새삼 몸서리치거든/아으 이를 들어 말함이 얼마나 대견한고!//죽음
보다 못지않게 쓰거운 일이 있어도/내 거기에 얻어본 행복을 아뢰려
노니/게서 익히 보아둔 또 다른 것들도 나는 얘기하리라//어찌하여
그리로 들어섰는지 내 좋이 말할 길 없으되/그토록 잠은 깊었던 탓
이었어라.

— 단테, 최민순 역주, 『神曲』, 을유문화사, 1960, 27면

1

단테의 지옥은 이 세상의 온갖 추악함의 투사(投射)이다. 그런데도
그가 맛본 '행복'은 적지 않았던 듯하다. 그에게는 연옥을 거쳐 천국에
이르는 길이 마련되어 있었고, 상상 속에서나마 그 길을 걸어보았기 때
문일 것이다. 근대인들의 심층의식에도 천국에 대한 잔상(殘像)은 끈질

기계 살아남아 유토피아에 대한 꿈으로 그들을 끊임없이 들쑤셔댔다. 근대사는 찬란한 이성적 기획과 들끓는 혁명의 피로 점철되었고, 사람들은 단테의 '행복'에는 못 미쳤을망정 그에 대한 희망만큼은 벅차게 누릴 수 있었다. 그러나 인류의 거대한 도전이 '실패한 실험'으로 마무리되면서 혁명의 꿈은 사라지고 그 희망조차 시들어버렸다. 세계의 진보적 지식인들은 이제 사회주의체제는 자본주의 세계체제 내부의 이질적인 부분에 지나지 않았고, 자본주의 생산양식의 모순에서 잉태된 마르크스주의 이론은 그 모태가 달라진 이상 수정될 수밖에 없다고 말하게 되었다. 이 틈에, 미국은 '신자유주의'라는 벌거벗은 힘의 논리를 앞세우고 정치와 경제는 물론 군사와 문화의 측면에서까지 온 세계를 한 날개 아래 거느린 독수리가 되어 우리 머리 위에 불길한 그림자를 드리우고 있다.

'팍스 아메리카나'는 물론 어제오늘의 일이 아니다. 제2차 세계대전 이후 세계사의 흐름을 한 손아귀에 틀어쥐고 미국은 다른 나라들에 자국의 이익에 따라 특별한 역할을 부여하는 한편, 이를 거스르는 나라에 대해서는 철저한 응징을 가했다. 아옌데 정권이 탄생했을 때, 키신저는 칠레를 "사회개혁의 가능성이라는 잘못된 믿음을 확산시킬 수 있는 바이러스"로 규정하고 새로운 군사정권을 만들어냈다. '신자유주의'라는 것도, 달라진 시대상황에 따라 힘의 논리를 새롭게 치장하는 이론적 음모에 지나지 않은 것이어서 세계 곳곳에서 참혹한 부작용들을 일으키고 있다. 미국과 신자유주의는, 1991년에는 '걸프전'에서 제3세계 국가들까지 동원하며 신무기의 성능을 생생하게 전시했고, 러시아에서는 1993년 1년 동안에 50만 명의 목숨을 앗아갔으며, 최근의 '유고 전쟁'에서는 단추만 누르면 목표물을 찾아가 임무를 완수하는 '영리한 폭탄'

의 위력을 적나라하게 보여주었다.

　그런데도 우리는 '세계화'라는 강요된 환상에 취해 있다가 그 덫에 걸려들고 말았다. 그러므로, 미국의 입김에 따라 움직이는 국제금융기구가 들이닥쳤을 때 우리가 보인 놀라움과 소란은 어리석음과 위선이 빚어낸 한 편의 코메디였다. 우리 기업과 국가권력의 구조가 부실하고 부패했던 것은 사실이지만, 멕시코처럼 먼저 당한 나라들의 예로 미루어 제3세계로 분류되었던 나라들의 공통된 운명을 충분히 감지할 수 있었기 때문이다. 한국 정부는 기꺼이 '구조조정'의 수술대 위에 올라 대량의 실업자들이 거리로 쏟아져나오고 무수한 가족들이 해체되거나 집단자살하는 꼴을 무력하게 방치했고, 미국의 '스탠더드 앤 푸어스'는 그러한 한국에 대해 점수를 조금씩 올려주거나 아직도 부족하다며 등을 떠밀었다. 이러는 사이에 철학박사가 관청의 안내원을 자청하고, 대학강사가 강도행각을 벌인 끝에 자살로 생을 마감하는 일까지 벌어지게 되었다. '국가'는 이제 더 이상 국민을 보호할 수 없게 되었다.

　진보적 이념이 날개를 접고, 국가의 권위가 실추되고, 언론이 제 기능을 포기하고, 오직 자본만이 절대자유를 구가하게 된 이때에 문학은 과연 무엇을 할 수 있을까? 이런 질문조차 쑥스러울 만큼, 문학도 제 몸 추스르기에 급급하다. 서사를 부정하고 주체의 소멸을 선언하면서 교환가치로 환원될 수 없는 특수성에 매달리다 보니 세계적 지배체제에 대응할 만한 논리를 상실하였고, 자기 존립의 기반마저 심하게 흔들리는 처지에 놓인 것이다. 이러한 현상은 세계문학의 공통된 운명처럼 보이지만, 특히 한국문학은 80년대의 좌절된 꿈의 그림자가 너무 짙어서인지 시계가 더욱 흐리다. 눈에 띄는 것은 근래에 우리 문학의 본류에 흘러든 신비와 환상이지만, 이것 역시 경제위기의 현실에 되비쳐 인간의 무기력만을 돌올하게 새겨놓고 있을 따름이다. 이 틈을 비집고 용(龍)이나 마법으로 젊은 독자들을 사로잡는 묵시록적 이야기들이 우리의 출판시장을 빠르게 점령해가고 있다. 그러나 문학매체들로만 보면, 우리 문단은 여전히 풍요롭다. 20여 종의 문학계간지들이 대형서점의 서가에서 어깨를 비비고 있는 모습이 사라질 기미는 아직 보이지 않는다.

1999년 여름호 계간지들에는 40여 편의 중·단편 소설들이 실려 있다. 구태여 '1999년 여름'이라는 시간적 눈금을 막 통과한 작품들에 관심을 기울인 것은 우리 소설의 파릇파릇한 생장점을 확인하고 싶은 개인적 욕구 때문이었다. 그리고 소재적 관심이 좁혀져 세계체제에 맞설 만한 단일한 소설이 보이지 않는 터에 한 시기의 소설판도 전체를 하나의 얼개로서 조감해볼 필요가 있다는 판단도 이러한 선택을 부추겼다. 또 한 가지 덧붙인다면, 중·단편 소설들에 예각화되게 마련인 작가의식들간의 차이를 확인해보려는 것이었다. 이런 까닭에 삶의 특수한 영역에 대한 서로 다른 시각들이 빚어내는 일종의 병렬적 엮임 속에서 우리 문학이 움직여가는 방향을 엿보고자 했다.

2

아무런 희망이나 기대 없이 냉정하게 현재의 상황을 미래에 투사하면, 황량한 디스토피아가 눈앞에 펼쳐진다. 거기에 출구는 없다.

박성원의 「런어웨이 프로세스」는 친구에게 보내는 편지 형식으로 화석(化石)으로 변해가는 '나'의 절망과 공포를 그려 보이고 있다. 이름난 큐레이터인 아내는 '런어웨이 프로세스'(runaway process: "암컷은 우수한 유전자를 가지고 있는 수컷과 교미하기 위해 최선을 다한다는 가설")를 체현하듯, '나'의 몸을 정화하기 위해 인스턴트 음식은 입에 대지도 못하게 하는 한편 몸에 좋다는 음식만 제공했는데, 아내가 낳은 아이는 화석처럼 움직이지 않았고, '나'의 몸도 서서히 변해 붕대 없는 미라처럼 되어 다른 화석들과 함께 전시된다. '나'는, 화석으로 남은 것만이 의미가 있다고 생각하는 아내의 눈빛에서 비로소 가치를 지니게 된 자신을 발견한다. '나'는, 몸이 완전히 굳어지기 전에 꼭 한번 외출을 감행하여 한 노인을 만난다. 출소한 지 얼마 되지 않은 노인은 상품들의 너무 많은 종류, 광고와 이름의 홍수 속에서 아무것도 고르지 못해 병자인 아내를 굶어죽게 했다고 말한다. '나' 역시 같은 이유로 아내에게 줄 선물을 고르는 데 실패한다.

이밖에도 이 작품은 수많은 에피소드와 정보를 거느리고 있는데, 이러한 특성은 물론 '편지'라는 형식에 말미암은 것이다. 그런데 그것이 친구에게 도달하게 될 가능성에 대해서는 '나' 자신조차 의문을 표시하고 있다. 게다가 '나'가 화석들과 함께 전시된 이후의 이야기까지 포함되어 있는 것을 보면, 이 편지는 실제로 씌어진 것일 수조차 없다. 이 소설은 결국 허구적 수신자에게 보내는 허구적 편지, 즉 독백일 뿐이다. 그러므로, "나를 훔쳐라. 부디 나를 훔쳐라" 하는 마지막 절규는 절망적 분위기를 고조시키는 후렴에 지나지 않은 것이다.

초현실적인 줄거리, 도입부의 극사실적인 묘사, '추신' 부분의 몽환적 분위기, SF적 상상력, 노인과의 대화에서 발휘되는 문명비판적 컬트 등으로 이루어진 이 소설은 세부적으로는 매우 복잡한 의미연관을 보이지만, 전체적으로 보면 하나의 상징성으로 집약된다. 퇴화를 거듭해가고 있는 '나'의 몸은, 체제외적 인간의 운명을 암시하는 한편 우주는 하나의 방향, 즉 완전한 퇴화의 방향으로 끊임없이 회복불가능하게 변해간다고 설명하는 엔트로피 법칙을 떠올려준다. 그리고 자본주의체제 속에서 살고 있는 인간은 대량생산과 대량소비를 자행하며 그 자신까지 상품 또는 소비재로 만들 뿐만 아니라 궁극적으로는 엔트로피 과정을 촉진함으로써 형태도 없고 생명도 없는 종말적 우주를 앞당길 뿐이라는 인식과 자연스럽게 결합된다. 이러한 우주적 종말론의 관점에서 보면, '런어웨이 프로세스'를 위해 최선을 다하는 교활한 유전자조차 한낱 웃음거리가 될 수밖에 없다. 그러므로 '나'는 "미래가 없는" 곳, 시간이 정지된 '그곳', 다시 말해 변화가 없는 곳을 갈망할 수밖에 없다. 이렇게, 이 작품의 밑바닥에 은밀하게 숨겨져 있는 자연과학적 거대담론이 보여주는 세계는 자본주의의 황량한 벌판, 그 인간의 조건에 대한 상징이 된다.

문명의 종말에 대한 절망감을 극대화하면서도 희망의 편린조차 남겨놓지 않는 소설 기법은, 주인공이 운명을 극복하려고 아무리 발버둥쳐도 끝내 신의 손아귀를 벗어나지 못하고 마는 고대 그리스의 비극을 연상시킨다. 그러나 지금의 비극은, 청중을 눈물로 순치시키는 카타르시스가 없기에 더욱 비극적이다. 거기에는 극적인 대단원도 존재하지 않는다. 그것은 결국 비극일 수조차 없다. 이처럼 완전한 절망을 통해 지금의 작가들은 무엇을 말하려는 것일까? 그러나 이러한 질문은 틀렸거나 부질없는 것이다. 무엇을 말하기 위해서가 아니라 사회주의 리얼리즘에서 강조된 바 있는 '선취' 또는 '전망'은 거짓 희망을 부추길 가능성이 크다는 생각을 실천하고 있기 때문이다. 그러기에 노인이 "언젠가 조상들이 진정한 문명의 산물들을 가득 실은 배를 타고 와서 노동과 지배자와 허위의식과 거짓으로부터 해방시켜준다는 것"을 믿고 있는 것이나 '나'가 친구의 구원을 간절히 바라는 것은 탈출의 전망이나 가능성을 보여주기 위한 것이 아니라 절망적 울림을 증폭시키기 위한 장치 또는 절망의 심리 그 자체를 드러낸 것일 뿐이다.

박상우의 「쓸쓸한 사막의 이미지」(《문학동네》)는 '사막의 이미지' 위에 핵전쟁 끝에나 도래함직한 살벌한 문명의 잔해들을 뒤섞어놓고 있다. 소설은 어딘가를 향해 끝없이 움직여가고 있는 '나'의 시선에 잡히는 살벌한 풍경들과 그것이 촉발하는 회상들 사이사이에, 그를 사랑하는 여인의 편지가 부분부분 끼여드는 교차배열의 형식을 취하고 있다. 이 여인은 처음에는 '당신'만을 생각하다가 이제는 '아이'만을 생각하게 되었지만, 그녀의 '현실과 미래'마저 사막으로 변해버렸기에 그녀와 아이는 고사(枯死)한 다음에나 '당신'을 만나게 될지 모르겠다고 절규하고 있다. 그러한 절망 속에서도 그 여자는 "사막과 사랑을 놓고 나는 마지막 안간힘을 쓰고 있다"고 말한다. 그런데 '나'는 무엇 때문에 사막을 헤매고 있는가? 우리는 그녀의 편지 내용을 통해 '나'는 "사막의 실체가 무엇인지" 확인하고 이 세상을 달라지게 할 방법을 찾아나선 것임을 간신히 유추해낼 수 있을 뿐이다. 그러나 그가 실제로 보여주는 것은 "죽어가는 사막에서 아로새긴 마지막 사랑의 기억"이 "처음의 그것으로 자리바꿈을 하게 된" "신비스러운 전도"를 경험하면서 "어쩌면 그 속에 내가 가야 할 내일의 진로가 숨겨져 있을는지도 모를 일"이라고 생각하는 게 고작이다.

박상우는 문명의 종말을 입체적으로 살필 수 있는 형식을 취하고 있음에도 불구하고 뜻깊은 성찰은커녕 케케묵은 사랑타령을 구원의 메시지인 양 제시하고 있다. 사막에서 맹목적으로 싸우는 두 사내, 싸우다 말고 그들이 읊어대는 시(박용하의 「물의 공간건축설계사무소」), 공상

과학 영화에 나옴직한 삭막한 풍경 등으로 인해 혼성모방적 분위기를 풍기고 있는 이 작품은 우리 시대에 널리 유포되어 있는 과학문명적 종 말론과 사랑을 직접 대비하는, 너무도 슨진한 발상만을 보여주고 있을 따름이다. 물론 사랑의 승리를 낙관하고 있는 것은 아니지만, 끝장을 보고서야 처음을 볼 수 있을지 모른다는 생각은 작가정신의 무기력만 드러낼 뿐이다.

문명사적 대주제를 단편소설로 다루는 일은 불가피하게 시공간적 구 체성을 결여할 수밖에 없으며, 소설적 형상화도 그만큼 어려울 수밖에 없을 것이다. 이런 것을 감안하면, 박성원은 보기 드문 성공을 거두었 다고 말할 수 있다. 그러나 일상적인 주제를 다룬다고 해서 글쓰기의 어려움이 줄어드는 것은 결코 아니다. 오히려 직접간접으로 매일같이 경험하는 일상사는 작가들에게는 오히려 상투(常套)의 늪이 되기 쉬우 므로, 그 속에서 새로운 요소를 발견하고 거기에 새로운 표현을 부여하 는 일은 그만큼 부담스러울 수밖에 없다. 그래서인지 우리의 젊은 작가 들은 일상을 작품의 배경으로만 이용하면서 불륜이나 독약 같은 사랑, 인간의 근원적 욕망이나 존재의 시원, 여성의 사회적 조건이나 가족의 해체 같은 주제를 즐겨 다루면서 섬세한 심리묘사나 특이한 분위기로 승부를 거는 경향을 띠어가고 있다. 이러한 상황에서 이른바 IMF사태 가 몰고온 경제적 위기와 같은 일상적 주제와 정면으로 대결하는 것은 일종의 모험이 될 수밖에 없다. 미학적으로 입맛이 까다로워진 90년대 의 비평가들을 염두에 둔다면 더욱 그렇다. 우리 문학전통의 중심에서 한번도 벗어난 적이 없는 이러한 주제가 이제는 눈에 띄게 줄어들었기 때문에 일상을 다룬 리얼리즘 소설을 만나게 되면 어떤 불안감을 느낄 수밖에 없을 지경에 이르렀다.

김인숙의 중편소설 「길」(《내일을 여는 작가》 1999년 여름호)은 직장을 잃고 삶에 대한 두려움과 아내에 대한 자의식에 시달리는 한 남자가 지방 소도시를 찾아가 간암으로 중환자실에 누워 있는 매형을 문병하고 돌아오는 이야기이다. 요즘 독자들의 관심을 끌기에는 너무도 평범한 이러한 소재를 다루는 작가는 무엇보다 진부함과 새로움, 절망과 희망 사이의 아득한 공간을 메울 수 있는 질기면서도 날카로운 분석력과 현상을 뒤집어엎을 만한 반전의 변증법에 능해야 한다. 객관적인 묘사만으로는 독자들을 감동으로 이끌 만한 힘을 내장할 수 없기 때문이다. 김인숙은 소재적 요구와 독자의 요구 사이에 존재하는 딜레마를 깊이 있는 성찰과 인간성의 발견으로 돌파하고 있다. 그는 먼저, 작중화자인 '나'가 자기 자신은 물론 주변적 인물들과의 인간적 관계를 인내심을 가지고 되돌아보는 내성(內省)의 힘을 섬세하게 드러낸다. '나'의 내성은 아내에 대한 의심을 부추기기도 하지만 결국은 이해를 가능케 하는 쪽으로 그를 이끈다. 그것은, 해고된 사실을 알리던 순간 아내의 눈빛을 읽어낼 때, 매형에게 가보아야 한다는 말조차 제대로 꺼내지 못하는 자의식을 반추할 때, 작은 성공에 매달려 살얼음 위를 걷듯 살아온 자신의 소시민적 삶을 반성할 때, 우리들의 가슴속 깊이 숨겨진 열등감을 자극하면서 우리들의 삶을 빗나가게 하는 심리적·사회적 메커니즘을 자연스럽게 건져올린다. 이러한 과정을 통해 자기 자신과 만나지 않고서는 다른 누구도 진정으로 이해할 수 있는 가능성은 열릴 수 없기에 '나'의 자기성찰 능력은 중요할 수밖에 없다.

　이러한 내성의 힘은 사람들 사이의 관계에서 새로운 발견으로 나아가는 발판이 되기도 한다. 내성을 통해 가능해진 겸허함과 인내심만이 타자의 발견을 보장하기 때문이다. 누이가 죽고 난 후 매형과 함께 산지 1년밖에 되지 않은 여자, 식당의 굳은 일을 하며 평생 돈을 모아 라면이나 끓여 파는 식당을 마련한 여자, 자기 식구 먹이는 밥만 해보는 것이 평생의 꿈이었던 여자, 매형의 수술비를 댈 돈이 없다며 죽는 것보다 사는 것이 더 겁난다고 말한 여자가, 퇴직금을 수술비로 털어넣을 수 없는 '나', 그녀 대신 싸워주고 파출소 신세를 지기도 한 '나'가 떠나기 전 밥상 앞에 무릎 꿇고 앉아 술을 권한다. '나'의 손이 참 하얗다고 말하는 여자의 손을 보며 '나'는 생각에 빠져든다. "평생을 구정물에서 벗어나지 못해…불어터진 손…혹시 허용된다면, 나는 여자의 손을 잡아주고 싶었다…매형의 여자만 아니라면 나는 지금 이 여자를 안아버렸으리라." 이러한 자기발견 또는 타인의 삶에 대한 공감은 어쩌면 단순한 대화 이상으로 심화된 관계방식, 즉 삶의 공유과정을 거치지 않고는 생겨나기 어려운 것일지도 모른다.

　서울로 돌아온 후, '나'는 매형의 수술은 성공적으로 끝났고 식당은 팔리게 되었다는 여자의 전화를 받고 나서 핸드폰을 잃어버린다. 문병을 가는 버스 안에서 '나'는 배터리가 떨어져버린 핸드폰 꿈을 꾸는데, 꿈 속에서 그것은 "세상의 길이란 길은 전부 밝혀놓은 지도" 또는 "은빛 총알이 장전된 권총과 같은" 것이었다. 핸드폰이 지도와 권총으로 상징되는 것은 '나'의 권능—무능에 대한 자의식으로서의—에 대한 욕망을 내비치는 것으로, 그리고 핸드폰을 잃어버린 것은 그것에 대한 결박으로부터의 해방을 의미하는 것으로 이해될 수 있을 것이다. 그러므로, '나'와 아내의 관계가 두 간선도로의 결합처럼 떨어질 수 없을 것이라는 희망적인 결말은 해방된 자아만이 타자와의 진정한 결합이 가능하다는 사실을 함축한다. 작가는 이처럼 절망과 희망 사이의 간극을 자아의 발견과 타자에 대한 새로운 이해로써 메워갈 수 있는 길을 찾아내는 데 성공한 셈이다.

도시빈민의 가족파탄을 다룬 한강의 「해질녘 개들은 어떤 기분일까」(《창작과비평》 1999년 여름호)는 소재적 측면에서는 앞의 소설과 그다지 먼 거리에 있지 않지만, 주제를 다루는 방식은 전혀 다르다. 작가는 이 가족의 생활방식이나 경제적 측면에 대해서는 무관심하다. 그는 어린 소녀(초등학생)의 시선으로 가출한 엄마, 그녀를 찾아나선 아빠, 그리고 아빠를 기다리는 그 아이 자신으로 구성된 뿌리뽑힌 한 가족의 신산한 삶을 암담하게 그려내고 있다. 지금까지 우리 소설에서 '어린아이의 시점'은 주로 이데올로기의 함정을 효과적으로 피해가기 위한 방법으로 이용되었지만, 이 소설에서는 어른들의 독선이나 관계의 비극성을 두드러져 보이게 하는 기능을 하고 있다. 이 아이의 여리고 섬세한 마음이 읽어낸 풍경과 어른들의 세계는 독자들의 마음에 깊이 스며들어 비극적 정조를 풀어놓는다. 그래서 이 소설을 읽는 어른들은 이 아이의 심상에 비친 풍경들에 불가항력적으로 매혹되거나 이 아이가 겪고 있는 고통에 쉽게 감전될 수밖에 없다.

아이는 남쪽 바닷가 소읍에 있는 한 여관에서 창유리에 이마를 대고 해질녘의 바다를 내다보며 바닷가에 나가서 일몰을 보고 싶어하기도 하고, 해질녘 개들은 어떤 기분일까 생각해보기도 하고, 세 식구가 소형 트럭에서 장사를 하면서 살았던 때로부터 엄마가 가출한 후 그 차를 타고 아빠와 함께 엄마를 찾아 전국을 떠돌았던 생각도 하고, 아빠가 차를 팔아버렸으니 이제 어떻게 서울로 돌아가서 학교에 다닐 수 있나 걱정하기도 한다. 그러나 이 소설에서 중요한 것은 사건의 추이가 아니다. 이 아이의 개들에 대한 생각—가혹한 현실 속에서도 사물을 구김살 없이 보는 순진한 눈—조차 불가능하게 하는 결말의 비극성, 그것을 점진적으로 심화시켜가는 기법과 문체에 있다. 말하자면 이해관계에 얽매이지 않은 눈만이 읽어낼 수 있는 세계, 그리고 그 세계를 물들이고 있는 어두운 그림자를 보여주려는 데 있다. 다시 말하면, 공터에 있는 개들이 무서워서 바닷가에 나가지 못하면서도 개들의 기분을 생각했던 아이가 아빠가 약을 넣은 샌드위치를 토하고 난 후 기어이 바닷가로 나가면서, 이제는 몸이 너무 아파서 개들을 두려워하지도 않고 개들의 기분이 궁금하지도 않게 되는 이 아이의 상태가 어른들의 내면 깊숙이 도사리고 있는 죄의식을 건드리고야 마는 심미적 효과에 있다. 한강이 그려 보이는 가족구성원들 사이의 거리는 이처럼 멀고도 아득하다. 그가 다른 잡지(《문학과사회》 1999년 여름호)어 발표한 「아기 부처」의 젊은 부부 사이도 인위적으로는 쉽게 메워질 수 없는, 존재론적 간극처럼 보인다.

윤영수의 「달빛 고양이」(《당대비평》 1999년 여름호)의 소년 역시 어른들의 세계를 비판적으로 조명하는 '순진한 눈'의 한 전형을 보여준다. 용돈을 벌기 위해 중국집에서 음식배달을 하는 소년(고등학교 2학년생)은 달밤에 귀가하던 중 아파트 근처 녹지대의 벤치에 앉아 있는 바바리코트 여자를 발견한다. 여자는 소년에게 알은체를 하고, 소주를 권하고, 꿈을 묻기도 하고, '아름다운 별' 지구와 페루의 해변에서 자살하는 새들의 이야기를 해주며 취해간다. 소년은 방송국에서 클래식 음악을 들려주는 이 고상한 여자가 자기 누나이면 좋겠다고 생각하며 자신의 꿈을 부풀려 이야기하고, 가족들에 대해 그럴듯한 거짓말을 늘어놓고, 몸을 가누지 못하게 된 여자를 그녀의 아파트까지 부축해 잠자리에 뉘어주고, 새벽에 출근할 여자를 위해 밥을 짓기도 하면서 여자를 지켜준다. 그러나 여자로 인해 갖게 된 소년의 꿈은 여자의 잠꼬대에 의해 여지없이 깨어지고 만다.—"중국집 뽀이, 웃기는 짬뽕 녀석 되도 않는 소리에 흥흥 박자나 맞춰주고…" 그리고 이 여자의 폭음이, 아내 있는 의사에게 바람맞은 탓이었음도 밝혀진다. 소년의 환멸! 여자의 돈을 훔친 소년은 길을 걸으며 생각한다. "나는 부드러운 달빛이니, 상처받은 마음을 위로해주는 포근한 달빛이니 하는 식으로 괜히 센티하게 말하는 사람들이 세상에서 제일 싫다. 계란 노른자위치고도 한 달은 썩은 것 같은 누르무레한 때깔 가지고 요샛세상에서 어디 감히." 소년시절의 낭만은 어느 굽이에서든 깨어지게 마련이지만, 이 소년의 낭만은 너무나 빨리 나쁜 쪽으로 깨어져가고 있다.

이 소설은 저녁나절부터 밤중까지 한 소년이 겪은 일을 통해 두 가지 사실을 말하고 있다. 하나는 앞에 요약한 부분이고, 다른 하나는 소년과 동년배이면서 중국집 붙박이 일꾼인 다른 소년을 관찰한 부분이다. 종업원 소년은 작중화자인 소년에게 그 다음날이 자기 생애 최고의 날이 될 것이라고 말하는데, 그 까닭은 요리사가 오징어에 칼집 내는 일을 시켰기 때문이다. 요리에 첫발을 들여놓게 된 것에 환호작약하는 소년과 불륜을 저지르면서도 적반하장인 지식인 여자—이 극단적인 대비는 그 상반성으로 인해 서로의 특성을 날카롭게 부각한다. 우리 사회의 불평등의 한 단면을 들여다보고 있는 이 소설은 주제의 평범성을 치밀한 구성과 묘사로써 돌파하는 데 성공하고 있다.

남녀관계 또는 성문제를 다룬 소설들이 올 여름의 소설판도를 양적으로 압도하고 있다. 그런데 이 소설들 가운데 정상적인 남녀관계를 다룬 것은 한 편도 없다. 이런 주제가 전면화되지 않고 배경으로 처리된 경우까지 합하면 그 숫자는 훨씬 늘어날 것이다. 이러한 경향으로만 보면, 우리 사회에는 불륜이 이미 보편화되어 있고, 작가들은 이러한 현상에 윤리적인 잣대를 들이대기보다는 그것을 일종의 사회현상으로 담담히 처리하고 있다. 그런가 하면, 한 남자—친구의 남편이 되어 있는 옛애인 또는 이유 없이 떠나버린 사람—에 대한 집착 때문에 자신의 삶을 고사(枯死)시켜가는 여자를 다룬 소설들도 상당수 눈에 띈다. 이 '독약 같은 사랑'의 주인공들은 자신의 과거를 회한을 가지고 반추하기보다는 고착된 욕망의 내면만을 적나라하게 드러내 보일 따름이다. 인간의 본성 또는 욕망에 대한 가치판단은 완벽하게 배제되어 있다. 예컨대, 강간당한 처녀가 가해자를 살해하는 행위를 '악몽'으로 처리하여 그것이 현실에서 이루어졌는지 꿈 속에서 이루어졌는지 모르게 함으로써 그에 대한 윤리적 판단이 불가능하게 한 소설도 있다. 이러한 소설적 배려는 강간당한 여성의 심리적 혼란의 깊이를 효과적으로 파헤친 결과로 보이지만, 강간에 대한 복수의 심리와 윤리의 차원은 전혀 별개의 것이라는 주장을 강하게 내비치고 있다.

사랑의 주제 가운데 정상적인 관계들조차도 존재의 전이(轉移)나 수정(修正) 없이는 이루어지지 않는, 초현실주의적 기법으로 씌어진 경우도 있다. 김현주의 「에어컨」(《문학과사회》 1999년 여름호)은 성적인 욕망을 숨기고 사느니 떠나는 게 낫다고 여겨 집을 나가 수행에 전념하며 남편을 생각하는 아내의 시각과 집에 있는 사물들에서 아내의 흔적을 발견하며 그녀의 턱없는 이상(理想)을 가엾어하는 남편의 시각을 교차시키면서 매우 특이한 인간의 관계방식을 탐색하고 있다. 아내는 천신만고 끝에 에어컨이 되기로 결심하고, 남편은 에어컨이 되어 있는 아내를 느낀다. "사물의 세상, 바깥과 안의 혼재. 순간 나는 부드럽고 따스한 아내의 몸 속으로 깊숙히 빨려들어가고 있었다." 작가는 결국 안팎의 경계가 없는, 중심도 주변도 없는, 주체도 객체도 없는 세계를 꿈꾸고 있는 것이다. 특히 주체의 소멸을!

이와는 달리 윤대녕은 「에스키모 왕자」(《작가세계》 1999년 여름호)에서 주체—그에게는 '존재' 라는 말이 더 어울리겠지만—의 회복을 통해 정상적인 관계가 가능해지는 경우를 보여준다. 일곱 살 때부터 '나' 의 몸 속으로 계절이 바뀔 때마다 찾아오던 '에스키모 왕자' 는 스무 살때 한 여자를 배반한 이후부터 찾아오지 않는다. 9년— '나' 가 고유한 시간 대신 훼손된 시간을 살았던 기간—만에 다시 찾아온 그는 이제 성성이로 변해 있다. '나' 는 경주에서 만난 하원이란 여자가 권하는 대로 런던, 암스테르담, 하이델베르크, 베를린, 프라하, 부다페스트를 여행하면서 색다른 경험들을 한 끝에 늙은 성성이를 몰아내는 데 성공하고 하원을 전생의 여인처럼 맞게 된다. 윤대녕은 잃어버린 '고유한 시간' 을 회복함으로써 이루어지는 존재의 회복을 통해 현대인들의 훼손된 삶을 반어적으로 이야기하고 있는 셈이지만, 그의 소설들의 결말은 온전해진 존재의 충족감보다는 공허한 관념의 유희 또는 나르시시즘적인 자기애를 목격한 후의 공허감만 안겨줄 뿐이다. 이 소설 역시 그의 일련의 '존재탐구' 소설들의 세계관, 구성방법, 여성 매개자, 현실로의 회귀 등의 요소들을 두루 갖추고 있다. 다른 것이 있다면, 자신의 내면을 시간과 관련하여 탐색하는 방법이다. 그러나 삶의 시간을 극적인 경험에 따라 분절하고 그것들이 뒤섞임 없이 존재하는 것처럼 생각하는 기계적 사고의 경직성은 그의 신비주의적 연막(煙幕)에도 좀처럼 가려지지 않는다. 그는 언제쯤, 현재의 시간이야말로 생성과 변화가 이루어지는 존재의 시원임을 인정하게 될 것인가?

백민석의 「없는 작가」(《문학동네》 1999년 여름호)는 언어와 실존 또는 현실의 층위들을 가파르게 대비하고 있다. '나' 는 ci(이 소설에 나오는 인물의 이름들은 알파벳 소문자로 기호화되어 있다)에게서 무엇을 잃어버렸는데 그 행방을 알아봐달라는 부탁을 받고 한 달 동안 수소문하고 다니지만 목적을 달성하지 못한다. 그 동안 c_i조차도 잃어버린 것에 대해 무관심해졌다. 그러나 '나'는 처음부터 잃어버린 것의 실체성보다는 그것을 잃어버리면 c_i가 미망인이 된다는 사실을 떠올리면서 '미망인'이라는 말의 이미지나 섹시한 뉘앙스에 집착하여, 미망인이라는 말이 환기하는 느낌에 대해 평론가인 교수와 논쟁을 벌이기도 한다. 외양상 탐색소설의 형태를 띠고 있는 이 작품은 잘 짜여진 구도 속에 사물의 실체성에 대한 언어 또는 언어체계의 우위를 주장하고 있다. 사람의 이름을 소문자 이니셜로 쓰거나 '미망인'이라는 낱말이 나올 때마다 고딕체로 쓰고 있는 것도 작가의 이러한 생각을 반영하고 있다. 대형 서점의 신간코너에서 잃어버린 것을 찾았다는 결말은 "작가는 죽었다"는 롤랑 바르트의 선언을 반어적으로 재확인하고 있는 셈이다.

현실적 맥락보다는 정서적 환기력에 관심을 기울이는 경향은 민경현의 「평실이 익을 무렵」(《창작과비평》 1999년 여름호)에서도 두드러져 보인다. 민경현은 전설적 분위기를 깔고 민족적 정서와 풍물에 대한 서정적 서술에서 젊은 작가로서는 보기 드문 성취를 보여주지만, 분단의 고통을 주로 이별한 아내에 대한 그리움으로 환치하고 있는 것은 문제의식이 다소 안이하다는 느낌을 준다.

3

소설로 본 1999년 여름의 풍경은, 소수의 예외를 제외하면, 신자유주의체제 또는 팍스 아메리카나라는 일극(一極)의 장막 아래 뿔뿔이 흩어진 개인들이 고독하게 내면화되고 있는 단자들의 사회이다. 그들의 움직임은 세기말의 어두움을 배경으로 곡두들처럼 허허하다. 그들은 세상에 대해 어떠한 영향력도 행사할 의지도 내보이지 않는다. 그들은 어떤 의미 있는 관계의 추구나 저항의 싹도 보여주지 않는다. 그들은 어떠한 가치판단도 유보한 채 가까스로 자기 앞의 생만을 붙들고 있을 따름이다. 그들은 자신들에게 그러한 삶을 종용하거나 강요하는 보이지 않는 손의 존재를 밝히려 하지 않는다. 그런데 이러한 경향성은 현재의 삶의 조건에서 필연적으로 잉태될 수밖에 없는 현상인가, 아니면 작가의 도착적인 자기만족이나 무책임성의 소산인가? 그것도 아니면, 그저 한 시기를 풍미하는 단순한 유행일 뿐일까?

모든 것이 교환가치로 환원되는 시장경제의 메커니즘에서 자유롭지 못한 자아의 자기비판, 역사적 현실을 자아의 개념적 통사론과 동일시하는 체계 또는 거대담론을 거부하는 경향과 맞물려 있다는 점에서 이런 현상은 얼마간 필연적이다. 이러한 상황에서 소설은 다의적인 현상과 언어 속에서 교환불가능한 특수자를 발견하려는 경향성을 띨 수밖에 없었을 것이다. 그러나 이러한 소설적 구도로는 지배체제와의 대결은커녕 그에 대한 비판적 입지를 마련하는 것조차 불가능하다. 이런 점에서 요즘 소설들은 대체로 시대와 인간에 대해 무책임하다. 그렇다고 해서 사람들 사이의 관계에서 섣불리 대결구도를 만들어내는 것은 삶의 다양성과 중층적 성격을 무시하는 또 하나의 현실 왜곡으로 떨어질 가능성이 크다.

한마디로 말하자면, 체계로부터 해방된 자아가 무의식의 메커니즘에 걸려들 위기 앞에 놓여 있는 것이 요즘 소설들이 맞닥뜨리고 있는 딜레마이다. 여기에서 극단적인 특수화 쪽으로 기울게 되면 마침내 주체의 해체로까지 치달아 모든 질적 판단을 부인하거나 유보할 수밖에 없을 것이다. 실제로 많은 작가들이 윤리적·정치적 판단을 배제해야만 작품의 미적 완성도가 높아진다고 생각하면서 표현층위에만 관심을 기울이는 그릇된 매너리즘에 빠져들고 있다. 신자유주의체제는 아프리카 작은 마을 사람들의 소비성향까지 놓치지 않고 파악할 만큼 전지구적인 지배망을 구축하고 있는데, 우리 작가들은 집단적으로나 개인적으로 이에 맞설 만한 방법을 찾아내기 위한 생각이나 의지가 없어 보인다. 이러한 사정은 이론의 절대순수성을 요구하는 일부 비평가들의 그릇된 생각과도 맞물려 있다. 신자유주의와 같은 세계체제에 맞설 만한 큰 범주의 사유가 필요하다고 말하면, 이들은 '거대담론'과 체계는 그 자체로서 폭력이거나 폭력성을 내재하고 있다고 맞받아친다. 이들은 민족적 차원에서 이루어지는 어떠한 행위, 또는 '민족' 그 자체를 파시즘과 동일시한다. 이들은 또한 현실의 '불투명성'을 내세우면서 전망의 부재를 당연시한다. 이들은 주체와 주체 형성의 긍정적 가능성까지 쉽게 부정해버린다.

그러나 주체 형성의 노력은 진정한 자유를 획득하기 위한 구체적인 행위일 수 있으며, 그것을 통해 그밖의 모든 존재를 타자화하려는 음험한 의도를 내포하는 것만은 아니다. 생각의 순서를 바꿔보자. 이 세상에 어떤 지배체제가 존재한다면, 지배하는 세력과 지배받는 사람들이 이미 존재하고 있다는 것을 의미한다. 이러한 조건에서 지배받는 사람들을 집단적 주체로 형성하는 것이 가능하다면, 사파티스타와 같은 전투적인 투쟁이 전개될 수도 있다. 그러나 지리적 환경이나 민족구성이 다른 곳에서 살아가는 사람들에게는 그와는 다른 투쟁방식이 요구된다. 대다수의 경우, 지배와 피지배의 경계 자체가 모호할 뿐만 아니라 지배세력의 논리는 지배를 당하는 사람들의 의식에 내면화되어 있다. 그러므로, 이 글의 서두에서 피력한 바와 같은 신자유주의에 대항하려는 존재는 자신에게 내면화되어 있는 부정적 요소를 발견하려는 의지를 지니게 될 때 비로소 진정한 주체로 거듭날 수 있는 가능성을 지니게 된다. 그리고 자신의 내면에 도사리고 있는 부정적 성향을 몰아내기 위해서는 그것을 내면화시키고 재생산하는 외부의 존재 또는 조건을 객관화하는 과정을 거칠 수밖에 없다. 이런 점에서 진정한 주체는 고정된 틀이 아니다. 그것은 유동적 다수성이다. 그러므로 절대로 순수한 주체나 절대로 무류(無謬)한 주체는 존재할 수 없다. 주체는 새로운 조건 속에서 끊임없이 거듭나야 할 어떤 것이다. 그리고 소설은 이러한 조건에 능동적으로 참여하는 동적인 언어체계이다.

우리 소설은 문학사적 흐름에서 분명 하나의 전환기를 맞이하고 있다. 이미 눈에 띄게 달라진 것 가운데 하나는 소설을 만들어내는 기술 또는 기법의 발전이다. 이것은 주체에 내면화되어 있는 신자유주의적 성향과 감각을 붙들어 효과적으로 표현할 수 있을 만큼 충분히 섬세하고 치밀하다. 그러나 이러한 작업들이 현실적인 힘을 얻기 위해서는 근원적 현실에 대한 탐구와 우리 자신의 삶의 방식에 대한 치열한 반성이 전제되어야 한다.

《내일을 여는 작가》 1999년 가을호)

일상에 뿌리내린 분단의식의 극복
— 남북한 소설들과 크리스타 볼프의 『나누어진 하늘』

1. 분단의식의 새로운 양상

근래 우리나라 국민들 사이에 확산되고 있는 통일의 필요성에 대한 회의(懷疑)는 달라진 현실에 대한 올바른 인식과 통일을 위한 새로운 방법의 개발을 요구하고 있다. 동구권 사회주의의 몰락과 독일 통일 등 국제적인 환경의 변화로 인해 한반도의 통일 가능성이 점차 실감을 지니게 되면서부터 일기 시작한 이러한 회의는 일차적으로 통일 이후의 독일이 보여준 여러 가지 부정적 현상들에 비추어 우리 역시 그러한 전철을 밟게 될지도 모른다는 불안감에서 싹트고 있는 것으로 보인다.

독일이 통일을 맞이한 지 7년이 되는 지난 10월 3일을 전후로 하여 국내 신문들이 보도하고 있는 저들의 실상은 여러 면에서 매우 부정적인 것으로 드러나고 있다. 옛서독 정부는 2조 마르크(약 1,020조 원)가 넘는 돈을 동독지역의 재건을 위해 쏟아부어 법적·제도적 통합은 거의 마무리하였으나 동독지역은 경제난과 고실업률에 허덕이고 있고, 정치사회적 갈등도 적지 않아 동독 주민들의 소외감과 상실감이 오히려 증대되고 있다는 것이다. 예를 들면, 동독지역 주민들이 자신을 독일인이라기보다는 동독인으로 느끼는 비율도 점증하여 금년에는 60퍼센트에 육박하고 있고, 실업률도 20퍼센트에 이르고 있으며, 특히 청년실업 문제는 갈수록 심각해지고 있다는 것이다. 이러한 사실들로 미루어 북한이 동독처럼 갑작스럽게 붕괴되어 남한에 흡수통일될 경우 전체 고용자의 약 25~30퍼센트인 230~260만 명 정도가 실업상태에 놓이게 되고, 이로 인해 통일 이후 5년간 최소한 150만 명이 남한으로 이동하여 남한내 노동 및 주택 시장에 큰 혼란이 생기게 된다는 것이다.

이러한 사실은 분단의식 또는 통일을 기피하는 성향이 이념적인 원인보다는 경제·사회적 원인으로 인해 더욱 깊어질 수도 있다는 우려를 낳고 있으며, 이제 통일은 그 가능성 여부 또는 통일 그 자체에 못지않게 그 준비과정에서 어떠한 의식을 가지고 어떠한 내용을 채워갈 것인가가 더 중요한 문제로 떠오르고 있다. 돌이켜보면, 지난날 우리의 진보적 지식인과 작가들은 대체로 여러 가지 방식으로 은폐·왜곡되어 온 분단의 원인을 밝히는 데 주력하면서 통일의 당위성을 강조하는 경향을 보여왔다. 이러한 방식은 시대적 요구를 따른 것인 만큼 그 나름의 정당성을 띤 것이었고, 거기에는 개인으로서는 감당하기 어려운 위협과 고통이 따르기도 했다. 그때로서는 분단체제를 재생산해내는 복잡한 조건들을 천착하기보다는 분단과정 자체를 올바르게 드러내고, 분단에 책임이 있는 국가나 세력을 분명히 밝혀낼 필요가 있었던 것이다. 그것은 민족감정의 차원에서 학생이나 노동자들과 같은 젊은이들의 광범한 공감을 불러일으키는 데 성공했지만, 때로는 보수세력의 역공을 초래하여 사회적 혼란을 가중시키는 결과를 가져오기도 했다. 지난날의 운동방식이나 작품 경향을 오늘의 시점에서 지나치게 폄하하는 경향도 문제이지만, 80년대의 운동방식은 대체로 그날그날의 삶에 매달릴 수밖에 없는 대중들의 생활감정과는 동떨어진 경우가 많았던 것도 사실이다.

이런 점에서 볼 때, 최근에 발표된 ^백낙청의 「분단체제 극복을 위한 통일운동의 일상화」는 지금의 시점에서 우리에게 매우 뜻깊은 통찰을 보여주고 있다. 그는 이 글에서 분단체제를 재생산하고 있는 복잡한 조건들과 통일운동을 일상생활에 자리잡게 하기 위한 방법들을 상세하게 검토함으로써 분단체제론을 통해 분단체제는 물론 세계체제까지 극복할 수 있는 실천적 고리들을 구체적으로 제시하고 있다. 그는 이 글의 '머리말 : 통일운동과 일상성'에서 통일운동은 "일상성의 틀에서 벗어난 목표를 이루려는 노력"이면서, "그 노력이 하루이틀에 끝나지 않고 그야말로 하나의 운동으로서 지속되자면 일상생활 속에 자리잡을 필요가 있"다고 말하고 있다. 그리고 이러한 일상화를 위해 분단현실을 총체적·체계적으로 인식할 필요가 있는데, 그러기 위해서는 "남북한이 각기 다른 '체제' 즉 사회제도를 가졌으면서도 양쪽이 교묘하게 얽혀 분단현실을 재생산하기도 하는 구조적 현실을 좀더 확연히 인식하기 위해 이를 '분단체제'로 파악하는 것이 필요"하다는 점을 강조하면서 분단체제 개념을 종전의 글들에서보다 좀더 알기 쉽게 해설하고 있다. 그리고 "'체제'라고 하면 좋든싫든 그 안에 사는 사람들의 일상생활에 얼마간 뿌리를 내린 사회현실을 뜻하게 마련"이므로, 통일운동의 일상화는 바로 일상에 뿌리내리고 있는 체제의 고리들을 그때그때의 일상사에서 찾아내 남북한 주민이 연대할 수 있는 운동으로 발전시켜가야 함을 주장하고 있다. 이 글은 또한 시민운동과 진보적인 운동이 함께 발벗고 나서고 있는 '북한주민 돕기 운동'이 남북한 민중연대의 가능성을 이끌어낼 수 있는 분야로서 이미 상당한 성공을 거두고 있고, 남북한의 체제경쟁으로 인해 지구상의 어디에서보다 맹목적인 개발이 자행될 가능성이 농후한 한반도에서의 환경문제는 분단체제는 말할 것도 없고 미국이 주도하고 있는 대량소비적 자본주의체제를 극복하는 문제와도 연관된 매우 중요한 운동의 과제임을 역설하고 있다.

이 글은 분명히 지금까지 씌어진 어떠한 글보다 통일을 일상 속에서 지속적으로 추구해가야 할 과제로 제시하고 있다는 점에서 오늘의 우리에게 많은 시사점을 던져주고 있다. 그럼에도 불구하고 나는 여기에서 한 걸음 더 나아가 통일을 하나의 목표로서보다는 생성적 과정으로 보아야 한다는 점을 강조하고 싶다. 통일 즉 분단체제의 극복이 세계체제의 극복과도 연관된 복잡하고도 거대한 문제라면, 한반도에서 정치적·제도적 통일이 이루어진 이후에도 그 '체제'들이 뿌리내려온 일상 속에서 그 체제들로 인해 눈에 잘 드러나지 않는 방식으로 고착되어 있는 분단의 벽들, 특히 인간의 심층의식에까지 뿌리내린 왜곡된 의식들을 허물어가는 일이 중요한 과제로 남을 수밖에 없기 때문이다. 이와 함께 창작활동을 통해 이러한 과제에 동참하려는 사람들이 '민족통일'이라는 주제 자체에 지나치게 강박적으로 매달릴 때에는 문학성이나 대중적 호소력을 내재하는 데 지장을 초래할지도 모른다는 생각을 해볼 수도 있다. 분단체제가 우리의 생활과 의식에 폭넓게 스며 있는 것이라면, 그리고 통일은 그 체제들을 극복함으로써 이루어가야 하는 것이라면, 우리는 '통일'이라는 말을 전면에 내세우지 않고서도 다양한 소재와 방법을 통해 실질적으로 통일에 기여하는 방법을 찾아낼 수 있기 때문이다.

그러나 한반도의 남과 북에서 이루어진 90년대의 문학들은 이런 쪽으로 관심이 이동되고 있다기보다는 '민족문제' 자체를 기피하는 경향에 빠져들고 있다. 북한에서는 세계사적 변화가 불러일으킨 위기의식 때문에 표현의 자유가 더욱 움츠러들어 80년대에 이루어졌던 탈 '반제국주의' 적 경향까지 자취를 감추게 되었고, 남한에서는 민족문제를 포함한 정치·사회적 관심 자체가 현저하게 위축되는 경향으로 나타나고 있다. (90년대 초에도 김하기에 의해 미전향 장기수들의 이야기들을 담은 작품집 『완전한 만남』(창작과비평사, 1990), 80년대말의 학생운동을 그린 장편소설 『항로 없는 비행』(창작과비평사, 1993)과 같은 역작이 나오지 않은 것은 아니었으나 이 소설들은 작품의 경향상 80년대의 연장선상에 놓일 수 있는 것들이었으며, 남북한 문단을 전체적으로 조감할 때 민족문제에 대한 관심이 현저히 쇠퇴한 것은 부정할 수 없는 사실이다. 이러한 경향을 집중적으로 논의한 글로는 김재용의 「90년대 남북한 문학의 비판적 조망」(《창작과비평》, 1995년 여름호)이 있다.) 그러나 최근 1, 2년 사이에 나온 송기숙, 권현숙, 김지수, 송우혜, 이원규, 김명익(북한작가) 등의 소설들은 지금의 시점에서 눈여겨볼 만한 새로운 내용들을 함축하고 있다. 그들은 제각기 그들 나름의 달라진 시각을 통해 남북한 주민들의 분단의식과 통일에의 염원을 드러내고 있다. 그러므로 '분단의식의 극복' 이라는 관점에서 이 작가들의 작품들을 살펴보고, 동독작가 크리스타 볼프의 『나누어진 하늘』을 이들과 비교적 관점에서 언급해 보려고 한다.

2-1. 분단의식을 드러내는 세 가지 방식

분단의식은 일상에 너무도 깊숙히 스며 있기에 하루하루의 생활에서 그것을 감지하면서 살아가기는 어렵다. 그러나 그것은 일상적인 삶의 어느 굽이에서 일순간에 일상의 틀을 깨고 하나의 '사건'이 되어 우리 눈앞에 폭발적으로 그 모습을 드러내기도 한다. 송기숙의 장편소설 『은내골 기행』(창작과비평사, 1996)은 1970년대 중반을 시대배경으로 하여 전통적 삶의 양식뿐만 아니라 분단시대의 비극성까지 삶 속에 내밀하게 보전하고 있는 산골마을을 무대로 일상의 허울 밑에 감추어진 분단된 남한사회의 근원적 현실로서의 분단의 비극성을 극적으로 드러내고 있다. 이 소설의 주인공 명호는 은내골을 방문하여 선경이라는 젊은 여류화가의 출생비밀을 알게 된다. 신문기자인 명호는 출생과 관련하여 곤경에 빠져드는 선경을 구출해주려고 노력하는 과정에서 한순간에 지하의 고문실로 떨어지게 된다. 시국사건과 간첩선 사건이 나란히 실리는 신문을 무심히 보아오기도 했지만, 이 사건을 통해 명호는 "국가안보를 위해서는 백 사람의 죄없는 사람을 벌할지언정 한 사람의 죄인을 놓쳐서는 안 된다"는 극우적 '안보논리'의 실체를 뼈저리게 경험한다.

이 소설은 분단체제의 재생산에 적극적으로 가담하고 있는 세력에 의해 적발된 하나의 사건을 통해 우리의 일상에 상존하고 있는 분단의식의 체제적 측면을 강렬하게 고발하고 있다. 작품의 구조는 체제가 눈에 잘 들어오지 않는 일상과 체제가 엄혹하게 관철되고 있는 이면을 융화될 수 없는 두 세계로 대립시키고 있으며, 따라서 분단의식의 실체는 지식인 주인공의 고통스러운 체험을 통해서만 극적으로 포착되고 있지만, 작품 안에서 그러한 현실에 대한 자각이 공론화될 수 있는 가능성은 막혀 있다. 그만큼 이 소설에서 그려지고 있는 분단현실은 엄혹성을 띠고 있다. 이 소설의 사건 자체는 80년대의 비인간적 억압과 이에 대항하는 사람들의 폭로에 의해 드러나게 된 분단체제의 성격을 어느 정도 알게 된 90년대의 독자들에게는 그다지 새로운 충격으로 받아들여지기 어려운 것이다. 그러나 몽매에도 그리워하던 자기 아버지를 죽게 한 사람, 그 마을에서는 체제의 음험한 폭력성의 상징처럼 되어 있는 사람이 자기의 진짜 아버지임을 알게 된 선경이 자기동일성의 혼란에 빠져 결국은 정신병원 신세를 지게 되는, 어찌 보면 분단과 전쟁의 과정에서 얼마든지 있을 수 있었던 그 운명적 꼬임은 우리 민족 자체의 비극적 운명에 대한 알레고리로서 새로운 충격을 던져준다. 『은내골 기행』의 또 한 가지 특징은 이 소설의 전반부에서 펼쳐지는 전통사회의 공동체적 삶의 아름다움이 이 시대에 팽배한 개인주의와 냉소적 허무주의에 대한 대안적 가치로 제시되고 있는 점이다. 그러나 이 작품은 90년대의 일상을 살아가고 있는 사람들의 공감을 이끌어내기에는 때늦은 계몽에 집착하고 있다는 느낌을 준다. 이러한 사실은 일상에 대한 좀더 세밀한 천착이나 작품구성에서의 새로운 방법에 대한 탐색의 필요성을 제기하고 있다.

분단의식 극복을 위한 실험적 방법을 염두에 두고 살펴볼 때 제일 먼저 떠오르는 장편소설은 권현숙의 『인샬라』(한겨레 출판부, 1995)이다. 이 작품의 무대설정이나 기법은 엉뚱할 만큼 기발한 데가 있다. 이 소설은 작가 자신이 '러브 로망'이라고 말한 것처럼 대단히 감각적인 문체를 통해 육감적인 환기력을 과시하고 있지만, 사하라 사막의 오지에서 이루어진 두 젊은이의 우연한 만남에 개연성을 부여하기 위한 작가의 노력은 상당한 성공을 거두고 있다. 권현숙은 마치 화학자가 이제까지 한번도 결합된 적이 없는 두 원소 사이의 반응을 실험하듯 남과 북의 서로 다른 체제에서 성장한 여자와 남자를, 우리에게는 매우 낯선 풍속과 제도를 갖고 있는 알제리의 변방에서 충돌시키고 있다. 동족이면서도 공통점이라고는 전혀 없어 보이는 이들에게 하나의 관계가 이루어지기 위해서는 화학실험에서처럼 촉매가 필요한데, 그것은 1988년의 시점에서 남한과의 외교관계가 없었던 사회주의 국가 알제리의 특수사정에서만 발생할 수 있는, 알제리 관리들의 눈으로 보면 '밀입국-밀수' 사건의 혐의를 둘 수도 있는 국경이탈 사건이다.

이 사건으로 인해 남한 처녀 이향은 북한의 청년 외교관 한승엽의 도움을 얻지 못하면 감옥행을 면할 수 없는 상황에서 이 소설은 전개되고 있다. 허구를 만들어내는 소설가에게 허용된 상상력을 최대한으로—어떻게 보면 과도하게—활용하고 있는 이 작품에서 우리가 눈여겨볼 것은 역사적 진공과도 같은 사막 속에서도 강력하게 작동하고 있는 분단의식과 그것의 극복은 엄청난 희생을 통해서만 어렵사리 이루어질 수 있다는 사실이다. 처음 본 이향의 겉모습이나 말투에서 기생 같은 간사함을 느끼는 한승엽, 그가 펼쳐놓는 서류에서 조선민주주의 인민공화국의 오각별을 보는 순간 온몸이 오싹해지는 이향의 정서적 반응 등은 여러가지 계기와 자기희생적 결단들을 통해 조금씩 허물어지고 이 젊은이들의 가슴에는 결국 사랑이라는 감정이 싹트게 된다. 그러나 공포를 동반하는 경계심과 뜨거운 사랑 사이의 거리는 두 권 분량의 장편소설의 줄거리를 이룰 만큼 아득한 것이다. 이 아득한 거리를 만들어내는 것은 말할 것도 없이 평생을 통해 고착되어온 그들의 분단의식과 그들이 속해 있는 분단국가의 통치방식에 대한 공포이다. 여기에서는 이향이 은연중에 드러내는 분단의식의 사례만 몇 가지 인용해보자.

말 안 통하는 알제리 경찰보다도, 밀수죄보다도, 그로 인해 미수교국인 사회주의 국가가 나에게 내릴 그 어떤 부당한 처벌보다도, 이 세상 그 무엇보다도 가장 무섭고 결크 상종해서는 안 될 북한 정부요원에게 넘겨졌다는 사실에 나는 충격을 받았다. 내 머리 속으로—눈이 가려지고 강제로 차에 실려 권총으로 위협당하면서 어디론가 끌려가는—영화 같은 장면들이 획획 지나갔다. 어쩌면 좋을까. (…) 이때가 되어서야 처음으로 나는, 이 문제가 여행중의 가벼운 에피소드가 아니라 국가와 국가간의 문제, 남과 북의 이념문제, 두 정부의 첨예한 정치문제에 연루되어 있다는 사실을 깨달았다.(상권, 83면)

나도 모르게 등허리가 꼿꼿해졌다. 함께 방법을 찾아봅시다, 라니? 우리가 무엇을 함께 할 수 있단 말인가…… 북한 외교관이 남한 사람인 나를 도울 수 있나? 설사 도울 수 있어도 왜? 무엇 때문에?(상권, 87면)

북한 사람으로 위장하면 비행기를 탈 수는 있다. 그러나 최종 기착지는 어디인가? 혹시 평양이라면…… 나는 붉은 깃발로 뒤덮인 평양 공항에 내리는 내 모습을 상상해 보았다. (…) 최종기착지가 파리가 된다 해도 북한 여권을 소지한 경위를 어떻게 설명할 것인가. 간첩혐의로 체포되지 않는다고 누가 보장할 것인가. (…)
"나는 대한민국 국민입니다. 거절하겠어요."
방아쇠를 당긴 듯이 말이 튀어나왔다. 거의 반사적이었다.(90면)

이러한 분단의식들은 물론 일상에서 튀어나올 수 있는 생각이나 말이 아니다. 이 소설에서처럼 특수한 상황에서만 그것은 제 모습을 뚜렷이 드러내는, 드러낼 수밖에 없는 것이다. 『인샬라』는 어찌 보면 황당하기까지 한 상황을 설정하고 있지만, 현지 사정에 대한 풍부한 취재를 통해 그 엉뚱한 우연에 개연성을 부여하는 한편, 다양한 방식으로 두 사람의 심리적 추이를 세밀히 따라가고 있다. 이국적 풍경들과 감각적인 문체가 이 소설의 대중적 성공을 가져왔으리라 생각되지만, 한반도 내부의 엄혹한 실정을 생각할 때 이 소설이 내장하고 있는 문제의식은 한 자락의 백일몽처럼 일시에 증발해버리는 듯한 가벼움을 떨쳐버리지 못하는 약점도 지니고 있다.

　　이에 비하면 송우혜는 철저하게 현실내부적인 시각을 가지고, 한동안 세상을 떠들썩하게 한 실제사건 당사자의 고통스러운 내면을 통해 우리 시대에 미만해 있는 집단적인 분단의식을 한 편의 단편소설을 통해 극적으로 포착해내고 있다. 그는 「내가 버린 사막」(《내일을 여는 작가》, 1997년 3-4월호)에서 전방초소 근무중 총기를 탈취당한 ROTC 출신 초급장교의 시각으로 '믿음'을 가르치는 학교교육과 '불신'을 주입하는 군대교육 사이의 갈등상황을 날카롭게 파헤치고 있다. 이때의 불신은 물론 어느 한쪽 체제가 다른 쪽에 대한 경계심과 적대감을 재생산하는 방법의 하나일 것이다. 「내가 버린 사막」은 단순한 하나의 사건을 통해 선의의 행위가 한 개인을 감내하기 어려운 수치와 굴욕의 구렁텅이로 떨어뜨리고 마는 분단시대의 사회적 메커니즘을 통해 구조화된 분단의식, 한 사회의 구성원들 대다수를 하나의 왜곡된 의식으로 통합하는 보편적인 규정력을 지닌 분단체제의 작동방식을 적나라하게 드러냈다는 점에서 깊이 음미해볼 만한 작품이다.

2-2. 체제 · 의식의 차이와 동질성 회복에 대한 염원

권현숙이 서로 다른 체제에서 성장한 두 젊은이들을 한반도 밖의 공간에서 조우시킴으로써 분단의식을 적나라하게 드러냈다면, 김지수는 「무거운 생」(《창작과비평》, 1996년 가을호)에서 북한체제에서 성장하여 한의사 직업까지 가지고 있던 사람이 남한으로 탈출한 이후의 삶을 내밀하게 들여다보고 있다. 이 작품은 근래에 새로운 사회문제로 대두되고 있는 탈북자들의 사회적응 문제를 다룬 것인 만큼 무엇보다 소재 면에서 참신한 흥미를 불러일으킨다. 이 소설은 의처증으로 인해 상습적으로 폭력을 휘두르는 남편과 이혼을 결심하고 친정집에 와 있는 정은이라는 여성의 따뜻한 시선으로 친정집에 세들어 있는 탈북 노동자 이씨의 어색한 행동과 남한체제에 적응하기 어려워하는 그의 고통을 섬세하게 그려내고 있다. 이씨는 북한에서 치료중에 당 간부의 아들을 죽게 하여 감화소를 거쳐 시베리아 벌목공이 된 후 배고픔과 살인적인 노동을 못 견디고 탈출하여 남한으로 온 다음 남의 가게에서 가전제품 수리공으로 일하고 있는 사람이다. 이씨의 전력을 몰랐던 정은의 눈에 비친 그는 "세상살이에 어딘가 서투르고 낯선 몸짓"을 하고 있었고, "쌀 한 톨 콩나물 한 오라기조차도 진지하고 소중히 다루"는 행동거지를 보였다. 그러나 정은은 그를 차차 알아가면서 그 역시 자신과 "똑같이 소심하고 똑같이 인간적이며 똑같이 고뇌하는" 우리와 다를 것이 전혀 없는 사람이라는 것을 확인해간다. 이씨는 과거의 직업과 상관이 없는 직업훈련을 일괄적으로 받았기 때문에 직업상 여러가지 어려움을 겪고 있다. 그는 이렇게 말한다. "믿어지지 않겠지만 그쪽에서는 그런 외제 가전제품을 다루는 기술자들이 의사보다 더 큰 대접을 받습니다.

그러고 보니 난 직업을 거꾸로 가진 셈이군요. 그러니 더욱 비쳐(적응해)나갈 수가 있어야지요."(139면) 그는 또 북쪽과는 전혀 다른 남쪽의 문화에 적응하기 어려운 점을 이렇게 말한다. "텔레비 수리공이나 의사의 신분 차이 같은 사소한 것에서부터, 엄청난 문화 차이, 시장경제체제, 아니 그런 것말고도 그쪽에서는 도저히 상상할 수도 없었던 집권당에 대한 비판 같은, 우선 당장 마음껏 주어진 이 자유라는 것부터가 어느 선에서 스스로 통제하고 누려야 하는 건지 매번 당황하게 됩네다." 그러나 이씨가 우리에게 무엇보다 강한 인상을 심어주는 것은 그의 순박한 인간미이며, 이러한 그이기에 북한에 있는 가족을 데려오기 위해 밀입북하려다가 구속되는, 우리의 입장에서 보면 어리석기까지 한 행동을 감행할 수 있는 것으로 보인다. 이러한 인물을 통해 김지수는 남한에 사는 우리에게 북한사람과 친화할 수 있는 가능성에 대한 희망을 품게 하는 데 성공하였다.

김지수가 남한사회 내부에 던져진 북한사람의 의식을 다루고 있다면, 이원규는 단편소설 「강물은 바람을 안고 운다」(《내일을 여는 작가》, 1997년 5-6월호)에서 두만강변 국경지대에서 마주친 남북한 사람들 사이의 분단의식과 민족의 동질성 회복에 대한 염원을 담아내고 있다. 이 소설은 작가 자신으로 보이는 이현식의 시선으로 두만강 철교의 러시아쪽 끝에 붙어 있는 역사(驛舍)에서 이루어진 남한 방송취재팀과 북한 벌목공들 사이의 아슬아슬한 조우를 실감있게 재현하고 있다. 남한 방송기자들은 철로변에서 점심을 먹고 있는 북한 벌목공들에게 배가 고프니 밥좀 얻어먹자고 접근한 후, 한 사람이 변소에 간다며 무리에서 빠져나와 점퍼 속에 감춘 캠코더로 벌목공들의 식사장면을 찍다가 발각되어 필름을 빼앗긴다. 캠코더에서 빼낸 필름을 불사르고 이들은 일촉즉발의 위기에서 헤어나게 되고, 이렇게 하여 남쪽 사람들과 북쪽 사람들 사이에 다시 대화가 진행된다. 그들의 대화 한 토막을 들어보자.

현식은 조용히 입을 열었다.

"내 한 가지만 말하지요. 남조선 사람들이 가진 자본주의의 생리에 대해서 말이에요. 우리는 엄청난 생존경쟁 속에서 살아요. 방송사 직원 두 사람은 일을 위해서라면 목숨을 거는 사람들이지요. 그래야 살아남으니까요. 나도 그래요. 책이 안 팔리면 굶어죽어야 해요."

"내레 조금은 압네다. 속은 거이 분할 뿐이디요."

오정국은 플랫폼에 서 있는 북한행 전용열차에 눈길을 던지며 다시 입을 열었다.

"저 기차가 언제 서울까디 달려갈 수 있을지······."

"우리가 아까처럼 마음을 열어야겠지요."

"그거레 리선생 편에 달렸습네다."

"알았습니다. 그렇게 되도록 노력하겠습니다. 우리는 다시 만날 수 있을 겁니다."(116~117면)

그리고 남한 사람들이 탄 열차가 하산역을 출발한다. 북한 벌목공들을 촬영했던 기자가 양말 속에서 필름 카세트를 꺼내며, "만약을 대비해 십 분쯤 찍은 뒤 새 걸로 갈아끼웠어요. 그걸 뺏긴 거예요" 하고 말한다. 현식은 "어찌할 수 없는 힘에 이끌려 민첩하게 그것을 집어 창문 밖으로 내던져버"린다. 이 장면에서 남한의 영악한 직업정신이 구해낸 필름을 던져버리는 작가를 통해 북한사람들에게 한 약속이 지켜지며, 지워지지 않는 민족정서의 뿌리가 극적으로 드러난다. 이 짧막한 장면은 배반할 수 없는 동족에 대한 믿음뿐만 아니라 인간적 신의조차 헌신짝처럼 여기는 자본주의 사회의 체질화된 직업의식에도 촌철살인과 같은 날카로운 비판을 내재하고 있다.

체제부적응이나 민족의 동질성 회복에 대한 염원과는 다소 거리가 있지만, 북한작가 김명익의 「임진강」(1991)은 반제국주의적 시각이 아닌 이산가족의 문제라는 비공식부문을 통해 통일에 대한 염원을 표출하고 있다는 점에서 우리의 관심을 끈다. 우리의 눈으로 보면, 이 소설은 너무도 평면적인 문체와 도식적인 구성을 보여주고 있어서 그다지 읽을 맛이 나는 작품은 아니다. 이 작품은, 도시에서 사는 딸이 임진강변 고향마을을 한사코 떠나지 않으려는 어머니를 모시러 갔다가 전쟁 직후 아들의 병을 치료하기 위해 강을 건너 남쪽으로 간 후 '돌아오지 못하는 남편과 아들을 끝까지 기다릴 수밖에 없는 어머니의 심정을 절실하게 그려내고 있다. 어머니의 회상을 통해 딸은, 아버지가 어느날 밤 병든 아들을 남쪽에 남겨두고 강을 헤엄쳐 건너와 하룻밤을 자고 간 날 자신이 생겨났다는 것, 말하자면 어머니의 기다림이 없었다면 자신은 이 세상에 태어나지도 못했을 것이라는 어머니의 말에 공감하게 된다. 이렇게 하여 어머니의 기다림에 의미와 무게가 실리고는 있지만, 통일문제가 지나치게 소박한 인정의 차원에만 머무르고 있다는 아쉬움을 남긴다. 이 작품뿐만 아니라 북한에서 씌어지고 있는 다른 주제의 소설들조차도 체제에 대한 내부적 비판이 부재하다는 것은 그쪽 지식인들에게 부과되어 있는 가장 중요한 문제라는 생각이 든다. 물론 가부장제나 관료주의에 대한 비판이 없는 것은 아니지만, 이것조차도 궁극

적으로는 북한체제를 더욱 건강하게 유지하기 위해서라는 전제 아래서
만 이루어지고 있는 것으로 보인다.

3. 분단사회의 총체적 조명과 체제 내부비판의 중요성

앞에서 개관했듯이 최근 2년 사이에 나온 분단소재 소설들은 80년대
에 주류를 이루었던 분단의 역사적 규명보다는 현재 우리의 내면에 도
사리고 있는 분단의식에 초점을 맞추고 있다. 그러나 일상적 삶 속에서
분단체제의 복잡성을 광범하게 그려낸 작품은 아직 눈에 띄지 않는다.
90년대 중반 이후에 나온 소설들은 분단체제 특유의 작동방식은 말할
것도 없고, 남과 북 어느 한쪽의 체제에 내재된 구조적 모순이나 분단
의식조차 전체적인 맥락이 아니라 삶의 어떤 계기에 분출되는 단면만
을 드러내는 데 그치고 있다. 이런 점에서 볼 때 베를린에 장벽이 세워
진 1961년 8월 13일을 시대적 배경으로 삼고 있는 크리스타 볼프의 『나
누어진 하늘』은 여러 모로 우리에게 시사하는 바가 크다. 이 소설이 동
독에서 처음 발표된 것은 베를린에 장벽이 가로놓이게 된 지 2년 뒤인
1963년이지만, 우리나라에서는 독일이 통일되기 1년 전인 1989년에 전
영애 교수에 의해 번역되어 민음사에서 출간되었다.

민족문제를 계급투쟁의 측면에서만 그려오던 동독의 다른 소설들과
는 달리 투쟁이나 당의 주도적 역할을 문제삼지 않았다는 점에서, 그리
고 내적 독백의 혼합 등 이전의 동독 소설들에서는 찾아볼 수 없었던
서구적 소설기법을 보여주었다는 점에서 동독문학사에 큰 획을 그은
것으로 평가되고 있는 이 소설은 사회주의체제 특히 그 관료주의적 측

면이 그 내부에서 비판되고 있을 뿐만 아니라 하나의 체제가 강요되는 사회 속에서도 서로 대립되는 시각들이 거의 동등하게 다루어지고 있다는 점에서 우리가 음미해볼 만한 요소를 지니고 있다. 특히 동독 사회주의체제에 적응하지 못하고 서독으로 넘어가는 지식인에게 상당히 설득력 있는 비판적 시각을 부여하고 있는 점은 북한은 말할 것도 없고 남한의 작가들에게도 상당한 반성적 계기로 작용할 수 있으리라고 생각된다. 이 소설은 전체적인 구성에서 보이는 사회주의 리얼리즘의 도식성이나 주인공이 마침내 사회주의적 가치를 몸소 터득해가는 과정을 보여줌으로써 동독의 이른바 '도달문학' 적 성격을 드러내고 있지만, 한 사회의 모순이 등장인물들의 치열한 사유와 토론을 통해 지양이 가능한 것으로 그려지고 있는 점은, 대화적 역동성이 부족한 우리 사회와 문학을 뼈아프게 돌이켜보게 한다.

역사적 배경이 우리와는 판이하게 다르다는 점을 감안하더라도, 자신이 심혈을 기울여 고안해낸 기계가 받아들여지지 않아 격심한 절망감에 빠져 서독행을 결행하게 되는 화학박사 만프레드가 보여주는 사유와 비판은 사회주의 사회에서도 공산주의자가 아닐 수 있는 권리를 주장하는 인간선언으로 보이며, 이러한 점은 우리의 분단현실 특히 북한사회를 생각할 때 우리에게 또다른 부러움을 안겨준다. 이 소설에서는 통일에 대한 사유나 발언은 찾아볼 수 없고, 노동현장을 주무대로 하는 일상적인 삶에서 자연스럽게 잉태되는 크고작은 문제들과 그에 대한 대화적(또는 토론적) 장면들을 통해 한 개인의 양심이 수락할 수 없는 정치적 권위의 비인간적 측면이 한가닥 한가닥 벗겨지고 있다. 이 소설의 주인공 리타는 애인 만프레드를 잃은 정신적 고통을 이기지 못하고 자살까지 결행하는 곡절 끝에 마침내 사회주의 건설에 동참하는 방향으로 나아가고 있지만, 이 소설을 세밀히 읽어가다 보면 체제의 작위성과 인간본성 사이의 대결구도가 눈에 들어오고, 당시의 작가 자신은 깨닫지 못했겠지만 그러한 구도 속에서 사회주의 사회가 서서히 붕괴되어갈 수도 있겠다는 느낌까지 갖게 된다. 이처럼 섬세한 작가의 시각이 만약 자본주의 사회를 그 내부에서 묘사하는 쪽으로도 활용되었다면, 거기에서도 어쩌면 인간의 양심으로는 도저히 수락할 수 없는, 부드러움과 화려함 속에 감추어진 체제적 폭력의 흔적들을 발견했을지도 모른다는 생각을 갖게 한다(애인을 만나러 간 리타의 시각으로 보여주는, 네온사인 광고로 뒤덮여가는 서베를린의 일몰은 자본주의세계에 대한 절망감의 표출로 보이지만 이런 장면은 극히 일부분에 지나지 않고, 이 소설은 기본적으로 사회주의 사회의 내부문제를 다루고 있다). 이러한 사실에서 우리가 확인할 수 있는 것은, 체제 내부에 존재하는 반성적 시각과 비판적 성찰이야말로 비인간적 제도와 체제에 대한 극복의지를 생성시키는 무기이며, 그것을 통해 억압된 자아가 드러내는 고민과 고통의 크기가 '체제'로부터의 인간해방의 욕구와 가능성을 재어볼 수 있는 척도가 될 수 있다는 것이다.

이 소설은 또한 우리 사회에는 대화와 토론이 너무도 부족하며, 이러한 조건으로 인해 토론을 통해서만 드러날 수 있는 체제의 복잡성이 은폐된 채 단선적인 투쟁으로만 치닫게 되는 경향이나 단자화된 개인의 내면으로 숨어버리는 성향이 생겨날 수밖에 없다는 점을 돌이켜보게 한다. 예컨대 『나누어진 하늘』에 나오는 한 파티 장면에서는 그 사회가 공적으로 지향하는 사회주의적 '이상'이 한낱 '환상'으로 폄하되기도 하고, 따라서 그 자리에 모인 사람들이 축배를 드는 순간 '이상' 쪽으로든 '환상' 쪽으로든 단일화될 수 없어 저마다의 다양한 목적을 위해 건배할 수밖에 없는 상황을 보여준다. 이런 점에서 볼 때 파티와 같은 공간은 사람들이 자유스럽게 자신의 생각을 드러내거나 적어도 하나의 이념이나 목표로 단일화될 수 없는 개인들의 다양한 성향을 드러내는 소설적 장치로서의 기능을 감당하고 있다. 이러한 일상적 문화는 그 사회에 내재해 있는 병폐를 치유하고 그 사회가 건전하게 거듭날 수 있는 최소한의 조건이 되겠지만, 우리의 경우 전통시대의 다양한 공동체적 잔치들은 사라져버렸고, 아직도 근대적 의미의 잔치마당이 새롭게 자리잡지 못하고 있다.

　이런 점에서 우리는 일상적인 문화를 건강하게 가꾸어가는 것이 어떠한 조직운동 못지않게 중요하다는 것을 확인할 수 있다. 그리고 이러한 정신은 작가들이 창조해내는 소설적 공간에서도 매우 중요한 몫을 차지할 것으로 생각된다. 그렇다면, 우리 작가들은 소설 속에 어떠한 대화적 조건을 만들어낼 수 있을까? 이 물음은 그러한 문화가 부족한 우리의 현실로 보아 작위적인 결과를 빚어낼 위험성도 내포하고 있다. 과거의 민족문학 작품들이 일상성보다는 조직운동에 더 많은 관심을 기울였던 것도 어쩌면 이러한 문화적 특성을 반영하는 것이었을 터이다. 그러나 우리는 이제 좋든싫든 조직적 운동이 힘을 잃고 있는 현실에서 문학작품들을 통해서나마 분단의식을 극복하기 위한 정서적 공감대를 확대해가는 데에 힘을 기울일 수밖에 없고, 그렇게 하기 위해서는 작품 속에 가능한 한 대화적 공간을 마련하는 데 전보다 더 많은 노력을 기울여야 할 것으로 생각된다. 이런 맥락에서 우리는 대중의 생활감정과 동떨어진 정치적 소재를 통해서만 분단과 통일문제에 접근하던 버릇을 지양하고 다양한 일상적 소재를 통해 분단의식을 드러내고 분쇄하는 작업에 더 많은 힘을 기울일 수밖에 없다. 이것은 시류에 편승

하기 위해서가 아니라 분단체제가 우리의 생활 어디에나 깊고 폭넓게 스며 있기 때문이며, 일상에 뿌리내리지 못하고는 창작행위도 대중들의 무관심 속에서 힘을 잃어갈 수밖에 없을 터이기 때문이다.

이와 함께 우리가 경계해야 할 것은 인민을 굶주림에 빠뜨린 북한체제에 대한 전면적이고 맹목적 부정과 멸시의 태도이다. 『나누어진 하늘』과 같은 작품이 발표될 수 있었던 동독사회는 북한에 비하면 대단히 인간적인 사회임이 분명하다. 그러나 독일의 역사적 배경과 우리의 그것 사이에는 현격한 차이가 있다. 저들은 전쟁패배로 인한 강요된 분단, 그리고 일말의 전범자의식까지 동반하는 자괴감 속에서 분단의 시대를 맞이했고, 우리는 비록 우리 자신의 힘으로 이룬 것은 아니지만 민족해방의 감격에서 출발하여 민족상잔이라는 비극적 전쟁 끝에 분단시대를 살아가게 되었다. 그러므로 북한에서 사회주의를 건설하면서 제국주의와 싸운다는 그들 나름의 자긍심을 가지고 분단의 역사를 헤쳐올 수밖에 없었던 점을 깡그리 무시할 수는 없다. 그러므로 지금의 시점에서 우리는 북한의 일인통치체제를 얼마든지 비판할 수 있고, 그들이 개방을 통해 국제사회의 일원으로 나설 것을 요구해야겠지만, 북한체제에 대한 비판이 자칫 북한주민들을 대하는 태도에까지 반영되어서는 안 될 것이다.

끝으로, 우리 작가들이 민족의 동질성을 회복하는 일뿐만 아니라 미래지향적 관점에서 남북한 주민들의 공통된 관심사를 찾아내는 것도 중요성을 지니며, 민족문제를 다루는 작가들의 성패 여부도 상당부분은 여기에 달려 있다는 점을 강조하고 싶다.

(1997년 민족문학작가회의 '민족문학 심포지엄' 발제문을 수정한 것임.)

단절된 시간과 지속되는 시간

— 송기원, 김인숙, 이대환의 소설집

1

80년대 말과 90년대 초의 어름에 우리는 일종의 역사적 단절 현상을 경험했다. 그것은 세계사적 차원에서는 혁명으로 이룩된 사회주의 국가들이 자본주의적 시장경제로 전환되어가는 것으로 나타났고, 국내에서는 주로 군사독재가 외형적으로나마 '문민화'의 과정을 거침으로써 반독재투쟁의 대상이 사라져버렸다고 생각한 일부 진보적 운동가들의 이념적 · 전략적 파탄으로 나타났다. 그러므로 우리의 경우에는 그것을 역사의 단절로까지 보아야 할 까닭은 없을지 모른다. 남한에서 이루어진 대부분의 변혁운동이 왜곡된 사회구조와 비인간적 권력에 대한 투쟁이었다면, 바깥에서 이루어진 변화가 세계사적 대전환을 의미할 만한 것이었을지라도 그것은 우리의 역사적 흐름에 단절 현상을 일으킬 필연적인 조건은 될 수 없었다. 80년대의 변혁운동에 대한 반성적 관점에서 흔히 지적되어온 '급진성'이나 '경직성'만 하더라도 당시 권력의 비인간적 폭력에 대한 응전방식으로 불가피한 것이었으므로, 외국에서 이루어진 혁명이론을 직접 적용한 데에서 비롯된 관념성을 제외한다면 그 투쟁정신 자체가 사후에 폄하되어야 할 이유는 없을 것이다.

90년대의 중반기를 넘어서고 있는 시점에서 볼 때, 그러한 대변화에서 초래되었던 '충격'도 거의 진정되었다. '반성'이나 '상처'를 다룬 소설들 속의 인물들도 이제는 어느 정도 정신적 여유를 가지고 과거를 바라보며 새로운 삶으로 나아가고 있다. 그런가 하면, 80년대부터 이어져오는 역사의 흐름에 몸담고 인식과 실천의 성장을 이루어내고 있는 모습들을 보여주는 소설들도 눈에 들어온다. 우리 시대의 정신적 풍토를 반영하고 있는 이 두 갈래의 소설적 경향 사이에 존재하는 현실인식에는 어떠한 차이가 있고, 그 차이는 어떠한 변별적 지표로써 확인될 수 있으며, 거기에는 또 어떠한 의미가 내포되어 있는가? 이러한 질문 항목들 가운데 이 글은 특히 두 번째 것에 초점이 맞추어졌다. 물론 변별적 지표들 가운데에도 여러 항목들이 존재하지만, 지금의 시점에서 근래에 발표된 소설들이 보여주는 일반적 관심에 접근하기 위해 이 글에서는 '역사적 시간의 단절과 지속'을 비평의 준거로 삼게 되었다. 많은 작품들 가운데 이러한 관점에서 선택된 세 소설들은 과거를 지워버리고 거듭나기, 과거를 기억하면서 '먼 길' 가기, 지속/변화하는 현실 속에서 길 찾기의 예들을 전형적으로 보여주는 작품들이다.

2

'이념적 혼돈 속에서의 반성과 길 찾기'의 경향이 잦아들고 있는 이즈음에도 지난날을 돌이켜보며 거듭나려는 몸짓들은 아직 끝나지 않았다. 송기원의 「인도로 간 예수」에 등장하는 인물은 계율을 어긴 수도승처럼 온몸으로 반성의 용맹정진을 보여주고 있고, 김인숙의 『먼 길』에 나오는 인물들은 스스로 유배된 이국땅에서 치유되지 않는 상처를 아파하며 새출발을 모색하고 있다. 그러나 그들의 내면적 성찰은 비장한 아름다움을 내비치기도 하고, 때로는 밀실에서 광장으로 나서고 있는 듯 투명한 의식의 지향을 보여주기도 한다. 이런 까닭에 그들은 이미 반성된 삶의 지표를 지니고 새로운 세계의 문턱에 다가서 있으며, 은연중에 그들이 나서고 있는 새로운 길에 대한 공인(公認)을 요구하고 있는 것처럼 보인다. 우리들이 지금까지 보아온 유사한 작품들에 비추어 다소 의외적인 이러한 느낌들은 과연 어디에서 비롯되고 있는 것일까?

송기원의 인물은 반성을 철저히 이루어내기 위해 과거를 대상화하고 있다. 그는 기억을 통해 현재 속에 이미 들어와 있는 과거까지도 일단 자신으로부터 밀어내려 한다. 그러나 그 자신의 삶의 현실에 깃들여 있는 과거는 떼어놓으려 한다고 쉽게 떨어져나가는 것이 아니므로 그 자신이 과거의 흔적이 묻어 있는 이곳을 떠날 수밖에 없다. 이렇게 하여 그때의 시간과 지금의 시간은 분리/단절된다. 고속버스에서 반추되는 가까운 과거에 그는 자기가 그린 그림들을 난도질해버리고 집에서 뛰쳐나왔다. 그 자신의 반성에 따르면, 이러한 극단적 행위는, 평론가들이 자기의 그림에 민중성의 의미를 덧씌웠던 때에서 비롯하여 자기도 모르게 민중 이데올로기로 위장하고 그림을 그려온 위선적 행위에 대한 혐오감에서 분출된 것이다. 그는 버스에서 우연히 만난 도사 같은 사람을 따라 깊은 숲속의 암자로 들어가 석 달 동안의 구도적 정진에 몰입한다. 그는 자신을 괴롭혀온 과거의 기억들을 지워버린다. 그리고 그런 후에 남은 것은 자기 자신이라고 생각한다.

그는 반성을 통해 80년대의 시대정신에 몸담음으로써 위선이 될 수밖에 없었던 그 자신의 본성을 다시 분리/회복해낸 것이다. 그러나 '알몸'으로 표상되는 완벽한 자기회복은 관념 속에서 현재로부터 분리된 과거의 시대정신에서 다시 자기 자신을 떼어냄으로써만 가능해진 것이다. 그러한 자아는 시대상황과 철저히 담을 쌓아놓고 살아가기 위한 것이 아니라면 과거의 지속으로서의 현재의 상황에 되돌아갈 때 다시 좌초할 수밖에 없는 비현실적인 상상의 산물일 수밖에 없다. 사실 우리가 알고 있는 '자아'란 역사적 시간 속에서 이루어진 경험의 산물 이외의 다른 것이 아니다. 그러므로 다시 돌아갈 곳으로 이 소설의 끝머리에 암시되고 있는 "우리 시대의 가장 낮은 곳"은 역사적 시공을 초월한 곳에서만 회복될 수 있는 "내 자신"을 그릴 수 있는 안전한 공간이 될 수 없는 것이다.

『먼 길』의 인물들이 과거를 반성하거나 반추하는 시간과 공간은 임의로 선택된 것이 아니다. 그들은 어느 정도 불가피한 이민살이를 하고 있기에, 그들의 기억 속에서 되살아나는 상처의 아픔은 그만큼 절실해 보인다. 8년 전에 사랑하는 여인을 남겨두고 기술이민을 온 유한영은 대우가 좋은 현지 건설회사의 규칙성에 '호흡곤란'을 느껴 사직하고 자서전을 쓸 생각으로 이민자들의 삶을 주의깊게 살펴본다. 고국에서 가수로 활동했던 그의 형 한림은 반정부운동을 한 작곡가 때문에 고문을 당하고 대마초가수로 낙인찍힌 후 이민, 15년 동안 한번도 고국땅을 밟지 않았다. 그리고 학생운동과 1년 반의 옥살이 경험을 가진 강명우는 3년 전에 그 나라에 살고 있는 형을 찾아왔다가 형의 강권으로 난민신청을 하여 영주권을 얻은 청년이다. 이 소설의 주인공인 한영의 관심은 주로 자폐증의 초기증상을 앓고 있는 명우에게 쏠려 있다. 명우는 터무니없는 우월감을 드러내는가 하면 자신의 모든 행위를 자기기만으로 비하하기도 한다. 종잡을 수 없이 분열적인 모습을 보이는 명우에게 돌아가라고 소리치는 한영 자신은 "상처를 기억하고 간직하는 것, 그리하여 그 상처에 온 가슴이 전부 문대질 때까지, 끝끝내 버티는 것"이 지금 그가 할 일이라고 생각한다.

이 소설은 '먼 길'이라는 말이 암시하듯 전망의 불투명성에 지배되고 있다. 자폐적 증상은 명우에게서 가장 극단적으로 드러나고 있지만, 한영과 한림도 그들 나름의 기억에 사로잡혀 있다는 점에서 얼마간은 자폐적이다. 그러므로 이들 사이에 의미있는 의식의 지양이 이루어질 가능성은 그만큼 희박해 보인다. 게다가 이들은 제각기 배경이 서로 다른 15년·8년·3년이란 이민생활 동안 고국의 역사적 현실에서 격절되어 있다. 그러므로 전망은 어느 한 사람의 의식 속에서는 말할 것도 없고, 세 사람 모두의 생각을 종합할 수 있는 독자의 의식 속에서도 가닥이 잡히기 어렵게 되어 있다. 시간과 공간적으로 격리되어 있는 곳에서의 길 찾기가 불투명한 것은 어쩌면 당연한 일이다. 그러기에 "지나간 것"이 아니라 "오늘까지 계속되고 있는 것"에 대한 이야기를 쓰고자 했다는 작가의 말에도 불구하고 이 소설은 지나가버린 것 또는 돌아가야 할 곳에 대한 그리움을 앓고 있는 사람들의 비가(悲歌)로 읽힌다. '상처', '잊음', '기억', '간직하는 것'—이러한 어휘들에 실려 '먼 길'은 아련한 미래의 시간 속으로 끝없이 물러나고 있는 것이다.

이 소설의 인물들은 그들이 있어야 할 '현실'의 변화/지속이라는 시간적 지표(temporal index)에서 분리된 시간 속에 갇혀 있다. 따라서 그들의 사고와 반성은 공허한 것일 수밖에 없고, 그들이 바라는 삶은 목표에 도달하지 못할 만큼 어긋나 있거나 끝없이 지연되고 있다. 그들은 "내가 너를 찾고 있는 동안에 나는 너를 잃고 있다"(Madeleine Stern, 한스 메이어호프 지음, 이종철 옮김, 『문학과 시간의 만남』, 23면에서 재인용)는 말에서 '너'로 표상되고 있는 그 시간 속에 들어설 수 없기 때문이다. 그러므로 "돌아가라"고 외치는 한영의 말은 뜻깊은 성찰을 내포하고 있지만, 상황적 배경의 취약성으로 인해 공허하게 메아리질 뿐이다.

3

위에서 본 작중인물들과는 달리 이대환의 소설집 『조그만 깃발 하나』의 인물들은 80년대로부터 맥맥히 이어오는 흐름들에서 조금도 이탈하지 않고 있으며, 그들의 사유와 행위는 이전 시대의 문제의식을 이어받고 있으면서도 일정한 발전적 면모를 보여준다. 10년 단위로 연대가 바뀔 때마다 눈에 띄는 차별성을 요구하는 사람들에게는 그것이 발전의 양상으로 보이지 않을 수도 있다. 그러나 진정한 의미의 발전은 답답할 만큼 지리한 시간의 지속성 속에서 이루어지는 것이라는 관점에서 보면, 그것은 90년대적 상황에서 이루어진 희귀한 사례가 될 만하다. 80년대 노동소설의 수작을 보는 듯한 느낌을 주는 「鐵의 혀」(1990)에도 그러한 발전의 면모는 미미하게나마 나타나고 있지만, 이 작품 이후에 씌어진 대부분의 소설들은 일정하게 90년대 초의 이념적·상황적 변화를 능동적으로 겪어낸 흔적들을 분명히 보여주고 있기 때문이다.

노동문제를 다룬 이대환의 소설들에서 보이는 '발전'의 내용은 문제의 시각이 노조 결성에만 머물지 않고 거기에 참여하는 사람들을 둘러싸고 있는 삶의 조건과 유기적 연관성이 생생하게 포착되고 있다는 점과 노동문제를 포함하는 변혁의 문제가 폭넓은 사회적 관계 속으로 뻗어가고 있다는 점이다. 「초록은 지쳐 단풍드는데」(1993)에서 종합병원의 간호사인 주인공은 학생시절의 운동권 출신이지만, 운동권에 참여하고 있는 오빠 부부로 인해 엄청난 고통을 감수하고 있는 어머니 때문에 운동의 현장과는 거리를 두고 살아가려 한다. 그러나 그녀의 눈앞에서 급박하게 돌아가는 비인간적 현실은 불가피하게 그녀를 노조 결성의 주역으로 밀어올리고 만다. 이 소설은 우리 사회의 보수적 관점을 대표할 만한 어머니조차 결국은 자식 세대의 삶을 이해하게 되는 것과 함께 자식들 역시 어머니가 차지하고 있는 삶의 몫을 이해하게 되는 과정을 무리 없이 그려내고 있다.

이처럼 인물과 시각의 다양성과 폭넓은 삶의 지평을 보여주는 이대환의 소설들은 경험의 공유를 통한 세대간·가족간의 소통 가능성에 그치지 않고 진보적 운동이 보수적 성향을 지닌 다수의 대중들과 뜻있는 관계를 이루어낼 수 있는 가능성까지 함축하고 있다. 그렇다고 해서 그의 모든 소설들이 우리 시대에 대한 낙관으로만 이루어진 것은 아니다. 「서울도 시를 쓰니」(1994)에 나오는 젊은이들은 학생시절 노동운동에 적극 가담했던 사람들이지만, 달라진 현실 속에서 일정한 변질의 과정을 거쳐 노동현실을 왜곡하는 글들을 팔아먹는 소상인들로 전락한 경우를 보여주기도 한다. 이처럼 이대환의 관심은 시대의 용광로에서 빚어질 수 있는 다양한 가능성들을 향해 열려 있다.

민족문제를 부분적으로 또는 전반적으로 다루고 있는 「떠도는 불꽃」(1992)과 「포구는 바다로 열려 있다」(1995)는 이전의 소설들과 다른 차원을 개척했다고 할 수는 없지만, 좌우의 화해 가능성이 당위성이 아닌 구체적 삶과 상황에 힘입어 설득력을 얻고 있다. 앞의 소설은 집권당의 3선 의원이 친일파였던 아버지의 해방 직후의 행적으로 인한 양심의 가책과 자기 자신의 정치적 필요성이라는 두 가지 동인에 의해 구속되어 있는 농민운동가를 석방시키려고 고심하는 모습을 통해 지난날의 민족문학 작품들에서 상대역(antagonist)으로만 소홀히 다루어져 온 부정적 인물들에 대한 인간적 관심을 가지고 그들과의 소통 가능성을 짚어보고 있다. 작가는 이러한 관심의 연장선에서 이루어진 「조그만 깃발 하나」(1995)에서 만년계장인 한 관리의 양심의 기록(일기장)을 아들의 시각으로 들여다봄으로써 삶에의 진정성은 그 주체가 어떤 자리에 있든 사회발전의 밑거름이 될 수 있음을 세밀하게 그려내고 있다.

인물들에 대한 작가의 폭넓은 이해는 그 자신이 지니고 있는 인간에 대한 근원적 신뢰에서 비롯되고 있는 것으로 보인다. 그러나 민족문제나 일반적인 사회문제를 다루고 있는 이대환의 소설들은 가족 또는 동향사람들 사이의 공유된 경험에 의존함으로써 그러한 주제에 내포되어 있는 민족과 사회의 전체적 연관성에 대한 천착으로까지 나아가는 데에는 미흡하다. 이러한 점은 단편적인 작품들의 일반적 한계와도 무관하지 않을 터이나 작가 자신의 역사적 인식지평의 확대와 작가적 시각의 예각화를 동시에 요구하고 있는 것으로 보인다.

이대환의 인물들은 자신들이 살아가고 있는 구체적 현실에서 문제를 발견하고 해결해나가려 한다. 그러므로 그들의 현실 이해는 관념화되지 않고, 생각과 행동은 과장되지 않으며, 심리적 차원으로 굴절되지도 않는다. 그들은 주어진 현실 속에서 가능한 만큼의 실천을 통해 더 나은 삶을 추구하는 평범한 사람들이다. 그러므로 이들의 행위에 배어 있는 진지성은 오히려 버거운 현실에서 일탈을 꿈꾸는 대다수의 독자들에게는 다소 지루한 느낌을 줄 수도 있다. 여기에서 소재의 참신성과 형식적인 배려에 대한 요구가 발생한다. 이대환은 이런 점에서 그 나름의 노력의 흔적들을 보여주고 있다. 작중인물들의 특성에 따른 문체의 변용, 자연의 상징성이나 꿈을 통해 인물들의 희망이나 불안을 드러내는 방식 등은 인간의 보편적 성향과 구체적 상황이나 체험에서 발생하는 개인의 심리적 요소들을 이어줌으로써 소통연관을 확대하고 있다. 그러나 신문 기사체에서 흔히 보이는 바와 같은 종결어미의 생략과 같은 방식은 서술자(신세대에 속하는)가 처해 있는 동적인 상황과 인상적인 표현을 위한 것으로 생각되지만, 감정이입에 필요한 최소한의 시간을 불필요하게 단축하는 것으로 보일 때도 있다.

이대환의 대다수의 소설들에는 희망이 깃들여 있다. 그리고 그것들은 대체로 가능한 범위의 작은 변화들에서 비롯되므로 우리가 품음직한 것이기도 하다. 그러나 「잔치, 다시 열리다」의 주인공이 말하는 '긴 모색'의 선언은 어딘지 공허하다. 정치학을 전공하고 노동운동에 깊숙히 가담했던 그가 한의학과에 재입학하는 것은 생활방도나 부모와의 화해의 모색에는 도움이 되겠지만, 사회적인 문제와 연관된 긴 모색의 시작으로 읽히기에는 상황적 설득력이 부족하기 때문이다. 세계체제와 같이 광범하고 본질적인 변화는 월러스틴이 주장하듯이 4, 5세기에 걸치는 장구한 시간 속에서 이루어질 수 있는 것인지도 모르기에 '긴 모색' 자체가 문제되는 것은 아니다. 그러나 장구한 시간 속에서 이루어질 수밖에 없는 변화야말로 우리가 몸담고 있는 시간과 공간의 확고한 장악을 요구하는 것이 아닐까.

4

    진정한 의미의 '반성'이 과거의 잘못된 판단과 행동방식을 수정함으로써 달라진 상황에 적극적으로 대응하기 위한 것이라면, 지금까지 보아온 대부분의 '반성'들은 조금씩 빗나가 있었다. 그런 까닭에 이 글의 주안점은 우리의 '반성'이 과연 무엇을 위해 이루어지고 있으며, 그 결과가 어디에 이르고 있는지를 살펴보는 데 주어졌다. 그리하여 반성이 이루어지는 시간은 그것을 요구하는 현실의 시간적 지표들을 확인할 수 있는 시간·공간과 일치해야 한다는 사실을 확인했다. 숲속이나 오스트레일리아에서의 시간은 시간관념이나 시차에서만 우리 현실의 그것과 다른 것이 아니라 그 내용에서도 다를 수밖에 없다. 반성의 대상이 되는 과거의 의미는 과거사실의 재구성과 해석에서 주어지기보다는 현재의 시간에 들어와 있는 만큼의 과거적 내용을 통해 드러난다. 그러므로 현재에서 분리된 과거에 대한 반성 또는 현실과의 거리두기는 현재의 삶의 내용을 끊임없이 과거화함으로써 행위의 실천성을 오히려 먼 미래로 끝없이 지연시키는 결과를 초래할 수밖에 없다. 그런 의미에서 '먼 길'과 '긴 모색'은 현재의 천착에서 비롯되어야 한다.

《내일을 여는 작가》 1995년 가을, 창간호)

모성과 보편적 여성성

— 공선옥 소설집 『내 생의 알리바이』

1

펜을 생산성의 상징인 남근과 결부시켰던 시대의 서양 사람들이 1990년대의 한국 문단을 들여다보게 되면, 과연 어떤 반응을 보일 수 있을까? 그들은 창조적 생산으로서의 글쓰기는 남성의 몫이라는 해묵은 생각을 폐기처분하거나 크게 수정할 수밖에 없을 것이다. 그들은 또한 남성작가들의 전통적인 생식적/생산적 권위를 가지고 문학을 논하는 것은 더 이상 가능하지 않다는 것을 분명히 깨닫게 될 것이다.

지난 10년간 한국의 여성작가들은 때로는 성적인 자의식에 지나치게 집착하는 경향을 드러내기도 했지만, 그들의 문학이 단순한 대항담론 이상의 것임을 입증할 만큼 뚜렷한 문제의식과 왕성한 생산성을 보여주었다. 그들은 일상에 밀착된 경험과 감수성을 통해 제도와 관습, 그리고 심리에 스며 있는 남성중심주의의 흔적들을 섬세하게 파헤치기도 했고, '핵가족'으로 표상되는 가족주의의 그늘을 새롭게 조명하기도 했다.

그러나 공선옥의 문학은 이러한 경향과는 사뭇 다른 입지에서 출발하였다. 1990년대에 새롭게 등장한 젊은 작가들의 문학에서 현저하게 퇴조해버린 '역사'에 대한 관심이 그것이다. 좀더 엄밀히 말하자면, 그것은 사람들의 몸과 마음에 스며들어 방사능처럼 작용하고 있는 폭력성과의 운명적인 대결이었다. 보이지 않는, 따라서 공격이 불가능해 보이는 적과의 싸움이라는 난해한 상황을 헤쳐가는 방법의 모색이 공선옥의 글쓰기였다.

공선옥의 초기작들에는 '5월'이 남긴 상처로 인해 정상적인 생활이 불가능해져버린 사람들의 고통을 온몸으로 껴안고 넘어서려는 의지가 짙게 배어 있다. 그러나 이러한 의지는 빗나가기 쉽고, 이 '빗나감' 또는 '어긋남'은 작가가 '생의 알리바이'라고 부르는 부조리 현상으로 확인된다. 그럼에도 불구하고 이러한 좌절의 확인은 결코 무의미한 것이 아니다. 그것은 얼굴 없는 폭력의 정체가 드러나게 되는 계기가 되며, 정체가 확인된 폭력은 자기재생산의 동력을 상실할 가능성이 커질 수밖에 없기 때문이다.

2

구태여 선을 긋자면, 여기까지가 공선옥의 초기문학이 이루어낸 성과이다. 『내 생의 알리바이』에 실려 있는 작품들은, 초기작의 계열에 속하는 표제작을 제외하면, 대체로 역사에 대한 부채감과는 무관한 삶을 다루고 있다. 그러나 역사의 흔적은 때때로 '남성의 부재'로서 감지되며, 20대 초반의 어린 나이에 아이를 가지게 된 주인공들은 생존을 위한 극한투쟁에 내몰리고 있다. 경제적 능력뿐만 아니라 '어머니 됨'에 대한 정신적 준비도 제대로 갖추지 못한 이 젊은 여성들은 때때로 모범적인 어머니 역할에서 빗나갈 수밖에 없으며, 그럴 때마다 그들은 또다시 '나쁜 어머니'라는 자의식에 시달리게 된다. 하지만 이들의 삶은 이제 개인적 행위의 의미가 더욱 오롯해질 수밖에 없는 조건에서 펼쳐지고 있기에, 이전과는 다른 작가적 시각과 역량을 요구한다.

1996년에 발표된 「그 푸른 바다 눈에 보이네」와 「몸을 위하여」는 공선옥 문학의 새로운 경지를 유감없이 펼쳐 보이고 있다. 앞의 작품은 열아홉의 나이에 임신을 한 소녀가, 씨 다른 아이들을 남겨놓고 가출해 버린 어머니가 걸었던 길로 빠져들 수밖에 없는 상황을 보여준다. 이러한 상황은 기존의 도덕적 관점이 침투하기에는 너무도 절박하고 절실한 생명적 요구에 맞닿아 있다. 그러기에 작가는 이처럼 비극적인 주제를 눈부신 색채와 섬세한 심리적 결들로 부각함으로써 '불륜' 또는 '비행'으로 낙인찍히기 쉬운 행동에 인류의 이름으로도 속박할 수 없는 생명력을 부여하고 있다.

이런 점에서 이 작품은 공선옥의 다른 소설들에서 아이를 가진 젊은 여성들이 치러내고 있는 고통의 발원지를 보여주고 있는 셈이다. 그런데 이러한 여성적 본성은 늘 아름답게 꽃피는 것만은 아니다. 「몸을 위하여」는 열세 살의 나이에 처음 겪는 멘스의 부끄러움이 남성과의 관계를 빗나가게 하고 인생 전체를 왜곡했다는 자각 끝에 왜곡된 성의식의 굴레에서 벗어나는 과정을 보여준다. 빗나감의 원인이 다소 과장된 것이 아닌가 하는 의구심을 불러일으키기도 하지만, 고치 속에서 갓 빠져나온 곤충들의 가녀린 떨림과 같은 통과의례가 어머니의 모멸 속에서 치러지는 모습에 대한 여실한 묘사는 한 소녀의 방황과 충격적인 탈주가 불가피한 것으로 보이게 한다. 그리그 탈주의 결심은 억압된 욕망을 풀어놓는 해방감과 함께 자기긍정의 첫발을 내딛게 한다.—"난주는 다리를 양껏 벌린다. 비와 바람과 산비둘기 울음소리가 그녀의 자궁 속으로 스며든다. 그 여자, 난주의 벗은 몸이 어둠 속에서 밝게 빛난다."

3

이러한 본성의 회복은 그 자체로서도 소중한 것이지만, 좀더 폭넓은 사회적 의미망 속에 놓이는 모성에 대한 탐색의 전제가 된다. 극한적인 경제적 궁핍과 남성 부재의 공간에서 물질적 유혹과 성적인 위안에 대한 목마름은 모성의 본질과 한계를 가늠하는 시금석이 되기 때문이다.

「어미」가 주로 물질적 유혹을 물리치고 어머니의 자리를 끝까지 포기하지 않는 여성을 보여준다면, 「술 먹고 담배 피우는 엄마」는 남성의 따스함을 떨쳐버리고 아이를 찾아 아동일시보호소로 달려가는 젊은 어머니의 절실한 마음을 그려내고 있다. 후자에서 작가는, 함부로 내뱉는 듯한 거친 말투 속에 인간의 위선에 대한 날카로운 통찰을 내장하고, 자신을 방기한 듯한 몸짓으로 인간의 본성을 스스럼없이 펼쳐 보인다. 얼핏 모성의 승리에 대한 예찬처럼 보이는 이 소설들은, 대다수의 젊은 여성들을 좌절시키면서 그들의 사회적 독립성을 원천적으로 봉쇄하는 뿌리깊은 차별성에 대한 투쟁을 전제한다는 점에서 현대여성들이 직면하고 있는 보편적인 문제성을 함축하고 있다.

그러나 공선옥의 소설에서 '남성 부재의 가족'이 운명적인 것만은 아니다. 「어린 부처」의 첫머리에서 전남편과의 사이에서 태어난 아이를 폭행하는 남편과는 이혼할 수밖에 없다는 모성적 단호함을 강조하지만, 말미에서는 남편이 자신의 엇나가는 감정을 다스리며 아이들에 대한 속깊은 이해에 도달하게 되는 모습에서 가족 이루기의 새로운 가능성을 발견하고 있다. 「타관 사람」은 모성적 요소조차 여성들의 전유물이 아니라는 사실을 설득력 있게 보여줌으로써 편협한 성의식의 울타리를 훌쩍 뛰어넘고 있다. 부모를 잃은 조카아이를 고아원에서 데려와 함께 살게 되면서 움막조차 호사스럽게 여기게 되는 막노동꾼, 이 떠돌이 일꾼이 자기를 유혹하는 것으로 의심할 만큼 소탈한 인간미를 보여주는 횟집 여자. 그리고 타관에서 굴러들어온 낯선 사람에게 스스럼없이 의지가 되어주는 동네 사람들은 '핵가족' 속에 유폐되어 있는 현대인들이 잃어버린 인간적 가치가 무엇인지 뼈아프게 되돌아보게 한다. 그래서 이 작품은 작가가 '후기'에서 다짐하고 있는 정직성이 삶의 모순적 요소들을 고르게 껴안아 생명적 가치로 길러내는 '보편적 여성성'을 일구어가게 되리라는 믿음을 준다.

(《실천문학》1999년 봄호)

진정한 구원은 어디에서 오는가?

— 젊은 여성작가들의 소설

'다원주의'와 '개인주의'를 중심으로 한 신세대 논쟁을 거치면서도 젊은 작가들은 이제 우리 문단의 중심부를 관통하며 도도한 흐름을 이루고 있다. 특히 여성작가들의 왕성한 활동은 양과 질에서 풍요로움을 과시하고 있다. 소설공간이 나라 밖으로까지 확대되거나 분단상황의 질곡에까지 닿아 있는 경우들이 없는 것은 아니지만, 그들은 거의가 섬세한 감각으로 우리들이 일상에서 놓쳐버리기 쉬운 문제들을 세밀하게 그려내는 데에서 제 몫을 다하고 있다. 그들은 이제 남성중심적 가치관으로 왜곡된 생활태도를 다루는 경우에도 성급하게 여성해방적 시각을 드러내지 않는다. 삶의 미세한 가닥들 속에서 관계가 어긋나는 최초의 원인을 살피며 인간관계의 보편적 조건을 포착하려 하거나 그로 인한 상처들을 냉정하게 바라보면서 섣부른 낙관을 경계하기도 한다. 한마디로 그들은 더 이상 낭만주의자가 아니다.

세상이 혼돈에 가까운 분화와 변화를 거듭할 때 작가들이 자신을 포함한 비근한 것들에 눈길을 보내며 호흡을 고르는 것은 새로운 도약을 준비하는 움츠림으로 보아도 좋을 것이다. 삶의 조건에 대한 성찰은 작가의 시선을 제일 먼저 자신의 과거로 이끌어간다. 김형경의『세월』과 신경숙의『외딴방』이 소설의 일반적 형식을 뛰어넘어 서두에서 글쓰는 방식을 설명하거나 과거와 현재 사이를 자유스럽게 넘나들고 있는 것은 개인적 체험의 서술이 단순한 수기적 회고담으로 전락하는 것을 방지하려는 형식적인 배려에서 비롯되었을 것이다. 신경숙은 자신이 쓰려고 하는 글이 픽션과 사실의 중간쯤 되는 것이라고 소개하면서 '열여섯의 나' 또는 '열아홉의 나' 등의 시각으로 과거를 이야기하고, 나이를 지칭하는 관형사가 붙어 있지 않은 '나'의 시각으로는 주로 글을 쓰고 있는 현재의 심정을 토로한다. 현재형 시제로 과거를, 과거형 시제로 현재를 말하는 것도 지난 시절의 아픔을 현재화하고 지금의 고통에 무게를 실어주기 위한 전략으로 보인다. 김형경은 자기 이야기에 최소한의 객관성을 보장하기 위해 '그 아이' '그 여학생' '그 여자'라는 인칭들을 쓰고 있지만, 이 삼인칭들은 일인칭 화자에게 붙여놓은 단순한 기호에 지나지 않은 것이다.

김형경은 부모의 별거로 인한 어린 시절의 상실감을 뼈아프게 기억해내거나 대학시절에 겪은 남성적 폭력으로 인한 상처를 분노와 회한의 언어로 재구성하고 있다. 그의 소설은 가장 소중한 것의 박탈과 벗어날 수 없는 폭력적 상황에 예민한 감성과 강한 자존심을 지닌 한 여성이 대치됨으로써 고통의 극한상황을 드러낸다. 작가는 자신의 과거를 솔직하게 드러내면서도 그것과의 진정한 화해에는 이르지 못하고 있다. 신경숙은 작가가 되려는 꿈을 품고 고향을 떠나 '공장'으로 뛰어들어 고통스럽게 통과해야 했던 열여섯에서 열아홉 살 사이의 '나'를 생생하게 그려내고 있다. 그러나 그는 과거의 문턱에서 수많은 좌절을 경험한다. 호흡을 고르지 않고는 맞닥뜨릴 수 없는 과거의 고통들이 복병처럼 수시로 출몰하기 때문이다. 그의 고통은 과거뿐만 아니라 그것을 반추하는 현재의 고통이며, 이 고통들은 극단적 궁핍과 인내 속에서 최소한의 안식을 주었던 '외딴방'에서 비로소 하나로 융합되어 상처와 죄의식에 대한 한풀이가 이루어진다. 신경숙과 김형경은 자신들의 과거를 빼어나게 재구성하고 있지만, 그들의 소설에서 문학이 성장기의 고통에 대한 일종의 도피기제로 드러나고 있는 것은 '소설가 소설'의 한계로 읽힐 수밖에 없다.

자기 자신에 대한 관심이 타인으로 확대되는 공간에서 제일 먼저 마주치게 되는 것은 '가족'이다. 이혜경은 『길 위의 집』에서 가족들 한 사람 한 사람에게 시각을 이동시키면서 가족관계의 덧없음을 확인한 그들이 고통스럽게 각자의 밀실로 퇴각하는 모습들을 통해 인간관계의 부조리를 뼈아프게 드러냈으며, 은희경은 『새의 선물』에서 열두 살 먹은 여자아이의 시선으로 가족관계뿐만 아니라 한동네에 사는 이웃들의 삶에서 인간관계의 허망함을 재치있는 언어로 포착하고 있다. 이혜경은 관계에 대한 다양한 관점을 수용함으로써 가족적 주제를 인간관계의 보편적 의미로 확대하고 있으며, 은희경은 의식적으로 가공된 전지적 시각으로 삶의 이면까지 꿰뚫어봄으로써 관계의 어려움에 비극적 운명성을 함축하고 있다. 이 두 작가의 시선이 어떠한 전망이나 희망도 보여주지 않는 만큼 그들의 소설에는 관계의 부정적 측면을 극복하기 위한 치열성도 존재하지 않는다.

여성작가들의 시선에 포착된 남녀관계들 역시 비극적 올가미에서 벗어나지 못하고 있다. 배수아는 『푸른 사과가 있는 국도』에서 몽환적 분위기와 시각적 이미지로써 불안하게 흔들리는 존재의 한 순간을 포착하는 데 탁월한 솜씨를 보여주고, 『랩소디 인 블루』에서는 정형을 깨뜨리는 형식적 실험을 감행하면서 무너지기 쉬운 인간관계를 비관적인 눈길로 바라본다. 환갑의 나이에 뒤늦게 등단하여 두 편의 장편소설을 낸 최문희는 과거의 상처에 사로잡힌 인물들이 새로운 삶을 찾아가는 과정을 살피고 있지만, 희망은 아직 그 모습을 드러내지 않고 있다. 오랫동안 대중적 인기의 정상을 누리고 있는 양귀자만이 유일하게 『천년의 사랑』에서 끝없는 구도적 자세를 통해서 사랑의 완성에 이르는 길을 보여주고 있지만, 그것은 현실을 초월한 관념 속에서만 가능한 것이기에 그 '사랑'은 작가 자신이 생각하는 만큼 진정한 구원으로 읽히지 않는다.

젊은 여성작가들이 근래에 보여준 소설들은 남성들의 시각으로는 포착되기 어려운 삶의 미세한 결들과 인간관계의 비극적 조건들을 극명하게 드러내는 데 대체로 성공하고 있지만, 현실적 구도 속에서 삶의 질곡을 타파할 수 있는 실마리를 찾아내지 못하고 있다. 그들은 날카로운 시선으로 삶의 본질을 꿰뚫어보고 뜻깊은 아포리즘들을 만들어내기도 하지만, 대체로 폭넓은 사회적 연관성을 포착하는 데에는 별다른 관심을 보여주지 않는다. 작가의 사회적 역할에 대한 진지한 모색만이 그들에게 새로운 돌파구를 열어주고, 거기에서만 진정한 구원의 길도 열릴 수 있을 것이다.

《출판문화》1996년

제2부 문학 · 비평론

지성, 지혜, 그리고 문학

1

    고백하건대, 나는 '지성'이란 낱말을 긍정적인 맥락에서 발설해본 일이 거의 없다. 이런 성향은 물론, '지성'이나 '지식인' 또는 '지성인' 등의 일반적 쓰임새들에 대한 내 나름의 경험에서 비롯된 것이다. 일상적 어법에서 '지성'이란 낱말은 앎[知識]이나 올바름에 대한 권위적 특성을 부여받고 있으며, 본성이나 본능 또는 야성, 심지어는 감성과 같은 낱말들과 대립쌍을 만들어내는 이분법에 의존할 때가 많다. 그러나 지성이 과연 이러한 낱말들과 대립적인 구도에 놓일 수 있을 만큼 그들 사이의 경계는 자명한 것인가? 그래서 지성과 대립적인 위치에 놓이는 개념들이 자연스럽게 부정적인 이미지를 띠게 되는 현상을 그대로 방치해도 좋은가?

    사전적 정의에 따르면, 지성의 일차적인 의미는 인식과 이해의 능력이다. 그리고 지식인은 일차적으로 그러한 능력을 갖춘 사람이지만, 역사·사회적 맥락에서 인텔리겐치아(intelligentia)로 불릴 때에는 일정한 계급적 함의를 지니게 된다. 우리 사회의 일상어법에서 지식인은 단순히 지적인 능력만 갖춘 사람이 아니라 올바른 사회적 실천까지 아우를 수 있는 사람이라는 의미를 은연중에 내포한다. 말하자면, '지식인'에게는 올바른 인식과 이해를 바탕으로 사회의 윤리적 요청을 실천하기 바라는 기대치가 깔려 있는 것이다. 그런데 지식이 의미있는 실천으로 이어지기 위해서는 삶의 주체에게 자유 또는 자율성의 능력이 내재해 있어야 한다. 그러나 어떤 개인이 이러한 자율성을 언제나 보장받을 수 있는 존재론적 근거는 없다. 물론, 자신을 지식인에 접근시키려는 의식적인 노력은 가능하며, 그럴 때에만 자율적인 의지가 한시적으로 발휘될 수 있을 뿐이다. 그러므로 사람들은 지식인의 잠재성만 지니고 있는 셈이다. 이런 점에서 보면, 스스로 지식인을 자처하며 다른 사람에게 지식인이 되라고 권유할 수 있는 사람은 아무도 없다.

그렇다면, '한국문학'과 '지성의 빈곤'이 쌍을 이루고 있는 이 특집의 제목은 어떤 의미를 내포하고 있을까? '과'라는 토씨가 단순한 병렬의 기능을 넘어서는 것이라면, 거기에는 아마도 기획자들의 어떤 의도 즉 그것이 매개하는 두 항 사이에 존재하는 관계의 의미를 규명해보려는 의도가 깃들여 있을 것이다. 그런데, '빈곤'이란 낱말은 이 관계가 바람직한 상태에 있지 않다는 예단(豫斷)을 내비친다. 그 내용은 물론 '한국문학은 지성이 빈곤하다'는 하나의 명제로 표현될 수 있는 것이다. 그렇다면, 이 특집의 총론적 성격을 띠는 이 글은 일차적으로 이 명제의 진실성을 규명하는 쪽으로 씌어져야 한다. 그러나 이런 일은 불가능해 보인다. '한국문학'이라는 범주만 하더라도 지나치게 포괄적이지만, 세계문학의 지평에서 다른 나라 문학들과의 비교를 통해서만 그 차이나 변별성이 드러날 수 있기 때문이다. 설사 이러한 난제가 해결될 수 있다고 하더라도 이 명제에는 좀더 근원적인 문제가 깔려 있다.—문학작품에 내포된 지성의 함량이 그것의 질적 수준을 결정하는 요소가 될 수 있는가? 이러한 의문은 '지성'이라는 개념 자체를 비판적으로 성찰할 필요성을 제기한다.

그런데 이런 일이 과연 필요한가? 이에 대한 나의 대답은 '필요하다'이다. 그러나 이 필요성은 우리 문학 자체가 그것을 요구해서가 아니라 비평가들이 '지성' 또는 '지혜'라는 개념에 일정한 의미를 부여하면서 문학작품을 비평하거나 자신들의 문학관을 피력해왔기 때문이다. 그러기에 우리는 오히려 이 용어들을 비판적으로 살펴보고, 그것들의 비평용어로서의 적절성 여부와 보완 가능성을 찾아보아야 할 것이다.

2

철학적 담론에서 '지성'은 개념상의 도호성으로 인해 '이성(理性)'으로 지양되는 경향을 보이지만, 그렇지 않을 경우에는 대체로 가치중립적인 개념으로 쓰인다. 그러나 일상언어의 차원에서 '지성'은 지식의 올바른 활용 능력과 관련된 가치개념으로 쓰이며, 문학이나 윤리적 담론에서 '지성'은 대체로 이러한 맥락에 자리잡고 있다. 그렇지만, 이 개념이 유독 우리 사회에서 모종의 가치를 부여받아온 데에는 서구에서 이루어진 근대적 지식체계에 대한 우리 지식인들의 얼마간의 열등의식이 작용하지 않았을까?

지성·지식인·지식인소설·지식인작가에 남다른 관심을 기울이며 이러한 개념들에 적극적인 의미를 부여한 김병익의 「知性, 혹은 挫折과 決斷─洪盛原論」(1980.5.)은 한 작가의 작품성향을 '지성'이란 관점에서 평가한 글이다. 김병익은 이 글의 서두에서 홍성원의 작품들을 분석하기 위한 세 가지 관점을 제시한다. 첫째, "홍성원에게서 지성은 어떤 기능과 작용을 가하고 있는가"; 둘째, "지성의 적극적인 기능으로서 그가 가진 현실 혹은 정치 의식은 어떤 것인가"; 셋째, "지식인의 한 사람으로서 그는 자신의 작가란 직업을 어떻게 생각하는가" 등이 그것이다. 그러나 이러한 관점을 작품분석에 구체적으로 적용하기에 앞서 김병익은 지성과 지식인작가의 의미나 둘 사이의 관계에 대해서는 별다른 언급 없이 홍성원의 '야성적인 것'에 대한 기호를 거론하면서 지식인작가로서의 '어떤 한계'를 지적한 다음 "지식인작가라고 할 때에는 일반적으로 홍성원보다는 이병주, 최인훈, 이청준을 흔히 들고 있다"고 말한다. 그렇다면, 후자에 속하는 작가들을 지식인작가로 거론하는 까닭은 무엇인가?

> 식민지시대 지식인의 좌절을 추적하는 李炳注나, 50년대 분단 상황에 대한 이데올로기적 접근을 꾸준히 시도하는 崔仁勳, 60년대의 정치적 상황과 결부된 지식인작가의 내적 파탄을 추적하는 李淸俊 등의 문학적 성과를 주목할 때 우리는 우리의 암울한 현대사에서 궁지로만 몰려오며 자신들의 패배를 수락하지 않을 수 없었던 한국 지식인의 역사와 오늘의 그 풍토를 짐작할 수 있게 된다.[1]

이 인용문으로 볼 때, 지식인작가란 지식인 또는 지식인작가 자신을 소설의 주인공으로 등장시켜, 그들 자신의 좌절이나 내적 파탄 또는 패

---

1) 김병익, 『知性과 文學』, 문학과지성사, 1980, 58면.

배를 통해 우리의 암울한 현대사나 정치적 상황을 짐작할 수 있게 해주는 작가이다. 그렇다면, 지식인이 아닌 사람들, 예컨대 일반 서민이나 민중들은 우리의 암울한 현대사나 정치적 상황을 증언할 수 없는 것인가? 그렇지 않다. 그렇지 않을 뿐만 아니라 우리의 역사는 오히려 지식인보다는 민중들의 끊임없는 투쟁을 통해 오늘날의 모습을 가꾸어왔다.

그렇다면, 김병익은 왜 유독 지식인을 주인공으로 내세우는 지식인작가나 지식인소설을 의미있는 것으로 여기고 있을까? 그의 글은 이러한 의문에 대한 직접적인 대답을 내놓고 있지 않다. 그러나 앞의 인용문 이후의 서술들까지 종합해보면, 이 글에는 지식인소설이 그 나름의 의미를 띠는 것은 역사나 정치와 같은 큰 문제를 제대로 이해하고 그것과 맞닥뜨릴 수 있는 것은 지식인이라는 인식이 깔려 있다. 이런 점에서 볼 때, 김병익은 역사나 정치적 현실을 해방이나 변혁의 관점에서 다루는 것은 '문학적 지성'과는 거리가 있는 것으로 여기고 있는 듯하다. 그보다는 오히려 역사적 현실에 직면한 지식인 또는 지식인작가의 좌절과 내면적 파탄, 그리고 그것에 따른 실존적 결단을 보여주는 것이 '문학적 지성' 또는 진정한 지식인의 모습이라고 여기고 있다. 이런 점에서 그는 '지성'을 문학작품의 질적 수준을 가늠케 하는 중요한 요소로 보고 있는 것이다.

이런 관점에서 김병익은 홍성원의 '야성적인 것'에 대한 기호를 거론하면서 "그의 지식인작가로서의 면모에 어떤 한계"가 있다는 점을 지적한다(그러나 구체적인 작품분석에서는 이러한 한계를 지닌 작품도 창작방법론상 '문학적 지성'이 내재된 것으로 재평가된다). 홍성원은 "한갓진 곳에서 지식인 소설가로서의 개인적 자기 확인에 그치고"있고, 그의 많지 않은 지식인소설의 "주인공은 역사적 상황 또는 시대적 이념과 결부된 의욕 만만한 지식인이 아니라 대학을 겨우 졸업한, 또는 현실과의 싸움에서 살아남는 데 매우 힘들어하는 패배한 프티 인텔리겐차" 즉, "선택받은 지식인들이라기보다 평범한 중산 지식계층"에 속하며, "몇몇 정치소설이라 이름붙일 수 있는 작품들도 현실 정치에 대한 노골적 대결이기보다는 대부분 우화소설의 플롯을 갖고" 있어서 "폐쇄적이고 혹은 평면적일 수밖에 없는" 한계를 지니고 있다는 것이다. 그런가 하면, 『남과 북』과 같은 장편소설은 "지적 접근을 통해 우리의 6·25에 대한 적극적 수용과 관점의 변화를 가능케 하는 데 성공"했지만, "이 소설의 지적 관심이 한 세대 전의 시대를 시점으로 설정하고 있기에 지식인 소설가로서의 홍성원의 한계는 여전히 잔존하게 된다"고도 말한다.

이상의 서술에서 우리는 지식인작가라면 '프티 인텔리겐차'나 평범한 '중산 지식계층'의 수준을 넘어서는 지식인, 즉 역사적 상황이나 시대적 이념 또는 현실 정치와의 대결과 같은 큰 문제들에 적극적으로 참여하는 지식인을 주인공으로 내세워야 한다는 생각을 간추려볼 수 있다. 그리고 한 세대 전의 시대를 시점으로 설정하는 것이 왜 지식인소설가의 한계가 되는지는 밝히고 있지 않지만, 이러한 지적은 역사소설에 대한 근원적 불신을 드러낸 것이라기보다는 지식인작가는 모름지기 당대현실에 대한 관심의 연장선상에서 창작에 임해야 한다는 그의 문학관을 은연중에 드러낸 것으로 보인다.

그런데도 김병익은 홍성원의 "문학적 지성 혹은 지식인소설은 충분히 검토되어야 한다"고 주장하면서 그렇게 해야 할 이유 세 가지를 제시한다. (1) "지식인소설이 아닌 그의 다른 소설들이라 할지라도 거기에는 현실에 대한 지적 접근과 발언이 깊이 배어 있다." 이 점은 다른 작가들에게서도 일반적으로 나타나지만, 홍성원에게서는 성숙하고 집요하게 나타나므로 창작 방법론에서 하나의 '뚜렷한 범례'가 될 만하다는 것이다. (2) 홍성원의 소설들에 등장하는 '프티 인텔리겐차'들은 우리 사회에서 '중산층 지식인을 구성'하므로 그의 소설들에서 "지식인 소설적 성격을 구명한다는 것은 우리의 중산층 지식인들의 의식과 성격을 밝혀낸다는 것에 다름아니다." 따라서 '소시민의 내적 무기력'을 그의 소설에서 추출할 수 있다는 것이다. (3) "그의 정치소설과, 거의 자전적이라 할 수 있는 작가소설들을 통해 그의 노골적인 정치관과 작가관의 지적 문제를 접할 수 있다." 이런 소설들을 통해 권력과 작가 사이의 관계, 나아가 우리 사회의 지식인 일반의 '정체'와 '의식'을 짐작할 수 있다는 것이다.

그러나 우리는 앞에서 본 세 가지 이유들에서 '문학적 지성'이나 지식인소설이 의미있는 비평용어로 수용되어야 할 까닭을 발견하기는 어렵다. 현실에 대한 지적 접근과 벌언이나 창작방법론상의 성숙성은 일정한 문학적 수준에 달한 작품들에서 두루 나타나는 요소이며, '중산층 지식인'이 사회적 실체에 있어 소시민일 수밖에 없는 것이라면 구태여 지식인을 내세울 까닭이 없기 때문이다. 그리고 작가 자신의 '노골적인 정치관과 작가관'이 왜 '지적 문제'의 범주에 속해야 하는지도 의문이다. 작가가 일반적으로 최고 수준의 지식인으로 인정될 수 있다면, (작가소설에서라면 자신의 작가관을 노골적으로 드러낼 수밖에 없을지 모르지만) 정치소설에서조차 자신의 정치관을 노골적으로 피력하는 것은 오히려 작가 자신의 주관만을 돌올하게 부각하는 결과를 초래할뿐더러 또 그러한 내용을 꼭 소설로 써야 할 이유를 상실할 수밖에 없기 때문이다. 김병익은 '중산층 지식인'이나 '중산 지식계층'이라는 말들로써 계급적 뉘앙스를 풍기고 있지만, 그러한 어휘들은 문맥 속에서 계급과는 무관한 중립적인 의미로 쓰이고 있다.

김병익이 홍성원을 주목하는 까닭은 자신의 "지적 메시지를 문면에 노골적으로 드러내지 않으려는 직업적 섬세성" 즉 "자신의 발언이 설익은 상태로 벌거벗은 채 드러나 있기보다는 기법과 문체에 용해되어 숨어 있기를 바라는" 태도, "현실에 대한 상투적 도덕성이 지닌 경직성·단순성을 거부하는 대신에 그가 선택하는 것은 문학적 지성이며 작가적 정직성"이기 때문이다. (이러한 평가는 바로 앞 문단에서 지적했듯이 정치소설이나 작가소설을 논할 때와는 정반대의 논리를 보여준다.)

그렇다면, 홍성원의 소설에 나타나는 지성의 내용은 과연 무엇인가? 김병익은 홍성원 소설의 특징을 피카레스크적 요소와 관능적 요소로 파악하면서, "자기를 옥죄는 것, 아직도 변하지 않은 채 남아 있는 묵은 시대의 잔재를 확인시켜 주는" "주인공들의 외적 내적 방랑"으로서의 탈출 현상에서 지적 탐구의 실상을 살피고 있다. 그는 「무전여행」 「주말여행」 등의 작품분석에서 홍성원이 '외적 탈출'의 무의미함을 설파하고 있음을 지적하면서, "그의 피카레스크 소설에서 문명비판적인, 회의하는 지성의 발동과 더불어, 우리 사회의 변화가 진정한 변화, 적어도 보람 있고 긍정적인 새로운 풍속과 가치의 변모를 동반하는 그런 변화가 못 되고 있다는 신랄한 현실의식을 발견한다"는 결론을 내리고 있다.

그렇다면, 이러한 부정적 현실에 대한 홍성원의 대안은 무엇인가? 그것은 '관능'을 통한 해방이다. 김병익은 여기에 대해 세 가지 의미를 부여하고 있다. (1) "기능적 육체운동이 성적 관능과 달리 감동적이고 해방적인 역할을 맡고 있다." (2) "이러한 기능적 행동의 주체가 지식인이 아니라 젊은 육체노동자라는 점이다." (3) "건강한 육체의 몸놀림에서 얻는 감동이 그 본인의 것이라기보다 그것을 바라보는 다른 사람의 것이라는 점이다." 홍성원이 "육체적 노동자들의 행위에서 건강하고 진정한 삶의 실체를 발견"하는 것은 작가가 "자신의 바깥 세계에서 보다 긍정적인 삶의 모습을 보는 지적 선택을 뜻하며, 따라서 홍성원의 행동주의와 관능은 그것들을 염원하는 지식인의 자기 부정적 선택의 결과"라는 것이다.

그러나 지식인이 육체 노동자의 기능적 운동에서 관능적 아름다움을 발견하는 탐미적 태도를 지니게 되었기에 그 행위가 지적 선택이 된다는 주장은 '성적 관능'이 아니라는 전제에도 불구하고 다소 억지스러워 보인다. 그리고 이러한 주장과 관련된 "관찰하는 이쪽은 관찰당하는 저쪽보다 상대적으로 지적 수준이 높은 편이다"는 명제는 지식인의 자기 부정이 육체노동의 선택으로 옮아갈 수 있는 방법과 결단을 동반하지 않는 한 지식인의 우월한 지위에의 안주를 부추기는 것이며, 몸에서 어떤 행동이나 실천의 힘을 발견하지 못한 채 그것을 바라보기만 하는 것은 관음증적 욕구와 본질적으로 다른 것이 아니다. 몸을 움직여 밥벌이하는 사람들은 제도화된 노동관계의 최하층에서 어쩔 수 없이 고통을 수락하는 사람들이며, 이들에게 노동은 결코 신성한 것일 수 없다. 지식인들은 흔히 정신노동이 육체노동보다 고통스럽다고 말하지만, 믿을 만한 연구결과들에 따르면 세 시간 이상의 육체노동은 건강에도 해롭다는 것이다. 더구나 우리나라 70년대의 노동현실은 야근을 하지 않고서는 생계조차 유지하기 어려운 것이었다. 그런 까닭에, 그리고 지성은 사회적 실천과 무관한 것이 아니기에, 육체노동을 바라보기만 하는 것은 지적일 수도 없고 결코 지성적일 수 없는 것이다.

그러기에 김병익은 홍성원의 다른 작품들을 통해 지적 관심의 '보다 진전된 국면'들을 보여주어야 했을 것이다―(1) "조직사회의 반인간주의에 대한 문명비판적 관점", (2) "한국의 민족적 관점에 대한 역사적 관점", (3) "70년대의 정치적 상황에 대한 관점", (4) "이런 일련의 상황 속에 갖게 되는 지식인의 내면 정황에 대한 관점" 등. 이러한 지적들과 해당 작품들에 대한 분석은 대체로 핵심을 꿰뚫고 있는 것으로 보인다. 그러나 홍성원의 『남과 북』이 우리의 역사적 사실들과 관련하여 올바른 지적 태도를 보여주었는지는 의문이다. 이 소설은 전쟁은 조직적 폭력이라는 전제를 내걸고 전쟁 장면들에 대한 즉물주의적 묘사와 함께 반공적 시각의 편향성에서 벗어나지 못했기 때문이다. 그리고 홍성원의 「武士와 樂士」는 "무사가 칼을 차고 지나가면 그 뒤엔 그를 칭송하는 악사가 필요한 법이다"고 권력자와 지식인의 타락한 관계를 풍자하고 있지만, 진정한 의미의 지식인에 대한 탐색은 유보하고 있다.

그렇다면, 진정한 지식인이란 어떤 사람인가? 김병익은 홍성원의 작가소설에서 그러한 예를 발견하는데, 그것은 다름아닌 지식인-작가이다. 홍성원이 생각하는 작가라는 직업은 "노동과 흡사"하다. 그런데 그의 작업에는 늘 "고통과 번민이 따라다닌다." 시골로 도망치지 않은 작가들은 "참담한 굴욕을 맛보았을 뿐이다." 생활비를 버는 것만이 목적이라면, 그는 사어(死語)들로 국화빵만을 찍어내면 된다. 그러나 그런 행위는 그에게 발작을 유발할 만큼 고통스러운 것이다. 결국 그는 진정한 지식인의 길을 갈 수밖에 없다. 그러나 그것은 "지옥 같은 자유"이다. 김병익은 홍성원의 이러한 결단을 한국 지식인 작가의 표상처럼 내세우는 것으로 그의 글을 끝맺고 있다.

역사적 현실에서 한시도 눈을 뗄 수 없는 작가의 삶은 고행에 가까운 것이다. 그러나 이러한 일은 진정한 작가라면 아무도 피할 수 없으며,

대다수의 작가들은 이러한 고통을 막연히 예감했건 뚜렷이 인식했건 스스로의 결단을 통해 그 길로 들어선 것이다. 그러므로, 김병익이 한국 작가의 지성적 표상으로 보고 있는 홍성원의 이러한 선택과 결단은 다른 작가들에게서도 두루 나타나고 있는 현상이다. 그런데도 김병익이 유독 홍성원에게 특별한 관심을 보이는 것은 그의 작품들에서 드러나는 창작방법상의 지적 접근이나 지식인 주인공들의 실존적 고뇌를 읽을 수 있기 때문이다. 그러나 "지식인-작가의 변증법적 자기 확인의 고된 결단"이나 "순도 백프로의 자유"가 단순한 자기만족을 위한 것이 아니라면, 역사의 진전 또는 발전에 대한 전망을 획득하기 위한 어떤 모색이 필요한 게 아닐까? 그런데 지금까지 살펴본 김병익의 글에서 우리가 확인할 수 있는 것은, '지성' 또는 '지식인작가'가 엄밀한 개념 규정 없이 편의적으로 구사되고 있어서, 그 개념들이 거의 선험적인 의미와 가치를 부여받고 있는 것처럼 보인다는 것이다. 그래서 그는 지식인을 주인공으로 내세우는 지식인소설, 창작의 차원에서 지적 접근을 보여주는 문학적 지성을 과대평가하는 경향에 빠져들고 있다. 그런 관점에서 본다면, 한국 작가들의 일반적 수준에서 문학적 지성을 지니지 못한 작가나 작품은 거의 없을 것이다.

김병익이 내세우는 비평 개념이 단지 정도의 차이를 문제삼는 것이라면, 작품에 대한 평가는 지성이나 지적 접근의 실제 내용과 그 성취의 정도에 대한 좀더 섬세한 분석을 토대로 이루어져야 할 것이다. 그리고 동일한 주제를 다룬 다른 작가나 작품과의 비교를 통해 지성, 지적 접근, 문학적 지성 등의 정도가 포착될 수 있도록 서술되어야 할 것이다. 한마디로, 김병익의 '지성'은 문학작품의 미학적 가치를 드러내는 비평 개념으로 쓰이기에는 너무 포괄적이고 일반적이다.

3

　백낙청은 「지혜의 시대를 위하여」(《창작과비평》 1990년 봄호)에서 '지혜'라는 개념을 일종의 시대적 요청으로 제시하면서 '창조적 실천'으로서의 문학과 결부시키고 있다. 그는 먼저 1989년을 되돌아보면서 '민주화'와 '자주화'의 측면에서 '획기적인 성취'를 획득하지 못한 것은 우리에게 '힘'과 '지혜'가 모자랐기 때문이라는 진단을 내린다. 이어서 그는 국내외의 엄청난 '변화'와 '바뀜'을 보면서, 점점 더 "지혜의 힘이 지배하는 시대가 될 것이라는 믿음"을 피력한다. 그리고 그는 당대를 '지혜의 시대', 즉 "공공연한 강압이든 '최대한의 이익을 위해 자유롭게 사고 파는 개인'이라는 허상을 앞세운 음성화된 강압이든 강압이 안 통하고 또 불필요해진 시대"로 이해하고 있다. 그러나 "강압이 안 통하고 불필요해진 시대"라는 그의 단정은 강압이 존재하지 않거나 강압이 힘을 잃어버린 시대라는 뜻은 아닌 것으로 보인다. 이후의 서술에서 그는 '지혜'라는 모호한 표현이 과학의 중요성을 부정하는 것이 아니라는 전제 아래 "지혜는 이제 강압의 시대 틈바구니에서 숨쉬며 먼 훗날을 기약하는 단편적인 지혜가 아니라, 전인류의 삶을 슬기롭게 이끌고 갈 실력의 지혜가 될 때"라고 말하고 있기 때문이다.

　백낙청은 지혜의 개념을 적극적으로 정의하고 있지는 않지만, 그의 문맥을 따라가다 보면 그것의 내포는 비교적 명료하게 떠오른다. 그는 과학이 "세계관의 문제로 되는 순간―더욱이 '실천과 합일된' 세계관의 문제로 되는 순간―무엇이 과학적이고 무엇이 비과학적인지는 이미 어떤 명백하게 과학적인 실증의 영역에서 벗어"나게 되는데, 이때 "지혜를 알아보는 지혜만이 검증자가 될 수" 있으며, "실천과 하나인

과학은 그 자체가 지혜"가 된다고 말하고 있다. 우리는 여기에서 '지혜'가 지식체계로서의 과학(학문)과 역사적 현실에 대한 올바른 행위로서의 실천이 퇴행 없이 결합되어 하나의 세계관으로 발전할 수 있도록 보장해주는 것의 의미로 쓰이고 있음을 알 수 있다. 그러나 "지혜를 알아보는 지혜"가 무엇인지는 여전히 안개에 싸여 있다. '지혜가 필요한 시대임을 이해하는 지혜로움' 정도의 뜻으로 짐작이 가기는 하지만, 그러한 지혜로움을 무엇으로 보장받을 수 있는지는 선명하게 드러나지 않는다. 다만, "실천을 통한 검증이라는 것도 누가 이기나 두고 보자는 식의 별러대기가 아니라면, 어차피 상대적일 수밖에 없는 그때그때의 인식이 지금 이곳의 구체적인 정세와 얼마나 슬기롭게 결합되었느냐는 '지혜'의 기준과 별개일 수 없을 터이다"는 말에서 드러나듯이, '실천을 통한 검증'과 '지혜의 기준'이 별개의 것이 아니라면, 지혜는 과학이 실천적 요구와 결합하거나 하나의 세계관으로 발전할 때 나타날 수 있는 실증불가능성을 메워주는 일종의 직관 능력과 상통하는 면이 있을 듯하다. 그러기에 "이러한 지혜를 찾는 데에 예술과 문학이 갖는 의미는 남다르다.……체계화된 지식으로서의 과학은 창조적 실천과 동떨어져서도 성립하지만 예술은 그 자체가 창조적 실천이 아니고서는―달리 말해 변증법적이 못 되고서는―거짓 예술로 전락하고 만다. 그런 의미에서 예술은 (그것이 참 예술인 한) 과학보다 원칙적으로 한 차원 높은 곳에 자리잡은 창조적 정치행위의 일종인 것이다."

이런 맥락에서 보면, 지혜는 창조적 실천에 담지되는 것이기도 하다. 말하자면, 실천은 창조적일 수 있으며, 이때 예술은 그 자체로서 '창조적 실천'이므로 과학을 한 차원 높은 곳에서 실천과 결합하는 지혜를 내포할 수 있다는 것이다. 그러므로 예술은 '지혜의 시대'가 도래하면서 "현실세계에 대한 지식을 결하고서 창조적일 수 있는 여지가 점점 줄어드는 것이다." 이러한 전제 아래 백낙청은 "이러한(진정한 리얼리즘—필자) 예술의 성취야말로 지혜의 시대로 다가가는 데 필수적인 과정이자 그 다가옴의 가장 확실한 증거 가운데 하나"이며, "예술작품 특히 문학작품은 아직도 지혜의 부족에 시달리는 상황에서 안성맞춤의 훈련 교재가 되기도 한다"고 말한다.

이상의 서술을 요약하면, 지혜는 현실에 대한 과학적 인식과 그때그때의 정세가 요구하는 올바른 실천을 결합하는 능력이며, 그 자체가 창조적 실천인 문학작품을 통해 즐거운 지혜공부를 할 수 있다는 것이다. 그러기에 백낙청이 생각하는 지혜는 현실의 삶에서든 문학작품 속에서든 우리의 역사적 현실을 규정하고 있는 계급적 불평등과 민족분단을 극복하는 방향에서 추구될 수밖에 없는 것이다. 그는 물질적 생산력이 엄청나게 증대함에 따라 자연환경의 파괴도 그만큼 심각한 상태에 이른 이 시대는 "지혜의 다스림이 없는 한 모두가 함께 파멸할 운명에 놓인 시대"라는 전제에서 "다가오는 세상이 민중의 시대이자 곧 지혜의 시대"라는 명제를 이끌어내고 있다.

이상에서 간략하게 살펴보았듯이, 백낙청의 '지혜'는 김병익의 '지성'과는 사뭇 다른 의미론적 지평을 보여준다. 김병익이 '지성'이라는 개념과 관련하여 창작에 임하는 작가의 지적 접근과 역사적 현실에 당면한 지식인작가의 자기결단에 초점을 맞추고 있다면, 백낙청은 '지혜'라는 개념과 관련하여 현실에 대한 과학적 인식과 그것을 그때그때의 정세와 결합하는 창조적 실천을 통해 인류가 슬기롭게 살아갈 수 있는 길에 대한 탐색을 요청하고 있다. 이처럼 두 사람 사이의 비평적 관심의 방향은 중심 개념이 다른 만큼 벌어져 있으며, 동일한 개념에 대해서도 이해의 방향이 사뭇 다르다. 예컨대, '자유'라는 개념을 놓고 볼 때, 김병익은 홍성원의 지식인작가로서의 '순도 백프로의 자유'의 선택에 일정한 의미를 부여하고 있고, 백낙청은 경제적 불평등으로 인해 물질적인 궁핍이 상존하는 조건에서 "자유가 온전할 수 없다"고 말하고 있는 것이다. '변증법적'이라는 말에 대해서도, 김병익은 지식인작가의 좌절과 결단에 이르는 과정에서 그 어휘를 사용하고 있고, 백낙청은 '창조적 실천'으로서의 예술 자체를 변증법적인 현상으로 보고 있다.

4

앞에서 살펴보았듯이, 김병익과 백낙청은 '지성'과 '지혜'라는 개념들에 대해 그들 나름의 정의(定義)를 시도하거나 비평 개념으로의 정련 과정을 생략한 채 그 낱말들에 긍정적인 의미를 부여하면서 자신들의 문학적 견해를 피력하거나 시대적 성찰을 감행하고 있다. 김병익은 '지성'과 문학(성)의 관계에 대한 탐색을 생략한 채 그 개념을 작가나 문학작품의 수준을 평가할 수 있는 척도처럼 사용하고 있다. 그런가 하면, 백낙청은 진정한 예술은 그 자체로서 '창조적 실천'이라는 전제 아래 '지혜'를 과학적 인식을 창조적 실천으로 한 차원 높일 수 있는 정신적 기능으로 자리매김하고 있다. 그럼에도 불구하고, 지혜가 어떻게 창조적 실천을 담보할 수 있는 힘을 지니게 되는지에 대해서는 언급을 생략하고 있다. 그래서 그의 '지혜'는 (창조적) 직관의 기능까지 포괄하는 의미를 띠게 된다.

'지성'이 의미있는 문학비평 용어로 쓰이려면, 먼저 그것이 문학작품의 미학적 가치를 평가할 수 있는 개념으로 쓰일 수 있는지에 대한 비판적 성찰이 이루어져야 한다. 이 낱말은 일상언어에서 본성, 야성, 감성, 감각 등의 낱말들과 반대 또는 모순 개념으로 쓰인다. 일반적으로 '지성'은 인간을 다른 동물들과 구별하는 인간 고유의 지적 능력을 의미한다. 그러나 지성이 그 반대개념들—실제로는 반대개념일 수 없는 것이지만—과 쌍을 이루거나 그것들에 둘러싸인 채 존재한다는 것은 그것의 독립적 존재 가능성을 드러낸다기보다는 오히려 독립 불가능성을 암시한다. 그렇다면, 사람들은 왜 '지성'에 독립적 지위를 부여하려 하는 것일까? 거기에는 인간 또는 주체의 우월성이나 주체 자신의 존재론적 고양(高揚)에 대한 욕망이 깃들어 있는 게 아닐까? 아마도 그럴 것이다. 그러나 정도의 차이에 지나지 않은 것이라 할지라도 인간에게는 다른 동물들보다 높은 수준의 지성이 있고, 사람들 사이에도 그러한 정도의 차이가 존재하며, 한 개인에게서도 때에 따라(또는 자신의 결단에 따라) 그러한 차이는 존재할 수 있다.

그러므로 우리는 지성의 존재론적 위상을 가상적으로나마 설정해볼 필요성을 느낀다. 우리는 이와 관련해 베르그송의 『창조적 진화』에 제시된 도식을 참고해볼 수 있다. 그 도식 가운데 지성 쪽으로 분화해가는 갈래들을 간추려보면, 지속(경험에 주어지는 직접자료)-기억은 물질(팽창/이완)과 생명(수축)으로 분화되고, 생명은 식물(엽록소의 기능)과 동물(신경체계)로 분화되고, 동물은 본능(중심에서 밖으로 향하는 신경체계)과 지성(중심으로 향하는 신경체계)으로 분화되고, 지성은 다시 외화(外化) 또는 물질의 지배와 전환 또는 생명의 이해(직관)로 분화된다. 이 도식을 따른다면, 분화의 마지막 단계는 지성이 아니라 직관이다. 그리고 지성은 인간에게만 고유한 것이 아니고, 본능과

짝을 이루고 있으며, 물질을 지배하는 기능과 생명을 이해하는 기능 즉 직관으로 다시 분화되는 것이다.

그렇다면 이러한 지성은 우리의 삶의 현실을 이루고 있는 사회 속에서 어떻게 기능하고 있는가? 사회계약설에 따르면, 사회는 근원적으로 지성적인 것으로 이해될 수 있다. 그러나 우리가 경험하는 사회는 지성적인 기원과 그에 따른 합리적 조직화를 함축하고 있으면서도 비합리적이거나 부조리한 요소들에 의해 지탱되거나 지배되는 경향이 압도적이다. 게다가 이러한 사회가 오히려 인간 개개인에게 어떤 의무를 부과하거나 명령을 내리기까지 한다. 사회가 개인에게 부과하는 의무는 관행적이어서, 이성에 근거를 둔 것으로 표방된다 할지라도 실제로는 지성의 선택에 반발하는 잠재적 본능, 즉 "자연이 지성의 편파성을 보충하기 위해 합리적인 존재 안에 생기게 한 대응물에 근거를 두고 있다."[2] 이 대목에서 우리는 사회적 차원에서 이루어지는 지성과 본능의 관계 양상을 좀더 면밀히 살펴볼 필요를 느낀다.

> 분화의 각 계열은, 배타적인 탓에, 자신에게 고유한 수단들을 통해 다른 계열의 이점(利點)들을 따라잡으려고 한다: 이처럼 본능과 지성은, 그것들의 분리 속에서, 전자가 지성의 대용물을 만들어내고 후자가 본능의 등가물을 만들어내는 그러한 것이다. (…) 잠재적 본능, 신들의 창조자, 종교들의 발명자, 말하자면 실재의 표상에 저항하고 지성 자체의 매개를 통해 지적인 작업을 거역하는 데 성공할 허구적 표상들의 창조자, 그리고 의무의 경우에서처럼 각각의 신은

---

2) 질 들뢰즈 지음, 김재인 옮김, 『베르그송주의』, 문학과지성사, 1996, 152~153면.

우연적이거나 심지어 부조리하다. (…) 간단히 말해서, 사교성(사회성)은 지성적 존재들 안에만 실존할 수 있으며, 그들의 지성에 근거하고 있지는 않다; 사회적 삶(사회생활)은 지성에 내재하며 지성과 더불어 시작하지만 지성에서 유래하지는 않는다. 인간이 형성한 사회들은 동물 종들만큼 닫혀져 있다; 그것들은 동물 종들이나 동물 사회만큼이나 자연의 평면을 이루고 있다; 그리고 인간은 여러 종들이 그들 자신 안에서 맴을 돌 듯이 예컨대 개미가 자신의 영역 안에서 맴을 돌 듯이 인간사회 안에서 맴을 돌고 있다.[3]

그렇다면, 인간은 자신이 만들어낸 사회의 틀을 벗어날 수 없는 것일까? 다시 말해, 지성과 사회 사이의 간격을 메울 수 있는 매개나 수단은 존재하지 않는 것일까? 들뢰즈는 이러한 간격 때문에 지성이 때때로 주저하고 반항하는 것은 '지성이 보존하고자 하는 에고이즘' 때문이라고 말한다. 그리고 때때로 사회와 지성 사이에 복종관계가 성립하는 것은 "사회적 의무를 시인하는 것이 지성에 이롭다"고 지성이 설득되기 때문이라는 것이다. 그러나 이것은 우리의 의문을 충분히 해명해주지 못한다. 들뢰즈는 일단, 지성과 사회의 간격에 삽입되는 것은 '직관'일 수도 없다고 말한다. 그리고 나서, "직관의 발생을 작동시키는 것, 말하자면 지성이 직관으로 전환하거나 전환되는 방식을 결정하는 것"이 중요하다고 말한다. 그는 또 지성이 본능과 분리될 때 그것이 "직관의 핵과도 같은 본능의 등가물"을 유지하고 있다고 생각하는 것은 무의미하다고 말한다. 왜냐하면, 본능의 등가물은 '닫힌 사회' 안에서 이미 그

---

3) 같은 책, 153~154면.

러한 것으로 '동원되었기' 때문이다. 여기에서 그는 베르그송이 제시한 답을 끌어들인다. 지성과 사회의 간격에 개입하는 것은 정서라는 것이다. 그는 **정서**만이 "지성적인 개인적 에고이즘이나 유사본능적인 사회적 압력과도 본성상 차이가 난다"고 말한다. 그렇다면, 이러한 단정의 근거는 무엇일까? 인간의 정서는 오히려 본능적 환상이나 사회적 압력에 의해 조작될 수 있는 게 아닌가?

> 정서는 실은 모든 표상에 앞서며, 스스로 새로운 관념들을 산출한다. 그것은 적절히 말하자면 대상을 갖지 않으며, 잡다한 대상들, 동물들, 식물들 및 자연 전체에 산재해 있는 본질만을 갖는다. (…) 그것은 인격적이지만 개인적이지 않다; 그것은 초월적이지만 우리 안에 있는 신과 같다. 음악이 울릴 때, 그것은 휴머니티이며, 음악과 더불어 울리는 자연이다. 진실로 말하건대 음악은 우리에게 이 느낌들을 도입하는 것은 아니다; 음악은 오히려 그 느낌들에 우리를 소개시켜 준다. 떠밀려서 춤 속에 들어오게 된 지나가던 사람처럼, 간단히 말해서 정서는 창조적이다(일차적으로는 그것이 창조 전체를 표현하기 때문이고, 다음으로는 그것이 표현되는 작품을 그 스스로 창조하기 때문이고; 끝으로 그것은 관람자나 청자에게 이 창조성의 일부를 소통시켜주기 때문이다).[4]

정서가 이처럼 초월적인 것이라면, 우리의 의문은 거의 풀린 셈이다. 지성과 사회 사이의 간격은 정서의 개입으로 인해 사회 자체의 변화를

---

4) 같은 책, 156~157면.

가능케 하는 조건을 형성한다고 말할 수 있기 때문이다. 그러나 이처럼 새로운 생성을 이끌어내는 창조적 정서는 "사회적 압력들이나 개인의 항의와는 아무런 관계도 없으며, 강요하는 사회, 설득하거나 심지어는 꾸며내는 사회와도 아무런 관계가 없다. 정서는 원을 깨뜨리기 위해서 개인과 사회의 원환적 놀이를 이용할 따름인데, 이는 마치 기억이 회상들을 이미지들로 구체화시키기 위해 흥분-반작용의 순환적 놀이를 이용하는 것과 같다." 들뢰즈는 이러한 '창조적 정서'를 인간을 해방시키는 '우주적 기억'으로까지 격상시키면서, 그러한 정신적 현상은 예술가나 신비주의자와 같은 '특권적인 영혼'들에서 일어나는 것으로 보고 있다. 그리고 이것은 한 영혼에서 다른 영혼으로, 마치 "닫힌 사막들을 가로질러" 도약하듯이 '열린 사회'의 밑그림을 그려간다. 이러한 현상이 지성 속에서 직관이 발생하는 과정이다. 그리고 "개방된 창조적 총체성"에 다가가는 이러한 현상은 '명상'이 아니라 "행동(활동)하고 창조함에 의해서"만 가능하다는 것이다. 말하자면, '창조적 정서'는 행동 즉 실천을 통해서만 생겨날 수 있는 것이다.

우리는 지성과 사회 사이의 간격에 개입하게 되는 정서라는 개념에 마주치면서, 백낙청이 과학적 인식을 사회적 실천과 한 차원 높은 곳에서 결합하는 능력으로 제시한 '지혜' 개념을 다시 떠올리게 된다. 베르그송이 정서 개념을 철학적 차원에서 재규정했다면, 백낙청은 온고지신의 맥락에서 지혜 개념의 쓰임새를 오늘의 세계 정세와 관련시켜 확대·심화시켰다. 그런데 이 두 사람은 정서와 지혜의 이상적인 실현을 예술작품으로 보고 있다는 점에서 동일한 지평을 열어 보인다. 나는 이 두 개념들이 그 내포상 서로 겹치는 부분이 없는 것은 아니지만 예술작품을 구성하는 여러 층위에서 비교적 따로따로 작용하는 것으로 이해

한다. 간단히 말해, 정서는 창조적 심리의 근원적 배경을 이루고, 지혜는 창작과정에 개입하여 예술작품으로 하여금 '창조적 실천'이 되게 함으로써 다시 사회에 작용할 수 있는 소통의 가능성을 내재하게 한다는 것이다. 이런 맥락에서 지성의 문제로 되돌아가면, '지성'은 그 자체로서 완결된 비평개념으로 쓰이기보다는 문학이나 예술작품을 논할 때 정서나 지혜의 기능을 요청하는 잠정적 출발점으로 삼을 수밖에 없다는 결론에 이르게 된다.

나는 《내일을 여는 작가》의 특집 제목을 구성하고 있는 '지성'은 90년대의 한국문학이 일종의 감각주의로 편향된 사실을 지적하기 위해 편의상 선택된 것으로 여긴다. 그러나 감각은 인식론적 지평으로부터 미학적인 지평에 이르기까지 지성보다 훨씬 더 폭넓은 내포와 외연을 갖는다. 예컨대, 다음과 같은 들뢰즈의 서술만 보아도 그렇다. "감각이란 쉬운 것, 이미 되어진 것, 상투적인 것의 반대일 뿐만 아니라, '피상적으로 감각적인 것'이나 자발적인 것과도 반대이다. 감각은 주체로 향한 면이 있고(신경 시스템, 생명의 움직임, 본능, 기질 등 자연주의와 세잔 사이의 공통적인 어휘처럼), 대상으로 향한 면도 있다('사실', 장소, 사건). 차라리 감각은 전혀 어느 쪽도 아니거나 불가분하게 둘 다이다. 감각은 현상학자들이 말하듯이 세상에 있음이다."[5] 그러기에, 90년대의 한국문학이 감각주의적 편향성을 띠었다고 하더라도, 그것을 곧바로 '지성의 빈곤'으로 단정할 수는 없다. 그러므로 우리는 '지성'이라는 개념을 문학작품에 대한 비평에 직접 적용하기보다는 닫힌 사회

---

5) G. 들뢰즈 지음, 하태환 옮김, 『감각의 논리』, 민음사, 1995, 63면.

를 열어갈 수 있는 원동력으로서의 정서(나는 이것이 개인적인 것만은 아니라는 의미에서 베르그송적 의미를 수용하면서도, '우주적 기억'도 기억인 한 과거의 추상일 수밖에 없는 것이므로 그것을 절대적인 초월 성으로 이해하지는 않는다)와 진정한 예술에서만 온전하게 담지될 수 있는 지혜의 관점으로 이동시킬 필요성을 느낀다.

(《내일을 여는 작가》 2000년 봄호)

문학작품의 '새로움'에 대하여

'새로움'은, 엄밀히 정의하자면, 존재하지 않았던 사물이 존재의 영역으로 들어오는 최초의 순간을 포착한 사람의 의식에서 발생하는 현상이다. 이런 정의를 수용한다면, 순수한 '새로움'은 언어적 표현을 얻기 이전에 심리적 충격으로만 잠시 일었다가 꺼져버리는 것일 수밖에 없다. 그것은 당연히 어떠한 인간적 가치나 지속성도 지니고 있지 않다. 그것이 어떤 종류의 의미나 가치를 지니게 되려면, 새로운 이름을 얻어 기존의 언어체계 속에 자리잡아야 한다. 이것은 다른 사람들도 그 현상을 인정함으로써 공인된 언어적 용법을 지니게 되는 과정이다. 그러니 우리가 '문학작품의 새로움'이라고, 언어의 맥락을 갖추어 말하는 '새로움'은 이미 일상언어적 용법에서 허용되어온 얼마간의 비순수성을 함축할 수밖에 없다.

그렇다면, 기존의 언어체계로 이루어지는 문학작품에는 순수한 '새로움'이 담길 수 없는가? 적어도 문자나 어휘의 단계에서는 그렇다고 말할 수 있다. 그러나 가능한 조건을 상상해볼 수는 있다. 어떤 시인이 새로운 어휘를 만들어냈거나 실수로 인해 우리가 처음 보는 글자배열이 이루어졌을 때 우리는 그 부분 또는 그것과 다른 부분 사이의 관련에서 순수한 새로움을 경험할 수 있다. 하나의 예를 보자.

　1998년 여름, 한 문예지에 「止初」라는 시가 실렸다. 사전을 펼쳐보았으나 그런 낱말은 나오지 않았다. 임의로 만들어진 조어가 아닐까 하는 의구심과 함께 나의 생각은 이렇게 흘러갔다.—'처음(初)이란 선형적 시간배열의 첫자리인데, 그것이 진행도 되기 전에 멈춘다(止)? ; 그건 불가능하다. 그러려면 운동성 자체가 부정되고 빅뱅이라는 우주적 사건도 없었어야 한다 ; '初'가 만약 시간구성의 통념에 대한 제유(堤喩)라면, '止初'는 근대적 시간관 자체의 종말을 뜻할 수도 있다. 생각이 여기에 미치자—90년대 담론의 중심주제의 하나인 '근대극복'과 관련되자—, 그 낯선 글자 배합이 참신한 충격으로 다가왔다. 시를 읽어보니, 삶의 절정이어야 할 '축제'가 '죽음'으로 환치되고, 시간의 비약적 거스름 속에 문명의 때가 덜 묻은 풍경들이 불쑥불쑥 솟구쳐오르는 듯했다. 특히 제목의 낯섦이 그러한 느낌을 부추기는 듯했다. 그 후, 술자리에서 「止初」를 쓴 시인 김정환에게 직접 물어보았다. "지초가 무슨 뜻이야?"—"응, 그거 지초가 아니라 정초야." "뭐? 정월 초하루, 정초란 말이야?"—"그래, 팩스로 원고를 보낼 때 한 획이 지워져버린 거야." 한껏 부풀었던 감흥이 일시에 허탈감으로 변했다. 그래서 사실확인에서 초래된 상실감을 보상하듯, 불쑥 한마디 내뱉었다. —"야, 정초보다는 지초가 낫다."

　교정 잘 보기로 정평 있는 출판사에서 '止初'에 오자가 아닐까 하는 의심을 품지 않았던 것도 어쩌면 나와 비슷한 생각이 거의 자동적으로 떠오른 탓이었을지 모른다. 이런 생각은 수많은 가지를 쳐가며 나를 잠시 혼란에 빠뜨렸다.— '새로움'에 대한 기대와 욕구는 그토록 맹목적인가; '근대극복'이나 '해체'는 어느덧 우리의 강박관념이 되어버린 것인가; 실수로 만들어진 낱말이 새로운 의미로 정착될 수 있을까…….

현대인은 너나할것없이 새로움에 걸신 들린 존재들이다. 세상은 눈부시게 변해가며 새로움에 대한 욕구를 끝없이 부추기지만 진정한 새로움은 오히려 드물어졌기 때문이다. 「止初」에 대한 경험에서처럼 새로움에 대한 욕구는 대상의 실재 여부 또는 사태의 진위와는 무관하게 맹목적으로 완강할 수도 있다. 그리고 실수로 이루어진 글자 배합에서 많은 사람들이 새로운 세계의 열림을 감지할 수 있다면, 그것은 새로운 어휘로 정착될 수도 있다. 게다가 모든 문명적 계기를 우연성으로 보는 이론들이 위세를 떨치게 되면서 '변화'와 '새로움'은 우리의 가치론적 판단영역을 벗어나고 있다. 그러나 '우연성'에서 '필연성'에 대한 반대 개념으로서의 흔적을 지워버릴 수 없는 한 우연성은 그 자체로서 절대화될 수는 없다. 우연성이든 필연성이든 어떤 범주나 조건을 전제로 할 때만 성립될 수 있는 상대적 개념일 뿐이다. 실수와 같은 우연성은 어떤 문학작품에서 일시적으로 낯선 느낌을 줄 수는 있지만, 꼼꼼히 뜯어보면 작품의 통일된 의미연관을 깨뜨린다(우연성을 절대화하는 이들에 따르면, 작품의 '통일성'도 독자들에 의해 우연히 이루어지는 것일 따름이지만 말이다).

앞에서 본 시의 제목도 '正初'일 때 비로소 제 기능을 발휘한다. 정초가 되면, 서울은 일시에 텅 빈 유령도시의 모습을 띤다. 그래서 "축제는 죽음이다"는 역설적인 단언이 가능해진다. 이 죽음은 물론 상투화된 일상의 잠정적 정지상태이며, 시인의 상상력은 이때를 놓치지 않고 습관의 중력을 거스르며 솟구쳐오른다. 그의 눈에는 "서울역 지하도에 새 우젖빛 한강이 겹쳐지고/…… 세월은 휴전선을 거슬러 오르고 고래가/강을 따라 유유자적하"는 모습도 들어온다. 그러나 "시간의 계단과 기억의 탑"에 이르면, 수증기가 물방울로 응축되듯 '이야기'가 싹트고 그 것은 "거리가 되고 나라가 되고 마침내/가슴 아픈 역사가 된다." 이렇 게 되면, 솟구쳐오르던 상상력은 어느덧 무게를 지닌 채 다시 하강하여 "나는 아직 끝나지 않은 조선사 속에서/오늘, 명절날, 해태의 눈을 갖 고/살았다…"고 하루를 정리하는 역사적 감각으로 자리잡는다. 만약 이 시의 제목을 '止初'로만 알고 있다면, 이 시에서 과연 하강을 강요하는 역사의 중력을 읽을 수 있을까? 아마도 지금 이곳을 이탈하지 않고 살 아가는 자의 자부심 또는 아픔을 헤아리기는커녕, '해태의 눈'—선악과 시비를 가리는—조차 장님의 눈으로 오해하기 쉬울 것이다. 이 시의 새로움은 역사적 시간으로부터의 이탈 또는 망각에 의존하고 있지 않 다. 한강의 '새우젓빛'에도 시인 자신의 체험과 지난날의 삶의 애환이 녹아들어 있다. 그렇다고 해서 시인이 "아직 끝나지 않은 조선사 속에 서" 복고적 취향에 젖어보자는 것이 아님은 두말할 나위가 없다. 단 하 루인들 '해태의 눈'이 그것을 허용하지 않기 때문이다. 가상현실과 실 재의 구별이 불가능해졌다는 주장이 낯설지 않게 된 이 시대에, 조선사 가 지속되고 있다는 자각은 오히려 우리 자신의 '정체성'에 대한 야유 또는 반성적 질문으로 다가온다.

우리의 삶을 규정하고 있는 문명적 조건들 가운데 자명한 것으로 받 아들일 만한 것은 아무것도 없다. 기하학이나 물리학과 같은 과학도 그 렇다. 하물며 지극히 복잡한 인간의 삶에 관련된 문학은 더 말할 나위 가 없을 것이다. 이러한 조건은 창작의 자유를 극대화하기도 하지만, 문학의 개념과 작품의 구성요소들에 대한 끊임없는 반성과 자기부정을 강요하기도 한다. 문학작품은 '작가'라는 특정한 개인이 어떤 역사적 시간대에 이미 존재하는 언어체계를 가지고 기존의 세계에 대한 은유적 관계—세계에 대한 지시적 상동성과 차이성의 통일—를 만들어가는 데에서 생성되며, 거기에는 세계에 대한 새로운 해석과 발견의 가능성이 함축된다. 그러나 이러한 정의(定義)는 작가에 초점을 맞춘 당위적인 규정일 뿐이며, 독자 또는 수용의 측면에서 또다른 정의가 얼마든지 가능하다. 어쨌든 이러한 관점에서 보면 문학작품은 그 자체로서 새로움일 수밖에 없으며, 그 새로움의 계기는 작가에 의해 포착된다. 그러나 새로움은 작가가 의도한 만큼 작품의 내부에 주입되어 그대로 보존되는 것은 아니다. 그것은 읽는 사람이 자기 경험의 지평에서 그렇게 느낄 때에만 새로운 느낌으로 구체화된다. 작가는 '새로운 느낌'이라는 심미적 작용까지 쓸 수는 없는 것이다. 이런 점에서, 비평은 작가의 의도와 독자에게서 발생하는 심미적 효과 사이의 괴리에 대한 해석이기도 하다.

이러한 괴리는 작가와 작품 사이에도 존재한다. 그러므로 '새로움의 계기들은 작가의 경험적 요소들에서 싹터 그가 구사하는 언어 안에 갈무리된다'고 주장할 수는 없다. 경험적 요소들은 작가의 이성적 기획을 거스르고 문학작품 속에 침투해들어오기도 하기 때문이다. 무의식의 작용 또는 우발성으로 일컬어지는 이러한 현상 때문에 시를 무의식의 산물로 간주하는 사람들도 있다. 이러한 요소들은 의식의 차원에서 반추될 수 없으므로 부재의 어두움 속에서 불쑥 솟아오른 것처럼 느껴지며, 작가들로 하여금 '자동기술' 또는 언어체계에 손만 빌려주면 된다는 환상을 심어주기도 한다. 그러나 이보다 더 나쁜 경우도 있다. 환상을 의도적으로 추구하는 경우이다. 일상적으로 반복되는 현실적인 의무나 권태로부터 벗어나 이상한 곳(wonderland)이나 이상향(utopia)을 찾아나서는 것이다. 그러나 유토피아는 더 이상의 변화가 요구되지 않는 세계라는 점에서 정지 곧 죽음의 세계이며, 끊임없이 놀라운 일이 벌어지는 곳이 원더랜드라면 지금 우리가 살고 있는 이 세상보다 더 놀라운 곳은 없다. 그러므로 문학작품에서 추구되는 진정한 새로움은 거짓 새로움의 소용돌이를 일으키고 있는 보이지 않는 힘과의 대결에서 잉태될 수밖에 없다.

새로움은 일차적으로 개인적 차별성과 관련된다. 그러나 이미 1950년대에 에릭 프롬이 최면술 실험의 예를 통해 명징하게 밝혀놓았듯이, 개성이나 그것에 기초한 자발성이라는 것은 사회화 과정을 통해 알게 모르게 외부로부터 주입된 것(프로이트 식으로 말하면, 부모와 사회의 목소리가 내재화된 것)이다. 그러므로 개인적 차별성에서 잉태되는 문학작품의 새로움에도 그만큼의 사회적 의미와 한계가 동시에 내포된다. 이런 점에서, 문학작품이 개인에 의해 씌어진다는 조건은 사회 전체로는 현존하는 세계에 대한 비판적 시각의 다극화로, 작가 자신에게는 자신의 내면에 새겨진 '눈먼 각인'(블룸)과 길항하며 문화산업의 유인에 저항하는 하나의 거점으로 이해될 필요성을 높여준다.

진부한 이야기이지만, 우리 역사는 정치권력의 형성과정에서 행해진 불의를 은폐하거나 정당화하는 일을 되풀이해왔으며, 우리의 일상은 권력이 재생산되는 물질적 토대이기도 했다. 특히 우리 근대사는 편협한 합리주의의 최악의 형태인 제국주의의 각축 아래 민족 고유의 삶의 방식은 물론 정치적 기본권까지 박탈당하는 과정이었으며, 분단체제 아래 형성된 독재권력은 일종의 '내부식민지' 현상까지 만들어내면서 권력을 재생산해왔다. 이러한 조건은 작가들로 하여금 자신의 문학을 역사에 대한 반명제로 설정할 수밖에 없도록 만들었다. 그러나 현실적 차원에서 고발은 불가능했다. 여기에서 현실에 대한 책임을 면제받을 수 있는 광인(狂人)이 소설적 인물로 등장했다. 「분지(糞地)」(1965)의 '홍만수'가 그 대표적인 예이다. 남정현은 이 광인의 환상과 분노를 통해 남한의 정치적 현실을 거의 직설적으로 매도하면서 외세에 대한 복수를 거의 현실적 차원에서 가능케 하는 데 성공했다. 이 작품이 북한에서 정치적 선전으로 이용되지 않았더라면, 작가는 독재권력의 촉수에 걸려들지 않았을는지 모른다. 그러나 이 작품은 새로운 소설형식으로 주목받기보다는 역사적 사건이 됨으로써 민족해방을 위한 메시지로서의 의미가 오히려 극대화되는 아이러니를 낳았다.

이후 현기영의 「순이 삼촌」에서 조정래의 『태백산맥』에 이르는 과정은 은폐·왜곡된 역사적 사실들을 발굴하여 역사를 객관적으로 재구성하는 쪽으로 나아갔다. 형식적으로는 전혀 새로울 것이 없는 이런 작품들이 새롭게 받아들여졌던 것은 주로 소재적 차원의 새로움 때문이었다. 그러나 우리 시대의 문화적 조건은 역사적 소재의 새로움보다는 미학적 차원의 새로운 기획을 요구하고 있다. 그리고 이에 대한 응답으로 보이는 작품들도 눈에 띄기 시작했다. 현기영의 경우, 역사적 현실은 이제 객관적으로 묘사되기보다 그 자신의 성장과정에 스며들어 인격과 분리될 수 없는 역사성으로 드러나고 있다. 『지상에 숟가락 하나』에서 역사적 사실은 자체의 무게와 실감으로써 작품 내부에 들어 있기보다는 '나'의 인간적 성장의 계기로서 더 큰 의미를 부여받고 있다. 작가가 어린 시절에 이루어진 자기만의 경험과 대면하는 과정에서 눈부신 이미지들과 참신한 은유들이 피어나고 있다. 이러한 자기발견은 인간을 역사적 존재로서만이 아니라 감각적 실체로 재정립하는 과정과도 일치한다. 그러나 이 작품이 귀향 준비로 다무리되는 것은 모태로의 회귀처럼 퇴행적 여운을 남긴다.

역사나 정치적 현실은 일상의 바깥에 객관적으로 존재하는 것이 아니라는 생각이 일반화되면서 일상성을 통한 역사성의 형상화 문제는 90년대 문학의 중요한 과제의 하나로 떠올랐다. 이런 맥락에서, 근래에 출간된 김원우의 『일인극 가족』은 우리의 주목을 끈다. 제목이 암시하듯, 이 소설의 인물들은 각자의 생활 공간에서 내적 독백에 몰입하거나 혼잣소리로 두덜거릴 때가 많다. 이런 현상은 가족 내부의 결함 때문이 아니라—이 가족은 매우 화목한 편이다—우리 시대 중산층의 가족관계를 반영하는 것이다. '이씨'라는 중심화자가 없는 것은 아니지만, 인물들의 독자성이 유독 두드러져 보이는 것은 우리 시대의 정치적 현실이나 사회적 특성을 다각적으로 드러내기 위한 방법적 배려에서 비롯된 것이다. 이렇게 하여 작가는 1997년 대선 직후의 우리 사회를 조밀한 그물망으로 건져올리는 데 성공하고 있다. 지적이면서도 냉소적인 대화, 독백, 두덜거림 등 김원우 소설의 서술적 특성은 직업과 생활공간에 고립되어 있는 현대인의 특성을 그려내는 데 탁월한 성과를 거두고 있지만, 그러한 현실을 돌파할 수 있는 방법적 시각을 내재하는 데에는 한계를 보인다.

　　과학과 기술의 발전이 자본의 작동방식과 우리의 삶을 매우 복잡한 것으로 만들어가고 있는 지금, 우리는 새로운 문명사적 지평 위에 놓여 있다. 이러한 조건과 무관하게 온전한 삶만을 추구해야 한다면, 자연으로 돌아가는 길밖에 없다. 그러나 이러한 선택은 근대 이후의 작가적 역할을 스스로 부정하는 것이 된다. 지금 우리가 마주치고 있는 현실은 자본주의 문명에 이끌리며 왜곡되는 감각-정신과 신체-생리의 자연성 사이의 틈이 점점 벌어져가고 있다는 식의 이분법적인 시각은 더 이상 가능하지 않다는 것을 일깨워준다. 그리고 카프카의 작품을 두고 초현실주의냐 리얼리즘이냐를 따지고 들었던 논쟁과 같은 이분법적인 사고 역시 시대착오적 넌센스가 될 수밖에 없다. 이런 점에서 우리의 리얼리즘에 관한 논의도 차원을 달리해서 생각해보아야 할 시점에 와 있다.

어떤 문학작품에 존재하는 환상적인 요소가 어둡고 불길한 현실세계의 복잡성을 효과적으로 함축하고 있다면, 그것은 환상을 통한 리얼리티의 형상화가 된다. 환상과 리얼리티를 억지로 수평적 차원에 끌어다 놓으면, 그 둘은 반대개념처럼 보인다. 그러나 실제로는 인간의 심리적 차원까지 포함하는 복잡한 삶의 현상을 구성하는 서로 다른 개념적 층위일 뿐이며, 그것은 삶의 차원에서 하나로 통합될 수밖에 없는 요소이다. 구태여 따지자면, 지금까지 우리가 알고 있는 '리얼리즘' 개념은 객관적 세계가 존재한다는 단순한 직관의 결과로서 성립되며, 환상은 오히려 우리의 심리현상에서 구체적으로 포착될 수 있는 감각적 직접성을 띤다고 말할 수도 있다. 그러나 이제는 환상—그 문학적 의미 여부는 논외로 하고—마저도 순수한 심리현상일 수 없다. 인위적으로 대량생산되는 가상현실들이 환상과 뒤섞이며 현실을 대체해가는 경향이 농후하기 때문이다.

진짜 현실과 가상현실을 구별할 수 있는 척도를 찾아내지 못한다면, 우리는 대량생산되는 가상현실 속에서 심리적으로만 자유인의 지위를 향유하면서 실제로는 자동인형이나 노예의 처지를 벗어날 수 없을 것이다. 그렇다고 해서 신체-생리를 단순한 굴질운동 즉 자연성의 법칙에 지배되는 최후의 보루로 생각하고, 순수감각의 리트머스 시험지인 양 생각하는 태도는 근원적 오류를 범할 가능성이 크다. 신체와 생리적 반응조차도 독자적 고유성을 지닌 것은 아니기 때문이다(밥과 김치 대신 피자와 코카콜라를 더 좋아하는 아이들을 생각해보라).

    그렇다면, 우리 시대의 현실에 대한 새로운 표현으로서의 반성적 형상화는 어떻게 가능한가? 필자로서는 여기에 대한 직접적인 대답이 준비되어 있지 않다. 그렇지만, 근래에 출간된 소설들을 통해 그 가능성을 유추해볼 수는 있다. 신경숙의 『기차는 7시에 떠나네』는 과거의 한 시간대에 대한 기억이 잘려나가버린 '나'가 잃어버린 시간을 회복함으로써 가까운 사람들 사이에 소원해졌던 관계들이 새롭게 복원되는 모습을 보여주고 있다. 이 소설의 새로움은 '관계복원'이라는 주제에 매우 낯설고 신비스럽게 접근해가는 방법을 통해 주제의 낯익음에 새로운 느낌과 깊이를 부가한 것이다. '나'가 자신의 기억을 회복해가는 과정은 일종의 추리기법과 신비화의 혼합으로 이루어지고 있다. 그래서 이 소설은 잃어버린 기억의 회복과 함께 인간관계들의 복원이 자연스럽게 이루어지면서 마무리된다. 신경숙의 신비화는 일종의 '낯설게 하기'에 해당한다. 그것은 일상적 주제를 눈을 씻고 다시 보게 하는 효과를 가져온다. 그러나 어머니의 자리를 대신하는 노루의 등장—여러 사람에게 확인되고 있으므로 이것은 환상적 구도에 놓여 있는 것은 아니다—은 매우 이채롭게 느껴지지만 '그리움'이라는 심리적 현상을 지나치게 사물화함으로써 오히려 흉물스럽다는 느낌마저 불러일으킨다.

    이에 비해 이남희의 『황홀』은 신세대의 새로운 행동방식과 성풍속—동성애나 변태적 매음행위 등을 포함하는—을 매개로 자본주의 사회의 어두운 단면을 절망적 언어로 드러내고 있지만, 작가의 관심은 소재적 차원의 새로움 쪽으로 기울어 있다. 그래서 삶의 일반적 조건보다는 유별난 소재와 행동방식이 상대적으로 도드라져 보인다. 이것은 시대감각에 뒤떨어진 필자만의 생각일 수도 있고, 시대의 첨단에 서려는 작가의식에서 싹튼 것일 수도 있다. 어쨌든 이 소설은 미래에 대한 불길한 예감을 앞당겨 형상화해놓은 듯하다. 자본의 전지구화 또는 세계화 현상으로 인해 개인의 독자성마저 흐려져가는 시대에 성행위라고 해서 본래적 양식이 유지될 수는 없을 터이다. 이남희는 삶의 자연스러운 감각이 파괴되거나 왜곡될 수밖에 없는 새로운 시대상황을 통해 우리의 문학판도에 새로운 소재를 끌어들이고 있는 것이다.

비교적 근래에 출간된 소설들을 주마간산으로 살펴보았지만, 작가들이 형식이나 내용에서 새로운 경지를 개척하려는 노력을 꾸준히 전개해오고 있다는 사실만큼은 분명히 확인된 셈이다. 이 소설들은 주제나 방법에서 유사점을 발견할 수 없을 만큼 뚜렷이 다른 개성들을 보여주고 있다. 그러나 공통점이 전혀 없는 것은 아니다. 신경숙의 소설이 다소 신비스러운 분위기를 연출하고 있기는 하지만, 대체로 리얼리즘의 범주에 속한다고 말할 수 있다. 우리 소설들은 여전히 리얼리즘의 범주 안 또는 주변에서 맴돌고 있는 셈이다.

그러나 우리가 마주치고 있는 문명사적 단계는 문학이념으로서의 '리얼리즘' 개념에 새로운 함축을 부가하거나 이 개념을 문학사조사의 한 단계만을 지칭하는 것으로 한정할 것을 요구하고 있다. 당파성, 총체성, 전형성과 같은 사회주의 리얼리즘의 개념적 요소들을 폐기처분한 이후, 리얼리즘이 현실세계에 대한 단순한 반영에 그치지 않고 현실세계의 부정성에 대한 비판 또는 해체의 힘을 지니려면, 자연스럽거나 사실적이기만 한 것이 아닌 특별한 방법적 시각 또는 인물의 창조가 필요할 것이다. 그럴 때 자연스럽거나 사실적이 아닌 방법을 구태여 리얼리즘으로 불러야 할지 의문이다. 예컨대, 카프카 소설의 K나 「분지」의 '홍만수'와 같은 인물이 펼쳐 보이는 소설공간을 리얼리즘의 세계라고 부르기는 어렵다. 그러나 이 소설들이 다른 어떤 소설들보다 당대 사회의 리얼리티를 강도 높게 함축하고 있는 것을 부정할 수는 없다. 이러한 의미에서의 리얼리티는 가상현실들이 난무하는 뜬세상에서 문학정신의 마지막 거처가 어디인지 암시하는 바 크다. 이러한 리얼리티에는 벤야민의 '현재시간(Jeztzeit)'처럼 인류의 과거를 시간의 축지법으로 압축하여 현재화하는 것, 이와 반대로 현실의 한 단면을 미시물리학에서처럼 잘게 나누어 물질과 의식이 접촉하는 최소단위를 찾아내는 일이 포함될 수 있을 것이다. 이러한 방법들은 불가피하게 새로운 언어(표현)들을 불러오거나 경험적 세계를 낯설어 보이게 할 것이다. 언어가 현실과 무관한 것도 아니고 현실을 있는 그대로 표상하는 것도 아니라는 사실이 밝혀진 이상 문학이 언제까지나 현실의 재현에 매달려 있을 수는 없는 노릇이다.

(《내일을 여는 작가》 1999년 여름호)

비평의 길

　'세기말'은 확실성에 대한 욕망을 부추겨 불확실한 현상들을 간명하게 포장해버리게 만든다.—'혼돈', '위기' 또는 '총체적 불확실성' 등. 나 역시 이러한 물결에서 쉽게 빠져나오지 못한다. 기대와 환멸, 불안과 두려움, 들뜸과 의기소침—이 모든 말기적 심리현상들이 빅뱅의 파편들처럼 일시에 망막을 가득 채울 것처럼 밀려온다. 그래서 견디기 힘든 소용돌이에서 빠져나오려고 포장을 서두른다. 세기말의 망령들은 문인들의 영토에도 어슬렁거리는지, 불길한 진단과 예언들이 갈마들며 뒤섞이고 있다. 그중에서도 진단과 예언의 강박에 시달리는 이들, 즉 비평가들의 새된 목소리들이 가장 가까이 들려온다. 그들의 갈라진 목소리는 토론보다는 논쟁 쪽으로 방향을 잡기도 한다. 이런 논쟁들은 흔히 억설(doxa)과 역설(paradoxa)의 연쇄로 상투화되지만, 인신공격 쪽으로 물꼬가 트이면 논쟁자들 자신이 먼저 상처를 입고 쓴 입맛을 다시며 물러나 오랜 침묵에 빠지거나 고해성사 —비평가들이 좋아하는 말로는 '자기성찰' —로 한 시대가 마감된다.

　그렇지만, 안타깝게도 비평의 눈은 밖으로 향해 있어 자신을 돌아보기가 무척 어렵다. '자기비판'을 들먹일 때도 더러 있지만, 자신을 타자로 객관화한 듯 보이기도 하는 이것은 사실은 페르소나(persona), 즉 확대된 자아로서의 동시대에 대한 비판으로 변질된다. 비평가들은 먼저 자신의 모습을 비춰볼 수 있는 거울을 밖에서 찾아내려 한다. 그것이 '역사'라는 이름의 헛간에서 쉽게 발견되지 않으면, 현대과학의 진열장에서 새로운 거울을 구입하려 든다. 그러나 진열장 안의 다양한 거울들은 성급한 주체를 분열시켜 도플갱어(Doppelganger)를 만들어내기도 한다. 밖을 향하던 눈을 감아버리고 자신의 내면을 들여다보면, 이번에는 나르시스의 얼굴이 수면 위로 떠오른다. 비평가들의 반성은 이처럼 빗나가기 쉬울 뿐만 아니라 때로는 과거의 잘못에 대한 면책의 수단으로 악용되기조차 한다. 결국 타율적 반성으로서의 논쟁과 토론을 기대할 수밖에 없는데, 이것들 역시 새로운 깨달음보다는 서로의 다름만 돌올하게 부각시켜놓고 끝나버리는 경우가 너무도 많다. 그래도 연대나 세기가 바뀔 무렵이면, '위기'를 들먹이며 당연한 절차처럼 반성을 요구한다.

우리 비평은 너무 무겁거나 가벼울 때가 많았다. 그러나 '너무 무거운 것'도 삶 또는 작품의 디테일에 대한 필요한 만큼의 성찰을 결여한 결과로서 그렇게 된 경우에는 절차상의 가벼움을 내재하고 있다고 말할 수도 있을 것이다. 무거운 쪽의 비평—나 자신의 비평도 이 부류에 속할 것이다—이 가장 많이 사용해온 말은 민족 현실 리얼리즘 등일 터인데, 이러한 개념들은 실제비평의 준거로 삼기에는 그 범주가 너무 커서 섬세한 성찰을 요구하는 요소들을 간과할 때가 많았다. 현실을 변혁하기 위한 실천적 패러다임은 너무 단순해서 과격해지는 쪽으로 가벼워지기 쉬웠고, 정치·사회·민족적으로 무거울 것이 별로 없는 곳에서 빌려온 패러다임은 우리의 현실과 너무 동떨어져서 가벼워지기 쉬웠다. 이러한 사실은 지금 우리가 경험하고 있는 '위기'의 직접적인 원인은 아니지만, 좀더 깊은 곳에서 표면적인 원인을 상투화하고 있다. 그리고 이것은 비평의 존재이유를 어디에서 찾을 것인가 하는 근원적인 물음으로 귀착된다. 또 하나의 위기원인은 외부의 물질적 조건들과의 관계에서 규정되는 비평의 사회적 위상에서 비롯된 것으로 거의 세계사적인 보편성을 띠고 있다. 이런 현상은 주로 비평가들의 '상업주의적 타락' 문제로 집약된다.

첫번째 문제는 우리 현실에 대한 올바른 이해를 바탕으로 글쓰기가 이루어져야 한다는 생각을 지닌 비평가들 사이에서 '리얼리즘 논쟁'을 불러일으켰으나 별다른 성과를 거두지 못했다는 것이다. 이 논쟁은 리얼리즘이나 모더니즘 개념을 확대해석함으로써 상대방의 주장을 포괄하려는 의도를 드러낸 채 흐지부지해지고 있다. 그렇다면, 역사적 선규정성을 지닐 수밖에 없는 문예사조사적 개념을 토대로 작품분석의 효용성까지 따지는 논쟁은 중단해야 한다. 그리고 자신의 문학이론 자체를 좀더 섬세하게 가다듬거나 새로운 비평준거를 개발하는 쪽으로 나아가야 한다.

서구의 비평사를 보면, 비평의 근거가 되는 미학적 견해차이가 시대의식과 결부되어 집단적으로 장기간에 걸친 열띤 논쟁이 전개되기도 했다. 가장 대표적인 경우는 17, 8세기 프랑스와 독일에서 한 세기에 걸쳐 반복·지속된 '신구논쟁(la querelle des ancien et des modernes)'일 것이다. 이 논쟁은 프랑스에서 1687년부터 1697년 사이의 10년 동안 가장 격렬하게 진행되면서 예술의 영역에서 고대와 근대의 차이를 발견하게 되는 계기가 되었고, 근대파의 승리로 마무리됨으로써 이성중심의 계몽주의시대의 막을 열어놓았다. 독일에서는 실레겔과 실러가 제각기 미래의 문학을 진단하는 글을 거의 동시(1795/96)에 발표한 데에서 비롯되었다. 이 글들은 은연중에 프랑스혁명을 염두에 두고 독일 문학에서도 '미학적 혁명'이 이루어지기를 기대했지만, 고대파의 입장에 섰던 실레겔은 말할 것도 없고, 근대파의 입장에서 계몽주의 정신을 토대로 고대의 자연적 교양과 근대의 예술적 교양의 대립을 해소시킨 실러마저도 바이마르 고전주의로 되돌아감으로써 진보적인 결과를 얻어내지는 못했다. 이들 논쟁의 비평사적 의미는 예술미의 고전적 표준은 있을 수 없다는 사실의 확인을 통해 역사적 현재에 대한 자기인식에 실감을 부여한 것이다.

이웃나라들보다 뒤늦은 18세기 중엽에 이르러서야 전면화된 독일의 근대적 예술비평은 짧은 기간 동안에 한 시대의 성격을 규정할 만큼 보편적 시대의식을 담아내게 되었다. 칸트는 자기 시대를 "모든 것이 비평에 종속되어야 하는 본격적인 비평의 시대"(『순수이성 비판』, 1781)로 규정했고, 실러는 "무대의 재판권은 세속법의 영역이 끝나는 곳에서 시작된다"(「도덕기관으로서의 연극무대」, 1784)고 말함으로써 비평에 세속적 권력을 비판할 수 있는 절대권을 부여했다. 당시 독일의 정치적 상황은 프랑스만큼 진보적 여론이 형성될 만한 것이 아니었지만, 비평은 스스로 국가나 교회의 권력에 종속되지 않고 그에 맞설 수 있는 근거를 이성적 사유에서 찾아낸 것이다. 칸트 미학의 '자율성' 개념만 하더라도 국가권력이나 교회의 권위에 침해받지 않는 곳에 예술의 터를 잡으려는 의지에서 발현한 것이었다.

그러나 점차 물질적 조건에 결박되어가면서 비평은 그 빛을 잃어갔다. 비평가는 작품의 질을 신중하게 평가하는 '예술심판관'이 아니라 특정 작가를 문학시장에 내놓기 위한 목적에서 서평을 쓰는, 출판업자의 하수인으로 전락하는 일이 흔해졌던 것이다. 이처럼 부르주아 비평제도는 생겨날 당시부터 오늘날 우리가 보는 바와 같은 모순과 요구를 함께 내재하고 있었다. 그러므로 근대비평의 역사적 우상을 새롭게 음미해보기 위해서는 작가들의 세속화에 근원적 원인을 제공한 근대화를 당대 역사의 한가운데에서 체험한 세 인물—괴테, 마르크스, 보들레르—의 시각적 차이 또는 유사성을 짚어낸 마셜 버먼의 근대성의 경험을 참조해볼 수 있다.

근대 초기에 당시의 지식인들은 유토피아적 환상을 가지고 눈부시게 달라지는 물질적 변화를 맞이했다. "파우스트는, 인간적인 상당한 대가 없이도 개인적인 성장과 사회적인 발전이 있을 수 있는 새로운 세상을 상상하고 그러한 세상을 창조하고자 노력했다." 마셜 버먼은 이처럼 파우스트에게서 비극적 개발자의 모습을 읽어냈다. 괴테는 물질세계의 근대화를 숭고한 정신적 성취로만 여겨 근대의 어두운 측면을 보지 못했던 것이다. 만년에 그는 라인강과 다뉴브강을 연결하는 운하와 수에즈운하의 건설계획을 두고, "이처럼 위대한 사업을 볼 수 있을 때까지 살 수 있을까! 이러한 목적을 위해서는 50년 넘게 고통을 감내할 만한 가치가 충분히 있을 것"이라고 말했다. 무려 60년이라는 세월에 걸쳐 씌어진 까닭에 세 가지 변신—몽상가, 연인, 개발자—을 보여주는 파우스트에게 하나의 이미지를 부여할 수 있다면 그것은 '욕망의 해방자'일 것이다. 이 가운데 개발자의 모습은 끊임없이 물질세계를 변화시키려는 욕망에 내몰리는 부르주아지의 원형을 극명하게 보여주었다.

근대의 어두운 측면은 마르크스의 「공산당선언」(1848)에 이르러서야 최초의 정확한 서술을 얻는다. 이 글은 혁명적 내용 못지않게 날카로운 비평의식을 유감없이 드러낸다. 그는 부르주아지가 인류의 역사상 가장 혁명적인 역할을 수행했음을 인정하면서도 생산도구·생산관계·사회관계를 끊임없이 혁신하지 않고는 존재할 수 없는 그들의 속성으로 인해 모든 것을 무차별적으로 파괴할 수밖에 없음을 날카롭게 파헤쳤다. "모든 견고한 것은 연기처럼 사라지고, 모든 성스러움은 모독되며, 사람들은 마침내 자신들의 생활조건과 인간관계를 메마른 시선으로 바라보게 된다." 부르주아지 자신도 이러한 운명에서 벗어날 수는 없는 것이기에 그들은 "자신의 주술(呪術)로 불러낸 지하세계의 힘을 더 이상 지배할 수 없게 된 마술사"로 비유된다. 마르크스는 공포를 유발하는, 끔찍스럽고 통제불능한 중세적 이미지를 통해 부르주아지들이 만들어낸 물질적 경이를 압도했다. 말하자면 중세의 미신적 괴물이 과학의 옷을 입고 역사에서 부활했음을 암시하고 있는 것이다. 괴물은 당연히 희생을 요구한다. "부르주아지들은 이제까지 존경과 외경심으로 찬미되었던 모든 활동에서 후광(Halo)을 벗어던졌다." 의사, 변호사, 목사, 학자는 말할 것도 없고 시인도 임금노동자의 처지로 떨어진다. 그들은 이제 "노동이 돈벌이가 되니까 일거리를 찾을 뿐이다."

보들레르도 근대의 모순과 "덧없고 일시적이며 우발적인" 속성을 예리하게 간파했다. 그는 「가난한 사람들의 눈빛」이라는 산문시에서 부르주아지의 온갖 악덕과 호사스러움이 혼합되어 있는 카페와 그 안을 들여다보는 가난한 가족의 눈빛을 극명하게 대비한다. 눈부신 광경에 정신을 빼앗긴 가족의 눈빛을 바라보는 연인들의 마음에도 불연속선이 그어진다.— '나'는 앞에 놓인 큰 술잔과 술병에 부끄러움을 느끼지만, 그녀의 시선은 '나'에게 "지배인한테 가서 이들을 쫓아버리라고 말할 수 없어요?" 하고 말하고 있다. 가난한 사람들의 출현은 눈부신 근대도시에 지울 수 없는 암영을 드리우며 사람들의 마음에도 상처를 남기게 된 것이다. 이런 세상은 "암브로시아를 먹는 사람" 즉 시인에게서 과거의 영광을 앗아가버린다.─「후광의 상실」(1865). 마차들이 무섭게 질주하는 도로를 건너는 "시인의 머리에서 후광이 떨어져 흙탕물 속에" 처박히지만, 시인은 질주하는 마차들이 두려워서 다시 주워올릴 엄두조차 내지 못한다. 그러고 나자 시인의 마음은 오히려 홀가분해지고, 뒷골목 사람들과 스스럼없이 어울릴 수 있게 된다. 이 희극적 아이러니는 "자신만의 왕이었고, 자신만의 목사였으며, 자신만의 신"이었던 예술가의 추락만을 의미하는 것이 아니라 근대적 예술가의 탄생을 함축한다.

이제 근대예술에서 '파우스트적 개발'은 더 이상 긍정적 조명을 받을 수 없게 되었다. 부르주아지의 프롤레타리아화라는 역사적 현상이 근대예술의 인식론적 바탕이 되어버렸기 때문이다. 17년이라는 시간차를 전제하더라도, 마르크스와 보들레르가 당시 지식인들을 사로잡았을 당혹스러움과 자괴감을 '후광의 상실'이라는 동일한 이미지로 포착한 사실은 놀랍다. 이런 사실은 그 당시에 자본주의적 근대의 어두운 측면에 대한 인식이 보편화되어 있었음을 뚜렷이 확인시켜준다. 그러나 이들이 동일한 정서를 글쓰기와 삶의 목표에 용해시키는 방식은 전혀 달랐다.「공산당선언」의 독자는 혁명의 잠재력을 지닌 프롤레타리아이다. 그래서 이 글은 "만국의 프롤레타리아여, 단결하라!"로 끝맺을 수밖에 없다. 이 선동적인 문장은 프롤레타리아의 존재변이에 대한 요청까지 내포하고 있다. 이와 달리 보들레르의 독자는 계급적 존재가 아니다. 그러나 보들레르에게도 해방의 전략이 없는 것은 아니다. 그것은 부르주아적 위선으로부터의 해방, 그리고 빠른 속도로 변해가는 대도시와 누추한 일상생활의 이미지를 "최초의 격정으로까지 고양시킨 것─그것을 있는 그대로 나타내면서도 그 자체를 능가하는 그 무엇을 나타내도록"(엘리엇) 만들어낸 데 있다. 이 두 사람의 차이는 혁명적 사회과학자와 부르주아 시인의 차이이다. 마르크스에게 프롤레타리아가 혁명의 배를 띄울 수 있는 물이었다면, 보들레르에게는 부르주아를 포함한 미지의 독자층이 그의 시정신이 흘러드는 바다였다.

전략면에서 이 두 사람 사이에 놓일 수 있는 브레히트에게 프롤레타리아는 그 자신과 동일한 차원에서 동맹자가 되어야 할 관객 또는 독자였다. 브레히트는 1934년 벤야민과의 대화에서 자신이 '대부르주아지'에 속한다는 전제 아래 이렇게 말했다. "생산수단의 지속적인 발전이라는 면에서 대부르주아지 작가는 생산자로서 프롤레타리아트화, 그것도 완전히 프롤레타리아트화하였습니다. 바로 이러한 점에서의 철저한 프롤레타리아트화로 인해 대부르주아지 작가는 프롤레타리아트와 하나의 공동전선을 형성할 수밖에 없지요." 그는 이러한 인식과 자신의 창작 경험을 바탕으로 '서사극' 개념을 만들어냈고, 관객들이 비평적 참여를 통해 사회비판과 변혁을 실천할 수 있는 능동성을 지니게 되기를 기대했다. 그는 서사극에서 줄거리를 차단함으로써 "무대와 관중, 텍스트와 연출, 연출가와 배우 사이의 상관관계를 변혁하는 데 성공했다" (벤야민, 「생산자로서의 작가」). 관객은 정지된 장면을 보며 사건진행에 대해 스스로 어떤 입장을 취하도록 권유되었다. 이런 점에서 보면, 관객 또는 독자는 작가의 계몽적 기획과는 무관하게 작가와 대등한 자리에서 만날 수 있는 존재는 아니었다.

이러한 한계는 물론 이론상의 결함이라기보다는 시대적 한계와 맞물려 있다. 작가가 계몽적인 목적을 갖는 한 그 이상의 이론적 발전은 기대하기 어려울 것이기 때문이다. 독자와 관련된 비평이론을 두고 볼 때, 바르트는 뚜렷한 진보를 보여주었다. 그는 부르주아적 주체를 지워가기 위한 전략으로 '저자의 죽음'을 선언함으로써 작가는 '필사자'에게, 작품은 '텍스트'에 그 자리를 넘겨주게 된다. 그러나 독자는 오히려 텍스트의 재생산에 참여하게 됨으로써 소비자로서의 수동적인 위치에서 완전히 벗어나 생산자의 위치에 놓이게 되었다(여기서 '독자'는 하나의 인격체가 아니라 일종의 공간적 개념이다). 이러한 맥락에서 '작가의 죽음'은 작가-작품에 대응하는 '비평'의 붕괴를 기정사실화한다.

그러나 바르트의 경우에도 논리적 정합성이 현실적 타당성을 보장하지는 못한다. 바르트는 비평의 기능을 '해독(解讀)'과 '설명'에 국한하였으나 역사적으로나 현실적으로 비평은 그러한 임무에만 결박된 것은 아니다. 바르트 자신만 하더라도 저자에게, 따라서 비평가에게 사형을 선고한 그의 글쓰기 역시 '권력' 또는 '저자의 통치'에 대한 비평을 함축하고 있다(「저자의 죽음」보다 먼저 씌어진 것이기는 하지만 「글쓰기의 영도」나 「신화학」은 뛰어난 비평정신의 산물이다). 비평은 '저자의 발견'에서만 비롯되는, 따라서 저자에게만 종속되는 것이 아니다. 이런 맥락에서 보면, 비평이 부활하면서 저자도 부활하는 현상이 생길 수 있다. 바르트는 필사자(scripteur)로 하여금 저자(auteur)를 계승하게 할 것이 아니라 저자 개념에 달라진 내용을 함축할 수는 없었을까? 'auteur'는 창조자 또는 개인적 소유자의 이미지가 너무 강고해서 폐기되었겠지만, 언어에게 손만 빌려준다는 필사자는 허깨비처럼 공허해 보여서 독자는 그에게 아무것도 따져물을 수 없을 것 같다. 그리고 글을 쓰는 사람이 자신을 필사자로 여기는 경우가 과연 있을까? 만약 그런 사람이 있다면, 자신이 쓴 글에 대해 특별한 관심을 가질 수 있을까?

이러한 관심의 연장선에서 우리는 바르트 자신은 그가 쓴 글과의 관계를 어떻게 설정하고 있는지 궁금증을 느끼게 된다. 바르트는 앙리 레비와의 대담에서 자신의 책을 다시 읽느냐는 질문에 이렇게 대답한다. "결코 읽지 않습니다. 너무 두려워서요. 그 책이 괜찮다고 생각되면 더이상 그런 책을 쓸 수 없으리라는 생각 때문에, 반대로 형편없다고 생각되면 그 책을 쓴 것을 후회하기 때문이지요." 나는 자신의 책에 대한 육친적 느낌이 이처럼 강한 표현을 읽어본 적이 없다. 그러므로 '저자의 죽음'은 말 그 자체의 의미로서보다는 'auteur'란 말에 부여된 권위의식(권력)을 벗겨내기 위해 만들어낸 전략적 개념으로, 그리고 텍스트의 차원에서 독자 개념을 재정립하기 위해 만들어낸 것으로 이해해야 할 것이다. 그리고 우리가 전통적으로 사용해온 '作家'는 말뜻 그 자체로서도 'auteur'보다는 권위의식이 훨씬 더 약한 개념이므로 폐기처분해야 할 이유는 없을 듯하다.

"독자는 작품들의 역사적 삶에 결정적으로 영향을 주는 능동적 요소"라고 말한 야우스의 수용미학에 이르는 일련의 논의과정을 보면, 지난날 비평의 범주와 역할로 인식되어온 것들 상당부분이 독자에게 넘어가고 있음을 알 수 있다. 그렇지만 이로써 전문영역으로서의 비평이 설 자리가 매우 협소해졌다고 판단한다면 결정적인 오류를 범할 가능성이 커진다. 독자의 참여폭이 넓어진 만큼 작가의 책임이 커졌고, 비평의 수준향상에 대한 요구도 그만큼 커질 수밖에 없기 때문이다. 작품에 대한 비평과 함께 수용관계, 특히 독자의 역할이라는 새로운 관심사까지 포함되어 비평의 영역은 더욱 넓어졌다. 이미 세계사적 추세가 되어버린 비평의 상업주의적 타락은 전문비평의 영토가 매우 협소해졌거나 없어져버렸다고 생각하면서 관행적으로 비평—특히 서평이나 해설—을 전문업처럼 수행하는 데에서 더욱 심화되고 있다. 비평가들의 책임이 강조되어야 할 조건은 비평가들이 유통구조의 부속물, 광고비보다 턱없이 싼 신상품의 선전자로 전락하기 쉬운 조건과 맞물려 있다. 이것이 비평가들이 부딪치고 있는 딜레마이다. 그들이 특정한 출판사나 잡지에 소속되어 있을 경우에는 유통의 대리인 역할을 자임하게 될 가능성은 더욱 커진다. 서구에서는 이런 조건이 적어도 한 세기 이전에 보편화되었다. 독일에서는 이런 현상이 출판업의 자본화가 시작된 이래 꾸준히 진행되어오다가 1848년 혁명의 좌절 이후 전반적인 보수화 물결과 함께 치명적으로 악화되었다(역사적으로 계몽주의적 추세와 상업주의적 추세는 길항관계에 있었다). 1850년대에서 60년대에 이르면 상업성만을 목적으로 하는 신문들이 문학과 정치적 목적에 종속되었던 '정견지'들을 몰아내면서 비평가들의 자율성은 돌이킬 수 없는 상처를 입게 된다. 당시의 대표적 사회학자였던 퇴니스는 이런 사정을 정확히 짚어낸 바 있다.

신문업계가 상업적으로 기업으로 변신하게 되자 작가나 신문의 글을 쓰는 비평가의 위치도 달라져, 이제 계몽주의 시대의 자율적 비평가의 상으로부터 점차 멀어져갔다. 그리고 그들은 생산수단을 갖지 못한 노동자로 전락했다. 이로 인해 그들의 비평적 판단도 외부의 강한 입김을 받게 되었고, 전반적으로 도덕적 타락을 할 수밖에 없는 상황에 처하게 되었다. 그러나 여기에서는 개인적으로 누가 더 타락했느냐 하는 것이 중요한 것이 아니라 문학계 전반이 완전히 자본주의화함에 따라 비평가의 자율성이 잠식되고 있다는 사실이 중요하다. (…) 이로 인해 비평가는 피고용자로 전락하여 그가 지닌

독자성이란 한낱 이데올로기적 허울이 되고 말았다.(반성완 편역, 『독일문학비평사』, 336면)

이러한 사실은 오늘날 우리 비평계가 처해 있는 상황과 조금도 달라 보이지 않는다. 이런 현상의 역사적 규정력을 생각하면, 혁명적 전복이 없이는 그러한 질곡에서 빠져나올 길은 없어 보인다. 그렇다면, 전문영역으로서의 비평은 역사적 종말을 고해야 하는가? 앞에서 마르크스, 보들레르, 브레히트, 바르트의 경우들을 통해 편린이나마 살펴보았듯이, 우리는 비극적 세계인식이 좌절이나 포기가 아니라 새로운 도전의 조건이 되기도 했음을 상기하게 된다. 후광을 상실했을 뿐만 아니라 사회적 조건으로 인해 타락까지 종용받고 있다면, 바로 그러한 조건이야말로 비평적 자기규정의 새로운 출발점이 될 수밖에 없다. 권력 또는 자본운동의 끈질김과 편재성으로 인해 물질적 조건을 물질적인 방법으로 변혁하는 일, 즉 혁명을 통한 세계변혁이 일정한 한계와 부작용을 낳을 수밖에 없는 것이라면, 문화적 영구혁명의 의의는 그만큼 높아질 수밖에 없다. 이러한 조건 속에서 모든 문화적 활동의 의미와 방법에 대한 비평적 참여는 단순한 직업 이상의 요청을 받을 수밖에 없다. 그러므로 비평가가 스스로 유통과정의 대리자가 된다는 것은 단순한 도덕적 차원의 문제로만 치부될 수는 없는 것이다.

앞에서 본 '독자' 개념에 대한 의미부여는 비평이 어떠한 이유로도 부정하거나 배반할 수 없는 자기존립의 터전, 비평적 요구의 산실이며 비평적 담론이 흘러들어가 '공론의 장'을 만들어가야 할 미결정의 공간으로서의 독자의 중요성에 대한 이해에서 비롯된 것이다. 역사적 현실에 참여하기 위해 리얼리즘에 토대를 둔 문학평론을 쓰기 시작했던 필자가 리얼리즘을 경멸하는 바르트를 부정할 수 없는 가장 큰 이유도 여기에 있다. 그러나 권력의 "편재성과 끈질김" 때문에 혁명조차도 일시적 효과밖에는 기대할 수 없으므로, "예속과 권력이" 뒤섞여 있는 "언어체(langue)를 가지고 속임수를 쓰는 일, 언어체를 속이는 일 …… 이 놀라운 술책이 바로 우리로 하여금 언어의 영속적인 혁명의 그 찬란함 속에 탈권력의 언어체를 이해하게 해주며, 나로서는 이것을 문학이라 부른다"는 바르트의 문학관을 우리의 현실에 여과 없이 수용할 수는 없다. 이 글을 '신구논쟁'에서 시작한 것도 시대와 나라에 따라 특수한 미학과 문학이 존재할 수밖에 없다는 것을 암시하기 위한 것이었다.

우리에게는 타율적 근대화 과정에서 한편으로는 우리 스스로 극복해야 할 질곡들이 존재했고, 다른 한편으로는 타율을 강요했던 외부의 권력에 대해 그 부당성을 추후로나마 인정받아야 하는 일이 해결되지 않은 채 남아 있다. 그리고 식민지지배를 저-기논리로 삼아 자본주의적 발전을 가속시켰던 세력과 식민지적 착취 속에서 식민지지배를 원활하게 하기 위한 강제적 변화가 남긴 부정적 요소들을 극복하고 물질적·정신적인 구조를 해체·재구성해야 할 일이 남겨져 있다. 그리고 다시는 그러한 함정에 빠지지 않기 위해 뼈저리게 되짚어보아야 할 일들도 남아 있다. 말하자면 언어체를 가지고 노는(속이는) 일보다 더욱 절박한 문제가 남겨져 있다는 것이다. 이러한 조건으로 인해 우리는 세계사적 차원에서 볼 때 후진성을 부정할 수 없는 논쟁의 과정을 거쳐야 한다. 그것은 후진성 여부를 따지기 위한 문제가 아니라 우리 자신이 눈감을 수 없는 현실적인 문제인 것이다.

《내일을 여는 작가》 1998년 가을호)

1990년대와 비평의식

세상을 떠들썩하게 하는 논쟁일수록 그것을 잉태한 근원적 현실을 망각하거나 은폐한 채 진행되는 경우가 많다. 이런 논쟁들은 대개 이중의 굴절을 겪게 되어, 공통된 문제의식은커녕 귓가에 쟁쟁한 소음만 남겨놓은 채 제풀에 잦아들게 마련이다. 논쟁의 과열로 인한 주제이탈이나 범주이동 현상이 나타나기도 하고, 현실과의 괴리가 두드러지게 되어 애초의 의도와는 동떨어진 함의를 지니게 되어 논쟁의 필요성이 증발해버리기 때문이다. 그래서 논쟁자들이 자기 주장이 빚어낸 엉뚱한 결과에 망연자실하게 되는 경우도 그리 드문 것은 아니다.

90년대의 첫머리를 장식한 문학논쟁 역시 애초의 의도와는 무관하게 개인주의적 욕망들의 난만한 분출을 자극하는 결과를 빚어냈다. 한 원로 비평가는 1990년의 문학을 총평한 글에서 이른바 '김영현 현상'을 둘러싼 논쟁을 "작품과 작가의 분리·비분리 현상이라는 해묵은 과제"로 파악하면서 "문학무기설이라든가 문학예술성의 논의수준보다 일층 심층적"인 것으로 평가했다. 그러나 이러한 규정은 80년대로부터 이어져온 문학 담론의 물꼬를 살짝 돌려놓은 것일 뿐이다. '운동권 출신 작가'의 문학이 작가 자신이 지향해온 운동의 목적과 동떨어진 주제를 담고 있는 것이 아니라면, 그것은 작가·작품의 분리 여부와는 무관한 것이기 때문이다. 90년대의 문턱에서 우리가 더 이상 덮어둘 수 없었던 문제는 80년대에 씌어진 대다수 민중문학 작품들이 사회과학의 낡은 틀에 지나치게 의존한 나머지 현실 자체를 너무 단순하게 반영했다는 것이다. '너무 단순하게 반영했다'는 것은 현실을 얼마간 왜곡했다는 뜻을 함축하며, 이것은 그들이 지향해온 '리얼리즘'의 정신에도 맞지 않는 것이다. 하지만 그 논쟁은 김영현의 작품들에서 '다양한 삶'이나 '실존적인 인간의 모습'을 읽어내고 그것을 90년대의 새로운 징후로 규정하는 쪽과 그러한 주장을 '자유주의 부르주아지의 입장'이라고 비판한 쪽으로 나뉘어 전개되었고, 공통된 문제의식을 찾아내지 못한 채 끝나버렸다.

사실 김영현의 소설들은 논쟁거리가 될 만큼 특별한 문제성을 내포하고 있는 것은 아니었다. 그의 작품들에 깃들여 있는 다의성과 유동성은 새로움이라기보다는 소설작품의 일반적 속성에 지나지 않은 것으로 전(前)시대의 우수한 작품들에서 얼마든지 찾아볼 수 있는 것이었기 때문이다. 그 논쟁이 성립되려면, 적어도 다음의 세 가지 조건이 전제되어야 했다. 첫째, 80년대의 민중문학은 모두 문학의 다양성과 실존성을 결여했다. 둘째, 김영현의 문학은 그러한 민중문학에서 출발했다. 셋째, 그런데 김영현의 문학에 다양성과 실존성이 새롭게 생겨났다. 그러나 이 세 가지 조건은 어느것 하나 충족될 수 없는 것이었다. 이처럼 '김영현 현상'은 부당전제에서 비롯되었지만, 결과적으로 90년대의 문학판도에 개인주의적 색채가 전면화되게 하는 촉매가 되었다. 세계사적 변화와 맞물려 급속도로 달라지는 현실 속에서 발효한 개인적 욕구들은 작은 틈새만 발견해도 엄청난 힘으로 분출하도록 되어 있었기 때문이다. 이러한 현상은 문학 담당주체의 급격한 교체를 몰고왔지만, 문단 전체로 보면 사회운동을 지향하던 "리비도가 그 대상을 잃어버리고 내부를 향했을 때"(프레드릭 제임슨) 나타나는 현상으로 해석될 수도 있을 것이다.

90년대의 문학이 사회과학의 언어가 벽에 부딪친 자리에서 그 자신의 고유한 방식을 펼쳐보이기 시작한 것은 지극히 자연스러운 일이었다. 문학 텍스트는 기본적으로 과학의 언어가 도달하지 못하는 '현실'에 대한 '은유적 관계'를 추구하기 때문이다('현실'과 '은유'에 대해서는 새로운 개념규정이 필요하지만, 여기서는 '현실'은 칸트의 '물 자체'처럼 '순수이성'이 도달할 수 없는 세계를 포괄하는 개념으로, 이에 상응하는 '은유'는 비유와 상징 그리고 이야기(narrative) 등을 두루 포괄하는 광의 개념으로 썼다는 점만 밝혀둔다). 그러나 이러한 은유적 언어체인 문학작품이 그것이 지시하는 현실과의 생동하는 긴장관계를 이루어내지 못할 때, 과학의 언어로 곧장 환원되어버리는 낮은 수준의 리얼리즘 작품과는 또다른 측면에서 허점을 드러낼 수밖에 없다. 앞의 것이 이론 또는 이념으로 환원될 수 없는 개인의 심층의식이나 사회관계의 복잡성을 읽어내는 데 무력해지는 것이라면, 뒤의 것은 수사적 차원이나 의미론적 차원만 중시한 나머지 텍스트적 차원이 공허해져 사회사적 과정에서 개인들에게 각인된 제도적 병폐를 읽어내는 데 실패함으로써 현실과의 상호작용이 무력하거나 불가능해지는 것이다. 특히 후자의 경우는 근대사회의 제도적 분화과정에서 상처를 입은 인간본성에 대한 예술적 보상기능에 지나치게 집착한 데에서 비롯된 것이지만, 분화에 따른 개인적 고립을 역으로 정당화함으로써 '문학의 위기'를 자초하기도 한다.

나는 90년대에 씌어진 개인주의적 작품들의 상당수가 이러한 무력감을 제각기 다른 모습으로 내재하고 있다고 생각한다. 그러나 이에 대한 평론들은 대체로 소재 또는 주제의 새로움에 대한 의미부여나 세련된 수사적 요소에 대한 감탄으로 흐르는 경향을 드러냈다. 개별적 차이들은 그 존재만을 이유로 긍정되었으며, 비평들은 개별작품을 위해 새로운 이론들을 그때그때 끌어다대는 것처럼 보이기도 했다. 그래서 낯선 이론들이 많이 도입되었고, 때로는 이론을 위해 작품이 상처를 입는 경우도 더러 눈에 띄었다. 이러한 현상은 물론 하나의 준거틀을 가지고 모든 작품을 비평할 수 있는 거대담론의 소멸을 증거하는 것이기도 했다. 그러나 일반적 경향을 요약하자면, 수사적·의미론적 차원의 비평이 성행한 대신 텍스트적 차원의 비평은 오히려 드물어졌다는 것이다. 비평의 기능이 강단에서의 문학연구와 다를 수밖에 없는 것이라면, 텍스트적 차원에 대한 무관심은 비평의 존재이유를 스스로 박탈하는 결과를 가져올 수밖에 없는 것이다.

이러한 비평풍토에서 만개한 개인주의적 성향은 개인적 주체의 고백, 타인과의 소통이 불가능해진 인물들의 단자화, 「몽유도원도」를 연상케 하는 '존재의 시원' 찾아나서기 등 매우 다채로운 소설 판도를 그려나갔다. 이 가운데 맨 처음 평단의 폭넓은 주목을 끈 작품은 신경숙의 「풍금이 있던 자리」였다. 대다수의 비평가들이 이 작품의 섬세한 문체에 찬사를 아끼지 않았지만, 70년대 말부터 우리의 일상에 깃든 중산층의 허위의식을 날카롭게 파헤쳐온 한 여성작가(김향숙)는 그것의 허점을 놓치지 않았다. 신경숙의 인물들은 여성적 섬세함은 갖추고 있지만, 그들에게는 동시대를 살아가는 여성으로서 겪을 수밖에 없는 상처들이 투영되어 있지 않으며 인물의 복합성이 제대로 그려지지 않았다는 것이다. 이러한 지적은 90년대의 고백투 소설들에 두루 해당될 수 있는 것이다. 이와 같은 소설형식의 일반적 문제점은 그 주체들이 타인과 사회, 심지어는 과거의 자신까지 허수아비로 만들어버릴 수밖에 없는 구조에서 비롯된다. 이러한 소설세계는 고백자의 정서로만 짙게 채색된 풍경화로 단일화되어버리는 경향을 띤다. 그 안에서 상대역들은 눈 한번 깜박이거나 입김 한번 불어넣을 만한 권리조차 부여받지 못한 채 정물화된다. 그러므로 고백자들은 아무리 비극적 포즈를 취한다 해도 자신들이 그려낸 풍경화를 배경으로 유아독존적으로 군림할 수밖에 없다(주인공이 귀신이 되어 타인들을 안타깝게 바라보기만 하면서 정작 그 자신은 손가락 하나 까딱할 수 없는 구도 역시 고백투 소설을 반전시켜놓은 것에 지나지 않은 것이다).

이와는 달리 끊임없이 타인들과의 관계를 추구하면서도 그들의 '시선'에 결박되는 게 두려워서(사르트르의 표현을 빌리면, "타인의 시선은 지옥"이다) 늘 자기만의 밀실로 되돌아오고 마는 인물들도 고백자들과 친족간이다. 김경욱의 「베티를 만나러 가다」는 PC통신의 대화방에 들어가 철저하게 익명성을 유지하며 영화 마니아들과 채팅만 즐기는 인물 '아비'를 통해 별다른 일상적 내용 없이 가상현실에서 자기만의 삶—그런 것도 삶이라고 할 수 있다면— 을 살아가는 모습을 보여준다. 이 작품은 90년대의 새로운 인물 유형과 풍속도를 명징하게 그려내고 있지만, 그것이 주는 전반적인 느낌은 인간소외의 아픔보다는 현실도피의 알리바이로서 제시되는 삶의 방식이 뿜어내는 무중력상태 같은 공허감이다. 아비의 삶이 쓸쓸해 보이면서도 그 나름의 자족감을 풍기고 있는 것은 그 때문이다. 가상공간이 무서운 속도로 실재를 대체해가는 덧없는 세계에 던져진 인물이 자기만의 밀실로 물러나 자아를 보존하고 싶은 유혹에 빠져드는 것은 어쩌면 지극히 자연스러운 일이다. 하지만 그 안에서는 오히려 자아의 정체성이 맥없이 허물어질 수밖에 없다. '민족성'이 민족들간의 아귀다툼에서 생겨나고 유지되듯, 개인의 정체성 역시 타인들과의 관계에서 잉태되고 가꾸어지는 것이기 때문이다.

'아비'와 같이 스스로 고립을 자초하는 개인들은 90년대의 현실에서는 결코 예외적인 존재가 아니며, 이들은 비평가들에 의해 '단자'로 비유되기도 했다. 이 낱말은 물론 "단자에는 창(窓)이 없다"(라이프니츠)는 말이 의미하는 바와 같이 소통불능성을 함축한다. 이처럼 단자들은 그들 사이의 상호작용이 불가능하여 세계의 운동과 변화를 이루어낼 수 없기 때문에, 라이프니츠의 단자론은 신의 예정설로 보완될 수밖에 없었다. 그럼에도 불구하고 이 이론은 당시의 정치사회적 조건에 비추어 상당히 심오한 인간해방의 전략을 감추고 있었던 것으로 해석될 수 있다. 그 당시 학문과 예술에 종사하는 사람들에게는 국가의 권력이나 교회의 권위로부터 개인의 자유와 학문·예술의 자율성을 확보하는 일이 무엇보다 중요한 목표가 될 수밖에 없었는데, 단자에 창이 없다면 권력이나 권위가 뚫고들어갈 통로도 존재할 수 없게 되므로, 개인은 신을 제외한 어떠한 존재에 의해서도 침해될 수 없는 권리를 보장받을 수 있게 되기 때문이다. 그러나 너무나 많은 창들이 주어져 있는 오늘날의 단자들에게는 정체를 알 수 없는 정보·의도·시선 들이 침투해들어오기도 하기 때문에, 단자론에 숨겨져 있던 의도와는 또다른 차원의 전략이 요구된다.

'아비'의 경우에서 보았듯이, 개인에게 창의 선택적 개폐는 결코 용이한 것이 아닐뿐더러 바람직한 것도 아니다. 우리는 선택과 버림을 동시에 또는 지속적으로 거듭할 수밖에 없고, 이러한 삶을 강요하는 세계의 복잡성과 정면으로 맞설 수밖에 없다. 이러한 틈바구니에 '아비'와 같은 젊은이들의 딜레마가 놓여 있으며, 이러한 조건은 현실에 대한 긍정과 부정의 긴장된 상호작용이 이루어지는 새로운 소설공간이 될 수도 있었을 것이다. 그러나 문학이 실효성 있는 삶의 방법이 되려면, 단순한 부정에 그치지 않고 새로운 현실과 질서를 만들어가는 능동성을 지녀야 한다. 작가들의 창조적 욕망 속에는 알게 모르게 이러한 의지들이 이미 깃들여 있다. 이러한 능력은 물론 작가들에게만 부여된 축복은 아니다. 인간은 은유를 통해 어휘적 한계를 돌파하는 한편, 그 자체가 하나의 은유로서 현실과 생동하는 상호작용을 유지하는 문학을 통해 낡은 관념과 세계를 쇄신해오고 있다. '은유'는 기본적으로 '같음'과 '다름'의 종합을 통해 기존의 관념과 세계에 충격을 가함으로써 새로운 해석과 발견을 촉발하는 기능을 지니고 있기 때문이다('같음'과 '다름'은 물론 주의(主意, tenor)와 '매체'(媒體, vehicle) 사이의 이중적 관계양상을 지칭하는 것이지만, 이들은 또한 기존세계와의 지시적 상동성과 그 차이를 드러내는 것이기도 하다). 말하자면, 문학은 자신이 벗어나고자 하는 현실세계의 구성원리들을 함축하고 있으면서도 기존의 현실적 규정성들을 부정함으로써 자신의 새로운 내용을 만들어가는 것이다. 그러므로 이러한 내용을 담보하는 문학은 '발견적 창조'(폴 리쾨르)로 불리기도 한다.

우리 사회에서 '발견'과 '발명'의 개념적 차이는 이미 초등학교 시절에 반복적으로 학습된다. 그리고 발견보다는 발명을 더 창조적이고 위대한 행위로 여기는 관행도 존재한다. 그러나 문예창작은 이미 존재하는 세계에 대한 비판적 성찰을 통해 그곳으로의 새로운 귀환을 전제한다('귀환'을 전제하지 않은 것은 현실로부터의 '사라짐' 즉 죽음을 의미하며, 이때의 죽음은 부정적 현실에 대한 복수의 형식으로서 현실로 되돌아오게 되는 자살일 뿐이다). 비판적 성찰은 물론 세계뿐만 아니라 그 주체인 자아까지 대상으로 한다. 자아가 스스로 비판의 대상이 되어야 하는 이유는 그것이 사회화되는 과정에서 이미 세계의 부정적 요소가 각인되어 있다는 사실에서 비롯된다. 그러나 문제는 자아가 어떻게 자신을 비판할 수 있느냐 하는 데 있다. 이것이 가능하기 위해서는 자아가 자기 '밖'에서 자기를 살필 수 있는 거점의 마련과 그러한 행위를 가능케 하는 정신적 능력이 존재해야 한다. '이성적 능력'으로 불릴 수밖에 없는 이 자율적인 정신을 우리는 역사 속에서 행해진 무수한 실천들 속에서 경험적으로 발견할 수밖에 없는데, 그 전형적인 예가 소크라테스의 죽음이다.

그런데 90년대만큼 한국 평단에서 '이성'이 호되게 내몰린 적은 없었다. '이성중심주의'의 영토에서 추방당해 변방의 어둠 속에서 신음하던 망령들이 타자의 권리를 주장하는 이론들로 무장하고 그들이 부정해온 '주체'의 자리를 빼앗아버린 것이다. 이성은 물론 인간의 선험적(先驗的)인 정신적 실체도 아니고 만능일 수도 없는 것이기에 끊임없이 비판될 수밖에 없는 것이다. 하지만 그것은 또한 인간의 '본성'을 통해 전면적으로 부정될 수도 없는 것이다. 이성은 언어와 마찬가지로 인간의 역사·사회적 산물이며, 인간은 그것의 빈 자리를 대신할 수 있는 다른 정신적 능력을 따로 지니고 있지 못하기 때문이다. 이성은 90년대의 지배적 담론에서 주장되어온 것처럼 '도구적' 차원에만 머물거나 '절대적인' 인식능력으로만 주장되어온 것은 아니다. 칸트는 『순수이성 비판』의 제1판 서문을 이렇게 시작하고 있다. "인간의 이성은 특이한 운명을 지니고 있다. …… 이성은 자신이 거부할 수도 없고, 그렇다고 해서 대답할 수도 없는 문제들 때문에 고통받고 있다. 거부할 수 없다는 것은 그 문제가 이성 자체의 본성에서 나온 것이기 때문이며, 대답할 수 없다는 것은 그 문제가 인간 이성의 모든 능력을 넘어서 있기 때문이다." 그렇다면 이성은 무엇 때문에 자신이 대답할 수 없는 형이상학적인 '문제'를 제기하는 것일까? 그것은 물론 자신의 한계를 성찰하기 위한 것이다. 그리고 이러한 성찰의 능력이야말로 진정한 의미의 이성이며, 이러한 토대 위에서만 "나에게 타자의 자유를 나의 행동의 목적으로 삼으라는 요청"(칸트)이 성립될 수 있다.

우리 문단에서 90년대에 이르러서야 전성기를 맞이한 '타자이론'도 '이성'과 마찬가지로 인류의 역사적 경험에서 우러난 요청(Postulat)의 결과이다. 그러므로, 이 두 요소는 결코 대립적일 수 없으며, 이 둘 사이의 상호보완적 연관성에 대한 이해 없이는 90년대에 우리가 봉착한 이론상의 질곡을 헤쳐갈 수 없을 것이다. 이상의 서술을 토대로, 우리는 소설은 자아와 타자의 자리바꿈, 그리고 그 둘을 동시에 바라보는 제3의 존재가 공존할 수 있는 대화적 공간의 창조를 통해 새로운 세계를 열어가는 것이라고 말할 수 있을 것이다. 물론 이러한 서술 역시 절대적일 수는 없다. 90년대에 가장 새로운 개성으로 떠오른 윤대녕의 일련의 소설들만 하더라도 인물들 사이의 대화적 관계가 아니라 일인칭 화자인 '나'가 '존재의 시원'을 찾아가는 과정을 그리고 있기에, 그것들은 흔히 '존재에 대한 탐구'로 여겨졌다.

그렇다면 윤대녕의 소설들에 존재하는 세계는 이원론적으로 분리되어 있다고 말할 수 있다. 타락한 현실세계와 그 이전의 이상적인 세계—이러한 찢김이 존재론적 조건이라면, 두 세계는 인위적 수단으로는 봉합될 수 없다. 그런데 '나'와 현실세계 역시 화해가 불가능할 정도로 분열되어 있다. 그러므로 현실세계에 속하는 '나'는 탈출을 감행하여 '시원'을 찾아나설 수밖에 없다. 그런데 두 세계는 존재론적으로 나뉘어 있으므로, 둘 사이를 매개하는 제3의 존재가 요구된다. 윤대녕의 소설들에서 이러한 역할을 떠맡고 있는 것은 여성들이다. 이러한 여성적 존재들은 '나'에게 때묻지 않은 세계에 대한 갈망을 고조시키는 촉매로 작용하기도 한다. 그러나 '존재의 탐구'라는 전제에서 출발한, 윤대녕의 소설들에 대한 이러한 접근들은 본말이 전도되어 있다. 소설 속에서 객관화되어 나타나고 있는 '시원'은 현실세계를 전면적으로 부정할 수밖에 없는 작가와 그의 분신인 '나'가 꿈꾸는 유토피아—utopia의 어원이 뜻하는 바 그대로—일 수밖에 없으므로, 그것은 결국 정서적 일체감을 통해 '나'라는 주체에 동화되어버릴 수밖에 없는 것이기 때문이다. 그러므로, 윤대녕의 일련의 소설들은 겉으로 드러나 있는 것과는 달리 이원론적인 세계에서의 '존재의 탐구'가 아니라 일원론적인 세계에서의 '환상의 탐구' 또는 '숨겨진 욕망의 탐구'이다. 그의 소설세계들은 자아와 타락한 세계의 분열로서만 존재한다. 그렇지만 둘 사이에는 갈등이 존재하지 않는다. 현실세계가 환상계로의 탈출과 그것을 정당화하기 위한 설치물 이상의 의미를 부여받지 못하기 때문이다.

그럼에도 불구하고 '나'의 탈출은 유체이탈처럼 아찔한 긴장감과 황홀감을 유발한다. 그러나 '나'가 현실세계로 되돌아올 때의 모습은 어딘지 멋쩍고 어색해 보인다. 왜 그럴까? 윤대녕의 소설세계, 특히 그가 빚어낸 환상계는 현실세계의 원리를 전적으로 결여하고 있기 때문이다. 다시 말해, 그의 소설세계는 '같음'과 '다름'의 종합이 아니라 둘 사이의 분열로만 존재하면서 '다름'만 극단적으로 미화되고 있기 때문이다. 그의 환상계가 만일 현실세계에 대한 반대설정으로 그려졌다면, 그것은 작품 내부의 현실세계뿐만 아니라 그 외부의 현실세계에 대해서도 반대연관성으로서의 생동하는 긴장관계를 이루어낼 수 있었을 것이다. 그러나 그의 환상계는 '고(苦)'를 제거해버림으로써 현실과는 무관한 것이 되어버렸다. 그런데도 그것이 빼어난 감각적 실감을 얻고 있는 것은 놀라운 일이다. 쇼펜하우어가 지적했듯이, 『신곡』의 천국편이 지옥편보다 현저하게 실감이 떨어진 까닭은 인간세상이 천국보다는 지옥에 훨씬 가깝기 때문이다. 그렇다면 윤대녕의 묘사 능력은 도대체 어디에서 연유하는 것일까? 이것은 내게는 해결할 수 없는 의문이었고, 지금도 그렇다. 그것은 어쩌면 인간의 내면에서 유구한 세월 동안 잠자고 있는 근원적인 원망(願望)이 윤대녕의 특수한 영감을 통해 분출한 것일지도 모른다. 그러나 이것은 그의 남다름에 대한 설명이 되지 못한다. 그렇다면 그것은 그의 유미주의적 태도와 관련된 것이 아닐까? 현실세계를 전면적으로 거부한 자리에서 황홀한 수사를 통해 유토피아를 피워내는 일, 그것은 '발견적 허구'라기보다는 차라리 '발명적 허구'라고 불러야 하지 않을까?

그러나 윤대녕의 환상(環狀) 여행을 가능케 한 영원회귀적 시간관은 엘리아데에게서 그대로 빌려온 것이며(『옛날 영화를 보러 갔다』의 주제가 된 '어느 학자'의 글은 엘리아데의 책에서 인용한 것이다), 그의 소설쓰기는 고대인들이 때묻지 않은 신성한 시간을 회복하기 위해 주기적으로 되풀이했던 제의적(祭儀的) 패턴과 유사하다(이런 점에서 보면, 그의 소설적 발상이 꼭 새로운 것만은 아니다). 그러기에 그의 소설들은 동일한 주제를 반복하는 경향을 띨 수밖에 없었을 것이다.

90년대에 씌어진 비평들 가운데 개인주의적 성향의 소설들을 가장 근원적으로 비판한 글은 아마 「내면, 타자의 복원과 타자의 배제」(이성욱, 《세계의 문학》 1997년 가을호)일 것이다. 90년대 초에 이루어진 문학적 경향의 극단적인 이동을 '되구부리기의 효과'로 설명하고 있는 이 비평문이 다양한 이론들로 무장하고 있는 것은 어쩌면 다채롭게 분출한 개인적 욕망들이 다양한 이론들로 정당화된 그간의 비평풍토를 염두에 둔 탓이었을 것이다. 이성욱은 90년대의 끝자락에 개인주의적 성향에 대한 '되구부리기'가 다시 한번 이루어지기를 기대하고 있다. 나는 '되구부리기'가 '악순환'의 뉘앙스를 풍기는 부적절한 표현이라고 생각하지만, 비평은 시대의 흐름을 벗어날 수 없는 속성을 지니므로 동시대의 특징적 요소에 관심을 두다 보면 불가피하게 '되구부리기'적 경향이 스며들 수밖에 없을 것이다. 그런 점에서, 내가 쓴 이 글 역시 예외가 될 수는 없을 것이다.

(《내일을 여는 작가》 1999년 봄호)

소설의 형식에 대한 짧은 생각
— 서정인의 『용병대장』과 플라톤의 『잔치』

    2, 3년 전, 한 출판사 기획담당의 전화를 받았다. 그런데 용건이 좀 엉뚱했다. 이탈리아에서 베스트 셀러가 된 『에로스』라는 소설을 출판하기로 했는데, 발문을 써달라는 것이었다. 나의 반응은 당연히 부정적일 수밖에 없었다.—"이탈리아 문학 전공자도 아닌데, 내가 왜?" 그러면서도 나는 정작 그의 청을 물리치지 못했다. 번역자가 잘 아는 사람인데다가 기획담당 역시 안면이 있는 출판계 후배였던 탓이다.

    그 소설에 대한 기억들을 간추려본다. 세상과 여인들의 관심에서 멀어져버린 노년의 작가가 그로서는 마지막이 될 여행을 떠난다. 그의 의식의 흐름은 막무가내로 지나가버린 시간 속으로 그를 끌고들어간다. 그런데 그의 의식에 빛을 발하며 떠오르는 것들은 하나같이 여인들과 함께 나눈 사랑의 시간들이다. 서둘러 집에 돌아온 그는 그 순간들을 되살리는 데 몰입한다. 그렇게 씌어진 것이 『에로스』이다. 이 작품이 나오자 그에 대한 세인들의 관심이 폭발적으로 되살아났고, 그 소설은 여러 나라 말들로 번역되었다.

    그의 거짓 없는 언어와 서정적 문체가 마음에 들었다. 서구인들의 성풍속에 대한 해박한 지식과 그들의 의식에 맥맥히 흐르고 있는 에로스에 대한 진지한 담론도 음미할 만했다. 나는 생각을 정리할 겸 예전에 읽은 플라톤의 『잔치』(Symposium, 그리스어로는 Symposion)를 꼼꼼히 다시 읽었다. 원고를 보낸 후 출판사에서 또다시 엉뚱한 전갈이 왔다. 에로스에 대한 서구인들의 전통적 생각을 정리한 앞부분을 빼버리자는 것이었다. 이마저 거절하지 못한 나는 화풀이하듯 컴퓨터에서 그 글을 몽땅 지워버렸다. 그후 출판사에서는 아무런 연락도 오지 않았고, 나는 아직도 그 소설의 출간 여부조차 모르고 있다.

그러나 그 일은 내게 무의미한 것만은 아니었다. 『잔치』를 읽으며 새로운 사실에 눈뜨게 된 것이다. 플라톤의 저작은 일반적으로 '대화'로 불릴 만한 형식을 취하고 있는데, 유독 이 작품만은 그 짜임새가 우리가 흔히 '액자소설'이라 부르는 형식으로 되어 있었다. 그것도 겹겹의 액자로! 상황적 서술들도 요즈음 소설 문체와 비슷했다. 그래서 소설의 기원을 서사시, 로망스, (근대)소설로 보는 일반론을 수정해야 하는 게 아닐까 하는 생각이 들기도 했고, 이와 함께 근대소설의 형식적 실험 또는 왕성한 탈바꿈의 욕망이 고대의 대화법으로 회귀하는 현상으로까지 내닫고 있다는 생각도 떠올랐다.

그후, 서정인의 「순교」(《내일을 여는 작가》 1999년 가을호)를 읽다가 다시 한번 놀랐다. 앞부분의 구조와 서술이 『잔치』와 매우 흡사했다. 이 작품은 이듬해에 나온 그의 연작소설 『용병대장』의 일곱번째 이야기이다. 단편들로 읽을 때 가닥이 잡히지 않아 난해하다는 인상이 짙었던지라 나는 이 연작을 처음부터 끝까지, 김태환이 쓴 해설과 '작가의 말'까지 통독했다. 김태환은 이 소설의 형식적 특성에 초점을 맞춰 날카로운 성찰을 보여주었다.

역사가가 역사를 서술할 때, 그의 관점과 판단은 알게 모르게 선대의 서술과 사료에 매개되어 있다. 역사가는 역사를 직접적인 경험에 의해 서술하는 것이 아니라 전승된 지식에 근거해서 서술하지만, 역사 서술에서는 이러한 간접성의 부정, 즉 직접화가 일어난다. 어떤 사건이 발생하여 그에 관한 지식이 역사가에게 전달되기까지의 과정에 존재하는 까마득한 전달의 고리는 역사 서술에 결코 그대로 반영되지 않는다. 역사적 지식은 역사가 자신의 지식으로 제시된다. 이러한 직접화의 정점에 서 있는 것이 역사소설이다. (…) 서정인은 간접화-직접화 전략을 구사하여 흔치 않은 기이한 소설 구조를 창조했는데(나는 앞 따옴표와 뒤 따옴표가 서로 다른 인물의 말에 걸린 그런 소설을 지금까지 읽은 적이 없다), 이 구조는 역사적 지식의 매개적 성격을 드러내는 동시에 그 매개적 성격이 은폐되고 부정되는 과정을 재현하고 있다. 거기서 나온 것은 단순히 직접성을 지향하는 전통적 역사소설에 대항하는 일종의 반-역사소설이다.

역사에 관한 우리의 지식은 전승과정이 생략되거나 은폐된 직접화의 소산인데, 서정인의 소설은 역사적 전승과정까지 재현했다는 이 지적은 옳다. 그러나 김태환은 형식적 특이성에 관심을 집중한 탓인지, 작가가 동서를 넘나드는 폭넓은 지적 편력과 사유를 통해 인류의 지적(지혜의) 유산들이 경계 없이 혼융되어 오늘의 정신을 이루고 있다는 은밀한 메시지에 대해서는 별다른 관심을 보이지 않았다. 서정인은 우리가 진리 또는 삶의 진실이라고 부를 만한 어떤 것을 찾아 동서양의 고전 세계를 더듬으면서 우리의 내면세계에 관류하고 있는 지혜의 보편성에 접근하고 있다. 그리고 이러한 주제를 효과적으로 드러내기 위해 '기이한' 소설형식, 대화의 생리를 거의 달인의 경지에서 풀어놓는 서술방법을 구사했다.

『용병대장』은 르네상스기 이탈리아에 관한 연작소설이지만, 맨 앞에 놓인 「불타는 집」은 돈이 판을 치게 된 우리의 현실을 꿰뚫고 있다. 이런 식이다. "욕심은 죄를 낳고, 죄는 죽음을 낳았다. 설마. 젊은 대학 교수가 늙은 애비의 돈을 기다리다 못해 애비를 죽였다. 해 뜨는 것 보자고 나무에 기어올랐다. (…) 어째 그런 일이 생겼냐? 집안에 사랑이 없었기 때문이었다. 목사 같은 소리 하네. 맹자 같은 소리였다. 천지가 불인하면 사해를 보존할 수 없고" 이런 고찰 끝에 화자가 내리는 결론은 "사랑이 없으면 불타는 집"이라는 것이다. 이러한 현실에 몸담고 있는 '그'가 '그녀'와 대화를 나눈다(그래서 두 번째 이야기는 「대화」이다). 그러나 이 소설은 끝부분에서(도) 우리 현실로 되돌아오지 않는다. '그'의 대화가 아직 끝나지 않았다는 것일까?

화자(내재된 작가)는 그리스의 소크라테스·플라톤을 중국의 공자·맹자와 대칭되는 자리에 놓고 있다. 서정인의『용병대장』여덟 번째 이야기인 「잔치」의 구성은 플라톤의『잔치』중 아가톤의 집에 모인 사람들의 대화적 짜임새와 흡사하다. 그러나 주제와 서술방식은 전혀 다르다. 서정인은 개별적인 대화들을 평서문으로 대체하고 있다. 이는 그들의 대화가 실제로 있었던 사실이 아니라 당시의 지식사회를 재구성하기 위한 방법적 서술임을 암시한다. 그러니까 「순교」와 「잔치」를 하나의 작품처럼 읽으면 플라톤의『잔치』와 유사한 구조가 한눈에 들어온다. 플라톤의 것이 고대 그리스의 지적 담론을 상징한다면, 서정인의 그것은 르네상스기 이탈리아 지식인 사회의 축도라고 할 만하다.

플라톤의 대화들은 흔히 드라마적 형식으로 알려져 있고, 이는 포스트모더니즘의 바람이 휘몰아친 이후 체계적 서술에 한계를 느낀 철학자들이 새롭게 주목하는 것이기도 하다. 그러나 『잔치』(플라톤)의 첫머리나 여기저기 심심치 않게 끼어들고 있는 상황적 서술은 매우 소설적이다. 첫머리는 누구의 말인지 알 수 없는 대화로 시작된다. 화자의 이름은 상대의 말 속에 처음 나온다. 이 또한 오늘날의 우리가 널리 인정하고 있는 소설적 기법이 아닌가!

2400년의 시차를 두고 씌어진 두 작품의 짜임새를 살피기 위해 그 첫머리와 말미만 축약해보자.

『잔치』

(시작 부분) **자네**가 얘기해달라는 그 일이라면 말해줄 만한 준비는 충분히 되어 있네(질문자가 누구인지도 확인되지 않는다—필자). 그저께 팔레론에 있는 내 집에서 시내(아테네—필자)로 들어오는데, 잘 아는 **친구**가 장난스럽게 나를 불렀네. 여, **아폴로도로스**, 팔레론 사람, 게 섰거라. 그 사람이 말했네. 아가톤 집에 모인 사람들의 연설에 대해 말해주게. 나도 **포이니크스**라는 사람한테 듣기는 했네만 그 사람 말이 워낙 불분명했네. 그 사람 말이 자네도 알고 있다고 하더군. 자네도 그 모임에 참석했었나, 소크라테스가 말해줬나? / 아가톤이 아테네에 살지 않은 지도 여러 해 됐고, 내가 소크라테스와 친해진 지도 삼 년밖에 안 되었네. 그 잔치는 우리 어렸을 적 이야기야. 내게 얘기해준 사람은 언제나 맨발로 돌아다니는 **아리스토데모스**야. 소크라테스에게 확인해보았더니 그의 말은 사실이었네. / 그래서 아테네로 들어오는 길에 그 이야기를 해주었지. **자네**가 좋다면, 그 사람한테 해준 이야기를 다시 해보겠네. **아리스토데**

모스의 말 그대로.

(중간 부분은 평서문으로 요약함.) 아리스토데모스는 어느 날 거리에서 소크라테스를 만났다. 소크라테스가 하도 말쑥한 차림이어서, 그렇게 멋을 부리고 어디를 가느냐고 묻자, 소크라테스는 아가톤네 집에 저녁 먹으러 가는데 함께 가자고 했다. 소크라테스는 생각하는 버릇이 있어 느리게 걸었기에, 초청받지도 않은 아리스토데모스가 먼저 잔치집에 도착했다. 소크라테스가 도착한 후 이런저런 대화가 진행되던 중 에뤼크시마코스의 제안으로 에로스에 관한 담론이 시작된다. 파이드로스, 파우사니아스, 에뤼크시마코스, 아리스토파네스, 아가톤, 소크라테스, 알키비아데스 순으로 에로스에 관한 연설이 진행된다. (중간중간 아폴로도로스의 상황 설명이 끼어들고, 참석자들 사이의 대화나 토론 또는 농담이 오간다.)

(끝부분. 마지막 문장만 제외하고 평서문으로 요약함.) 난데없이 한 패거리의 주정꾼들이 몰려들자, 온 집안이 떠들썩해져 참석자들은 술만 마시게 되고, 몇 사람이 집에 가자 아리스토데모스는 잠을 잔다. 아가톤, 아리스토파네스, 소크라테스는 자지 않고 술을 마시며 비극과 희극을 논한다. 소크라테스는 두 사람마저 잠자리에 든 후 일어나 밖으로 나간다. "소크라테스는 뤼케이온에 가서 목욕을 하고, 평상시처럼 하루를 보냈다. 저녁이 되자 쉬기 위해 집으로 돌아갔다."(마지막 문장)

『용병대장』

(「순교」 첫머리) **안드레아 다뇰로**는 어느 날 피렌체의 두오모 광장을 걷다가 로마에서 활약중인 **라파엘로 산치오**를 만났다. 그

들은 같이 성 마르코로 갔다. / "어제 그제, 피에솔레에서 돌아오는 길인데, 뒤에서 누가 나를 알아보고 큰소리로 나를 불렀소. 여, 거기, 안드레이노 아니냐? 게 섰거라. 깜짝 놀라 돌아보았더니, **야코포**였소. (…) 가는 도중에 그가 느닷없이 내게, **사보나롤라**가 죽기 전에 그와 함께 사랑에 관해서 잔치를 벌였다는데, 내가 거기에 참석했다는 게 사실이냐고 물었소. (…) 내가 말했소. 내 나이 그때 여덟 살이었다. 내가 무엇을 알았겠냐? 그가, 내가 그 모임에 관해서 잘 알고 있다는 건 헛소문이었냐고 물었소. 내가 그렇지 않다고 대답했소. 나는 내가 그 모임에 관해서는 물론이고, 거기 모인 사람들이 한 말도 잘 알고 있다고 말했소. 그가 고개를 갸웃거리면서, 혹시 내가 여덟 살이 아니라, 열여덟 살 때 그 모임이 있었던 것 아니냐고 물었소. 내가 고개를 젓고, 그것은 사보나롤라가 죽기 사 년 전에 있었고, 그때 나는 십대 후반이 아니라 십대 이전이었고, 그때 십대 마지막이었던 것은 얼마 전에 내게 그때 이야기를 자세히 들려준 **바르톨로메오** 형제였다고 말했소. 나는 그에게서 들은 그때 이야기를 거기에 참석했던 사람들 중에서 아직 살아 있고, 내가 만날 수 있는 사람들에게 확인을 했소. **밧치오 델라 포르타**는 거기 있었던 사람들 중에서 아직 안 죽은 서넛 중의 하나인데, 그도 연전에 죽었소." (그 모임에서 있었던 대화 내용은「잔치」에서 서술된다.)

(「잔치」첫머리) **안드레아 다뇰로**가 **야코포 타티**에게 말했다. / "그 잔치가 있었을 때 나는 여덟 살이었다. 지금으로부터 이십육 년 전이었다. 나는 그때 스물두 살이었던 **바르톨로메오**를 따라서 거기에 갔다. 몇 해 전, **밧치오 델라 포르타**가 죽기 전에 나에게 그때 이야기를 자세히 해줬다. 그가 말했다. 화창한 봄날이었다. 플

라톤 학파 사람들은 그를 흉내내어 시인 **베니비엔티** 집에서 여덟 사람들이 모였지만 (…) (참석자들 가운데 마르실리오 피치노는 플라톤을 완역한 사람인데, 그들의 대화 가운데「잔치」의 주제를 빼어나게 요약해 들려준다.)

(「잔치」끝부분) 사보나롤라는 맨 끝까지 똑바로 앉아 있었고, 이튿날 아침 딴사람들이 아직 잠에서 깨어나기 전에, 보통 때처럼 일어나, 흐트러지지 않은 걸음으로 산 마르코를 향해서 갔다. 그의 일과를 시작하기 위해서였다."

(이상의 인용문에서 인명의 강조 표시는 필자의 것임.)

이 비교로써 둘 사이의 구조적 유사성은 밝혀진 셈이다. 다만, 『용병대장』에서「순교」-「잔치」는 장편소설의 특성상 더 큰 구조에 포함되어 있다. 더 큰 구조란「불타는 집」에 제시된 우리의 현실이다. 우리는, 이 탈리아의 르네상스기에 있었을 법한 지식인 사회의 대화를 관통해 그리스에서 있었던 지식인들의 담론까지 음미해보게 된다. 서정인은 이 소설에서 이탈리아의 역사와 동서양 고전들에 대한 예리한 통찰과 해석을 통해 지금 우리에게 전승되고 있는 무정형의 지혜, 그 보편적 가치를 재구성해 보여준다. '불타는 집'을 가축하려는 듯이. 그의 특이한 소설형식은 바로 이러한 주제와의 연관 속에서 더 큰 의미로 다가온다.

소설의 따옴표는 대화를 묶는 기호이지만, 실제의 삶에서 이루어지는 대화들, 특히 누군가에게 들은 것을 전달하는 말들은 따옴표들로 산뜻하게 포장될 수 있는 것이 아니라 자유간접화법의 형식을 취할 때가 많다.「잔치」는 첫머리에 짧은 지문 하나가 나오고, 나머지 전체는 하나의 따옴표로 묶여 있다.「잔치」의 인용문에서 따옴표는 215면에서 시작되어 239면에서 끝난다. 안드레아 다놀로가 사랑에 관한 잔치를 전해주는 말이다. 그러나 이 인용문 속의 대화들은 전혀 대화체가 아니다.

소설의 역사는 자재로운 유기체적 변신을 보여준다. 이러한 장르상의 특성에 대한 언급들 가운데 가장 인상적이었던 것은 바흐친의 말이다. "소설은 발전하고 있는 유일한 장르이기 때문에 자신을 전개하는 과정에서 좀더 깊고 본질적으로, 그리고 더욱 민감하고 신속하게 현실 자체를 반영한다. 스스로 발전하고 있는 것만이 발전을 하나의 과정으로서 파악할 수 있다." 이 명제를 입증하듯, 요즈음 소설들도 일반적인 틀을 깨며 이야기나 대화 방식에 접근하는 경향들을 보이기도 한다. 기존의 틀에 익숙한 눈에는 난해해 보이기도 하는 이러한 방법으로 소설은 이제 우리의 삶 속으로 좀더 친근하게 다가오고 있다.

소설의 기원을 탐색하는 일이 무의미한 것은 아니겠지만, 이제 소설의 기원과 발전과정을 하나의 줄기로 꿰어내는 일은 어딘지 억지스러워 보인다.

(2000년, 미발표)

제3부 작가와 역사적 현실

염상섭 소설의 현재성

1. 작가로서의 자기설정

염상섭과 그의 문학을 논하는 글들은 흔히 그가 45년간의 글쓰기를
통해 이루어낸 작품들의 양적인 방대함에 대한 놀라움부터 표시한다.
나 역시 "1919년부터 1963년까지 장편소설 30여 편을 포함한 180여 편
의 소설, 평론 100여 편, 수필 50여 편 등"[1]에 대해 '방대하다'는 말 이
외의 다른 말이 얼른 떠오르지 않는다. 그러나 정작 나의 관심을 끄는
것은 그 많은 소설들에 관철되고 있는 작가적 시각에 일관성이 유지되
고 있다는 사실이다. 그의 소설들에는 대체로 특별한 목적의식이 드러
나지 않고 있기에, 그토록 줄기차게 지속된 창작의 열정이 어디에서 비
롯되고 있는지에 관심이 쏠리지 않을 수 없는 것이다.

대다수의 작가들이 그렇듯이 염상섭 역시 그의 초기 소설 특히「표
본실의 청개구리」(1921)에서부터 자신만의 완성된 작가의식을 확립했
던 것은 아니다. 임화의 이식문학론과도 일맥 상통하는 김윤식의 '제도

---

1) 류보선,「차디찬 시선과 교활한 현실」,『무화과』, 동아출판사, 1995, 851면.

로서의 문학'론은 이런 점을 이해하는 데 하나의 뚜렷한 지표를 제공해 준다. 김윤식은 염상섭의 초기 삼부작이 단어와 문체에서 일본 것을 거침없이 수용한 사례들을 제시하면서 "가령「표본실의 청개구리」의 경우, 주인공 X의 내면(자기의식) 곧 청년의 우울증의 근거란, 3·1운동 실패에서 오는 지식인의 상태에 대응된다는 토대환원주의(土臺還元主義)로 설명될 수도 있긴 하지만, 그보다는 고백체라는 제도적 장치가 먼저 있었고 그것이 저러한 내면(우울증)을 창출해내었다는 해석이 한층 설득적일 수 있었다. 염상섭이라고 해서 무슨 특별한 '내면'을 가졌을 이치가 없다"[2]고 말하고 있다. 나 역시 이러한 관점이 초기작들에 대해서는 거의 들어맞는다고 생각한다. 「표본실의 청개구리」에서 주인공인 X와 그의 친구 H가 대동강변의 누대에서 나누는 대화의 한토막만 보아도 서구 지식인의 세기말적 정서를 자신들의 그것과 동일시하는 경향이 뚜렷이 드러나고 있다.

> "그렇게 내려다보고 섰는 것을 보니…….' 입포리'(「사(死)의 승리」의 여주인공)가 없는 것이 한이로군……."
>
> "내가 '쫄지요'" 하고 나는 고소(苦笑)하였다.
>
> "적어도 '쫄지요'의 고통은 있을 테지."
>
> "그야……. 현대인 처놓고 누구나 일반이지."[3]

1921년의 시점에 식민지 조선의 지식인 청년들이 자기들의 감정상태

---

2) 김윤식, 「염상섭 문학과 한국 근대문학」, 염상섭 선생 탄생 100주년 기념 학술대회 발제문, 문학사와비평연구회, 1997, 21면.

3) 염상섭, 한국문학전집 3, 민중서관, 1965, 559면.

에 대한 표현을 이탈리아 작가가 창조한 작중인물의 세기말적 권태와 허무로써 표출하고 있다. 그들은 자신들만의 현실에서 한발 물러나 '현대인'이라는 서구의 기성관념을 보편적인 것으로 받아들여 거기에 몸담고 있는 것이다. 그러니 이들의 '내면'이 제도의 수용으로 이해된들 그다지 이상할 것은 없다. 이 청년들의 의식을 작가의 그것과 혼동해서는 안 되겠지만, 이 소설에 관류하고 있는 지배적 정서의 흐름으로 보아 이 무렵의 작가가 자신의 주체적 문학관을 확립하지 못하고 있는 것만큼은 분명히 알 수 있다. 그러나 '제도로서의 문학'관은 문학행위가 얼마나 독창적일 수 있는가 하는 근원적인 난제와 연관된 것이어서 한 작가의 특성을 드러내기 위한 방법으로 사용되기 위해서는 기성 관념에 대한 의존성의 정도 문제로 제한해서 사용해야 한다. 그리고 염상섭은 근대화가 타율적으로 진행된 조선의 식민지 현실에서 작가로서의 첫발을 내딛었으므로, 자율적으로 근대화를 이루어낸 서구에서 한 사람의 작가가 자신의 문학세계를 독창적으로 설정해간 과정과 평면적으로 대비해서는 다소 부당한 결론에 도달할 수밖에 없다.[4]

이러한 일련의 연구들을 통해 확인된 것은 염상섭이 전통적 가치와 치열하게 갈등하면서 자신의 문학적 입지를 개척해간 것이 아니라 일본을 통해 서구의 문학사조들을 별다른 갈등 없이 다양하게 수용하였

---

4) 정명환, 「염상섭과 에밀 졸라」, 『문예사조의 새로운 이해』, 문학과지성사, 1996. 이 글은 에밀 졸라가 발자크를 극복하기 위한 치열한 노력 끝에 과학적 탐구를 기초로 한 편협한 자연주의에 몸 담았다가 말년에 이르러 자신의 상상력을 폭발적으로 해방시키는 방향으로 나아간 데 반해, 염상섭은 전통의 중압이 없는 상태에서 이광수의 계몽주의만 극복하면 되는 비교적 자유로운 상태에서 출발하였으나 특히 성(性)적인 문제에서 봉건적 윤리관으로 회귀하는 보수성을 드러냈다고 지적하였다. 이 글은 독창성이라는 관점에서 두 작가 사이의 날카로운 대비를 보여주지만, 환경적 조건에 대한 고려가 다소 부족하다는 느낌을 준다.

다는 것이다.

그러나 첫 작품을 발표한 지 1년 만에 나온 중편소설 「만세전(萬歲前)」은 염상섭이 자신의 문학관을 대단히 빠르게 확립해가고 있음을 보여준다. 이 소설의 주인공 이인화는 더 이상 서구의 퇴폐적 정서의 볼모가 아니며, 그의 시선은 일본인 형사나 장사꾼뿐만 아니라 동족과 가족 심지어는 자기 자신에 대해서까지 냉혹할 정도의 객관성을 유지하고 있다. 이인화는 간간이 무력한 조선청년의 뒤틀린 자의식을 자조적으로 드러내는데, 그때의 현실에서는 불가항력이었을 이러한 심리상태의 자연스러운 표출에서 우리는 역사적 현실이 하나의 의식으로 자리잡아가는 과정을 살필 수 있다.[5]

이인화는 염상섭 소설의 인물들 가운데 상황과의 불화에서 빚어지는 긴장과 정서적 반응의 치열함을 가장 두드러지게 응축하고 있지만, 단순한 관찰과 사유에만 의존하지 않고 관부연락선에서 이루어지는 일본인들 사이의 대화나 경부선 기차 안에서 이루어지는 조선인들 사이의 대화를 통해 일본인들이 생각하는 조선인, 조선인들 자신이 드러내는 식민지 백성들의 정신상태가 중층적으로 재구성되기도 한다. 이 작품은 또한 '공동묘지'로 상징되는 식민지 조선의 현실과 민족의식, 세대 간의 소통불능 현상을 날카롭게 드러내고 있다. 그리고 일본 소녀 정자에게 보내는 편지는 당시의 염상섭이 생각하고 있는 문학관의 일단을

---

5) 이인화에게는 형사들이 끈질기게 따라붙고 있는데, 그의 민족의식에 불길이 당겨지는 것은 당연하게 여겨질 수도 있는 이러한 사실보다는 선상 목욕탕의 일본인들 대화에서 드러나는 조선인에 대한 멸시에서 비롯되고 있다. 그런데 이인화는 '망국백성'으로 살아온 지 10년이 지나는 동안 자신의 '민족관념'이 어떻게 달라져왔는지를 반추함으로써 이러한 분노의 감정에까지도 일종의 역사성을 응축하고 있다.

보여준다. "우리 문학의 도(徒)는 자유롭고 진실된 생활을 찾아가고 이 것을 세우는 것이 그 본령인가 합니다. 우리의 교유, 우리의 우정이 이 것으로 맺어지지 않는다면 거짓말입니다. 이 나라 백성의, 그리고 당신 의 동포의, 진실된 생활을 찾아나가는 자각과 발분을 위하여 싸우는 신 념(信念) 없이는 우리의 우정도 헛소리입니다."[6]

2. 염상섭 소설을 읽는 한 가지 방법

그러나 1924년 경부터 염상섭의 작품세계에는, "생활어에 밀착한 문 체"의 획득과 함께 "현실을 수락하려는 태도가 은밀히 드러"나는 '질적 변화'가 나타나며,[7] 이보다 3년 뒤에 발표된 「문학상의 집단의식과 개 인의식」을 보면 창작과 수용의 과정이 개인의식을 통해서만 이루어질 수 있는 것으로 여기고 있다. 이 글에서 염상섭은 문학행위를 인간의 복잡한 삶 그 자체에 대응하는 것으로 보면서도 작가의 개성과 주관성 을 매우 강조하고 있다. 그는 인간의 삶을 "식욕, 애욕, 영예욕"이라는 3대 욕망과 그것을 이루어내기 위한 투쟁의 연속으로 보았으며, 문예를 "생활사(生活史)"로, 그리고 "생명 성장의 도정(道程)과 그 진로를 같 이"하는 것으로 파악했다.[8]

---

6) 같은 책, 460면. 이 무렵 염상섭이 자신의 문학관을 체계적으로 정리한 「개성과 예술」(《개벽》 12 호, 1922. 4.)은 우리 문학 '최초의 자연주의 선언'으로 알려져 있지만, 꼼꼼히 읽어보면 이 글에는 자 연주의적 요소와 낭만주의적 요소가 혼재해 있다.

7) 최원식, 「소설과 생활」, 『염상섭 연구』, 새문사, 1982.

8) 염상섭, 「문학상의 집단의식과 개인의식」, 《문예공론》 창간호, 1929. 5. 『염상섭 연구』, 새문사 1982, 4~52면.

당시의 문학담론을 지배하고 있던 프롤레타리아 문예운동에 대한 비판으로 제기된 이러한 주장은 긍정적 측면과 부정적 측면을 동시에 함축하는 매우 폭넓은 의미론적 파장을 내재하고 있다. 이 글에서 타당하게 인정되는 부분은 작가라는 개인의 의식으로 여과된 객관적 현실만이 독자들에게 감동을 줄 수 있고, 이러한 감동을 통해서만 긍정적 의미의 집단의식도 발생할 수 있다는 것이다. 이러한 주장에는 마르크시즘이 퇴색한 오늘의 시점에서 제기되고 있는 담론이론과도 일맥상통하는 요소가 깃들여 있는 것으로 생각된다. 그러나 "생명 성장의 도정과 진로를 같이"한다는 대목은 인간의 역사까지도 자연계의 진화론적 진행의 일부로 보는 경향을 내재하고 있으며, 이러한 세계관은 이 글이 씌어지기 전부터 염상섭의 의식에 저류하고 있었던 것으로 보인다(「만세전」의 이인화는 금방 폭발할 듯한 민족적 분노를 느끼면서도 그것을 민족해방의 의지로 발전시키지 않고 진화론적 사유를 통해 의식에서 지워버리고 있다).[9]

'생활'이란 인간의 다양한 욕망들이 개인적 삶의 차원에서 분출되어 특별한 이념적 지양 없이 서로 얽혀서 움직여가는 현상이다. 이러한 불확실성과 유동적 현상을 염상섭 자신의 말처럼 '있는 그대로' 표현하기 위해서는 다소의 방법적 시각이 요구될 터인데, 염상섭은 『삼대』에서 혈연적인(수직적) 관계의 축과 사회적인(수평적) 관계의 축을 설정하

---

9) '약육강식'이나 '적자생존'이라는 이론적 요소로 인해 진화론은 제국주의자들에게 그들의 침략을 정당화하는 쪽으로 악이용되기도 했는데, 「만세전」의 이인화는 조선을 '공동묘지'로 비유하면서 이렇게 생각한다. "……구더기가 득시글득시글하는 무덤 속이다…… 그 속에서도 진화론적 모든 조건은 한초 동안도 거르지 않고 진행되겠지! 생존경쟁이 있고, 자연도태가 있고…… 그러나 조만간 구더기는 낱낱이 해체가 되어서 원소가 되고 흙이 되어서 내 입으로 들어가고, 네 코로 들어갔다가 네나 내나 거꾸러지면, 미구에 또 구더기가 되어서 원소가 되거나 흙이 될 것이다."(염상섭, 467~468면)

고 그것들을 교차시키면서 당시의 삶의 조건과 생활상태를 특별한 이념적 지양 없이 자연스럽게 드러내고 있다. 그렇지만 이 작품의 배후에서 은밀히 작용하고 있는 '내재된 작가'(implied auther)의 주관성이 배제되어 있는 것은 아니다. 염상섭은 「문학상의 집단의식과 개인의식」에서 '과불급(過不及) 없는' 불편부당한 시각을 요구하면서도 한편으로는 "객(客)을 주(主)에 걸러서" 보아야 한다고 주장하고 있는데, 이때의 '주'는 작가 자신의 것이지만 그것은 『삼대』에서는 주로 조덕기와 같은 중도적 지식인의 시각에 함축되어 있다. 이처럼 있는 그대로의 세계를 작가의 주관적 의식을 통해 서술하고 있음에도 불구하고 생활세계에 대응하는 염상섭의 장편소설들을 읽어가는 데에는 다소의 독법이 필요한데, 그것은 일단 변혁적 집단의식에 기초한 문학이론을 접어둘 것을 요구한다. 왜냐하면 그러한 시각은 일상성을 통해 인간의 삶의 문제와 시대의식을 함축하고 있는 염상섭의 문학에서 당시 사회의 세태 이상의 것을 발견하기 어렵기 때문이다. 그러므로 우리는 먼저 앞에서 제시된 그의 문학관을 염두에 두고 그와 함께 산책하듯이 그의 소설들을 읽어갈 필요가 있다.

그러나 이러한 독서행위가 끝났을 때 우리는 다소 보편적인 인식틀을 가지고 그 잡다한 사건들을 추스려볼 필요성을 느끼게 된다. 예컨대 『삼대』나 그 후속편인 『무화과』(1932) 같은 소설들에 담긴 시대적 특성과 삶의 다양한 양상들을 '식민지적 근대성'이라는 개념적 틀을 통해 살펴보는 것도 한 가지 방법이 될 수 있다.[10]

이 방법은 작품의 역사적 성격과 그 안에 담겨 있는 시대적 삶의 양

---

10) 김양선의 「식민지 근대성의 한 양상—염상섭의 삼대와 무화과를 중심으로」(《서강어문》, 서강어문학회, 1996)가 이러한 연구의 대표적인 사례로 생각된다.

상, 그리고 작중인물들의 사고유형과 행동방식을 살피는 데 매우 유용한 관점을 제공하지만, 이 글은 '염상섭 소설의 현재성'을 주로 기법의 측면에서 살피기 위해 씌어지는 것이므로 여기에서는 이러한 관점과 관련하여 근대성이 생활 차원에 수용될 때 빚어질 수 있는 부정적 측면만 간단히 살피기로 한다. '식민지적 근대성'은 전근대적 봉건성과 근대성이 착종되어 있는 상태를 일반적 특성으로 하는데, 전근대성은 자율적 근대화를 이룬 서구 사회에도 얼마간 존재하며, 그것은 근대적 기획에 의해 계몽 대상으로 자리매김되거나 국민적 통합이나 자본주의적 필요성에 의해 온존되기도 한다. 그러나 식민지에서의 전근대성은 제국주의 세력에 의해 무조건 척결되어야 할 대상으로 규정되므로, 식민지 백성의 입장에서 근대성은 민족적인 것에 대한 억압적 성격을 띠는 것으로 이해되어 민족해방 의지를 자극할 수도 있지만, 생활의 차원에서는 물질적 풍요와 생활상의 편리함으로 받아들여져 그러한 저항의지가 생겨나지 못하게 할 가능성도 함축한다. 그러므로 작가의 시각이 생활 차원에만 국한될 때 거기에는 부정적 요소가 내포될 가능성이 그만큼 커질 수도 있다.

3. 삶을 추동하는 두 가지 욕망과 심리적 이중성

『삼대』(1931)의 구조는 크게 보아 조의관, 조상훈, 조덕기로 이어진 수직적 축과 덕기의 친구인 김병화를 비롯 이필순, 홍경애 등으로 이어진 수평적 축으로 이루어져 있다. 그리고 수직축에는 서조모(수원집), 어머니, 아내 등의 인물들이 측면 또는 이면에서 관련되어 있고,

수평축에는 김병화나 홍경애 등과 같은 인물들을 통해 피혁, 장훈, 매당, 김의경 등의 인물들이 한발 건너서 연관되고 있다. 그리고 이러한 축들에서 일어나는 사건들은 시간의 흐름을 느끼기 어려울 만큼 매우 더디게 진행된다. 따라서 변화양상이나 경향성에 초점을 맞추어 삼대를 논하려 할 때에는 그 후속편인 『무화과』(1932)와 함께 볼 수밖에 없다.

욕망을 기초로 한 인간의 생활을 다양한 측면에서 균형 있게 드러내기 위한 기본골격이 되고 있는 이러한 구조의 크고작은 연결고리들의 접점에서 우리는 1920년대 말에서 30년대 초에 걸친 시간대에 조선사회를 살아간 다양한 사람들의 욕망의 분출과 충돌과 좌절의 연쇄를 집요하게 추적하고 있는 작가의 의지와 시선을 느낄 수 있다. 이들의 생활은 불안정하게 들떠 있고, 비정상적으로 뒤틀려 있다. 조의관의 뼛속 깊이 도사리고 있는 전통적 삶의 가치에 대한 외아들 상훈의 도전적 태도에서 빚어지는 충돌과 파탄만 하더라도 부자간의 충돌치고는 놀랄 만큼 치열하고 파괴적이다. 그래서 상훈은 인간의 적나라한 욕망의 분출을 보여주기 위해 의도적으로 설정된 인물처럼 보인다. 그는 염상섭의 여느 인물들과는 달리 한 인물로는 소화되기 어려운 다중성과 극단성을 지닌, 다소 과장된 성격을 부여받고 있다. 전근대적 사고방식을 굳게 지켜가는 아버지 밑에서 자란 상훈이 어머니의 제사까지 거부하는 기독교 신자가 되는 과정이 암시조차 되어 있지 않을 뿐만 아니라 금주(禁酒)를 선견하는 신문에 글을 쓰면서 밤이면 음주와 도박을 일삼는 위선적 인물이 될 수밖에 없었던 까닭도 오리무중이다. 그럼에도 불구하고 이 인물은 소설의 진행에 일종의 긴장감과 활력을 불어넣고 있으며, 어찌 보면 봉건적 삶의 질서에 도전하는 사람으로는 모순투성이인 이러한 성격조차 식민지의 혼란스러운 정신풍토의 그늘에서 배양될 수 있는 것인지도 모르겠다. 어쨌든 제사를 지내거나 가짜 족보를 만드는 일을 둘러싸고 벌어지는 싸움에서 전통적 가치를 지켜내려는 아버지가 그 아들의 상속권을 박탈함으로써 '봉건사상의 개가'로 규정되고 있지만, 손자에게 상속권을 넘겨줄 수밖에 없는 조의관 역시 전통질서를 고수하지 못했다는 점에서 불행한 패배자일 수밖에 없다. 그러기에 이 싸움에서 진정한 승자를 가려내야 한다면, 그것은 재산 즉 돈일 수밖에 없다. 돈 때문에 막대한 재산의 소유자인 조의관 자신도 젊은 후처와 음모자들에게 둘러싸여 서서히 독살되어가는 비극을 맞을 수밖에 없는 것이다.

『삼대』에서뿐만 아니라 『무화과』의 마지막 장에 이르기까지 작가가 소설 속에 가장 집요하게 끌어들이고 있는 모티브는 돈이다. 그러나 이것 역시 상당 부분 자본주의의 일반적 원리에서는 벗어난 서술을 보여준다. 이 시대의 인물들이 자신들의 삶에 뚜렷한 목표를 설정할 수 없는 데에서 빚어지는 이러한 굴절된 물질의식은 돈이 생산의 요소로서의 자본의 역할을 부여받을 수 없기 때문이다. 비근한 생활의 차원에서는 구태여 '자본'이라는 말을 쓸 필요조차 없지만, 이 소설들에서 돈은 온갖 갈등과 투쟁의 동기로 다루어지고 있음에도 불구하고 개인의 물질적 삶을 재생산하기 위한 생산수단으로서의 성격을 부여받고 있는 대목이 발견되지 않는다. 예컨대 조부의 재산을 물려받은 덕기(원영)—괄호 속의 인명은 무화과에서 이름만 바뀐 채 통장하는 동일인이다—의 돈은 아버지가 낭비한 물품대금을 갚거나 감옥에 들어간 친지들을 석방시키기 위한 뇌물로 쓰이거나 신문사에서 한자리 차지하기 위한 지참금으로 지출되는 데 소모되고 있다. 가장 생산적인 데 쓰이는 경우는 조정애에게 유학자금을 대주는 것이다. 돈을 구하는 사람들 역시 생산적인 행위를 통해 얻는 것이 아니라 협박·음모·회유 등을 통해 목적을 달성하고 있다. 그렇다면, 자본주의적 경제구조가 뿌리내리고 있던 시점의 서구사회의 소설에서 돈은 어떻게 묘사되고 있는가? 한 예로서『삼대』보다 97년 전에 나온 발자크의『고리오 영감』을 보면, 하숙집 여주인이 하숙인들을 대할 때 그들이 내는 "하숙비의 액수에 따라서, 천문학자와 같은 정확성으로, 그들에게 정성과 존경을 보여주고"[11] 있는 것으로 묘사되고 있다. 발자크가 인물의 성격을 과장해서 묘사하는 버릇을 가진 작가였다는 점을 감안하던, 이 아주머니의 행위는 물려받은 재산이 집 한 채밖에 없는 사람의 태도로 보아 그다지 이상할 것이 없다.

『무화과』는 돈타령에서 시작하여 돈타령으로 끝난다고 해도 결코 지나친 말이 아니다. 첫장의 제목부터가 '자참금 추징'이다. 이원영은 돈 3만 원을 내고 신문사 이사가 되는 것으로 사회진출의 첫발을 내딛었는데, 신문사 간부진은 영업국장 자리를 놓고 1만 5천 원을 더 내놓으라고 압박하는 것이다. 이들은 원영을 회유하는 동안에도 돈 3만 원을 낼 시골부자 — 이 사람은 '이탁'이라는 이름보다는 '삼만원'이라는 별명으로 불린다 — 를 물색해놓고 공작을 진행하고 있다. 이 신문사의 여기자 박종엽의 눈에 비친 이들의 행태는 한마디로 "낮에는 민중을 속이고, 밤에는 시수(屍水)가 흐르는 상여에 꼬이는 파리처럼 기생의 무릎으로 꼬여들고, 그리고는 그 죄악을 감추고 좌청우촉(左請右囑)을 하러 권력자의 집 문턱이 닳도록 댁대령을 하는 것"[12]이다. 이 소설에서

---

11) 발자크 지음, 김현태 옮김,『고리오 영감』, 정음사, 1969, 263면.

12) 염상섭,『무화과』, 동아출판사, 1995, 538면.

돈에 대한 집착이 가장 강한 인물로 드러나는 사람은 한인호의 아버지와 그의 가족들인데, 이들의 맹목적인 물욕은 신성한 관계로 여겨져온 결혼까지도 일종의 수익사업으로 전락시키고 있다. 이들은 이문경에게서 결혼비용뿐만 아니라 이혼 위자료까지 울거낸 다음에야 그녀를 결혼의 사슬에서 풀어준다. 그러므로 이문경의 낙태는 화장터를 구경한 충격에서 빚어진 것이긴 하지만, 새생명이 태어나기 어려운 타락한 사회에 대한 강렬한 비판의 메시지로 읽힌다.

『삼대』 연작에서 '애욕'을 바탕으로 하는 남녀관계는 대부분 진정한 사랑과는 거리가 먼 것으로 그려지고 있다. 조의관은 74세의 노인으로 젊은 첩에게서 얻은 네살박이 딸이 있지만, 아들 낳을 보장만 있다면 새로 첩을 얻어 15년 후에는 그 아들이 자신의 상여 뒤를 따르게 하고 싶다는 욕망을 품고 있다. 그가 살아온 시대로 보아 조의관의 봉건적 가계의식은 어쩌면 당연한 것으로 이해될 수도 있다. 그러나 상훈의 경우는 시대적 부박성과 맞물려 매우 복잡한 양상을 빚어내고 있다. 그는 아내와 이름만 부부이지 남이나 다름없이 지내고, 학업을 뒷바라지해준 홍경애와 애정행각을 벌여 딸 하나를 낳았지만 사회의 이목에 대한 두려움과 경제적 무능으로 인해 책임을 지지 못하고 있는 형편에 또다시 김의경이라는 유치원 보모를 첩으로 들여앉힌 후 재산을 낭비하며 아들을 괴롭히고, 마침내 아편중독자로 전락하고 만다. 조덕기(이원영)는 아버지를 닮지 않으려고 노력하는 도덕적인 인물이지만, 그 역시 봉건적 잔재는 극복하지 못하고 있다. 그는 이필순(조정애)에게 청순한 아름다움을 발견하고 애정을 느끼면서도 조건 없이 학비만 대주면서 일정한 거리를 유지함으로써 아버지의 전철을 밟지 않는 데는 성공한다. 그러나 '할아버지의 약속'을 지킨다는 어설픈 변명을 하면서 채련이라는 기생과 딴살림을 차리며, 아내에 대해서는 아무런 가책도 느끼지 않는다. 그는 자기 아내가 신여성이었다면, 자기 집안의 혼란과 고통을 견뎌내지 못했을 것이라고 생각하며 무식한 아내를 차라리 다행스럽게 생각하면서도 시앗 보고 이혼까지 당할까봐 걱정하는 아내의 고통은 조금도 헤아릴 줄 모른다. 그러기에 아내의 입장에서 보면 그는 결코 좋은 사람이 아니다. 이원영은 작가의 시각이 가장 많이 실려 있는 인물로 보이지만, 염상섭이 『무화과』에서 '아내'라는 별도의 장을 통해 아내의 시각으로 원영의 부당성을 통렬히 고발하고 있는 것을 보면 작가는 당시 지식인들의 이중적 애정관을 강하게 의식하고 있었던 것 같다.

이처럼 인간의 생활에서 가장 중요한 두 가지 모티프로 다루어지고 있는 돈과 애욕에 관련된 문제를 다루는 염상섭의 시각은 상당히 자연주의적이다. 이러한 동기로 인한 갈등양상들은 어떠한 도덕적 결말이나 이념적 지양을 통해 일정한 방향으로 나아가지 않고 있는 그대로 묘사되고 있다. 예컨대 재산상속 문제를 둘러싸고 남성들 사이에 충돌이 빚어지고 있는 동안 여성들 사이에도 일종의 암투가 벌어지는데, 이러한 여성들의 행동방식이 여실히 드러나고 있을 뿐만 아니라 집안 내에 감도는 미묘한 분위기까지 놓치지 않고 있다.

덕기는 한나절을 들어 앉았는 동안 (…) 어쩐지 집안에 무슨 이상한 공기가 떠도는 것 같은 감촉을 얻었다. 모든 사람의 얼굴에 나타난 떠들썩한 기분과, 서로 속을 엿보려는 듯한 시기와 의혹과 모색의 빛이 덕기에게까지 전염되어 오는 것을 부지중에 깨달았다. (…) 초상이 나려면은 까마귀가 깍깍 짖는다더니 조부가 정말 돌아가려고 죽음의 음기가 솟아나서 그런지? (…) 이 음산한 공기가 모두 안방에서만 흘러나오는 것이 아니라 사랑이고 뒤꼍이고 그 몇 년 놈들의 몸뚱어리가 슬쩍하는 데서면 풍기어나오는 것 같기도 하다. 웬일일꼬? 돈? 돈 때문에? (…) 생각하면 뉘 집에서나 열쇠 임자의 숨이 깔닥깔닥할 때가 닥쳐오면 한번은 겪고야 마는 풍파가 이 집에서도 일어나려고 뭉싯뭉싯 검부잿불처럼 보이지 않는 데서 타오르는 것일지도 모른다.[13]

염상섭 소설에 나오는 인물들의 심리적 다중성은 현실원리와 욕망원리 사이의 갈등에서 빚어지는데, 염상섭은 거의 모든 인물들의 심리묘사에서 이러한 점을 분명히 의식하면서 심리의 입체성을 만들어내고 있다. 예컨대 『무화과』에서 새로운 인물로 도입된 김봉익이라는 좌파적 지식인은 그 자신과는 계급적 성분이 다른 이문경에 대한 애정을 느끼면서 극심한 심리적 갈등상태에 빠지고 있다.

그런 여자 같으면 일생을 바쳐도 아깝지 않겠다. 내가 돈이 있든지 그 여자가 돈이 없든지 하였으면 (…) 아서, 그보다도 내가 대담하거나 악독하였으면.
(…) 그러나 결국은 그까짓 부르주아의, 썩은 유한계급의 모던걸이 무엇이냐 하는 단순한 헛기운을 뽐내어 보고는, 마음을 가라앉히려 하는 것이나, 역시 소용이 없었다.[14]

---

13) 염상섭, 한국문학전집 3, 민중서관 1965, 232면.
14) 같은 책, 339면.

자신의 사회적 신념과 사랑의 감정 사이의 괴리에서 빚어지는 이러한 갈등을 작가는 '감정의 모순'이라고 표현하고 있지만, 이러한 현상은 심리주의적 경향의 소설들에서와는 달리 치열한 자기관찰로 인한 분열과 자기소외로까지 나아가지는 않는다. 망설임에 가까운 이러한 정서들은 대체로 순진성을 잃지 않은 낟녀들 사이에서 빚어지고 건전한 방향으로 발전하는데, 이러한 경향은 '과불급(過不及)'이 없는 중용의 도를 추구한 염상섭 소설의 한 특징을 이룬다고 할 수 있다.

4. 염상섭 소설의 현재성

'현재성'이란 여러 가지로 해석될 수 있는 말이지만, 이 글에서는 지금의 문학적 관심사를 염두에 두고 과거의 소설을 읽었을 때 의미있는 것으로 이해될 수 있는 성격으로 국한하고자 한다.

그렇다면 90년대 후반의 시점에서 우리 문학의 지배적인 관심사는 무엇인가? 이 질문에 한마디로 대답하기는 어렵다. 그러나 80년대 소설의 경향성을 극복하는 방향으로 나아간 90년대 소설들은 일차적으로 집단주의적 변혁이념에 대한 강박관념을 털어버리려는 의지를 강하게 드러냈다고 볼 수 있다. 이런 점에서 염상섭이 당대의 지배적 담론이었던 프롤레타리아 문학론을 극복하려는 의지를 강하게 함축한 그의 문학정신과 일맥상통하는 바가 없지 않다. 그러나 90년대의 문학은 집단주의적 병폐를 극복하는 데 그치지 않고 현실 그 자체로부터의 탈주를 감행했고, 그런 결과 신비주의나 심리주의로 빠져드는 또다른 병폐를 만들어내기에 이르렀다. 이러한 경향을 반성하는 사람들은 계급투쟁으로 환원될 수 없는 삶의 세목들에 관심을 기울이면서도 그 안에 역사성을 함축할 필요성을 역설하게 되었다. 한마디로 말하면 일상성에 역사성을 담아내자는 것이다. 이런 점에서 볼 때 염상섭의 '생활사'로서의 문학론은 지금의 문제의식과 겹치는 부분이 많은 것으로 생각된다.

그러나 염상섭의 경우 우리가 말하는 '역사성'은 당대의 현실에 대한 시대의식이라고 보는 것이 더 타당할 듯하다. 염상섭은 그 자신이 몸담고 살아갔던 시대의 '현재적 시간'에서 발을 뺀 적이 없기 때문이다. 말하자면 그의 소설쓰기는 그의 눈앞에 펼쳐지는 당대의 현실을 그 자신의 주관성으로 걸러내는 일이었다. 그러므로 이 글 제목의 '현재성'은 오늘의 관심뿐만 아니라 염상섭 소설 자체의 특성을 동시에 함축한다.

그렇다면 염상섭이 『삼대』 연작을 쓰기 직전의 시기에 그의 눈앞에 전개되었던 중요한 사건들은 무엇인가? 우리에게 가장 먼저 떠오르는 것은 '신간회운동'(1927~31)과 '원산총파업'(1929)이다. 이 가운데 신간회운동의 기초가 되고 있는 포용정신은 병화에게 보낸 덕기의 편지에 얼마간 반영되어 있는 것으로 보인다. 그는 병화의 계급투쟁적 편협성을 비판하면서 이렇게 말한다. "투쟁은 극복의 전수단은 아닐세. 포용과 감화도 극복의 유산탄만한 효과는 있는 것일세. 투쟁은 전선적(全線的) 부대적(部隊的) 행동이라 하면 포용과 감화는 징병과 포로를 위한 수단일세. 포용과 감화도 투쟁만큼 적극적일세."[15] 그러나 원산총파업에 대해서는 그 어디에서도 편린조차 암시되지 않고 있다.

---

15) 같은책, 163면.

젊은 시절 일본에서 노동운동에 가담한 경력을 가지고 있는 그이지만, 노동자의 집단적 운동에 대해 별다른 관심을 지니지 않았던 것으로 생각된다. 이런 점은 그의 태생적·계급적 한계일 수도 있겠지만, 그보다는 '생활사'로서의 그의 문학관 자체의 한계로 보아도 좋을 듯하다.

『삼대』 연작에서 사회주의 운동은 그 비합법성을 반영한 듯 전면화되지 않고 암시되기만 한다. 그것은 소설의 배면에 도사리고 있다가 소설의 뒷부분에서 불안한 일상의 틀을 깨고 '검거선풍'을 통해 일시에 전면화된다. 이 소설에서 룸펜이나 테러리스트처럼 보이는 사회주의자들의 크고작은 암약은 언제나 그들 자신은 물론이고 주위 사람들에게까지 커다란 고통을 안겨주는 것으로 끝난다. 이러한 사실은 물론 그 당시 사회주의운동―특히 서울 인텔리겐차들―의 지리멸렬성을 반영하는 것일 수도 있지만, 생활을 중시하는 작가 자신의 반감이 투영된 것으로 생각된다. 이 소설들의 주인공인 조덕기(이원영)는 친구인 김병화(김동국)에게 이념적으로는 동조하지 않으면서도 의리상 운동자금을 대주고 검거선풍이 일어날 때마다 이중의 피해를 입는다. 그는 연루된 사람들을 빼내는 자금까지 스스로 떠맡는 것이다. 이러한 이원영에 대해 일본인 안달외사는 이렇게 말한다. "그 사람이 주의자요? 그러면 소위 심파(원조자)요? 나 보건대 그 아무것도 아니오. 주의로 말하면 민족주의자라 하겠지만, 부르주아로서 몰락해가는 인텔리가 아니오. 그가 김동이와의 교분으로 돈 …… 주었다는 사실 때문에 가족들이라든가 친지들까지라도 신변이 안전치 못하니 이 일을 어떡하느냐 말요."[16]

---

16) 염상섭, 『무화과』, 818면.

이 소설에서 이원영과 김동국의 세대는 희망이 없는 것으로 그려지고 있고, 그 뒷세대인 완식과 조정애에게서 새로운 가능성을 찾고 있다. 완식은 김동국의 사건에 깊이 연루되어 피신하고 있는 조정애에게 그들과 좀 떨어져 있다가 자기와 함께 새로운 길을 가자는 내용의 편지를 보낸다. 그 편지의 내용으로 볼 때 그가 제안하는 새로운 길은 김동국과 이원영을 동시에 지양하는 것으로만 제시되고 있지만, 생산적인 일에 종사하면서 더디지만 확실하게 세상을 바꾸어가는 게 아닐까 생각된다. 그러나 이와 같은 미래적 담론은 젊은이의 고뇌어린 사유에서 나온 것이기는 하지만, 실감을 가지고 다가오지는 않는다. 그보다는 오히려 파산지경에 빠진 이원영과 산전수전을 다 겪어온 채련 사이의 대화에서 생활에 뿌리내린 정상적인 삶의 가능성이 엿보이며, 이런 부분이야말로 염상섭다운 진면목이라는 느낌을 준다. 도피적 감정에 빠진 이원영이 인텔리겐차와 프티 부르주아의 비애와 약점을 들먹이며 자신의 무능을 계급적 약점으로 일반화하자, 채원은 이렇게 말한다. "최후의 일 전을 쓰고 나서 물로 뛰어 들어가는 뒷모양과, 두 손 탁탁 털고 일어나서 저자로 뚜벅뚜벅 걸어 나가는 앞모양이 다른 것입니다."[17] 이런 과정을 거쳐 이원영은 결국 완식을 교육시킬 돈이 있다면 철공장을 내주어 자수성가하기를 바라겠다고 말할 수 있게 된다. 우리는 이 소설의 끝부분에 와서야 비로소 생산성과 결부된 돈의 실체와 만나게 된다. 그러나 이원영에게는 이제 그렇게 쓸 만한 돈이 없고, 형사들에게 연행되는 신세가 되고 만다.

---

17) 같은 책, 827면.

5. 맺음말— '생활사' 로서의 문학의 한계와 새로운 과제

염상섭은 자신의 비평적 글들을 통해 문학의 일차적인 효과는 그 예술성이 지닌 감동 또는 감화인바, 이것을 통해 집단적인 공동감정이나 공동행위, 나아가서는 투쟁성이 "표현될 수도 있고 되지 않을 수도 있"(「문학상의 집단의식과 개인의식」)다고 말하였다. 그렇다면, 『삼대』연작은 우리에게 어떠한 감동을 주고 있으며, 그 안에 얼마만큼의 투쟁성을 응축시켜놓았는가? 이 작품들은 당대의 생활현실을 있는 그대로 폭넓게 그려냄으로써 그 시대의 삶에 배어 있는 시대성을 드러내는 데에는 빼어난 성과를 거두었다고 분명히 말할 수 있다. 그러나 우리가 그대로 수락할 수 없는 식민지체제를 극복하기 위한 큰 범주의 운동성을 드러내는 데에는 실패했다. 그것은 작가의 관심이 주로 서울 중류층 지식인들의 삶의 범주를 크게 벗어나지 못하고 있을 뿐만 아니라 그것조차도 중도적 지식인의 시각으로 조명되고 있기 때문이다.

이런 까닭에 그의 시대의식은 진정한 의미의 역사의식으로 발전하지 못하고 있으며, 그의 소설들은 당대현실의 변화 가능성을 당대의 삶 속에서 찾아내지 못하고 미래에 대한 막연한 희망으로 대체하고 있는 것이다. 어떠한 운동성도 내재하지 않은 채 더디게 흘러가는 시간은 무수하게 일어나는 자잘한 사건들을 멜로드라마로 만들고, 김홍근(『무화과』의 인물)과 같이 비현실적으로 과장된 인물을 만들어내 소설 진행상의 촉매로 써먹기도 한다. 이런 사실을 감안할 때, 우리는 이제 일상성과 역사성의 결합이라는 모호한 태도까지 반성해야 할 필요성을 느끼게 된다. 사회변혁에 대한 방법론을 문학에 그대로 적용하는 일은 없어야 하겠지만, 작가의 현실의식만큼은 일상의 틀을 깨부술 수 있는 방법론으로 무장될 필요가 있다. '생활사' 또는 '일상성'의 문학은 결국 극복해야 할 부정성을 내재한 생활 또는 일상의 논리로 회귀할 가능성이 클 수밖에 없기 때문이다. 이런 점을 염두에 두고 염상섭의 소설들을 좀더 면밀히 연구할 때 우리는 지금 우리가 당면하고 있는 문학상의 문제를 해결할 수 있는 실마리를 찾아낼 수 있을 것이다.

《창작과비평》 1997년 겨울호）

일상언어에서 언어예술로

― 李文求론

작가론은 평전과 작품론의 어간에 자신만의 둥지를 틀려 하지만, 대개는 그 둘의 몸에서 필요한 부분만 조금씩 떼어와 자기 몸을 빚어낸다. 그러나 그 둘 사이에는 그것들과는 질적으로 다른 차원이 존재한다―표현을 열망하는 욕구들이 들끓었던, 그러나 지금은 표현되고 남은 부분들만 무겁게 침전되어 있는 영역. 그러기에 이 공간은 밖에서 가져온 것들로 메워져야 할 공동(空洞)은 아니다. 그러니까, 작가론이 자기만의 터를 닦으려 한다면 바로 여기에서 첫삽을 떠야 할 것이다. 하지만 이 영역도 질적으로 동일한 요소들만으로 이루어져 있는 것은 아니다. 기억할 수 있는 것과 없는 것, 다시 말해 작가가 자신의 의식에 떠올릴 수 있는 것과 없는 것들이 서로 다른 층위에 자리잡고 있는 것이다. 그런데 의식에 떠올릴 수 없는 층위는 비평(작가론)보다는 정신분석의 대상으로 더 적절할 것이다. 그러므로 비평적 관심은 기억할 수 있는 삶의 내용들 가운데 작가가 그의 글이나 말로 이미 표출한 것들과 그의 작품세계 사이에서 어떠한 삶의 요소들이 탈락하거나 소거되었는지를 살펴보는 쪽으로 기울 수밖에 없다. 이러한 과정에서 손에 잡힐 만한 것이 발견된다면, 그것에 근거하여 작가의 의식과 작품세계의 이면을 탐색해보는 새로운 비평적 차원이 열릴 수도 있을 것이다. 이와 함께 창작의 용광로를 통과하지 못한 경험적 요소들을 살펴보고, 작가의 내면에 잠들어 있을지도 모르는 새로운 가능성을 생각해볼 수 있을 것이다.

실패한 작품은 예술작품이 아니라고 한 아도르노의 주장을 따른다면, 문학작품으로 부를 수 있는 것은 모두가 성공한 작품이다. 그러나 창작과정에서 이루어지는 탈락현상을 체험의 소거라는 의미에서 표현 또는 삶의 실패라고 말할 수 있다면, 모든 작품은 모종의 실패를 품고 있는 성공이다. 그런데도 작품들은 세상에 나오자마자 문학 또는 예술의 차원에서 성공과 실패로 자리매김된다. 그러나 미학적 판단은 사람마다 다를 수밖에 없으므로 비평의 차원에서 판가름나는 성공과 실패가 보편적인 기준에 따른 것이라고는 말할 수 없다. 아도르노의 관점에서 보면, 루카치에 의해 '규범적인 예술작품'의 개념으로 옹호된 작품들은 이미 예술작품이 아니다. 그가 생각하는 예술 개념에는 다른 목적성이 개입할 여지가 없기 때문이다. 이러한 예술 개념이나 이른바 '예술의 자율성'이 선험적인 것이라면 아도르노의 주장은 정당한 것일 수 있다. 그러나 그런 생각들이 근대적 분화과정에서 삶으로부터 분리된 편협한 관행에 지나지 않는 것이라면 그러한 관념들을 충족시키기 위해 희생될 수밖에 없는 삶의 가치들을 다른 영역들에 떠넘기는 것은 예술에 대한 특권의식을 가지고 '살림살이'에 대한 책임회피를 하는 것이다. 인간의 삶을 소재로 삼고 그 이행을 구성원리에 반영하는 소설에서는 더욱더 그렇다. '예술적 승화'를 위해서건 작가 자신의 개인적 사정 때문이건 창작과정에서 탈락한 삶의 요소들은, 유전학자들이 잘못 알아온 쓰레기(junk) 유전자들처럼, 그냥 내버려도 좋을 잡동사니가 아닌 것이다.

'개인적 사정'은 주로 작가로서의 보편성을 획득하기 이전의 한 개인에게 주어진 특수한 삶의 조건이다. 훗날 그의 작품세계의 성격을 결정지을 작가적 개성은 여기에서 싹이 트고 자란다. 이러한 전제를 받아들인다면, 개인적 체험이라는 특수성은 작품에 특별한 성격 즉 개성을 부여함으로써 작가라는 보편적 개념을 획득하게 하는 요소이다. 이런 점에서 작가의 개성은 특수성과 보편성의 통일, 또는 보편적 가치가 투영된 특수성이다. 말하자면 어떤 개인의 특수한 경험은 예술작품에 요구되는 보편적 가치(미학)를 흡수하여 새로운 차원으로 넘어감으로써 작품이라고 불릴 수 있는 어떤 것이 된다. 이렇게 텍스트의 영역으로 들어선 작품은 이미 개인적인 것이 아니다. 이러한 과정에 대한 사유를 생략한 채 작품이라는 결과만을 놓고 보면, 개인적 체험과 작품의 거리가 멀어 보일수록 예술적 성취가 큰 것으로 오해되기도 한다. 이러한 경향이 많은 작가들에게 개인적 체험을 소설화하지 않는다는 원칙을 세우게 하지만, 그것은 작가의 상상력에 근원적 힘을 제공하는 경험 요소의 결핍을 초래하기도 한다. 그러므로 이러한 원칙은 작품의 성격에 영향을 줄 수는 있지만, 엄밀하게 지켜질 수는 없는 것이다. 모든 작품은 결국 작가 자신의 개인적 체험과 사유—이것도 한 개인의 문화적 또는 지적 체험의 반영이다—의 결실이다. 이러한 현상은 이문구가 생각하는 작가의 개성과 그 자신의 작품세계 사이에서도 뚜렷이 확인된다. 먼저, 그의 에세이 「작가와 개성」의 한 대목을 살펴보자.

나는 거의 결벽증에 가까울 정도로 개성을 중시하는 편에 속한다. 이를테면 소설의 경우 작가의 이름을 가리고 읽어서 누구의 것인지 모를 지경이라면 그 작가의 장래는 크게 기대할 것이 없다고 보는 것이다. 또 다른 예로 문단의 일원이 되기를 원하는 투고작품을 심사할 경우, 초장부터 가령 "세 살 버릇 여든까지 간다더니"나 "가는 날이 장날이라더니" 따위 누구나 다 쓰는 속담을 무심히 섞은 문장은 개성의 허약성으로 여기고 감점을 주는 것이다. 개성을 지닌 사람이 누구나 다 쓰는 속담을 무심히 섞을 리는 없다고 믿는 까닭이다.

나는 내 집안 이야기의 소설화에 의무감까지 느끼고 있지만 진작에 스스로 포기한 지가 오래다. 자칫하면 본의 아니게 이른바 분단문학이니 통일문학이니 민족문학이니 하는 투의 유행상표가 붙을 우려뿐 아니라, 남의 아류로 보이기가 십상이기 때문이다. 나는 또 5~6년간 막노동판에서의 인생 경력이 있지만 이를 소설화할 계획도 일찌감치 걷어치웠다. 역시 노동문학이니 현장문학이니 하는 상표와 아류 취급에 대한 우려 탓이었다. 다시 말하여 남이 이미 손을 댄 것은, 아무리 익숙한 체험과 넉넉한 자료와 치밀한 구상이 있더라도 미련없이 버린다는 것이다.(『소리 나는 쪽으로 돌아보다』, 열린세상사 1993, 139~140. 이하 『소리 나는 쪽』)

이문구는 문체와 소재 두 가지 측면에서 작가의 개성을 말하고 있다. 그런데 누구나 쓰는 속담이 아닌 것을 쓰기 위해서는 일상언어에 대한 통달이 전제되어야 한다. 자신만의 문장을 빚어내는 일은 이미 존재하는 언어체계의 활용과 관련되기 때문이다. 이런 수준의 자질을 갖추었다면 문체에 관한 한 이미 일가를 이룬 작가라고 말할 수 있을 것이다.

이문구의 서술에는 그러한 작가로서의 자부심까지 스며 있는 듯하다. 개인적 체험의 배제에 관해서는 상당한 정도의 유보조건을 달고 있지만, "남이 이미 손을 댄 것"을 쓰지 않는다는 것도 엄밀하게 보면 지키기가 거의 불가능한 조건이다. 남이 손을 대지 않은 것을 가려내려는 일은 앞에 나온 작품들을 모두 읽어야 가능하기 때문이다. 그러나, 다른 작가가 이미 손을 댄 소재를 가지고도 해석의 깊이와 문체적 특성을 통해 얼마든지 개성 있는 작품을 만들어낼 수 있다는 정도로 조건을 완화해야만 소설쓰기가 가능해지는 게 아닐까. 하긴, "남이 이미 손을 댄" 것을 구태여 소재에만 국한할 까닭은 없을 터이고, 이문구 자신도 모르는 동네보다는 아는 동네를 다룰 때 "하기도 낫고 듣기에도 나으리라"는 생각을 다른 글(「아는 동네 모르는 동네」)에서 피력하고 있는 것을 보면, 앞의 인용문이 창작과정에서 체험적 요소의 절대배제를 주장하는 것은 아니다. 그것은 오히려 동일한 소재일지라도 깊이 들여다볼 때 열리게 되는 새로운 차원의 중요성을 말하고 있는 것이다. 이런 뜻은 그의 다른 글(「우리 동네 시대」)에 분명히 나타나 있다―"건성으로 보면 그날이 그날 같고, 그 일이 그 일 같고, 그 말이 그 말 같을 터이나 가만히 여겨보고 있으면 그게 아니었다."(117면) 어쨌든 소설 창작에 요구되는 "상상도 터무니없이 생으로 하는 상상보다 얼마간의 터거리(근거의 방언)를 깔고 하는 쪽이 하기가 더"(38면) 나은 것이다. 그럼에도 불구하고 그가 자기 집안의 이야기나 자신의 체험을 철저히 배제하려 했다면, 거기에는 힘겨운 자기억제와 상실감이 따를 수밖에 없었을 것이다.

이문구의 작품세계를 일별할 때 자기의 몸과 마음에 충분히 녹아든 대상을 다룬 것일수록 그만의 문체적 특성이 빛을 발하고 있다. 그러니, 그가 배제한 것은, 아류로 떨어질 위험성 때문이라는 그 자신의 말을 존중하더라도, 자기 가족 이야기나 인생 경력 전체가 아니라 본능적으로 거부감을 느낄 수밖에 없었던 특별한 경험적 요소들일 것이다—예컨대, 근대적 혁명사상과 연관될 수밖에 없는 어떤 부분(특히 아버지와 관련된), 노동 또는 계급문제와 연관될 수밖에 없는 자신의 경험과 같은 것. 그러나 이러한 요소들은 아류로 떨어질 위험성만 내포하고 있는 게 아니라 다른 작가라면 대작에 대한 유혹을 떨쳐버리기 어려운 소재일 수도 있다. 그가 자기 "집안 이야기의 소설화에 의무감까지 느끼고" 있었다면, 거기에는 그의 가족에 대한 의무뿐만이 아니라 작가로서의 사회적 의무도 포함되어 있었을 터이다. 자세히 보면, 그의 아버지도 인간적인 면모와 관련된 부분은 소설 속에 꽤 소상히 드러나 있고, 그 자신의 막노동판 이력 역시 장편소설 『장한몽』(1970~71)이나 「지혈」(1967), 「몽금포타령」(1969)과 같은 초기 단편들에 상당히 구체적으로 반영되어 있는 것으로 보인다. 그러니, 그의 작품세계에서 배제된 것은 경험적 요소 자체가 아니라 경향성으로 떨어질 가능성이 농후한 이념성이었을 것이다. 그리고 이러한 작가의식은 그의 유소년기의 특별한 경험과도 무관하지 않을 것이다.

1941년 이문구에게는 '李' 씨 성과 사대부 가문, 그리고 '文求'라는 이름이 주어졌다. 이 이름은 그의 작가로서의 운명을 점지하고 있는 듯 보이지만, 그것은 결코 순탄하게 이루어질 것은 아니었다. 글쓰기로 통하는 길은 깊은 곳에 잠복해 있었고, 정상적인 성장 조건이 깨어지면서 제 모습을 드러내기 시작했다. 어린 시절의 특수한 경험은 주로 그의 아버지를 통해 우리 현대사의 파괴적인 힘이 그의 집안에까지 침투한 데에서 비롯되었다. 「일락서산」을 보면, 그의 아버지는 "이재(理財)에 어둡지 않았던 사람"이었으나 그가 태어난 해부터 "회고조의 가풍이나 실속 없는 사상을 스스로" 버린 후 "무산계급"의 해방을 위해 헌신하였으며, "세 고을[保寧·舒川·靑陽郡]의 지하당을 창설하고 이끌었던 책임자로서 하루도 편할 날이 없었"다. 그런 까닭에, 6·25가 터지면서 그의 집안은 극심한 변화의 소용돌이에 휘말릴 수밖에 없었을 것이다. "전쟁의 참화를 우리처럼 혹독하게 입은 집도 드물리라 싶은 쑥밭이었다." '상것들'과 놀지 못하게 한 할아버지로 인해 외로운 유년기를 보낸 터에 '빨갱이의 자식'이라는 굴레까지 뒤집어쓰게 되어, 서울로 이사하기까지(1959) 그에게는 친구가 "단 한 사람"도 없었다. 그러나 바로 이러한 조건이 그가 작가의 길로 들어설 수밖에 없는 계기가 되었다. 소설 읽기에 탐닉하면서 작가에 대한 꿈이 움트게 되었고, 『관촌수필』에 생생히 드러나 있듯이 가족이 아닌 비근한 이웃들과 정을 나누면서 민중의 생활정서와 언어에 친숙하게 되어 그의 작가적 개성의 밑거름이 마련된 것이다.

그는 세상에 태어나서 겨우 10년을 넘긴 나이에 헤어나기 어려운 소외감에 빠졌다.

세상에서 가장 무서운 것이 사람이다. 사람을 피하자, 이것이 열한 살인가 열두 살 나던 해에 내가 했던 다짐이었다.

나는 될 수 있는 데까지 사람을 피했다. 낯선 사람을 피하는 것은 사나운 개를 피하는 것보다 더 미리 서둘렀다. 교실에서 담임 선생님과 눈이 마주치는 것조차 꺼릴 지경으로 어른이라면 덮어놓고 비켜 다녔다. 어른뿐 아니라 아이들도 피했다. 자연히 친구가 드물었다. 친구가 드무니 주야로 쓸쓸했다. 그래서 소설책만 붙들면 밥보다도 좋고, 잠보다도 좋고, 공부보다도 좋았다. 중학교에 들어가서 새 친구 하나를 사귀었다. 이제는 고인이 된 작가 최진우(崔鎭宇) 선생의 아우, 지금은 대전에서 교편을 잡고 있는 최진모(崔鎭謨)가 바로 그 친구였다. 진모는 자기 형이 주요섭(朱燿燮) 선생에게서 소설을 배우고 있는데 머지않아 《자유문학》지의 추천제를 통해서 작가가 되리라는 것, 하숙방이 좁아서 다 본 책은 집에 올 때마다 한짐씩 지고 내려오는 까닭에, 골방에 쌓여 있는 책만 해도 얼마인지 모른다는 것이 자랑이었다. 나는 날마다 밤인지 낮인지도 모른 채 진모네 골방에 쟁여 있는 책을 닥치는 대로 읽었다. 오늘은 체홉을 읽고, 내일은 방인근(方仁根)을 읽고, 글피는 스땅달을 읽고, 그글피는 김내성(金來成)을 읽는 난독을, 입학해서 졸업에 이르기까지 쉬어본 일이 없었다.

　내가 최초로 작가가 되었으면 했던 것은, 춘원(春園)의 『흙』을 두 번인가 세 번을 되읽었던 중학교 3학년 때의 여름방학 어간이었다. 나는 『흙』을 다 읽고 덮으면서 "나도 춘원이 이 소설을 쓴 나이쯤 되면 이 정도는 쓸 수 있겠다"고 군소리를 달은 거였고, 나중에 그 군소리를 겁 없이 언질로 잡은 것이, 내처 그 길로 빠져버리는 빌미가 된 것이었다.(『소리 나는 쪽』, 90~91면)

그러나 작가가 되기로 결심하기 전부터 그에게는 '문학가'에 대한 막연한 꿈이 있었다. 그는 중학교 2학년 여름에 수필 한 편을 읽었는데, 경북지방의 한 시인이 전쟁중의 부역으로 인해 검거되었으나 문인들이 대통령에게 탄원하여 죽을 수밖에 없는 목숨을 살려냈다는 내용이었다. 전쟁을 겪으면서 집안의 남자 어른들(할아버지, 아버지, 형)을 모두 잃어버린 그에게 이 글은 희망과 용기를 주었다. "문학가가 되면 죽은 목숨이 산 목숨으로 돌아서는 수도 있겠구나. 난리통에도 최소한 명색 없는 개죽음만은 면할 수가 있겠구나. 나도 앞으로 문학가만 되면 적어도 함부로 잡아다가 맘대로 죽이지는 않겠구나."(『소리 나는 쪽』, 93면) 난독의 시대가 끝나갈 무렵 그는 김동리의 「역마」를 읽고 감동한 나머지 "며칠이 지나도록 가슴속의 아픔이 좀처럼 가시지" 않는 경험을 하였고, 다른 작가의 소설은 "싱거워서 읽을 수가 없"을 정도가 되었다. 그런데 이 '싱겁다'는 말은 그가 이때에 벌써 소설을 줄거리나 극적인 사건에 이끌려 읽는 수준을 넘어 문체의 맛까지 알게 되었음을 암시하고 있다. 그런데 그가 "우러르고 좋아하"게 된 김동리는 "몸소 청년문학가협회를 조직하여 좌익 문인들과의 논쟁에 앞장을 섰고, 그리하여 이제는 자타가 공인하는 바, 우익 인사로서의 거목"이기도 했기에, 그는 자연스럽게 "김동리의 제자가 되"면 사상적 혐의를 벗어나는 데 "유리하겠다는 생각"을 지니게 되었다. 1961년 이문구는 김동리의 문하에 들어갔고, 1965년 그의 추천을 통해 문단의 일원이 되었다.

그러나 보신책으로 작가의 길에 들어섰다는 그의 고백이나 그의 작품세계를 통틀어 보아도 풀리지 않는 의문이 있다. 그의 아버지의 정치적 행위에 대한 이문구 자신의 생각이나 감정에 관한 서술이 전혀 보이지 않는 것이다. '빨갱이의 자식'이라는 낙인이 얼마나 뼈아픈 것이었는지는 실제로 경험해보지 않은 사람은 짐작조차 하기 어려운 일이지만, 그의 아버지와 사상적으로 정반대 쪽에서 활동한 문단의 거목 아래서 "뙤약볕도 피하고 소나기도 피하"기로 작정한 데에는 한 가닥의 심리적 갈등조차 없지는 않았을 터이기에 우리의 궁금증은 더욱 커질 수밖에 없다. 그가 문단에 나온 지 꼭 10년이 되는 1974년에 자유실천문인협의회를 발족하고 실무간사를 맡은 것을 보면, 그는 결코 그의 아버지가 걸었던 길과 반대쪽으로 달려간 것은 아니다. "돈을 보면 까먹을 궁리가 앞질러 마땅한 나이 때부터, 내가 나중에 어떻게 되는지 몰라 매사에 뒷전으로만 배돌며 뒷걸음질치기에나 부지런했던 겁쟁이가, 그 징그러운 박씨 유신시대에 감히 문인들끼리 꾸민 투쟁단체에 끼여서 별스럽잖은 일거리나마 맡아 할 수 있었던 것은, 생각컨대 생애에 두 번 다시 있기 어려운 영광인지도 몰랐다."(95면) 작가로서의 현실참여가 그에게 영광이었다면, 전통사회의 불평등구조를 혁파하고 무산대중의 인간적 삶을 보장하려 했던 그의 아버지의 행위 역시 영광스러운 것이 아닐 수 없다. 그런데도 그는 이 부분에 대해서는 소설이나 산문 그 어디에서도 직접적인 서술은 자제해왔다. 이러한 태도는 물론 정치적 관심의 포기나 이념적 중립성을 뜻하는 것은 아니다. 이문구 자신의 말에 따르면, 그의 정치적 관심은 '생리'와 다른 것이 아니다. 이문구는 자신이 진보적 문인들의 투쟁단체에 가담한 데에는 정의감이 투철한 선배들의 덕이 컸다고 회고하면서도 또다른 이유를 덧붙이고 있다. "그러나 그것만이 전부라고 하기에는 미흡한 구석도 있다. 생리적인 이유도 없지 않았기 때문이다. 매우 심한 청각 장애자가 아니라면 누구라도 먼저 소리가 나는 쪽으로 돌아다보기 마련이 아니던가. 하물며 들리는 소리의 태반이 비명소리, 신음소리, 한숨소리였던 어둠의 시대였음에랴."(95면)

분단문제를 정면으로 다룬 대다수의 작가들이 크건작건 경향성의 함정에 빠질 수밖에 없었던 것을 돌이켜보면, 생리로서의 정치의식은 그의 작품세계가 정치적 차원으로 굴절되지 않게 하는 데 일정한 기여를 했음이 분명하다. 그러고 보면, 부친의 정치적 역정에 대한 침묵도 생리로서의 그의 정치의식과 무관해 보이지 않는다. 그것은 자신의 힘만으로써는 극복할 수 없었던 유소년 시절의 고통이 빚어낸 생리적 반응 같은 것일 수도 있는 것이다. 그리고 그것은, 전쟁중에 만세 한 번 잘못 부른 것으로 인해 아버지와 형을 잃은 김상배(『장한몽』의 주인공)가 이후 10여 년간 생선을 입에 대지 못한 생리적 반응과도 유사하다. "누가 홍어를 사다 다루노라니 홍어 내장 속에 사람 불알이 들어 있더라느니, 국을 끓인 민어 가운데 도막에서 사람 발가락이 튀어나왔다느니 하고 그 무렵만 해도 그런 소릴 흔히 들은 터였고, 상부의 뼈와 살도 모두 고 깃밥이 됐으리란 생각에 차마 입에 댈 수가 없던 것이다."(『장한몽』, 책 세상, 1987, 478면) 아버지의 실수를 해명하고 무고한 생명을 함부로 살육한 경찰관의 책임을 추궁하려다가 오히려 모진 고문을 당하고 찢긴 육신이 바다에 내던져진 상부(김상배의 형)에 관한 이야기는 어쩌면 이문구의 가슴속 응어리를 편린이나마 드러낸 것일지도 모른다. 이 대목은 주인공의 단편적 회상에 그치고 있지만, 이 소설이 연재된 1970년을 전후로 하여, 6·25 때 경찰이 저지른 야만적 행위를 이만큼 치열하게 고발한 소설도 없을 것이다. 이처럼 그의 가족사는 직접 서술되지 않았을 뿐 그의 소설의 내용과 성격에 은길하게 작용하고 있다. 이제야 우리는 그의 가족사 한 자락을 들춰볼 수 있는 빌미를 얻은 셈이다.

이문구에게 아버지는 끌어당기면서도 밀어내는 강력한 자장(磁場)으로 존재했던 것 같다. 그런데 밀어냄 쪽이 그의 작품에서 더 많은 표현을 얻고 있는 것은 아버지에 대한 두려움이 컸던 탓인 듯하다. 반대로, 표현되지 못한 그의 정서는 아버지에 대한 은밀한 자랑스러움이었다. 작가는 자신의 아버지에 대한 자랑스러움을 꼭 한 번 살짝 엿보이고 있다. 그것도 예비검속된 아버지에게 사식(私食)을 차입하러 간 경찰서에서. "착검한 무장 경관 입회하에 도시락을 비워낼 때까지 기다렸다가 귀가하면 하루 해가 언제 겼는지도 모르게 저물기 일쑤였었다. 그런데 언제나 두렵게 느껴졌던 것은 그런 무장 경관이 아니었다. 오히려 잡범이나 파렴치범의 자식이 아니란 데에서 엉뚱한 자부심과 떳떳함을 느껴 주눅든 적이 없을 지경이었다."(『관촌수필』, 56면) 이 유일한 예를 제외하면, 아버지에 대한 자부심은 주로 다른 사람들이 보인 지극한 존경심에 대한 서술에서 은연중 드러나고 있다. 그의 아버지는 무장경관보다 두려웠다. "나는 굵은 철창 안에 태연하게 앉아서 담소하던 아버지가 두렵기만 했던 것이다. 툭하면 불려가고 연행돼가던 신분이었음에도 언제나 의기왕성하며 투지만만하던 그 얼굴이 두려운 것이었다." 평상시에도 그의 아버지는 그를 "방구석의 재떨이마냥 움츠러들"게 할 만큼 두려웠고, 과묵 · 침착 · 냉정한 성품은 때로는 서운한 느낌을 주었다. 붓글씨를 가르치던 아버지의 입김에서 그는 "박제한 호랑이의 콧수염이 볼에 스칠 때 섬뜩했던 것과 똑같은 충격"을 받았고, 예비검속에서 풀려나던 날 아버지가 그 동안 사식을 차입하는 심부름을 했던 그에게 애썼다는 말 대신 "그새 할아버지 말씀 잘 들었니?"(57면) 하고 물었을 때에는 거리감을 느낄 수밖에 없었다.

그는 할아버지와 어머니, 식모 옹점이, 이웃에 사는 대복이와 함께하는 시간이 많았다. 이문구가 태어났을 때 이미 팔순의 고령이었던 할아버지는 "왕조의 유민으로 은둔 자적한" 노인이었지만, 그에게는 어린 시절뿐만 아니라 그 이후로도 "심신(心身)의 통치자"였다. 할아버지는 그에게 천자문과 『동몽선습』을 가르쳤고, 일과를 짜놓고 일년을 하루같이 살게 했다. '언행일체'를 절대적 교육 방침으로 삼았던 할아버지는 그에게 전통적 가치관과 한문적 소양을 심어주었다. 이렇게 형성된 인격의 연장선상에서 이문구는 지성을 갖춘 자유인 또는 예술가의 표상으로 김시습을 새롭게 발견했고(『매월당 김시습』과 「영원한 자유인의 초상」), 그러한 소양을 지닌 인물의 눈으로 하루가 다르게 부박해져가는 농촌사회를 그려낸 장편소설 『산너머 남촌』(창작과비평사, 1990)을 쓸 수 있었다. 이문구가 『매월당 김시습』에서 보여주고자 한 것은 시류에 굽히지 않는 지식인 예술가의 표상이었으며, 그것은 예술과 삶의 일치로서의 시 쓰는 일로써 구현되는 것이었다. "시를 짓는 일은 살림을 하는 일이었다. 시업(詩業)이야말로 가장 구체적으로 숨이 통하고 피가 통하고 얼이 통하는 생활이었던 것이다."(『매월당 김시습』, 문이당, 1992, 148면)

이 두 장편소설은 시대를 호흡하는 작가 이문구의 자기확인이기도 했다. 특히 『산너머 남촌』에서 그는 도시적 생활풍조에 침윤되어가는 농촌을 배경으로 우리의 삶과 정신을 지킬 수 있는 힘으로서의 '체통'이 무엇인지를 명징하게 설파하고 있다. 이 소설의 주인공 이문정 노인은 "아저씨는 돈이 양반이란 말도 못 들으셨나봐" 하는 다방 아가씨에게 "양반 소리가 나왔으니 말이지만 예전에도 일품 벼슬을 많이 했다고 해서 더 쳐주고, 미관말직을 지냈다고 해서 덜 쳐주고 한 줄 알아?" 하면서 옛사람들의 가치관을 이렇게 정리한다.

문정은 대대로 고관대작을 해먹은 집안일수록 거지반이 왕가(王家)와 사돈을 맺어서 줄을 잡은 추물이거나, 생사를 가름하는 당쟁에 이겨서 정적(政敵)의 피로 살찐 흉물이거나, 윗사람의 부스럼을 핥고 고름을 빤 음특한 간물(奸物)이 많았으며, 그토록 일신의 영달과 일족의 벌열을 위해서 방법을 목적으로 삼으매 그로 말미암아 민생의 애달픔이 하늘에 사무쳤은즉, 지금도 그 정신만큼은 기리고 본받음이 마땅한 옛선비들은 그러한 무리들을 더할 수 없이 더럽고 천하게 여겨서 서슴없이 침을 뱉어 마지않았으니, 일취월장의 품계(品階)와 세습적인 권문(權門)이 오히려 크게 욕이 되었던 사실을 한참 동안이나 쓸데없이 늘어놓았다.(『매월당 김시습』, 184면)

이문구 특유의 만연체로 구성된 이 문장은 열 줄이나 될 만큼 길지만, 정연한 짜임새와 명징한 논리로써 옛 선비들의 가치관을 간명하게 보여준다. 그리고 추물·흉물·간물 같은 옛스러운 낱말들에는 옳지 않은 방법으로 입신양명한 자들을 인간으로 치지 않는 경멸이 짙게 배어 있다. 이문구의 삶과 문학의 한 흐름을 이루고 있는 '변하지 않는 것'에 대한 존중은 이러한 전통적 가치관과 맥이 닿아 있다. 그는 「관산추정」(1976)에서 이미 "무엇이 얼마만큼 변했는가는 크게 여기지 않는다. 무엇이 왜 안 변했는가를 알아내는 것이 더 중요하기 때문"(『관촌수필』, 295면)이라고 분명히 밝혀놓았다. 이러한 가치관은 『산너머 남촌』에서는 "아무리 하면 된다 하면 된다 해싸도 해서는 안될 것이 있듯이, 세상이 변하네 변하네 해도 안 변하는 게 따로 있으니까 그게 뭔가만 알면 되는 거야" 하는 말로 변주되고 있다. 그게 뭐냐고 묻는 아가씨에게 이문정 노인은 한마디로 '체통'이라고 말한다. 그리고 체통이 서기 위한 조건을 줄줄이 늘어놓는다.

이문구가 이러한 가치를 그토록 소중하게 여기게 된 까닭은 6·25를 겪으면서 그와 같은 엄청난 재난 속에서도 삶을 유지시켜주는 변하지 않는 것이 있다는 깨달음을 얻었기 때문인 듯하다. "인간의 영고성쇠란 그처럼 무상한 일이란 걸 알게 된 동기도 그것이었고, 곁들여 집안에 어른이 없는데도 동네 아이들이 나와 접촉하길 꺼리던 사실에서, 인생의 생사를 한갓 티끌에 견주던 전쟁이라는 막중한 참극을 겪고도 습관만은 허술하게 허물어지지 않는다는 것을 아울러 깨우치게 되었다." '습관'에 대해서는 별다른 설명은 없지만, 이문구는 그것에서 타파되어야 할 구시대의 유습보다는 불변의 가치를 발견하고 일말의 위안을 얻었던 것으로 보인다. 이러한 발견은 구조사와 일상사를 결합하여 장기적이면서 안정적인 사회적 구조를 서술하려 한 부르디외(Bourdieu)의 사회이론을 연상시키기도 하는데, 이 이론의 요점은 역사적인 현실을 결정짓는 일에는 객관적이고 물질적인 구조뿐만 아니라 정신적이고 문화적인 구조도 포함된다는 것이다. 그리고 정신적이고 문화적인 구조는 '심성'(心性)이라는 개념에 포괄되는데, 그것은 '행위습관'과 비슷한 개념적 위상을 갖는다. 근대적 역사이론들이 대체로 혁명적 변화에 의미를 부여하는 쪽으로 기운 것을 감안하면, 이문구의 변하지 않는 것의 발견과 그에 대한 의미부여는 매우 희귀한 통찰이 아닐 수 없다. 그가 13년 만에 찾아온 고향에서 할아버지와의 추억이 깃든 왕소나무가 베어져 없어져버린 것을 보고, "오장에서 부레가 끓어오"(『관촌수필』, 11면)르는 느낌을 받은 것도 변치 않아야 할 삶의 가치가 흔적 없이 사라져버린 데 대한 분노였을 것이다.

이문구에게 '변화'는 근대화를 몰고오는 힘 즉 반전통적인 에너지가 전통적인 가치를 삼켜버리는 소용돌이로 이해된다. 그의 고향에서 변화의 물결은 미군들이 들어오면서 본격화된다. 관촌 읍내에 하루에도 2,3백 명의 미군들이 들이닥쳐 버글거리면서 그들을 상대로 하는 신종 상업이 생겨나고, 이러한 분위기에서 주민들은 전통적인 윤리를 지키려고 하는 의식과 실리주의적 계산 사이에서 심한 갈등을 느끼게 된다.

그러나 이러한 심리적 현상은 서구의 현대소설에서 흔히 볼 수 있는 착란으로 치닫지는 않는다. 이문구는 어떠한 비극적 상황이나 고통도 지속되는, 그리고 지속되어야 하는 일상적 삶 속에 용해시키면서 넘어서는 것이다. 그는 문단에 나온 지 7년 만에 내놓은 중편소설 「해벽」(1972)에서 조용했던 어항을 휩쓸고 지나간 변화의 물결을 미군주둔과 근대화에 대한 근원적 비판으로까지 확대한다. 사포곶이 겪게 되는 1960년대 초반의 상황을 조등만이라는 인물의 시선으로 펼쳐가고 있는 이 소설은 미군부대가 주둔하면서 몰아닥친 변화의 물결을 중층적으로 다루고 있다. 경치가 좋은 산마루를 깎아내고 부대를 건설한 후 그 기슭에 양공주촌이 들어서고, 미군의 심한 수색으로 승객과 화물은 줄어드는 대신 미장원·양화점·술집·다방·위스키 시음장 등이 생겨난다. 조등만은 이러한 변화에서 나라 전체의 피폐를 가늠한다. 전통적인 생활환경의 파괴와 함께 인간의 몸과 마음의 파탄이 동시에 진행된다. 미군에게 강간당한 새댁이 자살하자 남편과 시아버지가 따라서 자살하고, 경비견과 위안부를 교미시키면서 영화를 촬영하는 사건이 벌건 대낮에 일어나 마을의 풍속과 생활이 참혹하게 짓밟힌다. 이처럼 자연과 인간과 풍속을 함께 파괴해가는 것과 함께 진행되는 또다른 변화는 돈과 권력의 비호를 받는 자가 폐항을 단행하고 간척공사를 벌임으로써 바다에 생계를 걸어온 사람들이 삶의 터전을 잃게 되는 것이다. 이 소설을 보며 놀라게 되는 것은, 우리나라의 지도를 바꾼 치적으로 찬양되었던 간척사업이 이미 30년 전에 그 본질적 실상에서 비판되었다는 점이다. 조등만은 그것이 궁극적으로 바다의 죽음과 어민경제의 파탄으로 이어질 수밖에 없다는 사실을 구체적으로 보았던 것이다. 이문구는 오늘날의 경제적·생태환경적 관점을 선취하고 있었던 것이다.

할아버지로부터 이어져내린 수직적 전승이 그에게 변해서는 안 될 삶의 가치를 심어주었다면, 가까운 이웃들—식모 옹점이, 옛 행랑채에 살았던 대복이, 모범적인 일꾼이었던 이웃집의 석공—과의 수평적 교류는 이문구 문학세계의 원형질이 된 민중정서를 심어주었다. 수직적 전승이 그의 삶과 문학의 형식적 뼈대로 자리잡았다면, 수평적 교류는 그러한 형식에 내용이 흘러들어갈 수 있는 물꼬를 터준 셈이었다. 영리하고, 손이 크고, 당차고 거침없는 말솜씨에 유행가도 잘 불렀던 옹점이는 그보다 열 살이나 많으면서도 동갑네기처럼 놀아주었고, 새든 게든 무엇을 잡는 데에 도가 튼 대복이는 그보다 여남은 살이나 더 많았지만 그를 데리고 다니며 보통아이들이 겪을 수 있는 작은 모험과 재미들을 풍요롭게 제공했다. "시가 노래라면 소설은 말"이라는 생각을 지니고 있는 이문구에게 이들과 놀면서 터득한 민중적 언어감각과 생활정서는 무엇보다 소중할 수밖에 없다. 1973년에 발표된「행운유수」「녹수청산」「공산토월」의 세 편은 이 세 사람에게 바쳐진 것이다. 이문구가『우리 동네』연작에서 구사하고 있는 풍요로운 민중언어는 어린 시절에 터득한 언어감각을 바탕으로 삶의 현장에서 스스로 확인하고, 채집하고, 가공하면서 더욱 발전시킨 것이다. 이러한 말공부의 진면목은 작가 자신의 증언에 생생히 드러나 있다.

작가의 말공부는 결국 사람이 살림하는 데서 우러나는 말들을 챙겨보는 일. 이리저리 휘둘려 사는 동안에 저도 모르게 잃거나 잊거나, 흘리고 놓쳐버린 말들을 되찾는 일. 그렇게 되찾은 말을 자기의 글에 자주 써서 읽는 이들로 하여금 낯익게 하며, 그리하여 차츰 널리 쓰이게끔 터를 넓히어 나날이 늘어가는 신조어 · 외래어 · 외국어에 밀려서 시나브로 은퇴하거나 실종하는 것을 혹은 막고, 혹은 늦추고, 혹은 그전보다 더 많이 쓰이도록 이바지하는 일이 아닌가 싶은 것이다.(『소리 나는 쪽』, 19면)

　말은 그것이 잉태된 삶과 분리될 수 없는 것이다. 그러니 이문구가 "소설은 말"이라고 단순명료하게 말했을 때에도 말에는 그것을 사용하는 사람들의 삶과 정서와 생각이 깃들여 있다는 사실이 이미 전제되어 있다. 그래서 농민들에게 씌워진 멍에가 무겁고 견고할수록, 그리고 삶이 각박하고 풀기 어려운 난제들에 결박되어 있을수록 그들의 말은 심한 어깃장과 비꼼으로 부풀어오른다. 그의 소설이 복고지향적이라고 비판한 사람도 있었지만, 토지를 떼메고 달아날 수 없는 그들에게 혁명적 행위를 요구하는 것은 성급한 근본주의자들의 관념 속에서나 가능한 것이다. 그러기에 농민들은 밤봇짐을 쌀지언정 극단적 투쟁에 나서기가 어렵다. 농민적 삶의 보수적 지속성을 누구보다 잘 알고 있는 이문구로서는 그들의 비유적 언어 또는 침묵 속에 내장된 분노를 통해 그들의 삶의 질곡과 심리적 반응을 있는 그대로 보여줄 수밖에 없었을 것이다. 이러한 특징을 가장 전형적으로 보여주는 것은 '으악새 우는 사연'이라는 부제를 달고 있는 「우리 동네 黃氏」(1977)일 것이다.
　읍내에서 '형제상회'를 경영하는 황선주는 매점매석을 일삼는 모리배에다 수재민 구호물자 모집에 입던 '빤쓰'를 내놓을 만큼 노랭이인데, 고리대금업까지 겸하고 있어 '우리 동네' 농민들 중 그의 돈을 안 쓴 사람이 별로 없다. 그는 독점한 물건들을 조합을 통해 강매하거나 시세보다 비싸게 팔아왔기에 현재의 조합임원들을 연임시키기 위해 군청의 계장에게 뇌물을 먹이려 한다. 그러나 이제는 농민들도 그의 계략을 속속들이 꿰뚫어보고 있다. 이 소설의 진행에 중요한 서술적 시각을 제공하고 있는 김봉모는 황선주에게 이렇게 오금을 박는다. "앞으루는 단위 조합 끼구 우리네헌티 장사헐 생각일랑 아예 마슈. 우리가 한두 늠 배지 불리자구 출자헌 게 아녀. 앞으루는 단위 조합것들버덤 더 높은 웃대가리가 와서 벨소리루 저기해두 속지 않겄다, 이게여." 그런가 하면, 김씨보다 성미가 급한 홍사철은 황선주를 둠벙에 던져버릴 듯한 기세를 보이기까지 한다. 이 작품을 마무리하는 대목의 자연묘사에도 농민들의 예사롭지 않은 결기가 서려 있다. "둠벙은 무시로 자고 이는 마파람 결에도 물너울을 번쩍거리고, 그때마다 갈대와 함께 둠벙을 에워싸고 있던 으악새 숲은, 칼을 뽑아 별빛에 휘두르며 서로 뒤엉켜 울었다."(『우리 동네』, 솔출판사, 1996, 85면) 대대로 억눌려온 농민들의 분노가 서릿발같이 일어서는 느낌이 절로 짚여온다. 자연현상에 혁명적 숨결을 이만큼 처연하게 불어넣은 예는 우리 소설사에서도 쉽게 찾아보기 어려울 것이다.

주인공이 마을사람들의 경멸을 한몸에 받아내는 상대역(antagonist)으로 등장하고 있는 점도 이 소설의 특징이다. 그런 만큼 서술적 시각이 다양하게 분화되어 있다. 하나의 소설작품을 구성하는 언어체계를 '문체'로 정의한 바흐친의 견해를 따른다면, 이 작품은 중편소설이면서도 장편소설 못지않은 문체의 효과를 거두고 있다. 그런가 하면, 이 소설의 대화들은 빗댐·어깃장·속담과 같은 비유적 표현이 거의 마술적인 수준에서 구사되고 있으며, 이러한 대화들을 이어가는 지문 역시 토속적인 삶의 냄새가 짙게 배어 있는 언어들로 이루어져 있다. 대화는 거의 모두가 빼어난 비유들로 구성되어 있으니, 여기서는 지문들의 예만 몇 가지 추려보자—"말끝을 반미주룩하게 꼬부렸다"(직접 맞서지 않고 슬며시 숙어들었다), "한다리 걸고 들어왔다"(다른 사람들의 시비에 끼어들었다), "슬며시 밑밥을 던져보았다"(상대방이 시비를 걸어오도록 슬쩍 자극했다), "뽀루지마냥 불거져나왔다"(거두절미하고 불쑥 공격하고 나섰다), "틈서리를 막았다"(시비가 확대되는 것을 방지하려고 화제를 마무리했다) 등등.

이문구의 소설이 늘 그렇듯이, 「우리 동네 黃氏」 역시 근대화 바람을 신랄하게 꼬집는다. 그러나 정색을 하고 비판하기보다는 질펀한 육담이나 우스갯소리에 날카로운 비판의식을 버무려넣는다. 텔레비전의 병폐를 말할 때도 그렇다.

> "…내 말이 저기헌 것이, 요새 텔레비 한 가지만 여겨보라구. 활동사진이구 굿이구 간에 여편네들이 저기헐 게 있다? 자식들이 한 가지나 배울 게 있다? 공해가 벨것 아닌 겨. 사람 사는 디 이롭잖은 건 죄 공해거든. 일 년 열두 달 테레비 모셔봤자 눈깔에 생혈이나 오르지 소용 있담? 여편네 밤마다 마실 댕기메 넘으 테레비 앞에 턱살 쳐들구 사는 꼴 안 보자구, 숭년 곡석 돈 사가며 들여놓구 인저는 후회가 막급일세. 신문을 보자면 열통이 터지구, 무슨 들어볼 만한 소식이나 읎으까 허구 워쩌다가 틀어보면 네미— 사람이 얼마가 죽구 얼마를 도적질했다는 얘기뿐이지, 연속극인지 급살인지는 늙은이구 밤쇵이구 몽땅 한자리에 넋놓구 앉은 디서 허구헌 날 놉 아니면 품 앗이구, 홀앗이 아니면 생멕이 천지니, 경향간에 공해버텀 평준화돼가지구설랑(…)"

"생멕이라니?" 계장이 물었다.

"놉은 서방질 (…) 품앗이는 지집질, 홀앗이는 오입질, 강간은 생

멕이 (…) 그런디 그런 것두 모르구 산업계장으루 기시니 어지간허
슈."(『우리 동네』, 76~77면)

위의 예문에도 흔적이 보이듯이, 이문구의 문장은 흔히 만연체의 대
표적인 사례로 지적되어왔다. 그러나 개작을 통해 그러한 특성들이 많
이 완화되기도 해서 지금의 시점에서 만연체를 그의 문장적 특성으로
는 규정하기 어려워진 면이 있다. 어쨌든 그의 소설문장에 만연체적 요
소가 존재하는 것은, 서구 현대소설들의 분석적인 문체들과는 달리, 농
촌사람들이 비근한 이웃들과 나누는 대화적 분위기에 자연스럽게 이어
져내려오는 이야기투와 무관하지 않을 터이다. 말하자면 그의 소설 문
장에는 분석되기 어려운 복합적인 삶의 정서가 서려 있는 것이다. 이러
한 특성을 가장 빼어나게 묘사한 것은 『산너머 남촌』의 발문으로 씌어
진 글(송기숙, 「시골 밭둑의 싱싱한 수풀」)의 한 대목이다.

나는 (…) 소설론을 강의할 때 문장론 부분에 이르면 으레 이문
구 씨 문장을 많은 예로 든다.
"『장한몽』의 첫 문장은 전형적인 만연체인데 그걸 읽으면 5월의
싱싱한 수풀을 보는 것 같습니다. 때죽나무와 찔레나무가 얽힌 위에
칡덩굴이 뒤덮어 이루고 있는 한 무더기의 수풀은 얼마나 싱싱하고
생명감이 넘칩니까? 이문구 씨의 문장은 그런 무더기 무더기의 싱
싱한 수풀입니다. 이런 문장을 놓고 주어가 어떻고 술어가 어떻고
하는 소리는 수풀을 들여다보며 나무줄기가 어떻고 가지가 어떻고
하는 소리처럼 부질없는 일입니다. (…) 그럼, 그 대표적인 예로 이
문구 씨의 『장한몽』 첫 문장을 한번 읽어보겠습니다."

나는 책을 펴들었다.『장한몽』초간본이 어디 가고 없어 급한 대로 그때 마침 새로 나왔던 도서출판 책세상의 단행본을 가지고 갔었다. 나는 글을 읽다가 당황하지 않을 수 없었다. 문장이 옛날 문장이 아니었다. 그 긴 문장이 몇 개로 끊겨 있는 게 아닌가?(『산너머 남촌』, 302~303면)

《창작과비평》1970년 겨울호에 실린『장한몽』의 첫 문장은 "흙의 아량임이 새삼스러워졌다면 더 뭣하긴 하나 요즘 들며 일기 시작한 잡념이 이젠 부쩍 잡념으로서의 울을 넘어 버려선 안될, 어떤 집념에 응분한 소중함까지 덩달아 느껴짐을 김 상배(金相培) 스스로도 자신이 무척 대견스레 여겨지는 거였다"이고, 책세상 판은 이 문장을 "그것을 그는 흙의 너그러움이라고 매듭지었다. / 그리고 그 결론은 자기도 보통사람의 무리에서 예외가 아니라는 증거라고 믿었다. / 흙의 어질고 너그러움을 터득한 것은 흙의 생명을 깨달은 것이기도 했다"로 분해해놓았다. 그러니 소설 읽는 맛이 달라질 수밖에 없다. 송기숙이 이문구의 문장에서 수풀을 연상했듯이, 사실 그의 문장은 우리의 얼크러진 삶의 모습을 닮았다.

그러나 이문구 문체의 가장 두드러진 특징을 보여주는 것은 입담 좋은 대화들로 구성된 연작소설들이며, 그중『우리 동네』연작들이 독자들에게 가장 깊은 인상을 남겼을 것이다. 그리고 이러한 문체적 특성은 2001년 제1회 동인문학상을 수상한『내 몸은 너무 오래 서 있거나 걸어왔다』(문학동네, 2000. 이후『내 몸은』)로 이어지고 있다. 거침없이 흘러가는 것이 자연스러움이라면, 이 소설집의 문체는 자연스러움의 극치를 보여준다. 그러나 그의 문장들은 가열한 정련의 과정을 거친 것이기에, 인공적인 것이다. 흔히들 이문구를 토속어를 능숙하게 구사하는 작가로 알고 있지만, 그의 대화적 문체의 특성으로 자리잡은 비유나 속담들도 대부분이 그 자신이 만들어낸 것이다. 이런 점에서 그는 '토속어'로 불리는 민중언어를 예술적인 경지로 끌어올려 그 자신만의 문체를 완성했다고 말할 수 있다.

그는 단일한 현상에 대해서도 다채로운 소리의 변주를 보여준다. 예컨대, 자신의 잇속만 챙기면서 우리가 남은 아니지 않느냐고 말하는 시동생을 아니꼽게 여기는 형수의 무언의 독백 한 자락을 보자.—"냄이사 아니지, 냄은 아녀. 그럼 넴인감, 넴이는 네미니께 넴두 아녀. 그러믄 뭐여. 냄만두 못헌 늠이지. 냄두 아니메 냄만두 못헌 늠이 뭐간. 뭐는 뭐여, 웬수지, 그게 바루 웬순겨."(『내 몸은』, 14면.) '냄'에서 '웬수'에 이르는 이 놀라운 소리의 변주—이런 것이 그의 소설문체의 풍요로움에 가세하고 있다. 그런가 하면, 화자의 말뽄새에 대한 듣는 이의 감정이 엉클어져 빚어낸 지문들도 다양한 변주를 보여준다.—"웬 개 풀 뜯어먹는 소리랴", "소남풍에 개밥그릇 굴러다니는 소리를 하며", "입비뚤이 혓바늘 돋은 소리로 무슨 말인지 모르게"(『내 몸은』). 다양한 울림으로 변주되는 이러한 말잔치들도 각박한 현실을 배경으로 극적인 사건도 없이 전개되는 그의 소설들에 읽는 재미를 부여하는 중요한 요소이다. 이런 점에서 소설가 이문구는 이미 존재하는 말들을 가지고 놀이만 하는 게 아니라 그 마당까지 만들어가며 노는 놀이인간(homo ludens)이기도 하다.

독자들은 말의 놀이마당이 (작가의 의도나 자신의 경험과는 무관하게) 객관적으로 존재하는 것처럼 느낀다. 그러나 그 놀이마당은 작가가 사람들의 살림살이에 대한 관심과 자신의 표현욕구를 결합하여 빚어낸 작품 속의 공간이다. 이 가상적 공간은 현실의 언어공동체를 반영하면서도 그것과는 다른 층위로서 존재한다. 작품 속에서 말하는 이의 생각과 감정이 담긴 말들은 일차적으로 그 자신의 의도를 드러내지만, 작가의 의도와 감정이 은밀하게 개입하여 듣는 이의 심리적 변화와 반응에 일정한 방향성을 지니게 하면서 동시에 그것을 읽는 이에게도 일정한 효과를 유발한다. 예컨대, "이런 좆뜨물루 뒷물헐 년 봐. 싹바가지 없이 누구 앞이서 딴수작 허러 들어. 주둥패기를 으스려놔야 불 텨?"(『내 몸은』, 38면)라는 말은 말하는 이의 신분·성격·상황 등을 암시하면서도 작가가 그에게 부여하고 있는 야비한 폭력성을 통해 그에 대한 독자들의 반감까지 유발하고 있다. 독자들은 거의 선험적으로 규정되어 있는 듯한 작품 속의 양자관계를 경험하지만, 사실은 내포된 작가까지 포함한 3자관계를 경험하고 있으며, 그들 자신의 독서에 대한 기대가 선험적으로 투영된 것까지 포함하면 4자관계에 끌려들어가 있는 것이다. 이문구는 이러한 대화관계와 그 효과를 뚜렷이 의식하면서 작품을 만들어간다. 말하자면, (언어를 객관적 현실을 묘사하는 수단으로만 사용하지 않고) 대화적 관계와 성격을 작품 속에 옹글게 반영함으로써 일상언어를 예술언어의 경지로 끌어올리고 있는 것이다.

언어를 마술적으로 부리는 그의 능력에서 우리는 먼저 그의 '남독시대'와 일상에서의 말공부를 떠올리게 된다. 그는 말공부를 위해 일상을 벗어난 적이 없다. 장터에서건 시골버스 안에서건 그는 다른 사람들의 말에 귀를 기울이고, 세상살이의 애환이 깃들여 있는 말과 그들 특유의 표현들을 마음속에 담아둔다. 농기구나 제기(祭器) 또는 막노동자나 목수들이 쓰는 연모들을 시시콜콜 기억하거나 뱃사람들만이 아는 언어를 능숙하게 구사하는 것을 보면, 말에 대한 그의 애착이 어느 정도인지 짐작이 가고도 남는다. 그러나 그의 관심은 궁극적으로 사람들의 '살림 살이'에 있다. 한 가지 예를 들어보자. 시골버스 안에서 종합병원을 본 사람이 "여긴 그래두 살만 허겄구나야" 하자 그 옆에 있던 노인이 "흥, 살만허다마다. 사람을 잡어두 종합적으루다가 잡으닝께" 하고 대꾸한 다. 이 소리를 들은 작가는 웃으면서 좌우를 둘러보지만 웃는 사람이 없다. 그 까닭을 한동안 생각하던 그는 이렇게 결론을 내린다. "짐작하 건대 아무도 웃지 않은 이유는 아마 이런 것이었을 터였다. 첫째는 농 담이 아닐 뿐 아니라, 그 늙은이의 오랜 사회적 경험 및 살림살이의 앙 금에서 우러나온 뼈저린 체념의 소리였다는 것. 다음은 농담이었건 진 담이었건 사람의 살림살이에서 저절로 우러나온 말이기에 그동안 어디 서나 늘 들어왔던 살림사는 말의 하나에 불과한 말이었다는 것."(『소리 나는 쪽』, 18~19면)

이문구는 말공부뿐만 아니라 농삿일과 생활경제도 공부했다. 그는 1977년에 가족과 함께 발안 쇠면마을로 이사해서 3년 반 동안 그곳에 서 살았다. 쇠면마을 사람들은 그의 고향 사람들에 비해 진취적이고 활 동적이었으며, 낯설면서도 믿음직한 느낌을 주었다. 발안은 그에게 "놀 던 물과 낯선 물이 만나는 추억과 현실의 두물머리였다."(115면) 건성 으로 보면 그날이 그날 같은 농촌생활에서 그는 아무도 손대지 않은 '자재'를 찾아냈다. 이문구에게 그곳은 창작공부를 하는 학교였던 셈이 다. 그는 개근상을 탈 만큼 민방위교육장어 착실히 출석했다. 일 속에 파묻혀 사는 남정네들에게 명절과도 같았던 민방위날이 그에게는 숙제 를 하는 날이었다. "그네들과 어울리면서 말 속에 숨은 침묵을 엿보거 나 침묵 속에 숨긴 말을 엿듣는 것이, 나에게는 숙제를 하면서 슬그머 니 참고서를 베끼는 것과 하나도 다를 것이 없었던 것이다." 그는 농사를 짓지 않으면서도 영농교육에는 빠지지 않았다. 그것은 그에게 일종의 과외공부였다. "영농회원도 아니면서 그러고 다녔으니 도강에다 불법 과외를 겸한 셈이었다. 처음에는 이장을 돕는 뜻에서 나가기 시작한 거였으나, 나중에는 새로운 농법과 새로운 품종과 새로운 문제들을 알기 위해서도 아니 가 볼 수가 없었던 것이다."(114~115면) 그는 공부한 것에 근거하여 그 지역의 보편적인 문제들을 추출한 다음 "주인공을 여럿 만들어서 한 인물마다 한 문제씩 맡기고 제 깜냥껏 대처하도록 하였다."(118면) 이렇게 하여 얻어진 결실이 『우리 동네』이다.

발안으로 이사했던 해로부터 12년이 지난 1989년에는 "요양을 목적으로" 가족을 서울에 남겨둔 채 홀로 보령군 청라면 장산리로 내려가 자취생활을 시작했다. 그리고 이번에는 찔레나무, 화살나무, 소태나무, 개암나무, 싸리나무, 으름나무, 고욤나무 등, 아무도 눈여겨보지 않는 관목들에 따뜻한 눈길을 주면서 그것들과 유사한 느낌을 주는 장삼이사들을 내세워 10년 남짓한 세월 속에서 달라진 농촌의 살림살이를 그려냈다. 앞에서 살핀 『내 몸은』은 그렇게 이루어진 것이다. 그러나 이 작품집에서 도달한 지극한 언어예술의 경지가 그의 작품세계의 마무리를 의미하는 것은 아닐 것이다.

이 글을 마무리하면서 나는 소설 속의 한 인물이 남긴 말 한마디를 음미해보고 싶다. 『장한몽』에는 시작부터 끝까지 공사진행과는 무관한 인물 한 사람이 등장한다. 스물아홉 살 처녀 최미실(崔美實). 그녀는 공동묘지 이장공사가 시작된 날부터 줄곧 유골 파내는 작업을 지켜본다. 그녀에 대한 의문은 공사가 끝나는 날에야 풀린다. 미실은 손이 귀한 집에서 첫딸로 태어났다. 연이어 태어난 남동생 네 명이 하나같이 세 이레를 못 넘기고 죽어버리자, 이런 액운을 미실의 탓으로 여긴 부모들은 그녀의 사망신고를 하고 장례식까지 치렀다. 그리고 밤나무로 미실의 제웅을 만들어 그녀의 옷을 입히고 공동묘지 한구석에 거꾸로 묻어버렸다. 부모들은 넷째 아들 대신 미실을 재희(再喜)라는 이름으로 출생신고를 했다. 아홉 살 소녀가 사내아이로 다시 태어난 것이다. 이 소설의 끝 장면에서 미실이 그토록 서럽게 우는 것은 스무 살 먹은 청년으로 군대에 가야 하기 때문이 아니라 스무 해 전에 죽은 자신의 귀신으로 사는 듯한 느낌 때문이다. 이런 사연을 들은 김상배는 위로의 말조차 제대로 하지 못한다. 그러나 어렵사리 끄집어낸 그의 말은 뜻깊은 울림을 준다―"문제는 역시 잃어버린 자기를 찾는 것, 그건데, 그렇다면 자기가 자기를 만들어보는 것도 그 한 방법이 아니겠느냐 이겁니다." 나는 이 말에 공감하면서도 거기에 토를 달고 싶은 충동을 느낀다, '자기를 잃어버린 과정을 냉정하게 되짚어보는 것도 한 가지 방법이 아닐까' 하고. 이문구는 어쩌면 부모들의 미신 때문에 자기를 잃어버린 여성에게 전쟁 때문에 자기 몫의 삶을 잃어버린 자신의 어린 시절을 투사했을지 모른다.

이문구는 지금 그간의 창작활동과 2000년대가 시작되면서 떠맡은 민족문학작가회의 이사장직에 1년 남짓 헌신해오는 사이에 자신도 모르게 똬리를 튼 병마의 한 고비를 넘기고, 마음속에 또다시 새로운 작품들을 키우고 있을 터이다. 그가 어떠한 소설을 가지고 우리 앞에 다시 나타나든 그것은 우리의 기대를 훌쩍 뛰어넘을 것이다. 지난날에 늘 그랬듯이. 다만, 그가 아픈 기억들과의 화해를 통해 자신의 작품세계를 더욱 폭넓게 펼쳐가게 되기를 바랄 뿐이다.

(『4월혁명과 한국문학』, 2002, 창작과비평사)

억압된 기억의 해방과 역사의 지평

— 조정래론

　『태백산맥』을 쓰기 전까지 조정래의 전반기 문학을 지배한 창작원리
가 한마디로 '상상력에 의한 글쓰기'였다고 말하면, 사뭇 의아스럽게
여길 독자들이 많을 것이다. 일반적으로 상상(想像, imagination)이란
비현실적 차원에 대한 표상이나 사고의 작용을 뜻하므로 상상력에 의
한 글쓰기는 지시적 행위와는 거리가 먼 자율적인 언어 구조를 만들어
내는 행위로 받아들여지기 쉬울 터인데, 조정래의 많은 소설들은 우리
가 경험했거나 경험할 수 있는 사회 현상이나 역사적 사실들을 소재로
삼은 것들이 많기 때문이다.

　그러나 조정래 자신은 "직접 체험을 소설로 쓰지 말아야 한다"[1]고 스
스로 다짐했듯이, 실제로 그가 태어난 선암사나 유 · 소년 시절을 보낸
순천, 논산, 벌교, 광주 등의 지명들이나 그 시절에 겪은 일들은 거의
쓰지 않았다(『불놀이』에 이르러 '회정리'라는 벌교의 지명을 그대로
쓴 것이 유일한 예외이다). 그러한 원칙을 세우고 지켜간 데에는 '상상

---

1) 「대처승 떠나간 공포의 땅」, 『작가가 쓴 작가의 고향』, 조선일보사, 1987, 187면.

력의 고갈'에 대한 두려움이 크게 작용했다는 그 자신의 해명이 덧붙여져 있지만, 그 시기에 씌어진 작품들에서도 어쩔 수 없이 발견되는 체험의 흔적들은 전반기에 이루어진 그의 글쓰기가 결코 순탄치만은 않았으리라는 짐작을 가능케 한다. 경험 표출의 잠재적 욕구와 표현 원칙 고수 사이의 갈등이 작가에게 필요 이상의 고통을 안겨주었을 수도 있기 때문이다.

그래서 조정래가 직접체험의 재현 또는 기억의 재생을 그토록 기피했던 데에는 어쩌면 그 자신의 고백과는 다른 이유들도 개재했던 게 아닐까 하는 의구심에 사로잡히게 된다. 예컨대, 당시 사회의 지극히 편협했던 반공주의적 분위기에 수용되기 어려웠을 그의 특이한 가족사, 그러한 사회적 분위기에 조응하며 우리 문단을 지배하고 있던 문학적 편견 같은 것들이 암암리에 그의 의식을 속박하지 않았을까 하는 생각도 떠올려볼 수 있는 것이다. 그러나 분명한 사실은 조정래에게 주어진 어린 시절의 체험은 그 어떠한 이유로도 영영 지워버리거나 억눌러버릴 수 없을 만큼 강렬한 것이었고, 진정한 작가라면 아무도 눈감아버릴 수 없는 우리 현대사와 운명적으로 연루되어 있었다는 것이다. 그러기에 다소 억지스러운 가정을 해본다면, 그의 체험은 상상력을 우위에 두는 그의 창작 원리와 끊임없이 충돌하면서 의식의 표층으로 뚫고 나올 기회를 엿보고 있었을 것이다.

이처럼 조정래의 창작 원리는 처음부터 그대로 실현되기 어려운 모순을 안고 있었을 가능성이 크다. 이러한 가정을 유보하더라도, 그의 작품들에서 드러나는 문학적 성장 과정은 작가가 자신의 삶 속에서 끊임없이 행해온 질문과 탐색을 통해 이루어지는 작가의식의 발전과 조응하면서 작가가 억압된 기억과 화해를 이루어가는 과정과 내밀하게 연관되어 있는 것처럼 보이기도 한다.

　한마디로, 그의 어린 시절의 체험은 한 아이의 삶에 역사가 어떻게 투영될 수 있는지를 보여주는 하나의 전형적인 사례가 될 만하다. 널리 알려져 있듯이, 체험은 주체에게 다양한 심리적 영향과 굴절을 일으키며, 그것이 창작의 재료로 쓰일 때에는 심미적 조직화와 제시의 과정을 거칠 수밖에 없기에 체험이 그 자체로서 중요한 의미를 띠는 것은 아니다. 그리고 강렬하고 파괴적인 힘을 내장한 체험일수록 연약하고 수동적인 정신의 소유자에게는 오히려 도피적인 효과를 가져올 가능성이 클 수밖에 없다. 그런데 어린 시절의 조정래가 보여주는 행동들은 그의 작품들에 편재해 있는 강인한 인간 정신과 겹쳐지면서 어쩔 수 없이 일종의 전사(戰士)적 이미지를 띠고 우리를 엄습해온다.

　조정래는 1943년 8월 17일, 아버지 조종현(趙宗玄)과 어머니 박성순(朴聖純)의 4남4녀 중 넷째, 아들로는 둘째로 전라남도 승주군 쌍암면 선암사에서 세상의 첫빛을 보았다. 태어난 지 이태가 되는 1945년 여름, 머리에 난 땀띠가 심해져 곪기 시작했다. 왼쪽 관자놀이 부분이 특히 심해 주먹만한 혹처럼 되었다. 한의원이 침으로 그 고름 주머니를 따게 되었는데, 침이 꽂히는 순간 아이는 발악적으로 울음을 터뜨리며 어머니의 품을 빠져나가 한의원을 향해 주먹을 쥐고 덤벼들었다.[2] 세 살바기 아이 때의 일이니, 이 이야기는 그다지 남다른 것이 아닐 수도 있다. 그러나 5년이 지난 피난 시절에 보여준 행위는 그의 남다른 모습으로 보아도 좋을 듯하다. 그는 토박이 아이들의 텃세에 굴복하여 시키는 대로 할 것인가 아니면 대항하여 자신을 지킬 것인가 하는, 그로서

---

2) 「작가 연보」, 『우리 시대, 우리 작가』 16, 동아출판사, 1987, 413면.

는 무척 중요할 수밖에 없는 선택의 기로에 놓인 적이 있다. 그때 그는 단호하게 대항하는 쪽으로 나아갔다.

> 나보다 세 살 위인 형은 이런 것을 어떻게든 참아내려 했다. 그러나 나는 그렇지를 못했다. 이를 악물고 그들과 싸웠다. 같은 패거리가 빙 둘러선 속에서 빼빼 마른 나는, 가운뎃손가락을 마디가 툭 튀어나오게 주먹을 꼬나쥐고 그 튀어나온 마디에다 연방 침을 발라가며 결사적인 외로운 싸움을 벌였다. 누가 먼저 코피를 쏟을 때까지, 누가 앙 울음을 터뜨릴 때까지, 그리고 또 한 놈과의 싸움이 끝나면 조금 더 센 놈과, 그놈에게 이기면 좀더 센 놈과 맞붙어야 하는, 그런 끝도 없는 싸움이었다.
> 물론 나는 늘 이길 수는 없었다. 그러나 나는 얼굴을 할퀴어 피가 흐르거나 코피가 터져 진 일은 있어도 울어서 진 일은 없었다.[3]

이러한 천성은, 어린 시절에 참혹한 전쟁의 상처를 입은 동년배 작가들 가운데 많은 이들이 공포스러운 기억과 왜곡된 이데올로기에 굴복하여 반공적 성향으로 기울거나 내면적 심상의 후원으로 물러나버린 경우와 대비되는 조정래 특유의 작가정신으로 성장해갈 만한 싹을 보여주는 것으로, 우리의 뇌리에 강한 인상을 심어준다.

소설가로서의 성장을 위해 그에게 마련된 토양은, 그의 작품 이름들(「유형의 땅」「회색의 땅」「박토의 혼」)이 말해주듯이, 극단적인 궁핍과 피비린내나는 투쟁으로 점철되는 공포와 잔혹의 땅이었다. 선암사

---

3) 「암울한 계절의 파편들」, 『나』, 청람, 1978, 242면.

의 부주지였던 아버지가 사회개혁을 위해 사답(寺畓)을 소작인들에게 분배함으로써 주지와 충돌하는 사건이 벌어져 그의 가족은 1947년 선암사를 떠나 순천으로 이사했다. 아버지의 사회활동은 1948년 10월에 일어난 여순사건 이후 우경화된 사회적 분위기 속에서 극심한 모략과 곡해의 소용돌이에 휘말려들 수밖에 없었다. 그리고 이 일로 인해 그의 가족은 생존의 벼랑 끝으로 내몰리게 되었다. "나는 그 사건을 계기로 정도를 헤아리기 어려운 마음의 상처를 입음과 동시에 나이에 걸맞지 않게 철이 들어버렸다. (…) 총구의 공포, 싸늘한 총소리, 시뻘건 피의 홍수, 시체의 더미 (…) 나 자신이 의아할 정도로 그때의 체험이 나 자신에게 많은 의문과 질문과 탐색을 반추하게 만들었다. 불행한 그러나 값진 체험이었다."(「작가 연보」, 앞의 책, 413면)

그때의 체험이 '값진' 것으로 반추되는 일은 물론 그가 성장하여 작가가 된 이후에나 가능했을 터이다. 서북 청년단원들에게 아버지가 몰매를 맞고 피를 흘리며 끌려갔고, 다음날에는 어머니와 형제 넷이 재판소 앞마당에 끌려나갔다.

그때 석구는 맨발이었다. 집에서부터 신을 신지 않은 것인지, 끌려오면서 벗겨진 것인지 알 수가 없었다. 그런데 그 넓은 마당에는 총알 껍질들이 덕석에 고추가 널린 것처럼 쫙 깔려 있었다. 그리고 시체들이 여기저기 널려 있었다. 석구는 총알 껍질이 발에 밟히지 않게 하려고 아래도 내려다보지 못한 채 발을 앞으로, 뒤로, 옆으로 옮겨놓고 있었다. 그러나 그때마다 맨발바닥에 총알 껍질들이 차가운 감촉으로 섬뜩섬뜩하게 밟혔다. 그 섬뜩거림은 시체들이 흘린 검붉은 피처럼 징그럽고 무서워 석구는 숨이 막혔다. 그러나 아래를 내려다보고 총알 껍질 없는 데를 골라 발을 옮겨놓을 수가 없었다. 만약 그랬다가는 총을 겨누고 있는 사람들이 팡 쏘아버릴 것 같았던 것이다. 동그란 총구멍의 무서움은 어제 아버지가 끌려갈 때도, 조금 전에 끌려 나오면서도 오줌 방울 질금거리게 겪었던 것이다.[4]

'석구'는 그 시절의 조정래 자신을 소설 속에 옮겨놓은 이름이다. 맨 발바닥에 싸늘하게 밟혀왔던 총알 껍질의 감촉, 그것이 어떻게 시간이 흐른다고 쉽게 지워질 수 있었으랴! 모략에 휘말려 영어(囹圄)의 몸이 된 아버지는 해를 넘기도록 돌아오지 않았고, 조정래는 1949년 순천 남초등학교에 입학했다. 그는 입학의 즐거움은커녕 넓은 운동장이 출렁거리는 현기증에 시달리며 아버지에 대한 걱정에 휩싸이곤 했다. 1950년 초 아버지는 거의 폐인이 된 채 무죄 판결을 받고 풀려났다. 아버지는 어느 불교 신자의 권유와 도움으로 가족을 이끌고 그 '공포의 땅' 순천을 벗어나 논산으로 이사했고, 그것은 결과적으로 보도연맹 사건을 아슬아슬하게 피하게 해주었다. 6월 25일 전쟁이 터지자, 논산에서 다시 은진 미륵불을 지나 북소라는 곳으로 피난을 갔다. "그 긴긴 여름, 나는 밤마다 어두운 하늘이 영사막이 되는 거대한 환각의 영화를 보고는 했다. 그 영사막에는 전쟁터의 온갖 참혹한 장면들이 끝없이 이어지는 것이었다. 그 환각 현상은 아무에게도 설명할 수가 없는 채로 20대의 나이까지 무시로 나타나고는 했다."(「작가 연보」, 앞의 책, 414면)

밤하늘의 '영사막'은, 그 당시 가족들이 걱정했듯이 정신적 증세의 한 표징일 수도 있다. 그러나 그것은 정신적 증세라기보다는 그 나이의

---

4) 『태백산맥』(제2판) 8권, 해냄, 1995, 150면.

어린아이에게는 난해하고 혼란스러울 수밖에 없었을 공포스러운 장면들이 그의 의식 속에서 언어적 질서로 정리되기 이전의 중간 단계였을 가능성이 크다. 이러한 정신 현상은 작가가 현실을 시각적 형상으로 포착하려 할 때 의식의 감광막 위에 떠올리게 되는 상(像)과 너무도 유사해 보이기에, 조정래가 지니고 있는 상상력의 비밀스러움을 한 자락 내비치고 있는 듯한 느낌을 자아내기도 한다. 실제로, 작품들에 투영된 그의 상상력은 주로 은유와 상징을 만들어내는 데 쓰이기보다는 객관적 대상의 재현에 사실감을 부여하는 쪽으로 작용하는 경우가 많았다. 그럼에도 불구하고 그것이 즉물주의적 장면 묘사로만 흐르지 않을 수 있었던 데에는 사실들 사이의 균형과 조화를 이루어내는 의식의 강력한 통제력을 통해 역사적 의미를 일구어내는 쪽으로 움직여가는 방향성을 잃지 않았던 데에서 비롯된 것으로 보인다.

이제 우리는, 20대에 이르기까지 조정래의 의식에 무시로 펼쳐졌던 '밤하늘의 영사막'은 공포스러운 체험들이 무의식적 차원의 모의실험(simulation)을 통해 다소 완화된 형태로 그의 의식에 내장되는 과정이었다고 보아도 좋을 듯하다. 그러나 그가 겪었던 공포들 모두가 이러한 과정을 통해 무의식 속에 안전하게 갈무리되었던 것은 아니다. 그것은 어린 몸 속에 직접 침투해들어가 생리적 변화를 일으키기도 했다. 야뇨증이라는 그 증상은 1951년 1·4후퇴 때 그의 가족이 겪은 충격적인 사건 이후 더욱 악화되어 밤마다 잠자리를 적시게 했으며, 그의 몸과 마음이 평화와 안식을 되찾을 때까지 어린 마음에 짙은 암영을 드리운다. 야뇨증을 극도로 악화시킨 그 사건은 「거부반응」(1973)에 별다른 가감 없이 간략하게 서술되어 있고, 『태백산맥』에는 세 쪽에 걸쳐 비교적 소상하게 소설적으로 재현되어 그때의 숨막힐 듯한 분위기를 핍진

하게 전해준다.

후퇴를 하는 미국 군인들이 논산에까지 밀어닥친 1월 중순 어느 날 저녁이었다. 느닷없이 비명소리가 들린 후, 낭자 머리가 풀어헤쳐진 어머니가 방으로 뛰어들어 큰누나와 아주머니를 데리고 후닥닥 뒷문으로 빠져나가자, 키가 천장에 닿을 듯한 미군 세 명이 방으로 뛰어들었다. 하나는 흑인, 둘은 백인이었다. 그들은 고개를 내젓는 아버지와 아저씨를 발길로 차고 주먹으로 후려쳤다.

> 석구는 꼼짝 않고 쪼그리고 앉아 피 흘리고 있는 아버지를 내려다보고 있었다. 아버지는 언제나 높아 보였고, 모든 사람 앞에 나섰으며, 모르는 것이 없었고, 그래서 엄하고도 어려운 존재였다. 그런데 아버지가 이렇듯 힘없고, 약하고, 볼품없고, 허망하게 당하는 것을 벌써 두 번째 보는 것이었다. 석구는 그게 그렇게 분하고 서러울 수가 없었다.[5]

그때 어린 조정래는 마음의 은신처조차 없어져버린 듯한 심한 무력감과 외로움을 경험했다.

어린아이의 성장 과정에서 크낙한 아버지상은 어떤 식으로든 깨어져 나갈 수밖에 없지만, 그렇다고 해서 아버지의 긍정적 역할이 아주 끝나버리는 것은 아니다. 조정래의 아버지 역시 그에게 무력감만 안겨주었던 것은 아니다. 아버지는 피난지에서 아이들을 모아 한문을 가르치기도 했는데, 동네 사람들은 그에 대한 고마움의 표시로 무명베 등을 가

---

5) 『태백산맥』 8권, 153~155면.

져오기도 했다. 아버지는 가끔 포돈 등속을 20여 리쯤 떨어진 읍내 장터에 내다팔기도 했다. 그럴 때면 언제나 형 대신 어린 그를 데리고 다녔다. 아버지는 시골길을 오가며 자신이 외우고 있는 명시조들을 읊거나 자작 시조들을 낭송했다. 어린 아들은 알게모르게 문학이라는 것에 눈떠갔다. 그러던 어느 날 귀가길으 수확중인 고구마밭을 지나게 되었다. 그곳으로 눈길을 던지는 아이에게 아버지는 고구마가 먹고 싶으냐고 물었다. 아이는 고개를 끄덕였다. 아버지는 아이에게, 고구마밭 두 두렁을 캐드릴 터이니 고구마 두 개만 달라고 밭 주인에게 말해보라고 일렀다. 아이는 아버지가 시킨 대르 했다. 그러자 밭 주인은 고구마를 안 캐도 두 개 줄 터이니 그냥 먹으라고 했다. 그 소리를 들은 아버지는 밭 주인에게 공짜로 얻어먹는 버릇을 들이지 않으려고 그러는 것이니 고구마를 캐게 해달라고 부탁했다. 아버지와 아들은 두 두렁을 캐주고 고구마 두 개를 받아먹었다. 이 야기는 『태백산맥』에서 하대치의 두 아들로 인물이 바뀌어 재현되었는퀴, 아버지가 입산해버렸는데도 아이들이 비뚤어지지 않고 커가는 모습으로 눈물겹게 다가온다(『태백산맥』 7권, 318~320면). 이처럼 아버지는 조정래에게 문학과 올바른 삶의 태도가 무엇인지 스스로 터득해갈 수 있게 해주었다.

1953년 휴전이 이루어지고, 조정래의 가족은 피난생활을 마감했다.

찾아갈 곳은 아버지의 두 형제가 살고 있는 벌교였다. 우리 가족은 거지나 다름없었다. 글짓기에서 전교 1등상을 받았다. 그 최초의 일에 가장 기뻐한 건 아버지였다. (…)
긴 포구의 고장 벌교는 아름답고 아늑하고 평온했다. 나는 벌교의 온갖 것을 아끼고 즐기고 사랑했다. 학교 다니는 재미를 알았고,

야뇨증은 거의 자연 치유되어갔다.[6]

조정래는 초등학교 6학년 때 학생회장까지 하며 벌교 시절을 만족스럽게 보냈다. 그의 일생에서 가장 행복했던 것으로 회고되는 이 시기에도 그의 가족은 생활고에서는 헤어나지 못했다. 아버지가 벌교상고 교사였으니 생계 수단이 없었던 것은 아니지만, 벌이에 비해 식구가 너무 많았다. 학교에 점심을 싸가기도 어려운 형편이었으니 반찬인들 오죽했겠는가. 그 당시에도 부잣집 아이들은 달걀이나 쇠고기 장조림 같은 것들을 싸왔고, 가난한 아이들은 으레 점심을 굶었다. 그는 가난한 아이들에게 더 친밀감을 느꼈고, 부잣집 아이들에게는 눈이나 비가 오는 날이면 머슴의 등에 업혀오는 아이를 두들겨패준 일이 있을 만큼 반감을 느꼈다. 무엇이 정의 또는 올바름이냐고 묻는 소크라테스에게 그의 제자들은 빚을 갚는 것 또는 친구에게 잘해주는 것 등 구구한 대답들을 늘어놓았지만, 그 시절 그러한 질문을 받았다면 어떤 대답을 했겠느냐는 필자의 물음에 조정래는 서슴없이 "고르게 나눠 먹는 것"이라고 대답하며 멋쩍게 웃은 적이 있다. 그 시절에 조정래는 세상의 고르지 못함에 강한 의문을 품게 되었으며, 그의 긿은 소설들은 이러한 의문에 대한 집요한 탐색들을 보여주고 있다.

『태백산맥』의 주요 무대가 됨으로써 우리 시대의 중요한 역사의 땅으로 떠오른 벌교는 조정래의 전반기 소설들에서도 그 이름만 감추어진 채 간간이 그 모습을 드러낸다. 「청산맥」(1972)에 나오는 당산나무와 산비탈의 밭, 「황토」(1974)와 「박토의 혼」(1983)의 과수원, 「유형

---

6) 「작가 연보」, 앞의 책, 414~415면.

의 땅」의 갈대숲 등이 그것이다. 그러나 작가에게 그곳은 역사의 땅이기 이전에 볼 때마다 새로운 정감을 불러일으키는 마음의 고향이었다. 그곳은 돌아오는 사람에게는 언제나 가슴을 활짝 열어젖히고 온갖 번뇌를 떨쳐버리게 하는 생명의 땅이었다. 그 험난한 시기에 서울에서 당시의 사회상과 역사의 흐름을 탐색하고 돌아온 김범우에게도 그것은 예외일 수 없었다.

　　기차에서 내리는 김범우의 시야에 고깔 모양의 첨산이 제일 먼저 들어왔다. 언제 보아도 단아하고 말쑥한 그 모습이 맑고 푸른 하늘을 배경으로 유난히 선명하게 가까워 보였다. 아아……. 김범우는 어떤 아늑함과 따스함과 편안함, 그런 것들이 고루 섞인 감정의 흔들림을 느끼며 한껏 숨을 들이켰다. 그건 고향을 떠났다가 돌아올 때만 느낄 수 있는 형용하기 어려운 감정의 파장이었다. 그는 숨을 들이킬 때 스르르 감겨진 눈을 그대로 감은 채 숨을 토해내며 고향의 냄새를 음미하고 있었다. 갯내음과 땅내음이 어우러진 그 미묘한 냄새도 고향만이 주는 특이한 냄새였다. 그 냄새 속에는 이상하게도 바람에 갈대잎 쏠리는 소리, 기러기 울음 소리 같은 것도 섞여 있는 듯 느껴지기도 했다. 분명 갯가이면서도 포구가 한정도 없이 길어 정작 바다는 멀리 밀쳐두고, 민물 줄기를 따라 올라가면 반원을 그린 산줄기에 그 넓은 낙안벌을 품고 있는 고향은 언제나 두 가지 정취를 함께 느끼게 하는 풍광 아름다운 곳이었다. 숨을 들이켰다가 내쉬는 그 짧은 시간만은 머리 속을 깨끗하게 비울 수가 있었다. 아버지가 입원했다는 사실까지도.[7]

───────────

7) 『태백산맥』 6권, 63~64면.

지세와 풍광에, 그리고 소리와 냄새에까지 오감을 다 열어젖히고 맞이하는 고향땅. 한 순간의 관찰로써는 도저히 포착될 수 없는 그것은 삶의 온갖 체험이 땀처럼 배어 있는, 그러기에 단순한 정서적 환기물 이상의 것일 수밖에 없는 그런 것으로 묘사되고 있다. 그래서 벌교는 우리에게 단순한 소설의 무대로서가 아니라 육화된 삶의 공간으로 다가온다. '야뇨증을 치유해준 안식의 땅' 벌교에서 조정래는 공부보다는 그 또래 아이들이 할 수 있는 온갖 놀이와 사랑방에서 펼쳐지는 어른들의 이야기에 정신이 팔려버렸다. 그는 밤늦게까지 동네 사랑방들을 순례하며 옛날 이야기나 동네 사람들의 세상살이들을 들었다. 그러느라 "어머니한테 야단도 꽤나 맞았고, 숙제를 못 해가 선생님한테 종아리 맞기도 한두 번이 아니었다."(「구만리 장천을 떠돈 한의 모닥불」, 『나의 삶, 나의 길』, 284면) 사랑방 드나들기는 그에게 동네의 머슴들이나 소작인들의 한 서린 삶에 공감할 수 있는 감성을 제공했다. 그것은 또한 『태백산맥』이나 『아리랑』에 심심찮게 나오는 사랑방의 걸쭉한 음담이나 한 많은 세상살이들을 판소리 가락에 실어 구성지게 풀어가는 푸짐한 입담의 원천이 되기도 했다. 이때부터 그는 아버지를 본받아 글을 쓰고 문집도 만들었다. 아버지가 채점을 끝낸 시험지들을 인쇄되지 않은 면이 밖으로 나오게 반으로 접어서 만든 개인 문집 10여 권과 함께 그의 초등학생 시절은 마감되었다.

1956년, 아버지가 광주 제일고등학교로 직장을 옮기면서 광주에서의 중학생 시절이 시작된다. 그가 다닌 학교는 전남의 명문 광주 서중학교였다. "벌교에 대한 그리움으로 혼자 외로움을 많이 앓았다."(「작가 연보」, 앞의 책, 415면) 고등학교 입학 시험 준비에 몰두해야 할 3학년 때 공부보다는 수채화 그리기에 빠져 있었다는 것말고는 별다른 추억거리도 만들지 못했다. 1959년, 아버지가 다시 서울 보성고등학교로 직장을 옮기면서 서울 생활이 시작되었고, 이때부터 그의 고향은 전라도가 되었다.

아버지가 생애 최초로 장만한 집은 성북동 산비탈에 자리잡은 그야말로 판자집이었다. "벽이란 벽은 사이에 각목을 대고 양쪽에 판자를 붙인 것이었지만, 식구들은 최초의 우리 집에 박수를 보냈다. 그때 아버지의 연세 쉰일곱이었다."(「암울한 계절의 파편들」, 앞의 책, 246면) 그러나 고등학교 시절은 그에게 혼자 있을 때조차 돌이키고 싶지 않은 것이 되어버렸다. 자신이 처한 특수한 형편 때문이었다. 아버지가 재직하게 된 보성고등학교는 그 학교 선생의 자식들에게는 등록금이 전액 면제되었기 때문에 조정래는 그 학교에 들어갈 수밖에 없었다. 고등학생 시절에 흔히 있을 법한 사소한 잘못조차 아버지의 체면이나 위신 문제와 결부되었기에, 일거수일투족에 지나치게 신경을 쓰느라 그는 지쳐버렸다. 아버지를 '문어 대가리'로 부르는 아이들에게도 그는 대쪽 같은 성미를 꺾고 속으로만 삭여야 했다. 아버지의 미술에 대한 편견 때문에 미술반에 드는 것조차 허락되지 않았다. 그래서 문예반을 찾아갔더니, 자기 아버지가 지도교사였다. 그는 자포자기의 심정으로 엉뚱하게 당수반에 들어갔고, 2천 미터 달리기에 1등 한 것이 계기가 되어 등산반에 끌려가 등산시합의 주역이 되어 학교에 몇 차례인가 우승기를 안겨주었다(같은 책, 248~249). 이 시절의 조정래는, 에베레스트를 정복함으로써 자신에게 가해진 온갖 굴욕과 수모를 한꺼번에 벗어버리겠다고 벼르는 「황토」의 동익이 지니고 있던 심리 상태와 비슷한 것을 경험했으리라.

이 시절에도 가난은 그를 놓아주지 않았다. 가난은 그에게서 수학여행을 앗아갔고, 대학을 마칠 때까지 "꼬박 7년 동안 물지게를 어깨에서 떼지 못하게 만들었다. 산비탈의 판자집에서 수돗물의 혜택은 엄두를 낼 수 없었고, 나는 춘하추동 사시절을 아침저녁으로 물지게를 지고 산비탈을 헉헉대야 했다."(같은 책, 247면) 이러한 체험 역시 훗날 그에게 문학적 소재와 영감의 원천이 되었다. 농촌생활의 파탄으로 고향을 등지고 서울에 올라와 온갖 실패 끝에 칼갈이로 생계를 이어가는 복천 영감의 이야기로 엮어진 중편소설 「비탈진 음지」(1973)는 이때 체험한 산동네 사람들의 척박한 삶을 형상화한 것으로, 조정래의 전반기 문학에서 한 갈래의 큰 줄기를 이루는 도시빈민 주제 소설을 대표할 만한 것이다. 이 소설은 또한 도시빈민의 문제가 농촌분해 현상과 맞물려 있음을 드러내는 한편, 고향을 잃은 사람들의 삶에서 고향 말이 차지하는 정서적 환기력이 어떤 것인지 섬세하게 포착하고 있다.

복천 영감은 다른 칼갈이들의 "칼 가려" 하는 말투가 불손하여 마음에 들지 않았고, '칼 가세요' 나 '칼 가십시오' 는 뼈에 익지 않은 서울말이어서 차마 입밖에 내지 못했다. 결국 고향 말투로 "카알 가아씨요"라고 외쳐대던 어느 날, "예 말이요, 아자씨. 칼 갈랑께 나 잠 봇씨요" 하는 고향 말을 듣고 가슴이 확 트이는 느낌을 맛본다(『비탈진 음지』, 서적포, 22~23면). 고향 말이 지닌 친화력과 민중성에 대한 작가의 관심은 『태백산맥』에서 전라도 말의 풍요로운 잔치판으로 이어지고, 『아리랑』에서는 고향 말이 지닌 정서적 치유력의 발견으로까지 나아가고 있다. 만주로 도망가서 함경도 사람들 속에 섞여 살게 된 수국은 그들과 의사소통이 잘 이루어지지 않아 심각한 심리적 증세까지 드러내게 된다. "저 사람이 내 말을 제대로 알아듣나 어쩌나, 내가 저 사람 말을 잘못 알아듣는 것은 아닌가 하는 걱정과 함께 머리가 어지러운 것 같기도 하고, 자신이 헛소리를 하고 있는 것 같기도 하는 것이었다. 그러다 보니 말은 자꾸 더듬거려지고 목소리는 커지고는 했다."(『아리랑』 7권, 86면)

미술반에도 문예반에도 들어갈 수 없었던 조정래는 남몰래 도서관에서 문학전집을 읽고 타교생들과의 문학 서클 활동도 하며 글쓰기를 계속하던 중 문예반 아이들에게 그의 문집이 발각되어 3학년 때에야 학교 신문에 마지못해 글을 발표하게 되었고, '농촌 사회 활동을 실현시킬 꿈'을 지니고 이과반에 적을 두고 있던 그는 3학년 2학기에야 국문과로 진학 목표를 바꾸고 문과반을 드나들며 공부하는 불편을 겪으며 대학 입시에 전념하게 되었다.(「작가 연보」, 앞의 책, 416면)

동국대학교 국문과 시절(1962~66)의 조정래는 "생애 최초로 무한한 자유스러움과 날개 돋친 듯한 비상감을 만끽하게 되었다."(같은 곳) 대학시절의 가장 큰 소득은 동급생이었던 시인 김초혜와의 연애였다. 1학년 때에 그는 열심히 시를 썼고, 2학년 때부터 '미친 듯이' 소설을 썼으며, 그해 교내 학술상 창작부문에서 상을 타 두둑한 상금으로 친구들과 술판을 벌이기도 했다. 이 시절에 장차 써야 할 소설의 방향이 정해졌다. 최초의 애독자였던 김초혜는 사회·역사적 의식이 강하게 투사된 주제에 별로 호감을 갖지 않았지만, 군 복무시절(1966~69)을 거쳐 등단(1970)하기까지 지극한 사랑과 인내로 그의 글쓰기를 격려해주었다. 그는 교사, 잡지사 편집직원, 출판사 운영 등으로 생계를 꾸려가면서 꾸준히 글을 썼고, 80년대 후반에 이르러 최소한의 생활비가 축적되자 다른 직업은 갖지 않고 글쓰기에만 전념했다. 이때부터 그의 삶은 창작생활과 거의 같은 것이 되어버렸다.

그가 본격적으로 소설을 쓰기 시작하면서 창작상까지 받았던 때로부터 7년이란 세월이 흐른 후에야 문단에 정식으로 발을 들여놓았을 만큼 그의 등단이 지연될 수밖에 없었던 데에는 그럴 만한 이유가 있었다. 당시의 사회를 지배하고 있던 이데올로기적 편견과 등단제도의 불합리함이 그것이었다. 이 두 가지 이유는, 누구나 짐작할 수 있듯이 하나의 뿌리에서 파생된 두 줄기였다. 되풀이되는 좌절이 7년이나 지속될지 미리 알았더라면 "그 고역 치르기를 일찌감치 포기해버렸을지도 모른다"(「암울한 계절의 파편들」, 앞의 책, 256면)고 토로하고 있는 것을 보면, 당시에 그가 겪었을 고통이 어렴풋이 잡혀온다. 그런데도 두 편의 추천작 「누명」과 「선생님 기행」이 각기 강렬한 반미의식과 분단시대의 사회적 모순을 드러내고 있는 것을 보면, 그가 대학시절에 품었던 뜻을 결코 꺾지 않았음을 확인할 수 있다.

전반기에 내놓은 많은 작품들에서 그는 고향이나 어린 시절의 체험, 또는 그 시절에 겪었던 역사적 사실들과는 직접적인 관계가 없는 주제들을 선택하고 있다. 「타이거 메이저」(1973) 「비탈진 음지」(1973) 「빙하기」(1974) 「동맥」(1974) 『대장경』(1976) 「어떤 솔거의 죽음」(1977) 「비둘기」(1977) 「마술의 손」(1978) 「미운 오리새끼」(1978) 「장님 외줄타기」(1979) 「길이 다른 강」(1981) 「사랑의 벼랑」(1981) 등이 그러한 예에 속한다. 부부간의 사랑의 원형이 무엇인지 묻고 있는 「사랑의 벼랑」이나 외딴 섬의 지하 감방에 수감된 무기수의 한계상황을 빼어나게 그려낸 「비둘기」와 같은 작품들을 제외하면, 위에 열거한 소설들의 주제는 칼갈이, 제본소나 염색공장의 여성 노동자들, 구두닦이, 택시 운전사 등의 직업을 지니고 있는 도시빈민들의 삶, 그의 군복무 시절의 경험을 얼마간 반영하고 있는 듯이 보이는 미군부대 주변의 '양공주'나 양쪽 모두로부터 버림받은 혼혈아들의 발붙일 곳 없는 삶, 그리고 작가 자신이 품고 있는 이상적인 예술가상 등의 세 갈래로 나뉠 수 있다.

이 가운데 중편소설 「동맥」은 지금의 상황에서 새롭게 조명되어야 할 중요한 문제의식을 내포하고 있다. 70년대 초 염색공장 여공들의 노동조건이 구체적으로 묘사되어 있는 이 소설은, 70년대 이후에 발표된 우리나라 노동소설의 대다수가 각성된 노동자들의 투쟁에만 초점이 맞추어진 나머지 노동현실이 노동자들의 삶의 연장선 또는 좀더 폭넓은 사회적 맥락에서 그려지지 못했던 것을 감안하면, 80년대에 어렵사리 이루어진 노동소설의 전통이 새로운 모습으로 부활하는 데 하나의 시사점을 던져줄 수 있을 것이다.

그의 전반기를 대표할 만한 소설들 가운데 위에서 본 것들을 제외한 절반 정도는 어린 시절의 체험이 얼마간 스며들어 있는 것으로 보이며, 대체로 우리 현대사의 질곡에서 잉태된, '한'이라고 표현할 수밖에 없는 정서적 실체의 뿌리들을 파헤쳐가며 역사의 동맥에 접근해가고 있다. 「청산댁」(1972) 「거부반응」(1973) 「황토」(1974) 「유형의 땅」(1981) 「회색의 땅」(1982) 「시간의 그늘」(1982) 「박토의 혼」(1983) 「메아리 메아리」(1984) 등이 그러한 범주에 속하는 것들이다. 이러한 작품들이 『태백산맥』이나 『아리랑』과 같은 후반기 소설들과 뚜렷이 구별되는 점은 양적인 확대에 따른 형식상의 차이뿐만 아니라, 현재의 삶과 시점에서 지워버릴 수 없는 과거의 일들이 반추되고 있다는 것이다. 이러한 소설들은 발표 당시의 시대적 상황에서 그 나름의 필연성을 띠고 독자들의 공감을 불러일으켰지만, 과거를 회고하는 사람들 자신의 경험적 한계와 입장을 넘어서지 못하게 됨으로써 우리 현대사는 하나의 일관된 흐름이나 전체상에 도달하지 못하고 불가피하게 제한된 소재를 통한 제한적인 의미를 띨 수밖에 없었다. 조정래 역시 이러한 사실을 자각하고 본격적인 장편소설을 통해 우리 현대사에 접근해야 할 필요성을 느꼈던 것으로 보인다.

이런 시점에서 광주가 다시 한번 '공포의 땅'이 됨으로써 그러한 필요성은 이제 피할 수 없는 의무가 되어 작가를 엄습해왔다. "광주에서 큰 사태가 발생했다. 견디다 못해 아내와 아들을 이끌고 그곳을 찾아가 하룻밤을 자고, 여러 곳을 샅샅이 살펴보았다. 참담한 죄의식과 소설을 쓴다는 일과 (…) 많은 것을 생각했다."(「작가 연보」, 앞의 책, 418면) 조정래는 동학농민전쟁, 3·1운동, 광주민중항쟁으로 이어지는 치열한 민중항쟁의 역사를 대하 장편소설로 엮어낼 계획을 세우고 그 첫번째 작업으로 『태백산맥』의 집필 준비에 열중하는 한편, 전반기의 역사적 주제를 마무리할 만한 또다른 작업을 시작했다. 그 결과, 그의 대표작 중의 하나인 연작 장편소설 『불놀이』(문예출판사, 1983)가 나오게 되었다. 「인간 연습」 「인간의 문」 「인간의 계단」 「인간의 탑」 등 네 편의 연작 중편들로 이루어진 이 소설은 하나의 역사적 사실을 거기에 연루된 각기 다른 사람들의 시각으로 반추함으로써 역사의 다층적 성격과 의미를 드러내는 한편, 과거의 행위에서 유발된 증오와 원한들이 현재의 서로 다른 입장에서 어떻게 이해되고 해원에 이를 수 있는지 진지하게 탐색하고 있다. 물론 이 소설들이 거둔 효과는 이러한 형식적 배려에 의해서만 잉태된 것은 아니고, 젊은 두 화자가 부모들 세대에 뒤엉킨 매듭을 풀지 않고는 현재의 삶도 정상적으로 영위할 수 없다는 인식에 도달하게 되는 과정을 설득력 있게 묘사할 수 있었던 데에서 비롯된 것이다.

이렇게 하여 이 소설은 여러 사람들의 다양한 경험들이 얽혀들었던 하나의 역사적 사실을 동시대인들이 공유할 수 있는 담론의 장으로 이끌어내는 데 성공했다. 제각기 가슴 깊이 원한을 묻어두고 과거사에 대해 익명성을 유지하며 살아가는 한 우리의 민족공동체는 통일을 위한 진정한 화해에 이를 수 없다는 문제의식을 지니고 폭넓은 역사 조망을 위한 다양한 시각들을 창조해냄으로써 이 작품은 『태백산맥』과 같은 대하 역사소설의 탄생이 임박했음을 예고해주었다.

1983년 조정래는 전반기의 창작 과정에서 지켜온 원칙을 수정하고, 어린 시절의 직접 체험까지 수용하며 『태백산맥』 집필에 착수하여 6년 만에 완성을 보게 되었다. "나는 비로소 특정 지역을 소설 무대로 삼게 된 자유로움 속에서 고향을 샅샅이 뒤지게 되었다. 등장하는 많은 인물들과 엮어져 나가는 모든 사건들은 다 허구이지만 지명들은 모두 실명 그대로이며, 지형이나 묘사나 도시의 구도도 실재 그대로 하려고 노력하고 있다."(「대처승 떠나간 공포의 땅」, 앞의 책, 186쪽) 이 글에서 유의해야 할 점은 그가 정작 수정한 것은 '상상력에 의한 글쓰기' 그것이 아니라 '상상력'에 대해 그 자신이 품고 있던 관념이라는 것이다.

전반기에 그가 고수했던 원칙은 직접 체험을 배제함으로써 결과적으로 기억을 억압하게 되어 그 자신의 상상력이 자유스럽게 펼쳐질 수 있는 공간을 제한했던 데 비해, 후반기에 이루어진 체험의 수용은 그 억압되었던 기억을 해방함으로써 오히려 그의 상상력이 자유로움을 얻어 체험에 대해서까지 객관적인 거리를 유지할 수 있는 심리적 여유를 가질 수 있게 되었음을 『태백산맥』은 여실히 보여주었다. 조정래는 여기서 한 걸음 더 나아가 『아리랑』에서는 말씨를 제외하고는 그의 직접 체험과는 거의 무관한 조사와 취재, 그리고 이차적인 역사 자료에 관한 탐구를 통해 당시 사람들의 삶의 공간을 생생하게 그려낼 만큼 그의 문학적·역사적 상상력이 최고의 경지에 이르렀음을 보여주었다.

『태백산맥』이 우리 시대의 독자들을 가장 폭넓게 사로잡은 원인은, 한마디로는 설명될 수 없지만, 분단시대의 이념적 질곡에서 비롯된 반 공적 시각을 완전히 극복하고 한국전쟁이 이념적 동기나 강력한 외세 의 충돌에 의해서라기보다는 일제 식민지시대로부터 축적되어온 민중 의 생활상의 요구를 실현해가는 과정에서 필연적으로 발생했다는 점을 밝혀낸 데에서 비롯된 것으로 보인다. 조정래가 도달하고 있는 이러한 역사 인식은 분단 이후 지배세력의 이념 공세에 밀려 설 자리를 잃었던 민중운동의 정당성을 구체적인 삶의 현실로 밑받침해주었다는 점에서 80년대의 젊은이들의 열광적인 공감을 이끌어냈으며, 그러한 공감은 지금도 여전히 지속되고 있다. 이러한 '삶을 통한 역사 드러내기'는 작 가에게 풍요로운 문학적 형상화의 질료를 제공함으로써『태백산맥』이 단순한 '역사' 소설에 머무르지 않고 그 나름의 소설미학을 완성하는 데 큰 몫을 감당했다.

이와 더불어 조정래는 기층민중의 시각뿐만 아니라 중간 지식인들의 그것에도 상당히 중요한 의미를 부여하여 그들로 하여금 좌우익 모두 에 대해 적절한 비판적 거리를 유지하면서 당시의 이념적 갈등과 투쟁 을 객관적으로 해석해내게 함으로써 이 소설의 인물구성과 이념적 지 도에 균형감을 제공하였다. 이러한 시각적 다양성과 맥을 같이하는 것 으로 조정래의 후반기 문학에서 눈여겨볼 만한 요소는 폭넓게 수용되 고 있는 '대화적 형상화'이다. 그는 이러한 방법을 통해 역사적 사실들 을 생경하게 나열하지 않으면서, 변화되고 있는 세계현실에 민중들이 대응해가는 과정을 드러낸다.

예컨대 동네 사랑방의 남정네들이나 우물가의 아낙네들이 펼치는 대화들에서 우리는 세상에서 벌어지는 일들이 이들의 삶과 의식에 어떻게 여과되고 있는지 생생하게 엿볼 수 있다. 그 당시 민중들의 삶을 그대로 오려낸 듯한 이러한 장면들을 군데군데 배치하여 조정래는 소크라테스적 대화처럼 변증법적으로 삶의 진실에 접근해가거나 힘 있는 자들을 발가벗겨 우스꽝스럽게 만듦으로써 그들의 위선이나 권위를 해학적으로 해체하는 모습을 보여주기도 한다.

『태백산맥』은 지금까지 더 이상의 언급이 필요하지 않을 정도로 수많은 평자들의 비평적 조명을 받았고, 유사 이래 최대의 판매 부수를 기록하였으며, 작가에게 최상급의 찬사와 경제적 안정까지 가져다주었다. 그러나 이러한 일들이 있기까지 그는 극우 보수세력의 방해에 부딪쳐 글쓰는 어려움에 못지않은 고통을 겪어야 했다.

"5공의 짙은 어둠과 서릿발 같은 상황 속에서 역사 바로잡기를 하겠다고 나서고 보니 얼굴 없는 전화는 매일밤 걸려오지, 입다문 사람들을 상대로 취재는 어렵지, 소설을 쓰고 사무실에 나가면 어김없이 형사의 방문을 받아야지, 나를 방송에 출연시킨 스태프진 모두가 한직으로 몰렸다는 소식은 들려오지, 여기저기서 충고성 경고는 날아들지, 소설을 쓰는 일의 힘겨움을 압도하는 그런 일들 때문에 피가 바작바작 타들 지경이었다."(「구만리 장천을 떠돈 한의 모닥불」, 앞의 책, 285~286면) 몇몇 좌담에서 그는 생명의 위협을 느끼고 가족들에게 유언까지 해둔 사실을 전해주고 있다. 그리고 이러한 위협은 아직도 해소되지 않고 있다. 1994년 봄, 극우반공 단체가 그를 국가보안법 위반 혐의로 고소를 해놓은 상태가 지속되고 있을 뿐만 아니라 한밤중의 '얼굴 없는' 협박전화도 계속 걸려오고 있다.

조정래는 1989년 11월 『태백산맥』을 완간하고 약 1년간의 취재와 자료정리 기간을 거친 후, 1990년 12월『아리랑』의 집필에 착수하여 1995년 7월에 탈고, 해방 50년이 되는 시점에 우리 앞에 식민지시대 40년의 거대한 벽화 한 폭을 펼쳐놓았다. 해방 50년과『아리랑』, 이것은 시대와 호흡을 같이하는 조정래의 또 다른 면모를 보여준다. 이 소설은 작품 속의 시공간이 엄청나게 확대되었다는 것과 역사를 보는 눈이 민중중심적인 것에서 민족중심적인 쪽으로 다소 이동했다는 점에서 앞의 작품과 구별된다. 그리고 소재의 시공간적 범주가 넓어진 만큼 전체 역사에 대한 체계적 조망과 균형감각도 한층 날카롭게 다듬어져 있다. 조정래는 일제의 토지조사사업의 결과로 농민들이 토지를 잃고 부두노동자, 하와이 농장의 농노, 간도에서의 토지경작자로 뿔뿔이 흩어져가는 복잡하고 참담한 현실을 세세한 가닥들까지 놓치지 않고 있으며, 이와 함께 의병투쟁을 거쳐 국내외에서 펼쳐졌던 다양한 독립운동들의 발생과 전개과정을 치우침이 없이 그려냈다.

작가는 이 소설에서 역사적 사실들을 개별적 인물들의 자연스럽고 생동하는 삶으로 드러내는 데 많은 힘을 기울이고 있다. 그리하여 작중 인물들은 삶을 위한 투쟁, 다시 말해 그들 자신의 생존을 위한 투쟁을 전개해가는 과정에서 불가피하게 시대적 현실로 진입하게 되고, 그들의 행위에는 민족적 또는 역사적 의미가 실리게 된다. 이러한 과정은 계절의 변화에 따른 농촌 풍경, 만주, 러시아, 하와이, 동남 아시아, 중앙 아시아 등지의 이국 풍물과 그곳에서 자기 몫의 삶을 치열하게 살아가면서 민족의 독립을 위해 헌신하는 사람들의 다양한 생활과 투쟁, 세태와 풍속, 전통적 생활양식을 보여주는 세부 묘사를 통해 넘칠 듯한 현실감을 얻고 있다. 이밖에 당시에 새롭게 선보이게 된 생활용품들이나 사탕공장, 정미소, 미선소, 견사공장 등 달라진 생산양식을 엿볼 수 있게 하는 제조업종들, 새롭게 등장한 교통수단들, 그 시대의 독특한 행동양식을 보여주는 비어나 속어들, 다채로운 유행풍조들, 새로 유행되는 노래나 항일적 내용을 담은 장타령 등도 당시의 시대상과 분위기를 자연스럽게 드러내는 데 한몫을 거들고 있다. 이처럼 『아리랑』은 개인적 삶의 작은 가닥들이 내적 필연성을 띠고 광활한 민족전선으로 뻗어가는 모습들을 펼쳐 보임으로써 우리의 의식에서 일제 40년의 민족적 열패감과 어두운 그림자를 몰아내는 데 힘을 기울이고 있다.

5년간의 집필로 이루어진 방대한 작품에 이만한 정도의 완성도를 부여한 힘은 자신의 삶을 온통 창작에만 바쳐온 조정래의 치열한 작가정신 바로 그것일 수밖에 없으리라. 이러한 정신은 다른 작가에게도 "우리의 할머니 곰이 쑥 한 자루와 마늘 스무 개를 먹고서 동굴 속으로 들어가 마침내 삼칠 일 만에 탈을 벗어버릴 수 있었던 그 억센 인내의 힘"(정채봉, 《한길》, 1991년 4월호)을 떠올려줄 만큼 강렬한 인상을 심어주었던 것으로 보인다. 그러나 어찌 인내력뿐이겠는가. 그것은 우리 민족의 근대사 100년을 소설화하겠다는 원대한 뜻을 품고, 치밀하게 기획하고 실천하기를 거듭한 철저한 자기통제로써 가능해진 것이기도 하다. 그는 『아리랑』의 집필을 위해 국내는 말할 것도 없고, 중국ㆍ동남아시아ㆍ러시아ㆍ하와이ㆍ아메리카 등 우리 민족의 삶과 투쟁이 뻗어간 곳이면 어디든지 찾아가 그곳 사람들의 이야기를 듣고, 그곳의 풍물을 스케치북에 그리거나 카메라에 담아 그의 상상력이 거침없이 발휘될 수 있을 만큼 취재를 하고, 여러 종류의 사료들을 비교ㆍ검토하여 식민지시대의 거대한 상(像)을 마음속에 품을 수 있게 된 이후에야 스스로 정해놓은 분량의 원고를 거의 하루도 거르지 않고 차근차근 써나갔던 것이다.

『아리랑』의 완성으로 조정래는 이제 그가 80년대의 벽두에 민족사의 소설화 작업으로 기획한 세 편의 대하소설 가운데 두 편을 써낸 셈이다. 그러나 그의 역사적 대장정은 11년간의 쉼없는 강행에도 불구하고 아직 끝나지 않았다. 그의 대장정을 마무리할 작품을 구상하고 있는 이즈음 이미 출간된 두 편의 대하소설들이 이제 세계의 문을 열어가고 있다. 『태백산맥』은 일본에서, 『아리랑』은 프랑스에서 번역되고 있다. 조정래는 이 두 편의 역사적 창작물을 통해, 학문적 성격상 제한된 범위의 사료들과 그것들 사이의 제한된 관계들밖에 파악할 수 없는 역사학의 한계를 뛰어넘어, 우리 민족은 물론 한반도를 둘러싸고 있는 모든 민족들, 그리하여 마침내 전인류가 불가피하게 연루될 수밖에 없는 인간사에 언어적 질서를 부여함으로써 우리가 살아가고 있는 현재의 시간과 삶의 의미가 미래로까지 투사될 수 있는 가능성을 열어놓았다. 이러한 작업이 이념적 무정부 상태를 드러낼 세기말의 현실로까지 이어질 때 어떠한 모습을 보이게 될지 가늠하기 어렵지만, 민족의 독립이라는 동일한 목표를 두고서도 수많은 사상과 방법이 각축했던 시대상을 빼어나게 그려낸 그 솜씨가 녹슬지 않는 한 그것은 결코 우리의 기대를 비켜가지 않을 것이다.

(《작가세계》 1995년 가을호)

홍명희와 역사소설

— 『임꺽정』을 중심으로

1. 역사의 세 가지 측면

저물어가는 20세기를 돌이켜볼 수 있게 된 이 시점에서 90년대에 지배적이었던 문학적 담론들을 떠올려보면 '역사'(history)와 '이야기' (narrative)에 대한 부정적 태도를 감지하게 된다. 이러한 현상은 보는 이에 따라서는 일종의 위기로 감지되기도 한다. 이 '위기의식'이 개인적인 느낌이나 판단을 넘어선 보편성을 띨 수 있는 것이라면, 그것은 주로 90년대의 한국 문단을 휩쓴 단자화된 개인을 주제로 한 소설들의 범람에 기인할 것이다. 이러한 현상에는 물론 정당한 측면도 있고, 그렇지 못한 측면도 있을 것이다. 정당한 측면은 역사와 이야기가 본질적으로 하나의 체계로 꿰맞출 수 없는 복잡한 삶의 현실을 질서화하는 데에서 발생할 수 있는 일종의 언어적 폭력에 대한 반성을 담고 있다는 점이다.

'역사'의 필요성은 일차적으로 우리의 삶의 현실이 과거로부터 이어져내려오는 일종의 연속성을 지니고 있기에 앞선 시간대에 진행되어온 과정을 알지 못하면 지금의 내용을 알 수 없다는 판단에서 비롯된다. 그러나 아무리 지공무사한 태도를 지닌 사람이라 할지라도 과거의 사실을 객관적으로 정리할 수 있는 사람은 없을 뿐만 아니라 경우에 따라서는 자기 입장을 정당화하기 위해 의도적으로 역사적 사실들을 왜곡하는 경우가 허다하다. 한 사회가 지닌 변혁의 필요성을 내세워 '역사변혁주체'의 시각으로 역사를 서술한다고 할지라도 거기에는 상대적 진실이 담길 수밖에 없다. 그래서 레비스트로스 같은 프랑스의 구조주의자들은 역사학자의 임무를 역사의 서술에 두지 않고 사실들(facts)의 발굴에 국한하였다. 그러나 어떤 사실들을 발굴할 것인지를 결정하는 데에도 주관성을 완전히 배제할 수는 없다. 이처럼 역사서술이든 사실발굴이든 '절대적 객관성'을 담보하는 것은 불가능하기에, 현재 삶의 절실하고 정당한 요구에 따른 과거사실들의 연구 또는 정리의 결과에 대한 토론적 여지를 남겨둘 수밖에 없다. 사실들을 아무리 풍부하게 발굴한다고 할지라도 그것들을 단층 없이 꿰맞추는 일 역시 불가능하다. 여기에서 작가의 개입이 요구된다. 그것들 사이의 공백을 메우고 과거의 사실을 최대한으로 여실하게 드러냄으로써 현재를 살아가는 사람들로 하여금 현실에 대한 올바른 이해와 실감을 부여한다.

2. 모티프, 자료와 작품구성

임꺽정의 사기(史記)는 극히 단편 단편으로 떨어져 있는 것밖에 없어서 대개는 나의 복안으로 사건을 꾸미어가지고 나갑니다. 다만 나는 이 소설을 처음 쓰기 시작할 때에 한가지 결심한 것이 있지요.

그것은 조선문학이라 하면 예전 것은 거지반 지나문학(支那文學)의 영향을 많이 받아서 사건이나 담기어진 정조(情調)들이 우리와 유리된 점이 많았고, 그리고 최근의 문학은 또 구미문학의 영향을 많이 받아서 양취(洋臭)가 있는 터인데 『임꺽정』만은 사건이나 인물이나 묘사로나 정조로나 모두 남에게서는 옷 한벌 빌려 입지 않고 순조선 거로 만들려고 하였습니다. '조선정조(朝鮮情調)에 일관된 작품' 이것이 나의 목표였습니다.(「林巨正傳을 쓰면서―장편소설과 작자 심경」,《삼천리》제5권 9호, 1933.9.)

문학작품이라고는 써본 적이 없는 벽초 홍명희(碧初 洪命憙)가 어째서 불혹의 나이에 이른 시점에 그토록 '순조선 거'로만 이루어진 대작을 구상했을까? 무엇보다 먼저 우리는 이러한 의문에 사로잡히게 된다. 이러한 의문을 풀어보기 위해서 우리는 이 작품이 씌어지기 시작한 시대적 배경과 벽초가 그 당시에 헌신하고 있던 정치적 활동의 성격을 알아보아야 한다. 자력으로 근대화를 이루지 못한 조선이 식민지 상태로 떨어진 지 20여 년이 지난 시점(통감부 설치를 기점으로)에서 조선 고유의 문화와 생활방식은 비참할 정도로 위축되어 있었을 것이다. 그런데 그 당시 조선의 문단은 민족문학 진영과 계급문학 진영으로 나뉘어 있었다. 이러한 상황에서 신간회운동의 중심인물이었던 벽초는 카프 문인들을 설득하여 신간회에 가입시켰다. 이와 같은 좌우합작 운동이 벽초의 사회적 활동이었다면, 『임꺽정』의 집필은 창작의 차원에서 이러한 통합정신을 실천한 것이라고 할 수 있다.

그러나 이 작품을 면밀히 읽어보면 서구 부르주아 사회의 문학적 성과까지 폭넓게 섭렵하지 않고는 그려낼 수 없는 작가적 안목과 치밀함이 엿보이기도 한다. (당시의 홍명희는 문일평과 더불어 독서를 가장 많이 한 지식인으로 알려져 있었다. 그는 특히 문학 서적을 많이 읽었다. 서울에서 중교의숙(中橋義塾)에 다닌 소년시절 『수호지』『서유기』『금병매』 등을 읽었고, 동경유학 시절에는 당시에 활동하던 일본작가들은 말할 것도 없고 서구의 자연주의 소설들을 널리 읽었으며, 이후에는 낭만주의 탐미주의를 거쳐 러시아 현실주의 작가들의 작품을 많이 읽었다. 러시아 작품은 번역된 것은 모두 읽었고, 발자크 전집도 빠짐없이 통독했다. 그러기에 그가 '조선정조에 일관된 작품'을 쓰겠다는 생각에 이르게 된 데에는 단순한 민족의식 이상의 문예미학적 동기가 있었을 것으로 생각된다.) 그러므로 이 작품 집필 당시의 벽초는 일종의 계급적 문예이론을 펼친 그 자신의 글 「신흥문예의 운동」(1926)에 담긴 사상을 이미 뛰어넘고 있었다고 볼 수 있다. 이런 점에서 볼 때 "애국계몽기로부터 계급문학에 이르는 신문학을 전체로 아우르고 뛰어넘는 데서 『임꺽정』이 출현하였다"(임형택, 「한국 근대 민족문학에 있어서 『林巨正』의 위상」)는 지적은 결코 과장된 것이 아니다.

이러한 창작동기에서 출발한 벽초가 하필 명종 연간 온 나라를 떠들썩하게 한 백정 출신 '화적'을 주인공으로 삼은 까닭은 무엇일까? 그것은 일차적으로 도둑이라는 특성이 당시의 사회상을 폭넓게 그려내려는 작가의 의도와 맞아떨어진 데에서 비롯된 것이다. 거기에 또 하나의 이유를 덧붙인다면, 특히 아무리 잘난 인물일지라도 엄격한 신분사회의 틀 속에 갇혀 제 뜻을 이룰 수 없었던 봉건사회의 비인간적 질서에 대한 저항을 근대적 시각을 통해 재조명해보려는 의도에서 빚어진 것으로 보인다. 그리고 하층민들의 삶의 애환을 구석구석 드러내면서 조선적 정조를 드러내는 데에는 넓은 지역을 돌아다닐 수밖에 없는 사람들의 시각만큼 편리한 것은 없었으리라.

임꺽정은 워낙 유명한 도둑이었기에 왕조 실록에도 여러 군데 올라 있으므로 작가는 일차적으로 실록을 토대로 하여 기본골격을 짠 연후에, 야담과 야사를 적절히 활용함으로써 당시 사회를 상층부에서 하층부에 이르기까지 풍요롭게 그려냈다. 소설의 전개방식도 야담의 이야기투를 적절히 이용하여 자연스런 흐름을 이끌어내고 있다. "좀 과장해서 말하면 벽초가 자작으로 만들어낸 이야기는 거의 없다 할 정도입니다. 그러니까 어떤 대목이든 대개 어딘가 꼬투리가 있어 그것을 가지고 이야기를 엮어냈다는 겁니다. 그렇게 보면 그의 상상력과 창조력이 결여된 것이 아니냐고 타박할지도 모르겠습니다만 사실은 그게 대단한 역량이라고 할 수 있지요. 잡다한 재료를 적절히 채택해서 천의무봉으로 맞추어내는 그 수단이 작가의 풍부한 독서의 힘이요, 창조력과 상상력이 무한하게 발휘된 것이지요."(염무웅, 임형택, 반성완, 최원식의 좌담 「한국 근대문학에 있어서 『임꺽정』의 위치」, 『연구자료』 중 임형택의 말)

3. 구조와 인물적 특성

시간의 흐름에 따라 줄거리가 전개되고 있는 『임꺽정』은 크게 보아 봉단편, 피장편, 의형제편, 화적편 등의 네 편으로 이루어진 미완성 장편소설이다. 임꺽정과 그 의형제들을 중심에 놓고 볼 때, 봉단편은 전사(前史)에 해당되고, 피장편은 이들의 성장과정을 추적하고 있고, 의형제편은 이들의 소경력과 함께 결집과정을 보여주며, 화적편은 중앙

권력과의 대결을 그려낸 것이다. 이 모든 과정에는 실록의 기사를 중심으로 하는 시대적 배경과 함께 야담과 야사에서 뽑아낸 수많은 에피소드들이 곁가지를 뻗치고 있으며, 비유와 속담, 그리고 풍요로운 토속어에 실려 강담사의 감칠 맛 나는 이야기처럼 유장하게 흘러간다.

계급적 측면에서 이 소설의 인물구성을 보면, 상층부에는 대체로 역사에 실재했던 인물들이 진을 치고 있고, 하층부는 임꺽정을 비롯한 일곱 명의 의형제들과 직간접적으로 이어져 있는 수많은 인물들이 생동하고 있으며, 이 두 계층 사이에 고리백정 출신의 양주팔(갖바치, 병해대사)이 때로는 가까이 때로는 멀리에서 이 소설의 흐름에 가담하고 있다. 그러나 양주팔은 루카치가 말하는 역사소설의 중심에서 매개적 역할을 해내는 인물로서의 역할에는 미흡하다. 이 소설의 첫머리에 놓인 봉단편의 중심인물이라고 할 수 있는 이장곤은 귀양지에서 도망한 후 고리백정의 딸 봉단이와 혼인까지 하고 해로하지만, 임금이 바뀌고 복권된 후에는 권력의 상층부로 흡수되고 만다. 그러므로 이 소설의 중심은 임꺽정과 그 의형제들 쪽으로 현저히 기울어 있다.

이 중심인물들을 놓고 볼 때 서구의 피카레스크 소설('악당소설')적 분위기를 풍기며, 때로는 그들의 성격이나 행동의 묘사가 자연주의적 성향을 드러내기도 한다. 이 인물들에 대한 묘사에서 가장 두드러진 특징은 성격과 능력에 따라 극단적으로 전형화되어 있다는 점이다. 임꺽정은 힘과 칼솜씨에서, 이봉학은 활솜씨에서, 박유복은 표창 던지기에서, 배돌석은 돌던지기에서, 황천왕동이는 빠른 걸음에서, 곽오주는 쇠도리깨 휘두르기에서, 길막봉은 뚝심에서 당대 최고급이다. 특히 이들의 능력은 극단적으로 과장되어 있다. 예컨대, 이봉학은 활을 쏘아 까치의 왼쪽눈과 오른쪽눈을 가로지르게 맞추어 떨어뜨리고, 돌팔매로 참새 대가리를 박살낸다. 이와는 달리 생불의 경지에 도달하여 앞날을 훤히 내다보는 양주팔(병해대사)의 신통력 발휘는 정신적인 측면에서 보여주는 과장된 인물묘사의 표본이 될 만하다. 이러한 과장법까지도 순조선적인 이야기 방식이라고 긍정적으로 받아들이기는 어려울 것이다.(오히려 인물묘사에서 과장하는 버릇이 있는 발자크를 닮은 구석이 있다. 그러나 발자크의 경우가 묘사의 치밀성을 극단에까지 밀고 간 데에서 발생한 것이라면, 홍명희의 경우는 야담적으로 유형화된 인물 자체를 무비판적으로 수용한 데에서 빚어진 것으로 보인다.)

이 소설의 주인공은 어디까지나 임꺽정인지라 그에 관한 이야기가 가장 많이 나오고 그런 만큼 그의 사람됨됨이나 성격도 다각적으로 부각되고 있다. 작가가 임꺽정의 성격을 가장 종합적으로 묘사한 대목은 화적편 첫머리에 나온다. "꺽정이가 처지의 천한 것은 그의 선생 양주팔이나 그의 친구 서기나 비슷 서로 같으나 양주팔이와 같은 도덕도 없고 서기와 같은 학문도 없는 까닭에 남의 천대와 멸시를 웃어버리지도 못하고 안심하고 받지도 못하여 성질만 주지중 괴상하여져서 서로 뒤쪽되는 성질이 많았다. 사람의 머리를 무 밑동 도리듯 하면서 거미줄에 걸린 나비를 차마 그대로 보지를 못하고 논밭에 선 곡식을 예사로 짓밟으면서 수채에 나가는 밥풀 한 낱을 아끼고 반죽이 눅을 때는 홍제원 인절미 같기도 하고 조급증이 날 때는 가랑잎에 불붙는 것 같기도 하였다." 이런 성격의 소유자인지라 집에 봉물 감춰둔 것이 드러나 선택의 기로에 놓이게 되었을 때 가족을 구출하여 청석골로 향하게 되고, 그곳의 대장으로 추대된 후에는 군주처럼 무리들 위에 군림하며, 장물아비를 만나러 서울에 와서는 무려 세 사람의 여자를 첩으로 삼고, 그 여자들이 옥에 갇히게 되자 청석골의 무리들을 몰고가 구출해내려는 무모

한 계획을 세우고, 말리는 두령을 죽여버리는 등 타락의 길을 걷게 된다. 이러한 인간적 변모는 도둑이 되기 이전에 보여주었던 큰뜻과는 거리가 먼 것으로 작가의 리얼리즘 정신의 후퇴로 보는 시각과 오히려 도둑이 혁명가로 될 수 없었던 시대적 한계를 드러낸 것으로 보아 리얼리즘적 성취로 보는 시각으로 갈리게 하는 요소가 된다.

일곱 형제들의 행동은 대체로 직선적이며, 작가는 이들의 행동을 묘사하는 데 심리적 추이를 드러내는 일은 대단히 절제하고 있다. 그러나 심리묘사를 잘할 수 없어서 그렇게 된 것이 아님은 곽오주의 경력을 밝히는 대목에서 뚜렷이 드러난다. 얼굴이 예쁜 과부를 보쌈해다 천신만고 끝에 아내를 삼은 여자가 아이를 낳고 죽자, 젖 있는 여자들을 찾아다니며 아이에게 젖 얻어먹이는 데 골몰하던 오주는 젖을 얻어먹일 수도 없는 한밤중에 우는 아이를 달래느라 진땀을 빼다가 마침내 정신착란을 일으켜 아이를 내동댕이치고 만다. 이후 오주는 우는 아이만 보면 죽여버리는 병에서 헤어나지 못하게 되는데, 이 과정의 묘사는 직정적이고 괄괄한 사내가 어미 잃은 아이의 울음소리를 견디지 못하는 인간 심리의 이중적 측면을 여실히 드러내고 있다. 권력을 유지하기 위해 수많은 사람을 죽음의 구렁텅이로 몰아넣은 남곤이 착란을 일으켜 김덕순이 자기를 죽이러 왔다고 헛소리하며 죽어가는 과정도 심리적 갈등의 한 단면을 그려낸 것으로 보아도 좋을 듯하다.

벽초는 전체적으로 볼 때 직접적인 심리묘사는 절제하고 있지만, 꿈을 통해 인간의 심리를 심층적으로 조명하는 방법도 간간이 구사하고 있다. 그중 세 가지만 예로 들어본다. (1) 나이든 총각으로 알고 있는 이장곤과 혼인하기 전날 밤 봉단은 날이 시퍼런 칼은 든 늙은여자가 나타나 자기 사위를 빼앗아가는 년을 죽이겠다는 꿈을 꾼 후 병에 걸려

어머니의 부정풀이 끝에 회복된다. 봉단의 아버지 형제는 봉단에게 이렇게 말한다. "의심을 하면 울타리에 널린 치마가 허깨비의 옷자락으로 보이는 법이야. 네가 의심을 가졌던 것이지."(2) 곽오주에게 보쌈당한 과부는 험한 산속의 굴에서 울고 있는 아이를 안아들고 보니 곰새끼여서 얼른 던져버리고 나니 다시 사람의 아이여서 다시 안아보려고 하는 순간 시커먼 곰 한 마리가 아이를 빼앗아 안고 굴 밖으로 뛰어나가면서 굴이 무너지는 꿈을 꾼다. 이 꿈은 보쌈당한 여인의 공포와 불안, 그리고 비극적 앞날을 예시한다. (3) 서울에서 체포되기 직전에 서림은 얼음구덩이에 빠져죽은 자신의 시체를 보는 꿈을 꾼다.

4. 묘사의 특징과 주제의식

심리묘사 못지않게 풍경에 대한 묘사 역시 대체로 생략한 채 작중인물들의 행동을 따라가고 있지만, 필요한 경우에는 상당히 치밀한 묘사력을 보여준다. 일반적으로 노동장면의 부재가 이 소설의 약점으로 지적되고 있지만, 이장곤이 봉단과 혼인하고, 고리백정의 사위가 되어 고리짜기를 배우는 장면이나 고리백정이었던 돌이가 장인이 소 잡는 장면을 구경하는 대목의 묘사는 이 작가가 세부묘사에도 뛰어난 능력이 있음을 보여준다. 그리고 무당들에게 신격화되어 있는 최영장군이 새색시를 맞이하는 굿이나 단오날의 큰굿 장면 등은 민속자료로서도 손색이 없을 만큼 구체적이고 실감있게 그려져 있다.

이 소설의 기본정조는 이처럼 민족적인 삶의 분위기에 남성적인 힘이 넘쳐흐르는 듯하지만, 피리의 명인 단천령과 가야금을 잘 타는 기생

초향과의 음률을 통한 사랑의 묘사나 단천령이 청석골에 잡혀와 달밤에 피리를 부는 장면, 그리고 그가 청석골에서 풀려난 직후의 느낌에 대한 묘사는 부드러운 예술적 심미안에서도 벽초가 다른 작가들에게 결코 뒤지지 않음을 보여준다. "단천령이 길막봉의 배행으로 탑고개에서 나와서 (…) 송도로 향하는데, 몸과 마음이 다 거뜬하여 곧 날 것 같았다. 몸은 나귀 등에 실리었을망정 마음은 날았다. 거미줄에 걸리었던 나비가 거미줄에서 떨어져서 청산으로 날아가는 듯, 조롱에 갇히었던 새가 조롱을 벗어나서 공중으로 날아가는 듯 단천령이 눈뜨고 꾸는 꿈에 나비가 되어 너푼너푼 날고 새가 되어 훨훨 날다가 나귀가 넓은 도랑을 건너뛸 때 하마 떨어질 뻔하고 꿈이 깨었다. 댕갈댕갈 지껄이는 계집들 말소리에 뒤를 돌아보니 (…) 지껄이는 것은 자기 이야기인 듯 양반 율객이란 말이 귓결에 들리었다. 율객 소리가 귀에는 거치나 마음까지는 거슬리지 아니하였다. 그보다 더한 소리를 한대도 시들스러웠다. / 단천령 눈에 좌우 산천이 처음 대하는 것같이 새로워서 산 보고 좋아하고 물 보고 좋아하며 송도 부중까지 들어왔다."

『임꺽정』의 주제는 엄격한 신분사회에서 살아가는 천민들의 참혹한 삶과 양반에 대한 저항의식을 드러내고 있지만, 그보다 더 본질적인 측면에서 홍명희는 개인적 차원에서는 인간본성의 해방, 민족적 차원에서는 말살할 수 없는 민족정서의 해방까지를 꿈꾸고 있음이 소설의 행간에서 둔중하게 울려나오고 때로는 처절한 슬픔과 해학이 한데 어우러져 흐른다. 남성중심적 양반사회의 비인간적 가치를 웃음거리로 만들면서, 홍살문에 갇혀 있는 여성의 억압된 욕망을 통쾌하게 해방시켜주는 장면은 임꺽정이 서울에서 세번째 첩으로 얻게 되는 김씨에 대한 이야기에서 실감있게 펼쳐지고 있다.

이 소설에 나오는 여성 인물들은 남성중심적 신분사회에 이중으로 갇혀 있음에도 불구하고, 매우 대담하고 당찬 모습을 보여준다. 임꺽정의 본처 운총, 배돌석의 세번째 아내 귀련, 정순붕 대감의 어린 비녀 갑이, 배돌석을 오쟁이지게 한 두 여자, 계향, 김산의 아내 등의 행동은 도덕적인 정당성 여부를 떠나 매우 강인한 생명력을 보여준다. 이러한 여성 인물들을 창조해낸 벽초의 인간관은 인간의 본성으로부터 민족정서의 해방에 이르는 자유와 평등이라는 근대의 보편적 가치를 내재하고 있는 것으로 보인다.

임꺽정을 화적 이상의 인물로 그려내는 것을 거부하는 벽초의 작가정신은 자연주의와 리얼리즘의 경계선상에 놓여 있는 것으로 보이며, 모든 억압적 권위에 저항하는 아나키스트적 편린을 얼핏 엿보게 한다.

(1998년, 민예총에서 강의한 「홍명회와 조정래」 중 홍명회 부분.)

제4부 중·장편 소설론

역사적 상상력과 변증법적 소설미학
— 조정래의 대하소설 『아리랑』

1. 역사와 민족, 그리고 조정래의 역사의식

80년대 말 이후에 진행된 세계사적 격변은 우리 문학계에까지 크고 작은 파장들을 몰고 왔고, 그중 하나는 군학적 소재의 측면에서 역사와 민족에 대한 부정적인 태도로 나타났다. 한동안 우리 지식인 사회를 휩쓴 '근대성'에 대한 비판적 관심들이 일부 평론가들로 하여금 역사나 민족까지도 일종의 억압적 이데올로기로 받아들이게 한 나머지 역사소설에서조차 개인의 사적인 생활감정이나 정서의 형상화만을 중요한 요소로 치켜세우게 하는 부작용을 낳았던 것이다. 이러한 태도는 우리 소설계에 자전적 내용이나 이색적 경험담의 범람을 가져왔고, 요즈음에는 이러한 경향에 대한 비판의 목소리가 점점 높아지고 있다. 90년대의 앞쪽 절반이 과거 속으로 꼬리를 감춘 지금의 시점에서 볼 때, 근대성의 부정적 측면에 대한 극복조차도 '근대적 사유'에 내재한 반성적 기능을 통해서만 가능하다는 사실에 대한 좀더 깊이 있는 성찰이 이루어져야 할 것으로 생각된다.

탈(脫)근대론자들의 주장을 들먹일 것도 없이, 우리 시대의 생활현상은 다양한 영역들로 분화되어 있다. 그러므로 하나의 체계로 세계를 설명하려 할 때 거기에는 삶의 다양성을 무시하는 요소가 깃들일 가능성이 커진다. 근대성의 적극적 옹호자인 하버마스조차도 체계와 다양한 생활세계 사이의 모순을 부정하기보다는 그러한 사실 자체의 해결을 자기 철학의 목표로 삼고 있다. 그의 견해에 따르면, 근대성이란 한편으로는 이전 시대의 전통적 사고방식에 깃들여 있는 유토피아적 기획들을 현실적 조건에서 비판하는 '역사적 사유'에 기초해 있고, 또 한편으로는 현실적 조건 그 자체를 넘어설 수 있는 가능성을 열어놓는 '유토피아적 사유'에 기초해 있다. 인간의 사회적 삶의 흐름을 과거, 현재, 미래라고 하는 시간적 형식을 통해 질서화하려는 '역사적 사유'는 역사 속에서 하나의 중심적인 힘을 그 주체로 상정하고 역사를 발전적 시각에서 보려는 경향을 띠게 된다. 하버마스는 이러한 주체중심적 이성의 일방성을 극복하기 위해 '의사소통적 이성'이란 개념을 만들어내고, 주관성으로부터 상호주관성으로의 패러다임의 변화를 강력하게 요청하고 있다. 이 패러다임에는 다양한 주체들의 주관적 판단들이 대화적 공간에서 이루어지는 상호 지양의 과정을 거침으로써 좀더 나은 단계로 발전할 수 있다는 낙관이 깃들여 있다.

인류문명의 발달 과정을 주체중심적 이성에 기초하여 하나의 보편사로 엮어내려는 시도에는 상당한 무리가 따를 수밖에 없다. 특히 단위 민족들 사이의 다양한 삶의 방식과 불균등 발전이라는 사실을 염두에 둘 때 그러하다. 그러나 근대국가의 형성이 기본적으로 민족을 기본단위로 하고 있다는 명백한 사실을 염두에 두고 보면, 민족을 주체로 한 민족사의 서술은 가능한 것일 뿐만 아니라 필요한 것이기도 하다. 특히 우리 민족처럼 근대적 의미의 민족을 형성하기 이전에 다른 민족의 식민지로 전락하였을 뿐만 아니라 우리의 힘으로 독립을 쟁취하지 못함으로써 국토가 분단된 채 오늘에 이르고 있는 경우 민족사의 서술은 민족의 존립과도 깊이 관련될 수밖에 없다. 에티엔 발리바르의 말처럼, 모든 근대민족이 "식민지화의 산물"이고, 어느 정도까지는 "항상 식민지를 만들거나 식민지화를 당하는 처지"에 있었으며, "때로는 두 가지 다이기도 했다"는 것을 염두에 둔다면, 식민지 경험이 결코 특별한 것은 아니다. 그러나 아직도 통일된 민족국가를 이루는 것을 우리 시대의 역사적 과제로 받아들일 수밖에 없는 처지에서 제국주의적 과정을 거친 선진 자본주의 국가들에서 이루어진 탈근대 사조의 무비판적 수용으로 민족사적 관점을 무시함으로써 식민지적 후유증에 대한 치유를 외면하거나 지연시키는 일은 우리 자신을 세계사 속에 정체성을 지닌 민족으로 바르게 세우는 데에도 장애가 된다는 점에서 부끄러운 일일 수밖에 없다.

이런 점에서 볼 때, 우리가 『태백산맥』과 『아리랑』을 읽을 수 있다는 사실은 퍽이나 다행스러운 일이다. 이 두 작품을 비롯해 조정래 문학의 뼈대가 되고 있는 역사의식은 과거의 역사적 사실 그 자체에 대한 관심에서 비롯되는 것은 아니다. 그의 일차적인 관심은 지금 우리들의 삶을 억압하거나 왜곡하고 있는 부당한 힘의 정체를 파악함으로써 그것의 극복을 모색하는 데 집중되고 있다. 말하자면 과거를 향한 그의 문학적 탐험은 현재에서 출발하여 미래를 지향하고 있는 것이다. 그자신이 자전적인 글에서 고백하고 있듯이, 조정래 소설들의 모티프는 1980년 5월의 그 사건이 버젓이 저질러질 수도 있을 만큼 왜곡된 분단체제의 성격을 밝히고 그것을 극복할 수 있는 실천적 근거를 마련하기 위해 역사적 진실을 오랫동안 은폐·왜곡해온 부당한 힘과 거짓된 역사서술에 메스를 가할 수밖에 없다는 판단에서 태동하고 있는 것이다. 그러기에 『아리랑』은 '민족'을 주체로 상정하고 있음에도 불구하고 그 '역사'는 억압과 박탈의 역사를 살아낸 민중들의 고통스러운 삶과 투쟁으로 구체화되고 있는 것이다. 이 글이 민족사적 주제를 드러내는 거시적 구도와 역사적 의미가 삶의 다양한 세목들로 드러나는 방식에 초점을 맞추게 된 것도 그러한 이유 때문이다. 이 글을 통해 역사와 삶의 구체성, 다시 말해 체계와 다양성을 조화시키는 조정래의 소설미학이 확인될 수 있기를 기대해본다.

2. 광범한 시공간에 대한 소설적 전략

일본이 제국주의 단계에 접어들었을 때에도 조선의 자본주의 발달은 극히 미미한 상태, 즉 부르주아의 형성과 자본주의적 생산력 및 생산관계의 발달 정도가 보잘것없는 수준에 있었다. 그러나 『아리랑』이 시작되는 시점인 1904년보다 이미 10년 전에 우리 민족은 농민이 중심이 되어 당시 지배계급의 수탈에 항거하고 위협적으로 몰려오는 외세를 물리치기 위하여 혁명을 일으켰다가 신식 군사력을 앞세운 일본의 개입으로 좌절한 경험을 갖고 있었기에, 민족의식만큼은 상당한 수준에 도달해 있었다. 이후 청일·러일 두 전쟁에서 승리를 거둔 힘과 경험을 가지고 한반도에 집중된 일본의 침략은 우리 민족의 생존과 정체성 그 자체를 위협할 만한 것이었고, 여기에 온 힘을 기울여 맞선 우리 민족의 투쟁은 우리 민족의 역사에 쉽게 메울 수 없는 깊은 골들을 남겨놓았다. 일제의 침략은 5천 년의 역사를 지닌 민족 자체의 말살을 겨냥한 것이었기에 정치적 체제와 경제적 구조는 말할 것도 없고 전통적 생활양식과 언어에 대한 철저한 파괴를 의미했다. 그리하여 민족 내부에 다양한 분산과 이질화가 이루어지고, 거기에 대한 여러 차원의 투쟁과 반전(反轉)의 모색으로 복잡다단한 운동들이 펼쳐지게 되었다. 그러므로 일제침략 40년사를 소설로 형상화하려는 작가는 전체 역사에 대한 조망과 변화무쌍하고 다양한 사건들을 유기적으로 결합해야 하는 엄청난 난제에 부딪칠 수밖에 없다.

『아리랑』이 다루는 시간대는 일제가 통감부를 설치하기 1년 전인 1904년부터 일본이 항복을 선언한 1945년까지 41년간에 걸쳐 있다. 이 소설에서 다루어지고 있는 굵직굵직한 역사적 사항들만 보더라도 제1차 한일협약, 을사조약, 의병전쟁과 남한 대토벌작전, 한일합방조약, 토지조사사업, 3·1운동, 청산리·봉오동 전투, 경신참변, 자유시사변, 조선공산당 창립, 원산총파업, 광즈학생사건, 신간회 결성과 해체, 만주사변, 연해주 한인 강제이주 등이며, 그 무대는 한반도와 일본, 중국, 러시아, 하와이, 미국 본토, 동남아시아 등 전 세계의 절반이상에 뻗쳐 있다. 이러한 역사적 현실을 총체적으로 조명하고 있는 『아리랑』은 광범한 시간과 공간을 효과적으로 결합하기 위해 여러 사건과 인물들을 시간적 추이에 따라 번갈아 살피기를 거듭하면서 장강처럼 서서히 흘러간다. 크게 보면, 나선적 진행을 통해 공시성과 통시성을 결합하고 있는 것이다. 작가의 서술적 시점의 흐름을 통해 드러나게 되는 이 나선을 구성하는 무수한 점들은 운동선상에 있는 수많은 인물·집단들의 한 순간들이다. 이러한 순간들은 작가의 시선과 만나는 동안 그 나름의 변화와 운동의 추이를 드러낸 후 다음 장면으로 교체되며, 이러한 패턴이 반복되면서 이 소설은 입체성을 얻어간다. 그리고 하나하나의 장(章)들에도 그 역사적 의미와 성격에 따라 제목이 붙여질 수 있을 만한 내용과 내적 통일성을 갖춘 절제의 미학이 깃들여 있다.

역사적 사건들의 일차적 담지자는 말할 것도 없이 사람들이다. 홍범도, 신채호, 이승만과 같은 역사적 실존인물들은 어쩌다 한 번씩 작중인물들의 대화나 지문 속에 잠깐씩 언급되는 정도이고, 작가의 지속적인 관심 속에서 움직이는 40여 명의 중요인물들과 그 밖의 수많은 인물들이 등장하여 그 시대의 크고작은 역사적 사실과 의미의 운반자로서 다양한 역할들을 감당하고 있다. 이들은 물론 우연히 수집된 군상들이 아니라 역사적 사건들과 흐름을 가장 효과적으로 감당할 수 있도록 선택된 사람들이며, 특히 민족전선에 수렴되는 수많은 인물들은 일본의 침략전선에 동원된 온갖 인물들과 다양한 지배전략에 맞설 만한 저항적 거점에서 움직인다. 이들의 저항적 행위를 유발하는 일본의 침략과 지배의 구도는 말할 것도 없이 무기로만 상징되는 물질적인 힘에만 그치는 것이 아니다. 의병과 독립군을 궤멸시키기 위한 군사적 행위는 말할 것도 없고, 삶의 터전인 토지를 빼앗아 관리하기 위한 8년간의 토지조사사업, 정보와 치안과 효율적 지배를 위한 우체국과 주재소와 각종 행정기관 운용, 조선인들을 회유하고 그들의 생활방식과 저항의식을 파괴하기 위한 수많은 친일단체의 구성, 조선교육령에서 여자정신대근무령에 이르는 무수한 법령들의 제정과 시행, 경제생활을 지배하고 물자를 착취하기 위한 물산공진회와 산미증식계획 및 철도·항만·도로·간척 공사의 강행, 문화정책을 통한 정신적 무장해제와 지식인에 대한 회유와 지배, 민족정신과 생활양식을 뿌리뽑기 위한 쇠

말뚝 박기와 농악의 금지, 민족어말살정책과 창씨개명 강행, 징용·학도병·군위안부의 강제동원을 통한 인력착취, 그리고 생체실험을 통한 인간파괴에 이르기까지 그들의 침략적 구도와 전략은 그 정도, 범위, 방법, 비인간성에서 인간의 상상력을 초월하는 것이었다. 이처럼 수많은 침략·지배 방식들에 대응하고 있는 수많은 인물들은 이 소설을 하나의 줄거리로 정리하기 어렵게 한다. 그러나 이들은 굵은 뼈대를 이루고 있는 몇 가닥의 삶의 전선 또는 민족 전선들로 수렴되고 있으므로, 그러한 전선들을 이루는 몇 갈래의 인물군으로 나누어 이 소설의 내용을 살펴볼 수 있는 길은 열려 있는 셈이다.

감골댁 일가의 생존을 위한 투쟁이 불가피하게 독립운동으로 수렴되어가는 과정은 식민지시대 우리 민족의 고난과 투쟁을 가장 광범하게 반영하면서 이 소설에 유기적 통일성을 부여하고 있다. 그리고 송수익, 공허, 지삼출에서 방대근, 이광민으로 이어지는 인맥은 의병전쟁에서 시작하여 중국과 러시아에서의 독립운동과 항일 빨치산투쟁 등으로 이어지는 무장투쟁 노선, 신세호와 유승현의 계몽적 민족운동에서 송중원의 문화운동과 정도규, 허탁, 고서완 등의 농민·노동자운동에 걸친 광범하고 다양한 국내 독립운동 전선, 그리고 박병진과 그의 아들 건식을 중심으로 한 토지를 빼앗긴 농민들의 땅을 되찾기 위한 끈질긴 투쟁이 다양한 노동 전선들로 분화되어가는 과정 등이 이 소설의 굵은 줄기들을 이루고 있다. 이 밖에 하와이 농장에 '역부'로 건너가 노예적인 삶을 영위하면서도 독립의 염원을 불태우며 독립자금을 모으거나 군사훈련을 하는 사람들이 있고, 러시아의 연해주에서 중앙아시아로 강제 이주되어 생존을 위해 몸부림치는 사람들이 있다. 그리고 부두노동자들과 철도공사장, 간척공사장, 정미소, 미선소, 방직공장 등에서 살인적인 노동에 시달리는 사람들이 국내의 여러 운동들에 직간접적으로 얽혀들고 있고, 징용, 학도병, 군위안부 등으로 끌려가 탄광, 비행장 공사장, 동남아시아의 전선 등에서 무참히 죽음을 당하거나 구사일생으로 탈출하기도 하는 사람들이 있다. 또한 아버지가 지주총대에게 폭행을 가하고 총살당한 후 어머니마저 실성하여 저수지에 빠져 죽게 되자 어린 나이에 여동생과 함께 거지가 된 차득보 오누이의 긴 세월 동안의 생이별과 재상봉 과정, 그 이후의 파란만장한 역정은 자칫 삭막하고 살벌해질 수도 있는 이 소설의 주제를 정서적 측면에서 떠받쳐주는 구실을 해내고 있다. 이러한 전선들은 또 다른 전선으로 분화되거나 서로 중첩되기도 하면서 궁극적으로는 일본인들이나 친일파들과의 대결을 통해 삶을 위한 투쟁과 나라를 되찾기 위한 싸움으로 발전되어간다. 이 밖에도 기생이나 미친 사람들까지 등장하여 시대적 분위기의 빈 자리를 메우면서 도처에 펼쳐진 전선들에 직접 또는 간접적으로 이어져 있다. 이들과 적대적인 위치에서 활동하는 일본인들이나 이들에 빌붙어 이재와 출세를 도모하는 친일파들 역시 그들 나름의 동기를 가지고 치밀한 전략이나 계략을 구사하며 그들 자신의 전선들을 펼쳐간다. 이러한 전선들 가운데 『아리랑』의 내용을 이해하는 데 필수적이거나 이 글을 전개해가는 데 도움이 될 만한 굵은 줄기들만 간단히 살펴본다.

감골댁 일가의 운명은 우리 민족의 그것과 거의 전면적으로 조응하면서 이 소설의 전체적인 흐름과 관련된다. 감골댁 일가는 이 소설이 시작되기 10년 전 동학농민혁명으로 가장을 잃은 가족들의 수난사를 반영할 뿐만 아니라 처음부터 일본에 대한 피해자적 경험을 지닌 사람들의 정서를 대변할 수 있는 위치에 있다. 이 가족의 수난은 큰아들 방영근이 집안의 빚을 갚기 위해 하와이의 파인애플 농장에 '역부'로 팔려감으로써 그곳의 민족운동사와도 관련된다. 그후 이들 다섯 식구에게는 검은 파도가 끊임없이 밀려온다. 다을의 부자 김참봉이 매파를 보내 큰딸 보름이를 첩으로 삼으려 한다. 감골댁은 보름이를 무주의 산골로 서둘러 출가시킨 후 셋째딸까지 넘보는 김참봉의 성화를 피해 의병전쟁의 패배로 야반도주하게 된 지삼출네를 따라 군산으로 삶의 터전을 옮긴다. 미선소에 다니게 된 셋째딸 수국이가 그 출중한 미모 때문에 헌병인 주인 아들에게 강간당하자 감골댁의 막내아들 대근이 강간자 백남일을 기습하여 눈병신으로 만들어버린다. 만주에서 대근은 신흥학교를 거쳐 독립군으로 성장한 후 다양한 무장독립운동들에 가담하며 이 소설 후반부의 중심인물로 떠오른다. 수국은 선량한 등짐장수로 변장한 일본의 비밀요원 양치성의 꾐에 넘어가 결혼까지 하지만, 그의 정체를 알게 된 후 그를 칼로 찌르고 도주하여 독립군에 가담, 전사한다.

일제의 토지조사사업으로 농촌사회가 파괴되고 농민이 분해되는 사례는 주로 박병진 일가와 함께 피해를 입은 김제군 죽산면의 자·소작 농들에게서 가장 전형적으로 드러나고 있다. 조정래는 많은 지면을 할애하여 일제의 토지조사사업이 농민 한 사람 한 사람의 삶에 어떠한 영향을 끼치며 우리 농촌사회, 나아가서는 당시의 민족경제를 어떻게 파괴했는지 세밀하게 드러내고 있다. 온갖 잡세와 관리들의 귀찮은 간섭에서 벗어나기 위해 조상들이 궁장토나 역둔토로 투탁한 토지를 불시에 잃게 된 박병진 일가와 수많은 마을 사람들은 토지를 지키기 위해 토지조사국 앞에서 시위를 한다. 주동자인 박병진은 감옥에 갔다가 옥사하게 되고, 시위에 가담한 남정네들은 다리병신이 되거나 성불구가 된 후 아내까지 잃고 객지를 떠돌다가 인생을 비참하게 마감하기도 한다. 보름이의 시아버지와 차득보의 아버지도 면서기와 지주를 폭행한 일로 총살을 당한다. 일본인의 소작인 처지를 감내하면서까지 땅을 지키려던 사람들은 나라를 되찾지 않고는 땅도 찾을 수 없다는 깨달음에 도달하여 3·1운동에 가담하기도 하지만, 이들 대다수는 결국 땅을 되찾기는커녕 소작지조차 잃고 만주나 타향으로 떠나게 된다.

토지조사사업을 다룬 이 부분은 역사적 의미의 부각뿐만 아니라 소설적 형상화에서도 가장 빼어난 성공을 거두고 있는 부분이다. 1910년에 이루어진 한일합방이 정치적 차원에서의 주권을 박탈한 것이었다면 이후 8년 동안에 이루어진 토지조사사업은 민족의 경제적 생존권을 박탈한 사건이며, 이어서 일어나게 되는 3·1운동의 실질적 이유가 된 중대한 사건이었다. 이 사업이 진행되는 동안 갖은 방법으로 땅을 늘린 일본인 하시모토는 김제군 죽산면을 절반 이상 자기 소유로 삼은 대지주가 되었고, 이 사업이 완료된 시점인 1918년 6월 18일까지 조선총독부는 조선땅의 45퍼센트를 차지한 최대 지주가 되었던 것이다. 조정래는 이 사건의 역사적 의미를 꿰뚫어보고 이 사건을 처절하고도 감동적인 인간 드라마로 그려내는 데 성공하였다(이 부분은 식민지시대를 다루면서도 토지조사사업을 언급조차 하지 않은 다른 역사소설들과 극명하게 대비된다).

양반지식인들 가운데 보황주의적 구습을 깨뜨리게 되는 소수의 사람들은 평민들과는 달리 대체로 논쟁적 대화나 개인적 차원의 경험을 통해 구시대적 인습을 극복하며 진정한 의미의 민족적 각성의 길로 나아간다. 그 대표적인 경우가 이 소설의 중심인물인 송수익과 절친한 친구 사이인 신세호이다. 신세호는 송수익과의 대화를 통해 철저한 자기파괴의 아픔을 겪으면서 민족적 각성의 길을 걷게 되고, 그후 나라를 찾기 위한 그 나름의 헌신적 삶이 전개된다. 거듭된 의병전쟁에서 심한 부상을 입고 산사에 은거해 있는 송수익을 찾아간 신세호는, 임진왜란 후 가장 큰 항일전쟁이었던 의병전쟁이 실패할 수밖에 없었던 것은 지휘체계의 혼란과 일본군의 신식무기 이외에도 상감과 조정이 의병을 역적시했기 때문이라고 말하는 송수익을 처음에는 무엄하다고 꾸짖는다. 집에 돌아와 송수익이 권한 신채호의 『성웅 이순신』과 『을지문덕』을 구하러 나섰다가 그러한 책들은 물론 조선인들이 지은 각급 학교의 교과서들이 몰수되었다는 사실을 알게 되고, 이런 일들이 일어나는 동안 자신은 방관자에 지나지 않았음을 알게 된다. 그는 서당에서 아이들에게 그런 책들을 읽어주며 민족의식을 깨우치다가 잡혀가 고문을 당하기도 하고, 송수익이 만주에서 보내온 『신한독립사』 같은 책들을 필사하여 보급하기도 하며, 글을 모르는 농민들을 위해 토지신고서를 대신 작성해주거나 마을을 뜨는 사람들을 위해 이별 잔치도 해주면서 신분이 낮은 사람들과의 도타운 정을 새롭게 맛보기도 한다. 일제 말엽에는 면사무소나 친일 행사장에서 오줌을 갈기는 기행을 하여 '오줌대감'이라는 별명을 얻게 된다.

　신세호가 보여주는 것과 같은 보황주의의 극복 과정은 초기 독립운동 과정에서 복벽주의자들과 공화주의자들 사이의 좀더 복잡하고 치열한 싸움의 과정들을 거치게 되는데, 작가는 만주의 통화 시가지에서 벌어진 젊은이들의 패싸움 장면 등을 통해 이러한 사실을 실감있게 보여준다. 작가는 개인적 경우뿐만 아니라 집단적 차원에서도 사상적 차이로 인한 투쟁과정을 포착하면서 독립군들 사이의 연합전선 형성 과정과 봉오동이나 청산리 등에서 치러진 독립전쟁으로 눈길을 옮겨간다. 물론 빛나는 승리뿐만 아니라 자유시참변과 같은 독립전선 내부의 이반과 갈등까지도 구체적으로 그려 보인다. 무장독립운동의 차원에서 전개되는 수많은 갈래들과 투쟁 과정은 주로 이 소설의 후반부에서 전개되는데, 이 부분은 전선들이 대단히 복잡한데도 작가는 근년에 발굴된 사료들과 그 자신의 조사와 취재들을 바탕으로 세밀하게 재현하고 있다.

유명한 무장투쟁들은 역사서들에 나오는 내용과 대체로 일치하므로, 여기서는 무장투쟁의 민족적 조건과 민족의식의 굴절을 보여주는 한 대목만 살피기로 한다. 노병갑은 신흥강습소의 후신인 신흥중학(숨겨진 실제 이름은 신흥무관학교)을 방대근과 함께 졸업한다. 그는 훈련받은 독립군답게 수많은 전투에서 용감하게 싸워나가며 경험과 이론을 갖춘 훌륭한 간부로 성장해간다. 그는 김좌진 장군이 암살된 후 공산주의에 반감을 갖게 되었지만, 중국군의 배신으로 한중연합통일군이 와해된 후 "독립을 위해서는 공산주의든 무엇이든 가리지 말고 힘을 합쳐야 한다"(제10권, 44면)고 했던 방대근의 말과 공산주의자들이 "일본군이나 만주군의 무기를 빼앗아 유격대를 조직한 것 (…) 가난한 농부들의 편을 들어 지주들의 횡포에 맞서고 나서는 것 (…) 조직활동을 앞세워 주민들에게 일체의 돈을 걷지 않는 점"(같은 곳) 등을 떠올리며 부하 50명을 이끌고 중국공산당 동만특위에 들어간다. 그러나 그곳에는 조선인들에게 더욱 불리한 조건이 도사리고 있었다. 일본이 사주한 조선인 밀정조직인 민생단의 암약이 그 유격대 내부에까지 뻗친 일이 있었기에 유격근거지의 조선사람들은 일단 민생단 분자로 의심받았고, 거기에 조선인 분파주의자들까지 가세하게 되어 조선인이 1년 사이에 300명 이상 처형되었던 것이다. 이런 사정으로 인해 자기 부하들이 계속 죽어가고 마침내 자기 자신까지 의심받아 죽음의 위협에 직면하게 되자, 노병갑은 다른 유격대로 가라는 친구의 권유를 뿌리치고 일본군으로 넘어가 이름까지 바꾸고 일본군 수색대장이 되어 아군에게 막대한 피해를 입히게 된다. 그는 결국 동북항일연군 특수공작대 대장인 방대근에게 살해당하고 만다. 노병갑의 경우는 중국인의 민족배타주의에 그 자신의 민족배타주의로 맞선 단순한 민족주의자의 오류를 적나라하게 보여줄 뿐만 아니라 독립운동가들이 얼마나 복잡한 조건 속에서 투쟁을 전개해갔는지 뼈아프게 증거하고 있다.

친일파들의 이재와 출세의 전선들도 세밀하게 포착되고 있는데, 이 전선들은 친일파 개개인의 신분과 성향에 따라 천차만별로 분화되어 나타나고 있다. 이 소설에서 친일파들이 하고 있는 역할은 대단히 복합적이다. 일본인들의 한반도 침략과 지배의 앞잡이로서의 매개적 역할뿐만 아니라 이들 특유의 이재나 출세를 위한 행위를 통해 당시의 사회경제적 조건들이 구체적인 조명을 받고 있으며, 이들과의 관계 속에서 일본인들의 간교한 술책들이 적나라하게 드러나기도 한다. 아전 출신으로 물욕과 출세욕이 강하여 일진회 군산지부 회장, 김제군 백산면 면장, 호남친화회 회장 등을 거치면서 군수가 되기를 꿈꾸는 백종두를 통해서는 주로 그때그때의 정치사회적 변화가 매개되고 있고, 보부상 출신으로 '동학 잔당'의 선을 고발하여 한밑천 잡은 후 잡화상으로 돈을 모아 사탕공장, 정미소까지 경영하게 되는 장덕풍을 통해서는 주로 상품경제적 측면이 세밀하게 포착되고 있으며, 양반 출신으로 일본인의 대농장 마름 역할을 하며 재산 불리기에 여념이 없는 이동만을 통해서는 주로 토지조사사업의 목적과 토지를 헐값에 사들이거나 갈취하는 일본인들의 간교함이 세세하게 드러난다(우체국 사환에서 출발, 밀정을 거쳐 경찰서의 만년 계장으로 머물게 되는 양치성의 경우는 인물묘사의 특성을 다루는 4절에서 살피기로 한다). 이 밖에 신식교육을 받은 지식인 친일파들은 대체로 민족주의 노선에 소극적으로 가담하다가 일제 말엽에 이르면서 변절하는 모습들을 보여준다.

지리적으로 너무 멀리 떨어져 있어서 이 소설의 중심적인 줄기에서 다소 벗어나 있는 듯이 보이는 하와이의 파인애플 농장에서 노예적인 삶을 영위하는 사람들의 생활과 투쟁이 밀도있게 그려져 있고, 중앙아시아의 타슈켄트에 강제 이주되어 갈대밖에 없는 허허벌판에서 피붙이들의 주검을 묻어가며 생존을 위해 몸부림치는 사람들에 대한 묘사는 생동감으로 넘치고 있다(이 부분 역시 4절에서 살피기로 한다). 그리고 하와이와 중앙아시아 조선인들의 생존투쟁과 함께 일본의 이민정책에 속아 만주로 실려와 벌목과 숯굽기로 고생하던 수많은 조선인들이 1945년 8월 15일 해방의 날에 중국인들에게 '일제의 주구'로 내몰려 많은 사람들이 죽음을 당하게 됨으로써 그곳의 조선인들에게 해방이 아닌 '사변'으로 기억될 수밖에 없었던 경우 등은 약소민족의 해방을 부르짖는 사회주의 국가에서조차 민족은 어쩔 수 없이 정치적인 기본단위일 뿐만 아니라 삶과 죽음을 결정짓는 가장 기본적인 조건이 될 수밖에 없음을 뼈아프게 확인하고 있다. 이처럼 조정래의 '민족'은 당위적 개념이 아니라 구체적인 역사적 경험을 통해 실체로서 확인되는 현실적 개념이다.

그리고 이 소설에서 빼놓을 수 없는 또 하나의 전선은 일종의 문화운동 전선이다. 조선인의 혼을 뿌리뽑기 위해 농악놀이에서부터 민족어의 말살까지 획책한 일본의 문화침탈과 여기에 맞서는 다양한 움직임들은 『아리랑』의 도처에서 출몰하고 있다. 철도공사장에서 침목을 나르는 인부들의 목도소리만 해도 그렇다. "부모형제, 상봉가세/철도공사, 지옥살이/누굴위해, 골빠지나/묻지마라, 뻔헌대답/왜놈발에, 발통달기/어얼덜러, 어야데야" '발통'은 '바퀴'의 전라도 사투리. 그러니 "왜놈발에, 발통달기"의 의미는 명약관화해진다. 이렇게 인부들은 고통과 분노를 뿜어내며, 서로들 항일감정을 고조시키고 있다. 민중들의 입에서 입으로 전해지는 의병장수들의 노래, 장수탄생가, 장타령, 독립군가 들이 있고, 좀더 세련된 지식인들은 영화(나운규의「아리랑」)나 문학작품들(「빼앗긴 들에도 봄은 오는가」,『임꺽정』등)을 통해 민족정서와 독립정신을 고취하고 있다. 이 소설의 제목이기도 한「아리랑」은 여러 곳에서 그때그때의 상황과 분위기에 따라 가사가 바뀌면서 민족의 한과 공동체의식을 고취하고 있다.

이 밖에도 군산 부두노동자들이 자신들의 생존을 위해 중국인 노동자들과 패싸움을 벌이거나 노동조합을 결성하는 과정과 철도 · 도로 · 간척 공사장과 견사공장 등에서 노동력을 착취당하는 사람들이나 징용, 학병, 군위안부 등으로 끌려가 목숨을 잃거나 탈출하는 민중들의 삶이 한 서린 수난으로서가 아니라 식민지적 현실 속에서도 자기들 나름의 길을 찾아감으로써 "한 사람, 한 사람이 정신을 똑바르게 차리고 꿋꿋하게 살아가는 힘이 곧 독립투쟁이고 나라 찾는 지름길"(제5권, 311면)이라는 공허 스님의 말과 조응하고 있다. 이렇게 하여 역사의 표층뿐만 아니라 민족정서의 심층까지 뻗쳐 있는『아리랑』의 소설적 구도는 마무리된다.

3. 변증법적 전개와 대화적 형상화

앞에서 보았듯이 『아리랑』은 전체 역사에 대한 조망과 다양한 사건들을 균형 있게 표현하기 위한 소설적 구도를 거의 완벽하게 충족시키고 있다. 그러나 이것 외에도 역사적 의미의 경중에 따라 적절히 배분된 소재들을 소설적 언어로 재현하는 문제, 즉 소설적 형상화의 문제는 여전히 남는다. 조정래는 이 문제를 해결하기 위해 객관적으로 주어진 역사적 사실들을 개인적 차원의 주관적인 삶 속에 용해시키는 데 엄청난 힘을 기울이고 있다. 그리하여 『아리랑』에 그려진 대다수의 인물들에서는 역사적 의미보다는 먼저 삶의 여러 모습들과 거기에 깃들인 인간적 의지가 강하게 감지된다. 이 소설 진행의 지주적(支柱的) 역할을 감당하고 있는 송수익과 몇몇 양반 지식인들, 그리고 일본인들이나 대부분의 친일행위자들을 제외하면 거의 모든 인물들은 처음부터 민족적이거나 역사적인 역할을 감당하는 인물들이 아니다. 그들은 삶을 위한 투쟁, 다시 말해 그들 자신의 생존을 위한 투쟁을 전개해가는 과정에서 불가피하게 시대적 현실로 진입하게 되며, 거기에서 그들의 행위에 민족적이거나 역사적인 의미가 실리게 된다. 말하자면 일제에 맞선 우리의 민족전선은 다양한 삶의 전선들의 양적인 축적과 의식의 지양을 통해 이루어지고 있는 것이다. 이러한 사실에서 우리는 민족전선은 삶의 전선들의 연장과 확대 속에서 이루어지는 것이고, 그러한 과정이 제대로 포착될 때 한 민족이 지닌 진정한 힘과 민족적 특성 그리고 역사적 의미가 드러날 수 있을 뿐만 아니라, 궁극적으로는 소설이 하나의 예술적 표현양식으로서 독자들에게 감동을 불러일으킬 수 있다는 사실을 확인하게 된다.

삶에서 민족전선으로 나아가는 진행방식은 필연적으로 변증법적인 대립구도와 대화적 상황 설정을 요구한다. 그래서 『아리랑』에서 다루어지고 있는 크고작은 사건들에는 거의 언제나 이질적이거나 대립적인 힘들이 충돌하며 변화와 발전의 궤적을 그려나가고 있다. 작가의 시선은 사람과 사람 사이, 계급과 계급 사이, 나아가서는 민족과 민족 사이의 대결과 갈등 속에서 빚어지는 힘들의 움직임을 집요하게 추적한다. 바로 이러한 '힘들의 움직임'을 구체적인 상황과 인물들을 통해 드러내는 것이 조정래 특유의 역사적 상상력의 요체이다. 이 소설의 각 장들의 서두에 자주 나오는 자연묘사조차도 단순히 삶의 배경이나 계절의 변화만을 나타내기 위한 것이 아니라 때로는 시대적 분위기를 드러내거나 민족적 대결양상에 대한 비유나 상징의 역할을 함으로써 독자들로 하여금 그 속에서 변증법적인 힘의 움직임을 감지케 한다. 예컨대 이 소설의 첫 장면에서 작가는 초록빛으로 가득한 들판의 평화스러움에 거센 바람과 더불어 금방금방 파란 하늘을 삼켜오는 먹구름을 대립시켜놓고 있다.

거칠게 휘도는 바람을 앞세우고 탁한 회색빛 구름이 바다 쪽에서 몰려오고 있었다. 시꺼먼 먹구름은 하늘을 금방금방 삼켰다. 그리고 그 두껍고 칙칙한 구름덩이들은 서로 얽히고설켜 꿈틀대고 뒤척이며 뭉클뭉클 커져가고 있었다. 순간순간 그 형상이 변하고 있는 먹구름은 무슨 살아 있는 괴물처럼 흉물스럽기도 했고, 무슨 액운을 품고 있는 것처럼 음산하기도 했다. 그 구름떼는 성난 짐승들의 무리가 내달아오는 것 같은가 하면, 총칼을 든 도둑패들이 아우성치며 몰려오는 것 같기도 했다. (제1권, 11~12면)

설사 먹구름들을 "성난 짐승들의 무리"나 "총칼을 든 도둑패"들로 직접 비유하지 않았다 하더라도 우리는 시시각각으로 엄습해오는 불길한 예감으로 가슴이 짓눌리는 듯한 느낌을 갖게 되었을 것이다.

『아리랑』에는 적대적인 위치에 놓인 사람들 또는 크게 보아 같은 길을 가면서도 의견이나 이해가 엇갈리게 된 사람들 사이의 크고 작은 충돌들이 무수하게 나타나고 있다. 이 소설의 전체적인 줄거리를 따라가며 몇 가지 예를 들어보면, 논 닷 마지기로 남의 집 처녀를 후처로 삼으려는 김참봉과 감골댁 사이의 줄다리기, 신작로가 생기게 되어 땅을 잃게 된 양반지주와 일본인 사이의 이해 충돌, 땅을 빼앗긴 사람들과 토지조사국 · 일본인 · 지주 · 면서기 사이에서 벌어지는 피비린내나는 싸움들, 군산부두의 중국인 노동자들과 조선인 노동자들 사이의 패싸움, 만주 이민자들과 5할의 소작료를 요구하는 중국인 지주들 사이의 이해 상충, 이르쿠츠크파와 상해파 사이의 충돌로 빚어진 자유시사변, 잡지 주간인 송중원과 변절한 사장 민동환 사이의 갈등, 친일문인들과 굶주리면서까지 그들의 회유를 거부하는 항일문인들 사이의 갈등, 이 소설의 대미를 장식하는 중국인들과 조선인들 사이의 혈전에 이르기까지 헤아릴 수 없을 정도이다. 이러한 갈등들은 이해관계에 따라 친일파인 백종두와 장덕풍 사이에도, 그리고 그들과 일본인들 사이에서도 빚어진다. 그러나 그 성격과 의미가 서로 다른 무수한 충돌과 반목과 살육들은 작가가 진행상의 편의나 흥미를 위해 지어낸 것이라기보다는 삶의 여러 차원에 존재한 이해관계들이 불가피하게 표층으로 드러난 것들이며, 방대한 역사를 가장 집약적으로 드러내기 위한 필연적 방식이다.

앞에서 본 토지조사사업의 진행 과정 역시 사건들의 평면적 나열이나 역사적 상황에 대한 설명을 통해 드러나는 것이 아니라 철저하게 변증법적이며 대화적인 상황의 설정과 전개 과정을 통해 넘칠 듯한 역동성을 내재하고 있다. 이 부분은 『아리랑』의 전반부에서 가장 중요하게 다루어지고 있을 뿐만 아니라 한 권의 장편소설로 독립시켜도 좋을 만한 요소들을 두루 갖추고 있다. 그만큼 농민들과 토지조사사업을 진행하는 사람들 사이의 대결양상은 전면적이고, 그 피해는 다양할 뿐만 아니라 그 파장이 아주 멀리까지 미치고 있다. 소작지나마 잃지 않기 위해 만석꾼이 된 정상규에게 아내를 허락하는 한기팔의 경우 등을 거쳐 후반부에 이르러 박병진의 처 대목댁의 참혹한 자살과 손자 박용화가 동남아시아의 전선에서 죽음에 직면하는 장면에까지 뻗쳐 있다. 그리고 부모를 잃은 차득보와 옥녀의 운명에 실려 북해도의 탄광과 만주의 독립전선으로도 가지를 뻗어간다. 이러한 피해사례들 역시 그 고비마다 가해자들과 대결하는 피해자들의 숨막힐 듯한 고통과 투쟁의 모습을 통해 드러나고 있다.

이러한 변증법적 전개방식은 흔히 대화적 상황의 설정과 쌍곡선을 이루며 진행된다. 토하(민물새우)를 뜨거나 물긷는 여인들의 말장난에서부터 지식인 운동가들 사이의 토론이나 논쟁에 이르기까지 다채로운 대화들은 (1) 달라진 세상에 대한 정보교환의 매개가 되거나, (2) 대화자들의 성격과 사상을 드러내거나, (3) 의식상의 변화를 가져오는 계기들로 작용하거나, (4) 회유와 협박의 수단으로 이용되기도 한다. 그리하여 모든 인물들의 행위와 변화에는 그럴 만한 이유가 실리게 된다. 매파인 봉산댁의 집요하고 능란한 말솜씨와 굶어죽는 한이 있더라도 딸을 첩으로 내놓지 않으려는 감골댁의 대결 장면 역시 대화를 통해 인물들이 처한 상황과 이들의 심리상태를 드러내는 작가의 탁월한 능력을 보여준다(제1권, 254~281면).

　지면관계상 그 세세한 가닥들을 살피기는 어려우므로 여기에서는 3·1운동 전야의 시대적 분위기와 3·1운동의 전개과정, 그리고 그 결과와 의미를 드러내는 특징적 방식만을 간단히 살피기로 한다. '폭풍전야'라는 제목이 붙어 있는 장에서 조정래는 3·1운동 직전의 시대적 분위기를 총체적으로 드러내기 위해 단막극을 방불케 하는 10개의 대화적 장면들을 불과 22페이지에 달하는 좁은 지면에 배치하여 전 세계의 절반 이상 되는 광활한 무대에서 펼쳐지고 있는 모든 종류의 독립운동을 공시적으로 점검하면서 말 그대로 '폭풍전야'의 숨막힐 듯한 분위기를 자아내는 매우 독특한 기법을 구사하고 있다. 각 장면의 제목들만 살펴보면, 상해 신한청년단 모임, 워싱턴 국무성 앞, 동경유학생회 웅변대회장, 하와이 국민군단 훈련소, 간다쿠의 조선기독교청년회관, 중앙학교의 밤모임, 전 민족의 운동으로 확대 결정, 동경의 2·8독립선언, 한국위임통치 청원서 발송, 모든 운동세력들의 대연합 등이다. 마지막 장면의 끝부분은 독립선언서가 인쇄되는 보성사의 야간 작업장에서 이루어지는 대화로 마무리된다. 이것은 작가가 역사적 사실들을 생경하게 드러내지 않기 위해 채택한 대화적 기법의 한 변형이면서도 긴박하게 전개되는 독립전선들을 객관성을 잃지 않으면서 극적으로 드러내기 위한 방법, 따라서 이러한 상황을 소설에 재현하는 데 가장 적절한 방법이라고 할 수 있다. 3·1운동의 전개과정은 민족지도자들이 아닌 특정한 인물들의 관찰이나 직접참여를 통한 실질적 경험의 묘사를 통해 전국적 확산과 일본경찰의 잔혹한 보복 장면까지 사실적으로 그려지고 있다. 그 운동의 의미는 송중원과 이광민의 대화를 통해 민족이 죽지 않고 생생히 살아 있음을 일제에게 가장 강력하게 보여준 것으로 정리되고 있고, 그 범위와 규모는 봉천에서 양치성이 정보교육을 받는 장면에서 참모장이 제시하는 통계적 수치로 드러나고 있다. "에에 그러니까 전국적으로 발생한 만세폭동에 가담한 조센징들의 수는 총 2백여만 명이고, 그중에서 사망자 7천 5백여 명, 부상자 1만 6천여 명, 체포 7만 4천여 명이오. 그리고 가담자 2백여 만 명 중에서 계층별 · 직업별로 구분한 결과는 농민이 제일 많아 56빠센또, 노동자가 제일 적어 3빠센또, 나머지가 학생 20빠센또, 지식인 21빠센또로 되어 있소."(제6권, 274~275면) (여기에서 우리가 눈여겨볼 것은 농민과 노동자의 참여비율이다. 농민이 노동자의 거의 20배에 달하고 있다. 이러한 사실은 『아리랑』이 김제 만경이라는 무대에서 시작될 수밖에 없는 필연적인 이유가 되고 있다.)

4. 세부묘사와 인물묘사의 특성

『아리랑』은 『태백산맥』보다 먼 과거를 재현하고 있지만, 앞에서 보았듯이 역사를 인간의 삶과 행위 속에 용해시켜 드러내는 형상화 기법에서는 더욱 세련되고 발전된 모습을 보여주고 있다. 자연묘사, 이국의 풍물들, 대보름 · 농악 · 들돌들기 등의 세시풍속, 장죽 · 곰방대 · 부채 등 전통적 생활양식의 일단을 보여주는 소도구들, 그리고 가난에 찌든 사람들의 밥상이나 방안 풍경에 대한 묘사 등은 작가의 탁월한 묘사력과 상상력을 감지케 하지만, 이러한 사실은 이 소설만의 특성도 아니려니와 식민지시대만의 특성을 드러내는 것도 아니므로 이에 대한 특별한 언급은 생략해도 좋을 것이다. 이러한 것들에 대한 세부적인 묘사 이외에도 석유·남포·성냥·광목·분·구루무·키니네·회충약·고무신 등 당시에 새롭게 등장하게 된 생활경제적 상품들, 사탕공장·정미소·미선소·견사공장 등 새로운 생산양식을 엿볼 수 있게 하는 제조업종들, 인력거·개화차(자전거)·6인승 마차·기차·철도·신작로 등의 교통수단, 그 시대의 특정한 계층이나 독특한 행동양식을 엿보게 하는 토란대가리·쇠좆매·가시 돋친 쇠불알·만보귀신 등의 비어나 속어들, 팔자수염·휘파람불기·화투놀이 등의 유행풍조, 마을 아이들의 입을 통해 번져가는 여러 종류의 노래들이나 항일적 내용을 담은 장타령과 상황에 따라 가사를 바꿔 부르는 아리랑 등이 이 소설의 공간에 삶의 실감과 무게를 실어주고 있다. 이러한 부분에 대한 묘사에서 우리를 특히 놀라게 하는 것은 사탕공장이나 미선소와 같이 우리에게 낯선 곳의 작업과정이나 낙미쓸이·절치기꾼과 같은 하찮은 일이나 특이한 직업, 가마니 짜는 기계나 갈대만으로 지은 '깔둥막', 현상금 걸린 독립운동가에 대한 벽보, 심지어는 전봇대에 붙은 은단광고와 '해태 담배'나 '기린 삐루' 등의 상표까지 세밀하게 재현되고 있다는 점이다.

이러한 세부묘사들은 단순한 묘사로 끝나는 경우도 있지만, 대부분의 경우 등장인물들의 특별한 체험을 통해 재현되고 있다. 예컨대, '토란대가리'라는 말은 우체국 급사였던 양치성이 일본에 가서 특수교육을 받고 돌아올 때 역에 마중나온 식구들 중 막내동생의 머리로 눈길을 옮기는 장면에서 나온다. "가위로 깎아나간 동생의 머리에는 가위질의 흔적이 무슨 테를 빙빙 둘러놓은 것처럼 남아 있었다. 그 흔적이 마치 토란껍질의 무늬 같아서 아이들은 가위로 갓 깎은 머리를 서로 '토란대가리'라고 놀려댔다." 이것은 물론 이발소에도 갈 수 없었던 가난한 아이들의 특징적인 모습이다. 또 '가시 돋친 쇠불알'에는 하와이의 농장에서 일하는 이민 1세대들이 파인애플의 가시에 찔려 피흘린 경험들이 배어 있고, 만주의 중국인들이 조선인들을 일컫는 '메기'라는 말에는 기후나 지리적 열악함을 극복하며 결사적으로 논을 일구는 우리 조상들의 피눈물이 배어 있고, '만토귀신'이란 말에는 쌀 세 가마까지 어깨에 올려놓고 뛰었던 부두노동자들의 살인적인 노동과 생존경쟁 의식이 스며들어 있다.

세부묘사들은 물론 이와 같이 특수한 속어들을 만들어낼 만한 것들에만 국한되어 있는 것은 아니다. 그러한 예들은 오히려 일부에 지나지 않는다. 감골댁 일가가 끼니를 거르면서도 빈 솥에 물을 붓고 굴뚝으로는 연기를 내보내는, 다시 말해 극심한 가난에 생명의 위협을 받으면서까지 인간의 도리와 긍지를 지켜내는 장면에서도 나타나고, "타원형의 손잡이 달린 거울을 손잡이가 위로 가게 거꾸로 세워 벽에 기대놓고"(제8권, 340면) 낭자의 비녀를 뽑는 보름이의 머리 빗는 장면에서도 놀랄 만큼 섬세하게 드러난다. 뿐만 아니라 여러 가지 노래들이 불려지는 장면들, 특히 창을 잘하던 아버지와 어머니까지 잃고 팔려간 누이동생을 찾아다니며 거지 노릇을 하던 어린 득보가 늙은 거지에게 끌려가 장타령을 배우는 장면은 작가의 역사적 상상력이 우리 민족의 심층의식에까지 뻗쳐 있음을 실감케 한다. 늙은 거지가 항일적 내용의 장타령을 부르고 나자, 득보는 겁에 질린 얼굴로 말한다. "할아부지! 그것 허다가는 잽혀가서 죽기 똑 좋겠구만이라." 늙은 거지는 순사가 오면 가사를 살짝 바꿔 부르면 된다고 말한다. 그 뒤에 이어지는 아이와 노인 사이의 대화 한 토막은 정겹고도 뭉클하다.

「할아부지, 그 사설언 할아버지가 지셨는게라?」

「하이고 요런 이쁜 자석아, 나가 고런 기맥힌 사설을 질지 알면 요런 꼬라지로 여그 앉았었겄냐.」 늙은 거지는 또 키들거리고 웃더니, 「그것언 딱 누구 한 사람이 진 것이 아니여. 이 사람, 저 사람, 수많은 사람덜 맘이 모타져 지어낸 것이제. 니 민심이란 말 아냐? 이, 똑똑타, 그 민심이란 것이 이리 궁굴고 저리 궁굴고 험서 한매디썩 맨글어진 거이다.」

「글면 왜놈덜이 다 없어지면 새 장타령이 맨글어지는감요?」

「아이고 아이고 저, 저 영특헌 것이 딱 내 손지새끼시! 하면, 새 장타령이 맨글어지고말고. 고것이 민심이여.」

「나넌 그리 새로 생긴 아리랑얼 불를지 아는디요.」

「그려어? 어디 한분 불러봐라.」 (제5권, 434~435면)

득보가 "밭은 털려서 신작로 되고요"라는 내용의 아리랑을 부르자, 노인이 "말깨나 허는 놈 감옥소 간다"는 내용의 아리랑을 이어간다.

그러나 앞에서 살핀 예들은 오히려 삶의 특수한 국면들에 관한 것들이고, 조정래의 가장 특징적이고 탁월한 묘사는 민중들의 일하는 모습과 관련된 경우가 많다(이러한 특성은 다른 작가들의 작품들과 비교해보면 더욱 뚜렷해진다). 이 소설의 전반부에서는 농민들이 들판에서 일하는 정경이나 사랑방에서 새끼를 꼬거나 가마니를 짜는 모습들이 사용하는 도구들의 특성에 이르기까지 세밀하게 포착되고 있다. 이러한 묘사들은 어린 시절에 이루어진 작가의 경험들이 그의 뛰어난 기억력에 의해 생생히 재현되고 있다고도 볼 수 있다. 그러나 낭만적인 성향을 지니고 있는 지식인 여성 윤선숙의 회상으로 재현되고 있는, 중앙아시아 이주민들이 갈대밖에 없는 허허벌판에서 삶의 뿌리를 내려가는 과정에 대한 세밀하고 구체적인 묘사는 그의 상상력이 직접 경험할 수 있는 대상에만 국한되고 있지 않다는 사실을 분명히 보여준다. 윤선숙의 회상은 천산산맥을 배경으로 어린 아들의 무덤 앞에서 이루어지고 있다. 그들은 갈대만으로 움집들과 학교를 지었고, 그 척박한 땅을 깎고 골라서 논을 만들었으며, 물길을 만들어 강물을 끌어들이는 데까지 성공한다. 그런데 볍씨를 뿌리고 한 달이 지나서도 싹이 트지 않았다. 집짓기와 볍씨 싹틔우기에 관련된 부분을 조금씩 인용해보자.

그런데 사람들은 구덩이 사방에다 기둥을 세웠다. 윤선숙은 눈이 휘둥그레져 그 기둥을 유심히 살펴보았다. 그건 위아래의 굵기를 똑같이 하려고 갈대 여섯 개를 세 개씩 서로 위아래가 바뀌게 해서 한 덩어리로 묶은 것이었다. 그런데 그 묶은 끈이 더 기가 막혔다. 갈대의 껍질을 넓적하게 벗겨 대여섯 군데를 동여맨 것이었다. 들보도 서까래도 그런 식으로 해결되었다. (제11권, 33면)

벼가 자라나지 않는 지역에서 어쩌다가 한두 줄기의 벼를 찾아낼 수 있었다. 사람들은 그런 벼를 유심히 살펴보았다. 그런 벼들은 희한한 공통점을 가지고 있었다. 모두가 갈대의 실뿌리 사이에 걸려 물 속에 뿌리발을 하는 동시에 싹을 물 위로 키워올리고 있었던 것이다. 그 갈대뿌리는 미처 다 뽑아내지 못하고 갈아엎어 물을 채운 것이었다. 그런데 볍씨를 뿌릴 때 잘못되어 갈대뿌리에 걸린 것들은 싹을 틔우고 정작 제대로 땅에 닿은 것들은 전혀 싹을 틔우지 못했던 것이다. 사람들은 그때서야 원인을 알아차렸다. 땅에서 소금기가 돋아나고 있기 때문이었다. (제11권, 44면)

묘사에 대한 조정래의 치밀성과 치열성은 수국과 최현옥이 고문당하는 장면, 체포된 의병들이나 독립군이 살해되는 장면, '경신참변'으로 일컬어지는 양민 대학살 장면 등에 이르면, 우리는 상상 속에서조차 차마 눈뜨고 볼 수 없는 지경이 된다. 참혹하기 이를 데 없는 이런 장면들은 물론 일제가 우리 민족에게 가한 잔혹상을 그대로 드러낸 것일 뿐이다. 초창기의 독립전쟁들에 대한 묘사는 그 승리의 통쾌감을 불러일으키기도 하지만, 무장독립운동이 끝나갈 무렵에 새로 가담한 제3세대 젊은이들이 겪어야 했던 고난과 죽음의 장면들은 처절하다. 일본의 패전이 임박했을 무렵 동남아시아의 밀림이나 남태평양의 섬들에서 죽음을 맞이하는 학병과 군대위안부들, 그리고 북해도나 사할린의 탄광이나 공사장 등에서 생매장당하는 징용자들에 대한 묘사의 참혹함은 독자들의 분노를 불러일으킬 만하다.

이러한 묘사들이 보여주는 처절함이나 참혹함은 물론 독자들의 한풀이를 부추기기 위한 것이 아니라 과거 세대의 고통에 동참하려는 작가의 강렬한 의지에서 비롯되고 있다. 묘사가 사실적인 만큼 극적인 장면에서 어떤 인물들은 극단적인 성향을 드러내기도 하며, 이러한 면이 때로는 인물묘사의 단순성으로 비치기도 한다. 그러나 전반적으로 보아 그의 인물분포는 매우 다양하고 그들의 성격은 중층적이다. 그중에서도 가장 폭넓은 인격적 면모를 드러내고 있는 사람은 공허(空虛) 스님이다. 이 소설에서 그에게 부여된 역할은 참으로 다양하다. 의병전쟁을 치르면서 송수익을 알게 되고, 국내에서는 말할 것도 없고 압록강을 넘나들며 국내외 독립운동의 매개적 역할을 하며, 양반과 평민 모두에게 지도적인 역할까지 해낸다는 점에서 그는 결코 송수익보다 비중이 작은 인물이 아니다. 기골이 큰데다 기운도 센 그는 불가피한 경우에는 염탐꾼이나 순사를 죽이기도 한다. 그러나 인명살상과 같은 격한 행동을 하게 될 때에는 동학혁명에 가담한 아버지 때문에 집과 함께 불타 죽은 가족들과 어린시절의 굶주림이 그의 뇌리에 선연히 떠오르는 장면이 드러남으로써 난폭해 보일 수도 있는 그의 행위에 오히려 인간미가 실리게 된다. 그는 인생무상을 가르치는 승려들의 행위는 자기변명의 눈가림이고, 외적의 총칼 앞에 목숨을 내놓고 지옥살이를 하는 사람들에게 인생은 "너무 긴 고통의 유상"(제4권, 156면)이라고 생각한다. 그는 공산주의를 공부하다 중 노릇 못하게 되면 어쩌느냐고 묻는 도림에게 "중 노릇 못허게 되는 것이 무신 대수여? 사람 노릇 잘 허는 것이 중 노릇 잘허는 것이제"(제7권, 150면)라고 대답하기도 한다. 어떠한 이념이나 교리도 그의 입에서 나오게 되면 중생들이 쉽게 알아들을 수 있는 말이 된다. 강간당하고 자살하려던 수국에게 새 삶을 살게 하는 데 성공하는 것도 공허의 그러한 능력에서 비롯된 것이다(제3권, 469~474면). 홍씨에게 나무비녀를 깎아주고 젖먹이 아이에게 나무젖꼭지를 만들어주는 공허는 속깊은 남성이자 자상한 아버지이기도 하다.

세력있는 양반가문의 고지식한 보황주의자였던 신세호가 민족의식을 고취할 만한 책들을 필사하여 교재로 활용하며 그 나름의 운동을 전개해나가는 과정은 사람을 단순히 고정된 인격체로 보지 않는 작가의 생각이 가장 생동감 있게 반영된 인물형상화의 성공적인 사례가 될 만하다. 그러나 조정래는 인간의 변모 가능성이 뿌리깊은 양반의식의 찌꺼기까지 완벽하게 씻어낼 수 있을 만큼 무한하기는 어렵다는 점도 뚜렷이 의식하고 있다. 양반신분으로 손수 농사까지 짓는 신세호이지만, 자기 집에 두고 농사일을 시키며 신식공부까지 가르친 득보와 둘째딸 월엽과의 결혼만큼은 허락하지 않는 한계를 보인다. 신세호의 경우는 이처럼 작중에서의 역할에 치중한 나머지 특정인물에게 자칫 평면적이고 단선적인 성격만을 부여하기 쉬운 함정에서 멀리 벗어나 있는 좋은 사례가 될 만하다.

중층적인 인물형상화는 민족진영의 반대편에 놓일 수밖에 없는 친일파들의 경우에 더욱 두드러진다. 그들은 적대적인 위치와 특성만을 부여받고 있는 것이 아니다. 친일파들에 대한 묘사에서 우리의 특별한 관심을 끄는 것은 일본인들에 대한 그들의 미묘한 심리적 갈등과 차이까지도 날카롭게 포착되고 있다는 점이다. 이들의 행위를 민족진영의 대립적인 위치에 몰아놓고 하나의 기정사실처럼 묘사하는 것이 아니라 한 인간으로서 욕망을 실현해가는 과정으로 적나라하게 드러냄으로써 현실 속에 주어진 삶의 구체적 측면을 여실히 포착한 것은 지금까지 우리 소설에서 거의 찾아볼 수 없었던 점이기도 하다. 예컨대 보부상을 하다 염탐꾼 노릇으로 한밑천 잡아 잡화상을 하며 많은 돈을 벌어 사탕공장까지 차리게 된 장덕풍은 일본세상은 요술방망이처럼 희한하고 고마운 세상이라고 생각하지만, 물산공진회를 구경한 후 고무신 도매상을 하려다가 "도매상은 조센징에게 안 맡긴다"는 일본인의 말을 듣고는 분노를 터뜨리고 만다. "요런 날강도 겉은 왜놈에 새끼덜아, 느그놈덜만 똘똘 뭉쳐 수월케 돈 묵겄다 그것이제. 요런 순 개좆 겉은 쪽바리새끼덜, 날벼락이나 맞어 다 꼬드라져라."(제5권, 310면)

조정래는 물질적 탐욕 때문에 자청해서 친일파가 되는 사람들만이 아니라 불가피한 경로를 통해 친일의 길로 들어서는 경우도 놓치지 않고 있다. 양치성의 경우는 교활하고 악질적인 정보원을 거쳐 경찰서의 만년 계장으로 낙착되는 과정이 일종의 필연성까지 띠고 있다. 아버지가 병사한 후 열세 살인 그에게 남겨진 것은 네 명의 어린 동생들과 어머니, 그리고 굶주림뿐이었다. 동냥아치가 될 수밖에 없는 그는 '한푼만 줍쇼'라는 말이 차마 입에서 떨어지지 않아 군산 부두 근처에 나가 일본말을 지껄이는 조선사람들에게서 '메군데 구다사이'라는 말을 배운다. 그는 일본인들에게 그 말을 써먹으며 동전을 얻어내다가 우체국장 하야가와의 눈에 띄어 우체국의 사환이 되고, 하야가와의 '인정스러운' 보살핌 속에서 일본어를 배우며 10여 년을 보낸 후 일본에 유학하여 정보원을 위한 특수교육 과정에서 일등으로 졸업한다. 이러한 과정에서 그는 하야가와를 친아버지처럼 여기고 자신을 일본인으로 동일시하게 되며, 일장기 앞에서 몸바쳐 충성을 다할 것을 맹세한다. 그후 밀정으로 만주에 파견된 그는 독립군 마을들을 가려내어 피비린내나는 대학살의 앞잡이가 되는 것이다. 경찰서 계장으로 최현옥을 잔인하게 고문하던 그도 자기 집에 돌아가면 인자하기 그지없는 아버지가된다.

역사의 무게에 정면으로 맞설 만한 힘이 없는 사람들이나 그릇된 판단으로 인해 일제의 마수에 걸려든 사람들에 대한 조명도 세밀하다. 이러한 사례는 토지조사사업에서 희생된 박병진의 처 대목댁과 손자 박용화의 경우에 가장 전형적으로 드러나고 있다. 대목댁은 김제에서 땅을 잃고 목포에까지 밀려가 늙은 몸으로 부두 어귀에서 고구마장사를 하며 큰손자를 대학까지 보내겠다는 일념으로 고구마 반쪽으로 끼니를 떼우며 허리띠를 졸라맨다. 어느 날 행상들을 단속하는 순사의 발길에 채어 함지를 인 채 축대에서 굴러떨어져 허리를 심하게 다쳐 나을 가망이 없어지자, 자식들에게 짐이 되지 않기 위해 큰손자에게 왜놈들에게 원수를 갚으려면 공부를 잘해야 한다는 유언을 남겨놓고 스스로 목숨을 끊고 만다. 시위에 가담하여 목포상고를 퇴학당한 동화 (대목댁의 큰손자)가 좌절의 늪에 빠지는 것을 보며 그의 동생 용화는 형과는 다른 길을 걷는다. 출세할 길은 공부밖에 없다고 생각하는 용화는 광주사범의 우등생 노릇을 하는 동안 친일적 성향을 갖게 되고, 소학교 선생이 되었으나 나이든 선생의 구부정한 모습에서 미래의 자기 자신을 보게 되고, 창씨개명으로 영자·춘자·미자·숙자가 되어 '-꼬' 자가 붙은 여자아이들의 이름을 부르다가 문득 신경에 거슬리는 느낌에 사로잡힌다. 다시 공부하여 동경대학 법학부에 들어가지만, 곧 학병에 끌려가게 되면서 그의 꿈은 일찌감치 산산조각이 나고 만다. 용화는 깊은 후회에 빠져 자학적인 모습을 보이기도 하고, 동남아시아 전선에서 조선처녀들의 참혹한 모습을 보며 가슴 저리는 아픔과 분노를 느끼기도 한다.

박용화의 인생에서 이루어지는 중요한 방향전환들에도 그 나름의 필연적인 계기들이 있다. 교사생활에 싫증을 느끼게 되는 대목만 해도 그렇다. 공부를 할수록 일본의 막강함을 확인하며 조선독립은 잠꼬대 같은 망상이라고 생각하던 그는 "독립이 안 될 바에는 내선일체가 빨리 되어야"(제11권, 214면) 한다고 믿게 된다. 그는 조선어학습 폐지를 어떻게 생각하느냐는 교무주임의 질문에 당연한 조처라고 말한다. 그런데 술자리에서 구니와께라는 젊은 일본선생이 빨리 출세하여 권세를 누리고 싶으면 장교가 되라고 하며 그에 대한 경멸을 노골적으로 드러낸다. 자기 생각을 꿰뚫어보는 그에게 분노를 느끼지만, 그는 성

(性)적으로 농락당한 에이꼬에 대한 복수심과 생명에 대한 애착 때문에 군대 대신 판사가 되는 길을 선택, 1년 남짓 공부에 열중하는 한편 월급을 다 모아 에이꼬에 대한 복수를 하는 데까지는 성공한다. 그 이후는 앞에서 본 바와 같다. 박용화의 경우는 공부밖에는 출세의 길이 없는 가난한 조선청년이 도달할 수 있는 최대치를 보여주며, 그가 결단의 순간들에 보여주는 고뇌 어린 생각들은 친일로 전향할 수밖에 없었던 당시 지식인들의 시국관을 전형적으로 드러내고 있다.

물질적 · 정신적 상실이 사람들에게 미치는 심리적 영향에 대한 묘사는 인물형상화에서 빼놓을 수 없는 부분이다. 농토를 모두 군산 역전의 부지로 빼앗긴 후 실성하여 일본인만 보면 "훠어이, 훠어이, 내 땅이여, 내 땅!"(제4권, 265면) 하며 팔을 내두른다고 하여 '훠어이, 훠어이'라는 별명을 갖게 된 미친 사내는 정신적 상처의 가장 극단적인 경우를 보여준다. 이와는 달리 토지조사의 피해자인 박건식은 남의 땅이 되어버린 들판을 걸으며 새삼스럽게 낯선 느낌에 사로잡힌다. "어렸을 때부터 뛰어다니고 동네에서 사방 20리 안쪽은 어디가 누구네 논인지도 알 정도였다. 그런데 이 넓고 넓은 들판에 자기네 논이라고는 한치도 없다고 생각하자 갑자기 가슴에서 찬바람이 일며 들녘이 낯설어지는 것이었다."(제5권, 401면). 경신참변 때 어머니를 잃은 수국은 함경도 말에 일종의 정신증세까지 앓게 된다. "저 사람이 내 말을 제대로 알아듣나 어쩌나, 내가 저 사람 말을 잘못 알아듣는 것은 아닌가 하는 걱정과 함께 머리가 어지러운 것 같기도 하고, 자신이 헛소리를 하고 있는 것 같기도 하는 것이었다. 그러다 보니 말은 자꾸 더듬거려지고 목소리는 커지고는 했다."(제7권, 112면)

지금까지 살펴보았듯이 『아리랑』은 인물형상화에서 영웅주의적 기미를 거의 완전히 씻어내는 데 성공하고 있고, 모든 인물들의 행위는 필연적 동기들의 축적을 통해 이루어지고 있다. 그러나 송수익의 경우에서만큼은 거의 유일하게 1904년의 시점에 20대 초반인 청년으로서 만민평등주의와 같은 개화된 사상을 지니게 된 과정과 동기가 구체적으로 드러나지 않고 있기 때문에, 의병장수로서의 그의 면모는 세인들이 붙여준 '천년장수'라는 별칭과 겹쳐지면서 다소 영웅적인 성격을 얻게 된다. 송수익은 물론 지도자로서의 올바른 판단력과 강인한 의지만을 지니고 있는 것은 아니다. 그의 인간적인 면모는 특히 아내에게 보내는 편지에 잘 드러나 있다. 이러한 인격적 완벽성은 다양하고 폭넓은 사건들의 전개가 이루어지고 있는 이 소설의 기둥 노릇을 하며 일종의 응집력의 원천으로 작용할 수 있는 인물의 필요성 때문에 창조되었을 수도 있고, 일생을 독립투쟁에 몸바친 사람들 가운데는 그만큼 완전에 가까운 인격의 소유자들이 많이 있었다는 사실을 염두에 둘 때 그리 탓할 것은 못 된다. 그러나 독자들의 관심이 집중되는 주인공의 인격 형성에 존재했음직한 사항의 공백은 일말의 공허함을 자아낸다.

5. 글을 끝맺으며

돌이켜보면, 10년이 멀다 하고 우리의 지식인 사회에 한바탕씩 회오리친 외래 사조들은 우리의 역사적 상황을 체계적으로 이해하는 데 그 나름의 도움을 주기도 했지만, 그 부작용 역시 무시할 수 없을 만큼 큰 것이었다. 80년대 후반에 『태백산맥』이 절반 남짓 간행되어 나왔을 때 어떤 평론가는 김범우의 민족주의를 비판했고, 1995년 『아리랑』 전반부가 간행되었을 때 어떤 평론가는 이 작품 속의 '민족'을 전근대적이고 당위적인 것이라고 비판했다. 한쪽은 사회주의 리얼리즘에, 다른 쪽은 포스트모더니즘에 지나치게 기울어 작품을 제대로 읽지도 않은 상태에서 성급하게 수입 이론을 적용하였던 것이다. 이러한 사실은 우리 평단이 얼마나 빠르게 사상적 외피를 갈아입어왔으며 대부분의 외래 사조들이 우리의 역사적 현실을 분석하는 데 얼마나 부적절한 것이었는지를 뚜렷이 보여준다.

신세호의 봉건의식 탈피과정이나 노병갑의 파멸에서 뚜렷이 드러났듯이, 조정래의 역사의식은 결코 맹목적이고 전근대적인 민족감정을 허용하지 않는다. 그리고 그의 소설미학은 방대한 역사대상에 대한 치밀한 구성력과 균형감각, 변증법적·대화적 전개방식, 세밀한 묘사와 중층적인 인물형상화 등을 특징으로 삼고 있기에, 그가 지닌 역사의식조차도 철저하게 육화되고 있다. 특히 늘라운 점은 이 소설에서는 아무리 큰 역사적 의미를 지닌 사건일지라도 등장인물들의 삶과 무관하게 서술되는 경우는 거의 찾아보기 어려울 만큼 역사가 구체적인 삶으로 드러나고 있다는 것이다. 이러한 이유 때문에 이 글은 일제 식민지시대가 그 내용 못지않게 아주 새로운 표현을 통해 재현되고 있다는 사실에 주목했다.

지면관계상 살피지 못했지만, 조정래는 식민지시대의 지식인상을 드러내는 데도 상당한 관심을 기울이고 있으며, 이러한 주제는 주로 친일문제와 관련되고 있다. 그런데 친일지식인들은 송중원이나 윤일랑과 같은 반일적 인물들의 시각으로 처리됨으로써 다른 인물들에 비해 무게가 덜 실리고 있다는 느낌을 준다. 특히 친일문인들의 경우에는 그들의 친일화 과정과 심리적 추이가 제대로 드러나지 않고 있다.

이런 점은 물론 이들이 송중원이나 윤일랑과는 달리 실존인물들이라는 사실과도 무관하지 않다. 이들과 대비적 관점에서 조명되고 있는 항일적 문인들 역시 실존인물들이지만, 이들의 고난은 윤일랑이라는 허구적 인물을 통해 그 실감이 충분히 전달되고 있다. 그러나 친일문인을 전형적으로 보여줄 만한 허구적 인물은 존재하지 않기 때문에 작가가 이들을 상대역(antagonist)의 자리에 방치하고 있는 듯한 느낌을 준다. 이러한 느낌은 백종두, 장덕풍, 이동만, 양치성 등의 친일인물들이나 하야가와, 하시모토, 요시다, 쓰지무라 등의 일본인들과 같은 허구적 인물들에 생동감이 넘치고 있다는 사실과 대조적이다.

조정래는 원고지를 앞에 두고서도 그를 분노케 한 친일문인들을 그의 뇌리에서 말끔히 몰아낼 수 없었던 것이 아닐까. 그렇다면 그것은 작가의 시대적 책임의식과 관련된다. 앞에서 보았듯이, 조정래가 생각하는 역사는 단순히 현재와 연결되어 있는 전사(前史)로서의 과거가 아니다. 거기에는 현재의 세대가 미래 세대의 운명에 대해 책임이 있듯이 아무런 잘못도 없이 고통당한 과거 세대에 대해서도 책임을 방기할 수 없다는 의식이 깃들여 있다. 이러한 의식은 "미래의 세대들만이 아니라 과거의 세대들도 역시 현재 세대가 가지고 있는 약한 메시아적 힘을 요청할 권리를 가지"(위르겐 하버마스 지음, 이진우 옮김, 『현대성의 철학적 담론』, 문예출판사, 1994)고 있다는 발터 벤야민의 이념과도 일맥상통한다. 『아리랑』 열두 권에 소요된 200자 원고지 2만 장의 칸 수와 "36년 동안 죽어간 우리 민족의 수"(제12권, 「글감옥에서 가출옥」)가 동일하다는 사실까지 확인하면서 글쓰기의 고통을 추스려 갔다는 그의 고백에 이르면, 우리는 그의 작가적 소명의식에 다시 한 번 놀라지 않을 수 없다. 여기에서 우리의 의문은 풀린다. 조정래의 글쓰기는 단순한 역사적 관심이나 의식의 드러냄이 아니라 과거 세대의 희생에 대한 구원과 부활의 제의(祭儀)이기도 하다는 것이다.

(『아리랑 연구』, 1996, 해냄)

시간적 거리와 계급적 단층에 대한 도전
— 김주영의 대하소설 『화척』

> "將相이라고 따로 씨가 있는 것이 아니다 (…) 노비문서를 불살
> 라 이땅의 천민을 모두 없애면 우리 모두가 장상이 될 수 있다."
>
> — 萬積

1

김주영은 다섯 권으로 완간된 장편 역사소설 『화척』에서 우리의 상
식을 뛰어넘는 두 가지 모험을 감행하고 있다. 하나는 800년이라는 장
구한 시간상의 거리를 뛰어넘어 당대의 역사적 사실을 우리에게 의미
있는 역사상으로 제시하려는 것이고, 다른 하나는 당시 사회의 최상층
부에서 전개된 권력투쟁과 최하층에 속하는 노비들의 신분해방 투쟁
이라는 상반된 소재 사이의 단층을 하나의 의미론적 구도 속에서 포착
하려는 것이다. 그러므로 우리의 관심은 먼저 이 두 가지 모험의 성공
에 대한 기대와 함께 그것이 지닌 역사소설론적 의미와 한계를 짚어보

는 쪽으로 쏠리게 된다.

역사소설의 일차적 특성은 과거의 사실을 소재로 삼는다는 것이다. 얼마나 먼 과거를 다루느냐 하는 데에 어떤 원칙이나 규정이 있는 것은 아니지만, 사회성과 문학성을 갖춘 본격적인 역사소설의 창시자로 알려진 월터 스코트는 대략 두 세대 전의 역사를 소재로 삼는 것이 좋다는 견해를 피력했고, 독일의 소설가 폰타네는 이러한 견해를 그대로 받아들여 자신의 창작에 적용하기도 했다. 이러한 견해가 제시될 수 있었던 근거는 두 세대, 즉 대략 60년 정도 앞선 과거는 작가 자신의 시야에서 완전히 벗어날 만큼 먼 것이 아니어서 조사와 취재를 통해 그것을 재구성하는 데 그다지 큰 어려움을 주지 않는다는 것과 동시대의 독자들에게 자기 시대와의 직접적인 연관 속에서 역사적 흥미를 자아내는 데 알맞은 시간적 거리가 된다는 판단에서 비롯된 것이다. 이러한 견해는 물론 내적 필연성을 지닌 이론이나 원리라기보다는 창작상의 실제적 편의에 기반한 것이어서 보편적 타당성을 갖기는 어려울 것이다. 그러나 이러한 견해는 『화척』에서처럼 두 세대의 열 배도 더되는 시간적 상거(相距)를 극복하는 일이 작가에게 큰 부담을 안겨주는 일종의 모험이 될 수도 있으리라는 우려를 낳게 한다. 게다가 김주영은 분단상황으로 인해 이 소설의 중심무대가 되고 있는 북한지역을 답사하지 못함으로써 그 자신이 '절필선언'의 주인공이 될 수밖에 없었을 만큼 큰 고통을 겪었다는 사실을 실토하고 있기도 하다.

이 소설의 시대배경은 고려 의종 24년(1169)에 발생한 무신정변(武臣政變)으로부터 신종 원년(1197)에 최충헌의 사노 만적이 일으킨 무장봉기가 실패로 돌아가기까지 28년간이다. 이 시간대는 지금으로부터 826년 전에서 798년 전 사이에 놓여 있다. 이 시기는 고려시대뿐만 아니라 우리나라 역사 전체를 두고 보더라도 대단히 특별한 성격과 의미를 지닐 만하다. 그 이전에도 군사반란이 전혀 없었던 것은 아니지만, 왕건이 고려를 세운 지 251년이 지난 시점에서 일어난 이 정변은 임금을 갈아치우고 문신과 환관들을 마구잡이로 죽인 후 무신들 자신이 나라의 명운을 좌지우지했을 뿐만 아니라 그 이후 4대에 걸친 최씨 정권까지 합하여 무려 89년 동안이나 무신들이 정권을 농단한 것으로는 역사상 전무후무한 일이었기 때문이다. 이러한 역사적 사실은 우리들이 지난 30년간 뼈아프게 경험한 군사정권의 정치적·역사적 성격을 떠올려줌으로써 엄청난 시간적 거리를 뛰어넘어 우리들 자신의 관심영역으로 들어올 수 있는 특성도 지니고 있다. 그리고 이 시기에 일어난 개경의 공사노비들의 신분해방 투쟁 역시 그 계급해방적 특성으로 인해 최근의 역사에서 우리가 익히 보아온 '노동해방 투쟁'과 동일한 차원에 놓일 수 있으므로 우리의 관심을 불러일으킬 만한 것이다. 바로 이러한 점이 작가로 하여금 800년 남짓한 시간적 격차를 뛰어넘어보려는 모험을 감행케 했을 것으로 생각된다.

2

이 소설에서 정치사적 주역으로 등장하고 있는 무신들의 계급적 성격에 대해서는 학자들 사이에도 논란이 있지만, 그들은 대체로 귀족의 상층부에는 속하지 않았고, 그들 중에도 양인이나 천민 출신들이 섞여 있었던 것으로 보아 신분서열상 문신들과 동급에 놓여 있지 않았던 것만은 확실해 보인다. 이들의 반란동기는 고려 초기에 형성된 문벌귀족

사회의 모순에서 잉태되었다. 왕권에 맞설 만큼 힘있는 몇몇 문벌들이 지방관료들의 성장을 제약하는 한편 무반들을 참을 수 없을 만큼 차별했다. 문신들이 무신들에게 주어진 토지까지 빼앗는 일이 드물지 않았고, 병마권까지 장악하여 무신들은 문신들의 호위병 수준으로 전락했다. 특히 군졸들은 귀족정권 아래서 전쟁뿐만 아니라 각종 권력투쟁에 동원되었고, 여러가지 잡일들에 충당되기까지 했으며, 그들의 생활은 지극히 궁핍했다. 이러한 형편에서 무신들과 군졸들의 불만이 결합하여 경인년의 무신정변으로 분출했다. 그러나 무신들이 정권을 잡은 이후 농민과 천민들의 봉기는 전보다 다발적으로 전국 각지에서 끊이지 않고 일어났다. 전보다 가중된 착취 때문에 떠돌이가 된 농민들의 수가 급증하여 여기저기서 무리도적이 되었기 때문이다. 이들의 반란은 그 규모에서뿐만 아니라 조직에서도 중앙정권을 위협할 정도가 되었다. 이러한 현상은 일차적으로 경제적 토대의 상실에서 비롯된 것이지만, 신분이 떨어지는 무신들이 정권을 잡게 되자 지배계급도 자신들과 다를 것이 없는 신분이라는 사회의식을 갖게 된 데에서 비롯된 것이기도 했다. 게다가 무신들끼리 끝없는 권력투쟁을 전개함으로써 지배세력 자체의 힘이 약해진 것도 이들의 봉기를 부추긴 하나의 원인이 되었다.(이 문단의 역사 서술은 『한국민중사』 1권, 풀빛, 1986, 183~195면의 내용을 중심으로 필자가 재구성한 것임.)

이 소설에서 신분해방 투쟁의 주역들로 등장하는 노비들은 압록강 하구의 낮은 땅에서 삶을 일구어갔던 '화척'(禾尺) 출신들이다. '무자리'라고도 불리는 화척은 관적에도 오르지 않아 조세나 부역의 의무도 지지 않고 산과 들로 돌아다니며 사냥을 하고 버드나무로 고리를 결어 파는 것을 업으로 삼았던 무리들로서 왕건이 후백제를 칠 무렵 가장 홍성했었다는 게 국어사전에 나오는 의미이다. 당대 사회의 최하층민을 두고 "홍성했었다"는 표현을 쓴 것은 어쩐지 그들의 처지에 걸맞지 않아 보이지만, 사전적 의미가 틀린 것이 아니라면 국가의 기강이 무너지고 나라의 살림살이가 극도로 피폐했던 시기에 그 수효가 늘어날 수밖에 없는 신분적 특성을 지녔다는 점에서 그들의 "홍성"은 한 시대의 혼란상을 역설적으로 드러내는 지표가 될 수도 있다. 이 소설의 화척들은 압록강 하구의 낮은 땅에서 움집을 짓고 강가에 통발이나 어살을 놓아 물고기를 잡거나 사냥을 하고 버들고리를 짜서 생계를 꾸려가는 무리들이었다. 권력의 힘이 거의 미치지 않는 곳에 숨어 살다시피 하였던 그들은 그곳을 한번 뜨면 다시는 돌아갈 수 없는 운명에 놓이게 되었다. 외지에 나갔던 사람들은 언제나 재앙을 몰고 왔기에 불문율로써 그들의 귀환이 봉쇄되기도 했지만, 외지에 나가 노비나 기생이 되어 노적이나 기적에 오르게 되면 제도적으로 권력자들의 소유물이 되어 마음대로 돌아다닐 수 있는 자유가 박탈되었기 때문이다.

3

이처럼 이 소설의 소재는 등장인물들의 계급상의 극단적 차이로 인해 그 구성이 내용상 병렬적으로 이원화되어 정치사적 범주로 추상화되거나 하층계급에 속하는 사람들의 숙명론적인 성격의 형상화로 기울어질 수 있는 위험성을 내재하고 있으며, 김주영의 두번째 도전은 이와 같은 주제상의 분화와 이질화의 위험성을 극복하는 일과 맞물리게 된다.

『화척』에서 권력자들의 피비린내나는 권력투쟁은 무신정변 이후 이의방, 정중부 일가, 경대승, 이의민, 최충헌 일가 등으로 권력이 이동하는 과정에 대한 구체적 묘사를 통해 생생하게 재현되어 있다. 작가의 시선은 이들의 계략과 행위에 근접하여 그들의 심리적 이면까지 세밀하게 추적하고 있다. 이러한 역사적 형상화의 직접성과 풍요성으로 인해 무신들의 끝없는 암투는 신분해방적 주제를 구체적인 역사적 공간에서 드러내기 위한 배경 이상으로 확대되어 권력투쟁의 비인간적 성격과 권력자들의 벌거벗은 욕망에 대한 비판적 조명을 또 하나의 주제로 부각시키고 있다. 이처럼 그 나름의 독립적 성격을 강하게 드러내고 있는 지배계급에 대한 서술은 실제의 역사와 일치하므로 여기에서 그 줄거리를 따로 살펴볼 필요는 없을 것이다. 그러나 노비들의 경우는 만적과 자운선 정도가 실제로 존재했던 인물들이고, 이 두 사람의 성장과정과 그들에 버금가는 인물들은 작가의 상상력을 통해 소설적으로 구성된 허구이므로 이들의 신분해방에 대한 염원을 품게 되는 동기와 그것이 봉기로 분출되는 과정을 이해하기 위해 그들의 행적을 큰 뼈대만이라도 간략하게 살펴볼 필요가 있다.

거칠은 막내동생이 문반들의 사냥놀이에 몰이꾼으로 나갔다가 화살에 맞아 죽게 되자 수자리 마을을 떠나버린다. 무신들의 칼자가 되어 있던 그는 무신정변 이후 이의방의 노복이 된다. 이의방에게 신임을 얻은 그는 달포간의 말미를 얻어 수자리 마을에 가 그의 동생 친구인 걸보와 조카인 저놈(뒤에 '만적'으로 이름이 바뀐다)을 데리고 개경으로 돌아온다. 그는 자기 피붙이들의 신분해방을 위해 윤인첨의 거사에 참여한 것이 탄로나자 걸보와 만적, 그리고 자기를 따랐던 도금 내외를 피신시키고 죽음을 맞이한다. 걸보는 주인의 가산을 책임질 만큼 신임을 얻어 방량되었으나 조위총의 난에 깊이 개입하여 전사한다. 만적은 최충헌의 등에 꽂힌 화살을 뽑아준 것이 계기가 되어 그의 수하에 있다가 권력을 잡은 최충헌의 반인륜적 행위에 실망하여 무신들을 죽이고 자기네 세상을 만들기 위해 대규모의 거사를 진행하다가 발각되어 죽음을 당하고, 거사에 가담했던 노비들 100여 명은 임진강에 던져져 떼죽음을 당한다.

과거의 역사책들에 '만적의 난'으로 기술되었던 이 거사에는 공사노비 천여 명이 가담했을 만큼 그 규모가 대단히 컸었고, 그 동기 또한 분명했다. "우리가 발기(發起)하여 우리 천예들의 문적(文籍)을 불태우고 지기 펴고 살게 될 일을 꾸미자는 것일세. 경인년 이후로 28년 동안 숱한 무신들이 들고 일어나 임금을 두 번이나 갈아치우고 현명하고 덕을 가진 재상들은 죽이거나 귀양보냈지만 칼 잘 쓰고 수벽치기를 잘하는 무관이라면 그 본색이 천예라 할지라도 모두 현달하여 나라일을 전단하였네. 그러나 조위총을 비롯하여 망소이 같은 사람들의 난리가 그치지 않은 것은 이 나라가 백성의 나라가 아니라 몇몇 무신들의 나라이기 때문이 아닌가?"(제5권, 277면) 이러한 만적의 말은 지배계급의 권위를 송두리째 무시하는 것이고, 무신들이 보여준 정권다툼과는 그 성격이 본질적으로 다르다는 데 그 역사적 의미가 있다. 만적의 죽음으로 이 소설은 끝나지만, 만적이 죽은 지 5년 후에 개경 노비들이 군사훈련을 하다가 들켜 또다시 50여 명이 강물에 던져지는 일이 발생했다. 역사의 기록들이 보여주고 있듯이 개경 노비들의 신분해방 투쟁은 실패를 거듭한다. 그들이 처한 비인간적 삶의 조건으로 인한 고통과 거기에서 벗어나기 위한 그들의 노력에 치열성이 부족해서가 아니라 주인의 무기를 훔쳐서 주인과 싸울 수밖에 없는 물질적 조건을 극복할 수 없었고, 당시 계급구성의 중심에 놓여 있었던 양인들과의 계급연합도 이루어낼 수 없었기 때문이다. 그러나 만적이 죽은 지 3년 후인 신종 3년에 진주에서 일어난 공사노비의 봉기는 양인들의 봉기와 합세하는 과정을 거쳐 지방향리의 폭정을 종식시키는 데 성공을 거두기도 했다. 그리고 고려시대에 일어난 봉기가 대체로 농민에 의한 것이었다는 사실은 당시 사회의 경제생활이 농업생산에 기반하고 있었고, 따라서 농업에 종사하는 양인이 당시 인구의 대부분을 차지하고 있었다는 사회적 조건에 근거하고 있다.

이와 같이 귀족, 양인(良人), 천민으로 이루어져 있었던 고려시대의 계급구성에서 『화척』은 양인의 존재를 주변화했다. 이처럼 『화척』의 구성에서 양인이 주변적인 위치에 놓여 있다는 사실은 권력의 상층부를 점하고 있던 무리들의 정치적 행위와 비인간적 제도로 인해 당대 사회의 밑바닥에서 가장 큰 고통에 노출되어 있던 노비들의 신분해방 투쟁을 보여주면서도 역사를 변화시키는 가장 큰 추동력의 형상화를 어렵게 하고 있다. 양인들이 많이 가담하여 상당한 세력을 떨쳤던 조위총의 난이나 망이·망소이와 같은 천민들이 일으킨 난에 대한 묘사나 서술이 없는 것은 아니지만, 앞의 것은 조위총이라는 주도적 인물이 지배계급에 속한 사람이었고, 뒤의 것은 난의 주체세력에 초점이 맞추어져 있지 않고 토벌의 대상으로만 언급되고 있다. 말하자면 이러한 난들은 무인이나 노비들과의 관련 속에서만 단편적으로 그려지고 있어서 작가의 시각은 그들의 활동영역 밖에 존재하고 있는 것이다. 그러므로 이 소설의 주제는 최상층의 권력집단과 최하층의 노비집단으로 분화될 수밖에 없었다. 이들 관계의 공통성은 명령자와 수행자의 공간적 근접성에만 존재한다. 내면적으로 보면 이들은 불구대천의 원수관계를 맺고 있지만, 이것도 노비들의 관점에서만 그럴 뿐 주인의 입장에서 보면 노비들은 단순한 소유물일 뿐이다. 그러므로 관계해체의 필요성은 노비들에게만 주어져 있으며, 이들은 꾸벅꾸벅 종노릇만 할 것인가 아니면 죽음을 무릅쓰고 항거할 것인가 하는 양자택일의 딜레마에 놓여 있다.

우리나라 역사에서 '중세'로 지칭되는 고려시대 역사에서 중세적 낭만성이나 목가적 풍경 대신 이처럼 각박한 노비들의 딜레마를 통해 우리의 통념을 뛰어넘을 만큼 첨예하고 치열한 계급투쟁을 그려냈다는 것은 작가 김주영이 우리 시대의 독자들에게 크낙한 역사적 선물을 안겨준 것으로 평가되어도 좋을 것이다. 그러나 중간계급의 주변화는 역사소설 구성상의 원칙으로 거의 중론화되어 있는 '중간계급적 인물이 주인공이 되어야 한다' 규정성과 관련하여 『화척』이 거둘 수도 있었을 더욱 큰 성과를 무산시켰다는 아쉬움을 자아내고 있다. 이러한 문제는 앞에서 보았듯이 개경의 공사노비들의 신분해방 투쟁만으로는 역사의 발전적 변화를 포착하기 어렵다는 전망부재의 현상으로 귀결된다.

4

이 소설의 제목이 중심적인 주제를 지시하고 있다면, 권력의 상층부에서 전개된 권력투쟁은 노비들의 삶과 투쟁을 당시의 정치적·역사적 현실 속에서 부각시키기 위한 배경 이상의 의미를 지니기는 어려울 것이다. 그러나 양적인 배분이나 묘사의 집중성으로 볼 때 두 계급 중 그 어느쪽에도 무게중심이 쏠려 있지 않다. 말하자면 작가는 그 어느쪽도 편들지 않는 객관성을 유지하고 있는 셈이다. 그러나 역사는 단순히 권력자들에 대한 정치사적 기록이 아니라 그 시대를 살아가는 대다수 민중의 삶과 의지로써 추동되는 인간의 역사이므로, 이 소설에서도 권력투쟁을 일삼는 지배계급의 행위는 다소 비판적으로 그려져 있고, 천민들의 투쟁은 그 정당성을 부각시키는 쪽으로 기울어 있다는 것은 어쩌면 당연한 귀결이다. 어쨌든 이러한 객관적 시각은 역사적 사건의 시간적 추이에 따른 배열이나 거칠, 걸보, 만적으로 이어지는 천민들의 행적에 대한 서술에서도 균형있게 유지되고 있다.

이러한 균형감각은 물론 원근법적 확대나 축소를 통한 주제의 부각이나 극적 효과를 나타내는 데에서 다소의 약점을 드러내기도 하지만, 일단 선택된 대상의 형상화만큼은 생동감과 실감을 자아내고 있다. 이러한 실감은 무엇보다 작가의 뛰어난 언어활용 능력에서 비롯되고 있다. 김주영의 다른 소설들에서도 익히 보아왔듯이 『화척』에서도 당시의 제도·문물·풍속 등에 관련된 옛말들이 풍요롭게 구사되고 있어서 각권의 말미에 '낱말풀이'를 따로 마련해두고 있다. 문장은 매끄럽고 명쾌하며 비유와 해학도 적절히 구사되고 있다. 기방의 풍속이나 내시를 생산해내는 과정 등에 대한 묘사는 치밀하며, 당대 사회의 특징적 단면을 날카롭게 드러낸다. 그의 미문은 자연묘사에서 독특한 생기와 빛을 발산한다. 예컨대 이 소설 첫더리의 자연묘사는 원초적 생명감을 매개로 하여 800년 전으로의 시간적 역행과 고려건국으로부터 251년 후로의 시간적 순행을 순식간에 이루어내면서 최초의 사건이 일어나기 직전의 팽팽한 긴장감을 응축시키고 있다. 이러한 장면 속으로 대여섯 마리의 사슴떼가 뛰어들고, 뒤이어 나타난 봉두난발의 몰이꾼 하나가 귀족 사냥꾼의 화살에 맞아 쓰러진다. 이 피살자가 누구인지는 1권 뒷부분에서 자연스럽게 드러난다. 한 인간의 소리 없는 죽음의 충격은 독자들의 가슴에 오래 남아 있다가 천민들의 원한과 자연스럽게 겹쳐진다. 피살자의 등에 꽂혔던 화살은 간직하기 쉬울 만큼의 길이로 부러져 천민들의 손에서 손으로 전해지며 천민계급의 원한의 징표가 된다.

해학과 풍자가 어우러진 문체는 공통의 역사적 경험을 지닌 인간의 정신과 감정, 그리고 그것에 대한 작가 자신의 표현욕구가 하나로 결합된 언어적 실체로서 당시의 역사적 성격을 자연스럽게 독자들의 마음에 옮겨놓는다. 의종이 내시들을 거느리고 자신의 말년을 술과 잡희로 탕진한 것을 묘사한 장면도 그러한 예의 하나이다. "악공(樂工)들의 입은 부르트고 폐희(嬖姬)와 시기들도 색에 지쳐서 일어설라치면 엉덩방아를 찧을 지경으로 사추리가 결딴이 나버렸고, 수라간의 어주물(御廚物)도 바닥이 나버렸다. 왕이 아끼고 다독거리기에 인색하지 않은 폐신과 환관들 역시 입을 열면 하품밖에는 나올 것이 없었다."(제1권, 25면) 이처럼 한두 문장만으로도 의종 말년의 타락상은 여지없이 폭로된다. 이와 함께 "고자가 계집 다루듯 이렇게 꾸물대고 있으니"(제1권, 41면), "솜씨가 서툰 석공이 눈 껌쩍이는 법부터 배운다"(제2권, 59면)와 같은 비유의 풍부함이나 "쉿, 그런 말은 염라국 가서나 발설하게"(제5권, 290면)와 같은 입심좋은 대화들도 우리 조상들의 말투를 실감나게 전해준다. 그러나 이러한 말투는 때때로 계급적 차별성을 별로 못 느끼게 할 만큼 평균화되는 경향을 드러내기도 한다. 그리고 시대배경이 되고 있는 28년의 시간 중 뒤쪽 절반이 5권에 집중됨으로써 서술의 밀도에 불균형을 초래하고 있는 점은 문학적 형상화의 부정적 측면으로 지적될 수밖에 없을 것이다.

김주영은 '작가의 말'에서 피력하고 있듯이 주어진 역사적 자료들을 충실히 활용했다. 그는 또 갈 수 있는 곳은 모두 다녀왔으며, 당시 개경의 지도까지 손수 그려놓고 이 소설을 썼다. 그래서 무신들의 표면적 활동은 물론 살인자의 심리적 공포까지 세밀하게 묘사해 보여주고 있다. 그러나 노비계급에 대한 묘사에서는 역사적 자료가 오히려 작가의 상상력을 제약하는 경우도 눈에 띈다. 거칠·걸보·궁복과 같은 허구적 인물들은 생생한 개성을 지닌 인물로 실감있게 그려진 반면, 역사에 실재했던 만적의 경우는 주어진 자료에 따라 인물을 형상화함으로써 허구적으로 구성되었을 성장기를 제외하면 지도자적 인격이 두드러지게 그려진 반면 인격의 입체성은 상대적으로 소략하게 다루어졌다는 느낌을 준다.

이러한 사실은 역사에 실재했던 위대한 인물은 역사소설에서는 주변적 인물로 다루는 것이 역사의 총체성을 드러내는 데 도움이 된다는 루카치의 말과 함께 앞에서 언급한 중도적 인물의 효용성을 돌이켜보게 한다. 만적의 지도자적 성격에 대한 강조는 천민계급의 신분해방 투쟁에 정당성을 보장해주는 데에는 도움이 되지만, 그것의 역사적 의미와 한계에 대한 비판적 검토에는 지장을 초래할 수도 있다. 그리고 이 소설의 대단원에서 자운선의 시각에 의한 만적의 죽음에 대한 묘사는 그러한 주제의 의미까지 심리적 차원으로 굴절시키는 기미를 드러낸다. 100여 명의 노비들이 강물에 던져진 사건이 일어난 후 자운선은 강가로 나가, 만적을 그리워하며 이렇게 생각한다. "그의 영혼은 이제 그 한 마리의 보라매가 되어 벌써 압록강의 수자리 마을에 닿아 있을 것이다."(제5권, 319면) 보라매의 상징성으로 마무리되는 이 장면은 그 비장한 아름다움으로 하여 독자들의 마음에 깊은 인상을 남겨주기에 손색이 없고, 보라매의 고향마을로의 회귀는 자운선과 만적의 어린 시절과 두 사람 사이의 애절한 그리움을 환기시켜주기에 부족함이 없지만, 그 이후에도 맥맥히 이어진 천민들의 신분해방 투쟁에 대한 상징성으로는 다소 미약하다는 느낌을 떨쳐버릴 수 없게 한다. 그리고 이의민의 아들 이지영에게 강간당한 후 보여주는 자운선의 인격적 성장은 너무 급속하고 완벽하여 현실성을 의심케 한다.

5

역사소설은 우리 소설문학의 큰 줄기를 이루고 있다. 그것은 우리 민족이 처해 있는 현실이 역사적 탐색을 요구하는 민족적·사회적 문제를 안고 있기 때문이다. 그러나 우리 사회에도 거대담론의 시대는 지나갔다든가 역사소설은 그 장르적 정체성을 확보하기도 전에 소멸해가고 있다는 등의 서구적 견해들이 유행처럼 흘러들고 있다. 이러한 주장들은 물론 그 진원지의 사회문화적 조건으로 볼 때 일면적 타당성을 지니고 있다. 그러나 우리의 역사적 현실에서 그러한 사상의 무비판적 수용은 득보다는 실을 많이 초래할 것이지만, 그렇다고 해서 우리 사회에 대한 영향성까지 무시할 수는 없다. 이같은 상황에서 우리는 역사소설의 당위적 필요성만을 고집할 수는 없으며, 우리 시대의 현재적 요구에 대한 더욱 진지한 반성적 성찰의 태도를 가다듬어야 할 것으로 생각된다. 이러한 맥락에서 『화척』의 현재적 의미를 간단히 살펴보는 것으로 이 글을 마무리하는 것이 좋을 듯하다.

이 글은 800년이라는 시간적 거리에도 불구하고 소재 자체가 지니고 있는 '역사성'으로 하여『화척』의 시대배경은 우리 시대에도 여전히 의미있는 것이 될 수 있다는 지적에서 시작했다. 그러나 소재의 역사적 성격은 작가의 주관적 관심에 의해 재창조의 과정을 거침으로써 역사소설 자체의 의미로 새롭게 구성되어야 한다. 과거 사실의 단순한 재현이 아니라 우리 시대의 역사적 질문에 대한 답변이 될 때 역사소설은 그 존재이유를 확보할 수 있기 때문이다.『화척』이 담고 있는 시간대는 우리 시대와 직접 연결되어 있지 않으므로, 우리의 질문은 일차적으로 과거와 현재의 두 시간대가 지난 유사성이나 시대를 뛰어넘는 인간의 보편적 본성에 기초하여 거기에 내포된 의미가 무엇인지를 물어보는 것이다. 이러한 질문에 대한 답은 과거에 비추어 현재를 돌이켜보는 방식 즉 비유적 구도 속에서 이루어질 수밖에 없으며, 그렇게 하여 드러날 수 있는 내용은 지배-피지배 관계의 비인간적 속성을 구체적인 역사적 조건 속에서 적나라하게 파헤치는 쪽으로 집중될 가능성이 많다. 김주영은 그 특유의 고전적 문체를 가지고 먼 과거를 우리 앞에 끌어다놓았고, 선택된 소재 자체의 속성을 드러내는 데에도 성공하였다. 그러나 소재적 특성에 집착한 나머지 전후 시대 사이의 유기적 맥락이나 역사의 총체성을 드러내는 데에는 얼마간의 한계를 드러냈다.

자료에 대한 충실성과 객관적 타당성이 대한 가치부여도 작가의 상상력을 제약하여 주제의 분산과 개인의 심리적 차원으로의 굴절이나 입체적 인물의 형상화를 어렵게 하는 부정적 결과를 낳기도 했다. 이러한 사실은 역사의 진실을 확보하고도 시대적 요구를 벗어날 수도 있다는 점을 떠올려준다. 이러한 가능성은 소설 자체에는 직접 나타나 있지 않은 작가 자신의 취향과도 내밀하게 연결되어 있는 듯하다. 김주영은 이전에 쓴 다른 소설들에서도 직접생산에 종사하는 대다수의 민중들보다는 떠돌아다니는 사람들에게 더 깊은 관심을 기울이는 경향을 보여주었다. 떠돌아다니는 사람들 주변에는 극적인 사건들과 풍부한 이야깃거리가 있다. 그러나 그들에게는 계급적 성격으로 인해 역사의 왜곡을 근원적으로 바로잡을 수 있는 큰 힘이 결핍되어 있다. 농민들이 대략 200년마다 하나의 왕조를 전복시킨 중국의 역사에서 전형적으로 드러나듯이 농민계급 또는 민중 속에는 무궁한 힘이 내재해 있다. 김주영이 탁월한 역사소설가적 능력을 지니고서도 이 부분에 대한 진지한 탐색을 보여주지 못한 것은 그 자신의 취향을 과감히 떨쳐버릴 수 없었던 데에서 비롯되었을 것이다. 역사의 핵심으로 파고드는 집중성의 부족은 바로 여기에서 잉태되고 있다. 그래서 전국토에서 광범하게 일어났던 농민반란은 『화척』의 전경으로 진입하지 못하게 되어 당시의 역사는 그 발전적 추동력의 핵심을 상실한 채 피비린내나는 사건들의 연쇄 속에서 도덕적 생명감이 결핍된 박탈의 공간이 될 수밖에 없었다.

김주영에게 필요한 것은 역사적 사실들에 대한 관심보다는 역사의 해석에 대한 관심일 것이다.

《동서문학》 1995년 겨울호)

송기원의 구도적 모험
— 『청산』을 중심으로

1

'송기원의 『청산』을 중심으로 신비론을 비판해달라'는 원고청탁을 받고 나는 무척 난감하고 당혹스러운 심경에 빠졌다. 내가 좋아하는 작가를 비판하는 자리에 나서는 곤혹스러움은 접어두고라도 이 잡지가 '긴급진단 : 최근 보수주의 문학 비판'의 대상으로 선정한 세 사람 가운데 송기원이 들어 있다는 사실 자체가 민망스럽게 느껴졌기 때문이다. '긴급진단'의 세 주제는 반페미니즘 · 신비론 · 영웅주의였는데, 이 가운데 신비론을 들어 한 작가의 문학적 태도를 문제삼아야 한다면 송기원보다 먼저 떠오르는 작가들은 얼마든지 있었다. 그런데 유독 송기원이 거론될 만한 이유가 있다면, 그것은 아마도 지금까지 그가 보여온 문학적 성향이 급격하게 달라져버린 데 대한 충격에서 비롯된 것이리라. 그렇다면 거기에는 지금까지 그의 문학에 애정을 지녀온 사람들의 놀라움 혹은 실망감이 깃들여 있는 게 아닐까. 여기에 이르자, 송기원 문학의 불연속적 변모의 실상을 밝혀보는 것이 그의 문학에 관심을 지녀온 사람의 도리가 아닐까 하는 생각이 슬그머니 고개를 들기 시작했다.

90년대라는 역사적 시간대를 살아오면서 우리는 지난 연대에 대한 성급하거나 빗나간 반성들이 우리가 극복해야 할 새로운 질곡을 낳을 수도 있다는 사실을 경험하였다. 계급론적 사회인식에 바탕을 둔 '변혁주체'라는 관념이 해방 후의 역사에서 최초로 실체성을 인정받은 데에서 힘을 얻었던 80년대의 지배적 이념이 비틀거리는 사이에 한동안 숨죽이고 있던 실존적 개인들이 우후죽순처럼 제 목소리를 내기 시작한 것은 어쩌면 지극히 당연한 일이었다. 그러므로 우리는 이러한 현상을 두고 혼돈이니 '혼란'이니 하며 야단스럽게 떠들 필요는 없었다. 요즈음의 문학작품들에 많이 보이는 신비적 요소들만 하더라도 90년대의 시작과 더불어 각광을 받은 '존재의 시원 찾기'로 대표되는 한 경향의 발전 또는 뒷북치기로 볼 수 있고, 몇몇 문학지들이 환상문학에 관한 특집(예컨대, '환상문학이란 무엇인가' '환상, 새로운 문학의 영토' 등등)을 통해 그러한 추세를 뒤따라가며 정리하는 경향도 특별한 관심을 기울일 만한 것은 아니다. '환상'을 미메시스와 더불어 문학을 구성하는 두 가지 요소로 보는 이론을 받아들인다면 우리는 구태여 환상문학을 따로 논할 필요가 없는 것이고, 환상문학을 하나의 독립적 장르로 인정하면서 그것을 통해 현실에 균열을 가져온다든가 하는 문학적 전략은 지금의 문명사적 조건에 비추어 그 나름의 가치를 인정받을 수 있기 때문이다.

그러나 문제는 이러한 경향을 띠는 작가들 가운데 많은 이들이 삶의 기본단위인 주체를 부정하거나 삶의 현실에 대한 이성적 기획 자체를 인간의 본성에 대한 간섭이나 억압으로 규정하면서 '분신'이나 '유체

이동'과 같은 허황한 현상에 사로잡혀 현실이탈을 즐기거나 초자연적 현상을 섣부르게 이론화하는 쪽으로 빗나간다는 것이다. 물론 이러한 경향들은 환상문학의 범주를 엄격하게 규정하는 이론가들에 의해 내적 리얼리티를 결여한 '미스테리' '경이문학' 또는 '탈출구문학' 등으로 폄하되기도 한다. 어쨌든 현실세계의 바깥에 또다른 세계를 설정하는 대부분의 작가들은 문명사회의 비인간적 요소들에 대한 반감을 드러내면서도 정작 인간의 욕망을 교묘하게 왜곡하는 자본주의적 전략에 대해서는 속수무책이거나 오히려 그것에 이용당하고, 때로는 그들 스스로 상업주의적 전략을 가지고 일탈에의 충동을 부채질하는 모습까지 보이고 있다.

그러니 환상문학 이론가들의 엄격한 분류법으로 사이비를 가려낸다고 해서 문제가 해결되는 것은 아니다. 때로는 불필요한 배타성만을 부추기는 결과를 가져올 수도 있고, 보는 입장에 따라서는 그 차이 자체가 무의미한 것일 수도 있기 때문이다. 예컨대, 그들이 배타적 척도로 내세우는 '망설임' 없이 환상적인 세계로 돌입하는 경우들을 보자. 우리는 최근에 발표된 소설들에서 근대적 시간관을 전복하고 일시에 때묻지 않은 신화적 세계를 탈환하려 하거나, 시공간적 질서는 물론 삶과 죽음의 경계마저 허물어져버린 상태에서 귀신과 연애를 하거나, 물질적 변화의 법칙이 허물어져버린 공간에서 한 그루의 나무로 거듭나거나, 번거로운 문명사회를 벗어나 한 마리 곰처럼 겨울잠 자기를 시도하는 경우들을 보았다. 이러한 작품들 속의 인물들은 별다른 '망설임' 없이 이른바 '2차세계'로 들어서고 있기에 엄밀한 의미의 환상문학으로 분류될 수는 없지만, 근대적 물질문명에 대한 그들 나름의 해석과 전략이 무의미한 것만은 아니며, 설사 '망설임'이 개재한다고 해서 그 내용이 본질적으로 달라질 것 같지도 않다. 그러므로 이 글에서는 장르상의 세부적 구분을 떠나 '신비론'의 범주에 속하는 정신현상에 대한 비판적 성찰을 토대로 한 구도자의 일생을 다룬 『청산』을 주로 의미론적 구도 속에서 살펴보려 한다.

신비론에 대한 비판적 성찰은 일차적으로 그에 대한 정의(定義)를 요구하지만, 신비론 또는 신비주의(mysticism)를 한마디로 말하기는 불가능하다. 그것은 비현실적 현상에 관한 개념임에도 불구하고 어떤 개인의 특별한 경험과 연관되어 있기 때문이다. 그러므로 우리는 '신비적 경험들'의 특성을 추출해냄으로써 신비론에 대한 정의에 접근할 수 있을 뿐이다. 그러나 이러한 노력의 결과들조차 하나로 수렴되기 어려운 차이들을 드러내며, 때로는 상충적(相衝的)이다. 신비적 경험에 대한 표현 자체가 매우 역설적이거나 비유적이며, 때로는 시적이기 때문이다. 이런 현상은 정상적인 생활이나 사고방식에서 잉태된 언어들을 가지고 그것들과는 동떨어진 경험을 묘사하는 데에서 비롯된다. 신비론자들도 때로는 정확한 형이상학적 용어를 사용하지만, 논리의 상충을 피할 수는 없다. 예컨대, 그들은 어떤 신격(神格)에 해당하는 존재를 무(無)라고 부르면서 동시에 그것은 모든 것의 근원이라고 말한다. 이런 경우 무(無)는 곧 유(有)의 총체인 셈이다(『청산』의 경우 이러한 '無'는 '허무'라는 말로 표현되는데, 그것은 우주에 충만한 '氣' 자체를 의미한다). 신비적 경험은 분별적 지식을 추구하는 것이 아니므로 우주적 존재나 인간구원의 신성한 원천과의 만남의 형태로 이루어진다. 신비론자들은 모든 사물은 하나이며 성스럽고 신적인 것을 공유하고 있다는 통합적 전망을 가지고 '우주적 자아'에 합일되어 신 또는 신비적 유일자와 하나가 되는 방향으로 나아간다(『청산』에서는 '나'라는 아집을 버리고 우주로 가야 한다거나 '허무' 속에 녹아들어가야 한다는 식으로 표현된다). 그리하여 주체와 객체, 주관과 객관의 구별은 소멸되고, 초주관과 우주적 유일자만 남는다. 신비적 경험들은 의도적인 것과 우발적인 것, 내성적인 것과 외적인 것들로 분류될 수 있는데, 이 가운데 내성적 경향을 갖는 신비론자는 점차 자신의 세속적 환경과 사회적 존재로서의 자신에 무심해진다. 이런 까닭에 신비론자들이 '구세'의 목표를 가지고 현세에 개입하려 할 때에는 일종의 종교적 형식을 취하게 되고, 그것에 대한 세인들의 태도는 맹신과 무시 사이의 양자택일이 될 수밖에 없다. 문제는 신비론이 '맹신'의 형태로 세속화되는 과정에서 발생하며, 바로 여기에 신비론에 대한 비판의 필요성이 주어지는 것이다.

2

『청산』을 관통하고 있는 시각은 우리 긴족의 토속적 사고방식이나 일상적 범주에서 보더라도 그다지 낯선 것은 아니다. 그것은 우리 조상들의 태고적 사고방식에 맥이 닿아 있어 우리 민족의 집단무의식에 호응하는 면을 지니고 있을 뿐만 아니라, '기공' '단전호흡' '명상' 등이 일반용어가 될 만큼 자연의학 또는 심신의학이 대중화되고 있는 우리 사회의 한 단면을 반영하고 있기 때문이다. 청산의 수행과정에는 현대의학에 의해 얼마간 그 효능이 입증된 부분이 있기에 어디까지가 '신비론'으로 규정될 수 있는지를 가려내는 일은 쉽지 않다. 물론 이러한 세부적 확인작업이 문학작품으로서의 『청산』을 다루는 데 중요한 의미를 띠는 것은 아니다. 중요한 것은 이 소설에 나오는 두 사람의 수행과정을 바라보는 작가의 시각이 어떻게 얼마나 신비론적인가, 그러한 수행과정을 통해 작가는 우리에게 무엇을 보여주려 하는가, 이 작품의 주제는 송기원의 과거 작품들의 주제와 얼마나 다르거나 같은가, 그것은 앞으로도 지속적으로 다루어질 만한 가치를 지니고 있는가 하는 것들이다.

『청산』은 액자소설의 형식을 취하고 있다. 이 소설의 전체적인 화자인 유시백이 주인공으로 등장하는 프롤로그와 에필로그 사이에 유시백이 쓴 청산(靑山) 고한영에 대한 실명소설이 들어 있다. 그러므로 이 소설은 액자부분을 빼고 프롤로그와 에필로그를 연결하면, 가장 일반적인 의미의 '구도소설'에 가깝게 된다. 300쪽 남짓 되는 이 소설에서 프롤로그가 거의 70쪽에 달할 만큼 상대적으로 많은 지면을 할애받고 있는 것은 유시백이 입산하게 되는 동기와 국선도의 창시자인 청산에 귀의하게 되는 과정이 이 소설의 문학적 성패를 좌우할 만큼 중요한 의미를 띠고 있기 때문이다. 말하자면, 우리들이 현실이라고 부르는 '1차세계'를 벗어나 '2차세계'로 들어서게 되는 동기의 타당성 여부야말로 이 소설의 의미론적 구도에 결정적인 요소가 될 수밖에 없는 것이다.

프롤로그에서 작가는 유시백의 입산 동기, '누군가'의 목소리를 듣고 그를 찾아헤매게 된 내력, 그리고 청산의 세계에 입문하게 된 계기와 그에 관한 실명소설을 쓰게 된 이유 등을 밝히고 있다. 유시백은 '전교협'에 연루되어 경찰서 유치장에 있던 중 어머니와 아버지의 잇달은 죽음에 대한 충격 때문에 계룡산으로 들어가게 된다. 죽음이 그에게 남다른 정서를 몰고 오는 데에는 어린 시절의 원체험이 중첩되어 있다. 어린 시절 그는 형수가 죽어 땅에 묻히는 장면을 보며 죽음이 매우 "춥고 쓸쓸한 세계"(27면)로 가는 것임을 뼈저리게 느꼈던 것이다. 그러기에 아버지를 그런 세계로 혼자 보내드릴 수는 없으며 아버지를 위해 무엇인가를 해야 한다는 생각에 사로잡힌다. 그에게 계룡산은 아버지와 동일시되기도 하고, 계룡산 신도안에서 태어나 그곳에서 자라며 산을 향해 "비밀 이야기를 건네는 법을 배"(26면)웠기에 그의 입산은 단순한 '귀향'일 수도 있다. 대학에서 운동권 학생이 되어 세상의 불평등이 죽음의 '춥고 쓸쓸함'에 맞먹는 고통이며 유물론과 사회주의만이 그 세계에서의 해방을 담보하는 것이라 여기지만, 그의 생리는 조직운동에 맞지 않았을 뿐만 아니라 투쟁보다는 화해 쪽으로 이끌린다. 가톨릭 계통 학교의 교사가 된 후 해방신학을 통해 좀더 "폭넓은 인간해방으로서의 사후세계나 초월계를"(32면) 배우는 한편 두 가지 신비적 경험을 하게 된다. 하나는 수녀 출신 교사의 안내로 그에게 안수기도를 해준 박마리아에게서 "너를 내 도구로 삼겠다"(34면)는 하느님의 말씀을 방언으로 들은 것이고, 다른 하나는 비교종교학을 전공하러 유학을 떠난다는 김정식 선생에게서 유시백의 삶은 이땅의 모든 불행한 중음신들과 함께하게 될 것이고 훗날 그들은 함께 일하게 되며 자신이 유시백을 섬기게 된다는 말을 들은 것이다.

송기원의 소설지평에서 거의 최초로 티(非)자전적 주인공으로 등장하고 있는 유시백이 세상에서 겪은 일들은 거의가 그의 입산에 필연성을 부여하는 방향으로 나아가고 있으며, 그의 태생과 성장과정에서 형성된 성품과 사고방식이 그러한 과정을 심층에서 뒷받침하고 있다. 그리고 아버지가 유언처럼 남긴 말("세상일이 갑자기 훤하게 보인다. 세상에서 앞으로 시백이가 할 큰일도 다 보인단 말야.")과 박마리아나 김정식 선생의 예언들이 그러한 입산에 개인적인 동기 이상의 의미—초월계의 요청 또는 예정성―를 부여하고 있다. 그리하여 그는 이 세상 밖에서 무언가 '큰일'을 할 사람으로 신비화된다. 동기의 신비화에 결정적으로 작용하는 요소는 유시백의 태생이나 원체험보다는 토속적인 민간신앙, 그리스도교, 비교종교학을 대표하는 세 사람의 예언적인 말들이다. 그러나 보통사람들 같으면 무시해버릴 것이 뻔한 말들이 유독 유시백에게만 의미있는 것으로 받아들여지는 데에 문제의 핵심이 있다. 이 예외적 인물 속에서도 우리는 어쩔 수 없이 송기원의 다른 주인공들과 공통된 하나의 성향을 감지할 수 있는데, 그것은 지나치리만큼 예민한 감수성과 정서의 고착화이다. 형수의 죽음을 경험한 후 한 달이나 병석에서 일어나지 못한 것이나 죽은 아버지에 대한 천도(薦度)의 갈망 속에 그러한 성향이 언뜻언뜻 내비치고 있다. 어린 시절에 경험한 죽음에 대한 강렬한 느낌이 대학시절과 사회생활을 거치면서도 조금도 퇴색하지 않고 있기에 그는 죽음을 하나의 자연현상으로 받아들일 수 없으며, '중음신'을 하나의 비유나 수사적 표현이 아니라 실체로 받아들이게 하는 것이다. 여기에서 우리는 하나의 원체험을 절대화하는 내포된 작가(implied auther)의 과도한 주관성을 만나게 된다.

이러한 과정을 거쳐 입산한 이후의 유시백은 이미 '2차세계'로 들어가버린 것이므로 우리는 그의 언행에 대해 신비론적 시비를 가릴 필요성을 느끼지 못하게 되지만, 이 소설의 전체적 의미망을 살피기 위해 그의 행적을 끝까지 따라가볼 수밖에 없다. 유시백은 계룡산에서 3년간 움막생활을 하다가 '누군가'의 목소리를 듣고 하산한다. "이제 서로 만날 날도 멀지 않았구나. 그만 산을 내려가 길을 떠나거라."(8면) 누군가의 목소리가 유시백에게 절대적인 이유는 그 목소리가 계시한 것이 한번도 어긋난 적이 없었기 때문이다. 누군가의 목소리를 찾아헤매는 일을 '필생'으로 하게 된 그는 태백역 광장에서 사람들에게 둘러싸인 채 외치는, 봉두난발을 한 중년 사내의 목소리를 듣게 된다. "여러분, 우리 인류는 바야흐로 이 작은 땅덩어리를 벗어나 저 넓고 무한한 우주로 나아가야 합니다. 나라는 아집만 버리면, 누구나 다 저 우주로 갈 수 있습니다."(5면) 그는 또 서울에서 만난 출판사 주간 김대연의 안내로 국선도장을 찾아가 벽에 걸려 있는 초상화를 보고 깜짝 놀란다. 태백에서 보았던 그 사내가 분명했다. 그의 말을 들은 청산의 부인은 태백역 광장의 그 사람이 몇년 전 집을 훌쩍 떠나버린 청산임을 확인해준다. 유시백은 국선도에 입문한 지 5년이 되어 청산의 세계에 눈뜨게 되고, 그후 5년 가까이 청산이 세상에 남긴 행적을 찾아헤맨 끝에 "어둡고 혼미한 시대를 밝힐 한 가닥 빛이 될 수도 있으리라는 믿음"(69면)을 가지고 그에 관한 글을 쓰게 된다.

유시백이 청산의 국선도에 입문하게 된 계기는 대단히 우발적인 사건들의 연쇄로 이루어져 있으며, 유시백이 '믿음'을 지니게 된 이유는 생략되어 있기에 우리는 어쩔 수 없이 하나의 의미론적 단층을 경험하게 된다. 그러므로 우리는 그 '믿음'의 근거가 무엇인가 하는 새로운 의문을 품은 채 '실명소설' 부분을 읽어갈 수밖에 없다. 액자 속에 들어 있는 이 부분은 열세 살 난 고한영(나중에 '청산'이란 새이름을 얻게 된다)이 우연한 계기에 입산하여 대략 20년간 스승 청운도사와 사조(師祖) 무운도사의 가르침을 받는 수도과정을 순차적으로 따라가고 있다. 고한영은 생식(生食)과 자연에 친숙해지는 단계에서 시작하여 중기단법, 건곤단법, 원기단법, 조리단법 등의 구체적인 수련을 통해 피부호흡을 하거나 '얼령'("천지의 기운과 나의 기운이 하나가 되어 무언가 새로운 기운"으로 형상을 지니게 된 것)을 띄워 밖으로 내보내는 분심술이나 허공을 걷는 경신술 등을 익히며 몸과 마음의 능력을 극대화하는 과정을 거쳐 마침내 시공을 초월하여 허공에 스며들 수 있는 단계에까지 이른다. 스승은 이로써 산에서의 공부는 끝났다고 선언하며, 이제는 세상에 나가 공부할 차례가 되었다고 한다. 스승은 "네가 보고 온 지옥(청산은 6 · 25 직후 세상에 나가 군복무를 마치고 재입산했다) 속에 네 몸과 마음을 녹여 마침내 세상의 지옥과 하나가 되는"(302면) 무진단법(無盡丹法)을 수행하라고 이른다. 자신이 병들어 고통을 당하지 않고는 다른 사람의 고통을 모르므로 "세상의 맨 밑바닥에 내려가 하수구처럼 썩어문드러지지 않고서는 구활창생이라는 큰 공부도 공염불에 지나지 않는"다는 것이다. 이와 함께 '밝'(하늘기운) 받는 법을 세상에 알리면, "그것으로 수천 수만의 생령이 재난에서 살아나는 때가 올"(303면) 것이라고 말한다.

이상은 구체적인 수행과정은 생략한 채 실명소설 부분의 큰 줄기만 간추려본 것이다. 그러나 '무진단법'과 관련된 청운도사의 말을 자세히 소개한 것은 이 말에 깃들여 있는 구세의 정신과 송기원의 문학적 주제가 일치한다는 판단 때문이다. 청산의 수행과정은 실재했던 한 인물의 행적을 추적하여 쓴 것이라는 단서가 붙어 있으므로, 나로서는 그 사실성 여부에 의문은 품을지언정 그것을 부정할 만한 근거를 댈 수는 없다. 청산의 공부는 우리도 공감할 수 있을 정도의 상식적인 데에서 출발하여 정도가 깊어갈수록 신비성이 강화되고 있다. 상식성과 초월성의 경계가 뚜렷한 것은 아니지만, 그 어름에서 작가는 소설의 흐름에 개입하여 기(氣)를 돌리는 방법인 임독유통(任督流通)을 통해 "자율신경계와 내분비계에 뜨거운 열기와 함께 강한 자극을 주어 노화되어 기능이 사라져가는 생명활동을 회생시키는 수련법"(163면)이라고 현대의학적 해석을 덧붙이기도 하고, 원기단법에 관한 부분에서는 현대물리학의 소립자 연구를 통해 물질과 정신은 하나로 입증되었으며, 기 즉 '에네르기'는 새로운 세기의 과학적 연구대상이라고 단언하고 있다. 마음으로 몸을 다스리는 것이 어느 정도까지는 가능하다 하더라도 몸이 마음처럼 시공을 초월해 어디든 자유자재로 돌아다닐 수 있다는 것은 사실일 수 없으며, 소립자 단계에서 물질에 대한 고전적 정의가 허물어진 것은 사실이지만 그렇다고 해서 물질과 정신이 하나라고 주장할 수는 없다.

사실 이런 종류의 시비는 문학적 논란거리가 될 수 없다. 그러나 이 실명소설의 마지막 부분에 나오는 '무진단법'은 그 신비적 울림에도 불구하고 대단히 감동적이며, 그것이야말로 송기원이 지금까지 문학을 통해 이루어내려고 한 하나의 이상이 아닐까 하는 생각을 갖게 한다. 만약 청산이 스승의 이 마지막 당부를 이루어냈다면, 유시백이 실명소설을 쓰기 직전에 "어둡고 혼미한 시대를 밝힐 한 가닥 빛이 될 수도 있으리라는 믿음"을 가졌다는 말에 우리는 전적으로 공감할 수 있을 것이다. 그런데 유시백은 에필로그에서 엉뚱하게도 그가 청산에 관한 소설을 쓴 것은 그 '누군가'를 만나기 위한 방편이었다고 말한다. 그는 청산의 '무진단법' 수행에 대해서는 아무것도 들려주지 않으면서 오히려 "청산이 다시 산으로 가버린 이상 그가 남기고 간 흔적에 대하여 이러쿵저러쿵 떠드는 것은 그에 대한 예의가 아니"(307면)라는 변명을 하고 있다. 그러면서도 청산이 바깥세상에서 살아낸 삶을 그의 실제 삶과는 관계없이 상상해보는 것이 청산에게 줄 수 있는 유일한 애정이라고 말하면서, "청산이 바깥세상에서 살아냈던 이십년 남짓한 삶이야말로 (…) 그의 평생의 수행에 있어서 가장 힘든 공부였으리라는 생각을 떨쳐버릴 수가 없다"고 말하는가 하면, 청산은 초월계에 대한 턱없는 맹신과 무시 사이의 커다란 간극에 끼여 흔들렸을 것이며 결국 "세상이 먼저 청산을 벤 것은 아니었을까"(310면) 하는 일말의 회의를 드러내기도 한다.

그렇다면, 우리는 청산은 무진단법에 실패했다고 말해도 좋을 것인가? 그러나 글을 끝낸 허전함 때문에 기약 없는 산행을 하던 유시백은 산과 하나가 되어 '누군가'의 숨결을 느끼게 되고, 한라산에서는 사람 형상의 빛무리를 보게 되며, 마침내 구례역 대합실에서 한 노인을 만나는 대목에서 우리의 예상은 여지없이 부정당하고 만다. 유시백은 그 노인이 "내가 계룡산에 심어놓은 오얏나무는 잘 크나 몰라" 하는 말과 "청산에는 오얏나무가 벌써 주렁주렁 오얏을 매달았지"(314면) 하는 말을 듣고, "어르신!" 하며 대합실 바닥에 온몸을 내던진다. 유시백의 행동으로 보아 우리는 이 노인이 그가 필생으로 찾아헤맨 그 '누군가'라는 생각을 갖게 된다. '누군가'의 계시는 한번도 빗나간 적이 없으므로, 청산의 오얏나무가 열매를 주렁주렁 매달았다는 그의 말은 진실일 수밖에 없다. 그렇다면 청산은 성공한 것이지만, 그 내용이 무엇인지는 여전히 오리무중이다. 한편 우리는 작품 전체의 신비성을 하나로 응축해온 이 '누군가'는 도대체 누구인가, 하는 의문에 사로잡히게 된다. 한번쯤 본 일이 있는 사람에게만 쓸 수 있는 '어르신'이란 호칭과 만남의 임박을 예시하고 있는 분위기를 결합하면, '누군가'는 청산일 수밖에 없다. '누군가'와 청산의 이 극적인 통일과 만남을 통해 유시백은 비로소 무운도사, 청운도사, 청산으로 이어지는 도통(道統)의 끝자리에 등재되며, 이 소설 앞부분에서 본 예언들은 실현을 보게 된 셈이다. 그런데 청산을 만난 장소가 역 광장이나 대합실이란 사실은 청산이 산으로 되돌아간 것이 아님을 의미하고, 오얏나무 열매의 비유는 성공을 의미하므로 청산은 무진단법에 성공한 것이 된다. 그러나 청산이 태백역 광장에서 외치던 말이 무진단법의 요체라면, 청산의 전체적 의미망은 일시에 허물어져버린다. 하수구에서 썩는 것과 우주로 나가는 것이 어떻게 동일한 차원에서 이루어질 수 있단 말인가?

3

송기원은 '후기'에서 청산이 국선도에 대한 "미신적 인식을 어느 정도나마 지울 수 있다면 그것만으로 보람이 있다"(317면)고 말하고 있다. 송기원이 말하는 '미신적 인식'의 실상이 어떤 것인지 알 수 없지만, 적어도 그 자신만큼은 '미신적 인식'을 불식했다는 전제 아래서만 그런 말은 가능할 것이다. 그럼에도 불구하고 나는 이 소설이 전체적 구도로 볼 때 매우 신비적이며, 지난날에 우리가 본 송기원 문학의 주제와 유사해 보이는 '무진단법' 그 자체와도 거리가 멀다는 느낌을 지워버릴 수 없다.

돌이켜보면, 송기원 문학의 진수는 밑바닥 인생의 적나라한 진실성과 아름다움의 발견에서 비롯되었으며, 『늙은 창녀의 노래』에서 눈부신 결실을 얻었다. 『청산』에서 감동하며 읽은 한 대목—"잡념이라는 진흙이 없이는 연꽃이라는 깨달음도 없다"(218면)—을 패러디하면, 송기원 문학의 아름다움이라는 연꽃은 그 자신이 일체화를 이루어낸 밑바닥 인생이라는 진흙탕에서 피어난 것이다. 이러한 미의식은 그의 신춘문예 당선작 「경외성서」에서부터 『여자에 관한 명상』에 이르기까지 다양하게 변주되고 있는데, 그것은 세상사람들의 통념과 위선을 극단적으로 전도시킨 데에서 이루어진 것이다. 그것은 세상사람들이 추하거나 부도덕한 것으로 치부하는 대상에서 위선의 허울을 벗어버린, 또는 위선이라는 허울을 써본 적조차 없는 대상을 만나는 순간에 극적으로 용솟음치는 그 자신의 감동에 대한 언어적 형상화이다. 그러므로 송기원 문학의 아름다움은 대상에 내재해 있는 아름다움이 아니라 대상과의 진실한 관계에서 피어나는 향기와 같은 것이다. 그것은 위선에 대한 혐오가 지나쳐 '위악'적인 모습으로 드러나기도 하고, 자신의 치부가 아름다움으로 변하는 환상에 취해 나르시시즘이나 탐미주의에 빠지기도 하고, 그러한 환상이 산산이 부서지는 경험을 하며 허무와 퇴폐에 떨어지기도 한다. 그리고 비천한 밑바닥 인생과 하나가 되고자 하는 욕망의 끝에서 우리는 간간이 성자(聖者)의 모습이 어른거리는 것을 볼 수 있었다. 그의 이러한 미의식은 "저그 보름달 잠 보시요잉…… 나헌티는 모든 남자들이 똑같어갖고, 한 남자로 여게진단 말이여라우"하고 말하는 '늙은 창녀'의 발견에서 극치에 이른다. 마침내 『여자에 관한 명상』의 후기에서 송기원은 이렇게 말하게 된다. "나에게 여자란 결국 나 자신에 다름아니었다. 여자라는 진성(眞性)은 저만큼 팽개친 채 내가 만든 허상에 속아, 스스로를 웃고 울고 할퀴고 절망하며 오늘까지 헤맨 것이다. 그러나 바로 그렇게 (…) 헤맨 과정 자체가 어느 날 여자의 진성이 되어 있었으니. 나는 이제부터 다시 질문을 시작하려 한다. '나는 무엇인가.'"

《실천문학》 1997년 가을호)

인류사적 경험의 만화경
— 김정환의 장편소설『파경과 광경』

　소설은 그 '죽음'의 풍문 속에서도 끊임없이 거듭나고 있다. 아니, 기존의 틀이 깨질 때마다 그 영토는 오히려 넓어지고 있다. 이런 점에서, 소설은 진화를 거듭하고 있다는 바흐친의 말은 아직 효력을 잃지 않았다. 소설의 형식적 탄력성은 놀랄 만하다. 예컨대, 프루스트나 조이스가 기존의 형식에서 막다른 골목을 느꼈을 때, 소설공화국에서는 '기억의 모험'이나 '의식의 흐름'과 같은 전대미문의 형식이 탄생했던 것이다. 그러나 우리가 잊지 말아야 할 것은 이 새로운 방법들은 소설가의 표현 욕구를 충동질하는 새로운 경험이나 삶의 내용과 내밀하게 조응하고 있다는 점이다. 그런 까닭에, 조이스는 소설공간에 공시적(共時的) 세계가 들어설 수 있는 방법을 찾아낼 수밖에 없었고, 프루스트는 자신의 경험에서 축적된 심층의 풍요로움을 황홀하게 펼칠 수 있는 시간여행을 감행할 수밖에 없었던 것이다.

　김정환의『파경과 광경』역시 매우 특이한 형식적 모험으로 새로운 세기의 문을 열어젖히고 있다. 그는 시간을 공간화하는 데 성공했다. 물론, 여기서 말하는 '공간'은 원뿔과 같은 3차원적 고정성이 아니다.

그것은 시간과 공간이라는 사유형식이 끊임없이 부서져 유동하는 심층의 용광로에 가깝다. 그리고 그것은 인류가 쌓아온 지혜의 총량과 언어적으로 조응하고 있다. 그러나 작중의 화자인 '나' 또는 내재된 작가는 언어(langue)와 그 자장(磁場)에 머물고 있는 경험적 지혜에 만족하지 않고 그것들을 뜨겁게 달구어 새로운 시대의 지혜 또는 진리로 가공해내려고 안간힘을 쓴다. 말하자면, 신화시대로부터 지금에 이르는 인간의 경험을 직선적 시간의 선후관계나 기하학적 형상화(논리적 서술)에서 해방시켜 부피와 무게와 질감을 지닌, 그러면서도 끊임없이 유동하는 언어공간을 빚어내고 있는 것이다. 초월적이면서도 육질(肉質)이 느껴지는 이러한 언어적 혼융(混融)은, 말은 할 수 없지만 정신은 사위지 않은 '나'의 소용돌이치는 의식 또는 잠재의식에서 빚어진다.

식물인간 상태에 있는 '나' 자신은 이런 상태를 '치매'로 비하하지만, 이것은 결코 병리학적 규정이 아니라, 정돈될 수 없는 삶의 내용이나 인류 전체의 경험적 소산을 가장 농축된 방식으로 소설공간에 흘러들게 하는 고도의 방법적 시각이다. 그렇지만, "나는 지금 아흔 몇 살이다. (…) 장례식을 준비하려면 식구들이 내 나이를 2천 년 가량으로 잡아야 하리라. (…) 정을 끊으려면 그 정도 세월이 필요하다. 그래, 식구들도 이제 지친 거다. (…) 더 몹쓸 놈들은 2천만 년도 더 잡겠지"(11면), 또는 "그래, 나는 2천 년 전에 태어났고 1900년에 태어났고 1954년(작가가 태어난 해—필자)에 태어났다. 그리고, 지금 다시 태어나려 한다"(17면)고 할 때, 그는 이미 한 개인을 넘어서, 역사 전체에 맞서고 있는 작가 자신과 결합된다. 작가의 이러한 방법적 개입을 허용한다면, 우리는 더 이상 세상과 삶의 혼돈을 육화하는 그의 모험에 시비를 걸 수 없게 된다. 그 대신, 우리는 그의 모험이 지금까지 우리가 보지 못했던 새로운 세계를 펼쳐 보이도록 요구할 수 있는 권리를 지니게 된다.

　우리는 이 소설의 문턱을 넘어서자마자 엄청난 규모의 보물창고에 들어선 듯 황홀경에 사로잡힌다. 그것은 한 인간의 기억이 퍼올린 것들이 질서정연하게 진열된 '만물상'이라기보다는 인류사적 경험의 만화경(萬華鏡) 또는 요지경(瑤池鏡)과 같다. 그 느낌은 기시감(旣視感)과는 거리가 멀다. 그것은 우리가 이미 보았던 광경들이 깨어져 속살을 드러내는 파경들로 가득하기 때문이다. '파경'은 물론 경험적 실체들이 아니다. 작가의 방법적 사색과 해석에 의해 창조된, 새로운 세계의 열림이다. '나'의 말, 아니 의식을 빌리면, 그것은 "죽음 속으로 젊어지는" 것이며, "형편없이 낡아진" 역사를 "파란만장해서 젊은" 것으로 치환하는 엄청난 작업에서 잉태된 것이다. 그런 만큼, 이러한 파경들을 드러내는 문장들은 하나하나가 낯설 만큼 새로운 느낌과 깨우침으로 부풀어오르면서 또 그만큼 내밀하게 응축되어 있다. 의미론적 외연의 확장과 시적인 응축에 작용하는, 그래서 서로 반대방향으로 뻗어갈 수밖에 없는 힘들이 팽팽히 맞서고 있는 것이다. 심층에서 발효하는 말들의 용광로에서 빚어진 이러한 역설(paradox)과 은유들은 역사 또는 인간의 삶에 혼재해 있는 이질적인 요소들이 하나의 공간에서 함께 숨쉬며 그 자체로서 살아 있게 한다. 그리고 문단(paragraph)들은 대체로 제각기 하나의 세계인식을 거느리거나 여러 가닥으로 이루어진 삶의 상황들에 상응한다. 이처럼 '나'의 치매 또는 작가의 거침없는 상상력은 역사와 삶의 총량을 무리없이 혼용하는 언어적 경제(經濟)를 최고 수준에서 달성하고 있다.

고유의 이름 없이 등장하는—오히려 출몰한다고 해야 할 만큼 무시로 호출되는—인물들은 가족관계를 지칭하는 외할아버지·외할머니·아버지·어머니·외삼촌·이모·숙모·형·남동생·누이 등(첩 또는 시앗도 가족관계의 미묘한 자장을 이루고 있다)이고, 그들이 존재하는 공간은 마포·한강·이태원·보문동·와우아파트 등으로 일상적 공간을 넘어서지 않고 있지만, 이처럼 비근한 인물과 공간들은 전설·신화·역사·오페라·문학작품 등과 뒤섞이면서 신화적 근원성과 결합되거나 세계사적 보편성을 띠게 된다. 이러한 혼용의 기법에 눈이 익어지면, 우리는 아버지에게서는 권력의 속성을, 첫째 외삼촌에게서는 권위의 허울을 뒤집어쓴 조선의 남성상을, 둘째 외삼촌에게서는 예술가 또는 혁명가적 기질—'나'는 이 둘째 외삼촌을 닮았다—을, 남동생에게서는 자본가의 속성을, 증조할머니에게서는 시간을 초월한 전통적 삶의 감각을, 어머니에게서는 어리석어 보여서 패배할 수 없는 여성성을, 이모에게서는 침범할 수 없는 처녀성을, 누이에게서는 저항할 수 없는 부드러움 등을 어렴풋이 느끼게 된다. 그러나 이러한 특성들은 어디까지나 어렴풋한 느낌으로 짚여오는 것일 뿐 리얼리즘론에서 말하는 인물의 전형성과는 미학적 기능이 사뭇 다르다. 그것들은 오히려 역사와 삶을 이루는 인간적 요소들에 가깝다.

혼용의 마술을 빚어내는 '나'의 언어감각은 그가 역설과 비유의 달인임을 보여준다. 간간이 이정표들처럼 출몰하는, 아포리즘처럼 응축된 시적인 문장들은 붙박이별처럼 주변을 공전하는 수많은 위성들(파편 또는 파경들)을 거느리고 겉에 드러나 있는 '혼돈'을 수습하는 의미론적 축들로 작용하고 있다. 그래서 표면적 혼돈과 내면적 질서는 우주의 그것에 상응하는 듯하다. 그러나 시간적 질서를 형상화하는 서사(narrative)와는 무관한, 확산과 응축의 기법은 체계화된 총체성과는 전혀 다르게, 세계와 삶 자체를 총체적으로 포괄하는 기능을 발휘한다. 이러한 언어체에 등가적으로 공존하고 있는 이질적이고 다양한 요소들은 체계화는커녕 계열화조차 불가능하다. 이 소설은 '치매'라는 혼돈된 의식에 매개되고 있음에도 불구하고 몽상이나 환상(fantasy)과는 거리가 멀며, 오히려 이 세계의 실체성을 체계화로써 손상하거나 단순화하지 않고 있는 그대로 그려내려는 야심에서 잉태된 것이다. 말하자면, 그것은 세계를 왜곡 없이 포괄하려는 새로운 서술방식이다. 『파경과 광경』을 소설이라고 부를 수 있다면, 이러한 기법은 허구(fiction)의 진짜 허구─형식만이 아니라 내용까지도 거짓인─에 신물이 난 독자들에게 새로운 입맛을 돋우면서 체계화의 덫에서 벗어나지 못하는 철학적 서술까지 넘어설 수 있는 언어활용의 빼어난 사례로 평가될 수도 있을 것이다. 그리고 이러한 방법에 내포되어 있는 정신은 사회주의가 좌초한 지점에서 인류에게 새로운 희망을 담보할 수 있는 인식과 실천의 방법 또는 삶의 태도를 가능케 하는 통로를 찾아나서도록 촉구한다. 그러나 그 통로는 어디까지나 몸을 지닌 인간 자체의 한계를 넘어서는 것이어야 한다. 그래서 '나'는 죽음을 새로운 '탄생'으로, 그리고 무덤을 새로운 세계로 들어서는 '통로'로 뚜렷이 의식하고 있는 것이다.

이 소설은 미완성으로 열려 있다. 역사와 삶이, 그리고 이야기가 천일야화로도 소진될 수 없듯이. 작가 역시 '후기'에서 그의 소설이 다 씌어진 것인지 아닌지 가늠하지 못하고 있다. "설마 다 썼다는 얘긴가? / 그럴지도 모른다. 어차피 시작도 끝도 없는, 아니 이야기가 없는 이야기였으므로." 그러나, 이 소설의 방식이 혹시나 작가의 경험과 사유의 대부분을 소진해버린 것은 아닐까? 마치 블랙홀처럼.

(《서평문화》 2000년 겨울호)

집단무의식과 무대 밖의 역사
— 윤흥길의 중편소설 「장마」

역전(逆戰)의 드라마는 문학사에도 존재한다. 어떤 시기에 비평적 관심을 끌어모았던 문학작품의 주제가 세월이 흐르면서 오히려 그 작품을 평가절하하는 근거로 전환되거나 시대적 관심의 영역에서 벗어나 있어서 빛을 보지 못하던 작품이 새로운 조명 아래 화려하게 부활하는 경우도 드문 것만은 아니다. 이러한 현상이 창작의 차원에서 자각될 때 시대적 요구와 시간에 녹슬지 않는 고전성을 획득하려는 작가의 욕망 사이에 갈등을 야기하기도 한다. 이 두 요소는 어느 한쪽을 포기한다고 해서 다른 쪽이 강화되거나 저절로 얻어지는 모순관계에 있는 것은 아니지만, 작품의 성격을 서로 다른 방향으로 이끌어갈 가능성이 큰 것만은 부정할 수 없다. 시대적 요구는 당대적 삶의 내용과 관련되기에 역사적 차원에서 현상(現狀)을 타파하려는 의식을 강화하는 경향성을 띠고, 인간의 보편적 정서와 관련되는 고전성에 대한 욕망은 양식사적인 모범들을 효과적으로 활용함으로써 당대의 미의식을 풍요롭게 하는 성향을 지닌다. 그러나 문학작품의 진정한 생명성은 이 두 가지 요소가 함께 작용할 때에만 잉태될 수 있는 것이다.

윤흥길의 「장마」가 발표 당시(1973)에 불러일으킨 비평적 관심은 대체로 분단이나 이념적 갈등에 대한 화해의 모색이라는 역사적 주제와 관련된 것이었다. 그러나 이러한 문제만을 놓고 보면, 이 소설의 주제의식은 다소 상투적이며 역사적 차원에서 분단을 극복하거나 이념적 갈등을 화해로 이끌 만큼 뚜렷한 전망을 내포한 것으로 보기도 어렵다. 두 할머니들 사이에서 발생하는 갈등과 화해과정은 분단극복의 필요성을 막연히 암시하는 것으로 보이기는 하지만, 그나마 객관적 현실에 대한 이해를 바탕으로 이루어진 것이 아니기에 그것을 이념적 갈등에 대한 화해의 모색으로 규정하는 것은 적절하지 않다. 그리고 이념들 사이의 차이가 극복되어야 하는 것이라면, 거기에는 지양(止揚) 이외의 방법은 존재할 수 없으므로, '화해'라는 개념의 선택은 올바른 것이 아니다. 그렇다면, 「장마」가 한 세기를 대표하는 문학작품으로 자리매김될 만큼 우리에게 지울 수 없는 인상을 남기게 된 진정한 이유는 무엇일까? 이러한 질문에 답하기 전에 우리는 하나의 작품을 하나의 주제로 환원하는 일이 정당한 것인지를 먼저 물어야 하며, 이 물음에 대한 답은 '그렇지 않다'는 것이다.

　　이 작품의 진정한 매력은 앞에서 본 바와 같은 역사적 주제와는 큰 관련이 없어 보인다. 이 소설에 역사와 관련된 어떤 의식이 깃들여 있다면, 그것은 매우 간접적이거나 암시적이다. 그리고 그 내용에서 역사 자체에 어떠한 긍정적 해석도 이끌어낼 수 없는, 역사허무주의에 근접해 있다. 그러므로 우리는 앞의 주제와는 전혀 다른 차원에서 또 다른 주제를 찾아낼 수는 있지만, 그보다 먼저 이 작품의 분위기를 깊이 음미해볼 필요가 있다. 첫 장면부터 우리를 압도해오는 음습한 분위기 묘사나 근대 자본주의체제의 내부 모순이 가장 참혹하게 노정되는 시점(時點)에까지 그대로 온존되고 있는 전근대적 세계관—이것을 우리는 '집단무의식'이라 불러도 좋을 것이다—속으로 역사의 상처가 내면화되어가는 모습에 대한 형상화가 워낙 돋보이기 때문이다. 이런 점에서 볼 때, '분단과 화해'만을 이 소설의 주제로 고정하거나 역사적 주제 찾기를 서두르는 것은 이 소설의 매력을 간과해버릴 가능성이 크다. 그런데도 그러한 비평적 견해가 폭넓게 인정될 수밖에 없었던 시대적 강박관념이 특정한 주제를 필요 이상으로 치켜세우는 결과를 빚어냈을 가능성이 크다.

주제에 대한 비평적 강박을 떨쳐버리그 보면, 「장마」는 무엇보다 분위기로써 우리를 엄습해온다. 굵어졌다 가늘어졌다 단속적으로 이어지는 빗줄기, 칠흑 같은 밤의 개 짖는 소리, 꿈과 점장이의 예언을 앞세우고 닥쳐오는 불길한 운명, 먼 밤바다에서 은은하게 들려오는 뱃고동 소리 같은 구렁이의 울음소리⋯⋯. 이 소설은 전반적으로 음울하고 암담한 정서를 불러일으키는 분위기에 감싸여 있다. 그 짙은 음영(陰影) 속에서 역사적인 문제와는 무관하게 살아가는 사람들의 불안한 긴장감과 아슬아슬한 삶의 균형이 세 번쯤 큰 폭발음을 내며 파열된 후 다시 제 모습을 회복한다. 이러한 소설공간의 어두운 심연성(深淵性)은, 무대의 밖에서 일방적으로 침투해들어오는 역사의 파편들이 그들에게 아무리 큰 고통을 강요한다고 하더라도 결국은 그 자체의 성격과 의미를 상실하고 가뭇없이 소멸할 수밖에 없음을 보여주는 듯하다. 그러나 그러한 과정이 사람들에게 불러일으키는 반응들은 역사의 어두운 그림자를 미묘한 농담(濃淡)으로 풍요롭게 그려내고 있다.

이러한 삶의 공간 내부에 갈등을 일으키는 두 축은 이 소설의 서술적 시점(視點)으로 존재하는 '나'의 외할머니와 할머니이다. 전통적

대가족제가 유지되는 '나'의 집에 외할머니와 이모까지 함께 살고 있어 중편소설의 인물구성으로는 결코 적지 않은 수의 사람들이 등장하고 있지만, 이 가족에게는 그래도 결손된 부분이 있다. 삼대로 이루어진 가족구성에서 가부장의 역할을 떠맡아야 할 할아버지가 존재하지 않는 것이다. 게다가 두 할머니들이 그들 나름의 강한 개성—이는 남성들이 집을 비우게 되는 전쟁시기에 여성들의 행위에 흔히 나타나는 남성성(animus)으로 보아도 좋을 것이다—의 소유자들인지라 '나'의 아버지는 할머니들의 심기를 거스르고 줏대있게 행동할 만큼의 자율성을 확보하지 못하고 있다. 이러한 남성적 요소의 결핍은 전통사회의 여성들에게 일반화되어 있는 꿈이나 무속, 또는 주술적인 행위들이 이 집안 사람들의 판단과 행위를 자연스럽게 지배할 수 있는 빌미를 제공하고 있다.

장마로 인한 음습한 분위기와 일정한 권위를 부여받은 여성들에게 지배되는 가족의 생활공간은 다양한 의견들의 분출이 억압되는 대신 집단무의식이 작동하기 좋은, 감정과 느낌으로 충만한 공간이다. 이러한 조건은 역사적 사건의 의미를 인정(人情) 또는 인간본성의 차원으로 굴절시키거나 심화시킨다(이 소설에는 역사적 사건은 존재하지 않고 그 충격과 흡수과정만 존재한다). 이러한 세계를 왜곡 없이 전해줄 수 있는 시선은 수동적이면서도 섬세해야 한다. 이런 점에서, 초등학교 삼학년인 소년을 서술주체로 삼고 있는 것은 매우 적절한 선택이다. 국군 소위인 외아들의 전사 소식을 듣는 외할머니와 빨치산인 작은아들의 죽음을 인정할 수밖에 없게 되는 할머니 사이의 갈등관계가 중심서사를 이루고 있는 이 소설에서, 어른들이 겪는 고통은 그만한 크기로 독자들에게 전달되지 않는다. 그것은 서술주체인 '나'의 시선이 고통의 근원을 파고드는 대신 대상과 적당한 거리를 유지하고 있기 때문이다. 이 소설의 정황 묘사는 어린아이의 시점으로 이루어지고 있음에도 불구하고 내재된 작가의 성숙한 시선으로 보완되고 있기 때문에 치밀하고 날카로우며, 스쳐 지나가는 듯한 세목들조차 거의 예외 없이 특이한 심미적 효과를 빚어내거나 장차 일어날 사건을 예시하는 복선으로 이용되고 있다. 말하자면, 이 소설에서 '어린아이의 시점'은 이념적 중립성을 담보하기 위한 순진한 눈으로 존재하면서도 작가의 미의식이 효과적으로 발현될 수 있는 예민한 눈으로도 작용하고 있는 것이다.

'나'의 관찰 범위는 집 안에만 한정되어 있다. 형사에게 초콜릿을 얻어먹고 한밤중에 집을 다녀간 삼촌의 일을 실토한 사건으로 인해 아버지로부터 금족령이 내려 있기 때문이다. 이 사건의 발단과 그것이 초래한 결과는 성숙한 화자가 그때의 심리적 외상으로 인해 자신의 과거를 잊을 수 없게 함으로써 이 소설에 담긴 이야기를 회고할 수밖에 없는 심리적 모티프를 제공하고 있을 뿐만 아니라 어린시절의 그가 내성적인 관찰자로 존재할 수밖에 없었던 이유가 되고 있다. 이런 까닭에, 섬세한 심리묘사는 거의 모두 '나'에게만 집중되어 있다. 형사의 꾐에 저항하다가 이 사나이가 정말로 삼촌의 친구일지도 모른다는 생각—이 대목은 자기기만의 뉘앙스를 풍긴다—을 하게 되면서 거침없이 실토하게 되는 심리적 추이, 할머니의 저주에 대항하는 방법으로 자신의 죽음을 상상하면서 "할머니가 서러운 소리로 남보다 많이 울어주기를 바라"는 자위적 심리, 삼촌을 보고 싶으면서도 그를 대면할 일이 두려워 그가 "어느 으슥한 산골짜기 같은 데서 이미 오래 전에 싸늘한 시체로 굳어져" 있기를 바라는 심리적 분열현상 등은 이 소년에게 섬세한 관찰자의 성격과 그 나름의 인격을 부여하고 있다.

「장마」는 소제목 없이 6까지의 일련번호가 붙어 있는 여섯 부분으로 구성되어 있다. (1) 외할머니가 거처하는 건넌방에서 칠흑 같은 밤에 외삼촌의 사망통지서를 받게 되기까지의 과정; (2) 두 할머니들 사이의 불화와 반목이 싹트는 과정; (3) '나'가 '쪼꼴렛'을 얻어먹고 한밤중에 찾아온 삼촌이 자수에 실패하고 도주한 일을 실토하고 할머니에게 '사람백정'으로 낙인찍히기까지의 배경; (4) 읍내를 습격한 빨치산들이 수많은 시체들만 남겨놓고 사라진 후 아버지가 삼촌의 시체를 찾지 못하고 돌아오는 과정; (5) 장님 무동이 삼촌이 돌아온다고 예언한 '아무 날 아무 시'의 전야 풍경; (6) 외할머니가 구렁이의 모습으로 돌아온 삼촌의 넋을 천도함으로써 두 할머니들 사이의 화해와 '나'에 대한 할머니의 용서가 이루어지는 과정 등이 그것이다. '양과자 사건'은 이 소설의 세번째 부분에서 그의 삼촌이 자수에 실패하게 된 까닭을 일종의 보완적 후변법(後邊法)으로 제시하는 데 이용되고 있다. '나'가 할머니의 노여움을 살 수밖에 없었던 까닭이 이 소설의 전반부가 끝나갈 무렵에 이르러서야 온전히 드러나게 되면서 첫 장면이 시작되는 시점(時點) 이전에 발생한 사건을 현재시간에 끌어들여 서사의 맥락을 완성해가고 있는 것이다. 이 소설의 서술방식은 이처럼 원인을 감추어두고 전개과정을 통해 저절로 드러나게 하거나 암시와 복선을 통해 뒤에서 밝혀지게 될 결과를 예감케 한다. 이러한 시간 활용법은 과거와 미래가 현재에 중첩되어 현재의 삶에 복합적인 느낌을 부여하는 효과를 가져온다. 예컨대, 첫 대목은 음습한 상징성과 불안한 예감으로 충만해 있다. 동구 밖 어디쯤 상여집 근처— '상여집'은 '개도 여우만큼 길고 음산한 울음을 충분히 낼 수 있을 것 같은 생각'을 자아내면서 죽음의 그림자를 내비친다—나 그보다 더 먼 곳에서부터 점차 가까운 곳으로 옮겨가며 들려오는 개 짖는 소리는 필시 불길한 소식을 가지고 누군가가 가까이 오고 있음을 암시하며, 방문에 붙어 날개를 파닥거리는 날벌레는 서로 눈치를 살피며 침묵하고 있는 사람들의 불안한 심리상태를 드러내면서 어떤 영혼 같은 것이 방안으로 들어오려고 발버둥치는 듯한 느낌을 준다. '마루 밑에서 워리란 놈이' 짖어대면서 사람들이 두런거리는 소리가 들려오고, 외할머니의 꿈으로 예시된 외삼촌의 죽음은 결국 사망통지서를 통해 현실로서 확인된다.

이러한 암시나 복선뿐만 아니라 생활 주변의 사소한 일들에 대한 섬세한 묘사도 이 소설에 삶의 실감을 실어주는 데 한몫을 거들고 있다. 예컨대, 헛간에 있는 완두 꼬투리에서 '샛노란 싹이 포식한 구더기처럼 길게 돋아져 나오고 있는' 모습, 광 속에 '쟁여 놓은 겉보리 가마가 막 썩기 시작한 두엄더미처럼 모락모락 김을 피워' 올리는 모습, 비를 피해 토방으로 피신해온 두꺼비가 퉁방울눈으로 낙숫물을 우두커니 바라보는 모습 등에 대한 서술은 장마 때 우리가 경험할 수 있는 삶의 세목들과 함께 그러한 현상이 불러일으킬 수 있는 정서적 환기력을 거의 완벽하게 실현하고 있다. 그리고, 밤벌레들의 울음소리 사이로 들려오는 구렁이의 울음소리에 대한 묘사는 이 소설의 어둡고 불길한 분위기를 응축하면서 마지막 장면을 예비하는 과정으로 더없이 적절해 보인다.

　　너무도 조용해서 그 조용함이 오히려 어둠의 소리를 듣는 일에
　　방해가 될 지경이었다. 사위를 짓누르는 적막의 우세한 힘 앞에 청
　　각의 기능이 꼭 마비당하는 듯한 기분이었다. 그래서 내 귀에 들리
　　는 저 소리들이 실제로는 세상에 존재하지도 않는 것들이며 나는 지

금 무엇에 홀려 가짜를 진짜처럼 착각하고 있는지도 모른다는 의구심마저 들었다. 그러나 정신을 차리고는 다시 들어보면 마치 거대한 적막의 한 귀퉁이를 가냘프면서도 날카로운 줄칼로 참을성 좋게 쓸질하는 것같이 들리는 그 소리는 나 이외의 다른 생명체가 분명히 또 있어 어둠 속에서 내처 잠들지 못하고 있음을 알리는 신호였다. (…) 나뭇가지를 스치는 바람 소리 속에서 여치의 울음과 귀뚜라미의 울음을 따로따로 구분하여 그 소리들이 풍기는 백반처럼 시디신 맛을 나는 오래도록 음미하고 있었다. 그러자 난데없는 소리가 중간에 뛰어들었고, 생전 처음 듣는 듯한 그 이상스런 소리는 갑자기 나를 긴장 속으로 몰아넣었다. (…) 병 주둥이를 입에 대고 아이들이 흔히 장난으로 부는 소리를 듣고 있는 기분이라고나 할까, 먼 바다에서 울리는 뱃고동처럼 그것은 매우 은은하게 들렸다. (…) 소리의 여운이 늦게까지 방안에 남아 아무도 입을 열지 못하도록 사람들을 위협하고 있는 성싶었다. 특히 외할머니의 경우가 가장 심해서 방문 쪽을 향해 상체를 기울인 꾸부정한 자세를 풀지 않은 채 아직도 거북살스럽게 앉아 있었다. 얼굴 표정이 몹시 동요하고 있었다. 머리라도 되게 얻어맞은 듯이 멍한 표정을 짓다가도 느닷없이 한꺼번에 많은 것들을 생각해내려는 사람처럼 한껏 찡그린 눈으로 문 밖을 내다보곤 했다.

이 장면은 모든 감각의 문들이 활짝 열려 이 세상의 가장 작은 소리까지 들을 수 있는, 한밤중의 고요함 속에 불길한 예감을 몸서리치게 주입하고 있다. 긴 침묵 끝에 맨 처음 말문을 연 것은 외할머니였고, 그 내용은 삼촌이 문 밖의 소리에 놀라 도주하게 된 것은 그 소리를 낸 자신의 우연한 실수 때문이었다는 고백이다. 그러나 이 대목에서 중요한 것은 그 내용이 아니라 외할머니가 왜 구렁이의 소리를 듣고 외삼촌을 떠올렸을까 하는 것이다. 이 의문은 그 이튿날의 사건을 통해 외할머니가 그때 이미 삼촌의 죽음과 관련된 어떤 예감을 지니게 되었으리라는 생각을 가능케 한다. 마지막 날의 진시는 장님 점장이가 삼촌이 돌아온다고 예언한 시간이다. 이 예언을 철석같이 믿는 할머니는 온 집안을 떠들썩하게 하며 사람 맞을 만반의 준비를 다 갖추어놓았지만, 삼촌은 돌아오지 않고 동네 아이들의 왁자지껄한 소리와 함께 사람의 키보다 훨씬 큰 구렁이가 등장한다. 할머니는 까무러치고, 외할머니는 감나무 위에 올라앉아 있는 구렁이를 향해 합장을 하고 타이르거나 간청하는 듯한 어조로 말을 이어간다. 외할머니가 하는 말은 이미 죽어 구렁이의 모습으로 집을 찾아온 삼촌의 넋을 천도하는 내용이다. 그리고 서너 시간 만에 의식을 회복한 할머니의 입에서 처음 나온 "갔냐" 하는 말도 아들이 갔느냐고 묻고 있는 것이다. 고모의 설명으로 외할머니가 구렁이를 감나무에서 내려오게 하여 대밭 속으로 사라질 때까지 바래다준 이야기를 들은 할머니는 외할머니에게 감사했고, 일주일 후 영면할 때에는 '사람 백정'이라는 낙인을 찍어 내쳤던 '나'를 용서해준다.

두 할머니는 구렁이를 처음 본 순간부터 그것의 정체를 알고 있는 듯하며, '나'를 제외한 어른들도 모두 그러한 생각을 공유하고 있는 듯하다. 그러나 이 놀랍고도 감동적인 광경은 우리 민족이 아니면 이해할 수 없는, 우리 전통사회를 지배한 집단무의식을 전제할 때에만 이루어질 수 있는 것이다. 이렇게 마무리되는 「장마」는 분명 두 할머니 사이의 화해를 그 필연적인 과정과 함께 대우 자연스럽게 펼쳐 보이고 있다.

　그러나 '나'의 눈을 통해 드러나는 역사성을 띤 사건들은 매우 단편적이거나 피상적이며, 역사 그 자체에 대한 사유나 해석의 구도 속에서 다루어지는 것이 아니다. 한마디로, 이 소설은 역사를 객관적으로 다룬 것이 아니다. '분단'과 같은 역사적 의미망을 염두에 두고 보면, 이 소설은 역사의식의 빈곤을 드러내는 것으로 보이기 쉽다. 자수를 하러 온 사람이 한밤중에 중무장—수류탄과 두 자루의 권총 등의 무기를 지닌—을 하고 나타나는 것도 그렇지만, 사람을 많이 죽였다고 느닷없이 울음을 터뜨리는 것도 빨치산의 행동으로 보기에는 너무 유치하고 엉뚱하다. 두 삼촌을 서로 다른 방향으로 이끌어갈 수밖에 없었던 좌·우익의 이념도 그 자체로서 드러나는 것이 아니라 두 사람의 성격이나 사람됨의 차이로써 암시될 뿐이며, 좌익과 우익의 상징처럼 부각되고 있는 두 사람의 성격적 대비는 너무 상반된 것이어서 오히려 억지스러워 보이기까지 한다. 외삼촌보다 세 살이나 위인 삼촌은 어린 아이처럼 즉흥적이고 충동적이고, 외삼촌은 잘생긴 얼굴과 균형 잡힌 몸매를 지닌 데다가 날카로운 지성에 "섬세한 감각과 교양"까지 갖춘 '멋쟁이'이다. 좌·우익을 상징하는 두 인물 사이의 이러한 성격적 대비는 서로 뒤바꿔놓아도 전혀 이상할 것이 없으며, 따라서 '인물의 전형성'과는 거리가 먼 지극히 우연한 인물설정에서 빚어진 것으로 보인다. 그러므로, 이들의 죽음으로 인한 고통 때문에 발생한 두 할머니 사이의 갈등과 샤머니즘적 정서의 토대 위에서 이루어지는 화해에 역사적 의미를 부여하는 것은 견강부회가 될 수밖에 없다. 이 두 사람 사이의 화해는, 역사의 장에서 이루어진 투쟁이 빚어낸 상처가 전통적 세계관이 허물어지기 이전의 삶의 공간에서 어떻게 치유되고 있는지를 보여주는 하나의 사례일 뿐이다.

　이 소설공간에 음영을 드리우며 등장인물들에게 고통의 원인을 제
공하는 역사적 실체는 무대 밖에 존재한다. 그것은 예외적인 인물들을
통해 이들의 삶의 공간에 침투해들어오지만, 본래의 의미를 잃고 어둡
고 깊은 의식의 심연으로 사라질 수밖에 없도록 되어 있다. 이 소설에
서 역사는 재앙 또는 무의미한 사고일 따름이다. 그러기에 몇 차례의
파국을 거치고도 이들의 행동방식이나 삶의 양상은 달라지지 않고 의
연하게 옛 모습을 견지하도록 되어 있다. 이 소설은 삶의 심연에서 울
려나오는 소리를 통해, 동독 공산정권의 붕괴를 앞당긴 반정부단체 연
합을 이끈 한 지식인의 말―"모든 것이 달라졌지만 사람만은 변하지
않았다."―이 함축하듯, 물질적 조건보다 인간의 의식이 더 견고하고
오래 지속된다는 사실을 웅변하고 있다. 역사는, 꿈과 무속적 세계관
으로 이루어진 집단무의식의 늪 속으로 어두운 그림자를 짙게 드리우
며 침몰하고 있을 뿐이다.

　제3세계권에서의 근대 체험은 그 사회를 지배하고 있던 전통적 세계
관이 강제로 해체되어가는 뼈아픈 느낌을 수반한다. 그것은 일찍이 함
석헌이 비유했듯 능욕을 당한 여인의 치욕과 크게 다르지 않을 것이
다. 그러나 「장마」에서는 두 할머니가 지니고 있는 전통적 세계관이
'나'의 집안을 빈틈없이 지배하고 있으며, 그러한 차원에서 역사의 상
처가 화해의 형식으로 아물어가고 있는 모습은 숭엄미에 가까운 의연
한 기운까지 뿜어내고 있다. 이런 점은, 작가가 의도한 것이든 작가 자
신의 특수한 체험을 그려낸 데에서 우연히 빚어진 것이든, 우리의 민
족문학뿐만 아니라 세계문학의 차원에서도 보기 드문 문학적 개성으
로 기록될 만하다. 그것은 역사의 표층에서 이루어지는 덧없는 변화들

과는 무관하게 우리 삶의 내면을 지배하고 있는 무의식층의 견고함을 돌올하게 내비치고 있다. 이처럼 「장마」는 역사의 빛조차 가닿기 어려운 삶의 심연을 통해 참혹한 상처만 강요하는 잔인한 역사를 반조(返照)하고 있는 셈이다. 역사에 대한 이 심오한 반어법은 얼마간 역사허무주의적 낌새를 풍기면서도 이 소설을 흔들릴 수 없는 문학사적 지위에 올려놓고 있다.

'분단과 화해'의 문제가 역사적 차원에서 다루어진 것이 아니라면, 이 소설의 주제는 중층적이거나 그와는 전혀 다른 것일 수밖에 없다는 생각에서 이 글은 씌어졌다. 「장마」의 주제가 중층적이라면, 두 할머니들 사이의 반목과 화해는 남북간의 갈등과 분단 역시 민족 공통의 정서적 토대에 귀의함으로써 화해와 통일에 이를 수 있으리라는 메시지를 함축하는 동시에, 근대사 자체의 비인간적 폭력성에 대한 비판을 함축하는 것으로 볼 수 있을 것이다. 역사의 비가역성(非可逆性)을 염두에 둔다면 전근대적 세계관에 몸담기를 바라는 것은 지나치게 소박한 회망일 수도 있지만, '분단극복'이 지상의 과제일 수밖에 없었던 특수한 민족적 상황에서는 그러한 희망도 소중할 수밖에 없었다. 그러나 갑작스럽거나 무조건적인 통일은 일종의 재앙이 될 수밖에 없다는 생각이 일반화된 오늘의 상황에서 보면, 이 소설은 역사가 장구한 세월을 거치면서 우리의 삶 속에 스며들어 사람들의 생각이 화해나 통일의 방향으로 조금씩 변해가는 과정을 거칠 수밖에 없다는 깊은 뜻을 함축하고 있는 것으로도 보인다. 그러므로, 우리는 이 소설의 주제가 무엇이든 민족상잔의 시기에 한 가족 내부에 투사된 암담한 역사에 심오한 상징성을 부여한 작품으로 기억해도 좋을 것이다.

《21세기 문학》 1999년 겨울호)

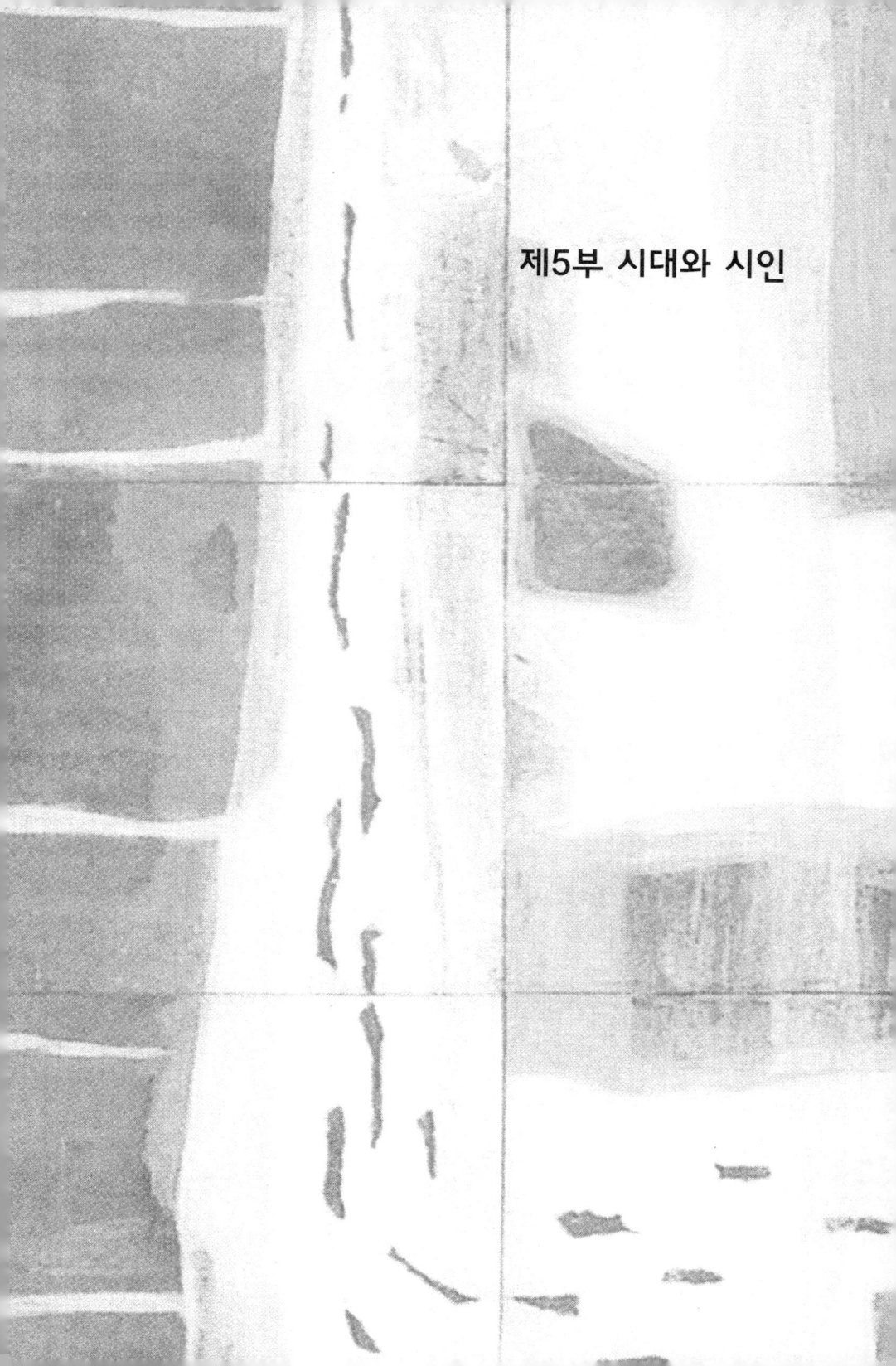

제5부 시대와 시인

두 갈래의 표현장애

— 젊은 시인에게

"K형, 안녕하십니까? 그런데, 이런 인사말조차 꺼내기가 곤혹스럽
습니다. 지금 이 시각은 2003년 3월 23일 오후 2시 55분, 영국의 기지를
출발한 B52기가 5분만 있으면 이라크 상공에 나타나 고성능 폭탄을 마
구 쏟아낼 시각이군요……."

K형께 편지를 보내기로 약속한 날이 훌쩍 지나가버렸는데도 안개
속을 헤매듯 하루하루를 까먹고 있었습니다. 그러던 어느 날 마음을
다잡고 컴퓨터 앞에 앉았으나, 환청처럼 엄습해오는 전폭기의 굉음 속
에서 또다시 생각의 실마리를 놓쳐버렸습니다.

3월 18일 12시 15분, 저는 한 식당에서 텔레비전 화면에 나타난 부시
의 얼굴을 보고 있었습니다. 전쟁을 선포하는 그의 미간은 잔뜩 쯔프
려 있었습니다. 그의 표정에는 한 가닥의 공포가 서려 있는 듯했습니
다. 세계인의 반대를 무릅쓰고 선포한 전쟁이 대량학살로 귀결될 것이
너무도 뻔했으니까요. 그래도 미국 대통령이 뱉어낸 말의 힘은 놀라웠
습니다. 그의 얼굴이 화면에서 사라지자, 크루즈 미사일들이 후세인의
지휘본부가 있는 바그다드를 향해 꼬리를 물고 날아가기 시작했습니

다. 그것을 보면서도 수저를 들 수밖에 없었던 저는 한동안 심한 자괴감에 빠져 있었습니다.— '나는 사람도 아니다!' 그 후, 공격의 강도와 효과에 비례하여 오르내리는 증권시세는 일극의 그늘 아래 놓인 세계 자본주의체제의 더러운 꼬락서니를 극명하게 드러냈습니다.

20세기가 끝나갈 무렵, 저는 왜 하필 평론가가 될 수밖에 없었을까, 하는 자문에 빠진 적이 있습니다. 저의 언어가 더 이상 새로운 시대에는 맞지 않을 것 같아 불안했던 것입니다. '나의 언어체계는 갑옷 같고 감성적 표현에 무력하다. 나의 의식은 비평적 회로에 갇혀 있다.' 이런 생각을 하며 저는 과거 속으로 조금씩 거슬러오르기 시작했습니다. 그러다가 단서가 될 만한 두 가지 사건에 마주쳤습니다.

초등학교 4학년 때, 우리 반 부반장이 전국 글짓기대회에서 2등을 했습니다. 그 아이가 쓴 시는 색테이프를 두른 채 교실 뒷벽에 붙여졌습니다. 저는 그 시를 서너 번 읽어보았지만, 도무지 이해가 되지 않았습니다. 제목만 '진달래'일 뿐 본문에는 그 말이 보이지 않았습니다. 지금 기억나는 것은 산골짜기의 물과 그 위에 어린 붉은빛입니다. 그 시는 아마 물의 표면에서 눈부시게 부서지는 빛깔을 통해 진달래에 생동하는 시각적 이미지를 부여했던 것 같습니다. 그 사건은 저에게 또 하나의 곤혹스러움을 안겨주었습니다. 그 아이는 자기보다 힘이 없는 아이들을 무던히도 괴롭혔었기에, '착하지 않은 아이가 어떻게 아름다운 시를 쓸 수 있을까' 하는 의문이 마음속 깊이 똬리를 틀었던 것입니다. 저는 체념하듯이 두 가지 생각을 굳혀버렸습니다.— '나는 시를 이해하지 못하는 바보다; 착한 아이가 아니더라도 아름다운 시를 쓸 수 있다.'

이 끔찍스러운 자기비하로 인해 저와 시 사이에는 건너기 어려운 심연이 들어앉았습니다. 그러나 이 경험은 제가 시를 읽거나 쓰는 데 두려움을 느끼게 된 계기는 되었을지 모르지만, 비평행위를 가능케 하는 이성적 사유를 체질화하게 된 이유와는 다소 거리가 있을 것 같았습니다. 그래서, 감성과 이성의 분열, 감성보다 이성 쪽에 무게를 실어주게 된 계기를 찾아야 했습니다. 저는 더 먼 과거 속으로 발걸음을 옮겼습니다. 그러다가 1950년 늦여름 서늘한 새벽 공기 속을 걸어가는 여섯 살짜리 아이를 보았습니다. 총소리도 들려왔습니다.―따앙, 따앙……따꿍, 따꿍.

아버지와 형이 없었던 우리 가족은 낮은 산으로 둘러싸인 분지를 가로지른 농로의 초입에 이르렀습니다. 그 길을 사이에 두고, 숲속에 몸을 숨긴 국군과 인민군 사이에 총격전이 벌어지고 있었습니다. 그런데도, 쫓기고 있던 우리 가족은 걸음을 멈출 수 없었습니다. 어머니가 다급하게 외쳤습니다. "뛰지 마라!" 맨 앞에 가던 저는 빨라지려던 걸음을 늦췄습니다. 잠시 후, 뒤쪽에서 나타난 한 청년이 뛰다시피 빠른 걸음으로 우리를 앞질렀습니다. 어머니가 다시 한번 외쳤습니다. "뛰지 마라! 총 맞는다." 어머니는, 총을 겨눈 자는 뛰는 사람을 보면 쏘고 싶어진다는 심리적 진실을 깨우쳤던 것이겠지요. 스무 걸음 정도 앞섰던 청년이 소리 없이 쓰러졌습니다. 어머니는 또다시 뛰지 말라고 외쳤습니다. 그 순간 저는 비명을 지르며 달아나고 싶은 충동을 가까스로 억누른 채 천천히 걸어 최대한의 보폭으로 그 청년의 몸을 넘었습니다. 땅바닥을 적신 피에서 김이 피어오르고 있었습니다.

몸 밖으로 쏟아내지 못한 공포가 가슴을 터뜨릴 듯 소용돌이쳤습니다. 이 지점에서 저의 회억(回憶)은 추동력을 잃었습니다. 그리고, 비명을 지르며 달아나고 싶은 충동을 억압할 수밖에 없었던 사실과 그것을 기억해내는 것 사이의 그 까마득한 거리 속에 제가 있다는 생각이 들었습니다. 저는 그러한 저 자신에게 '표현장애'라는 꼬리표를 붙여 놓았습니다. 어머니의 외침이 이성적 결단에서 이루어졌다면, 저의 복종에도 얼마간의 이성적 판단이 깃들여 있었을 것입니다.―'어머니의 말을 들어야 살 수 있다.' 이러한 판단에는 물론 그 이전에 형성된 얼마간의 이성적 사유가 작용했을 터입니다. 그런데도 저는 삶과 죽음의 경계 위에서 이루어졌던, 그래서 그만큼 강렬할 수밖에 없었던 그 억압에 대한 기억 때문에, 그 사건을 저의 원초적 표현욕구가 이성적 사유에 자리를 내준 결정적 계기라고 생각해버렸습니다.

그러고 보니, 제가 비평에 입문한 것도 그때의 선택과 비슷해 보였습니다. 돌이켜보니, 저는 정치적 판단에서 비평적 글쓰기를 시작했었습니다. 비평이 우리의 왜곡된 현대사에서 독버섯처럼 피어난 우익세력과 거기에 뿌리내린 독재정권의 근거를 무너뜨리는 데 효과적인 수단이 될 수 있다고 생각했던 것입니다. 그러나 새로운 세기를 맞이하면서, 제 의식에 똬리를 틀고 있던 비평적 회로가 감각의 촉수들이 잘려나간 민틋한 언어체계에 가깝다는 생각이 들었습니다. 거기에는 생명체로서의 예술작품을 빠르게 관통하면서 관념어와 이론체계로써 그것을 쉽게 재단해버리는 속성이 깃들여 있는 듯했습니다. 그것은 작품이 주는 미묘한 느낌이나 깊은 감동을 표현하는 데 무력했습니다.

K형, 제 몫의 주제에 정면으로 맞설 자신이 없어 너무 멀리 에돌았습니다. 시에 대한 낯가림을 아직 떨쳐버리지 못한 터라, '한국시의 결핍에 대한 대안'이나 '지금의 시에 대한 반성'을 해볼 마음이 내키지

않았습니다. 벌써 눈치채셨겠지만, 이러한 문제들은 저에게는 너무 벅찬 주제들입니다.

　'지금의 시'가 젊은 시인들의 시만은 아닐 터인데도 저의 눈길은 젊은 시인들 쪽으로 쏠렸습니다. 이들의 시집들에는 별다른 공통점이 보이지 않았습니다. 그러나 일반화의 오류를 무릅쓰고 말한다면, 이들의 시는 대체로 언어활용이 자재롭고 서정이 풍부한 데 비해 사회역사적 상상력이 부족하다는 인상이 들었습니다. 젊은 나이에 동양의 전통사상을 체화한 듯한 모습들도 꽤 많았습니다. 이러한 경지가 아무리 오묘하다 해도 자기 몫의 암중모색이 부족하다면 새로운 개성으로 불리기는 어렵지 않을까 하는 생각도 들었습니다. 이와 함께, 일상적 체험에서 길어올린 깨달음들도 미래의 빛에 투과되지 않으면 자족적 회로에 갇힐 수밖에 없지 않을까 하고 걱정도 해보았습니다. 그러고 보니, '시의 지금의 자리'에는 시대적 징후가 잘 드러나 있지 않다는 생각이 드는군요. 이 시대의 기계언어들을 참신한 시적 이미지들로 활용하면서 사이버 스페이스를 '사막'으로 비유한 경우에도 사회역사적 차원의 해석이 뒷받침되지 않아 아쉬웠습니다.

　저 자신부터 새로운 문명과 인간 사이에서 작동하는 관계의 메커니즘을 제대로 이해하지 못하고 있는 터에 이런 불평을 늘어놓는 게 쑥스럽게 느껴지는군요. 그렇지만, 시인을 저보다는 특별한 존재로 여기고 있기에, 시인만큼은 새로운 환경과 인간의 존재방식에 대한 치열한 사유를 견지해야 한다고 믿고 있습니다. 시인에게만 버거운 의무를 부여하려는 생각 때문이 아닙니다. 그보다는, 우리 앞에 놓여 있는 역사적 질곡이나 새로운 문명세계가 그 나름의 필연적 발전과정을 거쳐왔다고 할지라도 우리가―특히 시인이―그것을 의미있는 것으로 받아들이지 않는 한 그것은 그저 거기에 있는 우연적 소여물일 수밖에 없다는 것, 그리고 이러한 부정(不定)의 바탕 위에서만 우리가 마주하고 있는 세계를 객관적으로 바라볼 수 있다는 것, 그리고 이러한 시각이야 말로 낡은 세계관에 물들지 않은 젊은 시인의 특권이 될 수밖에 없다고 생각했기 때문입니다. 그러기에 저는 시인만큼은 이러한 우연적 소여물로서의 세계 속에 자신을 함부로 내던지지 않는 '특별한 존재' 라고 여겨왔던 것입니다. '우연' 만이 새로운 출구를 열어준다는 믿음이 팽배한 이 시대에 이런 생각이나 굴리고 있는 제가 딱하게 여겨지기도 하지만, 저로서는 어쩔 수 없는 일입니다. 그리고, 제가 시를 읽는 수준도 이 정도에 지나지 않습니다.

이런 저에게도 이원의 『야후!의 강물에 천 개의 달이 뜬다』는 퍽 인상적인 시집이었습니다. 제목도, '시인의 말' 도 다소 충격적이었습니다. "……나는 클릭한다/고로 나는 존재한다"—머리말이 이 한 문장으로 이루어졌다는 사실, 그리고 거기에서 짚여오는 의미 때문에 저는 이 시집을 펼치기가 조금은 두려웠습니다. '클릭' 은 지극히 짧은 순간에 이루어지고, 순식간에 우리가 예상할 수 없는 세계가 눈앞에 펼쳐집니다. 컴퓨터가 필수품이 된 세상에서 우리는 무반성적으로 무수한 '클릭' 을 행하며 살아갑니다. 그러나, "나는 클릭한다/고로 나는 존재한다"고 말해버리면, 예상할 수 없는 세계 즉 우연 속으로 뛰어드는 존재로서 '나' 를 설정하게 됩니다. 「나는 클릭한다 고로 나는 존재한다」는 시를 펼쳐보니, '나' 는 생각하는 주체로 존재하는 데카르트적인 '나' 가 아니라 "177개의 사이트" 속에 분산된, 따라서 하나의 실체로 존재할 수 없는 허깨비에 가까웠습니다.

이원의 또 다른 시 「거울 속에서 낙타는 어디까지 갔을까」에서, '나'

또는 '우리'는 이 사막에 떠밀려들어간 '낙타'입니다. 물론, '낙타'가 곧 '나' 자신은 아닙니다. 몸을 가진 '나'는 이 사막의 "차고 환"한 '달' = '거울' 즉 사이버 스페이스 속으로 들어갈 수 없으니까요. 그렇다면, 낙타는 물질적인 요소를 벗어버린 '나'라고 생각해도 무방할 것 같습니다. 말하자면, '나'의 사이버 스페이스적 등가물인 셈이지요. 어쨌든, "달의 사막"은 괴기스럽기까지 합니다.—"숫자가 박힌 문짝과 핏빛 미로와 낙타의 울음소리가 묻은 달빛과 죽은 자의 귀 두 개와 귀에 붙어 있던 바다." 이 세계 속으로 들어가는 '나'는 "몸 속에서 손에 잡히는 해"를 건져내고, "모자와 말발굽쇠"를 집어내고, "죽은 양의 가죽을 벗겨"서 "거울 밖에 내걸어" 둘 수밖에 없습니다. 이렇게 된 '나'가 바로 '낙타'입니다. 그런데 '나'는 도대체 왜 이 '거울'의 세계 속으로 '낙타'를 "들여보내"야 하는 것일까요? 그러나 이 물음에 딱 들어맞는 해답을 이 시에서 찾아내기는 어렵습니다. '나'는 "우리들의 몸이 쉴 새 없이 두려움의 속에서 끄집어내는 것이/이 세계가 아니라면/이 한밤에 거울이 대용량의 길을 장착했겠니"라고만 말해두고 있으니까요. "우리들의 몸"이 물리적 세계 속에서 끊임없이 '두려움'을 느끼고 있기에 '거울'의 세계를 요청하고 있는 듯한 느낌만 짚여올 따름입니다. 그러나 두려움의 원인, 따라서 그 정체는 끝내 오리무중입니다. 저는 그 원인이 세상살이의 각박함이나 개인으로서 느낄 수밖에 없는 근원적 고독 같은 것이리라 어렴풋이 짐작만 해보았을 뿐입니다.

그렇지만, 제가 '거울' 세계의 문턱에서 느꼈던 두려움과 시 속의 화자가 느끼는 두려움은 생성지점이 판이하다는 생각이 들었습니다. 두려움의 원인으로부터의 몸을 빼내 '거울' 세계로 잠입하는 행위는 물리적 세계 속에서 이루어지는 화자의 삶이 악순환의 사슬에서 벗어날 수 없음을 암시합니다. 화자의 눈길이 두려움을 재생산하는 그곳을 벗어나 '거울' 세계로만 향해 있으니까요. 그래도 시집 해설자의 말처럼 "이 시집의 매력은 (…) 기계-문명적인 감각과 이미지를 표현하는, 낯설고 새로운 언어의 발견에 있다"면, 이원은 우리 시대의 시인으로서 한몫은 충분히 해낸 셈입니다. 그렇지만, 저로서는 '거울' 사막을 벗어나는 길에 대해서도 무엇인가 할 말이 더 남아 있는 게 아닐까, 하는 미진한 느낌을 떨쳐버리기 어려웠습니다. 거울 속으로 들어가기 위해 벗어놓았던 물질적인 요소들을 다시 회복하면서 느껴지게 될 고통과 맞닥뜨리려는 자기결단이나 사유의 전환과 같은 것 말입니다. 이런 생각을 가지고는 좋은 시 또는 매혹적인 시를 쓸 수 없는 것일까요? 어쨌든 저에게는, 팬터지 세계로의 여행은 언제나 출발점으로 되돌아와서 새로운 눈으로 세계를 보게 될 때에만 의미를 지닌다고 한 츠베탕 토도로프의 주장처럼, 사이버 스페이스로의 여행 역시 물리적 세계로 되돌아와서 자신의 자리를 반성할 수 있는 시각을 확보해야만 새로운 문명적 환경을 인간적으로 활용할 수 있는 길이 열릴 것이라는 생각이 들었습니다.

이원이 말하는 '두려움'이 물리적 세계에서 지니게 되는 존재감과 다른 것이 아니라면, 너무 가까이 있어서 낯설지 않은 세계에 대한 천착도 '거울' 사막으로의 탐험에 못지않게 중요할 수밖에 없을 것입니다. 저는 전남진의 『나는 궁금하다』에서 그러한 모색을 보았습니다. 「실업」에서 "빨래를 건드리는 바람조차 무서웠다"고 자신을 반추하는 화자는 '죄책'과 '변명'과 '침묵'을 자신의 존재감으로 확인하고 있습니다. 그러나 '분노'는 없습니다. 그래서, 그는 자신을 추방한 세상을 향해 볼멘소리 한번 내보지 못하고 살아온 사람 같습니다. 그는 실업자를 양산하는 세상 속에 던져진 사람들의 심리를 그대로 드러내고 있습니다. 이 시집의 기본정조는 힘겹게 살아가는 사람들에게서 느껴지는 인정이나 그러한 삶의 겸허한 수용에서 빚어지고 있습니다. 그런 만큼 이 시집에는 낯설거나 새로운 언어로 이루어진 매혹은 부족합니다. 그 대신 일상에 밀착된 사람들의 정잔한 성찰과 아픔이 더 이상 남의 것이 아닌, 깊은 공감으로 다가옵니다. 이웃을 향해 열린 마음 없이는 맛볼 수 없는 풋풋한 삶의 정서도 되살려내고 있습니다. 그러나 이 시집에서도 굳은 땅을 부수고 새싹을 틔워보려는 매운 정신은 좀처럼 찾아보기 어려웠습니다. 어쩌면, 우리는 지금 80년대보다 엄혹하고 비인간적으로 관리되는 세상에서 살아가고 있는 듯합니다.

이원과 전남진 사이에는 마음에 스며들 만큼 세련된 언어를 구사하거나 삶의 미세한 결들을 섬세하게 짚어내며 우리를 깊은 깨달음으로 이끄는 시인들이 많이 있었습니다. 그런데 대다수 시인들의 시각이 세상을 향해 예각적으로 침투해들어가기보다는 달관 쪽으로 풀어져 있습니다. 젊은 시인들이 너무도 당연한 듯이 선(禪) 또는 선(仙)적인 비경 속으로 잠적하고 있습니다. 『화』라는 책이 베스트 셀러가 되는 이 시대에서 우리가 할 수 있는 일은 우리들 자신의 마음이나 다스리는 것일 수밖에 없다는 것일까요? 그렇지만 달관의 세계 역시 '거울' 세계와 본질적으로 다르지 않은 것이기에, 거기에는 우리의 삶을 옥죄는 악순환의 고리를 끊어낼 수 있는 방법적 시각이 깃들 여지가 없습니다. 자족적이고 도사연하는 태도에 마주칠 때마다 저는 우리 시대의 시인들이 역사적 현실에 염증을 느낀 나머지 저와는 반대 방향에서 일종의 표현장애에 빠져들고 있는 게 아닐까, 걱정스러웠습니다.

시인들에게 괜한 까탈만 부리고 있는 듯한 기분이 듭니다. 그래도 한마디만 보태겠습니다. 우리 시대의 젊은 시인들은 너무도 겸허합니다!

K형, 형의 삶과 언어가 함께 융성하기를 빌며 이만 줄입니다.

(무크《시힘》2호, 2003)

역사적 선택의 어려움

　왼쪽 가슴에 간헐적으로 통증이 온다　어쩌면 간헐적이지 않은 것 같기도 하다. 아픔이 느껴지는 곳이 심장인지 그 언저리인지도 잘 모르겠다. 확실히 말할 수 있는 것은 그것이 지속적인 것은 아니라는 것뿐이다. 의사가, 바늘로 찌르는 것 같습니까, 하고 묻는다. 나는 그런 것 같기도 하고 안 그런 것 같기도 하다고 대답한다. 그 순간, 나는 그 아픔에 딱 들어맞는 말을 찾아내려고 집증한다. '저미는 듯한가? 아니다. 저민다면 이보다는 훨씬 더 아플 거다.' 나는 적절한 어휘를 찾아내지 못하고, 의사의 얼굴만 멀뚱히 쳐다본다. 의사는 청진기로 내 가슴을 짚어보고 나서 입을 연다, 허혈증인 것 같은데요. 내가 묻는다, 허혈증이 뭔데요? 의사는 "심장근육에 피가 충분히 흘러들어가지 못하는 거죠" 하며 몇 가지 설명을 덧붙인다. 내가 다시 묻는다, 그럼 어떻게 해야죠? 의사가 심드렁하게 대꾸한다, 즐겁게 사세요. 나는 서서히 긴장감에서 풀려난다. 집에 돌아오는 길에, 뜨끔뜨끔하다고 말했어야 하나, 하고 또다시 낱말 찾기에 빠져든다.

　나는 내 몸의 어떤 부위에서 분명히 느껴지는 통증에 대해서도 그 느낌을 말해보라고 하면 난감해질 때가 많다. 그러면서도 의사 앞에서는 정확한 어휘를 찾아내려고 무던히 애를 쓴다. 그러나 마음의 상태를 표현하기는 이보다 훨씬 더 어렵다. 옛사람들은 사람의 정서를 '희로애락애오욕(喜怒哀樂愛惡欲)' 일곱 가지로 분류해놓았지만, 우리의 감정 또는 정서를 하나의 낱말이나 개념으로 표현하는 일은 거의 불가능하다. 그런데도 우리는 표현욕구나 상황에 떠밀려 딱 들어맞지 않는 어휘를 선택하기도 한다. 어떤 사람이 상대방에게 느끼는 막연한 호감을 '사랑한다'는 말로 표현하게 되면, 그 사람의 정서는 그 개념에 합당한 쪽으로 발전하게 되고, 상대방을 대하는 태도에도 변화가 생긴다. 이러한 현상을 우리는 두 가지 측면에서 이해할 수 있다. 하나는 어떤 정서가 부정확한 표현에 의해 변질될 수 있다는 것이고, 다른 하나는 언어적 표현 또는 대상의 재현 자체가 거의 불가능하다는 것이다. '언어도단(言語道斷)'이나 "기의는 끊임없이 기표 아래서 미끄러진다"(라캉)는 명제들이 그 나름의 설득력을 얻고 있는 것도 이러한 현상과 무관하지 않을 것이다.

언제부터인가, 아마도 문인들이 자신의 글쓰기를 더 이상 사회과학적 개념이나 특정한 이념들로 환원시킬 수 없다고 생각하게 된 80년대 말에서 90년대 초의 어름에서부터, '슬픔의 힘'이라는 표현이 별다른 반감 없이 통용되는 경향이 생겨났다. 이러한 현상에는 물론 80년대의 민중·민족 문학에 결여되었던 정서적 요소를 재충전하려는 의도가 깃들여 있었을 것이다. 그러나 이 말은 또한 현실탐구의 필요성을 약화시키는 쪽으로 작용할 위험성을 안고 있었고, 지금의 시점에서 보면 그러한 위험성은 어느 정도 사실로 드러나기도 했다. 그러기에 그 당시 '지혜'나 '지공무사'(至公無私)와 같은 다소 모호하면서도 포괄적인 개념을 끌어들여 사회과학적 언어의 단순성과 경직성을 극복하는 한편 문학적 태도를 새로운 지적 풍토에서 재정립하려 했던 노력은 소중하게 기억될 만하다. 어쨌든 이제는 역사적 현실보다 일상과 심리의 결들을 섬세하게 드러내거나 감성적 울림이 큰 표현들을 선호하는 경향이 주류를 이루고 있는 만큼 '슬픔의 힘'을 새삼 강조할 필요는 없어져버린 듯하다.

사람들은 흔히 '슬픔'만큼 순수한 정서는 없다고 말하지만, 나 자신의 경험에 비추어보면 꼭 그런 것 같지도 않다. 전쟁이 일어났던 해 늦여름, 나는 내가 가장 좋아했던 형을 잃어버렸다. 그러나 이별 직후의 느낌은 슬픔이 아니었다. 그것은 간절한 그리움 또는 박탈감에 가까웠다. 길을 가다가 형과 비슷한 뒷모습을 보면, 나는 그 거리에 형이 있을 리 없다고 생각하면서도 달려가서 앞모습을 확인해보지 않을 수 없었다. 그렇게 서너 해가 흐른 다음, 나는 밤마다 형을 생각하며 눈물을 흘리게 되었다. 그러나 단언컨대, 그때의 눈물이, 따라서 그 슬픔이 순수한 것만은 아니었다. 어느 겨울밤, 잠들기 전에 문득 형 생각이 떠올랐다. '지금 형은 산속에서 얼마나 추위에 떨고 있을까' ―객관적 정황으로 미루어 그럴 수밖에 없었다―, 하는 생각이 들자 눈물이 흘러내렸다. 그리고 보니, 언제부터인지 나는 한동안씩 형을 잊고 있었다. 자책감이 일었다. 그래서 나는 밤마다 잠들기 전에 눈물이 귓바퀴에 흘러들 때까지 형의 고통을 생각하며 슬퍼하기로 작정했다. 말하자면, 슬픈 정서가 고여 눈물로 흘러내리게 했던 것이다. 그러니 나의 '눈물 흘리기'는 형의 고통에 동참하는 내 나름의 의식(儀式)이었던 셈이다.

아홉 살 먹은 아이에게 눈물의 의식을 치르게 한 '자책감'의 근원은 도대체 무엇이었을까? 그때의 나에게는 피붙이 사이의 본능적 유대감에 못지않게 막연한 형태로나마 '인간에 대한 도리'나 '형제간의 의

리' 와 같은 다소 원초적인 사회의식도 자리잡고 있었던 것 같다. 그리고 그것을 어겼다는 자각이 자책감으로 발전했던 것 같다. 그후 나는 동일인에게서 형이 죽었다는 소식을 두 번 들었다. 한 번은 고등학생 때였고, 또 한 번은 성인이 된 다음이었다. 그런데 첫번째와 두번째의 사인(死因)이 달랐다. 첫번째는 병사했다는 것이었고, 두번째는 전사했다는 것이었다. 왜 처음엔 병사했다고 말했느냐고 물었을 때, 그 사람은 전사했다고 하면 충격이 클 것이라고 생각해서 그렇게 말할 수밖에 없었다고 했다. 나는 그의 말이 매우 섭섭했다. 내게는 생사에 못지 않게 사인이 중요했기 때문이다. 나는 두 번 다 눈물을 흘릴 수 없었다. 죽었다는 소식을 처음 들었을 때 나는 슬픔보다는 고통스러울 정도의 답답함과 불쾌감, 그리고 일종의 실망감을 느꼈다. 그리고 두번째에는 처음에 느꼈던 답답함과 불쾌감이 깨끗이 씻겨나가는 듯했다. 싸우러 간 사람이 전사했다는 것은 어쩌면 당연한 일이고, 그 산에서 살아남은 사람은 거의 없었으니까.

그때 나는 죽음의 원인을 납득하게 되면서 슬픔과 고통이 사라지는 경험을 했다. 그리고 그러한 심리적 변화를 담담히 받아들였다. 슬픔이나 고통이 사라지는 현상은 그런 정서를 회피하는 것과는 본질적으로 다르다. 우리는 삶의 고비고비에서 느끼는 정서를 불변의 상태로 갈무리할 수 없다. 변할 수 없는 정서는 마음이 병적인 상태로 고착될 때에만 가능하다. 어떤 순간에 느낀 슬픔이 아무리 순결하고 고귀하다고 해도 그것은 사라지거나 변질될 수밖에 없다. 그리고 때로는 변질과는 다른 지양(止揚)이 이루어지기도 한다. 말하자면, 어떤 정서가 공감과 사유의 과정을 거쳐 정치적 행위로 발전할 수도 있는 것이다. 물론 이러한 메커니즘에도 불온한 정치세력에 의해 악이용될 소지는 있다. 나치가 군중을 동원하여 좌파를 무력화시킨 경우가 그러한 예에 속할 것이다. 그러니, '붉은 악마'나 '촛불시위'와 같은 대규모의 집단 행위에 맹목적인 군중심리나 불순한 동기가 끼어들 소지가 있었는지 헤아려보는 일은 필요하다. 그러나 최근에 한 지식인—그는 시인이기도 하다—이 '슬픔의 힘'을 들고 나와 우리를 최초의 '슬픔' 속에 가두어두려 한 것은 역사적 맥락과 민족적 차원을 무시한 채 시민들의 자발적인 정치행위를 크게 왜곡한 것으로 보인다. 《조선일보》(2003. 2. 4.)에 실린 「슬픔에 관하여—겨울, 광화문 단상; 친구여…… 반미를 외쳤던 나는 촛불을 들지 못하네」라는 글을 쓴 문부식이 그 사람이다.

부당한 권력에 의한 죽음을 목격한 자의 슬픔(때로는 공포)은 쉽게 분노로 바뀌고 정치적인 집단행동으로 나아가게 될 가능성이 크다. 우리가 근래에 경험한 '촛불시위'가 바로 그러한 예에 속할 것이다. 이 시위가 우리 역사에서 색다른 의미를 부여받을 수 있었던 까닭은 운동 단체가 아닌 일반시민이 인터넷에 올린 글에 호응한 시민들이 자발적으로 참여해서 이루어졌다는 것이다. 광화문에 모여든 시민들이 저마다 하나씩 받쳐든 촛불이 불꽃 바다를 이루면서 고조된 추모적 분위기는 점점 더 많은 사람들을 불러모았고, 그것을 지켜본 사람들의 마음에서 일어난 감동이 민족적 자긍심으로까지 발전한 것은 자연스러운 일이었다. 촛불의 정서적 환기력을 그렇게 활용한 것은 일종의 발견이었다. 어쨌든 이러한 자발성과 호소력이 세계인의 눈길을 끌게 되자 많은 사람들이 그것은 단순한 '반미'가 아니라고 누누이 주장했음에도 불구하고, 한국의 보수언론과 미국의 일부 언론 및 시민들이 보인 반응은 꽤나 악의적이었다.

이러한 사실은 촛불의 힘이 우리의 예상을 뛰어넘을 만큼 컸다는 것을 반증하는 것이기도 하다. 문부식도 "사람들이 저마다 손에 들고 있는 촛불들은 바람을 막는 일회용 종이컵 하나만 벗겨지면 이내 꺼져버릴 초라한 것들이었지만, 그것은 20년 전 미국문화원에 타오른 불길보다 강한 것일 수 있다는 생각을 했다"고 말하고 있다. 그리고 그는 "겨울 광화문에는 한 국가 구성원들의 자긍심에 상처를 준 미국의 일방주의에 대한 이유 있는 분노와 불합리한 현실의 변화를 희구하는 긍정적 충동이 자리잡고 있다"고, 그 시위의 정당성을 제대로 읽어내고 있다. 하지만, "그러나 친구여⋯⋯" 하고 호소하는 그 이후의 말들은 그가 인정한 의미를 조금씩 깎아내다가 마침내 그것을 송두리째 뒤엎는 쪽으로 나아가고 있다. 그는 "살인미군 처단하라!"는 말에서 미국문화원에 불을 지른 자신의 행위가 '살인방화'라는 말로 되돌아왔을 때 받았던 상처를 떠올리고 충격을 받는다. 그는 불행하게도 '살인'이라는 말에서 미군의 그것과 자신의 그것을 동일시하는 심리적 혼란에 빠져들고 있다. 거기에는 두 경우 모두 예상하지 못했던 우발적인 사건이었다는 생각도 깔려 있는 듯하다. 이런 상태에서, 그는 한 연사가 사실이 아닌 발언—"미군이 한국에 올 때는 '살인면허증'을 받는다."—을 했고, 사회자가 "전체로서의 미국(인)과 한국(인)을 대비(대립)시키는 단순한 언설"—"시민들이 다치면 그때부터 너희들을 한국 경찰이 아니라 미국 경찰로 간주하겠다."—을 했으며, 그러한 단순성이 "실재하는 현실의 복잡함과 우리 안의 숱한 문제들"을 가려버린다고 항의한다.

　미군은 살인면허증을 가지고 한국에 온다는 말은, 시위현장의 언어는 과격한 쪽으로 단순화되는 경향이 있다는 것을 감안하더라도, 너무 지나친 것이다. 사실이 아닌 것을 공표하는 것은 어떤 경우에도 용납될 수 없기 때문이다. 그러므로 문부식이 그러한 발언과 행위를 '작위적 분노'로 부르며 그 폐해를 지적한 것은 당연한 일이다. 그리고 사회자가 경찰들을 향해 "시민들이 다치면 그때부터 너희들은 한국 경찰이 아니라 미국 경찰로 간주하겠다"고 한 탈언을 전체로서의 미국(인)과 한국(인)을 대비시키는 '단순한 언설'이라고 지적한 것도 논리적으로는 맞는 말이다. 그럼에도 불구하고 우리는, 텔레비전 뉴스에도 생생하게 비쳤듯이, 촛불시위 이전에 우리 경찰—이 경우도 '단순화'를 피하려면 '일부 경찰'로 써야 하지만—은 이미 시위자들을 방패로 찍고 곤봉을 휘두르며 너무 적극적으로 시위를 진압한 나머지 많은 부상자를 냈기에, 그리고 그때 그 장면을 지켜본 시민이라면 누구나 한번쯤 '도대체 저들이 어느 나라 경찰이야' 하고 반문하는 심정에 빠져본 경험이 있을 터이기에, 또다시 그런 사태가 발생하지 않도록 그처럼 '단순한 언설'을 할 수밖에 없었을 것이라고 이해할 수 있을 것이다.

그러나 앞에서 소개한 문부식의 지적들은 '슬픔의 힘'을 끌어들이기 위한 전주곡에 지나지 않는다. 그는 심령술사처럼 광화문에 모여든 사람들의 마음을 읽어낸다. "언표하지 않아도 그곳에 모인 사람들은 마음으로 느끼고 있었을 것이다. 겨울 광화문으로 처음 자신들을 호명해낸 것은 어떤 거창한 역사의식이나 이념적 목표가 아니라 바로 슬픔의 힘이라는 사실을. 찬바람 부는 겨울 광화문에서 우리가 진정 보고 싶었던 것은 다른 이들의 고통과 비극에 대한 공감의 넓은 폭이 인간에게 가해지는 관습적 폭력의 위험을 밀어내는 이성적 사회의 가능성이 아니었던가. 미선과 효순, 이 두 여중생의 죽음을 우리가 슬퍼하는 것은, 가해자나 피해자의 국적 때문이 결코 아니었을 것이다. 그것은 무엇으로도 대체할 수 없는 개별성과 고유성 그리고 무엇과도 바꿀 수 없는 소중함을 지닌 생명이 어처구니없이 박탈당한 안타까움 때문이었을 것이다." 이 인용문에서 우리가 주목해야 할 것은 개별성·고유성·생명을 역사의식·이념·국적과 대립시키고 있다는 사실이다. 그러나 어떤 개인이든 개별성과 고유성을 지니면서도 국적을 갖지 않을 수 없다. 그러기에 이념적 목표는 아니더라도 두 나라 사이의 관계의 진상을 알기 위해서는 얼마간의 역사의식이 필요하다. 그런데 그는 '거창한'이라는 관형어를 가지고 '역사의식'이라는 말에 모종의 반감을 주입시키면서 '슬픔'이라는 정서를 통해 시위의 발단이 된 사건을 역사와 국적에서 분리해내려는 시도를 하고 있다. 그러나 그 자신이 목표로 삼고 있는 듯이 말하는 '이성적 사회'는 개인들의 순수한 정서만으로는 이루어낼 수 없는 것이다.

그 글의 말미에서 문부식은 "우리들의 촛불이 필요했던 자리는 두 생명이 죽어간 경기도 양주군 광적면 효촌리의, 인도도 없는 좁은 차도 위를 걸어가던 그들의 몸 위로 아무런 경고도 없이 장갑차가 덮치려 하던 그 순간 그 자리"이며, "겨울 광화문이 창조한 것이 있다면 촛불의 물결을 반미의 물결로 변화시킨 것이 아니라, 우리가 이제 돌아가야 할 일상의 자리와 그곳에서 추구되어야 할 삶의 변화"라고 못박는다. 이 두 인용문을 꼼꼼히 따져보면, 촛불시위가 해낸 일은 아무것도 없다는 결론이 나온다. "장갑차가 덮치려 하던 그 순간"은 이미 흘러가버렸기에 촛불을 켤 수 없고, 일상의 자리에서 "추구되어야 할 삶의 변화"는 아직 도래하지 않았기 때문이다. 그의 결론이 함축하고 있는 메시지는 결국 반미 같은 것에 휩쓸리지 말고 우리 자신의 삶을 변화시키는 데 관심을 기울이라는 것이다. 여기서 한 걸음 더 나아가면, 일상과 우리의 내면에 깃들여 있는 파시즘을 극복하면 거대 폭력도 사라질 수밖에 없다는 것이다. 그러나 이러한 이상의 실현은 국가라는 괴물이 지상에서 사라진 이후에나 가능한 일이다.

그러기에 문부식의 글은 개인적 정서와 일상을 내세워 집단적·정치적 행위를 차단하려는 의도를 숨기고 있는 것으로 해석될 수밖에 없다. 그의 뜻에 따라 일상으로 돌아가서 우리 자신의 삶을 의미있는 쪽으로 변화시키려 해도 사회적·역사적 맥락에 우리의 삶을 되비쳐보지 않을 수 없다. 일상은 이념적 지양 없이 재생산되는 연속적인 삶의 장이기에, 더 나은 세상을 향한 운동성이 차단되면 늪과 같은 정체 속으로 빠져들게 될 가능성이 크다. 우리가 일상으로 돌아가 우리 내면의 폭력성만 성찰하고 있으면, 묵시록의 기사들이 날뛸 가능성이 없어진다고 말할 수 있을까? 그런 일은 아마 꿈 속에서나 가능할 것이다. 그러니, 그가 말하는 슬픔이 순수하다면 지극히 관념적이기 때문이고, 그 슬픔에 힘이 있다면 심리적 족쇄로 작용할 때에만 그럴 것이다. 지금 전쟁을 향해 진군하고 있는 미국의 발걸음을 주춤거리게 하고 있는 것은 슬픔의 힘이 아니라 세계 곳곳에서 펼쳐지고 있는 반미·반전 시위의 힘 때문이다.

지식인으로 자처하는 사람들 가운데에는 자기 시대의 대중을 올바른 방향으로 이끌어야 한다는 강박에 시달리는 이들이 많다. 그러나 그들의 판단이 빗나가게 되어 동시대의 대중을 말할 수 없는 고통 속에 몰아넣은 경우도 허다하다. 우리의 역사를 돌이켜보면, 일제식민지시대의 지식인들 가운데 세계사적 흐름을 객관적으로 읽어냈다는 자신감을 가지고 자발적으로 친일파시즘을 내면화하고 실행에 옮긴 이들이 많았다. 이런 것을 보면, 자신의 행동을 역사나 시대정신에 비추어본다고 해서 실천적 오류에서 쉽게 벗어날 수 있는 것도 아니다. 그 시대의 지식인들이 범한 대다수의 오류는 이념의 보편성이나 대세에 몸담음으로써 '민족'을 역사적 실체로 인정하지 못한 데에서 빚어졌다. 말하자면, 관념과 욕망으로 채색된 눈에 비친 외부의 변화가 현실의식과 차분한 성찰을 밀어낸 자리에서 오류가 싹텄던 것이다.

근대 극복이 많은 지식인의 이상이 되어 있는 지금의 시점에도 세계는 여전히 국가주의에 지배되고 있고, 민족은 기호에 지나지 않는다는 인식이 널리 퍼지고 있는 동안에도 그것 때문에 일어나는 전쟁이 끊이지 않고 있다. 1975년 프놈펜과 사이공이 함락된 시점을 전후로 중국과 베트남, 베트남과 캄보디아 사이에 벌어졌던 전쟁을 보면, 사회주의적 이상과 민족적 요구라는 두 힘 사이의 역학관계에서 역사의 방향이 결정되었음을 알 수 있다. 그리고 20세기의 막바지에 사회주의권이 몰락하면서 피와 언어와 종교를 달리하는 민족들이 어제까지 한 울타리 안에서 어깨를 겯었던 형제들에게 총부리를 돌려대고 '인종청소'라는 말이 나올 만큼 처절한 싸움판을 벌였던 것은, 사회주의적 이상이 썰물처럼 빠져나간 자리에 혈연의식과 물질적 욕망이 급히 흘러들면서 발생한 비극이었다. 그러기에 지금 우리는 "맑스주의 운동과 맑스주의 국가들은 형태에서뿐만 아니라 내용에 있어서도 민족주의적인, 즉 명실상부하게 민족주의자가 되는 경향이 있다. 이러한 추세가 계속되지 않을 것이라고 암시해주는 것은 아무것도 없다"(베네딕트 앤더슨 지음, 윤형숙 옮김, 『상상의 공동체』, 21면)는 에릭 홉스봄의 말을 씁쓸히 되씹어볼 수밖에 없다.

좋든 싫든 민족은 여전히 우리가 무시할 수 없는 에너지의 장이다. 특히 '북한 핵문제'를 둘러싸고 긴박하게 전개되고 있는 현재의 한미관계로 볼 때, 이러한 역장(力場)을 해체하려는 시도들에 말려드는 것은 역사적 과오로 이어질 가능성이 크다. 나는 이러한 주장이 민족주의로 오해되지 않기를 바란다. 널리 알려진 바와 같이 민족주의에는 수많은 변종들이 존재했고, 그에 못지않게 그 이론들에도 수많은 오류가 잠복해 있다. 그러니 인류의 보편적 이상과 논리적 정합성을 중시하는 지식인들이 민족주의자가 될 필요는 없다. 하지만, 우리 미래의 역사에 긍정적으로 작용할 수 있는 힘을 내장하고 있는 '민족'을 애써 무시하는 것은 어리석은 일이다.

(《내일을 여는 작가》 2003년 봄호)

관조 또는 가혹한 자기성찰
— 김초혜의 시집 『그리운 집』

밤하늘과 징소리에 대한 기억 하나가 떠오른다. 그것은 김초혜의 시에 대한 나의 천박한 이해에 하나의 파문을 일으킨 것이기도 하다. 나는 일기를 쓰지 않지만, 그것만은 기록해두었다. "1991년 제야(除夜)에 징소리가 다섯 번 울렸다. 마지막 소리가 고층아파트의 창문을 빠져나가 긴 여음을 남기며 한겨울의 칠흑 같은 어둠 속으로 은은히 울려퍼지고, 태고의 적막이 다시 밀려왔을 때, 헤라(Hera)가 우리에게 조용히 다가와 입을 열었다. '부부란 참 묘한 거에요. 내가 도현이 생각을 하고 한 번 더 치라고 속삭였더니, 이이도 똑같은 생각을 하고 있었대요.' 그 순간, 나는 얼른 나를 사로잡고 있던 신화적 세계에서 빠져나와 그들 부부와 우리 부부가 다탁을 사이에 두고 앉아 있는 현실세계로 되돌아와야 했다. 그러나 내 마음은 한동안 우주의 저편 무한공간 속으로 퍼져가는 징소리를 뒤쫓고 있었다." 이 기록에서 헤라는 김초혜 시인을 비유한 것이고, 도현이는 유럽으로 베낭여행을 떠나 부재중이었던 그의 외아들이며, 다섯번째 징소리는 바로 도현이를 위한 것이었다.

그때의 기억은 김초혜의 시세계와 겹쳐지면서 여러가지 생각들을 자아냈다. 징소리가 울려퍼진 밤하늘에 김초혜 시들 속의 '별'들이 떠올랐다. 그리고 놋쇠 속에 응축된 '그리움'이 소리로 터져나와 퍼져나간 끝자락에서 집떠난 아들의 얼굴을 보는 어머니의 마음도 짚여왔다. "울릴 듯한 울릴 듯한/징이나 되어서/마음껏 그대나/그리워하자"(「사랑굿 23」)는 구절과 함께. 삼라만상을 하나의 파장(波長)으로 이어주는 징소리, 그것은 나에게 인간의 정서를 우주적 진동으로까지 넓혀가는 소리를 내장하고 있는 시의 힘을 새삼 일깨워주었다. 그러고 보니, 「문둥북춤」「문둥탈춤」 연작들의 북소리 장단은 시의 의미를 강조하기 위한 단절장치에만 그치는 게 아니었다. 그것은 우리의 가슴을 치며 둔중하게 울려오는 운명의 발소리 같기도 했고, 인간의 존재론적 비극성을 만상(萬象)에 알리는 서러운 진동이기도 했다. 그것은 또한 참혹하게 허물어져가는 자신의 육신을 눈물로 포옹하며 천형적 운명과 맞서는 자의 심장의 고동소리처럼 울려오기도 했다.

덩기덕 덩더 더러러
살이 썩어가는 냄새를 맡게 해다오
덩 — 덩 덩더 쿵 — 더

덩기덕 덩더 더러러
형틀에 못박힌 모습이
덩 — 덩 덩더 쿵 — 더
눈을 감으면 눈시울 속에 있네

덩기덕 덩더 더러러

꿈은 燐光처럼 얼고

덩 — 덩 덩더 쿵 — 더

죄업의 의미를 깨버리지 못하네

덩기덕 덩더 더러러

잊음과 고통이

덩 — 덩 덩더 쿵 — 더

주렁주렁 달린

설움을 달래듯

아직도 울 수는 있다네

덩기덕 덩더 더러러

새빨간 피 한 움큼 나오지 않는

살을 가졌대도

덩덩 — 덩더 — 쿵더

푸른색은 푸르게 보이고

덩기덕 덩더 더러러

빨간색은 빨갛게 보이는

눈만은 아직도 꽃밭이라네

눈만은 지금도 눈물밭이라네 (「문둥북춤 5」)

　　우나무노는 인간에 대한 기존의 정의(定義)들이 몸이 없는 비인간
(非人間)을 보여주었을 뿐이라고 비판하면서 인간의 비극성은 살과 뼈

를 지닌 존재인 인간의 자의식에서 싹튼다고 말한 바 있다. 그러나 김초혜는 시적 자아를 문둥이라는 천형의 담지자로 설정함으로써 인간 존재의 비극성을 그 극단에까지 밀고 나갔다. 육체뿐만 아니라 감각까지 허물어져가는 참담한 존재로서의 시적 자아에게 남아 있는 것은 형태와 색깔을 인지할 수 있는 시각과 자기 존재의 비극성을 초극하려는 의지뿐이다. 이 연작들에서 시인은 다양한 변주들을 통해 인간의 보편적 비극성을 처절하게 그려내고 있지만, 시적 자아는 거기에서 비롯된 고통을 통해 진정한 삶의 의식(意識)을 싹틔우려 한다. 여기에는 '아픔'이 오히려 삶에 대한 '그리움'과 '갈망'을 부추겨 우리를 살아 있게 한다는 인식이 깔려 있다. 그래서 이 시들은 부활하는 생의 의지를 통해 처연한 생의 찬미로 전환될 수 있는 계기를 얻게 된다. 인간은 한계상황에 마주치지 않고는 자신의 비극적 운명을 알 수도 없고 극복할 수도 없는 것이다. 그렇다면, 이러한 초극의 내용은 무엇일까? 그것은 "자는 살을 다시 데워/첫자리로 되돌"(「문둥북춤 1」)리는 것이고, "있음도 없음으로/없음도 없음으로"(「문둥탈춤 10」) 되는 절대무(絶對無)의 경지이다.

「사랑굿」1, 2, 3에서는 앞에서 본 존재론적 모순구도가 좀더 비근한 매개항들을 통해 매우 다채롭게 변주되면서, 사랑의 다양한 속성들이 드러난다. 이 연작시들에서 사랑은 인생의 모순적 조건과 갈등, 자아와 타자를 갈라놓는 시공간적 거리를 넘어서려는 욕망과 결부되어 있으며, 천형과 같은 비장함보다는 희망과 기쁨 또는 고통의 잔잔한 수용으로 나아가려는 지향성을 품고 있다. 그것은 운명에 대한 대결의식보다는 그 대상을 그리움과 갈망이라는 동화(同化)적 정서 속으로 끌어당기거나 이해와 용서라는 관용적 마음가짐으로 감싸안거나 때로는 본래의 자리에 그대로 놓아두는 절제로 표출된다. 그것은 '너' '그대' '당신' 등으로 불리는 존재들과 관련되면서 삶의 굽이굽이에서 피어나는 온갖 정서들을 조율하여 삶의 의미로 고양시키는 역동성으로 작용한다. 때로는 "이제는 피차에 아주/낯설은 사람이 되자//서로를 위한 것이/서로에게/칼이 되었다는 것을 알고/죽은 흙이 되자"(「사랑굿 33」)에서 보듯 부정을 통해 긍정을 내포하는 거리두기로 나타나기도 한다. 한마디로 말해 이 시집은 사랑으로써 인생을 조율하며 삶의 의미를 창조하려는 의지를 품고 있다. 그러나 이러한 사랑의 축제도 "그리움에 더는/괴롭지 않을/세상으로 가며/그대를 그대에게/되돌려주"(「사랑굿 182」)는 사별로 마무리되고 있다. 이러한 결말은 「문둥탈춤 10」에서 본 바와 같은 절대무와 내밀하게 손잡고 있는 듯하다.

그러나 이런 경향에서 다소 비켜서 있는 것으로 보이는 시집 『어머니』는 사별이 사랑의 종말이 아님을 감동적 울림으로 전해준다. 생전에 받았던 사랑에서 움터 이제는 지워버릴 수 없게 된 '그리움'이 돌아가신 어머니의 숨결과 안식과 삶의 지혜를 현재화한다. 『세상살이』 역시 참담한 정치적 현실로 인해 희생된 사람들과 함께하지 못한 자신에 대한 참회의 마음과 그들에 대한 모성적 사랑이 맥맥히 흐르고 있다는 점에서 사랑굿이 사회적 범주로까지 확장된 것으로 보아도 좋을 듯하다. 이 연작들 가운데 "나는/사랑을/조금씩 섞어/역사를 죽이는/검은 증인이올시다"(「세상살이 21」)나 "눈을 뜨고 보니/온몸은/구덩이가 되어 있었다/간신히 걸음마를 배워/어정버정/이 세상 저 세상 기웃거린다/나를 가로막는/나를 걷어내면서"(「세상살이 45」)와 같은 부분들에서 우리는 어설픈 사랑으로 역사에 대한 면죄부를 얻으려 했던 자아에 대한 가차없는 자기비판과 경계심을 읽을 수 있다.

김초혜의 시들은 앞에서 본 바와 같이 인간의 존재론적 조건들에서 출발하여 저 험난했던 80년대의 정치적 현실까지 아우르며 오늘에 이르고 있다. 이제 시인은 정치나 경제보다 더 폭넓은 인간적 현실을 탐구하는 시의 본령으로 돌아와 새로운 시집 『그리운 집』을 내놓게 되었다. 나는 이 시집을 읽고 어떠한 사회적 이데올로기나 종교적 교리, 심지어는 보편적 휴머니즘에조차 의존하지 않고 천명(天命)을 알 수 있게 된 시인의 모습에 숙연함을 느꼈다. 그것은 '시인의 말'에서 밝히고 있듯 "행위 자체가 목적이 되게 하는 것, 그래서 시를 쓰고 시집을" 내는 행위 자체를 자신의 삶으로 받아들이는 태도와 깊이 연관된 듯하다. 그래서 이 시집은 하나의 주제에 관심을 집중하는 연작 형식을 떠나 다양한 주제들을 두루 포괄하고 있다. 이 시집에는 과도한 열정이나 허장성세는 눈을 씻고 찾아도 보이지 않는다. 이제는 사랑도 뜨거운 열정보다는 정일한 관조를 통해 시리도록 투명한 이미지를 낳고 있다.

달밤이면
살아온 날들이
다 그립다

만리가
그대와 나 사이에 있어도
한마음으로
달은 뜬다

오늘밤은

잊으며

잊혀지며

사는 일이

달빛에

한생각으로 섞인다 (「만월(滿月)」)

그리움이나 사랑은 이제 "햇빛으로 서신 이"(「사랑굿 114」)로서의 '그대' 또는 "별이 되어/빛나고 싶"(「사랑굿 29」)어하는 '나'처럼 뜨겁거나 상승적인 이미지가 아니라 '달빛'이나 '눈'처럼 차갑거나 하강적인 이미지로 표출될 때가 많다. 그리고 시적 자아는 '그대'의 속성과는 무관하게 '한마음'이나 '한생각' 속에 녹아들 수 있는 정서를 지니게 된 것처럼 보인다. 둘 사이의 거리를 한순간에 녹여버릴 수 있는 '달밤'이라는 이미지도 그와 같은 정서가 빚어낸 미학적 장치일 것이다. 로렌스가 주장했듯이 진정한 사랑은 어쩌면 날선 개성을 포기하는 데에서 이루어지는 것인지도 모른다. 그러나 「만월」에서는 그러한 인위적인 포기가 아니라 달빛처럼 맑고 시리게 정화된 심미상태에서 자연스레 이루어지고 있다. 이러한 경지를 가능케 한 것은 물론 시인의 연륜이다. 그것은 체험적 정보들이 기억으로 보존되거나 지워져버리는 꿈속에서처럼 일상적인 잡다함이나 탐욕을 지워버리면서("잊으며/잊혀지며") 시적 자아에게 관조적 정일함을 가져왔을 것이다. 그래서 '달밤'은 거리감을 무화시키는 시각적 이미지에 그치지 않고 지천명(知天命)이라는 인간적 성숙까지 함축한다. 그리하여 "적막에 길들으니/안 보이던/내가 보이고/마음까지도 가릴 수 있는/무상이 나부낀다"(「가을의 시」)고 노래할 수 있게 된 것이리라.

그러나 이러한 경지는 연륜이 쌓여가면서 저절로 얻어진 것은 아니다. "들녘에 서서/구름이 이는 모습도 보고/꽃내음도 맡으며/쉬임 없이 뒤집혔던 세월을/삭이고 있다"(「꿈길에서」)는 고백에서 보듯 쉼없이 정진하는 수도승처럼 자신을 닦아온 결과이다. 그러므로 시인은 자족의 공간에서만 숨쉬고 있는 것이 아니라 "길이 기다리고 있을 땐/속된 노래만 부르고 있었다"(「저무는 길」)며 지나온 날들을 뉘우치거나 "나를 태우고/너를 태울 불을/당겨보지도 못"(「근원」)했다고 지난날들을 반추하면서도 쉽사리 새로운 모험에 뛰어들지는 않는다. "여름은 알지만/가을은 모"(「근원」)르는 매미처럼 자신도 한정된 인식에 갇혀 있을지 모른다는 생각 때문이다. 이처럼 자신의 한계를 알게 된 냉철한 시선이 바깥세상을 향해 작동될 때에는 "검찰은 범죄자를 두둔하며 개혁하고/ (…) /지식인은 파렴치한 침묵으로 개혁하고/우리는 스스로 속고 속이며 개혁한다"(「개혁」)며 우리 시대의 부조리와 위선을 통렬하게 꼬집기도 한다. 그러나 차가울 만큼 맑아진 눈은 대체로 시적 자아의 내면을 겨냥하고 있으며, 그것은 시적 자아를 더욱 치열하고 가차없는 자기비판으로 이끈다.

> 나는 괴롭지 않다
> 가면을 쓰고 다니기에
> 가면에 가면을 덧쓰고 다니기에
> 나의 이중성은 들킬 염려가 없다
> 추잡한 굿에는 이골이 났다
> 깊은 밤 혼자가 되어서야
> 가면을 벗는다

아주 작아진 나를 본다 (「가면」 부분)

'나'는 이처럼 자신의 이중성을 가열하게 비판하고 있지만, 현대의 심리학은 그것이 문명화된 인간의 속성임을 밝혀놓고 있다. "인간을 문명화하는 과정은 (…) 대다수의 사람들이 그 뒤에 숨어사는 가면을 쓰게 함으로써 인간과 사회를 화해에 이르게 한다. 융은 이러한 가면을, 고대의 배우들이 자신의 역할을 나타내기 위해 썼던 가면의 이름을 빌려, 페르소나(persona)라고 불렀다."(Frieda Fordham, An Introduction to Jung's Psychology) 그러므로, 「가면」은 시인뿐만 아니라 우리 모두에게 자신의 이중성을 살펴보도록 촉구하고 있는 것으로 읽힐 수밖에 없다. 그런데도 시적 화자는 자신을 "벗을 것을 벗지 못하는/거렁뱅이"(「자화상」)에 비유하며 자조적인 반성을 멈추지 않는다. 그리고 타인들을 향해 자기 자신을 경계하라고 부추기기까지 한다. — "나는 누구와도 진실한 우정도/나눌 수 없이/아주 독선적인 사람입니다/겉으로는 부드럽고 너그러워 보이지만/감추어진 내면에는/오만과 편견이 가득한 사람입니다"(「비밀」)

이러한 자기성찰이 자신의 육신을 겨냥하게 되면, 거의 자기비하에 가까워진다. — "이 몸을 어디에 쓰나/눈에는 눈꼽이/코에는 코가/입에는 온갖 더러움 가득하여/함부로 건드리면/악취만 새어나온다"(「어둔 사람」) 이러한 시들과 함께 자신의 무력함이나 인생의 덧없음을 노래한 시들이 많아지고 있는 것을 보면, 이 시인이 장년에서 노년으로 넘어가는 어름에서 통과의례를 톡톡히 치르고 있는 게 아닐까 하는 생각을 금할 수 없다(「적막한 저녁」은 이 어중간한 시기의 불안정한 심정을 진하게 드러내고 있다). 이제는 희망을 노래하면서도 "그냥 내 속에서/덧없이 살고 싶다"(「희망」)고 하거나 야망을 고백하면서도 "눈 멀고/귀 먹고/벙어리 되어/기쁨에도/괴로움에도 속지 않으며/남은 세월/아끼며 사는"(「야망」) 정도에 그친다. 어쩌면 희로애락을 접어두고 선경(仙境)에 들고 싶어하는 것 같기도 하다. 그래서인지 분노나 탐욕을 경계하거나 겸손과 인내를 권유하거나 이해와 헌신을 다짐하는 듯한 내용이 담긴 아포리즘에 가까운 시들도 간간이 눈에 띈다. 그리고 인생의 허무와 고독을 읊조리기도 한다. 「어느 시인의 죽음」에 이르면, 시적 자아는 자신의 죽음 또는 부재를 더듬어보기까지 한다. 그러나 이 시는 존재에 대한 비극적 인식에서 출발하고 있지만, 결국은 "허망의 덫을 걷어내고" 진정한 자아를 회복하려는 지향성을 함축하고 있다. 이 시의 바로 뒤에 놓인 「강 건너 봄기」 역시 "한밤에 나는 아무도 몰래/저 강을 건널 것이다/언 물이 안 늦고 있어도/어떻게든 저 강을 건너/본래의 모습대로 돌아가리라"고 존재의 회복을 다짐하고 있다. 이 시들은 존재에 대한 회의(懷疑)의 기나긴 회랑(回廊)을 거치지 않고서는 진정한 자아에 이를 수 없다는 깨달음을 준다.

　이제 시인은 모든 속박을 버리고 떠날 준비가 되어 있는 듯 이렇게 노래한다. ― "매일 조금씩 떠난다/ (…) /가슴 가득히 꽃이 핀 적도 있고/그리움에 설레이던 때도 있었지만/지금은/감정에 격랑이 일지 않는다/오랜 고뇌 저편에/상실의 우울증으로 있던/그대를 버려두고/오늘도 혼자서/더 멀리 땅끝으로/조금씩 조금씩 떠나고 있다" 그러나 이러한 마음가짐에는 속박을 벗어버린 자유로운 삶에 대한 긍정과 희망이 서려 있다. 그러기에 시인은 이렇게 노래할 수 있는 게 아닐까.

　　아직 다치지 않은

마음이 있다

하늘 높은

상념도 있다

새로운 뇌수(腦髓)가 솟아나

빛과 음(音)을

붙들 수도 있다

그래서 나는

나를 파기하지 않고

시간의 틈바구니 속에

끼어 있다 (「시법(詩法)」)

　나는 이 시에서 김초혜 시인이 어느덧 삶의 한 고비를 넘어 또다른 세계의 문턱에 이르렀으며, 여전히 생동하는 시적 감수성을 지닌 채 아침햇살을 맞이하고 있는 듯한 느낌을 받는다. 비장한 열정이 허물어져가는 육신을 뚫고 북소리로 터져나오게 했던 젊은날의 시인이 이제 인생에 대한 관조와 냉혹한 자기성찰을 거쳐 낮고 조용한 목소리로 우리 곁에 와 있는 듯하다. 나는 이제 밤하늘에 울려퍼졌던 징소리가 아니라 천명을 알게 된 사람의 따뜻한 목소리로 시인을 떠올릴 수 있게 되었다.

사람의 마음을 모으기 시작하자

그 자체가

하나의 집인 것을 알게 되었다 (「그리운 집」 부분)

(김초혜 시집, 『그리운 집』, 1998, 작가정신)

시대와 인간에 대한 다부진 항심

— 김명수의 시집 『보석에게』

    낯설지 않으면서도 낡은 느낌은 들지 않는 말이 있다. "그리고 이 가
난한 시대에 무엇을 위한 시인인가?" (횔덜린) '근대'를 경험한 서구인
들에게 신이 부재하는 '가난한 시대'는 인간과 사물을 하나의 세계관
으로 관통할 수 없는 정신적 공황을 안겨주었을 것이다. 그들에게 세
계는 더 이상 축복의 땅이 아닌 황무지였고, 횔덜린은 그 거친 땅에서
시인으로 존재하기 위해 영혼의 피를 흘렸다. 그것은 전인미답의 땅으
로 자신의 육신을 내던지는 탐험가들의 모험과 다를 바 없었다. 그렇
게 그는 시대의 시인으로 살았다. 그러나 우리 자신의 시대를 생각하
면 그들의 절규는 차라리 엄살처럼 느껴지기까지 한다. 우리 시대의
가난은 그들의 것에 비교할 수도 없을 만큼 복합적이고 심대한 것이기
때문이다. 그런데 이런 시대를 시인으로 살아오며 "좋은 시란 좋은 삶
을 사는 것과 같다"고 말하는 이가 있다. 김명수가 바로 그 사람이다.
물론 그 자신은 "영원히 좋은 시를 쓸 수 없을 것 같다"고 말할 만큼 겸
손하다. 그러나 지난 20년 동안 그가 펴낸 다섯 권의 시집을 보면, 그
는 우리 시대에 대한 자각과 자기헌신의 자세를 줄기차게 견지하면서

시의 경지를 개척해가고 있다.

김명수의 시세계에는 시대와 인간에 대한 '다부진' 항심(恒心)이 간단없이 고동치고 있다. 그의 시들은 갈라진 민족이나 공포스러운 시대에 대한 치열한 문제의식을 지니면서도 좀처럼 직설적인 비판이나 격진 구호로 흐르지 않는다. 날카로운 비판정신이 속깊은 인간애와 자연에 대한 뜻깊은 사색으로 감싸여 있기 때문이다. 그런데 이러한 시적 성취를 이루어내는 그의 시정신은 도대체 어디에서 비롯되는 것일까? 이 질문은 김명수의 시정신뿐만 아니라 진정한 의미의 시인정신에 대한 질문을 함축하므로 쉽게 해명될 수 있는 것은 아니다. 그러나 이 글의 첫머리에서 이러한 의문을 품어보는 일은 다양한 소재를 폭넓게 아우르고 있는 그의 시세계를 이해하는 데 하나의 지표를 제공해줄 수는 있을 것이다.

이 시집을 통독해보면, 첫번째 시와 마지막 시는 아버지에게 바쳐지고 있다. 첫머리의 「北斗七星」은 아버지의 길떠남과 어머니의 눈물을 영롱한 슬픔의 정서로 드러내고 있고, 끝머리의 「先告上狀」은 "돌아가신 다음에야 고향에 돌아오신" 아버지의 선영을 찾아가 아버지가 궁금해할 듯한 일들을 정감어린 어조로 아뢰고 있다. 이밖에도 여러 시들이 아버지의 부재를 다루고 있지만, 그 어디에도 부재하는 아버지에 대한 원망이나 반감의 낌새는 보이지 않는다. 왜 그럴까? 아버지의 길떠남은 단순한 방랑벽이나 일탈의 욕망에서 이루어진 것이 아니라 피할 수 없는 시대적 상황에서 빚어진 것이기 때문일 것이다. 김명수의 육친에 대한 그리움에는 민족사의 핵심적 줄기를 자신의 가족사로서 뼈아프게 체험한 사람의 정서가 깃들여 있다. 그의 시대의식에 대한 싹은 여기에서 움트고 있는 듯하다.

물론 시대의식이 삶의 경험에 선행하는 것은 아니다. 우리가 인생에서 경험하는 가장 슬픈 일은 혈육과의 이별이다. 김명수의 시집 맨 앞에 실려 있는 시들은 바로 이러한 정서에서 비롯되고 있다. 슬픔의 정서는 우리의 눈길을 먼 곳으로 향하게 한다. 시인은 거기에서 별이나 달, 무지개나 가랑비를 만나 그런 사물들에 자신의 마음을 실어본다. 시인은 그 멀고 아득한 사물들의 이미지를 빌려 자신의 슬픔과 외로움을 노래하고, 천진무구한 아이의 영혼을 위무한다. 밤하늘에 점점이 박혀 있는 별들의 모습에서 "먼 길 떠나시던/아버님 발자국"을 보는 시인의 눈길에는 슬픔뿐만 아니라 아련한 그리움까지 서려 있다. 이별의 정서를 이만큼 빼어난 이미지로 그려내고서도 시인은 거기에 머물지 못한다. 그는 "滿洲땅 어느 곳에 잠들어 계실/아버님 모습"에서 더 이상 시인 자신의 아버지만일 수는 없는, 우리 현대사에서 무수히 보아온 길 떠난 아버지상을 보여준 다음, "豆滿江/된서리 묻어 온 두루마리"를 읽는 "촛불에도 떨리시던" 어머니의 눈물까지 보고야 만다. 김명수의 시적 상상은 하늘 끝이나 우리 역사의 보편성에까지 높고 멀리 나아갔다가 다시 '나'와 함께 살고 있는 어머니나 할머니 또는 가난한 마을로 되돌아온다. 초월적 이미지로 곧잘 쓰이는 시적 대상을 멀리에 놓고 그리워하거나 바라보기만 하는 것이 아니라 가까이 당겨오기도 하는 그의 상상력은 흔히 주체가 대상 속으로 소멸해버릴 위기에서 우리를 구원해준다.

　시인 자신의 먼 기억을 되살려내고 있는 듯한 앞의 시들과는 달리 가까운 경험이 담겨 있는 「탈상」에서는 천상으로 향하던 눈길이 조용히 사람 사는 마을로 돌아오고, 다시 어린아이들이 한방에서 혼곤히 잠들어 있는 모습으로 옮아가고 있다. 이러한 시선의 이동에는 시인의 의지가 깃들여 있다. 그러나 "새벽별 한 점 홀로/눈물 머금고/비로소 人家도 형체가 드러난다"에서 보듯, 망자에 대한 석별의 정을 거두어 버리지 않고 '새벽별'로 결정(結晶)하여 영원한 시간 속에 갈무리하면서 박명 속의 인가로 옮아가는 시선의 흐름이 너무도 자연스러워서 시인의 의지작용을 감지하기 어려울 정도이다. 이처럼 김명수는 이별의 슬픔까지 삶 속에 따뜻하게 포용하면서 할머니, 어머니, 누나, 장모 등 한스러운 삶을 살아가는 여인들에게 깊은 관심을 기울인다. 이런 시들 가운데 사별(死別)의 정서를 가장 투명하게 그려낸 시는 「輓詞 6章— 1978년 12월 4일 빙모님 돌아가시고 고창에 다녀와서」이다. 상여가 나가던 날 동구밖 늙은 회나무에 "보일 듯 보일 듯이 일던 잔바람"이나 "입 깨물고 울음 참는 살얼음" 등의 눈부신 은유, 솔잎의 푸른빛을 보여주며 "친정도 자주 못 간 설운 아내"에게 죽음은 "영 이별이 아니"라고 위무하는 따뜻한 지아비의 마음, "옻칠도 벗겨진 통나무 소반"에서 "어느 해 흉년 들어 시래기죽 끓여놓고/옷고름으로 남몰래 부엌에서 눈물 훔치시던" 빙모님의 삶의 내력이나 "허공으로 훨훨 떠나가지 못" 하고 "초가집 토방 아래 깔리는 연기/뒤안 장독대에 서리는 연기"에서 망자의 넋을 다시 한번 보는 다감하고 섬세한 눈길 등은 죽음까지 삶 속에 따뜻하게 끌어안는 시인의 마음을 보여준다.

앞서 간 세대의 이별과 죽음을 소재로 한 시들이 개인적 정서를 민족의 한이라고 부를 만한 보편적 정서로 끌어올리고 있다면, 동시대의 사회의식이 담겨 있는 시들은 오히려 보편적 인식을 비근한 사물을 통해 개인적 차원의 고통으로 구체화하고 있다. 돌이켜보면, 우리의 현대시사는 시인이 정치적 현실에 가까이 다가갈수록 시가 치유하기 어려운 상처를 입을 수 있다는 사실을 뚜렷이 보여준다. 지나간 연대에도 정치적 신념을 담은 시들이 많이 씌어졌고, 무시할 수 없을 만한 실패를 겪기도 했다. 그러기에 이 시집에 왜곡된 정치현실을 다룬 시들이 많이 실려 있다는 사실은 그 자체만으로도 놀라운 일이다. 그러한 주제를 미적 진실로 승화시키는 어려움을 무릅쓰고 시간의 풍화작용을 견뎌낼 만한 미적 성취를 이루어낸 시들을 그만큼 많이 써내기는 지난한 일이기 때문이다. 대중들이 보이지 않는 손에 의해 일사불란하게 길들여지는 현실을 완벽한 알레고리로 빚어낸「磁石」「늑대와 개」「하급반 교과서」「기억」「앵무새의 혀」, 독야청청할 듯 보이는 군부독재의 기세를 빗댄「그 봄의 식수」, 언론이 숨도 제대로 못 쉬고 있던 시절에 민중학살을 눈물겹게 떠올리거나 우리의 비겁을 뼈아프게 반성하고 있는「남녘의 사람들은 알고 있다네」「새 달력」「點景」「流血」「虛血」「輸血」등 어느 것 하나 시의 본질을 훼손하지 않으면서도 날카롭고 정확하게 군부독재의 성격과 공포분위기를 겨냥하고 있다.

이런 시들은 방법의 소산이라기보다는 날카로운 관찰과 깊은 사색을 통한 발견의 산물이다. 하찮은 물건들이나 생명체들에게 크고 무거운 주제를 부여하거나 그런 사물들로써 폭넓은 의미연관을 만들어가는 데에는 은유의 두 가지 요소들을 끊임없이 견주어보는 무수한 시행착오의 과정이 개재할 수도 있다. 그러나 독자들에게 주어지는 것은 단순하게 제시되어 있는 놀라운 참신성과 충격이다. 네 연으로 이루어진「단추」의 앞 두 연만 보아도 그렇다.

　　떨어져 있는
　　단추 하나를 바라보면
　　간밤

검은 구두 발자국 남아 있지 않다.

떨어져 있는
단추 하나를 바라보면
지난 밤 짧게 울던
超人鐘 소리,
소리도 없던 회오리바람
흔적 하나
남아 있지 않다.

시인이 살아온 시대는 길바닥에 떨어져 있는 단추 하나라도 무심히 보아넘길 수 없는 시대이다. 그것에서 시인은 "검은 구두 발자국"을 보고, 간밤에 울렸던 "超人鐘 소리"를 들으며, "회오리바람 흔적"까지 읽어낸다. 이 날카로운 통찰이 지난 밤의 공포를 그대로 되살려내고 있다.

많은 사람들이 알고 있는 분단과 식민지적 현실을 다양한 시형식으로 변주해가며 새로운 각성을 불러일으키는 시들도 있다. 「헬리콥터」 「서빙고를 지나며」 「찔레꽃 피는 봄날」 「한계령을 넘으며」 「목놓아 부르던 그 만세소리, 함성으로」 등. 이 가운데 100행이 넘는 맨 뒤의 시는 어머니의 영전에 분단현실의 아픔을 절절하게 고(告)하고 있다면, 「방짜유기」는 통일에 대한 열망과 그 방법론까지 방짜유기의 제작과정에 농밀하게 응축하고 있다. 분단의 아픔이 강하게 의식될수록 통일에 대한 열망이 커질 수밖에 없다는 점에서 위의 두 시는 상호보족적이다. 그러나 앞의 시가 이미 존재하는 조건을 전제로 하는 데 반해 뒤의 시는 아직 존재하지 않은 것에 대한 열망을 담아내는 것인 만큼 시적 형상화에 더 큰 어려움이 따를 수밖에 없다. 이런 점에서 「방짜유기」가 시적 성공을 거두고 있다는 사실은 결코 범상한 일이 아니다. 게다가 이 시는 통일을 노래한 그 어떤 시들보다 울림이 깊고 넓다.

　현실의식이 강한 시들은 상상(想像, imagination)작용의 반동적 역행을 감행한다. 인식론적 맥락에서 '상상'이란 잡다한 감각적 소재들을 하나의 종합판단으로 만들어가는 의식과정이다. 이런 점에서 볼 때 사회의식과 같은 복합적 판단은 인식과정의 마지막 단계에 속한다. 그런데 개별적 사물들이 하나의 의식이나 관념으로 추상(抽象)되는 과정에서 그 개체적 특성들은 모두 사상(捨象)되어버린다. 이런 과정을 통해 형성된 관념은 분해될 수 없는 것이기에 인식과정의 역행은 불가능하다. 그러나 진정한 시인들은 하나의 보편의식을 개별적 사물의 특수성에 오롯이 옮겨옴으로써 관념에 생동하는 힘을 부여한다. 그들은 메마른 관념의 가지에 싹을 틔우고, 꽃을 피우며, 열매를 맺게 한다. 그러므로 시인의 꽃과 나무는 그 생물학적 특성을 통해 보편적 의미를 전달하는 새로운 창조물이다. 사회적 불평등이나 착취와 같은 진부한 관념들에 새로운 느낌과 생명을 부여한 다음의 두 시는 이러한 창조물로서 가장 빼어난 사례가 될 만하다. 숙명으로 받아들일 수밖에 없는 가난과 착취의 메커니즘을 다룬 「개미」에서 시인은 개미의 잘록한 허리와 목의 생김새를 허리띠 졸라매는 배고픔의 이미지로, 여왕개미의 살진 모습을 착취자의 이미지로 절묘하게 활용하고 있다. 김명수의 시로서는 드물게도 산문시 형식을 취하고 있는 「賦稅」는 불평등한 세금제도를 키큰 사람과 키작은 사람이 "막대기에 짐 하나를 꿰어 같이 어깨에 메고" 비탈길을 오르는 모습에 고스란히 옮겨놓는 데 성공하고 있다.

　김명수의 시에 우의(寓意)적 표현이 많은 것은 시인의 시대가 가공할 만한 폭력을 내장하고 있다는 사실과 무관하지 않다. 작은 생명체들을 통해 크고 복잡한 현실을 간결하게 보여주는 우의적 표현들 가운데 가장 재미있게 읽히는 것은 「두더지의 앞발」이다. "낙화생 밭을 갈아엎다가" 보고 놀란 "아주 억세고 커다"란 두더지의 앞발에서 북두갈고리 같은 농사꾼의 손이 절로 떠오른다. 김명수의 시세계에는 후기로 갈수록 점차 건강한 농민의 이미지는 약화되거나 소멸하고, 빈민들의 척박하고 외로운 삶의 모습이 많아진다. 이들은 전체 역사를 통해 계급적 규정만 달라졌을 뿐 어느 때인들 풍족하고 마음 편하게 살아본 적이 없다. 이러한 민중상은 이미지를 바꿔가면서 김명수의 후기시들에까지 줄기차게 이어지고 있다. 낙석에 치여 절름발이가 된 후 "찬비 서리 막아줄 지붕조차" 없는 삶을 살아가는 광부(「無蓋車」), 초로의 나이에 병든 아내를 "비탈진 산언덕 단칸방"에 두고 길거리에 나앉아 점괘를 보아주는 사내(「새점」), 방세가 오를 때마다 이사를 해야 하는 서울의 빈민들(「이사철」), 사십 넘은 나이에 한 평짜리 알루미늄 집에 들어앉아 구두를 수선하는 사내(「어느 날」), 설빔으로도 감출 수 없는 남루를 드러내며 버스 안에 앉아 있는 가족(「신년 일기」), 아직 젊은 나이에 농토와 집을 잃고 눈빛이 풀려버린 허름한 사내(「행려인」), 건축 중인 우뚝한 빌딩 뒤편 구석에 "폐자재로 지어놓은 야방고"에 깊이 잠들어 있는 인부(「야방고」) 등등. 그리고 시인은 이처럼 어렵게 살아가는 모든 사람들의 "곤궁한 세월"을 "길가 덤불 속에/모여 웅크린 작은 박새들"의 모습 속에 오롯이 모아놓고 있다(「박새들」). 이 시는 선택의 여지가 극히 좁은 곤궁한 사람들의 삶의 조건을 하나의 시각적 영상으로 포착하고 있다.

「야간근무자」는 얼핏 보면 앞의 시들과 유사하지만, 시인의 속셈은 좀더 복잡해서 '근대'라는 문명사적 시간대에 놓여 있는 인간의 존재론적 조건과 고독을 냉정하게 드러내고 있다. 야간근무자는 흰 벽으로 차단된 공간에 갇혀 있고, 밖에는 비가 내린다. 안과 밖을 이어줄 만한 사물은 전화선뿐인데, 그것은 '심해' 즉 무의식세계로 뻗어 있다('심해'는 물론 비내리는 바깥세상 즉 갇혀 있는 '그'가 몸담을 수 없는 공간을 의미할 수도 있다). 전화의 벨소리는 무의식의 신호음이다. 첫번째 전화가 걸려왔을 때 그의 머릿속에 단속적으로 떠오른 것들은 지워버릴 수 없는 과거의 편린들이다. 그는 생각 속에서조차 백색의 공간에서 탈출하지 못한다. 결국 그가 보는 것은 "홀로 있는 자기 자신"일 뿐이다. 두번째 전화가 걸려왔을 때 그의 머릿속으로 지나가는 기차, "흰 벌판으로 아득히 사라지는/아스라한 기차" 그리고 "귓전을 맴"도는 "기적소리"는 무엇일까? 이것도 기억의 편린으로 보아도 좋은 것인가? 이런 의문의 실마리는 색깔의 대비에서 풀릴 듯도 하다. 앞에서 꿈결엔 듯 본 풍선의 색깔은 빨강이었고, 뒤에서 그의 머릿속을 지나가는 기차는 "흰 벌판으로 아득히 사라지는' 것이었다. 빨강을 피 즉 생명의 이미지로, 흰빛을 죽음 또는 상실과 이별의 이미지로 볼 수 있다면, "흰 벌판으로 사라지는/아스라한 기차"는 문명에 대한 은유로 읽어도 좋은 것이 아닐까. 그러나 '아득히'라는 부사와 '아스라한'이란 형용사는 멀어져가는 대상에 대한 그리움의 정서를 불러일으키는 낱말들이 아닌가! 그렇다면 그는 저만 홀로 달려가버리는 문명이라는 기차를 아쉬워하고 있는 것일까? 그럴지도 모른다. 그러나 그 기차가 기적소리만 남겨놓고 고향으로 달려가는 것이라 해도 이 시의 울림은 크

게 달라지지 않는다. 그는 문명 속에 고립된 인간의 조건을 눈이 시릴
만큼 명징하게 드러내고 있으니까.

(김명수 시선집, 『보석에게』, 1996, 문학사상사)

아상(我相) 없는 세계의 존재와 허무
— 고형렬의 장편산문 『은빛 물고기』

1

시인의 여행은 동해로 가는 기차에서 시작되어 서울로 향하는 비행기에서 마무리된다. 그는 어머니의 고향인 삼척 오십천과 자신이 유년 시절을 보낸 양양 남대천을 찾아갔다가 현재의 삶의 터전으로 되돌아오는 것이다. 그러나 그가 타는 기차나 비행기는 이 시대를 사는 사람이면 누구나 이용할 수 있는 여행의 기호이자 그 역시 육신을 가진 이 세상 사람임을 암시할 따름이다. 그는 어느새 이 문명의 수단들을 한 장의 소지(燒紙)처럼 날려버리고, 매우 느리지만 나로서는 도저히 따라잡을 수 없는 눈부신 속도—사실은 속도가 전혀 느껴지지 않는 바닷물의 흐름을 따라—로 연어떼와 함께 깊은 산골을 떠나 베링해까지 되돌아오는 장장 3,200킬로미터가 넘는 생명의 대회유(大回遊)를 감행하는 이 세상의 단 한 사람이 된다.

이 '큰 글'—분량만이 아니라 사유의 폭에서도 우주적인 글—은 연어와 그 종(種)을 이루어낸 대자연, 그리고 그들의 무대에 뛰어들어 비극적 색채를 풀어놓는 인간을 하나의 생명현상으로 품어안고 있다. 시인의 눈길은 지구라는 떠돌이별의 바깥에서, 새롭게 나타나는 것들과 사라져가는 것들의 움직임으로 소란스러운, 그러나 오직 '나'만이 존재하지 않는 세계를 바라보듯 아상을 벗어나 있다. 그것은 동해에서 솟아오르는 태양의 빛다발이 처음 가닿는 것처럼 산천초목을 비추고, 모든 생명체들의 세포 속 미토콘드리아까지 적셔주는 물기처럼 만상에 스며든다. 그는 무심한 몸짓으로 광대무변한 세계를 소요하고, 산과 바다와 거기에 깃들인 생명들은 그의 언어를 빌려 자신들의 존재와 허무를 드러낸다.

그의 언어에서는 수천년 동안 축적되어온 불교적 지혜가 번득이기도 하고, 쓸모 없음의 쓸모를 설파한 장자적 사유도 짚여온다. 그러나 그의 말들은 인도로 가는 사람들의 뒷모습에 서려 있는 죽음의 그림자나 둔주의 기미를 내비치지 않는다. 고전적 언어와 사유가 그 자신의 속깊은 체험과 폭넓은 해석, 그리고 무엇보다 섬세한 감각을 통해 새로운 생명과 의미로 거듭나고 있기 때문이다. 그는 세상에 이미 존재하는 낱말들로는 가닿을 수 없는 느낌을 드러내기 위해 '육락(肉樂)'이나 '혼자소년'과 같은 낱말들을 새로 지어내기도 한다. 아상을 떨쳐버린 그의 시선은 연어의 영혼에 깃들이기도 하고, 유년 시절의 그 '혼자소년'의 몸속으로 들어가기도 하고, 그의 어머니의 소녀시절의 마음속으로 스며들기도 한다. 그의 '나'(주체)는 끝없이 잘게 나뉘기도 하고 우주적 크기로 뭉치기도 한다. 그의 자재로움은 나의 경직된 언어에 포착되기를 허락하지 않는다. 그러니 이 글의 상당 부분은 나의 언어가 아니라 그의 언어로 씌어질 수밖에 없다.

2

시인의 첫 발길은 산골의 외딴집에 이른다. 거기에 살고 있는 노인은 옛날 인적이 드문 그곳까지 올라온 연어를 잡았었다. 그는 "한 채의 귀처럼" 열려 있는 그 집으로 "관음의 끝없는 자장가" 같은 자연의 소리들을 듣는다. 그리고 잠시 '물의 고통'을 모르는 사람들을 생각한다. 그는 어느덧 그 물길을 따라 연어 무리를 벗삼고 뭇 생명들이 깃들인 드넓은 세상으로 나아간다. 이때부터 '은빛 물고기'는 생명현상 일반의 대표기호가 된다. 그렇다고 해서 연어의 개별적 구체성이 소멸하는 것은 아니다. 시인은 연어와 관련된 거의 모든 정보를 놓치지 않는다. 맑은 물이 흐르는 강돌들 사이의 알들에서 꼬물꼬물 깨어난 앨러번(alevin)이 프라이, 파르, 스몰트를 거쳐 북태평양을 되돌아오는 새먼(salmon)으로 성장해가는 과정, 그 생기 넘치던 잭(jack)이 백자를 쏟아낸 후 남루한 몰골의 켈트(kelt)가 되어 떠내려가는 한 생애가 펼쳐지고; 30종이나 되는 연어들의 종류·기원·분포·역사·대회유로 등이 소상하게 드러나고 있으며; 먹이, 수온 물의 종류 등 연어라는 생명체와 인연을 맺고 있는 모든 물질적 순혼에 대한 세밀한 탐색이 이루어지고 있다. 그러나, 이 모든 정보들은 그 자체로서 생경하게 드러나는 것이 아니라 저자의 시적 감수성과 상상력을 통해 생물계와 무생물계, 그것들을 포함한 지구와 태양, 나아가 무량한 우주와 직접·간접으로 연관된다.

이 장엄한 세계의 중심에는 영겁회귀하는 생명현상이 존재한다. '은빛'은 대양을 헤엄쳐가는 연어의 생명이 가장 약동할 때의 빛깔이면서, 한 생명체가 이 세상에 첫 인연을 가지고 나타날 때의 가장 눈부신 빛깔의 은유이다. '생명'에 관한 시인의 서술은, 하나의 문장조차도, 한 생명이 태어나서 종생(終生)을 맞이할 때까지 겪어내는 모든 과정과 그것을 지배하는 법(法)을 동시에 함축하는 경우가 많다. 그러므로 이 방대한 산문은, 거대한 흐름으로서의 '생명'에 대한 다양하고 풍요로운 변주라고 할 수 있다.

이 시인의 글 속에서 삼라만상은 서로를 반영하는 거울이며, 서로의 몸을 공유하며 변화를 거듭한다. 그가 말하는 '생명'은 사물들 사이의 무한한 은유로써 풍요로워진다. 그의 주제와 변주를 통해 드러나는 생명은 가없는 우주 속에서 자재롭게 겹치고 흩어지며, 이곳에 없으면 그곳에 있고, 그곳에 없으면 이곳에서 약동한다. 그러기에 생명은 한두 마디로 설명될 수 없는 것이지만, 시인의 말로써 간결하게 함축된 두 가지 예만을 음미해보자.

모든 생명들은 여행이고 떠다니는 몸이다.

생명들은 자신들의 이름으로 일생을 헤매는 길 자체이다.

모든 생명들은 몸을 가진다. 그런데 몸은 "죽음의 열쇠이고 죽음은 문 바깥의 세상이다." 몸은 생성과 소멸 사이에서 한 순간도 멈추지 않고 변화를 거듭하며 흘러간다. 그러기에 그것은 '길'로 표현된다. 그것은 생과 사를 내포한 인연의 고리들이다. '생명'은 죽음을 통해 반조되거나 '식사'나 '짝짓기'와 같은 현상을 통해 간접 조명된다.

이 책에서 가장 감동적인 '즐거운 식사시간'은 몸을 가진 모든 생명체들이 다른 생명체를 먹는 일의 의미를 아름다운 자연현상으로 나타내고 있다. 시인이 생각하는 '식사'는 "지극히 거대하고 미세한 윤회"이며, 단순한 먹고 먹힘이 아니라 생명체들이 서로 베푸는 '헌신'이다. 그러기에 식사는 끔찍스러운 살생의 죄의식을 벗어버리고 눈부신 아름다움의 이미지를 얻는다. "생명은 생명을 식사한다. 다도해의 두꺼운 유자나뭇잎처럼, 모산에서 자란 주목의 가지를 스치고 사라지는 원시의 햇살처럼, 영아의 눈동자 속에서 수정체를 움직이는 어머니의 얼처럼." 이처럼 먹는 행위는 일방적이거나 따로 존재하는 것이 아니라 우주적 존재가 다 함께 참여하는 '보시 행위' 또는 '자비'이다.

생명은 먹기만 하는 것이 아니라 놀면서 즐긴다. "놀이는 곧 생명의 생활이고 몸의 즐거움이다. 살아 있는 것들의 '열반'이다." '몸의 즐거움'은 생명 그 자체의 "반짝임과 머무르지 않고 함께 움직이는 모든 생명들의 흐름이며 생멸이다. (⋯) 나는 그들의 세포마다 불을 켠 신비를 바라보며 그것들 모두가 일순에 꺼질 수도 있다는 것을 느낀다. 그것은 또 다른 제행무상의 법이고 손끝 하나 건드릴 수 없는 아름다움이며 생명 자체가 지닌 절대적인 애상이며 즐거움이다."

그러나 시인이 생각하는 놀이는 '유희'와는 다르다. 그것은 우주적 생성과 소멸 사이에서 움직이는 모든 현상들이 서정적 자아의 내면에서 일으키는 파장들이거나 그 움직임들 자체이다. 바닷물과 하늘과 태양, 달과 바람과 별, 나무와 오솔길과 바위, 풀과 벌레와 짐승들이 그의 맑은 눈동자와 의식 속에서 '놀고' 있는 것이다. 그가 어머니의 뱃속에 "태아로 있으면서 어머니의 피와 생각과 의식과 함께 놀고" 있었을 때처럼. 그러기에 생명이 끝나도 놀이는 끝나지 않는다. 죽음도 그 놀이의 한 자락을 감당하는 또 다른 놀이이다. 이 거대한 놀이의 윤회속에서 죽음은 생명의 드러남에 이바지한다. 그리고 죽음은 다시 다른 생명으로 옮아간다. 그리하여 죽어서 이곳에 없는 연어들도 어느덧 "생사의 순환을 거쳐 어떤 길로 돌아오고 있다."

그 길 위에서 마지막 생명들의 꿈들은 만상의 종자가 숨어 있는 아뢰야(ālaya, 藏)를 부수고 있다. 그러나 그들은 오랜 세월을 거쳐 돌아왔기 때문에 물이 넘치는 둑과 같다.

모든 생명은 자신의 몸을 다른 몸에 남기고 사라진다. 다른 자신의 몸을 보는 경우도 있지만, 못 보는 경우가 허다하다. 연어들은 자신의 몸과 자신의 몸을 준 몸을 서로 마주보지 못한다. 이 끝없는 생명의 반복인 무명과 보시는 인연이고, 그 인연은 세상의 찬란한 허상이다.

생명은 사라지고 나타나지만 낡지 않고 허무하다. 아이들은 빛이고 살림이고 인연이고 후생의 울타리이다. 그들은 완전하게 목숨을 다 사용함으로써 죽음에 다다른다. 그리고 손에 쥘 수 있는 것은 아무것도 없는, 작고 귀여운 '열반'이다.

생명들은 그 깨달음만을 가지고 간다. 아니 깨닫고 그 깨달음을 놓는다. 그는 떠나고 깨달음만 저쪽에 한 그루 나무처럼 남는다.

해는 세월을 맛있게 먹고 세월은 사람들을 맛있게 먹는다. 세월을 먹어주는 해가 아름답고 사람을 먹어주는 세월이 아름답다. 우리는 해와 세월을 먹으며 그 속으로 사라진다.

한 생명의 종언은 다른 생명의 시원이다. 그곳은 말로 다가갈 수 있는 거리와 공간과 시간이 아니다. 몸으로 가야 하는 곳이다.

위의 예문들이 보여주듯이, 이 큰 글의 주제인 '생명'의 가장 풍요로운 변주는 '죽음'으로써 이루어지고 있다. 시인은 연어가 귀환하는 늦가을의 세찬 바람 속에서 생명이 교체되는 소리를 듣는다. 그는 북태평양에서 남쪽으로 무리 지어 내려오는 그들, 강돌밭에 알을 슬고 나면 버려진 빗자루처럼 누더기가 되어버리는 그들의 돌아옴을 "새로운 탄생으로 향하는 귀향"이라고 말한다. 그에게 죽음은 생명들이 맞이하는 큰 '잔치'이다. 그의 뇌리에서 죽음은 늘 탄생과 맞물려 있다.

이 맞물림의 경계들 가운데 하나가 짝짓기이다. "그 행위는 죽음과 탄생의 시작이다." 시인은 그 이상한 몸짓들—아가미를 벌럭거리면서 숨이 막히는 듯 몸부림치고, 근육이 부풀고, 몸이 뒤틀리고, 배가 터질 듯 팽팽해지고, 소리치며 무엇인가를 쏟아내고, 고통 속에서 온몸의 살과 눈꺼풀이 경련을 일으키는—을 그 어떤 소설 속의 사랑 행위보다 실감 있게 그려나간다. 이 감동적인 묘사는 결국 늙음과 죽음에 관한 서술로 교체된다. "연어라고 이름하는 그들의 몸은 우리에게 흔들림과 형상의 뜻을 주고 간 모든 나무들의 나뭇잎과 같은 존재들이다. 그들은 사라짐으로써 존재한다." 그는 허무를 얻지 않고는 도달할 수 없는 해탈을 연어들의 한 생에서 발견한다. 마침내 그는 조용히 부르짖는다. "그들의 생 앞에 항복할 수밖에 없다."

시인은 죽음의 이미지를 북태평양의 유빙에서도 발견한다. "물 위에 떠 있는 자신의 얼굴을 신비스러운 태곳적 수면에 조용히 비추고 정지해 있는 반영의 모습은 존재의 극치이며 진정한 죽음의 실체 같다." 그러나 그는 이처럼 아름다운 죽음의 이미지로 이 큰 글을 마무리하지 않는다.

그의 이야기는 지구의 심장인 남극의 주극류로 이어진다. 바다의 모든 물들이 그곳으로 되돌아와서 새로운 물로 거듭나는 그 장엄한 순환의 드라마를 이해하고 나서, 우리는 동해의 밑을 흐르는 해류가 남극에서 태어난 지 대략 2000년 만에 햇빛에 드러나고 있음을 알게 된다. 이 무시무시한 저속(低速)은 덧없어 보이는 생명들, 기러기·연어·인간들이 어디론가 귀향하는 모습을 떠올려준다. 그리고 이러한 바다를 품어안고 있는 지구조차 어디론가 귀환하고 있음을 알아차리게 된다.

3

육안으로는 볼 수 없는 세포에서 "소멸과 생성 사이에서 반짝이는 요란하고 화려하고 허무한 빛"을 보고, 한 그루의 나무에서 "고결하고 맑은 영혼"을 읽어내며, 봄빛을 받고 깨어지는 얼음들에서 "신의 육성"을 듣는 시인의 감성이 빚어낸 이 아름다운 책은 읽을수록 오묘한 맛을 내는 대자연의 경전이다. 이 경전의 글귀들은 때때로 '나' 없음의 쓸쓸함을 내비치지만, 그것은 오히려 무엇으로도 존재할 수 있는 '진아'를 보여주기 위함이다. 이 책은 인간을 대륙에 사는 '범죄자들'로 암시하기도 하지만, 그것은 과학이라는 미명 아래 생명계를 부단히 교란하는 행위들에 대한 부정적 이미지일 따름이다. 인간을 사랑하지 않는 사람이 자연의 아름다움을 이처럼 빼어나게 그려낼 수는 없다. 인간중심적 가치관을 가차없이 벗어버리고도 이 시인은 인간혐오

(misanthropy)에 걸려들기에는 너무도 따뜻한 천성을 지니고 있다.

시인은 이 책이 '소용 없는' 것이기를 바란다. 그러나 그는 이미 '소용 없음'의 쓸모를 누구보다 잘 알고 있다. 그는 환경문제나 윤리적인 서술을 거의 하지 않았지만, 이 책을 읽그 우리 몸 속 체액의 흐름에서 주극류를 느끼거나 잠에서 깨어나면서 문득 대자연의 맥박을 느끼게 된 사람은 더 이상 사냥터나 낚시터로 가지 못할 것이다. 이 책의 쓸모 없음은 바로 이런 것이다.

이 책의 집필에 걸린 10년이란 세월은 그의 언어가 흘러가는 속도를 바닷물의 그것에 맞추기 위한 것이 아니었을까? 이 놀라운 '느림'의 책은 과속에 들뜬 영혼들에게 진정한 안식을 되찾아줄 수 있을 것이다. 그러나 그것은 쓰임 속에서만 살아온 사람들에게는 아찔한 추락처럼 느껴질지도 모르겠다.

(고형렬, 『은빛 물고기』, 1999, 한울)

제6부 소설집 · 장편소설 해설

일상의 구체성과 시대의식

— 이대환의 소설집 『생선 창자 속으로 들어간 시』

나는 한동안 이대환에 대한 미안한 감정에서 헤어나지 못했던 적이 있다. 그의 작품집 『조그만 깃발 하나』는 90년대에 들어서면서 문단에 새바람을 일으킨 소설들에 일말의 불안감을 느끼고 있던 내게 우리 소설에 대한 희망을 새롭게 일깨워주었는데, 이 작품집 이전에 이미 장편소설을 두 편이나 써낸 그의 작품으로 내가 읽은 것은 중편소설 「鐵의 혀」밖에 없었기 때문이다. 나의 게으름 탓으로 이대환이란 작가를 뒤늦게 알게 되었다는 자책감에 빠졌던 것이다.

90년대 전반기에 문단을 떠들썩하게 한 소설들의 '새로움'은 전시대 소설들에 대한 반동에서 싹튼 것이었다. 80년대의 민중소설이 일정한 폐쇄성으로 인해 세계사적 흐름에 둔감했거나 주체중심적 사고로 인해 이질적 집단과의 관계설정에 실패했다면, 90년대 소설의 발전은 무엇보다 새롭게 열린 세계사적 인식을 가지고 이질적 집단과의 대화적 자세를 통해 이루어져야 마땅한 것이었다. 이러한 발전방향은 다양한 요소들의 무한한 조합가능성을 지닌 스설의 본질을 마음껏 펼쳐보는 계기로 활용될 수도 있었다. 그러나 어떤 분야의 발전이든 순리대로만 이루어지는 것은 아닌지라, 90년대 소설들의 '새로움'은 역사적 단절로 인한 시간적 폐쇄성과 개인의 단자화로 인한 공간적 폐쇄성을 보임으로써 오히려 이러한 발전방향에 역행하고 있었다. 이러한 현상은 타자들간의 '관용으로 이루어진 상상의 세계'로서의 '소설의 지혜' (밀란 쿤데라)를 저버렸을 뿐만 아니라 '인간과 시간과의 가능한 관계들을 실험하는 커다란 실험실' 또는 '3인칭 자아인식의 우위' (폴 리쾨르)를 스스로 포기한 것이었다. '새로운' 소설들은 대체로 집단적 주체성에 짓눌린 개인을 복권한다는 핑계로 과거의 운동방식에 대한 그릇된 '반성'을 일삼거나 개인사적 삶의 내력을 무절제하게 토로하는 경향성을 띠었다. 그리하여 과거의 집단적 사고에서 화려하게 탈주하는 모습은 보여주었으나 새로운 삶의 양상을 창조하는 방향으로는 나아가지 못했다. 그들의 미시적 관점은 삶의 세목에서 여전히 존재하는 정치적 폭력성을 포착하기보다는 사적인 욕망의 미세한 결들을 그려내는 데 그치고 말았다. 그런 까닭에 그들의 반성적 몸짓은 자아도취가 되었고, 자신만의 밀실에서 비극적 주인공의 모습을 외롭게 연기해 보여주었을 따름이다.

이러한 부정적 흐름이 나로 하여금 『조그만 깃발 하나』에 특별한 관심을 갖게 하였다. 이대환의 소설들은 앞선 시대의 토양에 튼튼히 뿌리내리고 있다. 이대환이 보여준 시대적 차별성은 그 자신이 앞서 나간 데서 이루어졌다기보다는 다른 작가들이 성급하게 '소설의 지혜'를 저버린 데에서 빚어진 것이었다. 『조그만 깃발 하나』에 실려 있는 작품들은 80년대 소설의 맥을 흐트러짐 없이 이어오면서도 90년대의 새로운 상황에 대한 인식을 담아내고 있었다. 이 작품집은 특히 80년대의 민중소설들이 드러낸 일상과의 단절 또는 집단적 주체의 폐쇄성을 극복하려는 의지를 분명히 보여주었고, 또 그만한 성과를 이루어내기도 했다. 말하자면 시공간적으로 폭넓어진 시각을 가지고 운동권에 속한 인물들에게도 객관적 조명을 가함으로써 반성의 근거가 확실히 드러나게 되었고, 그것을 토대로 발전된 시대인식의 내용이 삶의 공간에서 구체화되었던 것이다.

이번에 나오게 된 『생선 창자 속으로 들어간 시』는 앞의 작품집에 나오는 인물들이 보여준 '긴 모색'의 실체가 무엇이었는지 가늠케 한다. 그것은 과거와 같은 집단적 투쟁이 어려워진 상황에서 일상에 스며들어 있는 정치적 폭력성을 날카롭게 포착하는 일에서 시작된다. 다소 무리하게 일반화하자면, 이전의 작품들이 이미 주어진 사회적 문제를 집단적 주체의 구성을 통해 해결하는 과정을 따라간다면 이번의 소설들은 일상에서 마주치는 사건들을 통해 문제적 상황이 서서히 드러나면서 그것에 대한 주인공의 새로운 각성과 태도의 재정립으로 나아가고 있다. 이것은 문제의 비약적 해결보다는 '문민시대'라는 허울 뒤에 여전히 문제적 상황이 도사리고 있다는 사실을 드러내는 데 초점이 맞춰져 있다는 것을 의미한다. 말하자면 변혁 주체의 시각이 약화된 대신 삶의 다양성이 좀더 폭넓게 수용되어 소설공간이 일상에 좀더 가까워짐으로써 대중적 공감의 가능성이 그만큼 커진 것이다.

아마도 이러한 변모를 가장 뚜렷이 보여주는 작품이 표제작으로 선택된 「생선 창자 속으로 들어간 시」일 것이다. 이 소설은 이전 작품집의 주류를 이루고 있는 노동소설의 연장선에 놓일 수 있지만 딱히 노동소설이라 부를 수는 없다. 노동조건의 변혁에 초점이 맞추어졌다기보다는 주인공의 삶의 내력에 포함된 다채로운 경험적 요소들에 '시란 무엇인가' 하는 근원적 질문이 끈질기게 따라붙고 있기 때문이다. 이 소설은 '선생님'이라 불리는 사람에게 자기고백을 하는 일종의 독백체 소설형식을 취하고 있지만, 주제는 상당히 중층성을 띠고 있다.

그런데 요즘 세상에 처음 만난 사람에게 인생을 고백한다는 게 가능한 일일까? 이대환은 이런 의문을 의식한 듯, 그 나름의 소설적 장치를 해두고 있다. 끝부분에서 밝혀지지만, '선생님'은 초등학교 다니는 화자의 아들 민규의 담임선생이다. 생선장사를 하는 부모를 가진 민규는 생선 비린내가 난다고 놀려댄 녀석의 코피를 내주었고, 담임선생은 이 사건을 처리하기 위해 '나'를 찾아온 것이다. 술잔을 앞에 두고 마주앉은 이들은 노동운동과 전교조 활동으로 인한 해직경험을 공유하고 있다. 시인이 생선장사를 한다는 게 범상치 않은 것이라면, 그런 인생에 대한 '선생님'의 궁금증도 이해될 만하다. 게다가 알코올 기운이 '나'를 부추기고 있기도 하다.

산골에서 자라 고등학교를 졸업하고 군복무를 마친 '나' 김홍백은 고향에 돌아온 후에도 고교시절부터 앓아온 문학병에서 헤어나지 못하던 중 스물다섯의 나이에 용케도 바닷가에 있는 직장을 얻게 되어 고향을 떠난다. 탈황제를 만들어 철강회사에 납품하는 기업체의 총무부 말단 사원이 된 '나'는 시를 버리고 고분고분하게 일한 덕분에 1986년 봄 계장으로 승진한다. 그러나 '나'는 이미 1년 전부터 남몰래 시를 다시 쓰기 시작했고, 노동문제를 다룬 책들도 열심히 읽었다. 순도가 떨어지는 원료로 탈황제를 만드는 그 회사는 철강회사 원료검사팀이 오면 순도 높은 원료 탱크를 보여준다. '나'는, 이런 사실을 알면서도 눈감아준 대가로 그들의 통장에 월급보다 많은 액수를 거의 매달 입금해준다. '나'는 계장이 되던 해 진보적 문학지에 시를 발표하게 되면서

'시인' 칭호를 얻는다. 노조결성을 막아야 할 처지에 있으면서도 '나'는 문서작성 등으로 노조를 도왔던 일이 들통나 한적한 시골에 있는 제2공장으로 강등, 좌천된다. 1987년 말 야권의 분열에 실망한 후 평범한 가장으로 돌아오지만 노조원 세 명이 해고되자 '나'는 「저질 생석회와 상납」이라는 유인물을 만들게 되고, 그 일로 인해 명예훼손 죄로 고발되어 40일간 철창신세를 진다. 해고된 후 농촌 일꾼으로 품을 팔고 송이버섯 지키는 일까지 하다가 처제의 알선으로 다른 회사에 취직하지만, '나'는 기관의 방해로 한 달 만에 해고되고 만다. 문민시대에도 '노사평화'를 위해 '위험인물들'이 철저히 관리되고 있었던 것이다. '나'는 결국 집을 판 돈으로 열 평짜리 생선좌판을 마련하고 생선 배따는 일류 기술자가 되기에 이른다. 장사를 시작한 직후 '나'는 시한 편을 쓴 후 시작(詩作)을 중단한다. 아버지가 시인이라는 사실을 밝히면 아들이 아버지에 대한 긍지를 갖게 될 것이라는 선생님의 권유에, '나'는 "시를 써서 먹고 살지 않으니 시인이 곧 나의 직업은 아니"라고 말한다. 그러나 '나'는 "생선 창자 속으로 들어간 나의 시"가 "죽은 고기의 창자들과 함께/폐기물더미 속에 파묻히는 한낮/ (…) 썩은 창자의 무덤을 뚫고 올라와/내 젊은날의 혀처럼 붉게 피어나는" 날을 기다리고 있다.

이 소설의 주인공은 자신의 삶의 내력을 줄기차게 엮어내고 있지만, 결코 사적인 소설은 아니다. '나'의 삶이 시대적 변화와 노동현실에 밀착되어 있기 때문이다. 이 소설은 또한 삶과 문학의 관계를 노동하는 사람의 인생내력을 통해 끈질기게 추적하고 있으며, 끝부분에 이르러 그것을 마침내 한 편의 시로써 명징하게 형상화하고 있다. 이처럼 삶의 중층적 구조를 놓치지 않았기 때문에 이 작품은 사소설로의 전락을 모면할 수 있었다. '나'는 시와 진실한 삶 사이의 변증법적 긴장을 유지하며 해고와 같은 사회적 사형선고에도 좌절하거나 굴복하지 않고 삶의 중심에 굳게 뿌리내리는 모습을 보여준다. 이런 점에서 '나'에게 시는 문학의 한 갈래이기보다는 삶의 진정성을 확인시켜주는 일종의 지표로 작용하고 있다. 그러므로 「생선 창자 속으로 들어간 시」는 '문민시대'에 대한 단순한 고발로 읽히기보다는 노동현실에서 소외된 채 굴절과 변신을 '새로움'으로 치장하는 이 시대 지식인들에 대한 질타로 읽힐 수도 있다. 이대환은 삶 속에서 노동의 피와 땀이 썩어―성경에 나오는 '밀알'의 비유처럼―새로운 생명으로 거듭나는 데에서 문학의 진경이 피어난다는 고전적 진리를 우리 시대의 현실 속에서 변주해 보여주고 있는 것이다.

모두 여덟 편의 중·단편이 실려 있는 이 소설집의 맨 앞에 놓인 중편소설 「슬로우 불릿」은 현재뿐만 아니라 미래까지 관통할 수밖에 없는 문제적 과거를 고통스럽게 증언하고 있다. 이 작품에는 베트남전쟁에서 미군에게 화학병 교육을 받고 고엽제와 씨에스파우더를 다루었던 김익수와 그의 아내 숙희, 그리고 두 아들이 나온다. 20여 년째 화학무기의 후유증을 앓고 있는 익수는 10년 전부터는 뻐꾸기가 우는 계절이 오면 피를 토하며 빈사상태가 되는 고통을 연중행사처럼 치르고 있다. 바다에서 물질을 하고 통조림 공장에서 일하며 가족의 생계를 꾸려가는 숙희는 남편을 '밥벌레'라고 한 자신의 말에 극심한 죄책감을 느끼고 있다. 그녀는 텔레비전 기자가 들이댄 마이크 앞에서 "목숨만 붙어 있다뿐이지 해골 아닌교! 산송장이시더, 산송장! 밥벌레시더, 밥벌레! 죽음도 무섭다고 비케가는 밥벌레, 우리는 너무 억울하니더"라고 울분을 토로했던 것이다. 숙희는 물론 자기 남편과 같은 처지에 놓여 있는 사람들의 비참한 삶을 간절히 전하려다 보니 그렇게 되었지만, 한번도 남편을 원망해본 적이 없는 자신도 그만큼 지쳐 있었다는 사실을 인정하게 되면서 부정을 저지른 아내처럼 가책을 느낀다. 후유증의 유전으로 하반신이 마비되어 있는 큰아들 영호는 아버지를 심리적으로 교묘하게 자극하며 아버지가 앰뷸런스에 실려가고 없는 밤 손목의 동맥을 끊게 되고, 사타구니에 습진과 같은 증세가 나타나기 시작한 작은아들 영섭은 그의 가족이 텔레비전 뉴스에 나오고 나서 여자친구에게 절교를 당한다.

서서히, 그러나 피할 수 없는 파멸을 가져오고야 말기에 '느린 총알'로 불리는 화학무기의 후유증은 당사자의 2세들에게도 치명적일 수 있다는 사실은 최근의 한 보도에서도 확인된 바 있으며, 세상일에 웬만큼 관심이 있는 사람이라면 누구나 알고 있는 소재이다. 그러나 이 작품이 우리에게 한 가닥의 양심적 가책까지 불러일으키는 것은 인물들의 마음속에 서린 그늘과 가족간의 미묘한 심리적 갈등까지 그려낸 작가의 통찰력에서 비롯되고 있다. 이대환은 피해자들의 절망감을 발산포의 장화같이 생긴 지세와 칠흑 같은 어두움으로 상징하기도 하고, 뻐꾸기 울음소리가 들리는 초여름의 그 생동하는 자연과의 대비 속에서 죽음을 치러낼 수밖에 없는 사람의 고통을 음각하기도 하고, 자기 때문에 하반신 불수가 된 아들의 항문에 호스를 꽂고 관장을 해주는 아버지의 참담한 자괴감을 냉정한 시선으로 드러내는가 하면, 아버지가 피를 토하게 될 시기에 맞춰 기도원에서 집으로 돌아온 큰아들의 미묘한 웃음과 달관한 듯한 말투를 통해 자신의 죽음을 예비하는 청년의 심리까지 섬세하게 드러내고 있다. 그리하여 이 작품은 남의 나라의 전쟁에 동원되었던 한 인간이 서서히 파괴되어가는 과정과 그 가족들 역시 그에 못지않은 고통을 짊어질 수밖에 없는 사실이 과장 없이 무서울 만큼 적나라하게 드러남으로써 사회적 고발 이상의 의미를 구축하고 있다. 이 소설의 무거움은 가벼운 의식이 시대정신이 되다시피 한 요즈음 세상에 암류하고 있는 역사적 비극성을 섬뜩하게 드러내고 있다.

이대환은 앞에서 본 「생선 창자 속으로 들어간 시」를 포함한 여섯 편의 소설들에, 일련번호가 붙은 '우리들의 문민시대'라는 부제를 달아놓았다. 그러나 이 소설들은 모두 독립적인 소재와 색다른 문제의식을 담고 있다. 이 시리즈에는 선생님의 시각으로 우리의 교육현실을 다룬 소설이 두 편, 대학생 시절에 잠시 학생운동에 가담했던 일 때문에 젊은 직장여성이 옥살이를 하게 되는 이야기, 운동권에서 자신의 명망성을 구축한 후 문민시대 권력층과의 친분을 이용하여 각종 이권에 손을 대며 살아가는 인물을 풍자적으로 그린 작품, 명예퇴직을 당한 중년사내가 개인택시 운전사가 되었다가 교통사고로 목숨을 잃게 된 이야기 등이 실려 있다. 이처럼 다양한 소재를 다루고 있으면서도 동일한 부제를 달고 있는 까닭은 지난 시대에 못지않게 음성적으로 관리되고 있는 '문민시대'의 다양한 삶의 현실을 담아내기 위한 소설적 전략으로 보인다. 그러기에 이 시리즈에서 우리는 우리가 몸담고 있는 지금 이곳의 삶의 조건들을 하나하나 진지하게 음미할 수 있는 기회를 얻게 된다. 이 시리즈는 1년에 20조 원에 달하는 천문학적인 비용이 사교육비로 탕진되는 사회의 '교육적' 빈곤, 과거의 운동경력이 아직도 원죄적으로 작용하는 노동현실, '명예퇴직'이라는 미명하에 오늘의 경제적 성장을 일궈낸 일꾼들을 무차별적으로 쫓아낼 수 있게 한 기업중심적 사고와 정책, '김현철 사건'으로 폭발적으로 드러난 바와 같은 권력형 비리 등을 전형적으로 그려내고 있는 것이다. '문민시대' 시리즈에 포함되지 않은 「행복한 중년부부」 역시 '팔아야 산다' 는 그 나름의 진리를 터득한 중년여인이 삶의 중요한 가치를 상실해가는 과정을 통해 이 시대 삶의 한 단면을 잔잔하게 그려내고 있다.

위에서 간단히 살펴보았듯이, 『생선 창자 속으로 들어간 시』에 실린 작품들은 한두 가지 주제로 묶어서 논하기 어려울 만큼 다양한 소재들을 망라하고 있다. 이 작품들에서는 한결같이 시대적 현실과 고통에 밀착해 있는 작가의 긴장된 시선과 삶에 대한 폭넓은 통찰이 감지된다. 그러나 이 작품집에 실려 있는 세 편의 독백체 소설들은 그 나름의 장점 못지않게 그러한 서술방식 자체가 지닌 약점 즉 시각의 편재성에서 오는 단조로움을 완전히 벗어버리지는 못하고 있다. 그것은 한마디로 '3인칭 자아인식' 의 공간으로서의 소설적 본성을 벗어난 데에서 빚어지고 있다. 그렇다면 이대환은 왜 이러한 형식을 새롭게 도입한 것일까? 그것은 아마도 한 개인의 운명이 시대의 변화에 따라 어떻게 달라질 수 있는지를 집약적으로 보여주면서 우리의 본성에 도사리고 있는 인생론적 관심에 좀더 가까이 다가가기 위한 것일 터이다. 그러나 만에 하나, 『조그만 깃발 하나』의 해설에서 방민호가 "기존의 진보적 소설이 갖고 있던 주제 및 소재의 한정성과 시야의 협소함을 극복하고자" "이야기로서의, 개인의 내력으로서의 소설을 추구하는 것"을 긍정적으로 서술한 사실과 연관된 것이라면, 독백체 형식은 이대환이 앞으로 쓰게 될 소설들에 부정적 영향을 줄 가능성도 안고 있다. 방민호가 말한 '이야기'는 한 사람의 화자가 자신의 삶의 내력을 일방적으로 엮어내는 것이 아니라 모든 개인에게는 그 나름의 삶의 내력에 따른 평균화될 수 없는 개인적 특성이 존재한다는 리얼리즘적 관점을 지적한 것일 뿐이다.

'이야기성'은 90년대의 '새로운' 소설들이 한결같이 빠져들고 있는 서사적 구조의 결핍과 대비되는 관점에서 강조되는 개념이기도 하다. 그것은 또한 '억압된 개인'의 복권이 잘못 이해되어 모든 개인의 욕망과 취향이 등가적으로 나열되는 무정부주의적 소설공간으로 나아가는 경향에 대한 비판적 의미를 함축하고 있다. 그러므로 이야기성에 대한 강조는 소설의 대화적 특성, 즉 다양한 인물과 행동방식의 길항작용에서 역동적으로 열릴 수 있는 새로운 삶의 양식의 가능성에 부정적으로 작용하는 것은 아니다. 그것은 오히려 다양한 인격들이 생동하는 소설 공간 속에서 집단적 주체성이 형성될 수 있고, 그것을 바탕으로 이미 낡아버려 인간을 억압할 수밖에 없어진 이념과 제도의 틀을 돌파하려는 진보적 의미를 함축하는 것으로 이해되어야 한다.

물론 이대환이 이번 소설집에서 보여준 독백체 소설의 화자들은 개인의 사적 영역에 폐쇄적으로 고립된 사람들이 아니다. 그러나 이러한 형식으로 인해 개인적 특수성이 강화된 대신 집단적 주체의 형성을 통해 변혁을 이룰 수 있는 가능성에 어떤 장애요인이 발생할 가능성을 무시할 수는 없다. 그런 의미에서 「슬로우 불릿」의 경우처럼 개개인의 특수한 감정과 시각들이 끈질기게 추구되어야 하며, 이러한 원리는 동질적 집단 내부의 다양성뿐만 아니라 이질적 집단들 사이의 갈등과 긴장관계의 천착에까지 확대적용되어야 한다.

(『생선 창자 속으로 들어간 시』, 1997, 실천문학사)

부박한 삶을 비쳐보는 거울

— 우애령의 소설집 『당진 김씨』

우애령의 두 장편소설 가운데 뒤에 나온 『행방』의 마지막 소제목은 '귀향'이다. 근대적 삶의 특성이 도시화에 따른 이농현상으로 지적되거나 '고향상실' 또는 "그대 다시는 고향에 돌아가지 못하리"라는 다소 비감어린 말들로 표출되어온 것을 떠올리면, '귀향'이란 말은 이제 너무 낡아서 낯설어 보이기까지 한다. 그러나 이 작가가 마음에 두고 있는 것은 젊어서 넓은 세상을 떠돌다가 노년의 몸을 이끌고 고향으로 돌아가는 이의 낭만과 모험이 깃든 삶의 귀결과는 거리가 멀다. 『갇혀 있는 뜰』의 명회나 『행방』의 준서가 조국을 떠났던 것은 분단으로 찢긴 가족과 정상적인 자기실현이 불가능한 조건에서 이루어졌기에, 이들은 끈질기게 따라붙는 뿌리깊은 상실감을 떨쳐버릴 수 없었다. 특히, 준서의 떠남과 돌아옴 사이에는 월북 화가인 아버지의 선택과 자신의 삶에 대한 치열한 성찰이 있었다. 그러니 준서의 귀향은 운명과 맞서면서 화해해가는 자의 진지한 모색과 결단의 귀결이다.

그러므로 '귀향'이라는 은유에 담긴 고향은 태어나서 자란 곳이 아니라 새로운 삶의 터전으로 선택된 것이다. 이러한 선택의 연장선상에 놓일 수 있는 「당진 김씨」 연작들의 무대는 이 작가가 나서 자란 서울이 아니라 당진에서 가까운 농촌이다. 그러나 이곳 사람들에게 이 마을은 스스로 선택된 것이라기보다는 운명적으로 주어진 세계이다. 그래서 이 소설집에 담긴 연작들의 무대는 삶과 말이 한데 어우러진 유기적인 생활공간이다. 이 마을은 농촌 특유의 생활양식과 농민적 사고방식을 한눈에 들여다볼 수 있을 만큼 작고 오붓해서 민족지(民族誌)의 대상으로 맞춤해 보이기도 한다. 그러나 우애령의 시선은 고향을 새롭게 발견한 이의 긴장감을 유지하면서도 이 마을 사람들을 객체화하지 않을 만큼은 따뜻하다. 이러한 시선은 아마도 긍정-부정, 부정-긍정을 넘나들며 더 나은 삶의 가능성을 열어가고자 하는 마음에서 비롯되었을 것이다. 그러기에 그의 비판적 관심에는 날카로운 서슬보다는 깊은 애정이 배어 있다.

농촌은 더딘 변화로 인한 삶의 관행이 지배적인 사회이다. 그래서 도회지 같은 데에서 낯선 사람이 들어오면, 우리 몸속의 항체처럼 반응한다. 『당진 김씨』의 「자두」에서 박씨네가 김씨의 새마누라에게 보이는 태도가 그러하다. 김씨네가 죽은 지 열 달 만에 김씨가 재취하자 마을 부인네들은 쑥덕거리고, 박씨네와 천씨네는 분개한다. 박씨네는 심지어 김씨의 재취 처가 데려온 낯선 개에게까지 심사가 뒤틀린다. "이 동리메께는 그런 종자가 없는디 으디서 독이 올러두 참 많이 올런 개 걸구먼유." 그리고 중매를 섰던 작가 심선생에게도 한마디 내뱉는다. "글만 잘 쓰시는 줄 알았더니 끼일 데 아닌 중신두 여벌나게 스시느면유." 그러나 인간은 항체가 아니기에 삶을 공유하면서 갈등의 모서리는 무디어지고 이해의 폭은 넓어진다. 박씨네는 김씨의 새마누라와 말할 기회가 늘어가면서 "제법 괜찮은 사람을 공연스리 미워했다는 자책감"을 느끼게 되고, 박씨네가 감싸던서 동네사람들의 눈길도 부드러워진다. 김씨의 새마누라도 점차 농촌생활에 익숙해져간다.

이 소설집에 담긴 연작단편들은 극적인 사건들보다는 농촌생활의 구조적 관행과 전통적 사고방식의 자장 안에서 일어나는 일상사에 초점을 맞추고 있다. 전통적 관행은 장구한 시간 속에서 형성된 것이기에 그것대로 당연시되지만, 그 틀 속에는 해방되지 못한 욕망이 도사리고 있거나 치명적인 독이 서려 있다. 그리고 독소는 대체로 여성의 몸속에 둥지를 튼다. 예컨대, 「당진 김씨」의 김씨네가 남편보다 먼저 저세상으로 떠난 것은 젊은 시절 부부간의 다툼 끝에 남편이 "생기기도 못생겨가지고"라고 내뱉은 말 한마디가 응어리져 20여 년간 암으로까지 발전한 탓이다. 그러나 김씨의 입에서 튀어나온 그 말에도 무너진 꿈의 상처가 엉겨붙어 있다. "전쟁통에 고아가 되어 큰집에서 얹혀서 자란 김씨는 어머니나 누이의 애틋한 손길을 받지 못해서 그랬던지 얼른 돈을 벌어 예쁘고 다정한 각시와 사는 것이 꿈이었다." 그러나 스무 살이 넘어서면서 그는 꿈과 현실의 괴리를 느끼고 "예쁜 각시는 돈 많고 배운 것 많은 도시사람들에게나 합당한 것"이라는 생각에 이르게 된다. 친구 덕칠과는 달리 그는 어느 계절에나 "따뜻한 삶의 온기"를 주는 땅을 저버릴 수도 없었다. "예쁜 각시는 고사하고 여자라는 걸 보듬고 자보기도 다 틀렸"다고 체념할 무렵 인물은 없지만 튼튼하고 마음씨 무던한 김씨네를 얻게 된 것이었다. 부지런하고 남편을 "영등같이 받드는" 김씨네를 두고 "마누라 하나는 잘 얻었다"는 소문이 자자했지만, 정작 김씨는 '속 모르넌 소리덜 허지 마시유……' 하며 살아오다가 '못생겼다'는 말을 터뜨리게 되었던 것이다. 20여 년간 몸을 아끼지 않고 일만 해오던 김씨네가 말기 위암의 진단을 받고 수술실로 들어가면서 젊은 시절 못이 박힌 그 말 한마디에 대한 대답이다. "더 늦기 전에 이쁜 각시 얻어 조금이라두 재미있게 살아봐유." 김씨는 뒤늦게나마 "마누라를 살뜰하고 따뜻하게" 대해준 적이 없음을 후회하면서도 속으로 이렇게 뇌어본다. "다덜 그렇기 사는디 무얼…… 나만 그런감……"

이런 부부관계라면 김씨가 속으로 뇌어본 것처럼 일반적인 수준을 넘어선 것은 아니다. 그러나 「학자」의 경우는 매우 유별나다. 『논어』 『주역』『삼국유사』 등 동양고전을 끼고 살다시피 하는 김주사는 하늘의 이치나 인간의 도리를 입에 달고 살다시피 하는 사람이다. 그는 자연현상인 '가뭄'까지도 "시상이 이토록 어지러우니 하늘도 노염을 타신" 것으로 해석한다. 이런 남편을 김주사네는 한평생 하늘처럼 섬겨왔지만, 오줌소태가 나 몸을 움직이기 어려워지자 "손이 북두갈고리가 되게 살아온" 한평생을 억울하게 생각한다. 마을사람들도 한때는 김주사가 동네를 빛낼 터전이라도 닦을 것으로 기대했으나 텔레비전이 들어오면서부터는 "방귀 새는 핫바지 정도로밖에" 여기지 않았고, "시대가 악할 때는 기(氣)와 이(理)를 인간이 지배하고 조종하려구" 든다거나 "근래 들어 사람덜이 여간 불경해"지지 않았다거나 하는 말들도 이제는 "파계한 중의 헛염불 정도로밖에" 듣지 않았다. 이 동네에 들어와 글을 쓰는 심선생은 그에게서 마지막 선비정신을 보았지만, 그의 아내는 '농자천하지대본'을 입버릇처럼 말하면서도 손에 흙을 묻히지 않는 남편을 더 이상 존중하지 않는다. 어느 날 고담준론을 설파하는 김주사의 말을 듣고 있던 심선생은 병든 몸으로 고생하는 김주사네를 떠올리며 불쑥 말을 꺼냈다.

"할머니 안색이 몹시 안 좋으시던데요. 근력도 달려 보이시고요."

김주사는 원대한 세상이치를 전파하던 말이 중간에 끊겨 좀 언짢은 기색이었다.

"그 사램이 원래 진득허니 한자리에 붙어 있들 못허구 이일 저일 좀 나대는 편이여."

"제가 보기에는 일이 워낙 많아서 한자리에 붙어 있을 틈이 없어 보이던데요."

김주사는 깊은 한숨을 내쉬었다.

"그 사램이 원래 교장선생님 따님이구 집안이 학자 집안이었지. 내 그 점이 마음에 들어 다른 조건을 다 접어두구 그 사램을 받아들였거든. 그런데 살다보니까 학문허구는 워낙 거리가 먼 사람이구…… 아무리 여자라지만 도무지 깊은 이치를 따져볼 생각이 읍는 사램이라…… 고생두 많았지만 워낙 나허구는 이상이 맞지를 못했지유."(「학자」,『당진 김씨』, 139면)

김씨가 아내의 못생김을 타박한 것이나 김주사가 학문적 이상이 맞지 않다고 푸념하는 것은 근본적으로는 자신들이 몸담고 살아가는 시대와 농촌현실을 깊이 이해하지 못한 데에서 비롯된 것이지만, 남성중심적 가치관이 오롯이 보존되고 있는 농촌의 현실에서 보면 그다지 이상한 현상이 아니다. 이런 측면에서 보면, 이들도 얼마간은 피해자적 위치에 놓일 수도 있다. 이 두 농촌 남성들은 한평생 다른 여성에게 눈길을 한번 주거나 도시의 부박한 삶을 선망한 적이 없다. 김씨는 군청 말단직원인 아들이 가게라도 냈으면 좋겠다고 운을 떼자 "도대체 제 손으로 하루종일 돈을 만지고 돈 소리 절렁절렁 내고 다니던 놈덜 중에 혼백이 지대루 백인 눔은 별반 본 일이 읎으니께…… 그렇게 헹펜이 어려우면 아주 군청 일을 작파허구 들어와 농사짓구 함께 사는 것이여" 하고 말한다. 그런가 하면 김주사는 군자는 어려움을 겪어도 사리에 어긋나는 일은 하지 않는다는 일념으로 한평생을 숨은 학자 노릇을 해왔다. 이들의 관념이나 신념이 시대에 뒤떨어진 것은 분명하지만, 거기에는 우리가 선뜻 부정하기 어려운 무게와 자긍심이 서려 있다. 그리고 걸핏하면 아내를 두들겨패는 「대화」의 정씨에게서 보이듯 자신들의 그릇된 신념을 깨우칠 수 있는 계기만 주어진다면 얼마든지 달라질 수 있는 가능성을 엿보이고 있다. 그러기에 이들의 인간적 자긍심은 부박한 도시적 삶을 비쳐볼 수 있는 거울이 되기에 부족함이 없다.

그러나 관행과 신념이 지배하는 농촌에도 거스를 수 없는 변화의 물결이 밀어닥치고 때로는 보존되어야 할 소중한 가치들이 농락당한다. 이들에게 텔레비전은 제3세계의 오지에 스며드는 선교사들의 힘보다 강력하다. 멀지 않은 곳에 아파트가 들어서고, 다방·음식점·러브호텔이 두팔을 벌리고 이들을 유혹한다. 그리고 이 모든 유혹의 매개는 돈이다.

돈 앞에서는 효심도 빛을 잃고 변색된다. 「수의」에서 박씨네는 죽을 때를 놓치고 "내려야 할 정거장을 잊어버린 시골 처녀처럼 갈 바를 모르고 공중에 붕 떠버"렸던 어머니의 말년과 슬픔이 증발해버린 장례를 떠올리며 가슴아파한다. 박씨네 어머니 서산댁은 땅 판 돈 때문에 두 아들 사이에서 마음고생을 했고, 상처한 큰아들 대신 둘째아들 집에 말년을 의탁했다. 중환자실에서 퇴원하는 어머니를 보고 못마땅한 표정을 지었던 둘째올케에게 시어머니의 죽음은 그다지 슬퍼 보이지 않는다. 이런 모습들에 뒤틀린 박씨네의 심사는 주로 마음속의 독백으로만 표출된다. 박씨네는 근엄한 표정으로 효도를 강조하는 남정네들을 떠올리며 '효도라는 것두 다 여자들 등 후려가믄서 허는 게지, 지덜이 밥 한 끄니를 따뜻이 지어바치기를 하느, 오줌똥 수발을 한번이라두 들어보길 허나' 하고 속으로 구시렁거린다. 남정네들이 말하는 "효도라는 것이 이십사시간 부려먹을 여자들이 있으니까 허는 소리덜"이라는 것이다. 그녀는 결국 '효도라는 게 증말루 이즘 시상에도 할 수 있는 건지……' 깊은 회의에 빠지게 되고, 자기 대에는 차라리 법이 바뀌어 고려장을 해야 한다는 극단적인 생각까지 해본다.

사랑도 돈 앞에서는 놀림감이 되어버린다. 「첫사랑」에서 고씨는 마음에 두고 있는 다방 아가씨를 두고 "티켓인가 먼가 사믄 그냥 따라와서 그러구저러구 허는 여자덜이여" 하는 말이 나오자 자신이 모욕당한 듯 펄쩍 뛸 만큼 어리석고도 순진한 사람이다. 그는 초원다방 미스 서에게 빠져 자신의 생계수단인 트랙터까지 날려버리지만, 정작 그 자신은 미스 서와 진실한 사랑을 나누었다고 생각한다. 그러나 "……지가 첫사랑의 남자허구 똑같이 생겼대드먼유." "……우린 진정으루다가 …… 사랑했어유" 하며 목이 겪겪 메는 고씨를 누군들 비웃을 수 있을까. 그런가 하면, 이장으로 마을사람들의 신망을 얻기도 했던 「문지기」의 최씨는 아내의 만류를 무릅쓰고 아파트 경비로 나선다. 고정수입으로 목돈을 마련하여 농협의 빚도 갚고 자식의 혼사도 치를 셈이었다. 그러나 경비일과 농사일로 몸이 망가지고, 마을에서 일어난 절도사건이 경비를 잘못 서서 일어났다고 하여 경비일도 더 이상 할 수 없게 되어버린다. 잃어버린 것은 돌절구와 소여물통이었는데, 김주사네 마나님인 할머니 말에 의하면 한 주일 전에 능사꾼 티를 채 덜 벗은 낯선 사내 둘이 나타나 50만 원에 팔라고 흥정을 했던 물건들이었다. 최씨의 항변에 부딪히자 화가 난 할머니의 푸념 섞인 닦달은 이 동네에 밀어닥친 변화에 대한 구세대의 반응을 그대로 요약하고 있다.

> "하이고, 이눔의 아빠또 들어스더니만 동네 인심이 사납기가 무섭네 그려. 아, 워디다 두 눈을 똑바로 뜨는가 말이여, 시방. 마을 문턱 산모통이에 이따위 산떠미 겉은 집을 지어놓고 인심을 사납게 할 량이면 여기 지키는 사람이 바루 마을 문지기여야 허는 거 아닌가 말이여. (…) 아빠똔가 세빠똔가를 지어놓은 댐부터 온갖 인종덜이 여기저기 마을 안을 기웃거리구 다녀두 워디 가서 하소연할 데두 읎으니까 이런 일두 생기는 게 아닌가 말이여. 그럼 그눔의 소여물통은 송아지 시집갈 때 혼수루 쓸라구 소란 눔이 감추었다는 거여, 뭐여. 어디 설명을 한번 해보라니께." (「문지기」, 『당진 김씨』, 113면)

이러한 변화의 물결에도 불구하고 이 마을은 곳곳에 그 나름의 정체성을 보존해가게 하는 항체들을 지니고 있다. 그것은 농민적 감수성 또는 순결한 인간성이다. 이러한 정신성은 때로는 타지에서 들어온 낯선 사람들에게 텃세로 작용하기도 하지만, 「당진 김씨」, 「자두」, 「귀가」로 이어지는 김씨 일가의 변화만 보더라도 김씨의 새마누라는 점차 농촌생활에 적응을 해가게 되고, 아버지가 재취한 후 발길을 끊었던 자식들도 새어머니와 화해를 이루어가는 쪽으로 작용하고 있는 것이다. 그러나 이 마을에서 가장 건강한 농민정신을 이어가고 있는 사람은 「가로등」의 박씨이다. 그는 담뱃잎을 따며 흐뭇해하는 아내에게 "목돈을 좀 만져볼 수 있으니께 담배농사를 짓기는 하지만 담배라는 게 사실 사램 몸에 좋은 것두 아니잖여" 하고 말할 만큼의 심성을 지니고 있다. 그는 김씨가 밤길을 무서워하는 새마누라를 위해 군청에 힘을 써서 어렵사리 동네 안에 세울 수 있도록 한 가로등을 김씨가 없는 사이에 마을 초입의 개울가에 세우게 한다. "사램이구 짐생이구 간에 밤이 되면 엎어져 자야" 하니까. 그러니, 김씨가 원래 세우려던 곳으로 가로등을 옮겨보려고 동네사람들의 연명으로 군청에 탄원서를 제출하려 하지만, 그는 막무가내로 반대한다. 이런 박씨가 김씨의 눈에는 "소죽은 귀신"으로 보일 수밖에 없다. 이장이 마련한 화해의 술자리에서 어색한 김에 만취해버린 박씨는 이렇게 횡설수설한다. " 미안해유, 다덜…… 촌눔 곁에 사는 바람에 밝은 꼴 못 보게 해서 미안허게들 됐시유. 허지만 말유. …… 난 곡석덜이 자석덜 매한가지유. 고것들이 자구깨는 새새덕거리는 소리가 내 귀엔 들린단 말유. 아시겠슈?" 그리고는 귀가길에 전주를 어루만지며 선거가 끝날 때까지만 버텨보라고 중얼거린다.

이 마을에는 좀 모자라지만 아이 같은 천심으로 살다간 사람이 있었다. 「자전거」의 임씨가 그 사람이다. 그는 소학교 다니는 아들까지 두었지만 아이들과 놀기를 좋아했고, 자전거 타기를 유난히 좋아했다. 그러던 그가 자전거를 타고 산비탈을 쏜살같이 내달려 내려오다 트랙터에 치여 비명에 세상을 떠버렸다. 하나밖에 없는 아들을 잃고 곡기를 끊어버린 임씨의 노모는 트랙터 두 대를 번갈아 부리는 장씨 형제들로서는 도저히 들어줄 수 없는 액수의 위자료를 요구하여 당사자들 사이에 타협이 이루어지지 않았다. 노파가 무리한 요구를 한 것은 돈 때문이 아니었다. "내가 돈을 왕창 달라고 해서 그놈의 괴상한 요물단지를 팔아치우게 할려는 거여. 그걸 팔아야 돈이 나오겠지." 그러나 꿈

속에 금빛 자전거를 탄 아들을 본 노모는 "천심으로 살다간 아들"을 생각하여 장씨 형제의 뜻대로 합의를 해주겠다고 말한다. 이 노모가 말하는 '천심'은 티없이 맑은 아이들의 마음과 다른 것이 아닐 것이다. 박씨의 도저한 농민정신과 임씨의 '천심'이야말로 이 작은 농촌을 건강하게 지키는 가장 큰 힘일 것이다.

이렇게 우애령은 자신이 나고 자란 곳도 아닌 농촌마을 배경으로 도시인들의 부박한 삶을 비쳐볼 수 있는 맑은 거울을 우리 앞에 제시하는 데 성공했다. 그러나 이 소설집에 담긴 문학적 의미는 앞에서 살펴본 주제들을 효과적으로 드러낸 데에서만 끝나지 않는다. 농민들의 삶에서 잉태되어 장구한 세월을 그들과 함께해온 그들 특유의 언어가 자재롭게 구사되고 있는 것도 근간에는 쉽게 볼 수 없었던 문학적 성취임이 분명하다. 그들의 말에는 그들의 생각과 혼이 담겨 있어 그들의 삶과 따로 떼어놓을 수 없는 것이다. 그러니, 우리가 흔히들 농민 특유의 말을 토속이나 사투리 또는 방언이라 일컫는 것은 말에 대한 모독일 수밖에 없다. 우애령이 구사하는 농민적 속담이나 비유는 상투성의 때를 벗겨내기 위해 스스로 창작한 부분이 많아 보인다. 이러한 언어적 작업은 일찍이 이문구가 토착어법을 예술의 경지로까지 끌어올린 것을 연상시킨다. 다른 것이 있다면, 이문구가 언어의 유희적 속성까지 마음껏 풀어놓은 데 비해 우애령은 아직 탐구자적 진지성 때문인지 언어의 폭발적인 힘이 흘러넘치게 하는 경지까지는 나아가지 않고 있다는 점이다. 그러나 이런 점은 어디까지나 작가의 개성에 속하는 문제일 뿐이다.

(『당진 김씨』, 2001, 창작과비평사)

압축될 수 없는 삶의 시간
― 이해선의 소설집 『나팔꽃 담장 아래』

이해선의 소설집을 읽고 나니, 최근에 본 이란 영화 한 편이 떠오른다. 제목은 「바람이 우리를 데려다주리라」, 베니스영화제 심사위원상을 받은 작품이다.

노란 먼지를 일으키며 산길을 달리던 쾌건 한 대가 산골마을 초입에 멈춘다. 카메라의 눈이 뒤로 물러나면, 이 마을은 마치 거대한 바윗덩이들이 골짜기 아래로 굴러내리다가 목이 좁은 곳부터 하나씩 쌓여서 이루어진 듯한 모습을 드러낸다. 가까이 다가가면, 울타리도 없는 흙집들이 상하좌우로 뒤엉켜 있고, 사람들이 겨우 다닐 수 있는 골목들이 실핏줄처럼 얽혀 있다. 차에서 내린 사내는 안내하는 소년에게 마을사람들이 물어보면 자기들은 보물을 찾으러 왔다고만 말하라고 일러둔다. 벨소리가 들리고, 휴대폰을 꺼내든 사내는 잘 안 들리니까 끊지 말고 기다리라고 외치고, 활처럼 굽은 산길로 차를 몰아 언덕 위로 올라간다. 사내는 휴대폰에 대고 며칠만 더 기다려달라고 사정한다. 이런 일이 반복되면서 사내의 얼굴엔 초조한 기색이 역력해진다. 관객들은 그의 초조함이 최고령 할머니의 죽음과 관련이 있을 듯하다는 것만 어렴풋이 짐작한다. 마지막 장면에서 주인공은 새벽의 어두운 골목 길을 느리게 이동하는 장례행렬을 향해 카메라 셔터를 눌러댄다. 그제 서야 관객들은 이 사내가 최고령 할머니의 장례식을 찍으러 왔으며, 노파에게 약을 과다복용케 하여 죽음을 재촉했다는 것을 눈치채게 된 다. 청바지를 입은 이 도시 사내는 노파의 자연사를 기다릴 수 없었던 것이다.

높다란 절벽에 붙어 있는 벌집들처럼 그 마을은 자연의 한 부분처럼 보이고, 거기에 깃들인 사람들의 생활도 자연의 시공간 속에 놓여 있 는 듯하다. 이 영화는 산골마을의 시공간에 도시 지식인을 데려다놓고 압축할 수 없는 삶의 시간을 절묘하게 그려냈다. 서구의 근대화 물결 이 가장 뒤늦게 흘러든 이슬람 사회에도 도시와 시골 사이의 삶의 양 식에 건너뛰기 힘든 간극이 있으며, 그것은 무엇보다 시간의식에서 날 카롭게 대비된다. 농촌의 삶은 자연의 생성과 변화의 속도를 자연스럽 게 따라가고, 도시의 삶은 생산에 드는 시간을 최대한 단축하려는 강 박관념에 지배된다. 채플린의 「모던 타임즈」가 보여주듯이 도시의 삶 은 '시간기계' 또는 '시간표기계'의 톱니바퀴에 끼여서 돌아가고 있는 것이다. 그러기에 도시 사내가 산골에 사는 최고령 할머니의 장례식을 빨리 찍어가기 위해 살인까지 저지르는 일이 벌어질 수 있는 것이다. 도시의 지식인은 전통적인 삶의 가치를 인정하면서도 그것을 가능케 하는 속도의 느림은 용납하지 못한다. 이것이 근대적 지식인의 딜레마 이다.

이해선의 소설집에도 우리가 까마득히 잊어버렸거나 잊어가고 있는 자연적 삶의 리듬과 감각을 되살려주는 작품들이 있다. 「바람이 우리를 데려다주리라」가 롱테이크 기법과 반복되는 화면을 통해 압축될 수 없는 삶의 시간을 그려냈다면, 이해선의 소설들은 느리게 흐르는 노인의 의식과 섬세한 묘사를 통해 그러한 효과를 거두고 있다. 우리의 삶이 시간의 톱니바퀴에 끼인 채 상업적 이미지의 홍수에 휩쓸려가고 있다는 것을 생각하면, 과거의 시간 속으로 급속하게 사라져가고 있는 자연적 시공간에 대한 감각을 보존하거나 되살려내는 이 작가의 관심은 우리 시대가 안고 있는 근본적인 문제를 향해 뿌리를 뻗고 있는 셈이다.

이해선의 소설들 가운데 농촌을 배경으로 하는 「텃밭」이나 「대궐리의 여름」과 같은 작품에는 근대 또는 도시적 삶의 방식에 체질적 거부감을 드러내는 노인들이 등장한다. 생각이나 행동이 느리고 굼떠 보이는 이 노인들에게는 한생애를 다 살아버린 듯한 체념이 서려 있다. 그러나 도시적 생활방식에 대해서는 낯가림하는 아이들처럼 매우 민감한 반응을 보인다. 이러한 모습이 도시인들에게는 시대에 뒤떨어진 완고함으로 보일 수도 있지만, 거기에는 단순한 개인적 심리작용으로 치부해버릴 수 없는 중대한 의미가 깃들여 있다. 그것은 산업혁명 이후의 역사에서 가장 심대한 변화를 겪은 생활양식을 비판적으로 되새겨보게 하는 감각적 지표가 될 수 있기 때문이다. 이 노인들의 생활감각은 자연의 한 부분인 인간의 본성에 맞닿아 있는 것이다.

「텃밭」은 송영감이 자동차 소리에 놀라는 장면에서 시작된다.

뒤꼍에서 괭이를 찾아들던 송영감은 움찔했다. 담벼락을 치고 나가는 듯한 소리가 귓전을 때렸다. 안 그래도 허술한 담장 때문에 풀려가는 날씨가 살얼음 같던 참이었는데 거센 차 바퀴소리는 심장을

치는 듯했다. 송영감은 괭이 든 손을 얼른 담장 앞으로 뻗었다. 나자
빠질 듯이 벌어진 담장 사이로 흙먼지가 부옇게 밀어닥쳤다.

　젠장! 언놈이 차 있다고 유세 떠는 거여?

　아내를 여의고 대학까지 마친 아들을 도시에 빼앗겨버린 송영감의
모습은 허물어져가는 '담벼락' 처럼 스산하기 짝이 없다. 이렇게 송영
감과 '허술한 담장' 은 서로를 비쳐주는 거울인 동시에 그 허약하고 불
안한 존재로써 우리 농촌의 운명을 뼈아프게 은유한다. 극적인 사건이
나 걸쭉한 입담 없이 농촌의 일상을 담담하게 그려가면서도 이해선의
소설들은 섬세한 묘사에 순도 높은 은유를 함축함으로써 그 나름의 소
설미학을 높은 수준에서 유지한다. 이러한 은유에는 동질성과 이질성
이 함께 숨쉬고 있다. 이해선의 섬세한 묘사는 대상에 가능한 한 가까
이 다가가려는 의지를 품고 있다는 점에서 동질성을 지향하면서도 우
리의 일상적 통념에 균열을 가져오는 이질성을 함축한다. 앞의 인용문
에서 송영감이 자동차 바퀴의 진동음에 "괭이 든 손을 얼른 담장 앞으
로 뻗"는 조건반사적 반응은 요즘 사람들의 자동차에 대한 일상적 반
응과는 사뭇 다르다. 이러한 동질성과 이질성의 결합은 우리의 농촌사
회를 실제에 가깝게 보여주면서 동시에 그에 대한 반성의 꼬투리를 마
련하려는 면밀한 의도에서 이루어진 것이다. 이러한 묘사가 독자들에
게 불안감을 조성하면서 칠순을 넘긴 농부의 일상에 신선한 느낌을 가
지고 다가가게 한다.

　이처럼 이해선의 시선은 단선적이지 않으며, 적어도 두 갈래 방향의
길항작용을 통해 우리 시대의 삶에 대한 포괄적인 은유의 세계를 구축
해간다. 하나는 도시의 물질문명이나 생활방식에 대한 거부감으로 드

러나고, 다른 하나는 우리의 허물어져가는 근원적 삶의 감각을 되살려 주는 삶의 모습들로 드러난다. 후자는 일과 삶이 소외되기 이전의 분열 없는 의식의 흐름인데, 이것은 농촌의 삶에 대한 작가의 깊은 이해와 섬세한 묘사 능력 없이는 붙잡아낼 수 없는 것이다. 이러한 가닥을 온전히 추스려내기 위해 이해선은 느리게 흘러가는 노인들의 의식을 따라가면서, 그들의 삶과 일을 촘촘하게 그려간다. 이 노인들의 의식은 그들 자신이 살아온 내력을 되새김질하면서 우리의 변질된 생활감각을 되돌아보게 한다.

이른봄 텃밭에서 단단한 땅과 씨름하고 있는 송영감은 고생만 하다가 세상을 뜬 아내가 남긴 빈 자리를 낯설어하며 허허로운 뒷모습을 보이고 있다. 그는 한겨울 동안 아들의 아파트에서 살다가 설을 넘기기 무섭게 시골집으로 돌아오고 말았다. "아들의 문안 인사가 불편했고, 며느리의 보살핌도 시답지 않았다. 손주들 재롱보다 시골집이 그리웠고, 텃밭이 그리웠"던 것이다. 그는 시세보다 높은 가격을 주겠다는 땅을 팔지 않고 예전처럼 살아간다. 젊은 세대와 업자들에게 토지는 경제적 가치로만 평가되지만, 그에게는 양보할 수 없는 삶의 의미가 배어 있는 것이다. 그의 아버지는 땅을 사들이기 위해 15년이나 남의 집 마름 노릇을 했고, 천여 평의 임야를 개간해 다섯 마지기의 땅을 그들 형제에게 나눠주고 세상을 떴던 것이다. 두 형제는 아버지의 뜻에 따라 한평생을 농사에 몸바쳤지만, 장조카는 증조부의 피땀 어린 땅을 처분하겠다며 땅값 계산에만 마음이 쏠려 있다.

노인들은 젊은이들이 떠나버린 농촌에 단순히 남겨져 있는 존재들이 아니다. 그들은 뚜렷한 의식을 지니고 결코 포기할 수 없는 자신들만의 삶을 선택한 사람들이다. 이해선은 자연에 맞닿아 있는 그들의 풍요로운 삶의 감각과 의식을 빈틈없이 그려냄으로써 농촌소설의 새로운 경지를 열어 보인다. 특히 「대궐리 여름」은 일하는 손길과 의식이 함께 흘러가는 삶의 시간을 구김살 없이 풀어놓는 솜씨로 농촌 할머니의 삶을 오롯이 드러내면서 도시풍에 젖어 있는 우리의 의식을 깊숙이 파고든다. 이 소설에서 작가는 먼저 화수댁의 전통적 생활감각을 통해 도시 지식인의 유행풍조를 날카롭게 꼬집고 있다. 그녀의 큰아들 내외도 '우리 농산물 우리 농산물' 하는 유행을 따르며 어머니가 거둔 농작물들을 날라다먹으면서도, 시골의 살림살이들을 대하는 태도는 화수댁의 비윗장을 뒤집어놓는다.

마침 거실 진열장 앞에 아들내외가 서 있었다. 며느리는 무엇이 좋은지 연신 생글거렸다. 화수댁은 미처 그곳을 구경하지 못한 것이 생각나 바짝 다가갔다. 무슨 진귀한 물건이 또 있는가 싶어 양미간을 모으며 며느리가 손짓하는 유리장 안을 들여다보았다. 그러나 곧 한 발 물러나고 말았다. 거기에는 시골에서 가지고 온 온갖 잡상뱅이들이 잔뜩 들어 있는 것이었다. 화수댁은 그만 자신의 추레한 모습이 낱낱이 뒤집어 뵈는 것 같아 자개미가 움씰거렸다. 이렇게 잘나고 성공한 아들네가 왜 저 볼품없는 물건들을 끌어다놓고 들여다보기를 일삼는지 어이가 없었다. 더구나 시골생활을 모르는 며느리는 즈이 남편에게 이것저것 물어보며 재미있다는 듯이 생호들갑이었다. 화수댁은 은근히 이맛살이 찌푸려졌다. 즈이 시부모와 형제들이 얼마나 어려운 살림을 살아내며 쓰던 물건인데, 마치 먼 별세계 사람들이 쓰던 물건이라도 되는 것처럼 노리개쯤으로 대하는 것이 영 언짢았다. 더구나 너덜거리는 시룻밑을 현관벽 한 귀퉁이에 높이 걸어놓고, 그 위에 꽃을 한 웅큼 거꾸로 매달아놓은 것은 한층 가관이었다.

　애야, 이것은 저어기 부엌 한쪽에 걸어놓고 쓰는 거란다. 원 손님 드나드는 이 훤한 곳에 숭허게 걸어놓기는……

　그러나 며느리는 박장대소하며 즈이 신랑을 쿡쿡 찔러댔다.

　어머니 이거는요, 부엌에서 쓰려는 게 아니라 그냥 분위기 낼려고 걸어논 거예요. 멋으로요오.

　넘어갈 듯한 웃음소리와 함께 며느리 목소리는 한껏 뻗어 올라갔다. 화수댁은 그만 머쓱해서 슬그머니 고개를 돌렸다. 살똥스런 며느리 앞에서 괜한 싱겁을 떨었나 싶어 입맛이 썼다.(「대궐리의 여름」, 『나팔꽃 담장 아래』, 73~74면)

　시골의 어려운 삶이 짙게 배어 있는 살림살이들이 아파트 내부의 치장에 이용되고 있는 데에서 느끼는 화수댁의 이물감이 선연하다. 한평생을 농촌에서 살아온 할머니에게 모욕감으로 다가올 수도 있는 도시의 유행풍조가 불러일으키는 미묘한 심리적 반응을 포착해내는 이해선의 섬세한 감각은 '자개미'나 '시룻밑' '살똥스런'과 같은 우리말들과 적절히 어울려 화수댁의 마음자락을 실감있게 펼쳐 보인다. 이것만으로도 큰아들네 집에서 살 수 없는 화수댁의 심리적 배경은 충분히 드러난 셈이다. 화수댁은 그제서야 죽은 남편이 했던 말을 마음 깊이 되새겨보게 된다. "등 뜨숩고 배 부르자면 땅 파는 게 수여. 헐 일 없이 글줄이나 압네 하면서 사람노릇 못하는 게 하나 둘이 아니여." 이런 말을 하며 남편은 "문사니, 글구멍이니 하는 소리에만 미쳐 호미자루 한 번 잡아보지" 않았던 아버지를 원망스러워하기도 했고, 공부에 매달리는 큰아들을 눈밖에 두기도 했었다.

그러나 이 소설의 가장 큰 미덕은 삶과 일이 융화되어 있는 농촌의 일상을 섬세하게 그려낸 데 있다. '누렁이'에 대한 화수댁의 생각을 따라가고 있는 대목이나, 강낭콩 줄기를 헤치며 무디어진 손끝에 신경을 모으다가 지난날의 시어머니를 떠올리는 장면 등은 농촌에서 혼자 살아가는 할머니의 마음을 정겹게 떠올려준다.

화수댁은 주춤주춤 마루를 지나 봉당으로 내려섰다. (…) 대문 옆에 누워 있던 누렁이가 껑충 뛰어와 꼬리를 흔들었다.

"아이구 이눔아, 저리 비켜. 낫살도 모르고 촐랑거리기는."

화수댁은 손을 크게 내저었다. 그러나 누렁이는 한두 걸음 비켜서는 시늉만 하더니 다시 달겨들었다. 그리고는 냅다 신발코를 물고 저만치 도망갔다. 화수댁은 황급히 쫓아가 신발짝을 뺏어들고 누렁이의 등어리를 한 대 후려쳤다.

"이눔아, 신발짝 물어다가 너두 골동품 진열할래? 언제 씨레빠한 짝도 물어다가 감춰놓고는 이 고무신마저 물어가면 난 으떡하라구."

섣부른 장난질에 혼구멍이 난 누렁이는 금세 꼬리를 내려뜨리며 슬금슬금 피했다. 화수댁은 신발을 꿰면서 풀죽은 누렁이의 머리를 쓰다듬었다. 누렁이는 좋아라 길길이 뛰며 다시 꼬리를 세차게 흔들었다. 길게 늘어뜨린 혓바닥으로 화수댁의 주름진 손등을 할끔거렸다. 한 이태 밥얻어먹고 같이 살아왔다고 얻어맞은 것도 까맣게 잊고 이토록 반색하는 것일까.

"그려 이눔아, 네가 자식놈들보다 낫다. 죽겠다고 그놈들 키웠건만 어디 너만큼이나 에미 손등 한 번 쓰다듬어주겠나."

화수댁은 축축한 손등을 옆구리에 문지르며 짐짓 소리내어 말했다. 곧 누렁이의 찌그러진 밥그릇에 자반 토막을 넣고 물을 부어 불 위에 올려놓았다. 한창 아이들하고 식구가 여럿일 때는 식구들 식사가 끝난 뒤에나 겨우 남은 밥찌꺼기를 부어주는 게 예사였는데, 요새는 누렁이의 아침을 먼저 챙겼다. 말 못하는 짐승일지라도 눈에 띄기가 무섭게 쫓아와 반기는 것을 보면, 주고받는 정리가 그렇지 않다고 생각했다. (73~74면)

마당가 텃밭에 강낭콩 줄기가 너울너울 뻗어가고 있었다. 잎줄기가 제법 탐스럽게 뻗어나가는 것에 비해 콩꼬투리는 몇 개씩밖에 달리지 않았다. 제법 신실해 뵈는 것으로만 골라 잡는데, 속살이 채 반도 들지 않은 꼬투리들이 연거푸 나왔다.

엄니는 눈 어두우시면 그냥 놔두기나 하시지, 뭐 땜에 여물지도 않은 콩꼬투리는 죄 따느라고 저 야단이실까.

며느리 일손 덜어준다고 텃밭에 뭉개그 앉은 시어머니한테 통박을 주던 때가 엊그제 같았다. 시어머니를 밭둑 너머로 밀어내고 나면 밟힌 호박넝쿨, 꺾인 가짓대 때문에 천불이 났다. 나중에는 며느리 눈총을 피해 한밤중에 텃밭에 나가 잡다한 채소들을 제멋대로 뜯는 등 시어머니 저지레는 늘어만 갔다. 한여름을 망나니 짓으로 다 보내고 풋바심으로 차려낸 저녁상을 밀어내던 날 숨을 놓았던가. (84면)

「대궐리의 여름」에서 이해선의 부드럽고 섬세한 눈길은 농촌의 자연풍경이나 노동심리, 달라지는 세태 등을 섬세하게 그려가면서 까마득히 잊혀진 풍요로운 삶의 세계를 펼쳐 보인다. 그러나 작가는 이러한 세계와 사라져가는 자연적 정서에 대한 그리움만큼이나 농촌공동체에 대한 위기의식도 언뜻언뜻 내비친다. 농토를 돈으로 보는 사람들의 물신주의, 신토불이를 외치면서도 시골사람들의 손때 묻은 생활용구들을 실내장식용으로밖에 생각하지 않는 도시 지식인의 겉멋, 오토바이를 타고 농작물들을 훔쳐내는 젊은이들이 시골길을 누비는 세태 등에 걱정스러운 눈길을 보내고 있는 것이다.

그런가 하면, 이해선이 들여다본 농촌사회에는 전근대적인 가치관을 떨쳐버리지 못한 사람들이 여전히 존재하며, 이 때문에 지울 수 없는 상처와 아픔을 지니게 된 사람들이 등장한다. 이들의 상처는 주로 농촌의 가난과 남성중심적 가치관이 중첩된 데에서 비롯된 것이기에, 이들의 회상에는 체념의 그림자가 길게 드리워져 있다.

「엉겅퀴꽃」의 화자로 등장하는 남숙의 삶은 탈출에의 욕망과 뼈아픈 상실감으로 교직되어 있다. 방콕 주재 여행사 직원인 그녀는 오빠의 부고를 받고 귀국한다. 공항에서 고향까지 가는 동안 어머니, 오빠, 친구에 관한 기억들이 떠오른다. 남숙에게 "어머니는 언제나 심술궂은 팥쥐어멈 같았다." 작은 사업을 하는 아버지는 '남도여자'와 딴살림을 차려 집에 없었기에, 어머니의 영향력은 절대적일 수밖에 없었다. 어머니는 온갖 궂은일은 남숙에게 시키고, 공부의 기회와 온갖 좋은 것은 오빠에게 주었다. 고등학교에 진학하여 집을 벗어나는 것만이 중학시절의 유일한 꿈이었지만, "한 집에 한 인물만 나면 됐지, 어차피 남의 집 가서 애 낳구 솥뚜껑 운전하며 살 건데 없는 돈은 왜 처들이누?" 하는 어머니의 반대 때문에 그녀의 꿈은 산산조각이 나고 만다.

작가는 거미줄에 걸려 파닥거리는 날벌레의 몸부림에 남숙의 절망감을 투사하고 있다.

　엉겨붙은 닭털과 내장을 두엄더미에다 쏟는 동안 마당가 대싸리 나무가 바람에 흔들렸다. 그 사이로 치렁거리는 거미줄이 보였다. 거미줄에는 날벌레 하나가 걸려 있었다. 날벌레는 그곳을 빠져나오려고 버둥거리고 있었다. 그러나 한쪽 끝을 벗어나기가 무섭게 또 다른 줄이 날벌레의 몸을 에워쌌다. 몇 번이나 몸을 뒤채어도 날벌레는 거미줄을 빠져나오기는커녕 날개마저 찢긴 채 건들건들 매달려 있었다. 가당찮은 꿈이 계속되는 것을 바라보는 그녀 눈가가 시큰거렸다. (「엉경퀴꽃」, 『나팔꽃 담장 아래』, 166면)

　절망에 사로잡힌 남숙에게는 명화만이 크낙한 위안이었다. 아버지도 없는 명화네 모녀는 너무도 다정했고, 동화 속의 왕비와 공주처럼 보였다. 어머니가 감춰둔 돈을 들고 집을 나온 남숙은 명화의 자취방에 기거하며 명화의 '폭포처럼 쏟아지는' 웃음소리를 듣고 싶어 청소도 하고, 음식도 만들고, 발까지 씻어준다. 명화에게 쏠리는 남숙의 마음은 외로움과 절망감에서 피어난 것이기에, 절망의 색채가 어둡고 무거운 만큼 명화를 향한 사랑의 감각은 눈부실 만큼 밝고 싱싱하다.
　명화가 대학에 들어가기 일 년 전, 둔건릉에 놀러간 두 소녀의 행위에는 순수하고 원초적인 감각이 흘러넘친다.

　명화가 갑자기 돌아서서 어깨를 들먹였다. 그녀가 희망을 버리지 않는 것이 세상 무엇보다 값지다고 했다. 그녀는 오히려 명화의 따스함 때문에 힘이 난다고 했다. 누가 먼저랄 것 없이 와락 껴안았다. 격하게 부비는 볼 사이로 눈물이 번들거렸다. 이 세상 오직 하나의 끈을 놓지 않으려는 듯, 둘은 안고 또 안았다. 부둥켜안고 우는 사이로 웃음이 비집고 들어섰다. 까르르까르르ㅡ.

(⋯)

발바닥이 간지러웠고, 허리가, 가슴이, 목덜미가⋯⋯. 간지러움은 점점 몸속 깊이 파고들었다. 데굴데굴 데굴데굴. 둘은 웃음을 굴렸고, 간지러움을 굴렸다. 온몸을 구르던 그녀가 섯 웃음을 멈췄다. 어느새 능 아래 잡풀더미까지 와 있었다. 웃음을 토해내는 명화의 교복스커트가 아무렇게나 올라갔다. 그녀는 손을 뻗었다. 스커트를 끌어내리던 손이 넓적다리를 장난스레 꾹꾹 건드렸다. 명화가 더욱 자지러지게 몸을 비틀었다. 물 속인 양 발끝을 차기까지 했다. 명화의 넓적다리가 푸르르 떨었다. 넓적다리는 하얀 바다속 같았다. 혹하며 숨이 멈추는가 싶더니, 그녀의 손이 물풀처럼 미끄러졌다. 명화의 웃음이 순식간에 잦아들었다. 명화는 이내 고요한 바다처럼 새근거렸다. 가볍게 떠는 숨소리 너머에 숨죽이며 떠는 꽃 한송이가 있었다. 잡풀더미에서 자줏빛 엉겅퀴가 바람에 흔들렸다. 길게 뻗은 허리는 요염하기까지 했다. 명화는 눈을 감았다. 그녀도 눈을 감았다. 사랑이라는 말이 세상 처음으로 태어난다고 생각했다. 내가 너를 사랑할게. 나두 너를 사랑할게. 언제나 내 곁에 있어줘. (174~175면)

이해선의 소설들 어느곳에도 이만큼 육감적인 묘사는 없다. 세상에 태어난 이후 처음으로 '사랑'이란 감정을 지니게 되는 마음을 그려낸 이 장면은 단순히 낭만적인 아름다움을 드러내기 위한 것이 아니다.

이것은 남존여비 사상이 뼈에 사무치도록 강고한 어머니에게 천대받던 남숙에게는 절망감을 반조(返照)하기 위한 것이다. 남숙은 어머니 때문에 남성을 사랑할 수 없는 여인이 된 듯하다(어머니 문제를 의논하자며 오빠가 보낸 편지를 받은 날 환락가에 가서 "바아걸과 술을 마시며 광포하게 몸을 부볐다"고 회상하는 것을 보면, 그녀는 레즈비언이 되어 있는 듯하다). 절망의 잿빛에서 사랑의 보랏빛으로 옮아가던 남숙은 다시 절망의 구렁텅이로 떨어지게 된다. 대학생이 된 명화가 일류대에 들어간 오빠의 아이를 가진 것이다. 사랑하는 사람마저 오빠에게 빼앗겨버린 남숙은 그때의 절망감을 이렇게 회상한다. "상실이었고, 배신이었고, 끔찍한 착취였다. 이 땅에서 자기 몫은 없었다. 그녀는 방콕으로 편지를 띄웠다. 낯선 땅에서 죽도록 일에 매달리고 싶어요." 방콕에서 돌아온 남숙은 치매로 요양원에 있는 어머니를 찾아간다. 그녀를 본 어머니의 눈길은 구원을 청하는 듯했다. 허공을 헤매는 듯한 눈길로 어머니는 울부짖는다. "우리 애기, 우리 금자동이 어디 갔누? 허어……어." 남숙은 여행을 떠나듯 공항을 향한다.

외갓집, 특히 외할머니에 대한 회상을 담고 있는 「세마대」는 남성중심적 가치관에 지배되는 농촌사회를 배경으로 하고 있지만, 농촌의 살림살이보다는 왜곡된 혈연관계를 다루고 있다는 점에서 위의 소설과는 분위기가 사뭇 다르다. 이 소설의 화자인 용주는 외할머니가 댓돌에서 넘어져 병원으로 실려가셨다는 연락을 받고, 외가에 자주 다녔던 어린시절을 떠올린다. 외가에 가던 어느 날 어머니는 용주보다 나이가 어린 이모와 외삼촌의 이름을 부르지 말라고 당부했다. 살림이 넉넉했던 외가에 가면 맛있는 것도 많이 먹을 수 있어서 좋았다. 그러나 어머니의 서모(庶母)인 외할머니만 보면 몸이 얼어붙는 듯했다. "외할머니의 까랑까랑한 목소리가 살갗에 짝짝 달라붙는 듯했다"는 말의 어감에서 느껴지듯이 용주는 외할머니에 대해 뿌리깊은 이물감을 지니고 있었다.

어느 날 초등학교 2학년인 용주에게 중학교 1학년인 언니가 외가의 복잡한 가족관계를 설명해주었다.

> 기숙이 이모가 불쌍해. 이모 한 살 때 엄마가 돌아가셨대. 우리 진짜 외할머니가 돌아가신 거지. 젖도 제대로 못 얻어먹었다고 엄마가 늘 말했어. 기숙이 이모 일곱 살 때 새엄마를, 그러니까 지금의 외할머니가 들어온 거야. 외할머니는 소아마비를 앓아서 다리 하나가 짧아. 그래서 시골 사는 나이 많은 영감한테 시집온 거지. 그래도 서울서 살았다고 얼마나 뻐기고 깔끔떠는데. 조암이모는 잘 알 거야. 조암이모를 데리고 있다 시집보냈으니까. 다리 한 쪽 불편하다고 얼마나 몸을 사리던지 험한 일 죽도록 하다 시집갔다. 기숙이 이모도 조암이모처럼 살림이나 하다 시집가기를 바라는 건데……. 돈이 없어서 중학교를 못 보내는 것도 아니고……. 다리 저는 새어머니 밥이나 해주고 빨래나 하라니까 도망나갔지. 그렇지만 우리 엄마야말로 정말 억울하다. 자기보다 나이가 여섯 살이나 어린 사람한테 깍듯이 어머니라고 떠받들지 않나, 가까이 사는 죄로 툭하면 불려가 소처럼 일이나 하고……. (「세마대」, 223~224면)

소풍날 장기자랑 시간에 기선이 이모가 춤을 추며 노래를 불렀을 때, 아이들을 따라왔던 부인네들이 수군거렸었다. "아니, 당주골 윤영감네 절름발이 딸 아냐? 하이고 고거, 참, 즈이 엄마는 절름발이라 바

같출입도 안 하는데 왠 요물이래?" 이런 말들을 들은 용주는 부끄러움 때문에 얼굴이 확확 달아올랐고, 친구하고 길을 가다 마주친 외할머니가 너무도 부끄러웠었다. 그래서 용주는 "저런 쩔룩발이가 무슨 외할무니야? 새파랗게 젊은 게 무슨 외할무니야? (…) 재수없어 정말. 쩔룩발이가 왜 신작로에 나댕기며 아는 척하는 거야? 쩔룩발……" 하다가 어머니에게 댑싸리 빗자루로 호되게 맞은 일도 있었다. 오빠가 중학교 시험준비를 하고, 언니는 고등학교에 가겠다는 말은 꺼내지도 못하고, 창고의 볏가마는 작년의 절반밖에 안되었을 때 어머니는 처음으로 외가에 도움을 청했으나 거절당하고 말았다. 글짓기대회를 앞두고 방과후까지 연습을 하던 날, 용주를 기다리던 동생 용구가 누구에겐가 구타당하고 이튿날 숨을 거두었다. 삼각자를 주며 자기를 기다리게 해서 생긴 일이기에 용주는 심한 죄의식에 사로잡힌다. 그러던 어느 날 외가에서 숨바꼭질을 하던 용주는 용구에게 주었던 삼각자를 그곳에서 발견한다. 그러나 용주는 외삼촌인 기철이가 용구를 때리고 삼각자를 빼앗아갔다는 말은 하지 못한다. 이러한 기억들 때문에, 외할머니 병문안을 간 용주는 먼발치에서 외할머니의 모습이 눈에 띄자 자신도 모르게 발길을 되돌리고 만다.

「세마대」는 어린시절의 기억들에 대한 섬세한 묘사로써 한 여자아이의 성장과정을 눈에 잡힐 듯이 떠오르게 한다. 예민한 감수성을 타고난 여자아이가 농촌의 가난한 집에서 태어난다면 아마도 용주와 같은 성장과정을 거칠 수밖에 없으리라는 점에서 이 소설은 농촌소녀의 성장과정을 전형적으로 그려냈다고도 할 수 있다.

이 소설집에는 앞에서 본 네 작품 외에도 6·25때 생이별한 남편의 그림을 뒤늦게 전해받게 되는 사연을 담은 「나팔꽃 담장 아래」, 중학생

시절의 첫사랑을 마음아프게 돌이켜보는「가로수 길목」, 도시 지역구 선거운동의 타락상에 비판적인 눈길을 보내고 있는「바람 가르기」등의 작품이 실려 있다. 이 소설집을 관통하고 있는 하나의 공통점은 과거의 시간을 돌이켜보는 반성적 시각을 통해 밀도높은 소설문체를 창조해내고 있다는 것이다. 이러한 시각은 이미지의 홍수에 휩쓸리고 있는 우리에게 경험적 현실의 무게와 삶의 직접성을 전해준다. 이해선의 글쓰기는 우리가 잃어버린 삶의 감각을 되살려내는 데 바쳐지고 있는 것이다.

(『나팔꽃 담장 아래』, 2002, 삶이 보이는 창)

권력과 지식인의 초상

— 최일남의 장편소설『시작은 아름답다』

1

 "1961년 5월 16일 새벽, 한강 인도교를 뒤흔든 총성은 무대 뒤편에 도사리고 있었던 군부의 정치권 등장을 알리는 신호탄이었다." 이것은 한 역사책에 보이는 사실의 기록이지만, '새벽'과 '총성'이라는 두 낱말의 우연한 대비는 우리의 의식(意識)이 하나의 뚜렷한 상징을 마련해준다. 독재와 부패밖에 보여주지 못했던 정권을 분노한 민중이 맨주먹으로 무너뜨린 4·19는 우리에게 민주주의와 민족통일의 '새벽'으로 다가왔고, 그 1년 뒤에 울려퍼진 '총성'은 그 새벽의 희망을 갈가리 찢어놓았기 때문이다. 총을 들고 역사의 무대에 등장한 사람들이 강변하듯 당시의 민주당정권이 부패와 무능에서 이승만정권과 다를 것이 없었다고 하더라도 민주화와 통일에 대한 열망을 싸늘하게 잠재운 군사반란이 정당화될 수는 없다. 그런데 지금까지도 그 반란의 주동자를 칭송하는 소리가 심심치 않게 들려오고, 우리나라 정치학 박사들의 여론조사에서는 역대 대통령들 가운데 그가 가장 후한 점수를 받는 기현상이 벌어지고 있다. 그의 통치기술은 그만큼 우리 지식인들의 의식에까지 깊숙이 침투했던 것이다.

『시작은 아름답다』는 5·16이 일어나고 2년이 지난 1963년 한 신문사 편집실의 마감시간 묘사에서 시작하여 유신체제가 성립하고 2년이 지난 1974년의 '자유언론실천선언'으로 추정되는—소설에 그 명칭이 나오는 것은 아니므로—기자들의 결의로써 마무리되고 있다. 그러나 소재면에서 볼 때 이 소설은 언론계뿐만 아니라 교수사회까지 심층적으로 해부하고 있다는 점에서 우리 소설계에서는 드물게 보이는 본격적인 지식인소설의 범주에 속한다.

일반적으로 지식인은 이성적 사유와 이상을 추구하는 존재로 상정되고 있는 만큼 그들에 대한 정의(定義)는 대체로 긍정적인 의미를 띠고 있다. "물리적 힘이 이성을 압도하는 시대가 온다.…… 바로 그때 진정한 휴머니스트는 자신의 역할을 인식한다. 굴복하기를 거부하며, 그는 결코 정복되지 않는, 또 하나의 힘, 곧 정신의 힘으로, 비인간적인 세력에 맞선다." 1937년에 앙드레 지드가 한 이 말에서 '휴머니스트'란 다름아닌 '지식인'이다. '진정한 휴머니스트'는 그의 말처럼 권력의 비인간적 힘에 맞서서 인간의 본모습을 지켜가는 데 '정신의 힘'을 사용한다는 점에서 지식인이기 때문이다. 그러나 계급적 차원에서 '인텔리겐찌야'라고 불릴 때 지식인집단은 대체로 '정신의 힘'보다는 '개인주의적 나약성'에 초점이 맞춰져 부정적인 색채를 띠게 된다. 그들은 고등교육을 받은 부르주아지의 한 부분이 되어 있기 때문이다.

이 소설에 등장하는 지식인들 가운데에는 비인간적인 권력과 마주칠 때 부정적 속성을 드러내는 사람도 있고, 진정한 휴머니스트의 면모를 보여주는 사람도 있다. 이런 점에서 이 소설을 관통하고 있는 지식인에 대한 시각은 가치중립적이다. 부정적 성향을 드러내는 지식인들은 대체로 이기적이고 자기합리화에 능하며, 이러한 속성 때문에 그들은 쉽게 권력에 동화되어간다. 이와는 달리 '진정한 휴머니스트'로 불릴 수 있는 지식인들은 부정한 권력에 대한 비판과 저항 끝에 가혹한 탄압을 받게 된다. 물론 이 소설의 의미론적 무게중심은 권력에 대한 지식인들의 비판과 저항보다는 굴절과 변질 쪽으로 기울어 있지만, 그것은 작가의 의도를 드러낸 것이라기보다는 우리 현대사의 특수성, 특히 5·16 군사정권의 통치방식과의 관련 속에서 당시의 지식인사회를 그대로 그려낸 결과일 뿐이다.

이 소설의 진행은 극적인 사건들을 따라가는 것이 아니라 중요인물들 사이의 대화나 관찰, 그리고 반성적인 사유를 따라간다. 그러므로 다양한 지식인상과 그들의 인간적 변모, 그리고 당시 사회의 특징적 현상이 그 내용을 이루고 있다. 일상적 범주를 크게 넘어서지 않는 사건들이나 지적 사유를 통해 걸러지는 사회적 의미들이 하나의 줄거리로 환원될 수 없기 때문에 이 소설에서는 인물들의 성향적 분포와 행동양식들을 통해 드러나는 정치사회적 현상이 중요한 의미를 띨 수밖에 없다. 이런 까닭에 이 소설의 주제와 내용은 인물배치와 면밀하게 관련되어 있고, 표층과 심층은 대칭적 구도를 이루고 있다. 인물구성은 크게 보아 종과 횡으로 나뉘어, 경계가 뚜렷하지 않은 채 사분(四分)되어 있다. 종적으로는 권력에 흡수되는 사람들과 그것에 저항하는 사람들로 나뉘어 있고, 횡적으로는 주로 관찰하는 자리에 있는 사람들과 그 대상이 되는 사람들이 쉽게 구별된다. 그리고 뒤의 경우는 상당 부분이 세대간의 구별과 중첩되어 있다. 『시작은 아름답다』에서 관찰자로 뚜렷이 지목될 수 있는 인물은 4·19세대인 신문기자 배상규와 그의 동창으로 대학의 철학과 조교인 성준기이다. 이들에게 맡겨진 주된 역할은 각기 언론계와 학계에서 벌어지는 일들에 대한 세밀한 관찰과 그들 나름의 해석적 견해이다. 물론 이들 역시 하나의 삶의 주체이며, 그들 나름의 직업과 관련된 일들과 당시의 지식인으로서 겪을 수밖에 없는 고통에서 면제되어 있는 것은 아니다.

2

상규와 준기의 동창들인 4·19세대 인물들은 당대현실에서 그들이 담당했음직한 역할들을 고르게 떠맡음으로써 사회의 다양한 측면들을 들여다볼 수 있는 시점들을 제공하고 있다. 두 사람의 화제에 오른 첫 번째 인물은 4·19 때 학생들의 가두진출을 선두에서 지휘했던 조태수이다. 그는 자기가 잠시 가담했던 정계에서 만난 정치인들에 대한 실망과 앙샹 레짐은 어쨌든 무너져야 한다는 단순한 논리를 내세워 최고회의 쪽에 가담하고, 나중에는 4·19세대의 이름으로 유신지지 성명을 내는 데 주도적인 역할을 한다. 권력에 영합한 또 하나의 인물은 유강호이다. 동창들의 모임에서 태수에게 "쿠데타 수괴의 사타구니나 핥는 자식"이라고 욕했던 그는 사실은 정보부 요원이었고, 처음에는 친구들에게 호의적인 태도를 보이다가 결국은 '피갈이'의 과정을 거쳐 투철한 직업의식을 갖게 된다. 이들과는 달리 저항적 자세를 견지하는 황만호는 끊임없이 쫓기던 끝에 결국 체포된다. 이승재는 사상적으로는 만호와 근거리에 있으면서도 그의 내심을 쉽게 드러낼 수 없는 처지에 놓여 있다. 6·25 때 작은아버지가 행방불명되어 연좌제에 걸려 있어서 행동이 극도로 제약받을 수밖에 없기 때문이다. 그는 산림을 개간하며 민주화에 대한 장기적 구도를 가지고 때를 기다리다가 동네청년들에게 불온사상을 주입하였다는 혐의로 잡혀들어가고 만다. 이밖에 김지하의 『오적』에 대해서도 시의 형식만을 따지고 드는 순수문학주의자인 시인 용수가 때때로 상규의 마음을 아프게 한다.

지식인사회에 침투하는 부정한 권력은 그것에 반응하는 지식인들의 성향에 따라 결과적으로, 또는 의도적으로 편을 가르는 시금석이 된다. 신문사에서 맨 처음 시험대에 오른 사람은 송 부국장이다. 그는 결국 청와대에 들어감으로써, 군사정부의 간택을 받아 신문사를 뜰 사람들이 있다는 소문을 제일 먼저 사실로 입증한다. 지방부장으로 있다가 부국장 발령을 받은 지 불과 3개월 만에 대통령의 민원담당 수석비서관 자리에 앉은 것이다. 그러나 그의 자리옮김은 겉보기와는 달리 갑작스러운 게 아니었다. 처음엔 그도 쿠데타 세력에게 적대감을 느끼고 있었기에, 최고회의 위원장급들과 출입기자들의 회식자리에서 그들에게는 혁명공약 외에 이렇다 할 혁명논리가 없다는 말을 꺼냈다가 즉석에서 폭행을 당했다. 그런데 폭행자가 사화술을 사고, 부국장 타이틀까지 따준 후에 청와대로 데려간 것이다. 말하자면 쿠데타 세력은 그에게 "역사의 객체가 되느니보다는 주체가 되어 일하는 것도 나쁘지 않겠다는 생각"을 가질 수 있을 만한 시간적 여유와 자리를 옮기는 데 유리한 조건까지 만들어주는 세심한 배려를 베푼 것이다. 이러한 과정을 거쳐 언론인들이 하나둘 권력에 흡수되어가고, 물질적 특혜를 입은 언론사들은 기자들의 것에서 경영자의 것으로 탈바꿈해간다. 물론 이러한 사정까지도 자기성장과 체질강화의 계기로 삼고 그것이 훗날 소중한 경험으로 쓰이게 되기를 기다리는 사람들도 있고, 정권에 대해 비판적인 글을 쓰는 사람도 있다. 그러나 권력의 비위를 거스르는 기자들에게는 가차없는 테러가 뒤따른다. 대통령의 '소신의 독주'를 문제삼아 "소신은 만능이 아니며 그에 반하는 일체의 언동이나 행위를 항명과 거역으로 몰아붙이는 것은 왕권시대의 경직된 발상에 다름아니"라고 쓴 중견기자는 늦은 밤 자기 집 앞에서 집단폭행을 당하고 협박장을 받는다.

교수사회에서 맨 처음 권력의 입김을 쐰 사람은 준기의 스승인 이성회 교수이다. 그는 박정희의 인간적 면모를 들추며, 가난을 몰아내려는 그에게 박수칠 사람들도 있다며 넌지시 준기를 떠본다. 준기는 가난을 해결해준다는 그의 약속이 '회칠한 무덤'일 수밖에 없음을 조목조목 따져야 한다고 말한다. 준기에게 '대일굴욕외교'만 하더라도 가난극복을 위한 밑천으로 돈이 필요하기 때문이라고 말한 이교수는 해를 넘기기도 전에 청와대로 자리를 옮긴다. 군사정권은 이른바 '평가교수단'을 만들어 거기에 속한 교수들에게 여러가지 특혜를 주어 다른 교수들과 차별성을 부각함으로써 교수사회를 분열시키기도 한다. 학문의 순수성만을 고집하던 김달인 교수도 그러한 과정을 거쳐 권력에 흡수되고, 유신체제가 들어서자 유정회 국회의원이 된다. 민주화를 위한 교수들의 서명을 주도한 최홍윤 교수는 정보부원에게 쫓겨 교수휴게실의 캐비닛 속에 숨는 치욕과 자기혐오를 겪지만, 결국은 구속을 면할 수 없게 된다. 최교수와 같은 양심적 지식인에 대한 탄압사건은 신문에는 한 줄도 실리지 못한다.

지식인의 가장 두드러진 특징은 '합리화'이다. 그리고 부당한 권력에 협력하는 지식인일수록 자기들의 행위를 합리화하는 데 더욱 열을 올린다. 이러한 지식인의 일반적 속성은 『시작은 아름답다』에서 한 대학생의 글을 통해 명쾌하게 정리되고 있다. 정치학과 4학년인 차동연은 자기의 스승이었던 김달인을 겨냥한 『지식인의 자기기만과 용기』라는 리포트에서 지식인의 자기합리화를 세 가지로 나누어 설명하고 있다. 그 내용을 간단히 요약하면 다음과 같다.—첫째, 정통성이 없는 권력이 추구하는 변혁의 불가피성을 역설하며 새로운 정치모델의 필요성을 강조하고 그에 알맞은 이념적 기초를 만드는 데 협조하기; 둘째, 외국의 실정을 들어 지식의 사회환원을 역설하기; 셋째, 자신들의 기회주의적 성향을 '불평파 지식인'들에 대한 매도로써 호도하기. 최일남은 이러한 지식인들이 권력에 합류한 이후에 드러내는 삶과 언행의 변화까지도 세밀히 추적하고 있다. 이들은 처음에는 자기들이 몸담았던 지식사회의 비난을 의식하며 피해의식에 시달리기도 하지만, 결국은 돈봉투를 받거나 옛날의 동지들을 꾀죄죄하고 못난 사람들로 폄하하거나 지난날의 동료들을 가차없이 협박하기도 한다. 특히 유정회를 통해 국회에 진출한 사람들은 자기들에게 권력을 쥐여준 권력자에게 충성심을 보여주기 위해 '유신의 정당성'을 옹호하는 집회들을 개최하기도 하고, 국회에서는 독재를 매도하는 야당 국회의원들에게 폭행을 가하는 일까지 서슴지 않는다.

3

독재권력은 태수와 같은 사람들을 사주하여, "사일구세대를 자임하는 마흔다섯 명의 이름으로 작성된"「10월유신과 우리의 결의」라는 성명서를 발표하게 한다. "이들은 '유신개혁이 조국의 평화적 통일작업과 내일이 있는 자강체제의 확립을 위한 일대 영단'이라고 못박은 다음, '새역사 창조의 장엄한 대열에 불퇴전의 결의로 흔쾌히 참여하자'고 부르짖었다." 이렇게 하여 5·16세력은 4·19세대의 이름을 도용하는 한편 그들의 명예를 더럽히는 이중의 효과를 얻는다. 이처럼 쿠데타 세력은 권력을 유지하기 위해서는 수단과 방법을 가리지 않았다. 그리고 그 중심에는 늘 정보정치가 또아리를 틀고 있었다. 정보의 성격과 유통에 관한 다섯 쪽에 걸친 집중적 서술 가운데 언론에 관련된 것 한 부분만 인용해본다. "'정보장사'라고 할 수 있는 언론에는 재갈을 물려 한옆으로 치워놓고, 자기들의 손아귀에만 그걸 쥐고 있다가 적절한 기회에 쬐끔 비치기도 하고 거두어들이기도 하면서 마음대로 사람들을 휘둘러댔다. 정보의 매점매석(買占賣惜)이랄까, 자기들에게 불리한 정보는 팔지 않고 유리하다고 여기는 정보만을 파는 형태였다." 그들은 '정보의 매점매석'뿐만 아니라 신문사 내부에 감시자를 심어두고 정보를 캐내어 기자들을 겁먹게 하고, 신문사 쪽에서는 이들이 빼낸 정보가 무엇인지를 알아보려는 '역취재'라는 기현상이 생겨나기까지 한다. 독재권력은 또한 정보의 선택적 공급을 통해 언론사들의 경쟁심리를 부추기며 언론을 순치시켜간다. 그러므로 '정치'는 허울일 뿐이고 실제로는 중앙정보부의 '조작'이 존재했을 뿐이다. 이와 유사한 방식으로 그들은 '허가받은' 야당정치인들을 인형처럼 원격조정한다. 정보를 가장 많이 가지고 있던 대통령은 심지어 자신의 충복들까지 분할통치적 방식으로 경쟁시키면서 도전세력으로 커갈 가능성이 보이는 자들은 싹부터 잘라버린다.

『시작은 아름답다』에는 이러한 통치방식이 대중들에게 끼친 영향이 그 바닥까지 드러나 있으며, 이러한 대목들에서 작가 특유의 섬세하고 지적(知的)인 문체가 빛을 발산한다. 이러한 사회심리적 파장은 특히 '소문'에 대한 서술에서 그 특성이 잘 드러나 있다. "소문의 진상이 무엇인가를 따지고 겨냥하기 위한 노력을 할 필요조차 없었다. 수명이 길고 짧은 차이는 있을망정, 어차피 그것은 미구에 사실로 드러나거나 원인무효로 소멸될 운명을 지닌 탓이었다. (…) 한번 고개를 쳐든 소문은 죽어도 그냥 죽지 않고, 자기 밑동부리에서 또 하나의 새끼를 치는 성미가 있어 이 바닥은 소문에 궁할 이유가 없었다. (…) 군사정권이 자리잡고 판을 치면서, '소문시리즈'는 줄줄이사탕처럼 날로날로 무성해갔다. (…) 이 시절은 소문 자체의 성분이 탄생과 더불어 벌써 악질적인 게 많아 소문발생의 초기단계부터 듣는 자의 오장을 뒤틀리게 하기 일쑤였다. 권력의 핵을 틀어쥐고 있는 층들이 대부분의 소문을 악성루머로 잡아떼고, (…) 겉으로는 우리를 믿고 따르면 된다고 호령하면서, 옴쭉달싹하지 못하게 막힌 질식상태를 견뎌내기 힘들어 겨우겨우 비상구를 찾아 고개를 쳐밀면, 어느새 육모방망이가 기다리고 있는 형편이었다."

이밖에 정보기관에 끌려가 고초를 겪은 사람들에 의해 자기들의 일거수일투족이 샅샅이 감시되고 세밀하게 기록되고 있다는 사실이 알려지면서 기자들의 행위는 심하게 위축된다. 이렇게 지식사회에는 눈치보기와 분열의 골이 깊어지고, 원인제공자들은 회심의 미소를 띠고 이러한 상황을 권력유지에 이용한다. 언론계에 종사하는 사람들은 빈번한 탄압을 당하면서 중앙정보부장에게 기자연행을 항의하고 재발방지를 촉구하는 공한을 보내기도 하지만, 점차 기력을 잃어간다. 그러나 유신체제가 긴급조치들을 쏟아내면서 민중들의 집단적인 저항을 억누르기에 급급할 무렵, 언론인들 역시 더 이상 숨죽이고 있을 수 없다는 자각에 이른다. 상규의 주변에도 수많은 눈길들이 어떤 발화점을 찾아 초조하게 번뜩이던 중 한 신참기자의 분노가 폭발하게 되고, 그것을 계기로 기자들은 비밀리에 조직을 갖추어간다. 그리하여 언론에 대한 외부 간섭의 배제, 기관원 출입금지, 언론인 연행 거부 등을 내용으로 하는 성명서를 발표하면서 기자들이 조직적인 투쟁에 나서게 된다. 상규는 기자들의 집회에서 사회를 맡고, 선배기자가 결의문을 읽는 동안 정보기관의 밀실에서 고문당하고 있을 친구들을 떠올리며 마음속으로 이렇게 외친다. "우리는 이제 겨우 시작했다만 시작은 항상 아름답고 신선한 거라구……" 참으로 오랜 만에 언론은 드디어 '숨통'을 열게 된 것이다.

4

이 소설은 당시의 정치사회적 상황을 특정한 이념이나 방법상의 왜곡 없이 사실적으로 그려내고 있다. 이러한 표현방식에 구태여 명칭을 붙인다면, '비판적 리얼리즘'이라고 할 수 있을 것이다. 이러한 형식을 통해 드러나고 있는 권력과 지식인의 초상은 세밀하면서도 그들의 성격이 한눈에 들어올 만큼 전형성을 띠고 있다. 그러한 세밀함은 작가가 직업을 통해 반복적으로 경험한 수많은 에피소드들로 뒷받침되어 있고, 인물들의 전형 역시 작가가 직업적 전문성을 가지고 꿰뚫어본 당시 지식인들의 속성들을 집약하고 있다. 그리고 이 소설의 문체는 오랜 세월 동안의 경험과 지적 사유가 축적되어 이루어진 빈틈없는 정밀함과 달관의 경지를 보여준다. 한마디로 말해 『시작은 아름답다』는 권력과 지식인 그리고 사회적 분위기라는 소설적 대상(對象)에 대한 지적 통달의 절정을 보여준다.

이 소설의 서술은 독재자와 권력집단을 직접 조명하지 않으면서도 거기에 반응하는 지식인들의 다양한 행위들을 통해 박정희를 정점으로 하는 군사독재를 빼어나게 음각(陰刻)하는 효과를 얻고 있다. 그러기에 이질적인 두 힘들 사이의 극적인 충돌과 역동성을 드러내지 않으면서도 사실적 차원에서 역사발전—작가 자신은 아마도 이러한 개념을 거부하겠지만—의 계기를 포착하고 있다는 점에서 일반적으로 일컬어지는 '비판적 리얼리즘'의 한계를 뛰어넘고 있다. 이처럼 『시작은 아름답다』가 언론의 자유가 극도로 억압당했던 시대에 대한 소설적 형상화에 성공할 수 있게 된 것은 작가 자신의 언론계 경험과도 무관하지 않을 것이다. 지적 행위를 업으로 삼는 사람들의 막연한 정신세계를 생동하는 한 편의 드라마로 엮어내는 데에는 그들 세계의 속사정까지 속속들이 꿰뚫어볼 수 있는 안목이 요구되기 때문이다. 바로 이러한 안목을 지녔기에 작가는 오히려 두 세력을 직접 맞세우고 저항하는 사람들의 행위를 비현실적으로 극화하지 않았을 것이다. 그러므로 이 소설을 읽고 난 독자들은 아마도 지금의 현실로 되돌아오면서 다른 세상에 던져진 듯한 생소함에 마주치지 않을 것이다. 그러나 그들은 자신들의 안목이 지식인사회의 문제점을 편견 없이 간파할 수 있을 만큼 깊어졌음을 느낄 것이다. 이런 점에서 이 소설은 2, 30년 전의 사회상을 다루고 있음에도 불구하고 현재적이다.

(『시작은 아름답다』, 1996, 해냄)

공유적 삶의 세계와 분단시대
— 송기숙의 장편소설 『은내골 기행』

1. 공동체의 기억 속으로

지나간 연대를 뜨겁게 달구었던 공동체적 화두는 이제 우리 의식의 밑바닥으로 무겁게 내려앉고 있다. 더불어살기를 온몸으로 외치던 희망의 깃발들은 어디로 가버렸는가? 외국의 이론들을 이리저리 견주어보며 '우리'의 철학적 근거를 논증해보려는 사람이 없는 것은 아니다. 그러나 사람들이 함께 살아온 내력을 간과하는 한 어떠한 이론적 탐색도 도로에 그칠 수밖에 없는 게 아닐까. 조용히 생각해보자. 희망이 흔들려 깃발이 흔들렸는가, 깃발이 흔들려 희망까지 흔들렸는가? 아니면 깃대가 우지끈 부러지고 깃발은 땅에 떨어졌으나 희망은 육신을 떠난 영혼처럼 잉태된 곳으로 되돌아갔는가? 그것도 아니면 애초에 깃발에는 알맹이 없는 '희망'만 나부꼈는가? 그러나 90년대에 우리가 경험한 역사는 몇 마디 비유적 언어로 포착될 수 있는 것이 아니다. 분명한 것은 과거의 담론들이 달라진 세상에서 분리되거나 들떠버려 공허한 울림을 갖게 되었으나 아직 설득력 있는 새로운 공동체 이론은 정립되지 않고 있다는 것이다.

무릇 지식인들은 논리를 앞세우거나 이론에 기대기를 좋아한다. 그래서인지 남한의 지배권력이 북녘땅 동포들의 굶주림을 북한정권을 순치하기 위한 채찍으로 이용할 궁리나 하고 있는데도 우리 지식인들은 강 건너 불 보듯 하거나 동포애를 들걱여보기도 하지만 그들의 목소리에는 힘이 실리지 못하고 있다. 문제는 과연 이론에 있는가? 어떤 이론가의 분석에 따르면, 분단사회의 경직성으로 인해 우리의 사회현상을 올바르게 이해하고 개선해가는 데 필요한 토론의 장, 다시 말해 이질적인 사상들이 상호지양을 통해 우리 사회에 알맞은 사상으로 발전될 수 있는 바탕이 존재하지 않았기 때문에 우리는 지금 사상의 위기를 맞고 있다는 것이다. 그렇다면 이러한 위기는 우리가 의식하지 못했을 뿐 항존해왔을 것이다. 그러니 사회적 문제의식을 강하게 지닐 수밖에 없었던 지난 연대의 문학 역시 현실에 부합하지 못한 이론들의 영향에서 시원스레 벗어날 수는 없었을 것이다. 그 결과 우리의 문학은 알게모르게 무엇인가 중요한 것을 잃어오며 문학의 위기를 맞게 되었을 것이다.

그렇다면 지금의 소설 쓰기는 잃어버린 것을 찾아내어 그것을 삶의 세계에 깃들여 있는 역동성으로 되살려내야 하는 것이어야 한다. 이런 작품에서 우리가 경험하게 되는 것은 인간행위의 동기, 목적, 수단, 상호관계 등 다양하고 이질적인 요소들로 디루어진 하나의 조화로운 언어적 통일성이다. 이것이 넓은 뜻의 이야기가 지닐 수 있는 힘이다. 알렉스 헤일리가 아프리카에서 깊은 감동을 맛본 것도 바로 이런 것이었다. 자기 부족의 역사를 입말로 엮어내리는 한 노인의 이야기는 조상들이 살아온 시간, 그들이 공유해온 언어, 그리고 그들이 살아온 내력이 하나로 어우러진 것으로 자기 부족의 정체성이 보전되는 언어적 공간이었다. 그 노인은 우리 전통마을에 서 있는 정자나무처럼 그 부족의 정신적 지주로서 존재했다. 근대化를 경험한 사회에서는 소설이 그런 일을 해낼 수 있는 가능성을 지닌다. 이러한 관점에서 우리는『자랏골의 悲歌』『암태도』『녹두장군』등 우리 현대사에 나타난 민중들의 수난과 저항을 장편소설로 써오면서 그러한 가능성을 창조해온 송기숙이 21세기를 4년 남겨놓은 시점에 내놓은『은내골 기행』이라는 장편소설을 읽게 된다.

2. 어린아이의 낙원과 부활하는 전설

제목 속의 '기행'이란 말이 주는 단순한 느낌과는 달리 이 소설의 구성은 그리 단순하지 않다. 서술공간은 주인공인 명호의 회상 속에 떠오르는 6·25 당시의 은내골, 소설 속의 현재시간인 70년대 중반의 은내골, 그리고 명호가 신문기자 생활을 하며 살아온 곳으로 기행의 출발점이 되는 서울 등 세 부분으로 나뉘어 있고, 이러한 서술공간에서 일상적 표층을 뚫고 역사적 심층이 서서히 드러남으로써 층위간의 이동이 이루어지고 있기 때문이다. 그리고 명호의 기행은 열흘 남짓한 비교적 짧은 시간 동안에 이루어지지만, 명호나 그밖의 인물들의 회상을 통해 30년 가까운 긴 시간으로 확장된다. 이런 점이 송기숙의 이전 작품들보다 복잡한 짜임새를 보여주는 요소들이다(예컨대 2대에 걸친 자랏골 사람들의 수난과 저항을 담고 있는『자랏골의 悲歌』에서 과거의 내용은 작가 자신의 서술로 처리되고 현재의 시간은 마을사람들의 삶 속에서 자연스럽게 흘러가며 그들의 세계를 자명하게 드러내고 있다). 이러한 구성은 비교적 짧은 시간의 진행 속에 풍부한 역사성을 함축해놓고 있다.

서너 달 전까지 신문기자였던 명호는 어느 날 아침 월간지에 실린 선돌 사진을 보게 된다. 그것은 어린 시절의 추억이 깃들여 있는 은내골에 힘찬 모습으로 서 있었다. 6·25가 일어나기 전 해에 폭우로 묻혀버렸다가 태풍 길더호로 논 한쪽이 씻겨내려감으로써 극적으로 다시 나타났다는 것이다. 은내골은 그의 집에서 20여 리쯤 떨어진 곳에 있었다. 6·25 때 국민학교 6학년이었던 그는, 이모댁으로 잠시 피신하는 사촌형을 따라 거기에 갔었다. 낮은 산줄기에 포근하게 안겨 있는 그곳의 정경은 평화스러웠다. 명호로 하여금 그 세계의 아름다움에 눈뜨게 해준 혜선이라는 소녀는 사촌형의 이모의 딸이었다. 국민학교 5학년이었던 혜선은 명호를 냇가에 데려가 물고기를 잡게 해주었고, 자기만 알고 있는 파랑새의 둥지를 보여주었으며, 미륵불에 얽힌 전설도 이야기해주었다. 미륵불 앞에서 절하며 소원을 비는 법도 가르쳐주었고, 진국사라는 절에 데려가 염불도 듣게 해주었다. 명호는 미륵불에게 절하며 자기가 총각이 되면 혜선에게 장가들게 해달라고 빌었다. 그러나 꿈결 같은 그 시간은 길지 못했다. 군 인민위원장이 은내골 출신인데다 혜선네와도 먼 친척이었기 때문에, 인민군이 퇴각하고 그 마을이 잿더미가 되면서 일가족이 몰살되고 말았다.

'민청학련 사건'으로 구속된 사람들을 위해 탄원서를 써야 하는 부채감을 뒤로 하고 서울을 뜨게 할 만큼 명호를 사로잡은 은내골은 명호의 기억 속에서 낙원과 낙원상실로서 극채색으로 대비된다. 이것은 명호 개인에게는 지워버릴 수 없는 원체험이지만, 소설의 전체적 구도로 보면 마을사람들의 삶을 송두리째 뒤흔들어놓을 만큼 강력한 파괴력을 내장시킨 은내골의 전사(前史)에 해당한다. 그런데도 은내골은 잿더미로 상징되는 역사적 비극성보다는 전통이 되살아나는 마을의 이미지를 강하게 띠고 있다. 선돌을 다시 세우거나 당산제를 부활시키는 마을사람들은 자신들의 행위에 깃든 의미를 뚜렷이 자각하고 있는 것은 아니지만, 거기에는 그럴 만한 집단무의식이 내재해 있다. 명호는 미륵불과 선돌에서 민초들의 뿌리깊은 염원과 공동체의식을 감지하고, 마을사람들의 일터에서 생동하는 삶의 건강성을 맛본다. 은내골의 종교적 상징물들은 그 나름의 전설을 지니고 있다. 미륵불은 옛날 어떤 머슴이 한동네 양반집 처녀를 죽자사자 사모했으나 그 처녀가 다른 데로 시집을 가버리자 머리 깎고 중이 된 후 깎았다는 것이다. 선돌에 얽힌 이야기는, 옛날 어떤 소도둑이 밤중에 그 동네 소를 훔쳐가지고 밤새도록 내뺐는데, 아침에 보니 그 선돌만 뱅뱅 돌고 있었다는 것이다. 이러한 전설을 알고 있는 은내골 사람들은 장구한 시간 속에서 이루어진 정신적 유대감을 공유하고 있다. 그러기에 은내골이 잿더미로 변하기 이전에는 좌익과 우익이 별탈 없이 공존했고, 그 난리를 겪고 나서도 인민위원장 부인이었던 한몰댁과 경찰간부 부인이었던 들몰댁이 이웃에서 친형제간처럼 의좋게 살고 있다는 사실이 하나의 소설적 구상으로 가능한 것이라는 신뢰감을 갖게 된다.

이 소설이 이전 시대에 씌어진 분단소재 소설들과 뚜렷한 차이를 보여주는 이 대목에서 우리는 잃어버린 삶의 내용이 생생하게 드러나는 모습들을 보게 된다. 은내골 사람들의 그러한 삶의 단면들 가운데 새마을사업으로 지붕을 뜯어고치는 토역의 한 장면은 공동체적 삶의 역동성을 넉넉히 전해준다. 흙을 차지게 이겨 지붕으로 올려보내는 장면이다.

"쇠똥구리들, 궁글렸으먼 어서들 올켜!"

이용만이가 지붕 위에서 소리를 질렀다. 모두 사다리 쪽으로 줄줄이 늘어섰다.

"받아라. 이것은 솔나무 몇 주 비었다고 벌금 물린 놈 대가리다."

젊은이가 흙덩어리를 건네며 소리를 질렀다. 모두 와 웃었다.

"이 자식아, 너는 집도 안 짓고 사냐?"

흙덩어리를 받은 젊은이가 주먹으로 한 대 쥐어박았다.

"내 주먹 맛도 한번 봐라."

흙덩어리는 손에서 손으로 건널 때마다 주먹을 맞으며 용마루까지 올라갔다.

"에라 이 도둑놈. 팔뚝만한 솔나무 세 주가 벌금이 3만 원이여? 여기 처박혀서 천년만년 꼼짝도 말아라."

이용만이가 흙덩어리를 머리 위로 잔뜩 올렸다가 산자발에다 패대기를 쳤다.

흙덩이들은 쌀값을 헐하게 매기거나 농산물을 수입하는 장관들이나 지난해 배추씨를 속여먹은 악덕상인, 외국산 개를 끌고 다니는 차출만, 선돌 세운다고 시비한 군청 직원, 장날에 돈 따간 소매치기 등의 머리가 되기도 한다. 또,

"이것은 두식이 각시 엉뎅이."

"우리 각시 조심해서 보내."

두식이가 아래를 내려다보며 소리를 질렀다.

"아따, 엉뎅이 한번 크다."

"임마, 남의 각시 엉뎅이 주무르지 말어."

두식이가 거듭 악을 썼다.

"나는 살살 만지기만 하께."

"만지지도 말어."

"그럼 업고 올라가란 말이냐? 쌍놈의 엉뎅이를 칵."

주먹으로 칵 질러버렸다.

"너 이따 죽어!"

그리고 흙덩이들은 여인네들의 젖통이 되기도 하고, 허리토막이 되기도 한다. 자기 소유의 산에서 나무를 베어내도 벌금을 물어야 하기에 서까래로 쓸 나무조차 제대로 마련할 수 없어 걱정들을 하다가도 일단 일이 시작되면 마을사람들의 일터에는 아연 활기가 넘친다. 여기에는 이웃의 일까지 제 일처럼 여기는 공유적 삶의 아름다움이 깃들여 있다. 전통적 생활양식이 보존되고 있는 산골마을이라고 해서 사람들 사이의 갈등이나 감정의 응어리가 없는 것은 아닐 터이지만, 외부에서 이들의 삶을 위협해오는 존재가 있을 때 이들은 언제든지 함께 힘을 모을 수 있는 정서적 바탕을 지니고 있다.

은내골의 공동체적인 삶은 그것을 파괴하려는 세력과의 갈등 속에서 이루어지고 있다. 앞에서 본 흙일만 하더라도 새마을사업으로 지붕을 뜯어고치는 작업의 한 부분이다. 군청 직원들은 한사코 선돌 세우기를 방해하려 한다. '미신'이라는 것이다. 이에 대해 마을의 한 노인이 교회의 십자가는 미신이 아니냐고 맞받아치자 그 관리는 어물어물

물러서고 만다. 새마을사업의 왜곡된 근대화는 우리 역사에 실재했던 전통문화와 외래문화 사이의 갈등을 되풀이하고 있다. 일제 당국이 마을의 풍물굿을 금지하고 당산나무까지 베어내는 만행을 저질렀던 사실과 너무도 닮았다. 일본군 장교 출신이 최고통치자였던 유신시대에나 일어남직한 일이다.

3. 낙원상실과 분단시대의 공포

명호가 '해방 30년'이란 특집 기사를 쓴 후 신문사를 그만둘 수밖에 없었던 것은 자신들의 친일행위를 반공을 위한 투쟁이었다고 강변하는 자들 때문이었다. 25년 만에 다시 찾아간 진국사에서 명호는 선경이란 젊은 여자 화가를 알게 된다. 은내골에 이모가 살고 있는 그녀는 절에 머물며 미륵불을 그린다. 선경과 등네 이야기를 하는 동안 명호는 차츰 은내골에 감돌고 있는 미묘한 분위기에 말려든다. 한몰댁의 일곱 살 난 아이의 아버지가 지우 스님이라는 소문, 그리고 해방직후에 이북에서 내려와 갖은 악행을 저지른 차출만이라는 사람이 절땅을 헐값에 사려 한다는 소문 등에 강한 의구심을 품게 된다. 진상은 엉뚱하게도 서정미가 흘러넘치는 장면에서 계시처럼 베일을 벗는다. 나뭇가지 사이로 흘러내리는 달빛을 받고 있는 미륵불을 스케치하는 선경은 무엇에 홀린 듯하고, 명호는 그 모습을 그윽한 눈길로 바라보고 있다. 그때 소복을 한 여인이 올라온다. 한몰댁이다. 명호와 선경은 미륵불 후면에 붙어 있는 바위 뒤에 숨는다. 나직한 기구 소리가 들려온다. 소문과 관련된 부분만 요약하면, 그녀의 바깥어른은 만리 타향에 있는 데, 꿈속에서 뵈온 듯이 (보았고), 아이는 부처님의 은덕으로 무럭무럭 자라고 있지만, 어린것이 중아들이라고 (뭇사람들의 눈총을 받고 있다)는 것이다. 그 아이의 출생에 얽힌 의문에 가닥이 잡힌다. 지우 스님이 자기 아들이라고 호적에까지 올린 아이는 월북한 김동춘이 고정간첩을 심기 위해 고향에 내려와 잉태시켰고, 이러한 사정을 알게 된 지우 스님이 한몰댁을 보호하기 위해 자기 아들이라고 소문을 냈으며, 이런 비밀을 눈치챈 차출만이 스님을 협박하여 절땅을 헐값에 사려 하는 게 아닐까 하는 것이다.

명호가 차출만의 이름을 처음 들은 것은 6·25 때 읍내 장터에서 본 인민재판에서였다. 일제 고등계 형사 출신이었던 김장천이란 사람이 끌려왔는데, 군중들은 재판받는 당사자보다 차출만이란 사람을 잡아오지 못한 것을 안타까워했다. 입산한 사람들의 아내들 가운데 얼굴이 반반한 사람치고 그 사람에게 당하지 않은 사람이 없다는 것이었다. 선경이 자기 아버지라고 믿고 있는 사람도 차출만의 모함 때문에 좌익으로 몰려 목숨을 잃었고, 어머니는 차출만에게 걸려들어 선경을 갖게 되었던 것이다. 선경이 몸이 아파 절을 떠나버린 후 명호가 뒤늦게 알게 된 선경의 정신병 증세를 말하자, 정신과 의사인 친구는 '아이덴티티의 혼란'일 것이라고 말한다. 자신의 출생에 대한 확인할 수 없는 불안감이 병의 원인이라는 것이다. 그러나 사실을 확인시킴으로써 병을 치유할 수 있으리라는 의사의 생각은 합리적 차원의 낙관이었음이 드러난다. 세인의 지탄을 받는 악인이 자기 아버지를 죽게 한 장본인이라면 몰라도, 그자가 바로 자기의 생부라면 사실확인만으로 어떻게 병이 쉽게 치유될 수 있겠는가!

위에서 본 두 가지 사실로 미루어볼 때, 공동체적 기억을 빠르게 지워가는 기술과학이 지배하는 도시적 공간에 대한 대안적 세계의 의미를 지닐 수도 있는 은내골은 분단의 상처가 되살아나기 쉬운 곳이기도 하다. 말하자면 은내골에서 더디게 흐르는 시간의 지연성과 인간관계의 안정성은 전통적 삶의 양식뿐만 아니라 분단시대의 비극성까지 삶 속에 내밀하게 보전하고 있는 것이다. 게다가 은내골과 같은 오지는 극우파들이 제멋대로 활개칠 수 있는 곳이기도 하다. 그러므로 명호의 은내골 기행은 그가 지녀온 일상적 생활감각과 의식의 표층으로부터 역사의 실체 또는 심층으로 차원을 달리하게 된다. 이제 그것은 더 이상 기행일 수가 없다. 그가 먼 기억에 이끌려 찾아간 곳은 현재의 은내골일 수밖에 없었고, 거기에서 발을 담그게 되는 역사의 물줄기는 명호로 하여금 가혹한 시련 끝에 그를 출발점으로 되돌려놓고 만다. 그러나 그가 떠났던 곳은 이제 명호에게 더 이상 동일한 현실공간일 수 없다. 주체에 존재전이가 일어났기 때문이다. 이러한 사실은 또한 정치적 폭력의 서슬을 피해 과거의 낙원을 찾아가도 결국은 일상의 허울 밑에 감추어진 근원적 현실에서 벗어날 수 없다는 사실을 강하게 암시한다.

은내골이 역사의 심층에 도달하게 하는 매개가 되고 있다는 사실은 또한 서울과 같은 대도시의 일상적 허울이 의외로 강인한 성질을 지녔음을 반증하기도 한다. 그것은 사람들의 정신을 마비시킬 만큼 빠르게 달라지는 물질적 환경과 사람들 사이의 관계양상이 수시로 달라지는 생활방식에서 비롯된 것이다. 이렇게 마비된 정신은 실재하는 적과의 직접대면에서 깨어날 수도 있다. 아닌밤중에 찝차에 실려 눈을 가린 채 끌려가는 명호는 차가 빨간 신호등에 걸려 정지했음을 느끼면서 평상시에 무심히 지나쳤던 교차로를 떠올린다. 그 순간에도 바깥 풍경은 천연덕스럽게 일상적이리라! 일상성의 허구가 숨막히게 느껴지는 순간이다. 그러한 일상 속에서 그는 시국관련 기사와 간첩선 기사가 나란히 실리는 것을 보았고, 사람들이 300미터도 안 되는 거리에 스무 개도 넘는 플래카드가 너울거리는 길을 무심히 지나가는 것을 보았었다. 일상의 한순간에 고문실로 떨어진 명호는 "국가안보를 위해서는 백 사람의 죄없는 사람을 벌할지언정 한 사람의 죄인을 놓쳐서는 안된다"는 극우적 '안보논리'를 뼈저리게 경험한다. 남북 독재정권 사이의 은밀한 공존관계를 치가 떨릴 만큼 겪은 명호가 과거에 떠났던 일상으로 돌아올 수 있을까? 떠났던 자리로 되돌아올 수 없는 기행, 그러나 마침내 우리가 진정으로 몸담아야 할 자리에 도달할 수밖에 없도록 되어 있는 기행이 바로 '은내골 기행'이다.

4. 글을 끝맺으며

송기숙은 이 소설 첫머리에서 선돌의 극적인 출현을 매개로 하여 우리를 전설이 숨쉬는 시공간 속으로 데려간다. 그는 전통적 삶의 세계로 열린 길을 트고, 이 시대에 팽배한 개인주의와 냉소적 허무주의를 극복하고 역사공동체적 미래를 꿈꿀 수 있는 터전으로서의 집단기억을 되살려낸다. 여기에는 우리의 삶을 끊임없이 잘게 부수는 기술문명과 우리의 정신을 위축시키는 분단시대의 폭력들에 대항하며 우리의 삶을 영위해가기 위한 대안적 가치가 깃들여 있다. 그러기에 작가는 개인 또는 집단의 삶에 가해적으로 작용하는 분단체제의 실상을 뼈아프게 드러내면서도 전통사회에 보전되고 있는 공유적 삶의 양식과 건강한 민중적 생명력을 그려내는 데 특별한 관심을 기울이고 있다. 우리는 지금의 현실에서 이러한 가치의 복원이 얼마만큼 가능한지 헤아릴 수 없지만, 이 소설을 통해 우리가 잃어버린 것에 담긴 의미만큼은 충분히 감지할 수 있다.

역사의 질곡을 고스란히 떠안을 수밖에 없는 산골마을과 분단의 아픔을 감내할 수밖에 없는 여인들은 뜻깊은 의미론적 연관을 지니고 있다. 6 · 25를 전후로 하여 좌익이나 우익에 가담하여 적극적으로 활동한 사람들은 사라져버렸고, 찢겨진 역사를 온몸으로 육화하고 있는 여인들에게서는 그들이 남긴 상처가 세대를 이어가며 재생되고 있다. 그러나 아픔을 공유하고 있는 여인들 사이에는 이념적 간극이 무의미하다. 6 · 25가 끝난 후 마을에서 종적을 감추었다가 충청도의 어느 병원에서 거의 죽게 된 한몰댁을 데려와서 치료도 해주고 친척이 벌던 논도 찾아준 후 이웃에서 친형제처럼 살아가는 들몰댁은 더불어살기의 지혜와 인정을 풋풋하게 전해준다. 이러한 여인들은 자연적 생명력과 토속적 신앙을 통해 세상살이의 고통을 이겨내며 마침내 희망으로 승화시킨다. 작가는 달빛 받는 미륵불의 신비스러운 분위기와 신새벽의 정갈한 자연 속에 역사의 상처와 비원을 품은 여성의 모습을 처연하게 세워놓음으로써 이론적 서술로는 접근할 수 없는 삶의 내밀함을 오롯이 드러내고 있다.

바로 이러한 점들이 『은내골 기행』을 새로워 보이게 하는 요소들이다. 그러나 선경의 정신병이 쉽게 치유되기는 어려울 것이라는 비관적 판단으로 마무리되는 이 소설의 결말은 긴족문제의 해결 역시 장기간의 노력이 요구된다는 사실에 대한 암시로 읽히지만, 어딘지 공허한 여운을 남긴다. 그리고 마을의 진도개와 관련된 에피소드는 절로 웃음이 터져나오게 할 만큼 해학적이기도 하고 통쾌한 한풀이적 요소도 갖추고 있고, 토종과 외래종 사이의 대결인지라 민족적인 것과 반민족적인 것 사이의 대결을 빚고 있다. 그러나 이 부분은 다소 선정적이고 통속적인 흑백논리에 지배되고 있다는 인상을 풍긴다. 이런 점과 관련하여 떠오르는 생각은, 민족분단으로 기득권을 유지하는 자들의 삶과 태도 역시 객관적 지평에서 조명되고, 그러한 조건 속에서 부정적 요소들이 극복되어야 한다는 것이다.

(『은내골 기행』, 1996, 창작과비평사)

길 찾기, 길 만들기

— 김재호의 장편소설 『하늘에 쓰다』

80년대 초, 한 중견 비평가는 당시 한국 문단에 지배적인 담론으로 떠오르고 있던 '민중문학' 논자들에게 당신들이 마음속에 품고 있는 구체적인 국가 모델은 무엇이냐고 다그쳐 물은 적이 있다. 그러나 그 순수문학론자 질문에서 결코 순수하지 못한 저의를 알아차리기는 그다지 어려운 일이 아니었다. 그는 자신의 질문에 직접 대답할 수 있는 사람이 없으리라는 확신을 가지고 민중문학론자들을 궁지에 몰아넣기 위해 그런 질문을 했을 것이다. 설사 그런 모델을 꿈꾸는 사람이 있다 한들, 반공주의의 서슬이 시퍼런 군부독재 치하에서 "내가 마음속에 그리고 있는 국가모델은 소련이다" 하고 말할 수 있는 사람은 없을 터이니까. 사회변혁에 대한 열망은 품고 있을지언정 문학을 한다는 사람들이 구체적인 한 나라를 모델로 삼을 수는 없다는 것을 문학평론을 하는 그가 몰랐을 리 없으므로, 그 당시 나는 그의 발언을 가증스럽게 여길 수밖에 없었다. 그러나 90년대에 접어들면서 사회주의 국가들의 몰락과 더불어 국내 진보세력들이 보인 혼란은 그런 질문도 가능할 수 있겠구나 하는 생각이 일게 했다. 진보적 운동의 동기가 모순을 내포한 한 사회의 변혁의 필요성에서 나온 것이라면, 역사적 변화에 따른 운동방법상의 재조정은 있을 수 있겠지만 그토록 격심한 이념적 혼란에 빠져들 이유는 없을 것이기 때문이었다.

구체적인 국가 모델을 상정하지 않은 사람일지라도 인간이 이성적 기획과 실천으로 도달한 현실사회주의권의 몰락에서 일말의 충격과 허탈감을 느끼지 않을 수는 없었을 것이다. 공산권이 개방되면서 동구권이나 중국을 다녀온 사람들은 물질적 궁핍과 무질서 속에 방치된 듯한 사회, 인간의 온갖 욕망이 무절제하게 터져나와 무정부 상태를 이루고 있는 사회, 아무도 그 미래를 예견할 수 없는 혼동과 불확실성이 지배하고 있는 사회에 대한 목격담을 들려주었다. 게다가 순진한 여공이 국제 창녀로 전락하는 과정을 담은, 혁명의 종주국에서 만들어진 「인터걸」과 같은 영화가 이 나라의 지식인 사회에 불러일으킨 심리적 효과는 변질 이전의 이념이나 사회주의 이론 자체의 정당성조차 들먹이기 어렵게 했다. 그리하여 혁명은 이제 더 이상 불가능하며, 설사 혁명으로 새로운 나라를 세운다 할지라도 그것을 유지하기는 혁명 자체보다 더 어렵다는 생각이 자연스럽게 이 사회를 지배하게 되었다. 부지불식간에 사람들은 인간의 능력과 인간성의 한계를 확인하게 되었고, 발빠른 이론가들은 포스트 모더니즘이나 욕망이론을 전파하는 데 앞장섰다. 정말, 공산당선언의 한 구절처럼 "자본주의는 모든 단단한 것들을 연기처럼 사라지게 하는" 것인가, 아니면, 세계체제론자 월러스틴의 말처럼 공산주의는 자본주의 세계체제 안에 한시적으로 존재한 이질적인 한 부분에 지나지 않았던 것일까.

그렇다고 해서 80년대의 기억들마저 완전히 사라져버린 것은 아니었다. 그것은 젊은 작가들의 의식을 통해 원죄처럼 되살아났다. 그 시절의 혁명적 분위기 속에서 대학생활을 한 그들은 이른바 '후일담 소설'들(『고등어』, 『먼길』 등)을 써냈고, 많은 비평가들과 언론이 그런 작품들을 잘못된 과거에 대한 반성으로 받아들이며 찬사를 아끼지 않았다. 이들은 자신들이 지녔던 혁명적 열망을 '미망'으로 폄하했다. 그러나 새로운 '길 찾기'에 실패한 이들이 보여준 것은 과거에 대한 비가 또는 사랑타령을 곁들인 혁명의 둔주곡에 지나지 않았다. 구태여 분류하자면, 전태일문학상을 받은 바 있는 김재호의 『하늘에 쓰다』 역시 일종의 '후일담 소설'이라 할 수 있다. 그러나 이 소설은 과거의 열정을 '미망'으로 폄하하지 않는다는 점에서 앞의 소설들과는 뚜렷이 구별되며, 21세기를 얼마 남겨두지 않은 지금의 시점에서 80년대에 대학에 다닌 젊은 작가들이 반드시 정리해두어야 할 문제를 분명히 짚어내고 있다는 점에서 우리의 관심을 끈다. 이 소설의 주인공 한준기는 더디지만 분명히, 과거를 부정하지 않으면서도 새로운 길의 문턱에 다가서고 있는 모습을 보여주고 있기 때문이다. 이 소설의 말미에서 그는 이렇게 생각한다. "길은 어디든, 미리 만들어진 것이 아니다. 그가 걸어갔음으로 해서 그 길이 공림의 길이 되었던 것처럼, 이제부터 내가 걸어가는 길은 그 뒤로 이어진 나의 길이 될 터였다."

장편소설로서 결코 많은 인물들이 등장하지 않는 이 소설의 구성은 단순한 미학적 결구 이상의 의미를 지니고 있다. 말하자면 세계사적 대변화가 남긴 다양한 파장을 반영할 만한 인물들을 적재적소에 배치하고 있는 것이다. 주인공급 인물 세 사람 가운데 앞의 인용문에 나오는 '공림'은 대학생 시절 역사문학연구회 '얼'이라는 학생서클에서 지도적인 역할을 했고, 공산권이 몰락해가던 시절 암에 걸려 이 세상을 떠나버렸다. 그는 80년대에 꽃피어 그 시대와 더불어 생애를 마감한,

80년대 학생운동의 상징이다. 그는 이 세상에 더 이상 존재하지 않으면서도 준기와 희구의 인생에 짙은 암영을 드리우고 있다. 특히 희구에게 그것은 운명적인 색채를 띠고 그녀를 사로잡고 있다. 그녀는 준기와 동거하면서 공림에 대한 기억에서 벗어나지 못하고, 그런 사실을 알고 있는 준기 또한 성행위를 하면서도 공림의 존재를 의식할 수밖에 없다. 그러기에 그들 사이의 성행위는 준기와 희구로 하여금 자신들의 존재를 확인하며 서로 가까워지게 하기는커녕 두 사람의 관계를 더욱 황폐하게 할 뿐이다. 준기는 마침내 희구와 헤어져 러시아로 떠나고, 희구는 복직한 학교에 스스로 사표를 제출하고 공림과의 기억을 더듬으며 그의 고향인 제주의 해변에서 생을 마감하게 된다. 결코 재결합될 수 없도록 딴 길로 갈라서게 된 두 사람에게는 각기 성장 배경이 다른 사람들이 하나씩 따라붙는다. 준기가 러시아행 비행기에서 알게 된 치만은 돈과 학식이 없으면서 그런대로 양심을 지니고 있는 사람의 신산하기 그지 없는 인생을 보여주고 있고, 희구가 고향가는 기차에서 알게 된 진표는 하루아침에 알거지가 된 부잣집 아들의 말로를 보여준다. 이들 이외에도 준기가 러시아에서 알게 된 사람들이 등장한다. 준기를 지사장으로 받들어야 하는 러시아의 남녀, 마피아와 손을 잡고 비디오 불법 복제를 하는 추사장 등이 각자의 위치에서 그들 나름의 소설적 역할을 떠맡고 있다.

준기의 러시아행은 중층적인 의미를 띠고 있다. 하나는 공림이 꿈꾸던 나라는 더 이상 이 지상에 존재하지 않는다는 사실을 확인하는 과정이고, 다른 하나는 희구로부터 벗어나는 것이다. 러시아에서 준기는 젊은 러시아 여성 두 사람을 알게 된다. 하나는 그의 부하직원으로 직장을 잃지 않으려고 상사에게 몸을 바치는 나탈리아, 그녀는 급속하게 자본주의적 생활방식에 적응해가며 돈벌이를 인생의 목표로 삼는 여성이다. 그녀의 소개로 알게 된 일리노브나는 지난 시대의 사회주의적 이상에 대해 그만한 존중심을 지니고 현재의 러시아가 진정한 의미의 자유와 민주에서는 거리가 먼 경쟁과 착취의 구조로 바뀌고 있다고 생각한다. 그녀의 아버지는 일생을 군인으로 살아온 공산주의자이지만 "체제란 그저 이상을 향해가는 한 방법일 뿐이지 (…) 시간이 지나면 모든 것이 낡아지고 새옷은 새 사람들이 만들어가는 것"이라고 생각하는 사람이다.

이 소설은 공산권 몰락 이후의 러시아와 80년대 한국의 청년들이 몸바쳐 투쟁하던 이상을 대비하면서 한 시대를 폭넓게 정리하고 있다. 희구는 "자신이 현장으로 돌아오려는 사이, 현장은 오히려 역사의 일선에서 종적을 감추어버렸다"고 생각할 수밖에 없기에 현실 속에서 길을 찾으려는 그녀의 노력은 절망으로 바뀌고, 결국은 대학시절의 혁명과 사랑이라는 강력한 기억 속에서 소멸되어간다. 그녀의 파멸은 그러므로 과거와 너무 강하게 밀착되어 있기에 그것을 버린다는 것은 자신의 영혼을 버리고 타인의 영혼을 입력하는 것에 방불한 것이 되어버렸다는 데에서 비롯되고 있는 것이다. 그러나 준기는 러시아에서 사회변혁에 바쳤던 과거의 열정과 그들의 이상이 사라져버린 껍데기만의 현장을 고통스럽게 대비하지만, 마침내 그 자신이 걸어가야 할 길과 희망의 싹을 발견하고 자신이 있어야 할 자리로 되돌아오게 된다. 과거의 길을 공림이 만들어갔듯이 앞으로의 길은 그 자신이 만들어가야 한다는 깨달음과 함께, 그는 또 일리노브나를 통해 마피아가 지배하고 있는 러시아에서도 삶의 가능성을 발견하게 된다.

이 소설의 전반부는 준기의 관찰자적 시각을 통해 러시아의 이모저

모가 드러나는 방향으로 전개되고 있다. 그러나 관찰자의 시각은 대상만을 드러내는 게 아니라 그 자신의 기억과 사유를 반영하기도 한다. 말하자면 관찰자의 사유와 감정이 객관적 상관물을 통해 드러나는 것이다. 80년대의 민중문학이 작가들 자신의 이념적 지향성을 직선적으로 토로하는 경향 때문에 단명할 수밖에 없었다면, 그러한 문학적 지향이 실패한 자리에서 동일한 주제에 다시 도전하여 일정한 성공을 거두고 있는 이 소설은 지금의 시점에서 중요한 진전을 이루어냈다고 말할 수 있다. 이 작가의 시선은 폭넓은 바라봄 속에서 지금까지 그를 형성해온 과거의 자아가 새로운 공간과의 만남을 통해 제삼의 길을 잉태하는 과정을 보여주고 있는 것이다. 바로 이런 점이 이 소설에 대한 공감의 폭을 넓히고 다양한 해석 가능성을 열어주고 있다.

준기가 러시아에서 발견한 가장 중요한 사실은 그 나라 자체에 대한 것이라기보다는 그의 내면에 각인되어 현재의 삶에 원형적 동기로 작동되고 있는 기억과 그가 봉직하고 있는 러시아 지사에서의 책임감, 그리고 자본주의적 삶의 보편적 형식에 대한 반성의 계기이다. 그는 흐느적거리는 욕망의 찌꺼기처럼 보이는 사회현상의 배후에서 세밀하게 그러한 삶을 재생산하고 조정하는 보이지 않는 손, 한 치의 오차도 없이 그들 모두를 지배하고 있는 비인간적 메커니즘, 그리고 지구상의 모든 사회에 만연되어 있는 지배세력의 부패를 확인했던 것이다. 그러므로 이 시대 민중적 삶의 딜레마는 그들이 일상 속에서, 다시 말해 자본주의적 상품경제에 바탕을 둔 삶의 형식들 속에서 살아가면서 동시에 그것을 부정하고 개혁해야 한다는 당위성 사이에 놓여 있다. 이 소설은 준기가 막연하게 자신의 할 일을 위해 귀국하는 것으로 마무리되고 있지만, 그가 가려는 그 길은 "마치 무슨 유기체처럼 스스로 배양하고 성장하는 기본적 체제유지적"인 자본주의 그 자체와 대결하는 새로운 방식일 수밖에 없을 것이다.

그 길은 어쩌면 글쓰기 즉 소설쓰기와 관계가 있는 것인지도 모른다. 왜냐하면, 소설은 지금까지 모든 이데올로기들을 오류에 빠지게 한 일반화의 오류에서 자유스러우며, 어떤 관념적 언술이나 체계화를 통해 뭉뚱그릴 수 없는 다양한 삶의 요소들을 구김살 없이 드러낼 수 있는 양식이기 때문이다.

그것은 또한 체제나 규율, 윤리와 도덕뿐만 아니라 우리 삶의 관습과 선입관에 짓눌려온 삶의 가닥들을 되살려냄으로써 인간의 욕망이 잉태한 맹목적인 메커니즘으로부터 인간을 해방시키는 기능도 지니고 있는 것이다. 그것은 '이야기성'을 통해 인간의 본성에 호소하는 허구적 형식이므로 무엇보다 자연스럽게 동시대인에게 다가갈 수 있는 길이기도 하다. 끝으로 그것은 대화적 양식을 통해 동시대의 다양한 사람들과 만날 수 있는 거의 유일한 방식이기도 하다. 이런 점에서 볼 때, 이 소설은 80년대의 민중소설들이 빠졌던 오류에서는 분명히 벗어나 있지만, 아직도 소설적으로 형상화되어야 할 부분이 작가 자신의 관념적 사유로 처리된 데가 간간이 눈에 띈다는 점을 지적하지 않을 수 없다.

(『하늘에 쓰다』, 1997, 제삼문학사)

찾아보기

472

476

황광수 평론집
길 찾기, 길 만들기

2003년 11월 14일 초판 1쇄 인쇄
2003년 11월 24일 초판 1쇄 발행

지은이 | 황광수
펴낸이 | 孫貞順
펴낸곳 | 도서출판 작가
　　　　서울 서대문구 북아현3동 180-22 (우-120-193)
　　　　전화 | 365-8111~2　팩스 | 365-8110
　　　　이메일 | morebook@korea.com　morebook@morebook.co.kr
　　　　홈페이지 | www.morebook.co.kr
　　　　등록번호 | 제13-630호(2000. 2. 9.)

편　집 | 이형선 김이하
디자인 | 오경은
미　술 | 김명혜
영　업 | 이경민 설동근
관　리 | 이용승
사　진 | 남종역

ISBN 89-89251-15-X

＊잘못된 책은 구입하신 서점에서 바꾸어 드립니다.
＊지은이와의 협의 하에 인지를 붙이지 않습니다.

값 17,000원